新中国 70 年 70 部
长篇小说典藏

姚雪垠

(1910—1999)

河南邓州人，现当代著名作家。曾任中华全国文艺界抗敌协会理事、创研部副部长，上海大夏大学教授、副教务长，湖北省文联主席，中国新文学学会会长，中国作家协会名誉副主席等职。短篇小说《差半车麦秸》、中篇小说《牛全德与红萝卜》、长篇小说《春暖花开的时候》《长夜》《李自成》等曾在海内外产生广泛影响。特别是《李自成》，不仅填补了"五四"以来中国长篇历史小说的空白，而且取得了多方面的艺术成就和开创性贡献，是具有里程碑意义的文学巨著。《李自成》第二卷获首届茅盾文学奖，《李自成》全书五卷获中宣部"五个一"工程奖和中国图书奖。

新中国 70 年 70 部
长篇小说典藏

李自成

第三卷

姚雪垠———著

学习出版社

中国青年出版社

图书在版编目（CIP）数据

李自成. 第三卷／姚雪垠著. —北京：中国青年出版社：学习出版社，2019.9

（新中国70年70部长篇小说典藏）

ISBN 978 – 7 – 5153 – 5785 – 0

Ⅰ. ①李… Ⅱ. ①姚… Ⅲ. ①长篇历史小说—中国—当代 Ⅳ. ①I247.5

中国版本图书馆 CIP 数据核字（2019）第 180387 号

策　　划　皮　钧
责任编辑　叶施水　马福悦
装帧设计　刘　静

出版发行　**中国青年出版社　学习出版社**
社　　址　北京东四 12 条 21 号
邮政编码　100708
网　　址　www. cyp. com. cn

印　　刷　山东德州新华印务有限责任公司
经　　销　全国新华书店等

字　　数　438 千字
开　　本　680 毫米×960 毫米　1/16
印　　张　33.75　插页 2
印　　数　1—5000
版　　次　2019 年 9 月北京第 1 版
印　　次　2019 年 9 月山东第 1 次印刷

书　　号　978 – 7 – 5153 – 5785 – 0
定　　价　91.00 元

如有印装质量问题，请与本社图书质检部联系调换。电话：010 – 57350337

出 版 说 明

　　为庆祝中华人民共和国成立 70 周年,全面展现中华民族的文化创造能力和文学发展水平,深入揭示新中国 70 年来的伟大历程、辉煌成就和宝贵经验,激励人们为实现"两个一百年"奋斗目标、中华民族伟大复兴的中国梦而不懈奋斗,我们策划出版了这套"新中国 70 年 70 部长篇小说典藏"丛书。为将该丛书打造成思想精深、艺术精湛、制作精良的精品丛书,我们成立了丛书评审专家委员会,成员均为密切关注和深刻了解我国长篇小说创作动态的资深评论家。委员会从历史评价、专家意见和读者喜好等方面对新中国成立 70 年来众多优秀长篇小说进行综合评定,从中选出 70 部描写我国人民生活图景、展现我国社会全方位变革、反映社会现实和人民主体地位、弘扬社会主义核心价值观和讴歌中华民族伟大复兴中国梦的精品力作。这些作品,大多为曾获中宣部"五个一工程"奖、"茅盾文学奖"等重大国家级奖项的长篇小说,政治性、思想性和艺术性高度统一,代表了中国文坛 70 年间长篇小说创作发展的最高成就。

　　我们致力于"把提高作品的精神高度、文化内涵、艺术价值作为追求"的使命任务,通过这套丛书的出版,在讲好中国故事、传播中国声音、阐释中国精神、展现中国风貌的同时,倡导精品阅读,引领和推动未来的中国文学原创出版。

"新中国70年70部长篇小说典藏"
评审专家委员会名单

评审专家委员会主任：李敬泽

评审专家委员会委员（按姓氏笔画排序）：

丁　帆	白　烨	朱向前	吴义勤	何向阳
应　红	张　柠	张清华	陆文虎	陈思和
孟繁华	胡　平	南　帆	贺绍俊	梁鸿鹰
董保生	董俊山	谢有顺	臧永清	潘凯雄

项目统筹：吴保平　宋　强

目　录

第一章

　　被围困的局面有两种:在崇祯十三年的春天,张献忠曾被包围在川、陕、鄂交界地方,李自成继续被围困在商洛山中,人人都看得清楚,但是崇祯皇帝被层层围困在紫禁城中,却不曾被人们看清楚。他自己只知道拼命挣扎,却对被层层围困的形势并不认识。

　　三月上旬的一个夜晚,已经二更过后了,崇祯没有睡意,在乾清宫的院子里走来走去。两个宫女打着两只料丝宫灯,默默地站在丹墀两边,其他值班伺候的太监和宫女远远地站立在黑影中,连大气儿也不敢出。偶尔一阵尖冷的北风吹过,宫殿檐角的铁马发出来丁冬声,但崇祯似乎不曾听见。他的心思在想着使他不能不十分担忧的糟糕局势,不时叹口长气。彷徨许久,他低着头,脚步沉重地走回乾清宫东暖阁,重新在御案前颓然坐下。

　　目前,江北、湖广、四川、陕西、山西、河南、山东、河北……半个中国,无处不是灾荒惨重,无处不有叛乱,大股几万人,其次几千人,而几百人的小股到处皆是。长江以南,湖南、江西、福建等地也有灾荒和骚乱,甚至像苏州和嘉兴一带的所谓鱼米之乡,也遇到旱灾、蝗灾,粮价腾踊,不断有百姓千百成群,公然抢粮闹事。自他治理江山以来,情况愈来愈糟,如今几乎看不见一片安静土地。杨嗣昌虽然新近有玛瑙山之捷,但是张献忠依然不曾杀死或捉到,左良玉和贺人龙等都不愿乘胜追剿,拥兵不前。据杨嗣昌的迭次飞奏,征剿诸军欠饷情况严重,军心十分不稳。虽然军事上已经有了转机,但如果军饷筹措不来,可能使剿贼大事败于一旦,良机再也不会有了。他想,目前只有兵饷有了着落,才能够严厉督责诸军克日进剿,使张献忠得不到喘息机会,将他包围在川、陕、鄂交界的地方歼灭,也可以鼓舞将士们一举而扫荡商洛山。可是饷从哪儿来呢?加征练饷的事已经引起来全国骚动,在朝中也继续有人反对,如今是一点加派也不能了。他在心中自问:

"国库如洗,怎么好呢?"

而且目前国事如焚,不仅仅杨嗣昌一个地方急需粮饷。一连几天,他天天接到各省的紧急文书,不是请饷,便是请兵。蓟辽总督洪承畴出关以后,连来急奏,说满洲方面正在养精蓄锐,准备再次入关,倘无足饷,则不但不能制敌人于长城以外,势必处处受制,要不多久就会变成不可收拾的局面。现在他又来了一封紧急密疏,说他自从遵旨出关,移驻辽东以来,无时不鼓舞将士,以死报国,惟以军饷短缺,战守皆难。他说他情愿"肝脑涂地,以报皇恩",但求皇上饬令户部火速筹措军饷,运送关外,不要使三军将士"枵腹对敌",士气消磨。这封密疏的措词慷慨沉痛,使崇祯既感动,又难过。他将御案上的文书一推,不由地长吁短叹,喃喃地自语说:

"饷呵,饷呵,没有饷这日子如何撑持?"

这一夜,他睡得很不安稳,做了许多噩梦。第二天早晨退朝之后,他为筹饷的事,像热锅台上的蚂蚁一样。想来想去,他有了一个比较能够收效的办法,就是叫皇亲贵戚们给国家借助点钱。他想,皇亲们家家"受国厚恩",与国家"休戚与共"。目前国家十分困难,别人不肯出钱,他们应该拿出钱来,做个倡导,也可以使天下臣民知道他做君父的并无私心。可是叫哪一家皇亲做个榜样呢?

崇祯平日听说,皇亲中最有钱的有三家:一家是皇后的娘家,一家是田贵妃的娘家,一家是武清侯李家。前两家都是新发户,倚仗着皇亲国戚地位和皇后、田妃都受皇上宠爱,在京畿一带兼并土地,经营商业,十几年的光景积起来很大家产,超过了许多老的皇亲。武清侯家是万历皇帝的母亲孝定太后的娘家,目前这一代侯爷李国瑞是崇祯的表叔。当万历亲政①之前,国事由孝定太后和权

---

① 万历亲政——万历皇帝朱翊钧即位时只有十岁,受他的母亲监护。到他十六岁结婚后,他母亲才不再监护;到万历十年张居正病故,才由他直接掌管朝政。

相张居正主持，相传孝定太后经常把宫中的金银宝物运往娘家，有的是公开赏赐，有的是不公开赏赐，所以直至今日这武清侯家仍然十分富有，在新旧皇亲中首屈一指。在这三家皇亲中能够有一家做个榜样，其余众家皇亲才好心服，跟着出钱。但是他不肯刺伤皇后和田妃的心，不能叫周奎和田宏遇先做榜样。想来想去，只有叫李国瑞做榜样比较妥当。又想着向各家皇亲要钱，未必顺利，万一遇到抵制，势必严旨切责，甚至动用国法。但是这不是寻常事件，历代祖宗都没有这样故事①，祖宗们在天之灵会不会见怪呢？所有的皇亲贵戚们会怎么说呢？这么反复想着，他忽然踌躇不决了。

　　第二天，华北各地，尤其是京畿一带，布满了暗黄色的浓云，刮着大风和灰沙。日色惨白，时隐时现，大街上商店关门闭户，相离几丈远就看不清人的面孔。大白天，家家屋里都必须点上灯烛。大家都认为这是可怕的灾异，在五行中属于"土灾"，而崇祯自己更是害怕，认为这灾异是"天变示儆"，有关国运。他在乾清宫坐立不安，到奉先殿向祖宗烧香祷告，求祖宗保佑他的江山不倒，并把他打算向皇亲借助的不得已苦衷向祖宗说明。他正在伏地默祷，忽听院里喀嚓一声，把他吓了一跳，连忙转回头问：

　　"外边是什么响声？"

　　一个太监在帘外跪奏："一根树枝子给大风吹断了。"

　　崇祯继续向祖宗祷告，满怀凄怆，热泪盈眶，几乎忍不住要在祖宗前痛哭一场。祝祷毕，走出殿门，看见有一根碗口粗的古槐枝子落在地上，枝梢压在丹陛上还没移开。他想着这一定是祖宗不高兴他的筹饷打算，不然不会这么巧，不早不晚，偏偏在他默祷时狂风将树枝吹断。这一偶然事件和两年前大风吹落奉先殿的一个鸱吻同样使他震惊。

　　大风霾②继续了两天，到第三天风止了，天也晴了。气温骤冷，竟像严冬一样，惜薪司不得不把为冬天准备的红箩炭全部搬进大

---

①　故事——与"先例"同义。这是当时朝廷上的习用词。

②　大风霾——刮黄沙尘，天昏地暗，古人叫做大风霾。

内，供给各宫殿升火御寒。在上朝时候，崇祯以上天和祖宗迭次以灾异"示儆"，叫群臣好生修省，挽回天心，随后又问群臣有什么措饷办法。一提到筹措军饷，大家不是相顾无言，便是说一些空洞的话。有一位新从南京来的御史，名叫徐标，不但不能贡献一个主意替皇上分忧，反而跪下去"冒死陈奏"，说他从江南来，看见沿路的村落尽成废墟，往往几十里没有人烟，野兽成群。他边说边哭，劝皇上赶快下一道圣旨罢掉练饷，万不要把残余的百姓都逼去造反。跟着又有几位科、道官跪奏河南、山东、陕西、湖广、江北各地的严重灾情，说明想再从老百姓身上筹饷万万不可。崇祯听了科、道官们的跪奏，彷徨无计，十分苦闷，同时也十分害怕。他想，如今别无法想，只有下狠心向皇亲们借助了，纵然祖宗的"在天之灵"为此不乐，事后必会鉴谅他的苦衷。只要能筹到几百万饷银，使"剿贼"顺利成功，保住祖宗江山，祖宗就不会严加责备。

他打算在文华殿召见几位辅臣，研究他的计划。可是到了文华殿他又迟疑起来。他担心皇亲国戚们会用一切硬的和软的办法和他对抗，结果无救于国家困难，反而使皇亲国戚们对他寒心，两头不得一头。他在文华殿里停留很久，拿不定最后主意。这文华殿原是明代皇帝听儒臣讲书的地方，所以前后殿的柱子上挂了几副对联，内容都同皇帝读书的事情有关，在此刻几乎都像是对崇祯的讽刺。平日"勤政"之暇，在文华殿休息的时候，他很喜欢站在柱子前欣赏这些对联，但今天他走过对联前边时再也没有心情去看。他从后殿踱到前殿，好像是由于习惯，终于在一副对联前边站住了。他平日不仅喜欢这副对联写得墨饱笔圆，端庄浑厚，是馆阁体中的上乘，也喜欢它的对仗工稳。如今他忍不住又看了一遍。那副对联写道：

四海升平　翠幄雍容探六籍
万几清暇　瑶编披览惜三余

看过以后，他不禁感慨地说："如今还有什么'四海升平'，还说什么'万几清暇'！"他摇摇头，又背着手走往文华后殿。正要踏上后殿的白玉台阶，一抬头看见了殿门上边悬的横匾，上写着："学二帝三王①治天下大经大法。"这十二个字分作六行，每行二字，是万历皇帝的母亲孝定太后的御笔。她就是武清侯李国瑞的姑祖母。崇祯感到心中惭愧，低头走进了后殿的东暖阁，默然坐了很久，取消了为向戚畹借助的事召见阁臣。

崇祯怀着十分矛盾和焦急的心情回到乾清宫，又向御案前颓然坐下，无心省阅文书，也不说话，连听见宫女和太监们在帘外的轻微脚步声都感到心烦。他用食指在御案上连写了两个"饷"字，叹了口气。当他在焦灼无计的当儿，王承恩拿着一封文书来到面前，躬身小声奏道：

"启奏皇爷，有人上了一本。"

"什么人上的本？"

"是一个太学生，名叫李琏。"

崇祯厌烦地说："我不看。我没有闲心思看一个太学生的奏本！"

王承恩又小声细气地说："这奏本中写的是一个筹措军饷的建议。"

"什么？筹措军饷的建议？……快读给我听！"

李琏在疏中痛陈他对于江南目前局面的殷忧。他首先说江南多年来没有兵燹之祸，大户兼并土地，经营商业，只知锦衣玉食，竞相奢侈，全不以国家的困难为念。他指出秦、晋、豫、楚等省大乱的根源是大户们只知朘削小民、兼并土地，致使贫富过于悬殊。即使在丰收年景，小民还不免啼饥号寒；一遇荒歉，软弱的只好辗转饿死路旁，强壮的就起来造反。他说，今日江南看起来好像很平稳，实际上到处都潜伏着危机；如不早日限制富豪大户兼并土地，赶快解救小民的困苦，那么秦、晋、豫、楚瓦解崩溃的大祸就会在江南同

---

① 二帝三王——二帝指尧、舜，三王指夏禹、商汤和周文王、武王。这是儒家所理想的上古君主。

样出现。他在疏中要求皇上毅然下诏,责令江南大户自动报出产业,认捐兵饷,倘有违抗的,就把他的家产充公,一点也不要姑息。另外,他还建议严禁大户兼并,认真清丈土地,以平均百姓负担。这一封奏疏很长,还提到历史上不少朝代都因承平日久,豪强兼并,酿成天下大乱,以致亡国的例子,字里行间充满着忠君忧国之情。

崇祯听王承恩读完这封奏疏,心中很受感动,又接过来亲自细看一遍。关于清丈土地的建议,他认为缓不济急,而且困难较多,没有多去考虑,独对于叫江南大户输饷一事觉得可行,也是目前的救急良策。当前年冬天满洲兵威胁京师的时候,卢象升曾建议向京师和畿辅的官绅大户劝输军饷,他也心动过,但不像现在更打动他的心。江南各地确实太平了多年,异常富庶,不像京畿一带迭遭清兵破坏,且连年天灾不断。他想,目前国家是这般困难,这般危急,叫江南大户们捐输几个钱,使国家不至于瓦解崩溃,理所应该。但是,冷静一想,他不能不踌躇了。他预料到,这事一定会遭到江、浙籍的朝臣反对,而住在大江以南的缙绅大户将必反对更烈。如今国家岁入大半依靠江、浙,京城的禄米①和民食,以及近畿和蓟、辽的军粮,也几乎全靠江、浙供应,除非已经到无路可走,万不得已,最好不惹动江、浙两省的官绅大户哗然反对,同朝廷离心离德。但是他又舍不得放弃李琏的建议。考虑再三,他提起朱笔批道:

> 这李琏所奏向江、浙大户劝输军饷一事,是否可行,着内
> 阁与户部臣详议奏来。

> 钦此!

倘若崇祯在御批中用的是坚决赞同的口气,南方籍的大臣们尽管还会用各种办法进行抵抗,但也不能不有所顾忌。而且,倘若他的态度坚定,那些出身寒素的南方臣僚和北方籍的臣僚绝大部分都会支持他。但用的是十分活络的口气批交内阁和户部大臣

---

① 禄米——发给文武百官的俸米。

们"详议"，原来可以支持他的人们便不敢出头支持。过了几天，内阁和户部的大臣们复奏说李琏的建议万不可采纳，如果采纳了不但行不通，还要惹得江南各处城乡骚动。他们还威胁他说，如今财赋几乎全靠江南，倘若江南一乱，大局更将不可收拾。这些大臣们怕自己的复奏不够有力，还怕另外有人出来支持李琏，就唆使几个科、道官联名上了一本，对李琏大肆抨击。这封奏疏的全文已经失传了，如今只能看见下面的两段文字：

> 李琏肆业太学，未登仕籍，妄议朝廷大政，以图邀恩沽名。彼因见江南尚为皇上保有一片安静土，心有未甘，即倡为豪右报名输饷之说，欲行手实籍没之法①。此乃衰世乱政，而敢陈于圣人之前。小人之无忌惮，一至于此！

根据乾清宫的御前近侍太监们传说，崇祯看了这几句以后，轻轻地摇摇头，从鼻孔里哼了一声，不自觉地小声骂道："这般臭嘴乌鸦②！"显然，他很瞧不起这班言官，不同意他们说李琏的建议一无可取。停了一阵，他接着看下边一段妙文：

> 夫李琏所恶于富人者，徒以其兼并小民耳。不知郡邑之有富家，亦贫民衣食之源也。若因兵荒之故，归罪富家，勒其多输，违抗则籍没之，此秦始皇所不行于巴清③，汉武帝所不行于卜式④者也。此议一倡，亡命无赖之徒相率而与富家为难，大乱从此始矣。乞陛下斩李琏之头以为小人沽名祸国者戒！

看完了这一封措词激烈的奏本，崇祯对他们坚决反对李琏的建议感到失望，但是很欣赏那一句"不知郡邑之有富家，亦贫民衣食之源也"。他点点头，在心里说："是呀，没有富人，穷人怎么活呢？谁给他们田地去种？"他从御案前站起来，在暖阁里走来走去，

---

① 手实籍没之法——令业主自报田产以凭征税，叫做"手实"。所报不实便将田产充公（籍没）。此法最早出现于唐朝，宋朝也实行过。
② 乌鸦——见第一卷第一章此注。
③ 巴清——即巴寡妇清。秦始皇时为大富孀，巴（今四川东部）人，名清。
④ 卜式——西汉时人，以经营牧羊致富。

考虑着如何办。过了一阵,他决定把这个奏本留中,置之不理。对李琎的建议,他陷于深深的苦闷之中:一方面他认为这个建议在目前的确是个救急之策,一方面他害怕会引起江南到处骚动,正像这班言官们所说的"亡命无赖之徒相率而与富家为难"。富家大户自来是国家的顶梁柱,怎么能放纵无业小民群起与大户为难?他决定不再考虑李琎的建议,而重新考虑向皇亲们借助的事。他认为别的办法纵然可行,也是远水不解近渴,惟有皇亲们都住在"辇毂之下",说声出钱,马上就可办到。但这是一件大事,他仍有踌躇,于是对帘外侍候的太监说:

"叫薛国观、程国祥来!"

当时有七位内阁辅臣,崇祯单召见薛国观和程国祥是因为薛是首辅,程是次辅。另外,他还有一个考虑。薛国观是陕西韩城人,与江南大户没有多的关系,程国祥虽是江南上元人,却较清贫。当朝廷上纷纷反对向江南大户借助军饷时,只有他二人不肯说话,受到他的注意。他希望在向皇亲们借助的事情上他们会表示赞助,替他拿定主意。他今天召见这两位辅臣的地方是在宏德殿,是乾清宫的一座配殿,在乾清宫正殿西边,坐北向南。他之所以不在乾清宫正殿的暖阁里召见他们,是因为他看见每日办公的御案上堆的许多文书就不胜心烦,没有等到他们进宫就跑出乾清宫正殿,来到宏德殿,默默坐在中间设的盘龙御座上,低头纳闷。

过了一阵,薛国观和程国祥慌忙来了。他们不知道皇上突然召见他们有什么重大事情,心中七上八下。在向皇上跪拜时候,薛国观误踩住自己的蟒袍一角,几乎跌了一跤,而程国祥的小腿肚微微打颤,连呼吸也感到有点困难。赐座之后,崇祯叹口气,绕着圈子说:

"朕召见先生们,不为别的,只因为灾异迭见,使朕寝食难安。前天的大风霾为多年少有,上天如此示儆,先生们何以教朕?"

薛国观起立奏道:"五行之理,颇为微妙。皇上朝乾夕惕,敬天

8

法祖,人神共鉴。古语云:'尽人事以听天命。'皇上忧勤,臣工尽职,就是尽了人事,天心不难挽回。望陛下宽怀,珍重圣体。"

崇祯说:"朕自登极至今,十三年了,没有一天不是敬慎戒惧,早起晚睡,总想把事情办好,可是局势愈来愈坏,灾异愈来愈多,上天无回心之象,国运有陵夷之忧。以大风霾的灾异说,不仅见于京师一带,半月前也见于大名府与浚县一带。据按臣韩文铨奏称:上月二十一日大名府与浚县等处,起初见东北有黑黄云气一道,忽分往西、南二方,顷刻间弥漫四塞,狂风拔木,白昼如晦,黄色尘埃中有青白气与赤光隐隐,时开时阖。天变如此,怎能叫朕不忧?"

薛国观又安慰说:"虽然灾异迭见,然赖皇上威灵,剿贼颇为得手。如今经过玛瑙山一战,献贼逃到兴归山中,所余无几,正所谓'釜底游鱼',廓清有日。足见天心厌乱,国运即将否极泰来。望陛下宽慰圣心,以待捷音。"

崇祯苦笑一下,说:"杨嗣昌指挥有方,连续告捷,朕心何尝不喜。无奈李自成仍然负隅于商洛山中,革、左诸贼跳梁于湖广东部与豫南、皖西一带,而山东、河南、河北到处土寇蜂起,小者占据山寨,大者跨州连郡。似此情形,叫朕如何不忧?加上连年天灾,征徭繁重,百姓死亡流离,人心思乱。目前局面叫朕日夜忧虑,寝食难安,而满朝臣工仍然泄泄沓沓,不能代朕分忧,一言筹饷,众皆哑口,殊负朕平日期望之殷!"

薛国观明白皇上是要在筹饷问题上征询他的意见,他低着头只不做声,等待皇上自己说出口来,免得日后一旦反复,祸事落到自己头上。崇祯见首辅低头不语,使一个眼色屏退了左右太监,小声说:

"目前军事孔急,不能一日缺饷。国库如洗,司农①无计。卿为朕股肱大臣,有何良策?"

薛国观跪下奏道:"臣连日与司农计议,尚未想出切实可行办法。微臣身为首辅,值此民穷财尽之时,午夜彷徨,不得筹饷良策,

---

① 司农——户部。

9

实在罪该万死。"

"先生起来。"

等薛国观叩头起来以后,崇祯不愿再同薛国观绕圈子说话,单刀直入地问:"朕欲向京师诸戚畹、勋旧①与缙绅借助,以救目前之急,卿以为如何?"

薛国观事先猜到皇上会出此一策,心中也有些赞同,但他明白此事关系重大,说不定会招惹后祸。他胆战心惊地回答:

"戚畹、勋旧,与国同休,非一般仕宦之家可比,容臣仔细想想。辅臣中有在朝年久的,备知戚畹、勋旧情况,亦望皇上垂询。"

崇祯明白他的意思,转向程国祥问:"程先生是朝中老臣,在京年久,卿看如何?"

程国祥在崇祯初年曾做言官,颇思有所建树,一时以敢言知名。后来见崇祯猜疑多端,刚愎任性,加上朝臣中互相倾轧,大小臣工获罪的日多,他常怕招惹意外之祸,遇事缄默,不置可否,或者等同僚决定之后,他只随声附和,点头说:"好,好。"日久天长,渐成习惯。由于他遇事不作主张,没有权势欲望,超然于明末的门户斗争之外,所以各派朝臣都愿他留在内阁中起缓冲作用,更由于他年纪较大,资望较深,所以他在辅臣中的名次仅排在薛国观的后边。因为"好,好"二字成了他的口头禅,同僚们替他起个绰号叫"好好阁老"。刚才进宫之前,一位内阁中书跪在他的面前行礼,哭着说接家人急报,母亲病故,催他星夜回家。程国祥没有听完,连说"好,好"。随后才听明白这位内阁中书是向他请假,奔丧回籍,又说"好,好",在手本上批了"照准"二字。此刻经皇帝一问,他心中本能地警告自己说:"说不得,可说不得!"不觉出了一身汗,深深地低下头去。崇祯等了片刻,等不到他的回答,又问:

"卿看向戚畹借助还是向京师缙绅大户借助?要是首先向戚畹借助,应该叫谁家做个榜样?"

---

① 戚畹、勋旧——戚畹与戚里同义,即皇亲国戚的代称。勋旧指因先人有大功勋而受封世袭爵位的世家。

程国祥跪在地上胆怯地说:"好,好。"

崇祯问:"什么? 你说都好?"

"好,好。"

"先向谁家借助为宜?"

"好,好。"程的声音极低,好像在喉咙里说。

"什么? 什么好,好?"

"好,好。"

崇祯勃然大怒,将御案一拍,厉声斥责:"尔系股肱大臣,遇事如此糊涂,只说'好,好',毫无建白,殊负朕倚畀之重! 大臣似此尸位素餐,政事安得不坏! 朕本当将尔拿问,姑念尔平日尚无大过,止予削职处分,永不录用。……下去!"

薛国观见崇祯盛怒,不敢替同僚求情,也有心将程国祥排出内阁,换一个遇事能对他有帮助的人,所以只不做声。程国祥吓得浑身颤栗,叩头谢恩,踉跄退出。回到家中,故旧门生纷来探问,说些安慰的话。国祥不敢将皇上在宏德殿所说的话泄露一句,提到给他的削职处分,只说"好,好"。当晚奉到皇上给他的削职处分的手谕,他叩头山呼万岁,赶快上了一封谢恩疏,亲自誊写递上。但是谢恩拜发之后,他忽然疑心自己将一个字写错了笔画,日夜害怕崇祯发现这个错字会给他重责,竟致寝食不安,忧疑成疾,不久死去。

却说程国祥从宏德殿退出以后,崇祯问薛国观想好了没有。国观看出来崇祯很焦急,左右更无一人,赶快小声奏道:

"借助的办法很好。倘有戚畹、勋旧倡导,做出榜样,在京缙绅自然会跟着出钱。"

崇祯叹口气说:"这是一个不得已的办法,但怕行起来会有阻碍。"

薛国观躬身回奏:"在外缙绅,由臣与宰辅诸臣倡导;在内戚畹、勋旧,非陛下独断不可。"

"你看,戚畹中谁可以做个倡导?"

"戚畹非外臣可比,臣不如皇上清楚。"

崇祯又问:"武清侯李国瑞如何?"

"武清侯在戚畹中较为殷富,由他来倡导最好。"

"还有哪一家同他差不多的?"

薛国观明知道田妃和周后的娘家都较殷富,但是他不敢说出。他因武清侯同当今皇帝是隔了两代的亲戚,且风闻崇祯在信王府时曾为一件什么事对武清侯不满意,一直在心中存有芥蒂,所以他拿定主意除武清侯家以外不说出任何皇亲。

"微臣别的不知,"薛国观说,"单看武清侯家园亭一项,也知其十分殷富。他家本有花园一座,颇擅林泉之胜。近来又在南城外建造一座更大的花园,引三里河的水流进园中,真是水木清华,入其园如置身江南胜地。这座新花园已经动工了好几年,至今仍在大兴土木。有人说他有数十万家资,那恐怕是指早年的财产而言,倘若是他家今日散在畿辅各处的庄子、天津和江南的生意都算进来,一定远远超过此数。"

崇祯恨恨地说:"没想到朕节衣缩食,一个钱不敢乱用,而这些皇亲国戚竟不管国家困难,如此挥霍!"停了片刻,他又说:"李国瑞是朕表叔。今日倘非国库如洗,万般无奈,朕也不忍心逼着他拿出银子。"

"戚畹中哪一家同皇上不是骨肉至亲?总得有一家倡导才好。"

"卿言甚是,总得有一家倡导才好。朕久闻神祖幼时,孝定太后运出内帑不少。今日不得已叫他家破点财,等到天下太平之后,照数还他。不过此事由朕来做,暂不要张扬出去。"

薛国观退出以后,崇祯的眉头舒展了。他想,如果李国瑞能拿出银子,做个榜样,其他皇亲、勋旧和缙绅就会跟着拿出银子。京城里的榜样做好,外省就好办,几百万银子不难到手,一年的军饷就有了着落。他近来对薛国观有许多不满意地方,倒是赞助他向戚畹借助一事使他满意。

但是当崇祯在回乾清宫正殿时候,抬起头来无意中望见正殿内向南悬挂的大匾,不觉心中一动,刚才的决定登时动摇了。这匾上写的"敬天法祖"四个大字,是在崇祯元年八月间他吩咐当时擅长书法的司礼监掌印太监高时明写的。他望望这个匾,不能不想到祖宗朝都没有强迫戚畹借助的事。有三天时间,他为此事陷入了矛盾之中。但是这三天中,各地请饷请兵的奏疏像雪片飞来,逼得他毫无办法。恰巧到了第三天,他收到李国臣的一本密奏,内中说:"臣先父所留之家产不下四十万,臣当得其半。今请全献陛下,助国家充军饷,以尽臣之微忠。"这个李国臣就是李国瑞的庶兄,一向挥霍无度,常常为花钱事同武清侯李国瑞闹家庭纠葛。他同乾清宫的太监有认识的,起初风闻皇帝有向戚畹和缙绅借助的打算,他就动了念头;嗣后听说崇祯已决定在李国瑞的头上开刀,他就赶快上了这个密本,想趁机一则向李国瑞泄愤,二则赚得皇帝高兴。崇祯平日依靠东厂的侦察,对各家皇亲的阴私事知道很多,所以他看了李国臣的密奏之后,轻轻骂道:"不是东西!"然而他的犹豫也终止了。他将司礼监掌印太监王德化叫到面前,吩咐他立刻亲自去武清侯府,口传密旨,要李国瑞借助十万银子。王德化一出去,他就坐在御案前,对着旁边几上的九重博山宣炉,凝视着缥缈的轻烟出神,心中问道:

"会顺利么?嗯?"

乾清宫中的太监很多,本来用不着由王德化这个地位最高的太监头儿亲自去武清侯府传旨。崇祯满心希望第一炮顺利打响,所以破例派司礼监掌印太监亲自出马。约摸过了一个时辰,王德化回来了。崇祯急着问:

"怎么样,他愿意借助十万银子么?"

王德化躬身说:"奴婢不敢奏闻。请皇爷不要生气。"

"难道李国瑞竟敢抗旨?"

"方才奴婢去到武清侯府,口传圣旨,不料李国瑞对奴婢诉了许多苦,说他只能拿出一万两银子,多的实在拿不出来。奴婢不敢收他的银子,回宫来请旨定夺。"

"什么!他只肯拿出一万两?"崇祯把眼睛一瞪,猛一跺脚,骂道:"实在混账!可恶!竟敢如此抗旨!"

王德化本来也想趁机会在李国瑞身上发笔大财,不料他去传旨之后,李国瑞只送给他两千银子,使他大失所望。他当时冷笑说:"皇上国法无私,老皇亲的厚礼不敢拜领!"说毕,拂袖而去。如今见皇上动怒,他赶快又说:

"是的,李国瑞如此抗旨,实在太不为皇上和国家着想了。"

"他都说些什么?"

"他向奴婢诉苦说,连年灾荒,各处庄子都没有收成。在畿辅的几处庄子前年给满兵焚掠净尽,临清和济南的生意也给全部抢光。他本来还打算恳求皇上赏赐一点,没想到里头反来要他借助。他还说,皇上要是不体谅他的困难,他只有死了。"

崇祯在乾清宫大殿中走来走去,眼睛冒火,把太监们和宫女们都吓得屏息无声。他痛苦地想道:"我用尽了心血苦撑这份江山,不光为我们朱家一家好,也为着大家好。皇亲国戚世受国恩,与国家休戚相关。这个江山已经危如累卵,你做皇亲的还如此袖手旁观,一毛不拔!"一件不愉快的旧事突然浮上心头,更增加他的愤恨。这事已经过去十五年了。那时崇祯还是信王。虽系天启皇帝的同父异母兄弟,却因为魏忠贤和客氏擅权乱政,他住在信王府中也每天提心吊胆。为着给魏忠贤送一份丰厚的寿礼,信王府一时周转不灵,派太监去向武清侯借三万两银子,言明将来如数归还。谁知李国瑞对派去的老太监王宏诉了许多苦,只借给五千两。崇祯自幼就是心胸狭窄的人,这件事在当时狠刺伤了他的自尊心,直到他即位两年后还怀恨难忘,打算借机报复。后来年月渐久,国事如焚,这件事才在他的心头上淡了下去。这次向李国瑞借助军饷,原来丝毫也没有想到报复,不料李国瑞竟敢抗旨,这笔旧账就自然也在心头上翻了出来。

"一遇到我借钱,他总是诉苦!"他站住脚步,回头来对王德化说，"像他这号人，给他面子他不要，非给他个厉害看看他才会做出血筒子！"

"奴婢也看他是一个宁挨杠子不挨针的人。"

"去，告他说，要他赶快拿出二十万两银子，少一两也不答应！"

王德化走后，崇祯恨恨地冷笑一声。他从乾清宫大殿中走出来，走下丹陛，在院中徘徊。对于李国瑞的事，已没有转圜余地，非硬着手腕干下去不行，倘若虎头蛇尾，不但以后别想使皇亲、勋旧和缙绅们拿出一两银子，而且他做皇帝的尊严和威权也将大大受损。可是一想到不得不给武清侯严厉处分，他就在思想深处产生许多顾虑。正在这时，一阵北风徐徐吹来，同时传过来隐约的钟、磬声。大高玄殿的钟、磬声在大白天是传不到乾清宫的。崇祯感到奇怪，向一个太监问：

"这是什么地方的钟、磬声？"

"启奏皇爷，今天是九莲菩萨的生日，英华殿的奉祀太监和都人们在为九莲菩萨上供。"

崇祯一惊，说："我竟然忘记今天是她老人家的生日！"

九莲菩萨就是孝定太后。太后生前在英华殿吃斋礼佛多年，常坐一个宝座，刻有九朵莲花。宫中传说她死后成神，称她为九莲菩萨或九莲娘娘。除在奉先殿供着她的神主之外，又在英华殿后边建筑一殿，替她塑了一尊泥像，身穿袈裟，彩绘贴金，跌坐九莲宝座，四时祭奠，一如佛事。崇祯幼年曾亲眼看见她在英华殿虔诚礼佛，给他的印象很深。如今回忆着她的生前音容，想象着她会震怒，不能不加重了他对李国瑞问题的顾虑。

按照封建礼法，孝定太后已经死了二十多年，逢到她的生日，不必再由皇帝和皇后去上供，而事实上多年来崇祯已经不在她的生日去上供了。但今天崇祯的心情和平日很不同，他吩咐一个御前太监去坤宁宫传旨，要皇后率领田、袁二妃速去英华殿后殿代他献供。

命李国瑞献出二十万两银子的严旨下了以后，崇祯一方面等

15

待着李国瑞如何向他屈服,一方面命东厂提督太监曹化淳和锦衣卫使吴孟明派人察听京城臣民对这件事有何议论,随时报进宫中。为着"天变可畏"和各地灾情严重,崇祯在两天前就打算斋戒修省,只是想来想去,筹饷事没有一点眉目,他没法丢下不管,去静心过斋居生活。如今为着李国瑞的问题深怕祖宗震怒,很觉烦闷,才只好下定决心修省,希望感动上苍。于是他从昨晚起就开始素食,通身沐浴,今早传免上朝,并吩咐一个御前太监去传谕内阁和文武百官:他从今天起去省愆居静坐修省三日,除非有紧急军国大事,一概不许奏闻。吩咐毕,他在宫女们的服侍下匆匆地换上青色纯绢素服,先到奉先殿向列祖列宗的神主上香祈祷,又到奉先别殿①向他的母亲孝纯太后的神主祷告,然后乘辇往省愆居去。

省愆居在文华殿后边,用木料架起屋基,离地三尺,四面通透悬空,象征着隔离尘世。在天启朝,省愆居不曾启用过,栏杆和木阶积满灰尘,檐前和窗上挂着蜘蛛网,木板地上散满了蝙蝠粪,屋前甬道旁生满荒草。到了崇祯登极,重新启用,经常收拾得干干净净。今天他走进省愆居向玉皇神主叩毕头,坐下以后,本来要闭目默想,对神明省察自己的过错,却不料心乱如麻,忽而想着这个问题,忽而想着那个问题。

中午,崇祯用的是最简单的素膳。虽然御膳房的太监们掌握着祖宗相传的成套经验,瞒上不瞒下,把一些冬菇、口蘑、嫩笋、猴头、豆腐、面筋、萝卜和白菜之类清素材料用鸡汤、鸭汤、上等酱油、名贵作料,妙手烹调,味道鲜美异常,素中有荤,但是因为崇祯心中烦闷,吃到嘴里竟同嚼着泥土一般。他随便动动筷子,就不再吃,只把一碗冰糖银耳汤喝了一半。太监小心地撤去素膳,用盘子捧上一盅茶。因为是在斋戒期间,用的茶盅也不能有彩绘,而是用的建窑贡品,纯素到底,润白如玉,比北宋定窑更好。崇祯吃了一口茶,呆呆地望着茶盅出神。茶色嫩黄轻绿,浮着似有似无的轻烟。轻烟慢慢散开,从里边现出来李国瑞的可厌的幻影和孝定太后坐

---

① 奉先别殿——奉先殿的配殿。详见第一卷三十二章此注。

在莲花宝座上的遗容。他的心一动,眼睛一眨,幻象登时消失。

他不能不关心军饷问题,特别是关心李国瑞的问题,不可能静心省察自己的过错。越是想着这些事,他越是不能在省愆居枯坐下去,决定将三天的斋戒修省改为一天,而对这一天也巴不得立刻红日西坠,快回乾清宫去处理要务。

由于常常睡眠不足,他禁不住在椅子上朦胧入睡。他做了一些奇奇怪怪的梦,都与军饷有关。后来梦见成千上万的官军围着杨嗣昌的辕门鼓噪索饷。他看见杨嗣昌仓皇走出,百般抚慰,官兵鼓噪更凶,眼看就要酿成大祸,忽然杨嗣昌奔进宫来,到他的面前伏地叩头,恳求火速筹措军饷,而鼓噪声好像已经冲进皇城,逼近紫禁城外。他一惊而醒,出了一身冷汗。他隔着窗子望望太阳,不过申末酉初,觉得白日悠悠,这一天竟是特别的长!

一个近侍太监用银盆端来大半盆温水,跪在他的面前,另一个太监将一块素色贡缎盖在他的腿上,然后替崇祯将袖子卷起。像这样事情,平日都是宫女服侍,今日因为斋戒修省,宫女们不能跟随前来,只好全由太监来做。尽管这些近侍太监都是十七八岁的青年,面貌姣好,服饰华美,动作轻盈,崇祯仍不免觉得他们笨手笨脚,伺候得不能如意。他无可奈何,俯下身子洗了脸,轻轻地叹息一声。他究竟是为着太监们伺候得不如意而叹气,还是为着国事不遂心而叹气,没人知道。当盥洗的银盆和盖在腿上的素缎拿走以后,另一个小太监走来,在面前跪下,双手将一个永乐年间果园厂制的嵌着螺钿折枝梅花的黑漆托盘举起来。崇祯从托盘上取下茶杯,漱了口,仍旧放回盘中。回头向另一个大太监问:

“王德化在什么地方?”

“启奏皇爷,王德化刚才来到文华殿前边值房中等候问话,因皇爷修省事大,不敢贸然前来,奴婢也不敢启奏。”

这神秘的小木屋只供皇帝修省,不能谈论国事。崇祯想了会儿,决定破例在修省中离开一时,去文华殿问一问王德化,然后回来继续修省。他向玉皇的神主叩了三个头,便走出木屋了。

崇祯一到了文华后殿,向龙椅上一坐,便吩咐一个小答应将王德化唤到面前,焦急地问:

"昨天第二次传旨之后,李国瑞可有回奏么?"

王德化躬身回答:"启奏皇爷,李国瑞尚无回奏。"

"可恶!他家里有何动静?"

"午饭后曹化淳进宫来,因知皇爷正在修省,不敢惊驾,又出宫了。据化淳对奴婢言讲:自前日第一次传旨之后,李国瑞本人虽然待罪府中,不敢出头露面,却暗中同他的亲信门客、心腹家人,不断密议,也不断派人暗中找几家来往素密的皇亲、勋旧,密商办法。"

"商议什么办法?"

"无非是如何请大家向皇爷求情。但是皇亲、勋旧们将如何进宫求情,尚不清楚,横竖不过是替他向皇爷诉苦,大家也顺便替自己诉苦。"

"哼哼,我向谁诉苦呵!都是哪几家皇亲同李家来往最密?"

王德化明知道同李家关系最密的是皇后的父亲周奎,但是他决不说出。他并不是害怕素来不问朝政的皇后,更不是害怕周奎将来会对他如何报复,而是害怕皇上本人变卦。倘若在这件大事上他全心全意站在皇帝一边,将来皇上一旦变卦,后悔起来,他就会祸事临头。所以他笼统地回奏说:

"李国瑞是九莲娘娘的侄孙,世袭侯爵,在当今戚畹中根基最深,爵位最高,家家皇亲都同李府上来往较密,不止一家两家。"

崇祯又问:"京师臣民可知道这件事么?"

"启奏皇爷,世界上没有不漏风的墙,京师臣民都已经哄传开了。"

"臣民们有何议论?"

"据曹化淳向奴婢说,东厂和锦衣卫两衙门的打探事件的番子听到满城臣民都在纷纷议论,称颂陛下英明神圣,这件事做得极是。大家都说,这些年国家困难,臣民尽力出粮出饷,替皇上分了不少忧,他们这些深受国恩的皇亲国戚们早该报效了。如今皇上英明果断,叫他们为国出点钱,合情合理,大快人心。"

"还有什么议论?"

王德化知道皇亲中还有种种议论,但他不敢让崇祯知道,回答说没有别的议论了。崇祯叫他退出,又吩咐一个太监到内阁去将薛国观叫来。内阁在午门内左边,文华殿正南不远,所以薛国观很快就被叫来了。崇祯望着跪在地上的首辅问:

"朕昨日已二次严谕李国瑞为国输饷,为臣民做个榜样。看来李国瑞有意恃宠顽抗,大拂朕意。据先生看来,下一步将如何办好?在朝缙绅中有何看法?"

在这件案子上,薛国观是站在在朝的缙绅一边。两三天来,他接触到朝中同僚很多,不管是南方的或北方的,尽管平日利害不同,门户之见很深,惟独在这件事情上心中都同情皇帝的苦衷,赞成向戚畹开刀。他们希望皇上从戚畹和勋臣中筹到数百万银子以济军饷,使剿贼军事能够顺利进行,不必再向他们要钱;倘若万一皇亲和勋臣们用力抵抗,使皇上的这着棋归于失败,皇上也不好专向他们借助了。薛国观自然不肯将在朝缙绅的想法向崇祯说出,抬头奏道:

"在朝缙绅都知道当前国库如洗,皇上此举实出于万不得已。但事关戚畹,外臣不便说话,所以在朝中避免谈论。以臣看来,这一炮必须打响,下一步棋才好走。望陛下果断行事,不必多问臣工。"

崇祯点点头,又问了两件别的事,便叫薛国观退出去了。现在知道了京师臣民都对他衷心支持,称颂他的英明,使他增加了决心:如果李国瑞胆敢顽抗,就给以严厉处治。他担心几家较有面子的皇亲会出来替李家讲情,破坏他的捐饷大计。他越想越不放心,更没有心情回到木屋中继续独坐修省,便闷闷地踱出文华门,甩甩袍袖,乘辇回乾清宫去。

他刚刚换了衣服,坐在乾清宫大殿东暖阁的御案前边,王德化把李国瑞的一封奏疏同一叠别的文书捧送到他的面前。他原以为二次传旨之后,李国瑞尽管暗中有所活动,但无论如何不能不感到惶恐,上表谢罪。只要李国瑞上表谢罪,肯拿出十万两银子作个倡导,他不惟不再深究,还打算传旨嘉勉。万没想到,李国瑞在密本中不但对他诉苦,还抬出来孝定太后相对抗,要他看在孝定的情分上放宽限期,好使他向各家亲戚挪借三万两银子报效国家。崇祯看毕这封密奏,向王德化问道:

"这是才送来的?"

"是的,皇爷。"

"你看了么?"

"奴婢看过。"

崇祯将脚一跺:"哼,三万两,他倒说得出口!"

"是的,亏他说得出口。"

"朕倒要瞧瞧他胳膊能扭过大腿!"

这一件不愉快的事使崇祯连晚膳也吃不下。所好的是今日因为斋戒修省,晚膳只有十来样素菜,进膳的时候免掉了照例奏乐,耳边十分清静,他还能勉强地吃一点。刚刚用过晚膳,近侍太监奏称新乐侯刘文炳和几位皇亲入宫求见,现在东华门内候旨。崇祯想着他们一定是为替李国瑞求情而来,问道:

"还有哪几家皇亲同来?"

"还有驸马都尉巩永固,老皇亲张国纪,老驸马冉兴让。"

崇祯想道,倒是皇后的父亲周奎知趣,没有同他们一起进宫。他本来不打算见他们,但又想张国纪和冉兴让都是年高辈尊的皇亲,很少进宫,不妨听听他们说些什么。于是他沉吟片刻,吩咐说:

"叫他们在文华殿等候!"

第二章

　　武清侯的事件给在京戚畹中的震动很大,他们感到恐慌,也愤愤不平。有爵位的功臣之家,即所谓"勋旧",也害怕起来。他们明白,皇上首先向戚畹借助,下一步就轮到他们。再者,戚畹和勋旧多结为亲戚,一家有难,八方牵连。所以那些在京城的公、侯、伯世爵对戚畹都表示同情,暗中支持,希望武清侯府用各种办法硬抗到底。皇亲们经过紧张的暗中串连,几番密商,推举出四个人进宫来替李家求情。其中班辈最高的是万历皇帝的女婿、驸马都尉冉兴让,已经六十多岁,须发如银。其次比较辈尊年长的是懿安皇后①的父亲、太康伯张国纪。他一向小心谨慎,不问外事,也不敢多交游。这次因为一则有兔死狐悲之感,二则李国瑞家中人苦苦哀求,周奎又竭力怂恿,不得不一反往日习惯,硬着头皮进宫。大家都知道崇祯的脾气暴躁,疑心很重,所以四个人在文华殿等候时候,心中七上八下,情绪紧张。

　　崇祯来到文华后殿,坐在宝座上了。四位皇亲首先在文华门的甬路旁跪着接驾,随即来到文华后殿向皇帝行了一跪三叩头礼。崇祯赐坐,板着脸孔问他们进宫何事。他们进宫前本来推定老驸马冉兴让先说话,他一看皇上的脸色严峻,临时不敢做声了。新乐侯刘文炳是崇祯的舅家表哥,本来是一个敢说话的人,但是他的亡妹是李国瑞的儿媳,因为有这层亲戚关系,也不便首先开口。驸马都尉巩永固是崇祯的妹夫,在这几个人中年纪最小,只有二十五岁,秉性比较爽直,平日很受崇祯宠爱。看见大家互相观望,都不敢开口,他忍不住起立奏道:

---

　　① 懿安皇后——天启的皇后张氏,崇祯的嫂子。

"臣等进宫来不为别事,恳陛下看在孝定太后的情分上,对李国瑞……"

崇祯截断他的话说:"李国瑞的事,朕自有主张,卿等不用多言。"

巩永固又说:"皇上圣明,此事既出自乾断,臣等自然不应多言。但想着孝定太后……"

崇祯用鼻孔轻轻冷笑一声,说:"朕就知道你要提孝定太后!这江山不惟是朕的江山,也是孝定太后的江山,祖宗的江山。朝廷的困难,朕的苦衷,纵然卿等不知,祖宗也会尽知。若非万不得已,朕何忍向戚畹借助?"

刘文炳壮着胆子说:"陛下为国苦心,臣等知之甚悉。但今日朝廷困难,决非向几家戚畹借助可以解救。何况国家今日尚未到山穷水尽地步,皇上对李国瑞责之过甚,将使孝定太后在天之灵……"

崇祯摇头说:"卿等实不知道。这话不要对外人说,差不多已经是山穷水尽了。"他望着四位皇亲,眼睛忽然潮湿,叹口长气,接着说:"朕以孝治天下,卿等难道不知? 孝定太后是朕的曾祖母,如非帑藏如洗,军饷无着,朕何忍出此一手? 自古忠臣毁家纾难,史不绝书。李国瑞身为国戚,更应该拿出银子为臣民倡导才是,比古人为国毁家纾难还差得远哩!"

年长辈尊的驸马都尉冉兴让赶快站起来说:"国家困难,臣等也很清楚。但今日戚畹,大非往年可比。遍地荒乱,庄田收入有限。既为皇亲国戚,用度又不能骤减。武清侯家虽然往年比较殷实,近几年实际上也剩个空架子了。"

崇祯冷冷地微笑一下,说:"你们都是皇亲,自然都只会替皇亲方面着想。倘若天下太平,国家富有,每年多给皇亲们一些赏赐,大家就不会叫苦了。"

皇亲们都不敢再说话,低着头归还座位。崇祯向大家看看,问道:

"你们还有什么话说？"

大家都站立起来，互相望望，都不敢做声。巩永固知道张国纪是决不敢说话的，他用肘碰了一下老驸马冉兴让，见没有动静，只好自己向前两步，跪下奏道：

"臣不敢为李国瑞求情，只是想着李国瑞眼下拿二十万两银子实有困难。陛下可否格外降恩，叫他少出一点，以示体恤，也好使这件事早日了结？"

关于这个问题，崇祯也曾反复想过。他也明白如今要的这个数目太大，李国瑞实在不容易拿出来，但他不愿意马上让步，要叫李国瑞知道他的厉害以后再讨价还价。他冷笑说：

"一钱银子也不能少。当神祖幼时，内库金银不知运了多少到他们李家。今日国家困难，朕只要他把内库金银交还。"他转向冉兴让，问："卿年高，当时的事情卿可记得？"

冉兴让躬身回答说："万历十年张居正死，神祖爷即自掌朝政，距今将近六十年。从前确有谣传，说孝定太后常将内库金银赏赐李家。不过以臣愚见，即令果有其事，必在万历十年之前，事隔六十年，未必会藏至今天。"

"六十年本上生息，那就更多了。"崇祯笑一笑，接着说："卿等受李家之托，前来讲情，朕虽不允，你们也算尽到了心。朕今日精神疲倦，有许多苦衷不能详细告诉卿等知悉。你们走吧。"

大家默默地叩了头，鱼贯退出。但他们刚刚走出文华门，有一个太监追出传旨，叫驸马巩永固回文华后殿。其余的皇亲们都暂时不敢走，等候召见。大家起初在刹那间都觉诧异，还有点吃惊。随即冉兴让和张国纪二人同时转念一想，认为一定是皇上改变了主意，李国瑞的事情有了转机，不觉心中暗喜，互相交换眼色。

崇祯已经离开御座，在文华后殿的中间走来走去，愁眉不展，一脸焦躁神气。看见巩永固进来，他走到正中间，背靠御案，面南而立，脸色严峻得令人害怕。巩永固叩了头，怀着一半希望和一半忐忑不安的心情跪在地上，等候问话。过了片刻，崇祯向他的妹夫问：

"皇亲们对这件事都有什么怨言？"

巩永固猛然一惊，叩头说："皇亲们对陛下并没有一句怨言。"

"哼，不会没有怨言！"停一停，崇祯又说："万历皇爷在世时，各家老皇亲常蒙赏赐。到了崇祯初年，虽然日子大不如前，朕每年也赏赐不少。如今反而向皇亲们借助军饷，岂能没有怨言？"

巩永固确实听到了很多怨言，最大的怨言是皇亲们都说宗室亲王很多，像封在太原的晋王、西安的秦王、卫辉的潞王、开封的周王、洛阳的福王、成都的蜀王、武昌的楚王等等，每一家都可以拿出几百万银子，至少拿出几十万不难，为什么不让他们帮助军饷？有三四家拿出银子，一年的军饷就够了。皇上到底偏心朱家的人，放着众多极富的亲王不问，却在几家皇亲的头上打算盘！就连巩永固自己，也有这样的想法。然而他非常了解皇上的秉性脾气，纵然他是崇祯的至亲，又深蒙恩宠，也不敢将皇亲们的背后议论说出一个字来。他只是伏地不起，默不做声。

崇祯见他的妹夫不说话，命他出去。随即，他心情沉重地走出文华殿，乘辇回乾清宫去。

已经是鼓打三更了，他还靠在御榻上想着筹饷的事。他想，今晚叫几位较有面子的皇亲碰了钉子，李国瑞一定不敢继续顽抗；只要明日他上表谢罪，情愿拿出十万、八万银子，他还可以特降皇恩，不加责罚。他又暗想，皇后的千秋节快要到了，向皇亲们借助的事最好在皇后的生日之前办完，免得为这件事闹得宫中和戚畹都不能愉快一天。

武清侯李国瑞因见替他向皇帝求情的皇亲们碰了钉子，明白他已经惹动皇上生气，纵然想拿出三五万银子也不会使事情了结。在几天之内，他单向皇上左右的几位大太监如王德化、曹化淳之流已经花去了三万银子，其他二三流的太监也趁机会来向他勒索银子。李国瑞眼看银子像流水似的花去了将近五万两，还没有一两银子到皇上手里,想来想去,又同亲信的清客们反复密商,决定只上表乞恩诉苦,答应出四万银子,多一两银子也不出了。他倚仗的是他是孝定太后的侄孙,当今皇上的表叔,又没犯别的罪,皇上平白无故要他拿出很多银子本来就不合道理,他拿不出来多的银子不犯国法。有的皇亲暗中怂恿李家一面继续软拖硬顶,一面想办法请皇后和东宫田娘娘在皇上面前说句好话。大家认为,只要皇后或十分受宠的东宫娘娘说句话,事情就会有转机了。

一连几天,崇祯天天派太监去催逼李国瑞拿出二十万两银子,而李国瑞只有上本诉穷。崇祯更怒,不考虑后果如何,索性限李国瑞在十天内拿出来四十万两银子,不得拖延。李国瑞见皇帝如此震怒和不讲道理,自然害怕,赶快派人暗中问计于各家皇亲。大家都明白崇祯已经手忙脚乱,无计可施,所以才下此无理严旨。他们认为离皇后千秋节只有十来天了,只要李国瑞抱着破罐子破摔,硬顶到千秋节,经皇后说句话,必会得到恩免。还有人替李国瑞出个主意:大张旗鼓地变卖家产。于是武清侯府的奴仆们把各种粗细家具、衣服、首饰、字画、古玩,凡是能卖的都拿出来摆在街上,标价出售,满满地摆了一条大街。隔了两天,开始拆房子,拆牌楼,把砖、瓦、木、石、兽脊等等堆了两条长街。在什物堆上贴着红纸招贴,上写着:“本宅因钦限借助,需款火急;各物贱卖,欲购从速!”这是历朝从来没有过的一件大大奇闻,整个北京城都哄动起来。每天京城士民前往武清侯府一带观看热闹的人络绎不绝,好像赶会一般,但东西却无人敢买,害怕惹火烧身。士民中议论纷纷,有的责备武清侯这样做是故意向皇上的脸上抹灰,用耍死狗的办法顽抗到底;有的说皇上做得太过分了,二十万现银已经拿不出来,又逼他拿出四十万两,逼得李武清不得已狗急跳墙;另外,一天清早,在大明门、棋盘街和东西长安街出现了无名揭帖,称颂当今皇上是英明圣君,做这件事深合民心。

这些情形,都由东厂提督太监曹化淳报进皇宫。崇祯非常愤怒,下旨将李国瑞削去封爵,下到镇抚司狱,追逼四十万银子的巨款。起初他对于棋盘街等处出现的无名揭帖感到满意,增加了他同戚畹斗争的决心。但过了一天,当他知道舆论对他的做法也有微词时,他立刻传旨东厂和锦衣卫,严禁京城士民"妄议朝政"、暗写无名揭帖,违者严惩。

崇祯原来希望在皇后千秋节之前顺利完成了向戚畹借助的事,不料头一炮就没打响,在李国瑞的事情上弄成僵局。尽管他要对皇亲们硬干到底,但是他的心中未尝不有些失悔。在李国瑞下狱的第二天,他几乎感到对李国瑞没有办法,于是他将首辅薛国观召进乾清宫,忧虑地问道:

"李国瑞一味顽抗,致使向戚畹借助之事不得顺利进行。不意筹饷如此困难,先生有何主意?"

薛国观心中很不同意崇祯的任性做法,但他不敢说出。他十分清楚,戚畹、勋旧如今都暗中拧成了一股绳儿,拼命抵制皇上借助。他害怕事情一旦变化,他将有不测大祸,所以跪在地上回答了一句模棱两可的话:

"李国瑞如此顽抗,殊为不该。但他是孝定太后的侄孙,非一般外臣可比。究应如何处分,微臣不敢妄言。"

听了这句回答,崇祯的心中十分恼火,但忍耐着没有流露。他决定试一试薛国观对他是否忠诚,于是忽然含着微笑问:

"先生昨晚在家中如何消遣?"

薛国观猛然一惊,心中扑通扑通乱跳。他害怕如果照实说出,皇上可能责备说:"哼,你是密勿大臣,百官领袖,灾荒如此严重,国事如此艰难,应该日夜忧勤,不遑宁处,才是道理,怎么会有闲情逸致,同姬妾饮酒,又同清客下棋,直至深夜?"他素知东厂的侦事人经常侦察臣民私事,报进宫去。看来他昨晚的事情已经被皇上知道了,如不照实说出,会落个欺君之罪。在片刻之间,他把两方面的利害权衡一下,顿首说:

"微臣奉职无状,不能朝夕惕厉,加倍奋发,以纾皇上宵旰之忧,竟于昨晚偶同家人小酌,又与门客下棋。除此二事,并无其他消遣。"

"先生可是两次都赢在'卧槽马'上?"

"不过是两次侥幸。"

崇祯不再对首辅生气了。他满意薛国观的回答同他从东厂提督太监曹化淳口中所得的报告完全相符,笑着点点头说:

"卿不欺朕,不愧是朕的股肱之臣。"

薛国观捏了一把汗从乾清宫退出以后,崇祯陷入深深的苦恼里边。两天来,他觉察出他的亲信太监王德化和曹化淳对此事都不像前几天热心了,难道是受了皇亲们的贿赂不成?他没有抓到凭据,可是他十分怀疑,在心中骂道:

"混蛋,竟没有一个可信的人!"

恰在这时,曹化淳来了。他每天进宫一趟,向皇上报告京城内外臣民的动态,甚至连臣民的家庭阴事也是他向宫中奏报的材料。近来他已经用了李国瑞很多银子,又受了一些公、侯勋臣的嘱托,要他在皇上面前替李国瑞多说好话。今天他在崇祯面前直言不讳地禀奏说:满京城的戚畹、勋旧和缙绅们为着李国瑞的事人人自危,家家惊慌。曹化淳还流露出一点意思,好像李国瑞并不像外边所传的那样富裕。

听了曹化淳的禀奏,崇祯更加疑心,故意望着曹化淳的眼睛,笑而不语。曹化淳回避开他的目光,低下头去,心中七上八下,背上浸出冷汗。他虽然提督东厂,权力很大,京中臣民都有点怕他,但他毕竟是皇帝的家奴,皇帝随时说一句话就可以将他治罪,所以他极怕崇祯对他起了疑心。过了一阵,崇祯忽然问道:

"曹伴伴①,日来生意可好哇?"

曹化淳大惊失色,俯伏在地,连连叩头,说:"奴婢清谨守法,皇爷素知,从不敢稍有苟且。实不知皇爷说的是什么事情。"

崇祯继续冷笑着,过了好长一阵,徐徐地说:"你要小心!有人上有密本,奏你假借东厂权势,受贿不少,京师人言藉藉。"

---

① 伴伴——明代宫中习惯,皇帝对年纪较长、地位较高的太监称呼伴伴,表示亲密。

"奴婢冤枉！奴婢冤枉！皇爷明鉴，奴婢实在冤枉！"曹化淳连声说，把头碰得咚咚响。

看见曹化淳十分害怕，崇祯满意了，想道："这班奴婢到底是自家人，不敢太做坏事。"为着使曹化淳继续替他忠心办事，他用比较温和的口气说：

"朕固然不疑心你，不过你以后得格外小心。万一有人抓住你的把柄，朕就护不得你了。"

"奴婢死也不敢做一点苟且之事。"

"既然你不敢背着朕做坏事，那就好了。"

"万万不敢！"

"李国瑞下狱后情形如何？"

李国瑞正在患病，曹化淳本来打算向皇帝报告，但此刻怕皇上疑心他替李国瑞说话，不敢照实说出。他跪着奏道：

"他很害怕，总在叹气、流泪。别的情形没有。"

"你同吴孟明好生替朕严追，莫要姑息！"

"是，一定严追！"

李国瑞虽然下狱，但是李府的亲信家人和几家关系最密的皇亲们却按照商量好的主意，暗中加紧活动。他们已经知道，如若不是有薛国观的赞同，皇上未必就决定向戚畹借助。他们还风闻两个月前，有一天崇祯在文华殿召见薛国观，议论国事。当崇祯谈到朝廷上贪贿成风时，薛国观回答说："倘使厂、卫得人，朝士安敢如此！"当时王德化侍立一旁，他原是东厂提督太监转为司礼监掌印太监，吓了一身冷汗。从那天以后，王德化和曹化淳都有意除掉薛国观。皇亲们现在决定：一方面利用王德化和曹化淳赶快除掉薛国观，使朝廷上没有一个大臣敢支持皇上向戚畹借助；另一方面，他们正在利用嘉定伯府和锦衣都督田府对皇后和田贵妃暗中求情。由于皇后的性情比较庄严，对她不能随便通过太监传话，所以皇亲们首先打通了承乾宫的门路。

近来,田宏遇曾经几次派总管暗中送礼给承乾宫的掌事太监,托他转恳贵妃在皇上面前替李国瑞说话。李国瑞家也给这个掌事太监送了不少银子。田妃深知崇祯最厌恶后妃们过问外事,但无奈她父亲几次托太监向她恳求,使她不好完全拒绝,心中十分为难。昨晚田皇亲府派人进献四样东西:一卷澄心堂纸,一册北宋精拓《兰亭序》,一方宋徽宗的二龙戏珠端石砚,一串珍珠念珠。这四样东西使田妃十分满意。田妃心想这澄心堂纸是南唐李后主所造的名贵纸张,在北宋已很难得,欧阳修和梅圣俞都曾写诗题咏,经过七百年,越发成了珍品,宫中收藏的已经找不到,不料田皇亲府有办法找来一卷送给她画画。北宋拓《兰亭序》虽然在宫中不算稀罕,但是她近两年来正在临摹此帖,喜欢收集不同的名贵拓本,这一件东西也恰恰投合了她的爱好。那一方端石砚通体紫红,却在上端正中间生了一个"鸲鹆眼",色呈淡黄,微含绿意。砚上刻了两条龙,一双龙头共向"鸲鹆眼",宛如戏珠。砚背刻宋徽宗手写铭文,落款是"大宋宣和二年御题"。那一串念珠是一百单八颗珍珠用金线穿成,下边一颗大如小枣,宝光闪烁,十分难得,而最罕见的是四颗黑珍珠,色如浓漆,晶莹照人。田妃近来不知怎地常有"人生如梦"和"祸福无常"的想法,对佛法顿生兴趣,有时背着皇帝焚香跌坐,默诵《妙法莲华经》。如今忽然得到这串念珠,真是喜出望外。她一点没有料到这四样东西都是武清侯府的旧藏,用她父亲田宏遇的名义献进承乾宫来。每一样东西都用锦匣装着,匣上贴着红色洒金笺,上边一行写道:"承乾宫贵妃娘娘赏玩"。下边一行写道:"臣田宏遇叩首恭进"。田妃把这四样东西欣赏、把玩很久,爱不释手,一股思念父母的感情涌上心头。母亲已经于前年死了,而父亲已十二年没见面了。明朝宫廷的家法极严,没有后妃省亲的制度。田妃只知道自从她成为皇上的宠妃以后,她的父母搬到东城住,宅第十分宏敞,大门前有一对很大的铁狮子,京城士民都将那地方叫做铁狮子胡同,但是她自己除看见过母亲一次之外,从来没机缘再见一家骨肉。甚至每次家中派人送东西进宫也只能到东华门内,不能到承乾宫同她见面。如今对着父亲送来的四样东西,在一阵高兴过后,跟着是心中酸楚,连眼圈儿也红了。

这时,宫女和别的太监都不在田妃身边。承乾宫掌事太监吴祥进来,向她躬身低声奏道:

"启禀娘娘,刚才老皇亲派来陈总管对奴婢说:李国瑞在狱中身染重病,命在旦夕,恳求娘娘早一点设法垂救。"

田妃没有做声,想了一阵,仍然感到为难,挥手使吴祥退出。替李国瑞说话还是不说?思前想后,她拿不定主意。她临着《兰亭序》写了二十多个字,实在无情无绪,便放下宫制斑管狼毫笔,走到廊下,亲自教鹦鹉学语。忽然宫门外一声传呼:

"万岁驾到!"

随着这一声传呼,在承乾宫前院中所有的宫女和太监都慌忙跑去,跪在甬路两边接驾,肃静无声。田妃来不及更换冠服,赶快走到承乾门内接驾。崇祯在田妃的陪侍下一边看花一边往里走去,忽然听见画廊下又发出一声喧呼:"万岁驾到!"他抬头一看,原来是一只红嘴绿鹦鹉在鎏金亮架上学话,不觉笑了,回头对田妃说:

"卿的宫中,处处有趣,连花鸟也解人意,所以朕于万几之暇,总想来此走走。"

田妃含笑回答:"皇上恩宠如此,不惟臣妾铭骨不忘,连花鸟亦知感激。"

她的话刚说完,鹦鹉又叫道:"谢恩!"崇祯哈哈地大笑起来,一腔愁闷都散了。

崇祯爱田妃,也爱承乾宫。

承乾宫的布置很别致。田妃嫌宫殿过于高大,不适合居住,便独出心裁,把廊房改成小的房间,安装着曲折的朱红栏杆,雕花隔扇,里面陈设着从扬州采办的精巧家具和新颖什物,墙上挂着西洋八音自鸣钟。嫌宫灯不亮,她把周围护灯的金丝去掉了三分之一,遮以轻绡,加倍明亮。她是个十分聪明的人,用各种心思获得崇祯的喜欢,使他每次来到承乾宫都感到新鲜适意。她非常清楚,一旦失宠,她和她的家族的一切幸福都跟着完了。当时因为到处兵荒马乱,交通阻塞,南方的水果很难运到北京,可是今天在田妃的桌子上,一个大玛瑙盘中摆着橘子和柑子。屋角,一张用螺钿、翡翠和桃花红玛瑙镶嵌成采莲图的黑漆红木茶几上放着一个金猊香炉,一缕轻烟自狮子口中吐出,袅袅上升,满屋异香,令崇祯忽然间心清神爽。

崇祯每次于百忙中来到田妃宫中,都会感到特别满意。田妃也常常揣摸他的心理,变换着宫中的布置。今天,崇祯在靠窗的一张桌子上看见了一个出自苏州名手的盆景,虽然宜兴紫砂盆长不盈尺,里面却奇峰突兀,怪石嶙峋,磴道盘曲,古木寒泉,梵寺半隐,下临一泓清水,白石粼粼。桌上另外放着一块南唐龙尾砚,上有宋朝欧阳修的题字。砚旁放着半截光素大锭墨,上有“大明正德年制”六个金字,“制”字已经磨去了大半。砚旁放着一个北宋汝窑秘色笔洗,一个永乐年制的剔红嵌玉笔筒,嵌的图画是东坡月夜游赤壁。桌上还放着一小幅宣德五年造的素馨贡笺,画着一枝墨梅,尚未画成。崇祯向桌子上望了望,特别对那个紫檀木座上的盆景感兴趣。他端详片刻,笑着说:

“倘若水中有几条游鱼,越发有趣。”

田妃回答说:“水里是有几条小鱼,皇上没有瞧见。”

“真的?”

田妃嫣然一笑,亲自动手将盆景轻扣一下。果然有几条只有四五分长的小鱼躲在悬崖下边,被一些绿色的鱼草遮蔽,如今受到惊动,立即活泼地游了出来。崇祯弯着身子一看,连声说好。看了一阵,他离开桌子,背着手看墙上挂的字画。田妃宫中的字画也是经常更换。今天在这间屋子里只挂了两幅画,都是本朝的名家精品:一幅是王冕的《归牧图》,一幅是唐寅的《相村水乡图》。后者是一个阔才半尺、长约六尺余的条幅,水墨浓淡,点缀生动;杨柳若干株,摇曳江干;小桥村市,出没烟云水气之中。画上有唐伯虎自题五言古诗一首。相村是大书画家兼诗人沈石田住的地方。石田死后，唐寅前去吊他，在舟中见山水依然，良友永逝，百感交集，挥笔成画，情与景融，笔墨之痕俱化。崇祯对这幅画欣赏一阵，有些感触，便在椅子上坐下去，叫宫女拿来曲柄琵琶，弹了他自制的五首《访道曲》，又命田妃也弹了一遍。

趁皇上心情高兴，田妃悄悄告诉宫女，把三个孩子都带了进来。登时，崇祯的面前热闹起来。崇祯这时候共有五个男孩子，两个女儿。这五个儿子，太子和皇三子是周后所生，皇二子和皇四子、皇五子都是田妃所生。皇二子今年九岁，皇四子七岁。他们都已经懂得礼节，被宫廷教育弄得很呆板。在奶子、宫女和太监们簇拥中进来以后，他们胆怯地跪下给父亲叩头，然后站在父亲的膝前默不做声。皇五子还不满五周岁，十分活泼，也不懂什么君臣父子之礼。崇祯平日很喜欢他，见了他总要亲自抱一抱，放在膝上玩一阵，所以惟有他不怕皇上。如今他被奶子抱在怀里，跟在哥哥们的后边，一看见父亲就快活地、咬字不清地叫着："父皇！父皇……万岁！"奶子把他放在红毡上，要他拜，他就拜，因为腿软，在红毡上跌了一跤。但他并不懂跪拜是礼节，只当做玩耍，所以在跌跤时还格格地笑着。崇祯哈哈大笑，把他抱在膝上，亲了一下他的红喷喷的胖脸颊。

崇祯对着美丽多才的妃子和爱子，暂时将筹不到军饷的愁闷撂在一边。他本有心今天向田妃示意，叫她的父亲借助几万银子，打破目前向戚畹借助的僵局。现在决定暂不提了，免得破坏了这一刻愉快相处。"叫田宏遇出钱的事，"他心里说，"放在第二步吧。"然而田贵妃却决定趁着皇上快活，寻找机会大胆地替李国瑞说一句话。她叫宫女们将三个皇子带出去，请求奉陪皇上下棋消遣，想让崇祯在连赢两棋之后，心中越发高兴，她更好替李国瑞说话。不料崇祯刚赢一棋，把棋盘一推，叹口气，说要回乾清宫去。田妃赶快站起来，低声问道：

"陛下方才那么圣心愉快，何以忽又烦恼起来？"

崇祯叹息说:"古人以棋局比时事,朕近日深有所感!"

田妃笑道:"如拿棋局比时事,以臣妾看来,目前献贼新败,闯贼被围,陛下的棋越走路越宽,何用烦恼?"

崇祯又啧啧地叹了两声,说:"近来帑藏空虚,筹饷不易,所以朕日夜忧愁,纵然同爱卿在一起下棋也觉索然寡味。"

"听说不是叫戚畹借助么?"

"一言难尽!首先就遇着李国瑞抗旨不出,别的皇亲谁肯出钱?"

"李家世受国恩,应该做个榜样才是。皇上若是把他召进宫来,当面晓谕,他怎好一毛不拔?"

"他顽固抗旨,朕已经将他下到狱里。"

田妃鼓足勇气说:"请陛下恕臣妾无知妄言。下狱怕不是办法。李国瑞年纪大概也很大了,万一死在狱中,一则于皇上的面子不好看,二则也对不起孝定太后。"

崇祯不再说话,也没做任何表示。虽然他觉得田妃的话有几分道理,但是他一向不许后妃们过问国事,连打听也不许,所以很失悔同田妃提起此事。他站起来准备回乾清宫,但在感情上又留恋田妃这里,于是背着手在承乾宫中徘徊,欣赏田妃的宫中陈设雅趣。他随手从田妃的梳妆台上拿起来一面小镜子。这镜子造得极精,照影清晰。他看看正面,又看看反面,于无意中在背面的单凤翔舞的精致图案中间看见了一首七绝铭文:

> 秋水清明月一轮,
> 好将香阁伴闲身。
> 青鸾不用羞孤影,
> 开匣当如见故人。

崇祯细玩诗意,觉得似乎不十分吉利,回头问道:"这是从哪里来的镜子?"

田妃见他不高兴,心中害怕,躬身奏道:"这是宫中旧物,奴婢们近日从库中找出来的。妾因它做得精致,又是古镜,遂命磨了

磨,放在这里赏玩。看这小镜子背面的花纹图样,铭文格调,妾以
为必是晚唐之物。"

"这铭文不大好,以后不要用吧。"

田妃恍然醒悟,这首诗对女子确有点不吉利,赶快接过古镜,
躬身奏道:

"臣妾一向没有细品诗意,实在粗心。皇上睿智天纵,烛照万
物。这小镜子上的铭文一经圣目,便见其非。臣妾谨遵谕旨,决不
再用它了。"

崇祯临走时怕她为此事心中不快,笑着说:"卿可放心,朕永远
不会使卿自叹'闲身''孤影'。卿将与朕白发偕老,永为朕之
爱妃。"

田妃赶快跪下叩头,说:"蒙皇上天恩眷爱,妾愿世世生生永侍
陛下。"

崇祯把田妃搀了起来,又说:"卿不惟天生丽质,多才多艺,更
难得的是深明事体。朕于国事焦劳中每次与卿相对,便得到一些
慰藉。"

田妃把崇祯送走以后,心中有一阵忐忑不安,深怕自己关于李
国瑞的话说得过于明显,会引起皇上疑心。但是她又想着皇上多
年来对她十分宠爱,大概会听从她的意见,而不会对她有什么疑
心。她又想,后天就是中宫的千秋节,阖宫腾欢,连皇上也要跟着
快活一天,只要皇上趁着高兴把李国瑞从狱中释放,一天乌云就会
散去。

午膳以后,崇祯略睡片刻,便坐在御案前处理军国大事。虽然
筹饷的事情受到阻碍,但是首辅薛国观对他的忠心,连家中私事也
不对他欺瞒,使他在愁闷中感到一些安慰。他默坐片刻,正要批阅
文书,王德化和曹化淳进来了。他望着他们问:

"你们一起来有什么事?"

曹化淳叩了头,站起来躬身说:"奴婢有重要事密奏,乞皇爷不

要生气。"

崇祯感到诧异,赶紧问:"密奏何事?"

王德化向左右使个眼色,那侍立在附近的太监和宫女们都立刻静悄悄地退了出去。

"到底有什么大事?"崇祯望着曹化淳问,以为是什么火急军情,心中不免紧张。

曹化淳跪下说:"启奏皇爷,奴婢侦察确实,首辅薛国观深负圣眷,贪赃不法,证据确凿。"

"啊? 薛国观……他也贪赃么?"

"是的,皇爷。奴婢现有确实人证,薛国观单只吞没史蒳的银子就有五万。"

"哪个史蒳?"

"有一个巡按淮扬①的官儿名叫史蒳,在任上曾经干没了赃罚银和盐课银三十余万,后来升为太常寺少卿,住在家乡,又做了许多坏事,被简讨②杨士聪和给事中张煊芳相继奏劾……"

"这个史蒳不是已经死在狱中了么?"

"皇上圣明,将史蒳革职下狱。案子未结,史蒳瘐死狱中。史蒳曾携来银子十余万两,除遍行贿赂用去数万两外,尚有五万两寄存在薛国观家,尽入首辅的腰包。"

"有证据么?"

"奴婢曾找到史蒳家人,询问确实,现有史蒳家人刘新可证。刘新已写了一张状子,首告薛国观干没其主人银子一事。"曹化淳从怀中取出状子,呈给崇祯,说:"刘新因是首告首辅,怕通政司不收他的状子,反将受害,所以将状子递到东厂,求奴婢送达御览。"

崇祯将状子看过以后,忽然脸色铁青,将状子向御案上用力一摔,将脚一跺,咬牙切齿地说:

---

① 淮扬——明朝的扬州府和淮安府合称淮扬。
② 简讨——翰林院官名。本作"检讨",明末因避崇祯帝讳,改写为"简讨",入清朝仍写作"检讨"。

"朕日夜焦劳,志在中兴。不料用小臣小臣贪污,用大臣大臣贪污。满朝上下,贪污成风,纲纪废弛,竟至如此！王德化……"

王德化赶快跪下。

崇祯吩咐:"快去替朕拟旨,着将薛国观削职听勘！"

"是,奴婢立刻拟旨。"

王德化立刻到值房中将严旨拟好,但崇祯看了看,却改变了主意。在刚才片时之间,他恨不得杀掉薛国观,借他的一颗头振刷朝纲,但猛然转念,此事不可太急。他想,第一,薛国观究竟干没史𡎚银子多少,尚需查实,不能仅听刘新一面之词;第二,即令刘新所告属实,但史𡎚原是有罪入狱,在他死后干没了他的寄存银子与贪赃性质不同;第三,目前为李国瑞事正闹得无法下台,再将首辅下狱,必然使举朝惊慌不安,倒不如留下薛国观,在强迫戚畹借助一事上或可得他与廷臣们的助力。他对王德化说:

"重新拟旨,叫薛国观就这件事好生回话！"

王德化和曹化淳退出以后,崇祯又开始省阅文书。他看见有李国瑞的一本,以为他一定是请罪认捐。赶快一看,大失所望。李国瑞仍然诉穷,说他在狱中身染重病,恳求恩准他出狱调治。崇祯想起来上午田贵妃对他所说的话,好生奇怪。默想一阵,不禁大怒,在心中说:

"啊,原来田妃同外边通气,竟敢替李国瑞说话！"

他将李国瑞的奏本抓起来撕得粉碎,沉重地哼了一声,又将一只成窑茶杯用力摔到地上。那侍立附近的宫女和太监都吓得脸色灰白,不敢抬头望他。在他盛怒之下,他想到立刻将田妃"赐死",但稍过片刻,他想到这样做会引起全国臣民的震惊和议论,又想起来田妃平日的许多可爱之处,又想起来她所生的三个皇子,特别是那个天真烂漫的五皇子,于是取消处死田妃的想法。沉默片刻,他先命一个太监出去向东厂和锦衣卫传旨,将李国瑞的全部家产查封,等候定罪之后,抄没入官。关于如何处分田妃,他还在踌躇。他又想到后天就是皇后的生日。他原想着今年皇后的生日虽然又得像去年一样免命妇朝贺,但是总得叫阖宫上下快快活活地过一天,全体妃、嫔①、选侍和淑女都去坤宁宫朝贺。在诸妃中田妃的地位最高,正该像往年一样,后天由她率领众妃、嫔向中宫朝贺,没想到她竟会做出这事!怎么办呢?想了一阵,他决定将她打入冷宫,以后是否将她废黜,看她省愆的情况如何。于是他吩咐一个御前太监立刻去承乾宫如何传旨,并严禁将此事传出宫去。这个太监一走,他心中深感痛苦,自言自语说:

"唉,真没想到,连我的爱妃也替旁人说话。我同李国瑞斗,斗到我家里来啦!"他摇摇头,伤心地落下泪来。

田妃刚才打发亲信太监出宫去将她已经在皇上面前替李国瑞说话的事情告诉她的父亲知道,忽然一个宫女慌忙启奏说御前太监陈公公前来传旨,请娘娘快去接旨。随即听见陈太监在院中高声叫道:"田娘娘听旨!"她还以为是关于后天庆贺中宫千秋节的事,赶快整好凤冠跑出,跪在阶下恭听宣旨。陈太监像朗诵一般地说:

"皇上有旨:田妃怙宠,不自约束,胆敢与宫外互通声气。姑念其平日尚无大过,不予严处,着即贬居启祥宫,痛自省愆。不奉圣旨,不准擅出启祥宫门!除五皇子年纪尚幼,皇上恩准带往启祥宫外,其余皇子均留在承乾宫,不得擅往启祥宫去。钦此!……谢恩!"

"谢恩!"田妃叩头说,声音打颤。

田妃突然受此严谴,仿佛一闷棍打在头上,脸色惨白,站不起来。两个宫女把她搀起,替她取掉凤冠,收拾了应用东西,把九岁的皇二子和七岁的皇四子留在承乾宫,自己带着皇五子,抽咽着走出宫门。明朝末年,每到春天,宫女们喜欢用青纱护发,以遮风沙。田妃临出宫时,向一个宫女要了一幅青纱首帕蒙在头上,皇二子和皇四子牵着她的衣裳哭。她挥挥手,叫两个太监将他们抱开。她

---

① 嫔——明代皇帝的妻妾的名号是:皇后、皇贵妃、贵妃、妃、嫔、才人、婕妤、昭仪、美人、昭容、选侍、淑女。但嫔以下的等级不十分清楚。

熟悉历代宫廷掌故，深知不管多么受宠的妃子，一旦失宠，最轻的遭遇是打入冷宫，重则致死或终身没有再出头之日。一出承乾宫门，她不知以后是否有重回东宫的日子，忍不住以袖掩面，小声痛哭起来。

当天晚上，秉笔太监王承恩来乾清宫奏事完毕，崇祯想着王承恩一向奏事谨慎，颇为忠心，恰好左右无人，小声问道：

"你知道近来戚畹中有何动静？难道没有一个人愿意为国家困难着想么？"

王承恩躬身奏道："奴婢每日在宫中伺候皇爷，外边事虽然偶有风闻，但恐怕不很的确。况这是朝廷大事，奴婢如何敢说？"

"没有旁人，你只管对朕直说。"

王承恩近来对这事十分关心，眼看着皇帝被孤立于上，几个大太监背着皇上弄钱肥私，没有人肯替皇上认真办事，常常暗中焦急。可是他出自已故老太监王安门下，和王德化原没有深厚关系，近两年被提拔为秉笔太监，在德化手下做事，深怕王德化对他疑忌，所以平日十分小心，不敢在崇祯面前多说一句话。现在经皇上一问，他确知左右无人，趁机跪下说：

"此事关乎皇亲贵戚，倘奴婢说错了话，请陛下不要见罪。目前各家皇亲站在皇爷一边的少，暗中站在李国瑞一边的多。……"

崇祯截住问："朕平日听说李国瑞颇为骄纵，一班皇亲们多有同他不和的，怎么如今会反过来同他一鼻孔出气？"

"这班皇亲贵戚们本来应该是与国家同休戚，可是在目前国家困难时候肯替国家输饷的人实在不多。他们害怕皇上勒令李国瑞借助只是一个开端，此例一开，家家都将随着拿出银子，所以暗中多站在李家那边。"

"呵，原来都不愿为国出钱！"崇祯很生气，又问道："廷臣们对这事有何议论？"

"听说廷臣中比较有钱的人都担心不久会轮到缙绅输饷，不希望李国瑞这件事早日有顺利结果;那些比较清贫的人,明知皇上做得很对,可是都抱着一个明哲保身的想法,力持缄默,没有人敢在朝廷上帮皇爷说话。"

"他们既然自己没钱,将来号召缙绅输饷也轮不到他们头上,为何他们也畏首畏尾,不敢说话?"

"古人说:疏不间亲。皇上虽然将李国瑞下了狱,可是他们有不便说话之处。"

崇祯心中很愿意看见有一群臣工上疏拥护他这件事做得很对,但是这意思他没法对王承恩说出口来。他想,既然有一班臣工们担心他在这事上虎头蛇尾,所以才大家缄默,冷眼观望,他更要把李国瑞制服才行。不然,他在文武群臣眼中的威信就要大为损伤,以后诸事难办。

"你知道内臣中有谁受了李家贿赂?"他突然问。

王承恩吃了一惊。他害怕万一有人窃听,不敢说出实话,伏地奏道:

"奴婢丝毫不知。"

"难道没有听到一些儿传闻?"

"奴婢实在不曾听到。"

崇祯沉默片刻,说:"知道你不会欺朕,所以朕特意问你。既然宫中人没有受李家贿赂的,朕就放心了。下去吧。"

王承恩叩了一个头,退出了乾清宫大殿,在檐前的一个鎏金铜像旁边被一位值班的随堂太监拉住。这位随堂太监是王德化的心腹人,姓王名之心,在宫灯影下对承恩含笑低语说:

"宗兄在圣上面前的回答甚为得体。"

王承恩的心中一惊,怦怦乱跳,没有说话,对王之心拱手一笑,赶快向丹墀下走去。因为国家多故,怕夜间有紧急文书或皇上有紧急召唤,秉笔太监每夜有一人在养心殿值房中值夜,如内阁辅臣一样。今夜是王承恩轮值,所以他出了月华门就往养心殿的院子走去。在半路上遇着王德化迎面走来,前后由家下太监随侍,打着

几盏宫式料丝灯笼。王承恩带着自家的小太监肃立路旁,拱手请安并说道:

"宗主爷①还不回府休息?"

王德化说:"今日皇上生气,田娘娘已蒙重谴,我怕随时呼唤,所以不敢擅归私宅。再者,后天就是中宫娘娘的千秋节,有些该准备的事情都得我亲自照料。"

"国家多事,宗主爷也真够辛苦。"

"咱们彼此一样。刚才皇上可问你什么话来?"

王承恩不敢隐瞒,照实回明。王德化点点头,走近一步,小声嘱咐说:

"皇爷圣心烦躁,咱们务必处处小心谨慎。"

"是,是。"

看着掌印太监走去几丈远,王承恩才敢往养心殿的院落走去。他自十二岁进宫,如今有十六年了,深知在宫中太监之间充满了互相嫉妒、倾轧和陷害,祸福无常。在向养心殿院子走去的路上,他心中庆幸自己刚才在皇上前还算小心,不曾说出来王德化和曹化淳等人受贿的事,在下台阶时不留意踏空一脚,几乎跌跤。

崇祯在问过王承恩以后,不再疑心左右的太监们有人受贿,心中略觉轻松些儿。但是军饷的事,李国瑞的事,田妃的事,薛国观的事,对满洲的战与和……种种问题,依然苦恼着他。他从乾清宫的大殿中走出来,走下丹墀,在院中独自徘徊,没有什么地方可去,感到十分寂寞和愁闷。过了一阵,他屏退众宫女和太监,只带着一个小答应提着宫灯,往坤宁宫走去。

为着灾荒严重,战火不止,内帑空虚,崇祯在十天前命司礼监传出谕旨:今年皇后千秋节,一应命妇入宫朝贺和进贡、上贺笺等事,统统都免。但是在降下上谕之后,皇后的母亲、嘉定伯府丁夫人连上两本,请求特恩准她入宫朝贺,情词恳切。崇祯因皇后难得同母亲见面,三天前忽然下旨特许丁夫人入宫,但贺寿的贡物免

---

① 宗主爷——明代太监们对司礼监掌印太监的尊称。

献。他想，既然命妇中还有皇后的母亲入宫朝贺，就不应过分俭啬。

坤宁宫有三座大门：朝东，临东一长街的叫永祥门；朝西，临西长街的叫增瑞门；进去以后，穿过天井院落，然后是朝南的正门，名叫顺贞门。崇祯过了交泰殿，到了永祥门外，不许守门的太监传呼接驾，不声不响地走了进去。他原想突然走进坤宁宫使周后吃一惊，并且看看全宫上下在如何准备后天的庆贺。但是走到了顺贞门外，他迟疑地停住脚步。去年虽然皇后的千秋节也免去命妇朝驾，但永祥、增瑞两座门外和东、西长街上都在三天前扎好了彩牌坊，头两天晚上就挂着许多华贵的灯笼，珠光宝气，满院暖红照人。今年虽然也扎有彩坊，却比往年简单得多，华灯稀疏。他的心中一酸，回身从增瑞门走了出去，默默地回到乾清宫，在堆着很多文书的御案前颓然坐下。

一个太监见皇上自己没说今晚要住在什么地方，就照着宫中规矩，捧着一个锦盒来到他的身边跪下，打开盒盖，露出来一排象牙牌子，每个牌子上刻着一个宫名。如果他想今夜宿在什么宫中，就擎出刻有那个宫名的牙牌，太监立刻拿着牙牌去传知该宫娘娘梳妆等候。可是他跪了好大一会儿，崇祯才望望他，厌烦地把头一摆。他盖好锦盒，怯怯地站起来，屏息地退了出去。整个乾清宫笼罩着沉重而不安的气氛，又开始一个漫漫的长夜。

第三章

　　黎明时候,崇祯照例起床很早,在乾清宫院中拜了天,回到暖阁中吃了一碗燕窝汤,便赶快乘辇上朝。这时天还没有大亮,曙色开始照射在巍峨宫殿的黄琉璃瓦上。因为田妃的事,他今天比往日更加郁郁寡欢,在心中叹息说:"万历皇祖在日,往往整年不上朝,也很少与群臣见面,天启皇哥在日,也是整年不上朝,不亲自理事,国运却不像今日困难。我辛辛苦苦经营天下,不敢稍有懈怠,偏偏不能够挽回天心,国家事一日坏似一日,看不见一点转机。朕为着筹措军饷保此祖宗江山,不料皇亲国戚反对,群臣袖手旁观,连我的爱妃也站在外人一边说话!唉,苍天!苍天!如此坐困愁城的日子要到何时为止呢?"过了片刻,他想着督师辅臣杨嗣昌和兵部尚书陈新甲都是能够替他做事的人,新甲正在设法对满洲议和,难得有这两个对内对外的得力大臣,心中稍觉安慰。

　　今天是在左顺门上朝,朝仪较简。各衙门一些照例公事的陈奏,崇祯都不愿听;有些朝臣奏陈各自故乡的灾情惨重,恳求减免田赋和捐派,他更不愿听。还有些臣工奏陈某处某处"贼情"如何紧急,恳求派兵清剿,简直使他恼火,在心中说:"你们身在朝廷,竟不知朝廷困难!兵从何来?饷从何来?尽在梦中!"但是他很少说话,有时仅仅说一句:"朕知道了。"然后他脸色严峻地叫户部尚书和左右侍郎走出班来问话。因为他近来喜怒无常,而发怒的时候更多,所以这三个大臣看了他的脸色,都不觉脊背发凉,赶快在他的面前跪下。崇祯因向李国瑞借助不顺利,前几天逼迫户部赶快想一个筹饷办法,现在望着这三个大臣问道:

　　"你们户部诸臣以目前军饷困难,建议暂借京师民间房租一年。朕昨晚已经看过了题本，已有旨姑准暂借一年。这事须要认真办理，万不可徒有扰民之名，于国家无补实际。"

户部尚书顿首说："此事将由顺天府与大兴、宛平两县切实去办，务要做到多少有济于国家燃眉之急。"

崇祯点点头，又说："既然做，就要雷厉风行，不可虎头蛇尾。"

他又向兵部等衙门的大臣们询问了几件事，便退朝了。回到乾清宫，换了衣服，用过早膳，照例坐在御案前省阅文书。他首先看了薛国观的奏本，替自己辩解，不承认有吞没史䃅存银的事。崇祯很不满意，几乎要发作，但马上又忍住了。他一则不愿在皇后千秋节的前一天处分大臣，二则仍然指望在向戚畹借助这件事情上得到薛国观的一点助力。在薛国观的奏书上批了"留中"二字之后，他恨恨地哼了一声，走出乾清宫，想找一个地方散散心，消消闷气。一群太监和宫女屏息地跟随背后，不敢让脚步发出来一点微声。到了乾清门口，一个执事太监不知道是否要备辇侍候，趋前一步，躬身问道：

"皇爷要驾幸何处？要不要乘辇？"

崇祯彷徨了。从乾清宫往前是三大殿，往后走过交泰殿就是皇后的坤宁宫，再往后是御花园。他既无意去坤宁宫看宫女和太监们为着明日的千秋节忙碌准备，更无心情去御花园看花和赏玩金鱼。倘在平日，他自然要去承乾宫找田妃，但现在她谪居启祥宫了。袁妃那里，他从来兴趣不大；其余妃嫔虽多，他一向都不喜欢。停住脚步，抬头茫然望天，半天默不做声。正在这时，忽然听见从东边传来一阵鼓乐之声。他回头问：

"什么地方奏乐？"

身边的一个太监回奏："明日是皇后娘娘陛下的千秋节，娘娘怕明日的事情多，今日去奉先殿给祖宗行礼。"

"啊，先去奉先殿行礼也好！"崇祯自言自语说，同时想起来皇后是六宫之主，他应该将处分田妃的原因对她说明，并且也可告诉她，由她暗嘱她的父亲嘉定伯周奎献出几万银子，在戚畹中做个榜样。这样一想，便走出乾清门了。

从乾清宫去奉先殿应该从乾清门退回来,出日精门往东,穿过内东裕库后边夹道就到。但是因为他心思很乱,就信步出了乾清门,然后由东一长街倒回往北走。到日精门外时,他忽然迟疑了。他不愿去奉先殿打乱皇后的行礼,而且也不好在祖宗的神主前同皇后谈田妃的事和叫戚畹借助的事。于是他略微停了片刻,继续往北走去。太监们以为他要往坤宁宫去,有一个长随赶快跑到前面,要去坤宁宫传呼接驾。但崇祯轻轻说:

"只到交泰殿坐一坐,不去坤宁宫!"

在交泰殿坐了片刻,他的心中极其烦乱,随即又站立起来,走出殿外,徘徊等候。过了一阵,周后从奉先殿回来了。周后看见他脸色忧郁,赶快趋前问道:

"皇上为何在此?"

"我听说你去奉先殿行礼,就在这里等你。"

周后又胆怯地问:"皇上可是有事等我?"

"田妃谪居启祥宫,你可知道?"

"我昨日黄昏前就听说了。"周后低下头去,叹了口气。

"你知道我为什么处分她?"

"皇上为何处分田妃,我尚不清楚。妾系六宫之主,不能做妃嫔表率,致东宫娘娘惹皇上如此生气,自然也是有罪。但愿皇上念她平日虽有点恃宠骄傲的毛病,此外尚无大过,更念她已为陛下养育了三个儿子,五皇子活泼可爱,处分不要过重才好。"

"我也是看五皇子才只五岁,所以没有从严处分。"

"到底为了何事?"

"她太恃宠了,竟敢与宫外通声气,替李国瑞说话!"

周后恍然明白田妃为此受谴,心中骇了一跳。自从李国瑞事情出来以后,她的父亲周奎也曾暗中嘱托坤宁宫的太监传话,恳求她在皇帝面前替李国瑞说话。她深知皇上多疑,置之不理,并申斥了这个太监。今听崇祯一说,便庆幸自己不曾多管闲事。低头想了一下,她壮着胆子解劝说:

"本朝祖宗家法甚严,不准后妃干预宫外之事。但田娘娘可能受她父亲一句嘱托,和一般与宫外通声气有所不同。再者,皇亲们都互有牵连,一家有事,大家关顾,也是人之常情。田宏遇恳求东宫娘娘在皇上面前说话,按理很不应该,按人情不足为奇。请皇上……"

崇祯不等皇后说完,把眼睛一瞪,严厉责备说:"胡说!你竟敢不顾祖宗家法,纵容田妃!"

皇后声音打颤地说:"妾不敢。田妃今日蒙谴,也是皇上平日过分宠爱所致。田妃恃宠,我也曾以礼制裁,为此还惹过皇上生气。妾何敢纵容田妃!"

崇祯指着她说:"你,你,你说什么!"

皇后从来不敢在崇祯的面前大声说话,现在因皇帝在众太监和宫女面前这样严厉地责备她,使她感到十分委屈,忽然鼓足勇气,噙着眼泪颤声说:

"皇上,你忘了!去年元旦,因为灾荒遍地,战火连年,传免了命妇入宫,只让宫眷们来坤宁宫朝贺。那天上午,下着大雪。当田妃来朝贺时,妾因气田妃一天比一天恃宠骄傲,有时连我也不放在眼里,皇上你又不管,就打算趁此机会给田妃一点颜色看看,以正壶范。听到女官传奏之后,我叫田妃在永祥门内等候,过了一阵才慢慢升入宝座,宣田妃进殿。田妃跪下叩拜以后,我既不留她在坤宁宫叙话,也不赐坐,甚至连一句话也不说,瞧着她退出殿去。稍过片刻,袁妃前来朝贺,我立刻宣她进殿。等她行过礼,我走下宝座,笑嘻嘻地拉住她进暖阁叙话,如同姐妹一般。田妃这次受我冷待,本来就窝了一肚子气,随后听说我对待袁妃的情形,更加生气。到了春天,田妃把这事告诉皇上。皇上念妾与皇上是信邸患难夫妻,未曾震怒,却也责备妾做得有点过分。难道是妾纵容了她么?"

平日在宫中从来没有一个人敢反驳崇祯的话。他只允许人们在他的面前毕恭毕敬,唯唯诺诺。此刻听了皇后驳他的话,说是他宠惯了田妃,不禁大怒,骂了一句"混蛋",将周后用力一推。周后一则是冷不防,二则脚小,向后踉跄一步,坐倒地下。左右太监和宫女们立刻抢上前去,扑倒在地,环跪在崇祯脚下,小声呼喊:"皇爷息怒!皇爷息怒!"同时另外两个宫女赶快将皇后搀了起来。周后原来正在回想着她同皇帝在信王邸中是患难夫妻,所以被宫女们扶起之后,脱口而出地叫道:"信王!信王!"掩面大哭起来。宫女们怕她会说出别的话更惹皇上震怒,赶快将她扶上凤辇,向坤宁宫簇拥而去。崇祯望一望脚下仍跪着的一群太监和宫女,无处发泄怒气,向一个太监踢了一脚,恨恨地哼了一声,转身走向乾清宫。

回到乾清宫坐了一阵,崇祯的气消了。他本想对皇后谈一谈必须向戚畹借助的不得已苦衷,叫皇后密谕她的父亲拿出几万银子作个倡导,不料他一阵暴怒,将皇后推到地上,要说的话反而一句也没有说出。他后悔自己近来的脾气越来越坏,同时又因未能叫皇后密谕周奎倡导借助,觉得惘然。他忍着烦恼,批阅从各地送来的塘报和奏疏,大部分都是关于灾情、民变和催请军饷的。有杨嗣昌的一道奏本,虽然也是请求军饷,却同时报告他正在调集兵力,将张献忠和罗汝才围困在川、鄂交界地方,以期剿灭。崇祯不敢相信会能够一战成功,叹口气,自言自语说:

"围困!围困!将谁围困?年年都说将流贼围困剿灭,都成空话。国事如此,朕倒是被层层围困在紫禁城中!"

周后回到坤宁宫,哭了很久,午膳时候,她不肯下床用膳。坤宁宫中有地位的宫人和太监分批到她寝宫外边跪下恳求,她都不理。明代从开国之初,鉴于前代外戚擅权之祸,定了一个制度:后妃都不从皇亲、勋旧和大官宦家中选出,而是从所谓家世清白的平民家庭(实即中产地主家庭)挑选端庄美丽的少女。凡是成了皇后和受宠的妃子,她们的家族便一步登天,十分荣华富贵。周后一则曾在信邸中与崇祯休戚与共,二则她入宫前知道些中等地主家庭的所谓"平民生活",这两种因素都在她的思想和性格中留下烙印。平时她过着崇高尊严的皇后生活,这些烙印没有机会流露。今天她受到空前委屈,精神十分痛苦,这些烙印都在心灵的深处冒了出来。她一边哭泣，一边胡思乱想。有时她回想着十六岁被选入信邸，开始做信王妃的那段生活，越想越觉得皇上无情。有时想着历代皇后很多都是不幸结局，或因年老色衰被打入冷宫，或因受皇帝宠妃谗害被打入冷宫，或在失宠之后被废黜，被幽禁，被毒死，被勒令自尽……皇宫中夫妻无情，祸福无常。

　　大约在未时过后不久，坤宁宫的掌事太监刘安将皇后痛哭不肯进膳的情形启奏崇祯。崇祯越发后悔，特别是明日就是皇后的千秋节，怕这事传出宫去，惊动百官和京城士民，成为他的"盛德之累"。他命太子和诸皇子、皇女都去坤宁宫，跪在皇后的面前哭劝，又命袁妃去劝。但周后仍然不肯进膳。他在乾清宫坐立不安，既为国事没办法焦急，也为明天的千秋节焦急。后来，眼看快黄昏了，他派皇宫中地位最高的太监王德化将一件貂褥，一盒糖果，送到坤宁宫。王德化跪在周后面前递上这两件东西，然后叩头说：

　　"娘娘！皇爷今日因为国事大不顺心，一时对娘娘动了脾气，事后追悔不已。听到娘娘未用午膳，皇上在乾清宫坐立不安，食不下咽，连文书也无心省览。明日就是娘娘的千秋节，嘉定伯府的太夫人将要入宫朝贺，六宫娘娘和奴婢们都来朝贺。恳娘娘为皇上，为太夫人，也为明日的千秋节勉强进一餐吧！"

　　周后有很长一阵没做声，王德化也不敢起来。她望望那件捧在宫女手中的貂褥，忽然认出来是信王府中的旧物，明白皇上是借这件旧物表示他决不忘昔年的夫妻恩情，又想着明日她母亲将入宫朝贺，热泪簌簌地滚落下来，然后对王德化说：

　　"你回奏皇上，就说我已经遵旨进膳啦。"

　　"娘娘陛下万岁！"王德化叫了一声，叩头退出。

　　周后尽管心中委屈，却一刻没有忘掉她明天的生日。虽说因为国运艰难，力戒铺张，但宫内宫外的各项恩赏和宫中酒宴之费，估计得花销三四万银子，对皇上只敢说两万银子，不足之数由她私

自拿出一部分,管宫庄①的太监头子孝敬一部分。她将坤宁宫掌事太监刘安叫到面前,问道:

"明天的各项赏赐都准备好了么?"

刘安躬身说:"启奏娘娘陛下,一切都准备好了。"

周后又问:"那些《金刚经》可写成了?"

管家婆吴婉容从旁边躬身回答:"原来写好的一部经卷已经装潢好了,今日上午送进宫来。因娘娘陛下心中不快,未敢恭呈御览。其余的二十部,今日黄昏前都可以敬写完毕,连夜装潢,明日一早送进宫来,不误陛下赏赐。"

周后轻声说:"呈来我看!"

吴婉容躬身答应一声"遵旨!"向旁边的宫女们使个眼色,自己退了出去。一个宫女赶快用金盆捧来温水,跪在皇后面前,另外两个宫女服侍她净手。吴婉容也净了手,然后捧着一个长方形的紫檀木盒子进来,到周后面前跪下,打开盒盖。周后取出经卷,眼角流露出一丝若有若无的笑意。这经卷是折叠式的,前后用薄板裱上黄缎,外边正中贴一个古色绢条,用恭楷写着经卷全名:《金刚般若波罗蜜经》。打开经卷,经文是写在裱过的黄色细麻纸上,字色暗红,字体端正,但笔力婉弱,是一般女子在书法上常有的特点。周后用极轻的声音读了开头的几句经文:

"如是我闻:一时,佛在舍卫国,祇树给孤独园,与大比丘众,千二百五十人俱。……"

她显然面露喜色,掩住经卷,交给旁边一个宫女,对刘安称赞说:"难得这都人有一番虔心!"

刘安躬身说:"她能发愿刺血写经,的确是对佛祖有虔诚,对娘娘有忠心。"

周后转向管家婆问:"我忘啦,这都人叫什么名字? 可赏赐了么?"

吴婉容跪奏:"娘娘是六宫之主,大事就操不完的心,全宫中的

---

① 宫庄——垄断在皇家手中的大量土地统称皇庄,其中直接归坤宁宫及其他宫所有的称为宫庄。

都人在一万以上,自然不容易将每个名字都记在心中。这个刺血写经的都人名叫陈顺娟。前天奉娘娘懿旨,说她为娘娘祈福,刺血写成《金刚经》一部,忠心可嘉,赏她十两银子。奴婢已叫都人刘清芬去英华殿称旨赏赐。陈顺娟叩头谢恩,祝颂娘娘陛下洪福齐天,万寿无疆。"

周后又说:"另外那二十个刺血写经的都人,每人赏银五两。她们都是在宫中吃斋敬佛的,不茹腥荤,每人赏赐蜜饯一盒。陈顺娟首先想起来为本宫千秋节发愿刺血写经,做了别的都人表率,可以格外赏她虎眼窝丝糖一盒。"

"是,领旨!"吴婉容叩头起身,退立一旁。

刘安跪下奏道:"启奏娘娘陛下,隆福寺和尚慧静定在明日自焚,为皇爷、皇后两陛下祈福,诸事都已安排就绪。"

周后在几天前就知道此事,满心希望能成为事实,一则为崇祯和她的大明的国运祈福,二则显示她是全国臣民爱戴的有德皇后,连出家人也甘愿为她舍身尽忠,三则皇上必会为此事心中高兴。她望望刘安,轻轻叹息一声,说:

"没想到和尚是方外之人,也有这样忠心! 他可是果真自愿?"

刘安说:"和尚虽然超脱尘世,遁入空门,到底仍是陛下子民。忠孝之心,出自天性,出家人也无例外。慧静因知皇爷焦劳天下,废寝忘食,娘娘陛下也日夜为皇爷分忧,激发了他的忠义之心,常常诵经念咒,祈祷国泰民安。今值皇后陛下千秋节将临,如来佛祖忽然启其阿耨多罗三藐三菩提①心,愿献肉身,为娘娘祈福,这样事历朝少有。况和尚肉身虽焚,却已超脱生死,立地成佛,这正是如来所说的'入无余涅槃而灭度之'②的意思。"

周后心中高兴,沉默片刻,说:"既然如此,我也不必下懿旨阻止了。"

---

① 阿耨多罗三藐三菩提——这是梵语音译,意译是"无上正等正觉",也就是佛教所谓真性、佛性。
② 入无余涅槃而灭度之——意即入于不生不死,除灭化度(连用佛法感化超度也不需要了)。这是佛教想象人死后入于"不生不死"的境界。

刘安又说:"娘娘千秋节,京师各寺、观①的香火费都已于昨天赏赐。隆福寺既有和尚自焚,应有格外赏赐布施,请陛下谕明应给银两若干,奴婢遵办。"

周后心中无数,说:"像这样小事,你自己斟酌去办,用不着向我请旨。"

刘安说:"这隆福寺是京中名刹,也很富裕,不像有些穷庙宇等待施舍度日。不论赏赐布施多少,都是娘娘天恩;赏的多啦,也非皇爷处处为国节俭之意。以奴婢看来,可以格外恩赏香火费两千两,另外赏二百两为慧静的骨灰在西山建塔埋葬。"

周后点点头,没再说话。她在心中叹息说:"如今有宫女们虔心敬意地刺血写经,又有和尚献身自焚,但愿能得西天佛祖鉴其赤诚,保佑我同皇上身体平安,国事顺遂!"

刘安叩头退出,随即以皇后懿旨交办为名,向内库领出两千二百两银子,自己扣下一千两,差门下太监谢诚送往隆福寺去,嘱长老智显老和尚给一个两千二百两银子的领帖。谢诚又扣下五百两银子,只将七百两银子送去。智显老和尚率领全体和尚叩谢皇后陛下天恩,遵照刘安嘱咐写了收领帖交谢诚带回。智显长老确实不在乎这笔银子,他只要能够同坤宁宫保持一条有力的引线就十分满意,何况因举行和尚自焚将能收到至少数万两银子的布施。

次日,三月二十八日,皇后的生日到了。

天色未明,全北京城各处寺、观,钟磬鼓乐齐鸣,僧、道为皇后诵经祈福。万寿山(景山)西边的大高玄殿和紫禁城内的英华殿,女道士们和宫女们为着表现对皇后特别忠心,午夜过后不久就敲钟击磬,诵起经来。从五更起,首先是太子,其次是诸皇子、皇女,再其次是各宫的妃、嫔、选侍等等,来到各色宫灯璀璨辉煌、御烟缥缈、异香扑鼻的坤宁宫中,在鼓乐声中向端坐在正殿宝座上的皇后朝贺。在崇祯的众多妃嫔中,只有袁妃有资格进入殿内行礼,其余

---

① 观——读去声。道教的庙宇称为观。

的都按照等级，分批在丹墀上行礼。前朝的妃子都是长辈，礼到人不到。懿安皇后是皇嫂，妯娌伙本来可以来热闹热闹，但她是一个年轻的寡妇，一则怕遇到崇祯也来，叔嫂间见面不方便，二则她一向爱静，日常不是写字读书，便是焚香诵经，所以也不来，只派慈庆宫的两位女官送来几色礼物，其中有一件是她亲手写在黄绢上的《心经》①，装裱精美。周后除自己下宝座拜谢之外，还命太子代她赴慈庆宫拜谢问安。田妃谪居启祥宫省愆，不奉旨不能前来，只好自称"罪臣妾田氏"上了一封贺笺。皇五子慈焕由奶子抱着，后边跟着一群小太监和宫女，也来朝贺。周后虽然平日对田妃的恃宠骄傲感到不快，两宫之间曾经发生过一些风波，但是前日田妃因李国瑞的事情蒙谴，她心中暗暗同情，是她们的家运和国运将她们的心拉近了。如今看见田妃的贺笺和五皇子，她不禁心中难过。她把慈焕抱起来放在膝上，玩了一阵，然后吩咐奶子和宫女们带他往御花园玩耍。

　　一阵行礼之后，天色已经大亮了。周后下了宝座，更衣，用膳。稍作休息，随即有坤宁宫的管家婆吴婉容请她将各地奉献的寿礼过目。这些寿礼陈列在坤宁宫的东西庑中，琳琅满目。在宫内，除懿安皇后和几位长辈太妃的礼物外，有崇祯各宫妃嫔的礼物。宦官十二监各衙门掌印太监、六个秉笔太监、宫中六局执事女官，以及乾清宫、坤宁宫、慈庆宫、承乾宫、翊坤宫、钟粹宫等重要宫中的掌事太监和较有头脸的宫女，太子和诸皇子、皇女的乳母，都各有贡献，而以王德化和秉笔太监们最有钱，进贡的东西最为名贵。东厂提督和一些重要太监，在京城以外的带兵太监和监军太监，太和山提督太监、江南织造太监，也都是最有钱的，贡物十分可观。所有在外太监，他们的贡物都是在事前准备好，几天前送进宫来。周后随便将礼物和贡物看了看，便回到正殿，接受朝贺。当时宫里宫外的太监和宫女约有两万左右，但是有资格进入坤宁宫院中跪在丹墀上向皇后叩头朝贺的太监不过一千人，宫女和各宫乳母不过

①　《心经》——全名为《般若波罗蜜多心经》，简称《心经》。

51

四五百人。太监和宫女中有官职的,像外廷一样,都有品级。今日凡是有品级的,都按照宫中制度穿戴整齐,从坤宁宫院内到东、西长街,一队一队,花团锦簇,香风飘荡。司礼监掌印太监俗称内相,在宫中的地位如同外朝的宰相,所以首先是王德化向皇后行三跪九叩大礼,其次是东厂提督太监曹化淳,然后按衙门和品级叩拜贺寿,山呼万岁。太监行礼以后,女官照样按宫中六局衙门和品级行礼,最后是各宫奶母行礼。坤宁宫院内的鼓乐声和赞礼声,坤宁宫大门外的鞭炮声,混合一起,热闹非常。足足闹腾了半个多时辰,一阵朝贺才告结束。周后回到坤宁宫西暖阁,稍作休息,由宫女们替她换上大朝会冠服,怀着渴望和辛酸的心情等候着母亲进宫,但是也同时挂心隆福寺和尚自焚的事,怕有弄虚作假,成了京师臣民的笑柄。她将刘安叫到面前,问道:

“隆福寺的事可安排好了?”

刘安躬身回奏:“请娘娘陛下放心,一切都已经安排就绪。在隆福寺前院中修成一座台子,上堆干柴,柴堆上放一蒲团。慧静从五更时候就已登上柴堆,在蒲团上闭目打坐,默诵经咒,虔心为娘娘祈福。京中士民因从未看见过和尚自焚,从天一明就争着前去观看,焚香礼拜,布施银钱。隆福寺一带人山人海,拥挤不堪。东城御史与兵马司小心弹压,锦衣卫也派出大批旗校兵丁巡逻。”

周后又问:“宫中是谁在那里照料?”

刘安说:“谢诚做事细心谨慎,十分可靠,奴婢差他坐镇寺中照料,他不断差小答应飞马回宫禀报。”

周后转向吴婉容问:“那些刺血写经的都人们,可都赏赐了么?”

吴婉容回答:“奴婢昨晚已经遵旨差刘清芬往英华殿院中向她们分别赏赐。她们口呼万岁,叩头谢恩。”

周后向刘安问:“隆福寺定在几时?”

刘安回答:“定在巳时过后举火,时候已经到了。”

周后低声自语说:“啊,恰巧定在一个时间!”

隆福寺钟、磬、笙、箫齐奏,梵呗声调悠扬,气氛极其庄严肃穆。大殿前本来有一个一人多高的铸铁香炉,如今又在前院正中地上用青砖筑一池子,让成千成万来看和尚自焚的善男信女不进入二门就可以焚化香、表。在二门内靠左边设一长案,有四个和尚照料,专管接收布施。香、表已经燃烧成一堆大火,人们还是络绎不绝地向火堆上投送香、表。长案后边的四个和尚在接收布施的银钱,点数,记账,十分忙碌,笑容满面。巳时刚过,在北京城颇受官绅尊敬的老方丈智显和尚率领全寺数百僧众,身穿法衣,在木鱼声中念诵经咒,鱼贯走出大殿,来到前院,将自焚台团团围住,继续双手合十,念诵经咒不止。前来观看的士民虽然拥挤不堪,却被锦衣旗校和东城兵马司的兵丁从台子周围赶开,离台子最近的也在五丈以外。也有人仍想挤到近处,难免不挨了锦衣卫和兵马司的皮鞭、棍棒,更严重的是加一个在皇后千秋节扰乱经场的罪名,用绳子捆了带走。

慧静和尚只有二十三岁,一早就趺坐在柴堆顶上的蒲团上边。他有时睁开眼睛向面前台下拥挤的人群看看,而更多的时间是将双目闭起,企图努力摆脱生死尘念,甚至希望能像在禅堂打坐那样,参禅入定。然而,他不仅完全不能入定,反而各种尘念像佛经上所说的"毒龙",猛力缠绕心头。一天来他的喉咙已哑,说不出话。他现在为着摆脱生死之念和各种思想苦恼,在心中反复地默默念咒:

"揭谛揭谛,波罗揭谛。波罗僧揭谛。菩提萨婆诃!"

他常听他的师父和别的有功德的老和尚说,将这个"般若波罗蜜多咒"默诵几遍,就可以"五蕴皆空[①]",尘念尽消。但是他念到第五遍时,忽然想起来他的身世、他的父亲、他的母亲和一双兄妹……

[①] 五蕴皆空——佛教的所谓五蕴是指:身体的物质存在;感觉;意念和想象;行为;对事物的认识、判断。佛教徒想做到这一切全不存在,就叫做五蕴皆空,也就是寂灭、涅槃的意思。

　　他俗姓陈,是香河县大陈庄人,八岁上遇到大灾荒,父母为救他一条活命,把他送到本处一座寺里出家。这个寺也很穷。他常常随师父出外托钵化缘,才能勉强免于饥寒。十二岁那年,遇到兵荒,寺被烧毁,他师父带着他离开本县,去朝五台,实际就是逃荒。他随师父出外云游数年,于崇祯六年来到北京,在隆福寺中挂搭。他师父的受戒师原是隆福寺和尚,所以来此挂搭,比一般挂搭僧多一层因缘。寺中执事和尚因他师徒俩做事勤谨,粗重活都愿意做,又无处可去,就替他们向长老求情,收他们作为本寺和尚。慧静自从出家以后,就在师父的严格督责下学习识字,念经,虽在托钵云游期间也不放松。他比较聪慧,到隆福寺后学习佛教经典日益精进,得到寺中几位执事和尚称赞。十八岁受戒,被人们用香火在他的头上烧成十二个小疤瘌。他的师父来到隆福寺一年后就死了。在隆福寺的几百和尚中,和世俗一样勾心斗角,并且分成许多等级,一层压一层。他师徒二人在隆福寺中的地位很低。尽管他学习佛教经典十分用功,受到称赞,也不能改变他所处的低下地位,出力和受气的事情常有他的份儿,而有利的事情没有他的份儿。他把自己的各种不幸遭遇都看成是前生罪孽,因此他近几年持律①极严,更加精研经、论,想在生前做一个三藏俱足②的和尚,既为自己修成正果,死后进入西方极乐世界③,也为着替他的父亲和兄、妹修福,为母亲修得冥福。

　　自从他出家以后,只同父亲见过一面。那是五年前,父亲听说他在隆福寺,讨饭来北京看他。听父亲说,他母亲已经在崇祯七年的灾荒中饿死了;哥哥给人家当长工,有一年清兵入塞被掳去,没有逃回,至今生死下落不明;他的妹妹小顺儿因长得容貌俊秀,在她十四岁那一年,遇着"刷选"宫女,家中无钱行贿,竟被选走,一进

---

① 律——佛教的戒律。
② 三藏俱足——佛教的"经""律""论"三部分称为三藏(音 zàng)。精通这三部分就叫做三藏俱足。
③ 西方极乐世界——佛教所幻想和宣传的乐土,又称净土,类似基督教所宣传的天国、天堂。

宫就像是石沉大海,永无消息。他无力留下他的父亲,也无钱相助,只能同父亲相对痛哭一场,让父亲仍去讨饭。

十天前,寺中长老对他说皇后的千秋节快到了,如今灾荒遍地,战乱不止,劝他献身自焚,为皇后祝寿,为天下百姓禳灾。跟着就有寺中几位高僧和较有地位的执事和尚轮番劝他,说他夙有慧根,持律又严,死后定可成佛升天;他们还说,芸芸众生,茫茫尘世,堕落沉沦,苦海无边,实在没有什么可以留恋的,不如舍身自焚,度一切苦厄,早达波罗蜜①妙境。他们又说,他自焚之后,骨灰将在西山建塔埋葬,永为后世僧俗瞻仰;倘若有舍利子②留下来,定要在隆福寺院中建立宝塔,将舍利子珍藏塔中,放出佛光,受京城官民世代焚香礼拜。经不住大家轮番劝说,他同意舍身自焚。但是他很想能够再同他的父亲见一次面,问一问哥哥和妹妹的消息。他不晓得父亲是否还活在世上,心想可能早已死了。为着放不下这个心事,三天前他流露出不想自焚的念头。寺中长老和各位执事大和尚都慌了,说这会引起"里边"震怒,吃罪不起,又轮番地向他劝说,口气中还带着恐吓。虽然他经过劝说之后,下狠心舍身自焚,但长老和各位执事大和尚仍不放心。昨夜更深人静,台上的木柴堆好了,特意将柴堆的中间留一个洞,洞口上放一块四方木板,蒲团放在木板上,悄悄地引他上去看看,对他说,倘若他临时不能用佛法战胜邪魔,尘缘难断,不想自焚,可以趁着烟火弥漫时拉开木板,从洞中下来,同台下几百僧众混在一起诵经,随后送他往峨眉山去,改换法名,别人绝难知道。由于他几天来心事沉重,寝食皆废,精神十分委顿。昨天长老怕他病倒,亲自为他配药,内加三钱人参。他极其感动,双手合十,口诵"南无阿弥陀佛③!"服药之后,

---

① 波罗蜜——梵语音译,意译就是彼岸。宗教称灵的世界为彼岸,即人欲净尽的世界,是与尘世(此岸)相对而说的。
② 舍利子——和尚的身体焚化后偶尔在骨灰中遗留的小结晶体,一般多为白色,也偶尔有黑色和红色的。
③ 南无阿弥陀佛——"南无"是梵语音译,有归命、敬礼等义。"阿弥陀"也是梵语音译,意译就是无量,含有无量寿和无量光二义。"南无阿弥陀佛"是佛教徒常用的一句颂词。

虽然精神稍旺,可是他的喉咙开始变哑。连服两剂,到了昨日半夜,哑得更加厉害,仅能发出十分微弱的声音。别人告他说,大概是药性燥热,他受不住,所以失音。

暮春将近中午的阳光,暖烘烘地照射在他的脸上。他又睁开眼睛,向潮涌的人群观望。忽然,他看见了一个讨饭的乡下老人很像他的父亲,比五年前更瘦得可怜,正在往前挤,被别人打了一掌,又推了一把,打个趔趄,几乎跌倒,但还是拼命地往前挤。他不相信这老人竟会是他的父亲,以为只是佛家所说的"幻心",本非实相。过了片刻,他明白他所看见的确实是父亲,完全不是"幻心"。他的心中酸痛,热泪奔流,想哭,但不敢哭。他不想死了,不管后果如何也要同父亲见上一面!

他正在心中万分激动,想着如何不舍身自焚,忽然大寺中钟、鼓齐鸣,干柴堆周围几处火起,烈焰与浓烟腾腾。他扔开蒲团,又拉开木板,发现那个洞口已经被木柴填实了。他透过浓烟,望着他的父亲哭喊,但发不出声音。他想跳下柴堆,但是袈裟的一角当他闭目打坐时被人拴在柴堆上。他奋力挣扎,但迅速被大火吞没。最后,他望不见父亲,只模糊地听见钟声、鼓声、铙钹声、木鱼声,混合着几百僧众的齐声诵赞:

"南无阿弥陀佛!"

当隆福寺钟、鼓齐鸣,数百僧众高声诵赞"南无阿弥陀佛"的时候,坤宁宫又一阵乐声大作,四个女官导引周后的母亲丁夫人入宫朝贺。

往年命妇向皇后朝贺都是在黎明入宫。今天因命妇只有丁夫人一人,而皇后又希望将她留下谈话,所以命司礼监事前传谕嘉定伯夫人。巳时整进西华门,巳时三刻入坤宁宫朝贺,并蒙特恩在西华门内下轿,然后换乘宫中特备的小肩舆,由宫女抬进右后门休息。她所带来的仆从和丫环一概不能入内,只在西华门内等候。等到巳时三刻,由坤宁宫执事太监和司仪局女官导引,并由两个服饰华美的宫女搀扶,走向增瑞门。然后由一位司赞女官①将丁夫人引入永祥门,等候皇后升座。趁这机会,丁夫人偷偷地向坤宁宫院中扫了一眼,只见在丹陛下的御道两边立着两行宫女,手执黄麾、金戈、银戟、黄罗伞盖、绣旛、锦旗、雉扇、团扇、金瓜、黄钺、朝天镫②等等什物,光彩耀日,绚烂夺目。她的心中十分紧张,不禁突突乱跳。

有两个女官进入坤宁宫西暖阁,奏请皇后升座。皇后一声不响,在一群肃穆的女官的导从③中出了暖阁。她想到马上就可以看见母亲,心中十分激动。等她升入宝座以后,四对女官恭立宝座左右,两个宫女手执绣凤黄罗扇立在宝座背后,将两扇互相交叉。十二岁的太子慈烺和皇二子、皇三子侍立两旁。一位面如满月的司赞女官走出坤宁宫殿外,站在丹墀上用悦耳的高声宣呼:"嘉定伯府一品夫人丁氏升陛朝贺!"恭候在永祥门内的丁夫人由宫女搀扶着,毕恭毕敬地穿过仪仗队,从旁边走上汉白玉雕龙丹陛,俯首立定。尽管坤宁宫正中间宝座上坐的是她的亲生女儿,但如今分属君臣,她不敢抬头来看女儿一眼。周后还是几年前见过母亲一面,如今透过丹墀上御香的缥缈轻烟看出来母亲已经发胖,加上脚小,走动和站立时颤巍巍的,非有人搀扶不行,远不似往年健康,不禁心中难过。她向侍立身旁的一位司言女官小声哽咽说:"传旨,特赐嘉定伯夫人上殿朝贺!"懿旨传下之后,丁夫人激动地颤声说:"谢恩!"随即由宫女们搀扶着登上九级白玉台阶,俯首走进殿中,在离开皇后宝座五尺远的红缎绣花拜垫前站定。从东西丹陛下奏起来一派庄严雍容的细乐,更增加了坤宁宫中的肃穆气氛。在丁夫人的心中已经将李国瑞的事抛到九霄云外,提心吊胆地害怕失仪,几乎连呼吸也快要停止。

丁夫人依照司赞女官的鸣赞,向皇后行了四立拜,又跪下去叩

---

① 司赞女官——属尚仪局(女官六局之一)。另外太监也有赞礼官。担任这一类官职的,容貌和声音都经过特别挑选。
② 朝天镫——仪仗的一种,即镫仗。形似倒立马镫,铜制,鎏金,下有长柄。
③ 导从——在前边的是导,在后边的是从。

了三次头。另一位立在坤宁宫门外的司赞女官高声宣呼:"进笺!"事先准备在丹墀东边的笺案由两个宫女抬起,两个女官引导,抬到坤宁宫正殿中。这笺案上放着丁夫人的贺笺,照例是用华美的陈词滥调恭祝皇帝和皇后千秋万寿,国泰民安。贺笺照例不必宣读。司赞女官又高声赞道:"兴!"丁夫人颤巍巍地站起来,又行了四立拜。

当看着母亲行大朝贺礼时,周后习惯于君臣之分,皇家礼法森严,坐在宝座上一动也不能动,但是心中感到一阵难过,滚落了两行眼泪。等母亲行完大礼,她吩咐赐座。丁夫人再拜谢恩就座,才敢向宝座上偷看一眼,不期与皇后的眼光遇到一起,赶快低下头去。

站在门槛外边的司礼监掌印太监王德化怕皇后一时动了母女之情,忘了皇家礼仪,赶快进来,趋前两步,躬身奏道:

"朝贺礼毕,请娘娘陛下便殿休息。"

周后穆然下了宝座,退入暖阁,在一群宫女的服侍下卸去大朝会礼服,换上宫中常服:头戴赤金龙凤珠翠冠,身穿正红大袖织金龙凤衣,上罩织金彩绣黄霞帔,下穿红罗长裙,系一条浅红罗金绣龙凤带。更衣毕,到偏殿坐下,然后命女官宣召嘉定伯夫人进内。丁夫人又行了一拜三叩头的常朝礼,由皇后吩咐赐座、赐茶,然后才开始闲谈家常。周后询问了家中和亲戚们的一些近况。丁夫人站起来一一躬身回奏。在闲话时候,丁夫人一直心中忐忑不安,偷偷观看皇后的脸上神色,等待着单独同皇后说几句要紧体己话的机会。

周后赏赐嘉定伯府的各种东西,昨日就命太监送去,如今她回头向站在背后的吴婉容瞟一眼,轻声说:"捧经卷来!"吴婉容向别的宫女使个眼色,自己轻脚快步出了便殿。另外两个宫女立刻去取来温水、手巾,照料丁夫人净手。随即吴婉容捧着一部黄绫封面的《金刚经》回来,在丁夫人面前向南而立,声音清脆地说:"嘉定伯夫人恭接娘娘恩赏!"丁夫人赶快跪下,捧接经卷,同时叫道:"恭谢娘娘陛下天恩!"吴婉容含笑说:"请夫人打开经卷看看。"丁夫人恭敬而小心地将经卷打开,看见用楷书抄写的经文既不像银朱鲜红,也不是胭脂颜色,倒是红而发暗。吴婉容没有等她细看,便将经卷接回,说:"谢恩!"丁夫人赶快伏地叩头,口呼"娘娘陛下万岁",然后由两个宫女搀扶起身,行了立拜。皇后重新赐座以后,对她的母亲说:

"今年千秋节,因国家多事,一切礼仪从简,该赏赐的也都省去了十之七八。难得有一些都人怀着一片忠心,刺血写经,为我祈福。先由一个名叫陈顺娟的都人写了一部《金刚经》,字体十分清秀,我留在宫中。随后又有二十名都人发愿各写一部,我就拿出十部分赐几家皇亲和宫中虔心礼佛的几位年长妃嫔,另外十部日后分赐京城名刹。但愿嘉定伯府有这一部难得的血写经卷,佛光永照,消灾消难,富贵百世。"

丁夫人起身回答:"上托娘娘洪福,臣妾一家安享富贵荣华。今又蒙娘娘赐了这一部血写经卷,必更加百事如意,不使娘娘挂心。"

吴婉容在一旁向皇后说道:"启奏娘娘陛下,方才的这部《金刚经》已交太监送往西华门内,交嘉定伯府入宫的执事人收下,恭送回府。"

周后轻轻点头,又对她的母亲说:"隆福寺还有一个和尚舍身自焚,为本宫和皇上祈福,这忠心也十分难得。"

丁夫人说:"隆福寺今日有和尚舍身自焚,几天来就轰动了京城臣民。像这样历代少有的盛事,完全是皇上和娘娘两陛下圣德巍巍,感召万方,连出家人也激发了这样忠心!"

周后面露喜色,叹息说:"但愿佛祖保佑,从今后国泰民安。"

丁夫人一再上本恳求入宫朝贺,实为着要当面恳求皇后在皇帝前替武清侯府说句好话。京城里各家有钱的皇亲也都把希望寄托在她的这次进宫。趁着皇后面露喜色,丁夫人赶快将话题引到在京城住家的亲戚们身上。刚谈了几句闲话,忽听永祥门有太监高声传呼:"接驾!"随即院中鼓乐大作。周后赶快离座,带着宫女们到院中接驾去了。

崇祯因昨夜几乎通宵未眠,今天的脸色特别显得苍白。到正殿坐下以后,他看见周后的眼睛红润,感到诧异,问道:

"今天是你的快活日子,为什么难过了?"

周后笑着说:"我没有难过。只因为轻易看不见我的母亲,乍然看见……"

"她已经来了?"

"已经来了。"

"叫过来让我见见。"

崇祯升了宝座。丁夫人被搀过来行了常朝礼,俯伏在地。崇祯赐座,赐茶,随便问了几句闲话。丁夫人不敢在皇上面前久留,叩头出去。宫女们引她到坤宁宫东边的清暇居休息。

崇祯留在坤宁宫同皇后一起吃寿宴。在坤宁宫赐宴的有皇太子、诸皇子和十二岁的长平公主①,另有袁贵妃和陈妃。皇亲中的命妇只有丁夫人。妃以下各种名号的嫔御也就是一般所说的姬妾,都没有资格在坤宁宫赐宴,也不需要她们来坤宁宫侍候。皇后另外赐有酒宴,由尚膳监准备好,送往各人宫中。长辈方面,如刘太妃和懿安皇后等,皇后命尚膳监各送去丰盛酒席,并命皇太子前去叩头。各位前朝太妃和懿安皇后又派宫女来送酒贺寿。皇太子、诸皇子、公主、袁妃、陈妃、丁夫人等都依次向皇帝和皇后行礼,奉觞祝寿。各等名号嫔御,也依次来坤宁宫行礼奉觞。然后是王德化、曹化淳,六位秉笔太监、各监衙门的掌印太监、宫中六局掌印女官,以及乾清、坤宁、慈庆、承乾、翊坤、钟粹等重要宫中的掌事太监和女官,也都依次前来行礼奉觞。但是地位较低的嫔御,所有执事太监和女官,都不能进入殿中,只分批在殿外行礼。他们在鼓乐声中依照赞礼女官的鸣赞行礼,跪在锦缎拜垫上向皇帝和皇后献

---

① 长平公主——崇祯的长女。

酒。女官从他们的手中接过来华美的黄金托盘,捧进殿中,跪在御宴前举到头顶。另有两个女官将盘中的两只玉斝取走。又有一对女官换两只空的玉斝放在盘子上。一般时候,崇祯和周后并不注意谁在殿前行礼和献馔,那些玉斝中的长春露酒也都由站在身边侍候的宫女接过去倾入一只绘着百鸟朝凤的大瓷缸中。倘若崇祯和周后偶然向殿外行礼献馔的人望一眼,或一露笑脸,这人就认为莫大恩宠。在太监中,也只有王德化、曹化淳等少数几个人得到这种"殊遇"。

吴婉容在太监们献酒时候,退立丹墀一边,等候偶然呼唤。一个身材苗条的宫女笑嘻嘻地用托盘捧着一个大盖碗来到她的面前,打开描金盘龙碗盖,轻声说:

"婉容姐,请你尝一尝,多鲜! 皇爷和娘娘只动动调羹就撤下来了,还温着呢。"

吴婉容一看,是一碗嫩黄瓜汤,加了少许嫩豌豆苗,全是碧绿,另有少许雪白的燕窝丝和几颗红色大虾米。她笑一笑,摇摇头不肯尝,小声赞叹说:

"真是鲜物!"

身材苗条的宫女说:"如今在北京看见嫩黄瓜确实不易,所以听御膳房的公公①们说,这一碗汤就用了二十多两银子。"

"怎么这样贵?"

"听说尚膳监管采买的公公昨天在棋盘街见有人从丰台来,拿了三根嫩黄瓜,要十两银子一根。采买公公刚刚说了一句价钱太贵了,那人就自己吃了一根,说:'我不卖啦,留下自己吃!'采买公公看这人也是个无赖,怕他会真的把三根都吃掉,只好花二十两银子将两根买回,为的是今日孝敬娘娘吃碗鲜汤,心中高兴。外加别的佐料,所以这一碗汤就花去了二十多两。"

吴婉容伸伸舌头,笑着说:"真是花钱如水! 好,请费心,将这碗汤放到我的房里桌上去吧。"

———————

① 公公——对于年长的太监一般尊称公公。但是有官职的太监另有称呼。

又一个宫女来到吴婉容的身边，将她的袖子一拉，凑近她的耳朵小声嘀咕几句。她的脸色一寒，向另外两个宫女嘱咐一声，便走出坤宁宫院子，往英华殿的院子跑去。

住在英华殿院落中吃斋诵经的陈顺娟本来就体弱多病，近两个月刺血写经，身体更坏，十天前就病倒了。为着皇后的千秋节来到，没有人在皇后前提到此事。陈顺娟原是坤宁宫中宫女，同吴婉容感情不错，去年因为久病，自己请求到英华殿长斋礼佛。今日英华殿掌事太监因见她病势沉重，怕她死在宫中，要送她去内安乐堂①。虽然她苦苦哀求留下，但碍于宫中规矩，未蒙准许。她又要求在出宫前同吴婉容见一面，得到同意。吴婉容看见她躺在床上，脸色蜡黄，消瘦异常，不禁心酸。她握住吴婉容的手，滚下热泪，有气无力地说：

"吴姐，他们今天要送我到安乐堂去，这一生再也看不见你了。"她哽咽不能成声，将婉容的手握得更紧。

吴婉容落泪说："你先去安乐堂住些日子，等娘娘陛下高兴时候我替你说句话。她念你刺血写经的忠心，大概会特下懿旨放你出去。你出去，趁年纪还轻，不管好歹许配了人家，也算有出头之日，不枉这一年长斋礼佛，刺血写经！"

陈顺娟哭着说："吴姐啊，我已经不再想有出头之日了！我大概只能挣扎活两三天；三天后就要到净乐堂②了！"

二人握手相对而泣。过了一阵，陈顺娟从枕下摸出一包银子，递给婉容，说：

"吴姐，你知道我是香河县离城二十里大陈庄人。我入宫时候，虽然家中日子极苦，父母却是双全。我原有两个哥。我的二哥八岁出了家，后来随师父往五台山了。我一进深宫八年，同家中割

---

① 内安乐堂——在金鳌玉蛛桥西，棂星门北，羊房夹道。明朝这一带是宫中禁地。凡宫女有病、年老或有罪，送至内安乐堂住下。如不死，年久发往外浣衣局劳动。
② 净乐堂——在西直门外不远地方。凡宫女和太监死后如无亲属在京，尸首送此焚化。

断音信。这八年,年年灾荒,不知家中亲人死活。八年来每次节赏的银子我都不敢花掉,积攒了十几两银子,加上皇后陛下昨天赏赐的十二银子,共有二十三两三钱……"

吴婉容突然不自觉地小声脱口而出:"一碗黄瓜汤钱!"

陈顺娟一愣:"你说什么?"

吴婉容赶快遮掩说:"我想起了别的事,与你无干。你要我将这二十三两三钱银子交给谁?"

陈顺娟接着说:"我的好姐姐,你也是小户人家出身,同我一样是苦根上长的苗子,所以你一向对我好,也肯帮助别的命苦的都人。你在坤宁宫中有面子,人缘也好。请你托一个可靠的公公,设法打听我一家人的下落,将银子交给我的亲人。这是救命钱,会救活我一家人的命。我虽死在这不见天日的地方,也不枉父母养育我到十四岁!"陈顺娟抽泣一阵,忽然注意到从坤宁宫院中传来的一派欢快轻飘的细乐声,想起来酒宴正在进行,便赶快催促说:"吴姐,你快走吧。一时娘娘有事问你,你不在坤宁宫不好。"

吴婉容噙着泪说:"是的,我得赶快回去。还有二十个刺血写经的都人姊妹,听说有的人身体也不好,可是我来不及看她们了。"

陈顺娟说:"我临走时她们会来送别的,我替你将话转到。她们也都是希求生前能够蒙皇后开恩放出宫去,死后永不再托生女人,才学我刺血写经。再世渺茫难说,看来今生也难有出头之日!"她喘口气,又说:"听说今日隆福寺有一个和尚为替娘娘陛下祈福,舍身自焚,看来我们的刺血写经也算不得什么。"

吴婉容心中凄然,安慰说:"你们的忠心已蒙皇后赏识,心中高兴。至于慧静和尚的舍身自焚,自然也是百年不遇的盛事,娘娘当然满意。"

陈顺娟的心中猛一震动,睁大眼睛问:"那和尚叫什么名字?"

"听说名叫慧静。"

陈顺娟更觉吃惊,浑身发凉。但她随即想着二哥随师父去五台山没有回来,与隆福寺毫无关系,天下和尚众多,法名相同的定

然不少,就稍微镇静下来,有气无力地说:

"吴姐,你快走吧!"

吴婉容叹一口气,洒泪而别。刚到坤宁门外,遇到了谢诚从隆福寺回来,同刘安小声谈话方毕。她同谢诚是对食,说话随便,轻轻问道:

"谢公公,和尚自焚的事情如何?"

谢诚说:"已经完啦。恰好他的老子从香河县讨饭来京看他,要是早到半日,这事会生出波折。"

吴婉容的心一动,忙问:"这和尚不晓得他老父亲来京么?"

"他老父刚到,火就点着了。我站在近处,看见他举止异常,好像是望见了他的父亲,可是已经晚啦。"

"他难道不呼喊他的父亲?"

谢诚用极低的声音说:"他头两天误吃了喑药,喉咙全哑了,叫不出也哭不出声。"

吴婉容的眼睛一瞪,将脚跟一跺,低声说:"你,还有隆福寺的老和尚,什么佛门弟子,高僧法师,做事也太——太——太狠啦!"

谢诚使眼色不让她多说话,随后嘲讽说:"世间事……你们姑娘家懂得什么!"

吴婉容一转身走进坤宁门,将银子交给一个宫女暂时替她收起来,然后定定神,强作出满面喜悦,走上丹墀,站在坤宁宫正殿檐下的众宫女中间侍候。她偷眼望见皇上替皇后斟了一杯酒,带着辛酸的心情笑着说:

"如今国事大不如昔,事事从俭,使你暂受委屈。但愿早日天下太平,丰丰盛盛地替你做个生日。"

皇后回答说:"但愿从今往后,军事大有转机,杨嗣昌奏凯回朝,使皇上不再为国事忧心。"

宴毕,崇祯匆匆去平台召见阁臣,商议军国大事。袁妃等各自回宫。周后带着母亲来到西暖阁,重叙家常。这儿是她的燕坐休息之处,在礼节上可以比便殿更随便一些,女官们不奉呼唤也不必前来侍候。丁夫人见田贵妃果然没有来坤宁宫,证实昨天关于田娘娘受谴的传闻,使她对于自己要说的话不免踌躇。谈了一阵家常闲话,她看左右只有两个宫女,料想说出来不大要紧,便站起来小声细气地说:

"臣妾这次幸蒙皇帝和皇后两陛下特恩,进宫来朝贺娘娘陛下的千秋节,深感皇恩浩荡,没齿不忘。家中有一件小事,想趁此请示陛下懿旨。"

周后有点不安地望着母亲:"同李皇亲家的事有关么?"

"是,娘娘陛下明鉴。臣妾想请示娘娘陛下……"

"唉!皇上为此事十分生气。倘若是李家让你来向我求情,你千万不要出口。"

丁夫人吓了一跳,心中凉了半截。在入宫之前,人们已经暗中替她出了不少主意,替她设想遇到各种不同情况应该如何说话,总之不能放过朝贺皇后的这个极其难得的机会。丁夫人怔了片刻,随即决定暂不直接向皇后求情,拿一件事情试探皇后口气。她赔笑说:

"臣妾何人,岂敢在陛下前为李家求情。"

"那么……是什么事儿?"

"李皇亲抗旨下狱,家产查封。他有一个女儿许给咱家为媳,今年一十五岁,尚未过门。此事应如何处分,恳乞陛下懿旨明示。"

周后想了一下,叹口气说:"人家当患难之际,我家虽然不能相助,自然也无绝婚之理。可用一乘小轿将这个姑娘取归咱家,将来择吉成亲。除姑娘穿的随身衣裙之外,不要带任何东西。"

"谨遵懿旨。"丁夫人的心中凉了,知道皇上要一意孤行到底,难以挽回。

周后又嘱咐一句:"切记,不要有任何夹带!"

丁夫人颤声说:"臣妾明白,决不敢有任何夹带。"

周后又轻轻叹口气,说:"皇上对李家十分生气,对你们各家皇亲也很不满意。你们太不体谅皇上的苦衷了！"

丁夫人心中大惊："娘娘陛下！……"

周后接着说："皇上若不是国库如洗，用兵吃紧，无处筹措军饷，何至于向皇亲国戚借助？各家皇亲都是与国同体，休戚相共。哪一家的钱财不是从宫中赏赐来的？哪一家的爵位不是皇家封的？皇上生气的是，国家到了这样困难地步，李皇亲家竟然死抗到底，一毛不拔，而各家皇亲也竟然只帮李家说话，不替皇家着想。皇上原想着目前暂向皇亲们借助一时，等到流贼剿灭，国运中兴，再大大赏赐各家。他的这点苦心，皇亲们竟然无人理会！"

丁夫人望望皇后脸上神色，不敢再说二话。恰在这时，司仪局女官进来，跪在皇后面前说：

"启奏娘娘陛下，嘉定伯夫人出宫时刻已到，请娘娘正殿升座。"

周后为着向皇亲借助军饷一事，弄得相持不下，单从这一件事上也露出败亡征兆，她肚里还有许多话想对母亲说出，但碍于皇家礼制，不能让母亲多留，只好哽咽说：

"唉，妈，你难得进宫一趟，不知什么时候咱母女再能见面！"

丁夫人含泪安慰说："请陛下不必难过。要是天下太平，明年元旦准许命妇入宫朝贺，臣妾一定随同大家进宫，那时又可以同娘娘陛下见面了。"

"但愿能得如此！"

丁夫人向她的女儿跪下叩头，然后由宫女搀扶着，退到坤宁宫丹陛下恭立等候。

周后换上凤冠朝服，走出暖阁，在鼓乐声中重新升入宝座。太子和皇子、皇女侍立两旁。众女官和执事太监分两行肃立殿门内外，另外两个宫女打着交叉的黄罗扇立在宝座背后。一个司仪女官走到丹陛下宣呼：

"嘉定伯夫人上殿叩辞！"

丁夫人由两个宫女搀扶着走上丹墀，又走进正殿，在庄严的乐声中随着司仪女官的唱赞向她的女儿行了叩拜礼,然后怀着失望和沉重的心情退出,毕恭毕敬地穿过仪仗,被搀出坤宁门,不敢回头看一眼。乐声停止,周后退入暖阁,更衣休息。掌事太监刘安进来,向她启奏隆福寺和尚慧静舍身自焚的"盛况"。周后问:

"慧静临自焚时说什么话了?"

刘安躬身说:"慧静至死并无痛苦,面带微笑,双手合十,稳坐蒲团,口念经咒不止,为皇爷和娘娘两陛下祈福。真是佛法无边,令人不可思议!"

周后满意,轻轻点头,从眼角露出微笑,刚才心上的许多不快都消失了。她挥手使刘安退出,重新净手,打开陈顺娟用血写的经卷,看着一个个殷红的字,想到刘安的话,又想着自己定会福寿双全,唤起了虔诵佛经的欲望,随即轻声念道:

"如是我闻……"

李国瑞在狱中听说田贵妃为他的事只说了一句话就谪居启祥宫,皇后不敢替他说话,十分惊骇,感到绝望,病情忽重,索性吞金自尽。锦衣卫使吴孟明同东厂提督太监曹化淳秘密商定,只向崇祯奏称李国瑞是病重身亡,隐瞒了自尽真相,以便开脱他们看守疏忽的责任。崇祯得知李国瑞死在狱中的消息,心中很震动,赶快到奉先殿的配殿中跪在孝定太后的神主前焚香祈祷,求她鉴谅。他仍不愿这件事从此结束,想看看皇亲们有何动静。过了一天,他把曹化淳叫进宫来,问他李国瑞死后皇亲们有何谈论。曹化淳因早已受了皇亲们的贿赂和嘱托,趁机说:"据东厂和锦衣卫的番子禀报,皇亲和勋旧之家都认为皇上会停止追款,恩准李国瑞的儿子承袭爵位,发还已经查封的家产。"崇祯将曹化淳狠狠地看了一眼,冷笑一下,说:

"去,传谕锦衣卫,将李国瑞的儿子下狱,继续严追!"

曹化淳跪下说:"启奏皇爷,奴婢听说,李国瑞的儿子名叫存善,今年只有七岁。"

"啊？才只有七岁？……混蛋，还没有成人！"

崇祯无可奈何地摇摇头，叫曹化淳起去。过了片刻，他吩咐将李府的管事家人下狱，家产充公。猜到皇亲们会利用李国瑞的死来抵制借助，他下决心要硬干到底，非弄到足够的军饷誓不罢休。他又向曹化淳恨恨地问：

"前些天京中士民说皇亲们在同朕斗法，可是真的？"

曹化淳躬身说："前几天百姓中确有此话，奴婢曾经据实奏闻。"

崇祯冷笑一声，说："朕是天下之主，看他们有多大本领！将李家的案子了结以后，看哪一家皇亲、勋旧敢不借助！皇亲们同朕斗法？笑话！"

他摆一摆下颏使曹化淳退出去，然后从椅子上跳起来，在乾清宫中激动地走来走去。

第四章

由于杨嗣昌的督师,明朝政府在对农民起义的军事上有了一些起色,暂时还居于优势。到崇祯十三年夏秋之间,将张献忠和罗汝才为首的几支农民军逼到川东,四面围堵,大部分已经投降,罗汝才也正在准备投降,被张献忠及时阻止。张献忠为摆脱明军压力,拉着罗汝才奔往四川腹地。李自成销声匿迹,不再为人注意。然而这只是局部的表面现象。实际上,明朝政权从来没有像在崇祯十三年夏秋间陷入全面的深刻危机。从军事上来看,十三年来崇祯一直陷于既要对付大规模农民起义,又要对付日趋强大的清朝的军事压力。到了目前阶段,四川战事胜负未决,前途变化莫测,而山东、苏北、皖北、河北南部、四川北部和河南、陕西各地,到处有农民战争。山东西部、南部和徐州一带的农民大起义,严重威胁着明朝中央政权赖以生存的南北漕运①。在山海关外,崇祯为防备清兵再次南下,催促洪承畴指挥十几万大军向松山、杏山和塔山一带进兵,谋解锦州之围,但是军心不齐,粮饷补给困难,几乎等于是孤注一掷。从财政经济来看,长江以北的半个中国,尤其是黄河流域各省,由于长期战乱,官军纪律败坏,烧杀淫掠,官府横征暴敛,加上各种天灾人祸,农业生产受到极大破坏,人民死亡流离,往往村落为墟,人烟断绝。到了十三年夏秋之间,不但黄河中下游和淮河流域各省的旱灾和蝗灾特别惨重,而且朝廷所依赖的江南也发生了旱灾和蝗灾,苏州府等地粮价飞涨,城市中发生了多起抢粮风潮。在这种情况下,朝廷的军费开支反而增加,所以财政方面确实快到了山穷水尽地步。军事和财政经济两方面的严重危机,加

---

① 漕运——明代将江南大米和其他物资从运河运往北京,称为漕运,为朝廷生命所系。

深了朝廷上的政治危机,一方面表现为崇祯皇帝因借助军饷问题同皇亲、勋旧展开的明争暗斗,另一方面因对拯救危亡的看法不同,崇祯同一些朝臣发生直接交锋。

对于当时明王朝所面临的空前危机,皇亲和勋旧这一个只讲究养尊处优的阶层感受最浅,而在朝臣中却有很多人比较清楚,有些人深为国事担忧。受全面危机的压力最大的是崇祯皇帝。现在他正在为克服这一可怕的危机而拼命挣扎,不过有时他还在幻想做一个"中兴之主",口头上也时常这么说。尽管他不敢想,更不肯说有亡国可能,但这种深藏在心中的无限忧虑和时常泛起的悲观情绪使他更变得刚愎任性,心狠手辣,决不允许任何朝臣批评和阻碍他的行事。

抄家的上谕下了以后,锦衣卫和东厂自然是雷厉风行,趁机发财。住在京城的所有皇亲、勋旧越发兔死狐悲,人人自危。大地主官僚们也担心将来轮到向他们借助,都觉得皇帝未免太任性行事。但廷臣们都害怕皇上震怒,不敢进谏,只是冷眼看这事将如何结局。皇亲们却不能等待,赶快联名上了一封奏疏,恳乞皇上开恩,念李国瑞已死狱中,停止抄家,使其子存善袭爵,以慰孝定太后在天之灵。崇祯一向迷信鬼神,想到孝定太后,心中不免犹豫,打算借着十几家皇亲联名上疏求情的机会赶快转圜,暂停抄家。但过了半天,他想不出另外的措饷办法,各地军事形势又逼得他坐立不安,想来想去,还是决定寸步不让,非将这第一炮打响不可。他在奏疏上用朱笔批"留中"二字,扔向一旁,心中叹息说:"唉,你们这班皇亲国戚、勋旧世家,真是糊涂!你们的富贵自何而来?倘若朕的江山不保,你们不是也跟着家破人亡?皮之不存,毛将焉附!"他又暗恨薛国观,倘若不是他当时赞同向李国瑞头上开刀,另外想一个筹饷办法,何至于今日进退两难!

又过三天,他正在乾清宫中发闷,秉笔太监王承恩送来了一叠文书。他先看了几封奏疏,都是攻击杨嗣昌的,说了一些杨嗣昌的短处,认为他督师剿贼很难成功。其中有詹事府少詹事黄道周的一封奏疏,措词特别激烈。他抨击杨嗣昌加征练饷,引荐陈新甲做兵部尚书是为暗中同满洲议和准备,又攻击杨嗣昌继母死后没有回原籍奔丧守孝,而是"夺情视事"。崇祯看了前几封奏疏已经很生气,看了黄道周的奏疏更加愤怒,在心中恨恨地说:

"这个黄道周,才回京不久,竟敢上疏胡言,阻挠大计,博取清直敢言之名,殊为可恶!"

他没有批语,也没有心情再看别的奏疏,站起来来回走动,脚步特别沉重。忽然,他忍不住叹口气,说出一句话:

"朕的为国苦心,黄道周这班人何曾知道!"

黄道周和崇祯一样,一心要维护摇摇欲倒的明朝江山,但是他坚决反对崇祯的几项重大措施。他不敢直接批评皇帝,只好激烈地批评杨嗣昌的误国。他反对加征练饷,在一定程度上代表了中小地主阶级的利益,但中心目的是害怕朝廷为此而失尽人心,将广大没有造反的百姓逼迫到造反的路上。崇祯为同意加征练饷的事,在去年已引起朝议哗然,但这是出于形势所迫,好比明知是一杯鸩酒,也只好饮鸩止渴。崇祯在心里说:"你们这班朝臣,只会放空炮,没有一个人能想出更好的办法!"关于同清朝秘密议和的事,崇祯最忌讳有人说出,而偏偏黄道周在疏中公然抨击。崇祯一直认为:满洲人原是大明臣民,只是到了万历中叶以后,因边臣"抚驭"失策,才有努尔哈赤之叛,逐渐酿成近二十年来之祸。如今同满洲暗中议和实是万不得已。宋与金的历史,对崇祯说来,殷鉴不远,而他绝不愿在臣民心目和后代史书中被看成是懦弱无能的君主。自从前年由杨嗣昌和高起潜主持,开始暗中同清方议和,他就不许用"议和"一词,只许用"议抚"一词。黄道周在疏中直然不讳地批评杨嗣昌同满洲议和,深深地刺伤了他这个自认为"天下共主"和"千古英主"的自尊心,何况他迫切希望赶快能够同满洲休兵罢战,暂时摆脱两面用兵的困境,以便专力围剿农民起义军。这是他的至关重要的救急方略,不料黄道周竟然如此不达事理,不明白他的苦心!他看得很清楚,满朝大臣中没有一个人在做事干练和通权达变上能够比得上杨嗣昌的。他不允许任何人借弹劾杨嗣昌的题目干扰加征练饷和对满方略,更不许在目前川、鄂一带军事胜利在望的关键时刻,有谁肆无忌惮地攻讦杨嗣昌,要将他赶下台去。他回到御案前重新坐下,又向黄道周的奏疏望了一眼,偏偏看到了抨击杨嗣昌"夺情"的几句话,不禁从鼻孔冷笑一声,心中说:

"朕以孝治天下,这样事何用你妄肆攻讦!自古大臣死了父母,因国事鞅掌,出于皇帝诏旨,不守三年之丧,'夺情视事'或'夺情起复'的例子,历朝皆有,连卢象升也是'夺情'!倘若杨嗣昌和陈新甲都去守三年之丧,你黄道周能够代朕督师么?能够任兵部尚书么?……可笑!"

他又从御案上拿起来一封奏疏,是礼部主事吴昌时讦奏薛国观纳贿的事。吴昌时原是行人司的一个行人,这行人是正九品的低级闲官儿,没有什么大的出息。朝廷遇到颁行诏敕,册封宗藩,慰问,祭祀,出使藩夷等事,派行人前往或参加。去年,吴昌时趁着京官考选的机会,托人向薛国观说情,要求帮助他升转为吏科给事中。薛国观收下他的礼物,口头答应帮忙,但心中很轻视他这个人。考选结果,吴昌时升转为礼部主事,大失所望。吏部是一个热衙门,全国官员的除授、调任、升迁、降职和罢免,都归吏部职掌。吏科给事中虽然按品级只是从七品,却在朝廷上较被重视,是所谓"言官"和侍从之臣,不但对吏部的工作有权监督,且对朝政有较多的发言机会,纳贿、敲诈、勒索的机会较多,前程也宽。礼部主事虽然是正六品,但礼部是个冷衙门,而主事是"部曹",即事务官,所以反不如从七品的给事中受人重视。吴昌时没得到他所理想的职位,认为是薛国观出卖了他,怀恨在心,伺机发泄。近来他风闻皇上因李国瑞的事对薛国观心怀不满,并且皇戚们同几个大太监暗中合谋,要将薛国观逐出朝廷,他认为时机到来,上疏揭发薛国观的一件纳贿的事,尽量夸大,进行报复。崇祯正想借一个公开题目将薛国观逐出内阁,看了这封弹章,不待审查清楚,也不待薛国观自己奏辩,便决定从严处分。他立刻提起朱笔,写了一道手谕:

薛国观身任首辅,贪渎营私,成何话说! 着五府、九卿、科、道官即速议处奏闻!

崇祯命一个太监立刻将手谕送出宫去,又继续批阅文书。有十来封奏疏都是畿辅、山东、河南、陕西、湖广和江南各省地方官吁请减免钱粮和陈报灾情的奏疏,其中有一本是畿辅和山东士民一千多人来到京城上的,痛陈这两省地方连年灾荒,加上清兵焚掠和官军供应浩繁的情况。他们说:"百姓生计,已濒绝境;倘不速降皇恩,蠲免新旧征赋,杜绝苛派,拨款赈济,则弱者辗转死于道路,而强者势将群起而走险,大乱将愈不堪收拾矣。"崇祯看完了这个奏本,才知道畿辅和山东士民有千余人来到京城上书,一时不知道应如何处理。恰巧东厂提督太监曹化淳来乾清宫奏事,崇祯就向他问道:

"曹伴伴,畿辅和山东有千余士民伏阙上书,你可知道?"

曹化淳躬身回奏:"奴婢知道。这一千多士民在三天前已经陆续来京,第一次向通政司衙门递本,因有的奏本不合格式,有的有违碍字句,通政司没有收下。他们重新联名写了一本,今日才送到御前。"

"都是真的良民么?"

"东厂和锦衣卫侦事番子随时侦察,尚未见这些百姓们有何轨外言行。他们白天有人在街上乞食,夜间就在前门外露宿街头。五城御史与五城兵马司随时派人盘查,亦未闻有不法之事。"

崇祯向站在身边伺候的秉笔太监王承恩问:"朕不是在几个月前就降旨恩免山东和畿辅的钱粮了么?"

秉笔太监回奏:"皇爷确实免过两省受灾州、县钱粮,不过他们的本上说'黄纸虽免,白纸①犹催'。看起来小民未蒙实惠。"

崇祯不再问下去,挥手使曹化淳和王承恩退出。他知道百姓们所奏的情形都是真的,然而他想:目前军饷无着,如何能蠲免征

---

① 黄纸、白纸——黄纸指皇帝诏书,白纸指地方官吏的文书、告示等。

派？国库如洗，如何有钱赈济？他提起朱笔，迟疑一阵，在这个本上批道：

> 览百姓每①所奏，朕心甚悯。着户、兵衙门知道，究应如何
> 豁免，如何赈济，妥议奏闻。百姓每毋庸在京逗留，以免滋事，
> 致干法纪。
>
> 钦此！

他下的这一道御批只是想把老百姓敷衍出京，以免"滋事"。他深感样样事都不顺心，无数的困难包围着他，不觉叹口长气。为图得心中片刻安静，他竭力不再想各省灾荒惨重的问题，略微迟疑一下，另外拿起一封洪承畴从山海关上的奏本。每次洪承畴的奏疏来到，不是要饷，就是要兵，使他既不愿看，又不能不看。现在他怀着惴惴不安的心情看完引黄，知道是专为请求解除吃烟的禁令，并没有提兵、饷的事，才放心地打开奏疏去看。原来在半年以前，他认为"烟"和"燕"读音相同，"吃烟"二字听起来就是"吃燕"，对他在北京坐江山很不吉利，便一时心血来潮，下令禁止吃烟，凡再吃烟和种植烟草的杀头。但烟草从吕宋传进中国闽、广沿海一带已经有八十年以上历史，由戚继光的部队将这种嗜好带到长城内外，也有七十年的历史，所以他的上谕不但行不通，反而引起驻扎在辽东的将士不满。现在洪承畴上疏说"辽东戍卒，嗜此若命"，请求他解除禁烟之令，仍许北直和山东民间种植，并许商人自浙、闽贩运。崇祯将这封奏疏放下，心中叹道：

"吃烟，吃烟！难道真有人来吃燕京？唉，禁又禁不住，不禁又很不吉利！"

两天以后的一个早晨，五凤楼上传出来第一通鼓声。文武百官陆续进入端门，都到朝房等候。有些人在窃窃私语，议论着新增

---

① 每——同"们"。元、明人常把"们"字写成"每"字。"们"是当时人民群众新造的字，尚不十分流行。

的练饷所引起的全国舆论哗然，百姓更加同朝廷离心的情况；有的在闲谈着湖广和四川等地的战争消息；还有人在谈论着近来的满洲动静。但人们今天最关心的是练饷。尽管许多人嘴里不谈，心上却挂着这件大事。他们避而不谈，只是怕惹祸罢了。

今天是常朝，比每天"御门决事"的仪制隆重。早在五更之前，六只大象就已经由锦衣官押着身穿彩衣的象奴从宣武门内西城根的象房牵到，在午门前的御道两侧悠闲地走动着。午门上二通鼓响过之后，六只大象自动地走到午门的前边，站好自己位置，每一对左右相同，同锦衣旗校一起肃立不动。三通鼓响过以后，午门的左右偏门掖门一齐打开了（中门是御道，平时不开）。一队锦衣将军、校尉和旗手走进午门，在内金水桥南边，夹着御道，分两行整齐排列，肃立不动。校尉手执仪仗，旗手专执旗帜。同时担任仪仗的一群太监从宫中出来，在丹墀下边排班站定。班尾是两对仗马，金鞍、金镫、黄丝辔头、赤金嚼环。尽管崇祯在上朝前总是乘辇，从不骑马，但是四匹漂亮而驯顺的御马总是在三六九上朝前按时牵到伺候，成为仪仗的组成部分。另外四个太监拿紫檀木雕花马凳，以备皇帝上马时踏脚，站在仗马旁边。夹着丹陛左右，肃立着两行扈驾侍朝的锦衣将军，穿铁甲，佩弓、矢、刀、剑，戴红缨铁盔帽。又过片刻，午门上钟声响了。文武百官匆匆地从朝房中走出，从左右掖门入内。当最后一个官员进去以后，一对一对大象都把鼻子互相搭起来，不许再有人随便进去。

文武百官到了皇极门外，按照文东武西，再按照衙门和品级区别，排成两班，恭立在丹墀之上。四个御史官分班面向北立，负责纠仪。

当文武百官在五更入朝时候，一千多畿辅和山东士民由二十几位老人率领，来到长安右门外边。曾经率领乡里子弟打过清兵的姚东照老先生也参加了。他们绝大部分是濒于破产的中小地主，但他们所代表的利益大大超出了他们所属的阶级，也反映了农民、中小商人和手工业主的利益。昨天上午他们见到了皇上的御批,使他们大为失望。他们这一群老人当即又写了一封痛陈苦情的奏本,送往通政司。通政司因皇上已有旨叫他们"毋庸逗留"京城,且见奏本中有些话说得过于激切,不肯收下。他们不管如何恳求,都无用处。他们无奈,便趁着今天是常朝的日子,头顶奏本,"伏阙上书"。古代的所谓阙就是宫门。拿明朝说,就是午门。但如今老百姓向皇帝"伏阙上书",不惟望不见午门,连承天门也无法走近,只能跪伏在长安右门以外。明代的文武官员多住西城,从长安右门入朝。百姓们原希望有哪位内阁辅臣、都察院左右都御史或哪位尚书、侍郎大人怜念小民,收下他们的奏本带进宫去,呈给皇上,谁知守门的锦衣官兵压根儿不许他们走近长安右门,用水火棍和刀、剑将他们赶散。一见大官来到,把他们赶得更远。长安右门外有一座登闻鼓院,小厅三间向东,旁有一小楼悬鼓,有科、道官员在此轮流值日。按照明朝法律规定:百姓有冤,该管的衙门不替申理,通政司又不为转达,百姓一击登闻鼓,值日官员就得如实上报皇帝。但是今天,登闻鼓院附近站立的锦衣旗校特别多,一个个如狼似虎,打得百姓们不能走近。百姓们见长安右门不行,就从棋盘街转过大明门,来到长安左门。在这里,他们遇到的情形一样。有些老人已经完全绝望,但有些老人仍不死心。他们率领大家避开中间的路,跪得离东长安门稍远一点,见从东城上朝的官员过尽,只好恳求守门的锦衣官员收下他们的奏本送进宫中。锦衣官员惟有斥骂,并不肯收。他们想,就这样跪下去,迟早会有人怜悯他们,将他们"伏阙上书"的事上奏皇帝。他们跪得很乱。有人过于饥饿,跪不稳,倒了下去。有人身体虚弱得很,发出呻吟。

在紫禁城内,文武百官排班站定以后,有一个太监走出皇极门,手中拿一把黄丝静鞭,鞭身一丈三尺,梢长三尺,阔有三寸,用蜡渍过,安着一尺长的朱漆木柄,上刻龙头,涂以金漆。他走至丹墀一角站定,挥起静鞭在空中盘旋几下,用力一抽。鞭声清脆,响彻云霄。连着挥响三次,太监收起静鞭,走下丹墀站定。于是,午门内寂静无声,仪仗森森,气象肃穆。

　　过了片刻,内官传呼"驾到!"崇祯头戴翼善冠,身穿圆领绣龙黄罗袍,面带忧容,在一大群服饰华美的太监们的簇拥中乘辇出来。由翰林、中书、科、道各四人组成的导驾官员,从皇极门导驾而出,步步后退,将龙辇导向御座。文武百官躬身低头,不敢仰视。崇祯下了辇,升入御座,这御座在当时俗称金台。在他的面前是一张有黄缎绣龙围幛的御案。离御案三尺远有一道朱漆小栏杆,以防某一个官员正跪在地上奏事时突然扑近御座行刺。当崇祯坐下以后,有三个太监,一人擎着黄缎伞盖,两人擎着两把黄罗扇,从东西两边陛下上来,站在崇祯背后。他们将黄伞盖擎在御座上边,那两把黄罗扇交叉着擎在他的身后,警惕地保卫着他的安全。如果看见哪一个臣工在御案前奏事时妄想行刺,两个执黄罗扇的太监只须手一动,一道铁线圈会自动落下,从扇柄上露出利刃。原来还有九个锦衣力士手执五把伞盖和四把团扇,立在御座背后和左右。后来因为皇帝对锦衣力士也不放心,叫他们都立在丹陛下边。在"金台"背后和左右侍立的,如今只有最亲信的各种执事太监了。

　　仪表堂堂、声音洪亮的鸿胪寺官高唱:"入班行礼!"随即文武百官面向金台,依照鸿胪寺官的唱赞,有节奏地行了一拜三叩头的常朝礼,然后分班侍立。一位纠仪御史跪下奏道:

　　"今有户部主事张志发,平身起立时将笏落地,事属失仪,合当拿问。请旨!"

　　崇祯因昨夜几乎通宵未眠,精神疲倦,只低声说了一两句话,群臣都未听清。一位容貌丰秀、身穿圆领红罗朝服、蓝色鹦鹉补子,腰束镶金带,专管上朝传宣的随堂太监,从御座旁向前走出几步,像女人的声音一般,朗朗传旨:

　　"皇上口谕:姑念他事出无心,不必拿问;着即罚俸三月,以示薄惩。谢恩!"

　　崇祯手足浮动,似乎十分焦急,心不在焉地看见一位年约六十多岁的老臣从班中踉跄走出,匍匐跪下,颤声奏道:"微臣朝班失仪,罪该万死。蒙陛下天恩浩荡,不加严罚,使微臣生死难报,敬谨叩谢皇恩!"然后他流着泪,颤声高呼:"万岁! 万岁! 万万岁!"崇祯仍然心不在焉,脸上除原来的忧郁神色外,没有别的表情。

当张志发谢恩站起来的时候,崇祯的眼光正在向左边文臣班中扫去。他没有看见首辅薛国观,明白他是因为受了弹劾,"注籍"①在家。又一位鸿胪寺官跪到面前,向他启奏今日在午门外谢恩和叩辞的文武官员姓名和人数,同时一个随侍太监将一张红纸名单展开,放在御案上。他仅仅向名单扫了一眼,又向午门外望了一下。因为距离午门远,他只看见左右两边门洞外都跪伏着人。鸿胪寺官随即起身,退了几步,面向午门高呼:"午门外谢恩叩辞官员行礼!"当午门外的文武官员们正在依照另一个鸿胪寺官的唱赞,遥遥地向他行五拜三叩头礼时,他又向午门外望一眼,跟着抬起头来,望了望午门的城头和高楼。暗云低沉,雷声不住。他忽然又重复了经常在心头和梦中泛起的渺茫希望:要是杨嗣昌能够成功,将张献忠和李自成拿获解京,他率领太子和诸皇子登上午门"受俘",该有多好!

又是照例地五府、六部等衙门官跪奏例行公事,崇祯都不大在意。他正要向群臣宣布对薛国观的处罚,忽然听见从远处隐隐约约地传过来嘈杂的人声,这在承天门附近是极其稀有的现象。他猜到定是那畿辅和山东来的"无知愚民"不肯离去,不禁皱皱眉头,心中怒恨,想道:"他们竟敢抗旨,仍在京师逗留!"但是他没有忘记要臣民们看他是"尧、舜之君",所以他忍着心中怒气,将户部尚书和侍郎们叫到面前,带着悲天悯人的神色,慢慢说道:

"朕一向爱百姓犹如赤子。有些州、县灾情实在太重的,你们斟酌情形,钱粮是否应该减免,详议奏闻。"随着一阵南风,东长安门的隐约人声继续传来。他忍不住问:"这外边的人声可是上书的百姓么?"

跪在地上的户部尚书李待问抬头奏道:"是山东和畿辅的百姓

---

① 注籍——朝臣受了弹劾,如果情节较重,就不再上朝,在家等候处理,在大门上贴"注籍"二字,避免与人来往。

父老,因灾情惨重,征派不止,来京城吁恳天恩,豁免征派,火速赈济。"

崇祯又一次将眉头皱起,沉默片刻,对站在身旁的一个太监说:"你去口传圣旨:百姓们所奏的,朕已知道了。朕深知百姓疾苦,决不许地方官再事征派。至于赈济的事,已有旨着各有司衙门从速料理,不得迟误。叫百姓们速回原籍,不许逗留京师,滋生事端,致干法纪,辜负朕天覆地载之恩。"

他随即叫五府、九卿、科、道官来到面前。霎时间,被叫的朝臣们在御案前的小栏杆外跪了一片,连轻声的咳嗽也没有。他的脸色格外冷峻,充满怒气,眉宇间杀气腾腾。众文武官深知他喜怒无常,都把头低下去,等候着不测风云。有些胆小的朝臣,不禁小腿肚轻轻打颤。天色已经大亮,乌云比黎明前那一阵更浓,更低,压着五凤楼脊。天边响着沉闷的雷声。他向天上望望,又向群臣扫了一眼,说:

"朕叫你们会议薛国观应如何处分,昨日看你们议后所奏,颇从轻议,显系姑息。薛国观身任首辅,不能辅朕振刷朝政,燮理阴阳,佐朕中兴,反而营私贪贿,成何话说!本应拿问,交三法司①从严议罪;姑念他其他恶迹尚不显著,着即将他削籍了事,不许他逗留京师。你们以后做事,决不要学他的样儿!"

众文武叩头起去,退回朝班。有些朝臣本来有不少重要事要当面陈奏,因见皇上如此震怒,便一声不响了。冷场片刻,崇祯正要退朝,忽然远处的人声更嘈杂了,而且还夹杂着哭声。他大为生气,眼睛一瞪,说:

"锦衣卫使在哪里?"

锦衣卫使吴孟明立刻从武臣班中走出,跪到他的面前。他先向群臣们感慨地说:

"朕自登极以来,敬天法祖,勤政爱民,总是以尧、舜之心为心,务使仁德被于四海。只因国事杌陧,朕宵衣旰食,总想使天下早见

---

①　三法司——都察院、刑部、大理寺,统称三法司。

太平,百姓们早登衽席。今日赋税科派较重,实非得已。不想百姓们只看眼前一时之苦,不能替朕的万世江山着想。"他转向吴孟明说:"你去瞧瞧,好生晓谕百姓,不得吵闹。倘若仍敢故违,统统拿了!"

那些使皇帝生气的一千多百姓代表从天不明就"伏阙上书,跪恳天恩",跪过长安右门又跪长安左门,得不到一位大臣的怜悯,收下他们的奏本送到皇帝面前。他们只能望见外金水桥和桥前华表,连承天门也不能完全望见。上朝时,他们听见了隐约的静鞭三响,随后就一切寂静。好像紫禁城是一个极深的海,而他们远远地隔在海外。长安门、承天门、端门和午门,每道门是一道隔断海岸的大山,使人望而生畏,无法越过。人们的腿跪得麻木,膝盖疼痛。有些人只好坐下,但多数人仍在跪着。有的人想着家乡惨状,呼天无门,在绝望中默默流泪。过路人愈聚愈多,在他们的背后围了几百人,有的完全是看热闹,有的深抱同情,不断地窃窃私语。几次因守卫长安左门的锦衣旗校要驱散众人,发生争吵。突然,一个太监走出,用尖声高叫:"有旨!"所有坐着的赶快跪下,连那些看热闹的人们因躲避不及,也慌忙跟着跪下。太监口传了"圣旨"以后,转身便走。百姓们有的跪在后边,心中惊慌,并未听清"圣旨"内容,只听清"钦此"便完了。但多数人是听清了的,等太监一走,不禁失声痛哭。姚东照老头子登时心一横,虎地跳起,抢过来奏本自己捧着向长安左门追去,大声呼叫:"公公!公公!"只见一道红光一闪,一个锦衣旗校一棍子打在他的头上。他的眼前一黑,天旋地转,身子摇晃,倒在地上,那一字一泪的哀痛奏本仍然紧握在他的手中,而鲜血从头上奔流。老百姓见此情形,胆小的起来乱跑,胆大的扑向前去救他,并且叫道:"你们打死人了!打死人了!"锦衣旗校怕百姓冲进长安左门,一齐向前,用力狠打,赶散百姓,并且逮捕了二十几个人,说他们在宫门外聚众暴乱,送进狱中。东长安街上,一片奔跑声,呼打声,哭叫声。很多商店见街上大乱,赶快关门。胆大的人们聚立在远处观看,有些老人滚下热泪,有些人摇头叹气,姚东照被几个上书百姓冒死救出,抬到东江米巷一个僻静地方放下。大家把他围着,有的含着悲愤的眼泪,有的发出恨声。他醒了过来,睁开眼睛望望大家,叹一口气。他知道自己的伤很重,快要死了。一句话从他的心上蹦出:"大明不亡,实无天理!"但是不肯说出口,跟着又昏过去了。……

锦衣卫使吴孟明走出东长安门时,"伏阙上书"的百姓已经被驱散了,地上留下了几只破鞋和撕碎的奏本。他命令一位锦衣卫指挥同知率领锦衣旗校会同五城兵马司务须将来京上书的山东、畿辅百姓驱逐出内外两城。

当吴孟明走下皇极门丹墀时候,崇祯正要退朝,忽然从文臣班中走出来一位五十多岁的老臣,到御案前的朱红栏杆外跪下。崇祯一看是前日上疏反对加征练饷和攻击杨嗣昌的黄道周,立刻动起火来。不等这位老臣张口,他神色严厉地问:

"你的奏本朕已看过,另有何事要奏?"

黄道周伏地说:"微臣求皇上停征练饷,严惩杨嗣昌以谢天下。布宽仁之政,收拾已溃之人心。"

崇祯因为生气,手脚更加浮动,说:"朕因为房、寇猖獗,兵、饷俱缺,故去年不得已用辅臣杨嗣昌之议,增加练饷。朕何尝不爱民如子? 何尝不深知百姓疾苦? 然不征练饷即无法更练新兵,不更练新兵即无法内剿流寇,外御东房,不得已采纳杨嗣昌之议,暂苦吾民一时。尔等做大臣的,处此国家困难之日,不务实效,徒事攻讦,深负朕意。今嗣昌代朕在外督师,沐雨栉风,颇著辛劳。原来在房县一带的九股流贼,已经纷纷请降;献贼自玛瑙山败后,也成了釜底游鱼,与罗汝才被困于鄂西川东一带,不得逃逸。李自成仍被围困在商洛山中,不日即可就歼。倘朝廷内外不和,动辄掣肘,必将使剿贼大事,功亏一篑。你前日疏中说杨嗣昌建议加征练饷是流毒天下,如此肆意攻讦,岂是为国家着想?"他转向群臣,接着说:"朕切望文武臣工,不论在朝在外,都能和衷共济,万不要各立门户,徒事攻讦。"

崇祯满以为他的这些话可以使黄道周不再与他廷争,也使别的朝臣不敢跟着说话。但是黄道周既没有被说服,也没有被他压服。黄道周的性格非常倔强,又自幼熟读儒家的经史书籍,只想着做个忠臣,学古代那些敢言直谏之士,把"文死谏,武死战"的话当做了为臣的金科玉律,很喜欢苏轼的诗句"居官死职战死绥"。更重要的一点,他出身寒门,又常被贬斥,接近地主阶级的下层。明代末年,朝廷实行了"一条鞭"的聚敛办法,将丁役钱和一切苛捐杂派都并入田赋征收。大地主多为豪绅之家,既享有免役权,也能借官府和胥吏舞弊,将部分田赋负担转嫁到无权无势的中小地主身上。这一阶层和有少量土地的农民,既是官府敲剥聚敛的对象,也是大户进行土地兼并的对象,加上战乱和天灾,随时都有境况沦落,甚至倾家破产和死亡流离的可能。这一阶层加上有少量土地的农民,在人数上仅次于佃农和雇农,所以他们的动向会影响明朝的存亡。崇祯皇帝将豪绅大户看成国家的支柱,而黄道周却将中小地主加上有少量土地的农民看成国家的支柱。他所说的"小民",就是指的这两个阶层的人,都是直接担负着加征田赋之苦。听了崇祯的话以后,他觉得自己的一片忠心没被皇上理解,立即抬起头来说:

"陛下!臣前日疏中云'杨嗣昌倡为练饷之议,流毒天下,民怨沸腾',实为陛下社稷着想,为天下百姓着想,并非有门户之见,徒事攻讦。臣二十年躬耕垄亩,中年出仕,两次削夺,今已五十余矣。幸蒙陛下圣恩宽大,赦臣不死,使臣得以垂老之年,重瞻天颜。臣即竭犬马之力,未必能报皇恩于万一;如遇事缄默,知而不言,则何以报陛下?何以尽臣职?增加练饷一事,实为祸国殃民之举。臣上月来京,路经江北、山东、畿辅,只见遍地荒残,盗贼如毛,白骨被野。想河南、陕西两省情况,必更甚于此。盗贼从何而来?说到究底,不过是因为富豪倚势欺压盘剥,官府横征暴敛,使小民弱者失业流离,饿死道旁,而强者铤而走险,相聚为盗。臣上次削夺之后,归耕田园,读书讲学,常与村野百姓为伍,闻见较切,参稽往史,不能不为陛下社稷忧。请陛下毅然下诏,罢练饷以收民心,斩杨嗣昌之头以为大臣倡议聚敛者戒!"

崇祯厉声说:"你是天子近臣,不能代朕分忧。别人拿出筹饷练兵办法,你说是祸国殃民之举,这不是徒事攻讦是什么? 加征练饷是朕亲自裁定。你说这个办法不好,哪是你的好办法?"崇祯怒不可遏,将桌子一拍,喝道:"说!"

满朝文武见皇帝如此震怒,个个惊恐失色,替黄道周捏了一把冷汗。紫禁城上空滚动着沉闷的雷声。黄道周前天上疏时已经将最坏的结果作了估计,所以现在他只是想着这正是忠臣死谏的时候,心中并无生死顾虑,倔强地望着皇帝,慷慨回奏:

"臣自幼读圣贤书,考历代治乱兴亡之由,深知今日政事,以苛察聚敛为主。苛察繁则人人钳口,正气销沉;聚敛重则小民生机绝望,不啻为渊驱鱼,为丛驱雀。臣今日尚见有山东与畿辅百姓伏阙上书,他日必将失尽人心,连愿意前来上书的人也没有了。杨嗣昌的加征练饷办法是使朝廷饮鸩止渴……"

崇祯截断他的话头,说:"休再啰嗦! 朕因流贼猖獗,东事日急,内外交困,不得不百计筹饷。不料朕向戚畹借助,戚畹抗旨;向百姓加赋,百姓怨言。你是天子近臣,也对加征练饷肆口诋毁,比为鸩毒。哼哼,成何话说! 你如此诋毁练饷,试问你有何良策助朕筹饷练兵,以救目前危急? 不筹饷,不练兵,罢掉杨嗣昌,派你代朕督师,你能将张献忠、李自成诸贼迅速剿灭或献俘阙下,清国家腹心之患? 你不顾朕日夜为国事焦忧,妄肆攻讦,忠君爱国之心何在? 哼!"

黄道周说:"臣今日所言者,正是出自一片忠君爱国之心。流贼祸国,致劳宸忧,臣何尝不欲食其肉而寝其皮。至于东虏为患,臣平日既忧且愤,独恨杨嗣昌只知与东虏暗中议款,全忘《公羊》'尊王攘夷'之教。今日人心溃决……"

崇祯又截断说:"我问你有何好办法筹饷练兵!"

　　黄道周说:"大抵额设之兵,原有额饷。如今兵多虚冒,饷多中饱。但求认真实练,则兵无虚冒,饷自足用。所以核实兵额,禁绝中饱,即可足兵足饷。若兵不实练,虚冒与中饱如故,虽另行措饷,搜尽百姓脂膏,亦无裨益。目前不是无饷练兵,而是缺少清白奉公、认真做事的人。如得其人,则利归公家;不得其人,则利归私室。今日百姓负担之重,为祖宗列朝数倍。皇上深居九重,何能尽知? 左右近臣,有谁敢据实奏闻! 因陛下天威莫测,使耿介者缄口不言,怕事者唯唯诺诺,而小人则阿谀奉承。皇上左右之人,动不动就称颂陛下天纵英明,明察秋毫,而实在背后各自为私,遇事蒙混,将陛下孤立于上。行间每每掩败为胜,杀良冒功;到处人心涣散,不恨贼而恨兵;官以钱买,将以贿选。凡此种种,积弊如山,皇上何曾洞知? 今日臣不避斧钺之诛,冒死直言,恳皇上三思!"

　　崇祯按捺着一腔怒火,又问:"你如何说今日百姓负担之重为祖宗列朝数倍?"

　　道周说:"万历时,因辽东军事日急,于正赋之外,每年增抽五百二十万两,名曰辽饷,百姓已经不堪其苦。皇上御极之初,又增加辽饷一百四十万两。崇祯十年,杨嗣昌定了三个月灭贼的期限,增剿饷二百八十万两,原说只征一年。陛下皇皇诏书中也说'暂苦吾民一年耳'。今已四年,并未停征。不意去年又加征练饷七百三十万两。合辽饷、剿饷、练饷共一千六百七十万两,均在正赋之外。请皇上勿再竭泽而渔,杀鸡取卵,为小民留一线生机!"

　　崇祯被刺到疼处,想大发作,但因为黄道周是当时全国闻名的儒臣,素为清议所推重,只好再忍耐一下。他用手在御案上毫无目的地画来画去,过了片刻,冷笑说:

　　"你所说的尽是书生之见,知经而不知权。你只看百姓目前负担很重,不知一旦流贼肃清,即可长享太平之乐。你只看练饷增赋七百三十万两,数目很大,不知赋出于土田,土田尽归有财有势之家所有。百亩田只增银三四钱,不惟无害于小民,且可以稍抑富豪兼并。"

黄道周立即回奏："国家土田,确实兼并成风,富者田连阡陌,贫者无立锥之地。然历朝田赋积弊甚深,有财有势者上下其手,多方欺隐,逃避征赋,土田多而纳粮反少;贫家小户则不敢欺隐,无力逃避,不惟照实纳粮,且受势豪大户转嫁之苦,往往土田少而纳粮反多。况田赋之外,每遇差科①,贪官污吏放富欺贫。故富者愈富,贫者愈贫。昔日中产之家,今多化为贫民,不恨贼而恨官府。陛下说增加田赋可以稍抑大户兼并,这是杨嗣昌去年面奏皇上之言,真是白日说梦,以君父为可欺,以国事为儿戏!"

崇祯喝道："不必再说,下去!"他看见黄道周不肯起去,便接着训斥说:"国事日非,大臣们应该和衷共济,方不负朝廷厚望。你遇事攻击杨嗣昌,岂非私心太重,忽忘国家困难? 如此哓哓争辩,泄汝私恨,殊失大臣体统!"

黄道周说："臣只知为百姓生计着想,为皇上社稷着想,不知何谓私心。"

崇祯说："朕听说你平日讲学常讲天理人欲,徒有虚名! 朕闻凡事无所为而为者,谓之天理;有所为而为者,谓之人欲。多一分人欲便损一分天理。天理人欲,不容并立。三年前汝因不获入阁,遇事即攻击杨嗣昌,难道是无所为么?"

崇祯自认为是以孔孟之道治天下,而黄道周是当时有名的理学大儒,所以故意拾取宋儒朱熹之流常讲的"天理人欲"的牙慧,批评黄道周,好像忽然找到了一件锋利武器。然而黄道周今天在他面前犯颜廷争的是万分急迫的实际问题,所以不愿多谈"天理人欲"的道理,倔强地回答说:

"臣,臣,臣如何可以不言? 臣读书数十年,于天人义利之辨,稍有所知。惟以忠君爱民为心,不以功名爵禄为怀。臣多年躬耕田垅,胼手胝足,衣布衣,食粗食,清贫自守,不慕荣利,天下人所共闻,岂因未曾入阁而始攻嗣昌!"

崇祯自知责备黄道周有点理亏,虽然神色仍然十分严峻,却用

---

① 差科——差役和杂派。差,音 chāi。

稍微缓和的口气说："清白操守,固是美德,但不可傲物,不可朋比。古人说伯夷为圣之清者,你比伯夷如何? 朕知道你有操守,故屡次将你斥逐,究竟还想用你。没想到你偏激矫情,任性放肆,一至于此! 姑念你是讲官①,这一次宽恕了你。以后不准再攻讦大臣,阻挠大计。下去吧!"

黄道周担心朝政这样下去,将有亡国之祸,所以才昧死直陈,希望有所挽救。他是宁死也不愿看见大明亡国的。现在见皇上并不体谅他的忠心,又不许他继续说话,他几乎要痛哭起来,大声说:

"陛下! 臣句句话都是为君为国,不存半点私心。'夫民犹水也,水能载舟,亦能覆舟'。臣恐陛下如此一意孤行,必将使人心尽失,四海鼎沸,国事更不可收拾!"

"出去候旨!"

"征练饷,祸国殃民。臣今日不言,臣负陛下,亦负天下万民。陛下今日杀臣,陛下负臣!"

黄道周虽然没有明言将会亡国,但是崇祯十分敏感,从"臣负陛下"四个字听出来这种含意,不禁勃然大怒,动了杀他的心,拍案喝道:

"黄道周! 尔如此胡搅蛮缠,争辩不止,全失去臣子对君父体统,实在可恶! 你自以为名望甚高,朕不能治你的罪么? 哼! 少正卯也是闻人,徒以'心逆而险,行僻而坚,言伪而辩,记丑而博,顺非而泽',不免孔子之诛。今之人多类此者!"

"臣平日忠孝居心,无一毫偏私,非少正卯一类人物。"

崇祯一想,黄道周是个大儒,确实不是少正卯一类人物,所以尽管十分震怒,却是表现了破天荒的容忍,打算把道周喝退出朝,再议他一个罪名,贬他到几千里外去做个小官,永远不叫他重回朝廷。他怒视着道周,厉声喝道:

"黄道周出去!"

黄道周叩头起来,两腿酸麻,艰难地扭转身,踉踉跄跄地向外

---

① 讲官——为皇帝讲书的官。

走去。崇祯望着他的脊背,想着自己对国事万般苦撑竟不能得他这样的大臣谅解,不由地叹口气,恨恨地说:

"黄道周一生学问,只学会一个'佞'字!"

道周立刻车转身,重新跪下,双手按地,花白的长须在胸前索索颤抖。他沉痛而倔强地说:

"皇上说臣只学成一个'佞'字,臣愿把'忠、佞'二字对皇上剖析一下。倘若说在君父前独立敢言算是佞,难道在君父前谗谄面谀为忠么?忠佞不别,邪正淆矣,如何能做到政事清明!"

"你不顾国家急难,不思君父忧劳,徒事口舌之争以博取敢谏之名,非'佞'而何?"

"陛下所信者惟杨嗣昌。先增剿饷,继增练饷,均嗣昌所建议。嗣昌对东虏不知整军经武,大张挞伐,只一味暗中求和。他举荐陈新甲为本兵,实为继续向东虏议和计。似此祸国殃民,欺君罔上之人,而陛下宠之,信之,不以彼为佞臣。臣读书一生,只学会犯颜直谏,并未学会逢迎阿谀,欺君罔上,竟被陛下目为佞臣。……"

崇祯大喝道:"给我拿了!如此狂悖,拿下去着实打!"

登时上来几个锦衣力士将黄道周从地上拖起来,推了出去。崇祯拍着御案咆哮说:

"着实打!着实打!"

满朝文武都震惊失色,颤栗不止,连平日与黄道周毫无来往的人们也害怕他今天会死于廷杖①之下。黄道周被踉跄地拖出午门,摘掉朝冠,扒掉朝服,推倒在地。他想着自己死于廷杖之下不足惜,可惜的是大明的国运不可挽回了。于是他挣扎着抬起头来,向午门望一眼,没有说别的话,只是喘着气呼喊两声:

"天乎!天乎!"

从文班中慌忙走出一人,年约四十多岁,中等身材,身穿六品

---

① 廷杖——明朝皇帝往往在朝廷殿阶下用棍子打朝臣,名叫廷杖。中叶以后,行刑处移到午门外边。

文官的鹭鸶补服,到御案前一丈多远的地方跪下,叩个头,呼吸急促地说:

"乞皇上姑念黄道周的学问、操守为海内所钦,今日在皇上面前犯颜直谏,纯出于忠君爱国赤诚,宽饶了他。倘若黄道周死于杖下,反而成就了他的敢谏之名,垂之史册亦将为陛下圣德之累。"

崇祯认得他是户部主事叶廷秀,厉声说:"黄道周对君父狂悖无礼,杀之不足蔽其辜。你竟敢替他求情,定是他的一党!"

叶廷秀叩头说:"臣与黄道周素不相识。"

"胡说! 既敢为他求情,必是一党。拿下去着实打!"

不容分辩,叶廷秀登时被锦衣拿了,拖往午门外边。叶廷秀因在户部做官,对于农村崩溃情形知道较深,平日较一般朝臣头脑清醒。本来他想趁机向皇上陈述他对国事的看法,竟然连一点意见也没有来得及说出口来。

左都御史刘宗周由于职掌都察院,对朝廷弊政知道得较多且深,又因不久前从他的故乡绍兴来京复职,沿途见闻真切。处处灾荒惨重,人心思乱,以及山东和江北各地农民起义势如燎原,给他的震动很大,常怀着危亡之感。现在文武百官都吓得不敢做声,他一则不愿坐视大明的江山不保,二则想着自己是左都御史,不应该缄口不言,于是迈着老年人的蹒跚的步子走出班来,跪下叩头。他还没有来得及张嘴说话,崇祯愤愤地问:

"你是想替他们求情么?"

刘宗周回答说:"叶廷秀虽然无罪,但因为他是臣的门生,臣不敢替他求情。臣要救的是黄道周。道周于学问无所不通,且极清贫,操守极严,实为后学师表。臣知陛下对道周并无积恨在心,只是因他过于戆直,惹陛下震怒,交付廷杖。一旦圣意回转而道周已死于廷杖之下,悔之何及!"

"黄道周狂悖欺君,理应论死!"

"按国法,大臣论死不外三种罪:一是谋逆,二是失封疆,三是贪酷。道周无此三罪。此外,皇上平日所深恶痛绝者是臣工结党,而道周无党。道周今日犯颜直谏，是出自一片是非之心，如鲠在喉，不得不吐，丝毫无结党之事。如说道周有党，三尺童子亦不肯信。臣与道周相识数十年，切知他实在无党。"

"今日不打黄道周，无法整肃朝纲。你不必多说，下去！"

"臣今年已六十三岁，在世之日无多……"

"下去！"

"愿陛下……"

"下去！"

"愿陛下为尧、舜之主，不愿陛下有杀贤之名。陛下即位以来，旰食宵衣，为国忧勤，至今已十三年了。然天下事愈来愈坏，几至不可收拾，原因何在？臣以为陛下求治太急，用法太严，颁布诏令太繁，进退天下士太轻。大臣畏罪饰非，不肯尽职；一二敢言之臣，辄蒙重谴；故朝廷之上，正气不伸，皇上孤立。"

"胡说！朕何尝孤立？从万历以来，士大夫喜好结党，互相倾轧，已成风气。朕对此深恶痛绝，不稍宽容。这正是要伸正气，正士风。汝素有清直之名，岂能不知？显系与黄道周一鼻孔出气！……下去！"

"臣今日不将话说出来，死也不退。"

"你还要唠叨些什么？"

"臣以为目前大局糜烂，其症结在正气不伸，皇上孤立，故天下有人才而不得其用，用而不能尽其力；有饷而不能养兵，额多虚冒；有将而不能治兵，有兵而不能战，常以杀良冒功为能事。黄道周适才所奏，虽过于戆直，然实为救国良药。古人云，良药苦口利于病，忠言逆耳利于行。陛下若想收已失之人心，必须以尧、舜之心行尧、舜之政。若仍严刑峻法，使直言者常获重谴；日日讲聚敛，使百姓生机愈困；则天下事不堪问矣！"停了停，咽下去一股热泪，他抬起头继续说："陛下痛愤时艰，锐意求治，而二帝三王之道未暇讲求。……"

"非是朕不讲求，而是诸臣负朕。"崇祯忽然转向内侍问："黄道

89

周打了没有？"

王德化跪下回奏："现在就要行刑。"

"快打！不要姑息！"崇祯回头来望着刘宗周，气呼呼地说："你们这班有名望的儒臣，只会把错误归给朝廷，博取高名。今日朕不责你，你也莫再啰嗦。下去！"

"既然陛下重责黄道周，臣愈不能不将话说完。说出之后，虽死无憾。"

"你如此执拗，着实可恼！好吧，等打了黄道周、叶廷秀之后，再容你说。暂且起去！"

"臣话未说完，死不起去。"

"那你就跪着等候。"

雷声在紫禁城的上空隆隆响着。午门外的西墀下早已做好了行刑的准备，只是锦衣卫使吴孟明和监刑的东厂提督太监曹化淳想着皇上听了左都御史刘宗周的求情可能赦免黄、叶二人的廷杖，所以迟迟没有动刑。如今一声吆喝，廷杖就开始了。

作为崇祯的心腹和耳目，曹化淳坐在午门前的西墀上，监视行刑。吴孟明坐在他的右边，指挥行刑。大约有三十名东厂太监和锦衣卫的官员侍立在他们左右。在西墀下边站着一百名锦衣旗校，穿着有很多褶儿的猩红衣服，手执朱红大棍。黄道周被脸朝下按在地上。他的手和脚都被绑牢。有四个人用绳子从四面牵拽，使他的身子不能转动。当崇祯在金台上说出来"快打，不要姑息"的话以后，立刻就由随侍太监将这句话传出午门。吴孟明知道刘宗周求情不准，便对众旗校厉声吩咐：

"搁棍！"

"搁棍！！"站在下边的一百名旗校同声呼喊，声震午门。

喊声刚住，一个大汉从锦衣旗校队中走出，将一根红漆大棍搁在黄道周的大腿上。吴孟明喝一声"打！"下边一百名旗校齐声喝"打！"开始打起来。打了三下，吴孟明为着怕曹化淳在皇上面前说他坏话,大声喝:"着实打!"一百名旗校齐声喝:"着实打!"每打五下换一个行刑的人,仍像从前一样地吆喝一次"着实打"。吴孟明深知黄道周是当代大儒,不忍心使黄道周立刻死于杖下,所以总不喝出"用心打"三个字。如果他喝出这三个字,行刑的旗校只须几棍子就会结果道周的性命。曹化淳明白吴孟明的意思,他自己同黄道周也素无积怨,并不说话。

黄道周的脸碰在地上,鼻子和嘴唇碰破,斑白的胡须上染着鲜血。在受刑中他有时呼喊"苍天!苍天!"有时呼喊"太祖高皇帝"或"二宗列祖",却没有一句哀怜求饶的话。他的叫声逐渐衰弱。被打到四十棍以后,便不知道疼痛,不省人事,只仿佛听见远远的什么地方有微弱的吆喝声,同时仿佛觉得两腿和身子随着每一下打击震动一下。又过片刻,他的感觉全失了。

锦衣旗校用凉水将黄道周喷醒,因皇帝尚无恩旨赦免,只好再打。打到六十棍时,黄道周第二次死过去了。监刑太监曹化淳吩咐停刑,走到皇帝面前请旨,意思是想为黄道周留下来一条性命。崇祯的怒火丝毫未消,决心要把黄道周处死,给那些敢触犯"天威"的大小臣工做个样子。他只向曹化淳瞟了一眼,冷冷地说:

"再打二十!"

黄道周又一次被人用凉水喷醒,听说还要受杖,他只无力地呼叫一声:

"皇天后土!……"

廷杖又开始了。黄道周咬紧牙关,不再做声,心中但求速死。吴孟明有意关照,所以这后来的二十棍打得较轻。打过之后,黄道周的呼吸只剩下一股游丝般的幽幽气儿。人们按照廷杖老例,将他抬起来向地上摔了三次,然后往旁边一扔。虽然吴孟明使眼色叫大家轻轻摔,但是摔过之后,他第三次死了过去。一个旗校又替他喷了凉水,过了很久才看见他慢慢苏醒。

叶廷秀被打了一百棍子。亏他正在壮年,身体结实,只死去一次。等曹化淳报告两个罪臣都已经打毕,崇祯只轻轻说了两个字:

"下狱！"然后把愤怒的眼睛转向刘宗周。这个老臣在地上跪有半个多时辰了。

"你还有什么话说？"崇祯用威胁的口气问。

刘宗周抬起头来说："方才午门外杖责二臣，喊声动地，百官颤栗。今日对二臣行刑，天暗云愁，雷声不歇，岂非天有郁结之气不能泄耶？黄道周学养渊深，并世无二；立身行事，不愧古人；今以垂老之年蒙此重责，故天地为之愁惨。臣不为道周惜，而为陛下惜，为国法惜，也为天下万世惜！"说到这里，他觉得鼻子很酸，喉咙壅塞，几乎哽咽起来，只好略停片刻，然后接着说："昔魏征面斥唐太宗，太宗恨之，曾想杀之而终不肯杀，反且宠之，重之。汉武帝恶汲黯直谏，将汲黯贬出长安，实则予以优容。陛下既然想效法尧、舜，奈何行事反在汉、唐二主之下？这是老臣所惶惑不解的！至于……"

崇祯不等他说完就大声喝道："尽是胡说！听说汝平日讲学以诚敬为主。对君父如此肆意指责，诚敬何在？"

宗周说："臣在朝事君之日不多，平日岁月大半在读书讲学，也确实以诚敬为主，并着重慎独功夫。数十年来身体力行，不敢有负所学。臣向来不以面从为忠，故今日不避斧钺，直言苦谏。在君父面前当言不言，既是不诚，亦是不敬。臣今生余日无多，愿趁此为陛下痛陈时弊……"

崇祯将御案一拍，喝道："不准多说！尔与黄道周同恶共济，胆敢当面责备君父，实在可恶之极！着即革职，交刑部从重议罪。给我拉下去！"

刘宗周被拖出午门以后，崇祯在心中悻悻地说："唉，没想到朝纲与士风竟然如此败坏！这些大臣们目无君父，不加严处，如何了得！"他向内臣们瞟一眼，无力地低声吩咐：

"宣诸臣近前来，听朕面谕。"

文武百官听了宣召，无声地走到栏杆前边。勋戚、内阁辅臣和六部尚书靠近栏杆立定，其余百官依次而立，班次不免稍乱。御史和鸿胪官股栗屏息，忘记纠仪。全体朝臣除宽大朝服的窸窣声和极其轻微的靴底擦地声,没有任何别的声音。崇祯向大家的低垂着的脸孔上看了看,没有马上说话。刚才他的眼睛里愤怒得好像要冒出火来,现在虽然怒气未消,但多了些痛苦和忧郁神色。他心中明白,尽管他把黄道周和叶廷秀行了廷杖,把刘宗周交刑部议罪,尽管他也看得出如今恭立在他面前的文武百官大部分吓得脸色灰白,连大气儿也不敢出,但是他知道自己的雷霆之威并没有慑服黄道周等三个人,也没有赢得百官的诚心畏服。他从大家的神色上感觉到自己是孤立的,似乎多数文武还不能真明白他的苦衷。在平日上朝时他说话往往口气威严,现在他忽然一反往常,用一种很少有的软弱和自责的口气说:

"自朕登极以来,内外交讧,兵连祸结,水旱洊臻,灾异迭见。朕夙夜自思:皆朕不才,不能感发诸臣公忠为国之心;不智,不能明辨是非邪正,忠奸贤愚;不武,不能早日削平叛乱,登吾民于衽席。此皆朕之德薄能寡,处事不明,上负神明,下愧百姓,故'皇天现异,以戒朕躬'!"

百官很少听到皇上在上朝时说过责备自己的话,很多人都心中感动。但是大家也都明白他此刻如此,另一个时候就会完全变个样儿,所以只有一个朝臣向崇祯说几句阿谀解劝的话,别人都不做声。

崇祯喝了一口茶,又说:"人心关系国运,故有时人心比天心更为可怕。有一等人,机诈存心,不能替君父分忧,专好党同伐异,假公济私。朝廷不得已才行一新政,他们全不替国家困难着想,百般阻挠,百般诋毁。像这等人,若论祖宗之法,当如何处?看来这贼寇却是易治,衣冠之盗甚是难除。以后再有这等的,立置重典。诸臣各宜洗涤肺肠,消除异见,共修职掌,赞朕中兴,同享太平之福。"

全体文武跪奏:"谨遵钦谕!"

崇祯叫大家起来,又戒谕他们不要受黄道周和刘宗周二人劫持,同他们一样目无君父,诽谤朝廷,阻挠加征练饷,致干重谴。最后,他问道:

"你们诸臣还有什么话说？"

几位阁臣趁机会跪下去为刘宗周求情，说他多年住在绍兴蕺山①讲学，只是书生气重，与黄道周原非一党，请皇上对他宽宥。崇祯说：

"自从万历以来，士大夫多有利用讲学以树立党羽与朝廷对抗，形成风气，殊为可恨。这刘宗周多年在蕺山讲学，是否也有结党情形？"

一位阁臣奏道："刘宗周虽在蕺山讲学多年，天下学者尊为蕺山先生，尚未闻有结党情形。"

崇祯想了想，说："念他老耄昏聩，姑从诸先生之请，暂缓议罪。他身居都宪，对君父如此无礼，顿忘平生所学。着他好生回话。如仍不知罪，定要加重议处，决不宽容！"

他还要对叶廷秀的事说几句话，但是刚刚开口，一阵狂风夹着稀疏的大雨点和冰雹，突然来到。五凤楼上，雷电交加。一个炸雷将皇极门的鸱吻击落，震得门窗乱动。那个叫做金台的御座猛烈一晃，同时狂风将擎在御座上的黄罗伞向后吹倒。崇祯的脸色一变，赶快站起，在太监们的簇拥中乘辇跑回乾清宫。群臣乱了班次，慌张地奔出午门。那威严肃穆的仪仗队也在风、雨、冰雹、雷电中一哄跑散。

回到乾清宫以后，崇祯对于刚才雷震皇极门，动摇御座，以及狂风吹倒黄罗伞这些偶然现象，都看做大不吉利。他的心情十分灰暗，沉重，只好去奉先殿向祖宗的神灵祈祷。

---

① 蕺山——在绍兴北郊，上有蕺山书院，为刘宗周讲学地方。

第五章

　　刘宗周侥幸没有交刑部议罪,回到家中。朝中的同僚、门生和故旧有不少怕事的,不敢前来探看;有的只派家人拿拜帖来问问情况,表示关怀。但是亲自来看他的人还是很多。这些人,一部分是激于义愤,对刘宗周怀着无限的景仰和同情,由义愤产生胆量;一部分是平日关系较密,打算来劝劝刘宗周,不要再触动上怒,设法使这件事化凶为吉。刘宗周深知皇上多疑,耳目密伺甚严,对所有来看他的人一概不见,所有的拜帖一概退回,表示自己是戴罪之身,闭门省愆。

　　从朝中回来后,他就一个人在书房中沉思。家人把简单的午饭替他端到书房,但他吃得很少,几乎是原物端走。刘宗周平日照例要午睡片刻,所以在书斋中替他放了一张小床。今天,他躺下去不能成寐,不久就起来,时而兀坐案前,时而迈着蹒跚的脚步踱来踱去,不许家人打扰。起初,家人都以为他是在考虑如何写本,不敢打扰他;到了后半晌,见他尚未动笔,全家人都感到焦急和害怕起来。他的儿子刘汋字伯绳,年约四十上下,在当时儒林中也稍有名气,随侍在京。黄昏前,他奉母命来到书房,毕恭毕敬地垂手立在老人面前,说道:

　　"大人,我母亲叫儿子前来看看,奉旨回话之事不宜耽搁;最好在今日将本缮就,递进宫去,以释上怒。"

　　宗周叹口气说:"我今日下朝回来,原是要闭户省愆,赶快写本回话,然默念时事,心情如焚,坐立不安。你回后宅去对母亲说:如何回话,我已想定,今晚写本,明日天明递进宫去,也不算迟。"

　　刘汋不敢催促父亲,又说:"母亲因皇上震怒,责大人好生回话,心中十分忧惧。她本要亲自来书斋看看父亲,儿子因她老人家感冒才好,今日风雨交加,院中积水甚深,把她老人家劝住。她对儿子说,自古没有不是的君父,望大人在本上引罪自责,千万不必辩理。国事败坏如此,非大人只手可以回天;目前但求上本之后,天威稍霁,以后尚可徐徐进谏。"

宗周痛苦地看了儿子一眼,说:"读书人如何在朝中立身事君,我全明白,不用你母亲操心。"

刘汋低下头连答应两个"是"字,却不退出。他心中有话,不知是否应该禀告父亲。老人看出他似乎欲言又止,问道:

"你还有什么话想说?"

刘汋趋前半步,低声说:"大人,从后半晌开始,在我们公馆附近,以及东西街口的茶楼酒肆之中,常有些形迹可疑的人。"

老人的心中一惊,随即又坦然下去,慢慢问道:"你如何知道?"

"儿子出去送客,家人上街买东西,都曾看见。左右邻居也悄悄相告,嘱咐多加小心。儿子已命家人将大门紧闭,以后再有朝中哪位老爷来公馆拜候,或差人送拜帖前来,一概不开大门。"

刘宗周点点头,感慨地说:"想必是东厂和锦衣卫的人了。"

"定然是的。"

"皇上如此猜疑大臣,如此倚信厂、卫,天下事更有何望!"停了一会儿,老人又对儿子说:"圣怒如此,我今日不为自身担忧,而为黄、叶二位性命担忧。晚饭后,你亲自去镇抚司衙门一趟,打听他们受刑以后的情况如何。"

"大人,既然圣上多疑,最恨臣下有党,儿子前往镇抚司好么?"

"满朝都知我无党。此心光明,可对天日。你只去看一看石斋先生死活,何用害怕!"

刘汋见父亲意思坚决,不敢做声,恭敬退出。关于上本回话的事,他只好请母亲亲来婉劝。

到了晚上,刘宗周开始起草奏疏。窗子关得很严。风从纸缝中打阵儿吹进,吹得灯亮儿摇摇晃晃。他的眼睛本来早就花了,因灯亮儿不断摇晃,写字越发困难。倘若是别的大臣,一定会请一位善做文章的幕僚或门客起个稿子,自己只须推敲推敲,修改一下,交付书吏缮清。但刘宗周自来不肯这样。他每次上本,总是怀着无限诚敬,自己动笔,而且先净手,焚香,然后正襟危坐,一笔不苟地起稿。何况这封疏关系重大,他更不肯交别人去办。

他刚刚艰难地写出两段,他的夫人冒着雨,由丫环梅香搀扶着,来到书房。他停住笔,抬起头望了望,问道:

"这么大的雨,满院都是水,你感冒才好,来做什么?"

老夫人颤巍巍地走到书桌旁边坐下,轻轻地叹口气,说:"唉,我不放心呀!今日幸亏众官相救,皇上圣恩宽大,没有立刻治罪,叫你下来回话。你打算如何回话?"

"你放心。我宁可削职为民,断不会阿谀求容,有负生平所学,为天下后世所笑。"

老夫人忧愁地说:"唉,天呀,我就知道你会要固执到底!这样岂不惹皇上更加震怒?"

他故意安慰她说:"皇上是英明之主,一时受了蒙蔽,此疏一上,必能恍然醒悟。"

"虽说皇上圣明,也要防天威莫测。万一他不醒悟怎么好?"

"忠臣事君,只问所言者是否有利于国,不问是否有利于身。当国势危急之日,不问自身荣辱,直言极谏,以匡朝廷之失,正是吾辈读书人立朝事君之道。朝廷设都御史这个官职,要它专纠百司①,辨明冤枉,提督各道②,为天子耳目风纪之官。我身为都宪,倘遇事唯唯诺诺,畏首畏尾,不能谏皇上明正赏罚,不能救直臣无辜受谴,不能使皇上罢聚敛之议,行宽仁之政,收既失之人心,不惟上负国恩,下负百姓,亦深负平生所学。"

"你说的道理很对,可是,我怕……唉,你已经是六十多岁的人啦,还能够再经起一次挫折?如蒙重谴,如何得了啊!"

---

① 百司——指所有衙门,也指百官。
② 各道——指全国十三道御史和按察使。

"正因为此生余日无多,不能不忠言谏君。"

"我怕你早晨上本,不到晚上就会像石斋先生一样。今日下半天,东厂和锦衣卫侦事件的人们就在附近不断窥探;听仆人们说,直到此刻,夜静人稀,风雨不住,还时有形迹可疑的人在门前行动。圣心猜疑如此,全无优容大臣之意,我劝你还是少进直谏吧。留得性命在,日后还有报主之日。"

"胡说!纵死于廷杖之下,我也要向皇上痛陈时弊。你与我夫妻数十年,且平日读书明理,何以今日如此不明事理?去吧,不要再说了!"

老夫人见他动了怒,望着他沉默一阵,用袖子揩揩眼泪,站了起来。她还是想劝劝丈夫,但是话到嘴边又咽了下去,摇摇头,深深地叹息一声,然后扶着丫环的肩膀,颤巍巍地离开书房,心中想到:一场大祸看来是逃不脱了!

刘宗周拨大灯亮,继续起稿。他深知大明江山有累卵之危,而他宁死也不愿坐视局势日非而缄口不言。他想着近些年皇上重用太监做耳目;把心腹太监派去监军,当做国家干城;又以严刑峻法的刑名之学作为治国大道,不但不能使政治清明,反而使政令陷于烦琐。这样,就只能使国事一天比一天坏,坏到今日没法收拾的局面。……想到这些,他愤慨而痛心,如同骨鲠在喉,非吐不快,于是直率地写道:

> 耳目参于近侍,腹心寄于干城;治术杂刑名,政体归丛脞。天下事日坏而不可收拾!

窗外的雨声越发大了。雷声震耳,房屋和大地都被震动。闪电时时照得窗纸猛然一亮。灯光摇摆不停。刘宗周放下笔,慢慢地站起来,在布置得简单而古雅的书房中走来走去。许许多多的重大问题都涌现心头,使他十分激动,在心中叹道:"如此下去,国家决无中兴之望!"他越想越决意把朝廷的重大弊政都写出来,纵然皇上能采纳十分之一也是好的。他一边迈着蹒跚的步子踱着,一边想着这封疏递上以后会不会被皇上采纳,不知不觉在一个书架前站住,仿佛看见自己被拖到午门外,打得血肉狼藉,死于廷杖之下,尸首抬回家来,他的老伴伏尸痛哭,抱怨他不听劝阻,致有此祸……

过了一阵,他把拈着白须的右手一挥,眼前的幻影登时消失。他又踱了几步,便回到桌边坐下,拿起笔来,心中一阵刺痛。一种可能亡国破家的隐痛,过去也出现过,而此时更为强烈。他不由地脱口而出地小声说:

"写!我一定要照实地写!"

他正在写着崇祯皇帝的种种错误行事,朝廷的种种弊政,突然一个特别响的霹雳在窗外爆炸,震得灯亮儿猛地一跳,几乎熄灭。狂风夹着倾盆大雨猛洒在屋瓦上、葡萄架上、庭院中的砖地上,发出海潮似的声音。刘宗周望望窗子,想着今夜北京城内不知会有多少人家墙倒屋塌,不觉叹口气说:

"不是久旱,便是暴雨成灾!"

他想起来前年秋天从浙江奉召来京时在长江以北所见的城乡惨象。淮河以南,几百里大水成灾,白浪滔天,一望无际,许多村庄仅仅露出树梢和屋脊。入山东境,大旱百日以上,禾苗尽枯,而飞蝗由微山湖荒滩上向东南飞翔,所过之处遮天蔽日,寸草不留。沿运河两岸,流民成群,男女倒毙路旁的到处可见。离运河十里之外,盗匪多如牛毛。尽管灾荒如此严重,但官府征派,有加无已。加上兵勇骚扰,甚于土匪。老百姓逃生无门,很多人只得投"贼"。到京之后,在召对时向皇上扼要奏陈,当时皇上也为之动容,深致慨叹。随后不久,畿辅和山东又经受了清兵烧杀掳掠的浩劫。他想,倘若朝政不认真改弦易辙,这风雨飘摇的江山还能够撑持多久?

他迅速走回桌旁坐下,加了两根灯草,提起笔来。可是他的眼睛昏花得实在厉害,低头看纸像隔着一层雾。勉强写了几个字,感到很吃力,心中说:"唉,真是老了!上了这一本,即令不蒙重谴,再向皇上痛切进言的时候就没有啦!"忽然鼻子一酸,热泪盈眶,面前的什物全模糊了。

刘宗周正苦于写字艰难,书房门响了一下,刘汋进来,回身将雨伞放在门外,将门掩好。晚饭后,他到一位都察院的官员家里,约这位平日同镇抚司有熟人的官员陪他一道,去镇抚司狱中探听黄道周和叶廷秀二人情形,刚刚回来。老人一见他进来,没等他开口就急着问:

"石斋先生的情形如何?"

"还好。儿子亲自到了北司①探听,听说因为得到锦衣卫使吴大人的关照,狱中上下对他和叶先生都另眼相看,不会给他们苦吃。"

"我担心石斋受这样重杖,入狱后纵然不再吃苦,也不会活几天了。可惜,他的绝学②还没有一个传人!"

"请大人放心。厚载门③外有一位医生姓吕名邦相,善治棒伤,在京城颇有名气。这位吕先生已经八十多岁,早已不再行医。今日听街坊邻居谈论石斋先生为谏征练饷事受了廷杖,性命难保,就雇了一乘小轿到了北司,由孙子搀扶着进到狱中,替石斋先生医治。他在石斋先生的伤处割去许多烂肉,敷了药,用白布裹了起来,又开了一剂汤药。据北司的人们说,只要七天内不化脓溃烂就不要紧了。"

"谦斋的伤势不要紧吧?"

"叶先生的伤也不轻,不过有吕先生医治,决无性命危险。请大人放心。"

刘宗周啊了一声,略微有点放心。叶廷秀是他的得意门生,在

---

① 北司——锦衣卫所属管监狱的衙门有北镇抚司和南镇抚司。通常所说的镇抚司狱即属于北镇抚司。
② 绝学——黄道周在哲学思想上属于主观唯心主义,在当时以精于《易经》著称,被认为有独到的研究。
③ 厚载门——元代皇城的北门叫做厚载门,明代改称北安门(清代改称地安门),但当时人们习惯上仍称为厚载门。

学问上造诣很深,自从天启中成了进士,十几年来在朝做官,立身行事不辜负他的教导。尤其叶与黄确实素无来往,今天在皇上盛怒之下敢于挺身而出,救护道周,这件事使刘宗周极其满意。想了一下,他对儿子说:

"谦斋做了多年京官,家中人口多,一向困难,如今下狱,定然缺钱使用。你明天给他家里送三十两银子,见他的老母和夫人安慰几句。"

刘汋恭敬地答应一声,随即问道:"大人要不要吃点东西?"

"不用。快去净净手来,我口授,你替我写。我毕竟老了,在灯下越发眼花得不能写字!"

刘汋还没有走,丫环梅香打着明角灯,把书房的门推开了。后边是老夫人,由一个打伞的丫环搀扶着,而她自己端着一小碗莲子汤,愁眉深锁地走了进来。刘汋赶快迎上去,用双手接住小碗,说道:

"下着雨,你老人家吩咐丫环们端来就行了,何必亲自送来?"

老夫人向丫环挥一下手,说:"你们把灯笼放下走吧。"望着丫环们走后,她回头来噙着眼泪对儿子说:"趁着雨已经下小了,我来看看你父亲,今晚再服侍他一次。我服侍他几十年,万一这封疏惹皇上震怒,我再想服侍他也不能了。"

刘汋望望母亲,又望望父亲,双手捧着莲子汤碗放到父亲面前,转回头来安慰母亲说:

"你老人家不必担心。皇上圣明,明天看见儿父的疏,圣怒自然就息了。"

"唉,妄想!伴君如伴虎,何况你父亲耿介成性,如今他不但不认罪,还要痛陈朝廷的弊政!"

刘宗周不愿让夫人多说话,对儿子说:"汋,你把母亲送回后宅休息,净过手快来写字!"

老夫人很想坐在书房中陪着老头子熬个通宵,但是她知道老头子决不答应,而且她也不愿在这大难临头的时候徒然惹老头子生气。几十年来,她在儒家礼教的严格要求下过生活,是一位标准的贤妻良母,如今既然丈夫不听她的劝告,又不愿她留在身边,她只好离开书房。当儿子攘着她慢慢地走出书房时,她忍不住回头望望丈夫,低声说:"莲子汤快凉啦,你快吃吧。"她的心中一酸,两行热泪簌簌地滚落下来,轻声地自言自语说:"遇着这样朝廷,有什么办法啊!"回到后宅上房,她在椅子上颓然坐下,对儿子哽咽说:

"你父亲的本明日递进宫去,定会有大祸临头。你今夜能劝就劝劝他不要多说朝廷不是,如不能劝,就连夜做点准备。"

刘汋的脸色灰白,勉强安慰母亲说:"请母亲不要过于担忧……"

刘汋净了手,回到书房。宗周在书架前来回踱着,用眼色指示他在桌边坐下。他不敢坐在父亲常坐的椅子上,用双手将父亲所著的《阳明传信录》一书从桌子右端捧起来放到别处,然后搬一个凳子放在桌子右首,恭恭敬敬地坐了下去。把父亲已经写出的部分奏稿看了一遍,他不由地出了一身热汗,站起来胆怯地说:

"大人,你老人家这样对陛下回话,岂不是火上浇油,更激陛下之怒?"

刘宗周在圈椅上坐下去,拈着花白长须问:"屈原的《卜居》你可背得出来?"

"还能够背得出来。"

"屈子问卜人道:'宁正言不讳以危身乎?将从俗富贵以偷生乎?'假若是问你,你将何以回答?"

刘汋垂手恭立,不敢回答,大珠汗不住从鬓边滚出。

老人说:"像黄石斋这样的人,敢在皇上面前犯颜直谏,正是屈子在《卜居》中所说的骐骥。你要你父亲'宁与骐骥亢轭①乎?将随驽马之迹乎?'"

刘汋吞吞吐吐地说:"皇上的脾气,大人是知道的。恐怕此疏一上,大人将有不测之祸。"

————————

① 亢轭——亢同"抗",亢轭是并驾齐驱的意思。

老人说:"我也想到这一点。可是流贼之祸,方兴未艾;东房窥伺,犹如北宋之末。我只想向皇上痛陈求治之道,改弦易辙,似乎尚可收桑榆之效。都察院职司风宪,我又身居堂官①,一言一行都应为百官表率。古人说:'疾风知劲草。'又云:'岁寒知松柏之后凋!'遇到今日这样大关节处,正要见大臣风骨,岂可苟且求容!"

"大人的意见自然很是。不过,皇上一向不喜欢逆耳之言……"

"住口!今日国势如此危急,我不能为朝廷正是非,振纪纲,使皇上行尧舜之政,已经是罪该万死,岂可再畏首畏尾,当言不言?我平生讲学,惟在'诚'、'敬'二字。言不由衷,欺骗皇上,即是不诚不敬。事到今日……(他本想说已有亡国之象,但没有说出口。)如果我只想着明哲保身,我这一生所学,岂非尽伪?死后将何以见东林诸先烈于地下?你的话,真是胡说!"

"儿子不敢劝大人明哲保身,只是……"

老人严厉地看儿子一眼,使他不敢把话说完,然后叹了口气,很伤心地说:"我教你半生,竟不能使你成为君子之儒!读圣贤书,所学何事?遇到大关节处,竟然患得患失,亏你还是我的儿子!"

刘汋垂手而立,低着头,不敢看父亲,不敢做声;汗珠直冒,也不敢用手擦。过了一阵,见父亲不再继续斥责,虽然心中实认为父亲过于固执和迂阔,但也只得喃喃地说:

"请大人不要生气。儿子见道不深,一时错了。"

"你不是见道不深,而是根本没有见道。以后好生在践履笃实处下功夫,不要光记得书上的道理。坐下去,听我口授,写!"

等儿子坐下以后,刘宗周没有马上口授疏稿,忽然伤心地摇摇头,用沉痛的浙东口音朗诵出屈原的四句诗②:

> 余固知謇謇之为患兮,
> 忍而不能舍也。
> 指九天以为正兮,

---

① 堂官——主管长官,掌印堂。
② 四句诗——这是《离骚》中的诗句。

　　夫惟灵修①之故也。

　　停了片刻,他把已经想好的一些意见对儿子慢慢地口授出来,而一经出口,便成了简练有力的文章。虽然他提不出一个裕饷强兵的建议,但是他的每一句话都指出了当时朝廷所推行的有害于民、无救于国的政令和积弊,许多话直率地批评到皇帝身上。过了一阵,他停下来望着儿子问:

　　"都写了么?"

　　"都写了。"刘汋实在害怕,随即站起来看看父亲的激动神色,大胆地问:"大人,像这样责备朝廷的话敢写在疏上么?"

　　"只要有利于国,为什么不敢说?咳,你又怕了!"

　　"皇上刚愎好胜,讳言时弊,大人深知。像这般痛陈时弊的话,虽出自一片耿耿忠心,也恐不能见谅于上,徒招不测之祸。请大人……"

　　"杨椒山②劾严嵩,杨大洪③劾魏阉,只问是非,不问祸福;杀身成仁,为天地留正气。何况今日并无严嵩、魏忠贤,而今上又是大有为之君,我身为大臣,岂可缄默不言?坐下去,接着写吧。"

　　他每口授一段便停下,叫儿子念一遍让他听听,然后接着口授。幸亏他的老眼昏花,看不见儿子的手在微微打颤。全疏口授毕,他叫儿子从头到尾慢慢地读一遍,修改了一些用字和句子,又口述了贴黄内容,然后叫儿子拿出书房请门客连夜誊清。

　　窗外雨已停止,只是天上还不断地响着遥远的雷声。鸡叫头遍的时候,刘汋把誊好的奏疏拿进书房,叫醒坐在圈椅中刚刚朦胧睡去的老人,将疏捧到他的面前。他用双手接住,在灯下仔细地看了一遍,又看看本后贴黄,全部恭楷端正,点画无一笔误,然后轻声说道:

　　"随我到正厅去!"

　　刘宗周由儿子打着灯笼引路,来到正厅,面北恭立。老仆人不

------

①　灵修——指君王。
②　杨椒山——杨继盛字仲芳,号椒山。嘉靖时弹劾奸相严嵩十大罪,受廷杖,下狱,被杀。
③　杨大洪——杨涟字文儒,号大洪,天启时弹劾魏忠贤二十四大罪,惨死狱中。

等吩咐就端来了一盆清水,整理香案。刘宗周先把奏疏摆在香案上,净手,焚香,向北行了一拜三叩头礼,然后叫仆人赶在黎明时候到会极门将奏疏递进宫去。这时,彻夜未曾合眼的老夫人由一个丫环扶着,从后宅来到正厅,看着丈夫"拜表",不敢吭声;等仆人捧疏离去,不禁落下热泪,长叹一声。刘宗周望望她,想对她说一句安慰的话,但一时不知怎么说好,转身回书房去,等待着皇上治罪。

昨日黄昏因为下雨,乾清宫中更加昏暗,一盏一盏的宫灯全都点了起来。一个太监来到崇祯身边,问他是否"用膳"。他摇摇头,说道:"急什么!"随即他想到曹化淳应该进宫来了,抬头问道:

"曹化淳还没来么?"

"曹化淳进宫多时了。只因皇爷正在省阅文书,不敢惊驾,在值房等候呼唤。"

"叫他来!"

曹化淳每天黄昏前照例要进宫一趟,有时上午也来,把崇祯所需要知道的事情秘密奏闻。有时没有重要事情,倘若皇帝高兴,他就把侦事番子们所禀报的京师臣民的隐私事告诉皇帝,而崇祯对臣民的隐私细故也很感兴趣。为着使东厂太监起到耳目作用,夜间只要曹化淳写一纸条,隔着东华门的缝隙投进来,立刻就会送到乾清宫。现在他望着跪在面前的曹化淳,问道:

"你知道黄道周这个老家伙在狱中说些什么话?"

曹化淳回答说:"据侦事番子禀报,黄道周抬进镇抚司时,看见狱门上有'白云库'三个字,叹口气说:'这是周忠介和周宗建①两先生死的地方!'"

"可恶,他把自己比做周顺昌他们了。还说了些什么话?"

"他进狱后又说了一句话,奴婢不敢奏闻。"

"他又说了句什么话?你快说出吧,我不罪你。"

---

① 周忠介、周宗建——周顺昌谥号忠介,天启朝吏部主事。周宗建是天启朝御史。二人均被魏忠贤惨杀于镇抚司狱中。

"他说:'皇上是尧、舜之君,老夫得为关龙逢、比干①足矣。'"

崇祯大怒,把御案一拍,骂道:"可恶!这个老东西把朕视为桀、纣之君,真真该死!该死!"

"请皇爷息怒,不要同他一般见识。"

"刘宗周在做什么?都是什么人前去看他?"

"听说刘宗周回家以后,闭门省愆,谢绝宾客。有些同僚和门生前去探问,他全不接见。"

"哼,他只要畏惧知罪就好。我等着他如何回话!"

晚膳以后,他考虑着对黄道周如何处治。他曾经想过将黄道周移交刑部以诽谤君父的罪名问斩,但随即觉着不妥,那样,不但会有许多人上本申救,而他自己在史册上将留下杀戮儒臣的恶名。反复想了一阵,他忽然有了主意,就在一张小黄纸条上写道:

> 黄道周、叶廷秀,即予毕命,只云病故。谕吴孟明知道!

他把这个密谕看了看,外加密封,叫一个亲信的御前太监马上去亲手交给吴孟明,不许让任何人知道。

吴孟明捧着密旨一看,吓得脊背上冒出冷汗。将传密旨的御前太监送走以后,他一个人在签押房中盘算。他想,黄、叶二人都是有名的朝臣,而黄更是当代大儒,海内人望,不惟桃李满天下,而且不少故旧门生身居显要。如果把他们二人在狱中害死,他不但生前受举国唾骂,死后也将遗臭万年。况且,皇上的脾气他非常清楚:做事常常反复,自己又不肯落半句不是。倘若过些时朝局一变,有人替黄道周和叶廷秀鸣冤,皇上是决不会替他吴某受过的。到那时,他怎敢把密旨拿出来替自己剖白?不管将来朝局怎样变,只要正气抬头,他都会落到田尔耕和许显纯②的下场。这太可怕了。可是现有皇上密旨,怎敢违抗?

吴孟明彷徨很久,思前想后,决定暂不执行密旨。他看见密旨

---

① 关龙逢、比干——关龙逢因谏夏桀王被杀,比干因谏殷纣王被杀。
② 田尔耕、许显纯——都是魏忠贤的心腹爪牙。田任锦衣卫使,许掌北镇抚司。崇祯登极后将他们杀了。

106

上并没有限他今晚就将黄等结果,事情还有挽回余地。当夜他就
写好一封密疏,五更时派长班到会极门递进宫中。疏中有这样的
话:"即令二臣当死,陛下何不交付法司明议其罪,使天下咸知二臣
死于国法? 若生杀出之卫臣与北司,天下后世谓陛下为何如主?"
天色刚明,他就找东厂太监曹化淳去了。

　　在崇祯朝,锦衣卫和东厂都直接对皇帝负责。但吴孟明认为
曹化淳毕竟是皇上的家奴,所以对曹化淳处处表示尊敬,不敢分庭
抗礼。遇到有油水的大案子,他受贿多了,也不惜分给东厂太监。
另外,东厂的把柄很多,瞒不住吴孟明,曹化淳也怕得罪了他,说不
定什么时候自己也会吃亏。因此他对吴孟明也很好,遇事互相维
持。他听了吴孟明谈了皇上的密旨以后,也赞同吴的谨慎处理,并
答应亲自进宫去探一探皇上看过吴的回奏以后有什么动静,如果
皇上对吴不满,他就设法相救。

　　吴孟明的密奏恰恰打中了崇祯的忌讳。崇祯一心要让后世称
他为圣君,为英明之主,像这样命锦衣卫暗中害死两个儒臣,载之
史册,确实不算光彩。可是昨天黄道周廷争的倔强劲儿,实在使他
痛恨,而叶廷秀竟然敢替他说话,公然偏党,也不可饶。想来想去,
不处死这二人他实不甘心。他正在沉吟,曹化淳进宫来了。平日,
他把东厂和锦衣卫倚为心腹和耳目,但是对它们都不是完全放心,
时常利用这两个机构互相监视。现在他有点疑心吴孟明受了廷臣
嘱托,不完全是替他的"圣名"着想。听曹化淳奏完了几件事情之
后,崇祯问他:

　　"曹伴伴,你同吴孟明常来往么?"

　　曹化淳躬身奏道:"东厂与锦衣卫,一属内臣,一属外廷,只有
公事来往,并无私人来往。"

　　"朕想问你,吴孟明这个人办事如何?"

　　"俗话说,知子莫若父,知臣莫若君。陛下天纵英明,烛照幽
隐,自然对吴孟明十分清楚。据奴婢看来,吴孟明倒是个小心谨
慎、肯替陛下做事的人。"

"你知道吴孟明受贿么?"

曹化淳心中吃惊,说道:"历朝锦衣卫使,不受贿的极少。自陛下登极以来,历任锦衣卫使尚不敢干犯法纪。奴婢也曾密饬侦事人暗中访查,尚未听到吴孟明贪贿情节。既然皇爷问起,奴婢再多方密查就是。"

崇祯没有做声。曹化淳也不敢多说一个字。他一走,崇祯就派原来给吴孟明送密旨的亲信太监去把密旨要回,由他亲自烧毁。

他决定把黄道周和叶廷秀的案子暂且撂下,让他们在镇抚司狱中吃苦,不杀也不放。想着近来他自己肝火很旺,在上朝时容易暴怒,有时对臣工拍案喝责,还有些事处置时不暇三思,事过不免后悔,所有这些,传到后世都会是"圣德之玷"。左思右想,满怀烦恼,不觉长叹。他把王德化叫到面前,说道:

"你派人到翰林院去,把近两年的《起居注》①取进宫来,替朕好生看看。倘有记得不实之处,务必仔细改正,以存信史。"

王德化完全懂得他的意思,奏道:"皇爷是尧、舜之君,敬天法祖,勤政爱民,可为万世人君楷模。倘史臣们有记载不实之处,奴婢自当谨遵钦命,细心改正。"

崇祯又想了想,说:"你替我传谕史官们,国家大政,有内阁红本②及诏谕在,日后修实录③可为依据。从今日起,这《起居注》不用记了。"

王德化走后不久,刘宗周的奏疏就送到了崇祯面前。同时送来的,还有一本是兵部题奏的陕西巡抚的紧急军情塘报。崇祯先拿起刘宗周的本,在心中说:

"哼,这个本到如今才送进宫来!我倒要看看你怎样回话!"

崇祯没有料到,刘宗周在疏中不但不向皇帝引罪自责,反而批评了朝廷的许多弊政,甚至直接批评了君父。崇祯还没有看完这

---

① 《起居注》——记载皇帝日常言行的册子。
② 红本——官员的奏疏统称"本",经皇帝(或司礼监秉笔太监代他)用朱笔批过的叫做红本,存在内阁。
③ 实录——每一皇帝死后,史官们把这一朝的大事编纂成书,叫做实录。

封大胆的奏疏,已经怒不可遏,提起朱笔,想批交刑部从重议罪,但是忍一忍,将笔放下,继续看下去。刘宗周批评皇上经常用诏狱对待臣民,每年亲自断狱数千件,失去了"好生之德"。在政事上不顾大体,苛求琐屑末节,使政体挫伤。对地方官吏不问别的,只看完不成钱粮的就予以治罪,于是做官的越发贪污,为吏的越发横暴,逃避田赋的情况越发严重。对百姓"敲扑"繁多,使民生越发凋敝。用严刑峻法和沉重聚敛苦害百姓,所以盗贼一天比一天多。在军事上,他批评说:由皇上派遣太监监视军务,使封疆之臣没法负起职责。于是总督和巡抚无权,而武将一天比一天怯懦。武将怕死,士兵骄横,朝廷的威令行到督、抚身上也无济于事。朝廷勒限平贼,而军中每日杀良冒功,老百姓越发遭受屠戮。他接着恳求撤销监视太监,增加地方官的责任,征聘天下贤士,惩办贪酷官吏,颁布维新的政令。他最后恳求说:

> 速旌死事督臣卢象升而戮误国奸臣杨嗣昌以振纪纲。释直臣黄道周以开言路。逮一贯杀良冒功之跋扈悍将左良玉以慰中原之民心。停练饷之征,下罪己之诏,以示皇上维新之诚。断和议之念以示有敌无我。防关以备反攻①。防通、津、临、德②以备虏骑南下。

崇祯看完奏疏,不觉骂了一句:"该死!"这一段奏疏中最刺痛他的话是要求他"下罪己之诏"。他想,国势如此,都是文武诸臣误国,他自己有什么不是?难道十三年来他不是辛辛苦苦地经营天下,总想励精图治,而大小臣工辜负了他的期望?其次最刺伤他的话是关于同满洲议和的问题。刘宗周像黄道周一样在奏疏中竟然使用"和议"二字,这是有意刺他,而且不但替已经死去的卢象升说话,还想阻挠今后再同满洲进行"议抚",反对他的谋国大计。他在

---

① 防关以备反攻——关指山海关。当时山海关仍是明朝对付清兵的重镇,支援辽东各城,而对历次南下清兵起到一定的牵制作用。这句话是建议加强山海关的防务,使以后南下的清兵不能从南边进攻(反攻)山海关。

② 通、津、临、德——即通州、天津、临清、德州,都是当时明朝对付南下清兵的战略要地。

盛怒之下,在御案上捶了一拳,一跃而起,在乾清宫中绕着柱子走来走去。他一边走一边恨恨地想:如今国事败坏至此,没有人肯助他一臂之力,反而只看见皇亲们对他顽抗,大臣们对他批评,归过于他,老百姓不断来向他"伏阙上书",而各地文官武将们只会向他报灾,报荒,请饷,请兵,请赈!

他不管刘宗周对朝政的激烈批评正是要竭忠维护他的大明江山,决定对刘宗周从严处分,使臣工们不敢再批评"君父"。于是他回到御案,提起朱笔,在刘的奏疏后边批道:

> 刘宗周回话不惟无丝毫悔罪之意,且对朝廷狂肆抨击,对黄道周称为直臣,为之申救。如此偏党,岂堪宪职①?着将刘宗周先行革职,交刑部从重议罪!

阁臣们和刑部尚书、侍郎等进宫去跪在崇祯面前替刘宗周恳求从宽处分,情辞恳切。随后辅臣们也一起进宫求情,反复劝谏。崇祯的气慢慢消了,只将他"从轻"处分。

经大臣们尽力营救,次日早饭过后,刘宗周接到了削籍的"圣旨"。大臣削籍,本来可以一走了事,用不着去午门前叩辞皇帝,称做"辞阙"。但是刘宗周尽管对朝政十分失望,对皇帝却怀着无限忠心。他所属的大地主阶级和他这样数十年沉潜于孔孟之道的儒臣,同腐朽透顶的大明帝国有着血肉关系,也是大明帝国的真正支柱。他想着自己以后很难再回朝廷,担心自己的生前会遭逢"黍离之悲"②,于是就换上青衣小帽,到午门前边谢恩。他毕恭毕敬地跪在湿地上,向北五拜三叩头,想着国事日非,而自己已是暮年,这次回籍,恐怕以后再没有回朝奉君之日了。想到这里,两行热泪夺眶而出,几乎忍不住痛哭失声。

朝中的同僚、属吏、门生和故旧,知道刘宗周削了职,就要离京,纷纷赶到公馆看他,还要为他饯行。他一概不见,避免任何招

---

① 宪职——指都御史的官职。
② 黍离之悲——亡国的悲痛。

摇。在他去午门谢恩时,已经吩咐家人雇了一辆轿车在公馆后门等候。这时他同夫人暗暗地走出后门,上了车,出朝阳门赶往通州上船。

运河上黄水暴涨,浊浪滔滔。幸喜新雨之后,炎热顿消,清风徐来。他穿一件半旧的湖绉圆领蓝色长袍,戴一顶玄色纱巾,像一般寒士打扮,坐在一只小船上,悠然看着运河两岸景色,对夫人说:"我常想回蕺山书院,今日蒙恩削籍,方得如愿!"绍兴北乡蕺山一带秀丽的山光水色,那些古老的寺院建筑和王羲之的遗迹,从前师徒朋友们读书论道的生活,历历地浮现在他的眼前。过了一刻,他想起来黄道周和叶廷秀尚在狱中,将来未知死活,十分放心不下。又想着自己一片忠心报主,原想对时事有所匡救,竟然削籍而归,忧国忧民的心愿付之东流,不禁心中刺疼。在离开午门时,他曾经于感怀万端中想了几句诗,现在他就磨墨展纸,提笔足成七律一首:

> 望阙辞君泪满袪,
> 孤臣九死罪何如!
> 常思报主忧怀切,
> 深愧匡时计虑疏。
> 白发萧萧清禁外,
> 丹心耿耿梦魂余。
> 蕺山去国三千里,
> 秋雨寒窗理旧书。

他把这首诗琅琅地读了两遍,加上一个《谢恩口占》的题目,交给夫人去看。他心中明白:各地民变正在如火如荼,绝无办法扑灭,杨嗣昌必将失败,以后局面更难收拾,他回到家乡未必能过着著书讲学的安静生活,说不定会做亡国之臣。他也明白:倘若不幸国破君亡,他素为"纲常名教"表率,到时候只能为国尽节,断无在新朝苟活之理。他的阶级感情和政治思想使他想到这地方好像预感到天崩地陷,既恐怖又伤心,默默不语。于是他手扶竹杖,独立船头,向着昌平十二陵一带的山色凝望。本朝二百七十年的盛衰史涌现心头,怀古思今,怆然泣下。

崇祯常常疑心臣下结党,对刘宗周也很不放心。他想着刘宗周不仅在全国士林中声望很高,而且在朝中故旧门生很多,又官居左都御史高位,不会没党。他叫东厂和锦衣卫加紧侦伺,只要查出京城中有人为宗周大事饯行,或说出抱怨朝廷的话,立即拿办。所以当刘宗周走的这天,东厂和锦衣卫的侦事番子布满了刘宗周的住宅附近以及从北京到通州运河码头。刘宗周从通州开船之后,曹化淳和吴孟明分别将他出京的情况面奏崇祯。崇祯这才放了心。他向吴孟明问:

"薛国观离京了么?"

吴孟明回奏说:"薛国观今天早晨离京,回他的韩城原籍,携带行李很多。他系因贪贿罪削职回籍,所以朝中同僚无人敢去送行,只有内阁中书王陛彦前去他的住宅,在后门口被守候的锦衣旗校抓到,下到镇抚司狱中。"

崇祯说:"要将这个王陛彦严刑拷问,叫他供出薛国观的纳贿实情。凡平日与薛国观来往较多的朝臣,都须暗中侦明他们是不是也通贿了。近两三天中,京师臣民中有何议论?"

吴孟明知道:皇亲们听说薛国观削职回籍,暗暗称快。士民中有各种议论,有的批评朝廷无道,摧残敢言直臣,有的批评黄道周和刘宗周都是书呆子,不识时务,只懂得"愚忠"二字,还有的批评皇帝刚愎任性,不讲道理,今后国事更不可为。东厂和锦衣卫在这两天内已经抓了十几个妄议朝政的士民,将有的人打得半死,有的人罚了款,有的人下到狱中。但是所有百姓们议论朝政的话和抓人的事,吴孟明都不敢向崇祯奏明,反而胡诌说京城百姓都称颂皇上英明,对国事有通盘筹划,可惜黄道周和刘宗周只凭书生之见,不体会皇上的治国苦心,当面归过君父,受处分是理所当然。崇祯听了吴孟明的胡诌,心中略觉轻松,叫孟明退出。但他怕受吴的欺瞒,等曹化淳进宫时又向化淳询问京城百姓的议论。曹、吴二人原是商量好的,所以曹的回奏几乎同吴的话完全一致。崇祯很喜欢曹化淳的忠诚,心里说:"内臣毕竟是家奴,比外臣可靠!"他重新考虑着军饷问题,绕着乾清宫的柱子不停走动,自言自语地说:

"军饷,还得用借助办法。李国瑞的家产已经抄没了,下一次叫哪一家皇亲开头呢?"

第六章

一转眼，又是两个月过去了。

在这段时间里，崇祯得到飞奏，知道李自成已经从商洛山中突围出来，奔往鄂西。他很生气，下旨切责陕西、三边总督郑崇俭防范不严，使围歼李自成的事"功败垂成"。他又命杨嗣昌火速调兵围堵，不让李自成与张献忠在鄂西一带会合。但是他也明白，如今不管他的圣旨如何严厉，在行间都不能切实遵办。所以除为筹饷苦恼之外，又增添了新的忧虑。

崇祯认为，经过他对李国瑞家的严厉处分，如今再提借助，皇亲们决不敢再事顽抗。但他没有将重新向皇亲们借助的主意找任何大臣密商，而只在无意中对一两个亲信大太监露了口风。

崇祯的这个机密打算，很快地传到了戚畹中间，引起来很大惊慌。皇后也知道了。她不是从崇祯身边的亲信太监口中知道的，而是因为派坤宁宫的刘太监去嘉定伯府赏赐东西，嘉定伯周奎悄悄地向刘太监询问是否知道此事，刘太监回到坤宁宫后，就将这个消息以及戚畹人人自危情形，暗向皇后奏明。周后又命刘太监向皇帝身边的亲信太监暗中打听，果然不差，使她不能不格外地忧虑起来。

近些日子，她本来就在为田妃的事情忧虑。为田妃忧虑，也有一半是为她自己的命运忧虑。自从田妃谪居启祥宫后，她看出来皇上越发每日郁郁寡欢。在一个月前，他在所谓"万几之暇"，也常来坤宁宫玩玩，或者晚上留住在坤宁宫中，以排遣他的愁闷情怀。可是近来他总是独自闷在乾清宫中，除上朝和召见大臣外就埋头省阅文书，有时在宫中独自走来走去。坤宁宫他虽然还来，但是比往日稀少了。至于别的宫院，他更少去，也不宣召哪个妃嫔到乾清宫的养德斋去。为着撑持这一座破烂江山，周后自然担心崇祯会闷出病来。更使她担心的是皇上可能下诏选妃。这事情在宫中已经有了一些猜测，乾清宫的宫女们也看出来皇上已有此意。周后决不希望再有一个像田妃那样的美人入宫。田妃虽然很美，但是田妃原是她同皇帝在崇祯元年一起从众多入宫被选的姑娘中选出来的，所以田妃始终对她怀着感恩的心情，尽管有时恃宠骄傲，却不敢过于放肆。再者，她比田妃只年长一岁，这也是田妃不能够专宠的重要原因。她今年已经三十岁了，倘若皇上再选一个像田妃那样美丽而聪明的妃子进宫，年纪只有十七八岁，就可能独占了皇上的心。这样的前途使她想着可怕。她十分明白，从来皇帝的宠爱是最不可靠的。就拿田妃说，那一天上午皇上还去承乾宫散心，告诉田妃说她永远不会失宠，可是下午就将她贬居冷宫。周后还听到乾清宫的宫女们传说，当时皇上十分震怒，曾有意将田娘娘"赐死"，至少削去她的贵妃称号，后来想到她所生的几个皇子和皇女，才转了念头，从轻处分。田妃的遭遇，难道不会落到她正宫娘娘的身上么？自古以来，皇后被废黜，被杀害，或只顶一个皇后的空名义而过着幽居生活的并不少啊！

当周后正在忧心忡忡的日子，崇祯即将再次向戚畹借助的消息传到了她的耳中，就使三股忧虑缠绕到一起了。她心中盘算，再一次借助，皇上一定会命她的父亲在戚畹中做个倡导。她听说，上次借助从武清侯府开始，戚畹和勋旧就有闲言，说皇上放过有钱的至亲，却从远亲头上开刀，未免不公。她知道她父亲是一个十分吝啬的人，在借助的事上决不会做一个慷慨的出血筒子。倘若惹皇上震怒，很可能迁怒于她。倘若她的父亲受到严厉处分，更会牵连到她作为皇后的处境。一旦她的处境不利，皇上又选了稚年美慧的宠妃，不但她自己的命运更可怕，连她的儿子的太子地位也会摇动。田妃有时虽然使她不高兴，但毕竟不是赵飞燕一流女子。倘若宫中进来一个像赵飞燕那样的人，她同田妃就会落得像许皇后和班婕妤①的可怜下场。这么想着,她开始同情并且喜欢起田妃来了。

想了两天,周后决定一面暗中嘱咐她的父亲千万不要惹皇上生气,另一方面,她必须赶快解救田妃,使皇上和田妃和好如初。她早就明白,皇上很想念田妃,只是因为没有人从中替田妃求情,所以皇上不肯将田妃召回,才生出重新下诏选妃的念头。倘若这时候由她出面转圜,不惟皇上会对她高兴,也将使田妃永远对她感恩。

这是一个淡云笼罩的夏日,略有北风,并不太热。用过早膳以后,周后命宫女刘清芬送几件东西往太子居住的钟粹宫中,看太子是否在读书,然后传谕备辇,要往永和宫去。坤宁宫的掌事太监刘安感到诧异,躬身奏道:

"永和宫中虽然如今百花盛开,也很凉爽,只是不曾好生布置。娘娘陛下突然前去赏花,恐有不便。可否改日前去?"

周后说:"不要布置,我马上前去瞧瞧。"

刘安熟知皇后平日看花总要约袁妃一道,忙问:"要宣袁娘娘一起去么?"

"不用。谁都不要告诉!"

于是周后上了凤辇,在一大群太监和宫女的簇拥中出了坤宁宫。所有的太监和宫女对皇后的如此突然决定去永和宫看花,也不约其他娘娘陪侍,都觉十分奇怪。

周后在永和门外下了凤辇,在百花丛中巡视一遍,作了一些指示,叫掌管永和宫养花的太监头儿按照她的"懿旨"重新布置,限在三天以内完成。她出了永和宫,想就近亲自去太子宫中看看。她想确实知道太子是否每日读书,所以她不许太监们前去传呼接驾,而且叫随驾的大部分太监和宫女都回坤宁宫去。当她快到钟粹宫

---

① 许皇后和班婕妤——许是汉成帝的第一个皇后,班是妃子(婕妤是妃下边的一种名号)。后因赵飞燕入宫受宠,许后被废,赵立为后,班也失宠,退侍太后于长信宫。

时,原去钟粹宫送东西的宫女刘清芬迎面来到,跪在道旁接驾。皇后问道:

"长哥在做什么?"

刘清芬迟疑一下,回答说:"长哥刚才读了一阵书,此刻在院中玩耍。"

皇后没再说话。凤辇也未停留,一直抬进钟粹宫二门以内。等钟粹宫的太监喊出"接驾"二字,她已经从凤辇中走下来,望着慌忙跪在地下接驾的太子和许多太监、宫女,一言不发,神气冷若冰霜。过了一阵,她回头来向刘清芬严厉地问:

"长哥显然是早就在院中打闹玩耍,你怎么敢对本宫不说实话?"

刘清芬虽然只有十六岁,但熟知宫中规矩森严,皇后一句话就可以将她置于死地。看见皇后如此盛怒,她伏俯地上,浑身哆嗦,不敢回答。周后望着太子冷笑一声,回头对刘清芬说:

"我知道你的错误不大,姑且从宽处分。你自己掌嘴!"

刘清芬用左右手连打自己脸颊,不敢轻打,大约每边脸打到十下,两颊和两掌已经红肿,方听见皇后轻声说:"起去!"她赶快叩了三个头,口呼"谢恩!"爬起来退到后边。周后这时已经坐在一把椅子上,对着太子责备说:

"你是龙子龙孙,金枝玉叶,今日已为长哥,日后就是天下之主,怎么能同奴婢们摔起跤来?皇家体统何在?你虽然年纪尚小,也应该处处不失你做太子的尊严。就令是别的皇子,就令是尚未封王的皇子,也应该知道自己是龙子龙孙!"

周后不再深责太子,因为她认定主要错误是在太子左右的太监和宫女身上。她重新望一望刚才同太子摔跤并将太子摔倒后压在下边的那个小太监,叫他抬起头来。那是一个面貌俊秀、身材匀称、生着一双虎灵灵大眼睛的十二岁孩子,吓得脸色煞白。周后问道:

"你个小贱人知道是跟谁摔跤么?"

小太监伏俯地上说:"回奏娘娘陛下,奴婢是跟长哥殿下摔跤。奴婢该死!奴婢该死!"

周后说:"哼哼,你也知道他是长哥殿下!你们这班小贱人在侍候长哥读书之暇,陪着长哥玩耍是可以的,但怎么敢同他摔跤?怎么敢将他摔倒后压在他的身上?他虽小,可是东宫之主,国之储君;你是服侍他的奴婢!"

小太监连连叩头说:"奴婢该死!奴婢该死!"

周后回头对随侍前来的刘安说:"将他拉出宫去,乱棍打死!"

小太监一听说要将他处死,哀哭恳求皇后开恩,并哭求太子替他求情。太子慈烺平日最喜欢同这个小太监一起玩耍,赶快向皇后叩头恳求说:

"恳母后陛下开恩!刚才的事,都是孩儿不是。这个小奴婢原不敢同孩儿摔跤,是孩儿骂他几次,他才跟孩儿摔跤的。"

周后向慈烺看了一眼:"不许多嘴!"她又催身边的掌事太监说:"快命人将他拉出宫去,赶快处死!"

钟粹宫全体太监和宫女都明白太子所说的是实话,都跪在地上求皇后息怒开恩,留这个小太监一条"微命"。但周后盛怒未息,既不说赦免小太监的死,也不叫太子起来。刚才被责罚打自己嘴巴的小宫女刘清芬,两颊还在火辣辣地发疼,但确实知道小太监无罪,忍不住轻轻将吴婉容的衣襟拉了一下,用含泪的眼睛恳求她赶快跪下去替小太监说话乞恩。但是平日同她像亲姊妹一般相好的吴婉容竟然一动不动。她第二次拉一下吴的衣襟。"管家婆"回头来看她一眼,紧紧地咬着下嘴唇,同时将大眼睛半闭一下。这是暗号,使刘清芬恍然明白。这位被皇后信任的大宫女平日深恐几个同她亲密的宫女们获罪,曾暗中叮嘱她们:皇后陛下每当皇上来坤宁宫住宿时,就现出一副温柔贤良的面孔,太监和宫女们在她的面前多说几句话并不碍事;当皇后对着众多宫眷、命妇、太监和宫女摆出十分端庄高贵的面孔时,大家在她的面前言语动作就得格外谨慎;另外当皇后心中烦恼或者当什么人触犯皇后的尊严时候,谁在她的面前一不小心就会祸从天降,切记不要轻易说话,纵然天塌下来也只装没有看见。吴婉容还同大家姊妹们约定了几个暗号,以便互相关照,希望大家在这动辄得咎的深宫里平安无事,日后或许能熬到个出头之日。现在刘清芬看见"管家婆"姐姐的暗号,心头一凉,不觉浑身打个寒战,暗中悲痛小太监死得冤枉。

幸而由于钟粹宫中全体太监和宫女的叩头乞恩,周后没有再催促将小太监拉去处死。她不愿这件事闹得太大,会传到乾清宫中,对她和太子都有不利。但是她也不愿意让这个小孩子长留在太子身边。她看见这孩子脸孔清秀,眼有神采,口齿伶俐,倘若自幼就同慈烺狎昵惯了,等到慈烺登极之后,必会引导慈烺玩耍游乐,由他来擅权乱政,像魏忠贤那样。趁着众人替他乞求开恩,她宣旨饶他一死,罚他去昌平守陵,永远不许进宫。她正等着这个小太监叩头谢恩,没想到这小孩竟然哭着说:

"伏奏娘娘陛下,恳陛下赐奴婢在宫中自尽,不去昌平守陵。"

周后诧异,问道:"你为什么宁愿死不去守陵?"

有片刻工夫,这小太监伏地不语,只是哭泣。原来他是河间府人,明朝太监多出在河间一带。三年以前,他的父亲因为家中日子不好过,在亲戚们的暗中撺掇之下,将他捆绑起来,不管他如何呼天叫地,哭死哭活,被大人们硬是按着他净了身。半年之后,一位亲戚将他带来北京,转托与宫中太监有瓜葛的乡亲帮忙,将他送进宫中,去年又被挑选来钟粹宫,服侍太子。他虽然年龄不大,却是一个十分聪明有志气的孩子。刚被净身①之后,他才九岁,曾几次打算跳井自尽,被大人发觉了,对他看守很严。入宫以后,他改换了打算。想着父母若不是日子十分困难,也不会先卖了他的姐姐,后来又对他下此毒手。他也看见,母亲在他净身后哭过多次,有时在夜间将他哭醒。所以后来他为着能够养活父母和弟妹们,反而希望能够进入皇宫。进宫以后,他听说几年前同乡中有两个人净

---

①　净身——阉割。

身后不曾选上,只好住在皇城内有堂子①的佛寺中为前来洗澡的太监擦背,这种人俗称"无明白",勉强混碗饭吃,因而他对自己的能够进宫感到庆幸。去年被挑入钟粹宫,他越发高兴,小心翼翼地服侍太子,对长辈太监也极恭顺,只求日后在宫中有个好的出路,挣钱养活父母和弟妹们的心愿不致落空。如今一听皇后说要将他送往昌平守陵,他觉得这样就一切完了,不如早死为好。周后见他竟敢以一死来对抗"懿旨",愈不愿他将来再回到太子身边,对坤宁宫掌事太监说:

"这小贱人既然不愿去昌平守陵,你们就送他去西山守陵吧。"

刘安和几个较年长的太监都知道所谓去西山守陵,是守景帝陵或什么王、妃、公主等坟,远不如在昌平十二陵做一个守陵太监有出息。大家又赶快替他求情并责备他说:"娘娘陛下已经开恩,饶你不死,口降懿旨送你去昌平守陵,真是天恩高厚,你还不赶快谢恩!"小太监明白皇后的"懿旨"已无可改变,只好叩头谢恩,又向太子叩头,向坤宁宫和钟粹宫的掌事太监叩头,然后由一个太监带着他收拾了行李,离开钟粹宫。

当小太监离开的时候,周后才命太子起来,随即对那个看太子摔跤的宫女说:"你比长哥年长三四岁,我原以为你比较懂事,又读过书,所以挑选你服侍太子。今日长哥同奴婢摔跤,十分失体,你不但不曾谏阻,反而看见长哥跌倒后拍手大笑。你知罪么?"

这个宫女早已看透了宫中的处处虚假,人与人勾心斗角,争风吃醋,彼此倾轧,动不动就会大祸临头,所以在皇后处分那个无辜小太监时她已经打好了主意,一经问她是否知罪,她就立刻叩头回答:

"奴婢罪该万死,恳乞娘娘陛下开恩超生。奴婢愿去大高玄殿做女道士,每日焚香诵经,恭祝皇上和皇后两陛下万寿无疆。"

周后看着这个宫女面目俊俏,又比太子年长,生怕她再过两年会勾引太子"宠幸",所以也巴不得使她趁早离开太子宫中,所以听

---

① 堂子——即澡堂,明代又叫做混堂。

了她的回奏,当即点头说:

"你愿意去大高玄殿学道修行,也是好事。本宫恩准了你,马上就叫人送你前去。刚才的罪,恩予免究。"

宫女叩头谢恩,又照例向太子叩头,向一些有地位的太监和宫女叩头,然后去收拾自己的东西。

周后又另外处分了几个宫女和太监。因为钟粹宫的掌事太监王明礼平日老成忠实,当太子同小太监摔跤时他正往乾清宫送太子近来所写的仿书,周后到后才回,所以周后只将他申斥一顿,未予责罚。周后吩咐所有太监和宫女不许将这事传到乾清宫,然后回坤宁宫去。

第二天上午,崇祯实在烦闷得要死,来到坤宁宫中。周后陪着他站在院子里看宫人们采茉莉,心中打算着要帮助田妃的事。正在这时,忽然从天空落下来一阵悦耳的银铃声,引得她和崇祯都仰头观看。天上湛蓝如海,没有纤云,但见一群鹁鸽,大部分洁白如雪,夹杂着少数灰色的、杂色的,在宫殿的上边盘旋,愈飞愈高,向西苑的方向飞去,最后连几点淡淡的影子也融进太空,只有隐约的银铃声还没有完全消失。他们都知道这一群鹁鸽是袁妃放的。她在翊坤宫为着排遣寂寞,养了一群鹁鸽,修了一座放鸽台,每当风日清和的早晨,亲自站在台上放鸽。周后看过鸽群飞往西苑以后,对崇祯含笑说:

"皇上,你刚才说你在乾清宫闷得心慌,想去一个什么地方散散心又觉得无处可去。袁妃那里,陛下一个月难得去一次,别的宫中陛下更不肯去,难道这三宫六院就没有一个可以解闷的地方?"

崇祯摇摇头,苦笑一下,叹口长气。他几乎想说出来他对川、鄂一带战事迟迟没有重大捷报和军饷困难的情况,但是话到口边就咽下去了。他是决不许后妃们过问国事的,也不许她们打听。周后不敢直接提起田妃,先从袁妃引头,说:

"我记得皇上去年夏天有一晚在翊坤宫看见袁妃在月下穿一

121

件天水碧蝉翼纱宫衫，觉得很美，第二天皇上还对我赞不绝口。你今天既然很闷，懒得省阅文书，何不到翊坤宫玩玩，让袁妃再穿了那一件天水碧宫衫让皇上瞧瞧？"

"唉，到翊坤宫也不能使我解闷。"

"袁妃和田贵妃同时入宫，是我同皇上亲自挑选的。论容貌，袁妃虽不是国色，可也是不易多得。只是她性情过于敦厚一些，不善于先意承旨，所以皇上有时觉得她不十分有趣。其实，这恐怕正是她的长处。"周后打量了一下崇祯的神色，又笑着说："哟，我又想起来一个人儿，她一定能够替皇上解闷。派都人去把她召来好么？"

"你说的是谁？"

皇后赔笑说："此人虽然平时有恃宠骄傲的毛病，且不该为李家事说了错话，但罚在冷宫省愆已经有两个多月，深自悔罪。在众多妃嫔中只有她多才多艺，琴、棋、书、画都会，又能先意承旨。我将她召来当面向陛下谢罪好么？"

崇祯的心中很想看见田妃，但是他知道田妃为替李家说一句话蒙谴的事早已传了出去，不如让她在启祥宫多住些日子，好使李家和那些皇亲们不敢抱任何妄想。沉吟片刻，他慢慢地回答说：

"我今天事多，等几天吧。"

崇祯刚说完这句话，王德化来到坤宁宫，向他启奏巩驸马和几位皇亲入宫求见，在文华殿前候旨。崇祯问：

"有哪些皇亲同来？"

"有新乐侯刘文炳，老皇亲张国纪，老驸马冉兴让。"

"他们来是为李国瑞的儿子求情么？"

"大概是的。"

"去，向他们传旨：倘若是为李存善的事，不要见我！"

王德化走后，崇祯想到了田妃所生的五皇子慈焕。他非常喜爱这个五岁的孩子，常常在烦闷的时候命宫女到启祥宫传旨，叫奶母和宫女们将慈焕送到乾清宫来玩耍一阵。近七八天因为五皇子患病,他没有再看见,心中确实想念,每天总要命太监或宫女到启祥宫询问病情。昨天得知慈焕的烧已减退,仍由太医们每日两次入宫,悉心医治。他现在向皇后问道:

"今日慈焕的病可又轻了一些?"

周皇后回答:"今早田妃命都人前来启奏,说慈焕昨晚服药之后,虽然回头,尚未完全退烧。"

崇祯生气地说:"这太医院的人们真是该死,竟然不能将这孩子的病早日治好!"

皇后笑着说:"皇上也听说京城有'三可笑'的谚语:'光禄寺的茶汤,武库司的刀枪,太医院的药方。'这几天,都是太医院使①亲率四名御医给慈焕诊病,斟酌脉方,非不尽心,可惜他们这些官儿们的本领反不如民间郎中。限于皇家的祖宗规矩,民间郎中自来不能召进宫来。"

崇祯经皇后提起那三句京城谚语,也略微笑了笑,随即无可奈何地摇摇头。周后为着替崇祯解闷,命宫女们将范选侍和薛选侍召进坤宁宫,为皇上弹琵琶。她们学琵琶都是田妃教的,被认为是田妃的"入室弟子"。崇祯不听则已,听她们弹过一曲《汉宫秋月》后反触起许多心事,不胜怅惘。周后趁机小声问道:

"皇上,你要是觉得她们弹得不好,我叫都人去将田娘娘召来为皇上弹一曲解闷如何?"

崇祯摇摇头,没有做声,脸上也没有一丝默然同意的表情。周后命两位选侍去便殿吃茶,又挥退左右的宫女和太监,向崇祯说:

"皇上,你一身系天下安危,如此终日寡欢,万一有损圣体,这个艰难局面如何支撑?"

崇祯不语,只轻轻叹口长气。

周后想了想,觉得机不可失,又说:"听说永和门百花盛开,比往年更好。我吩咐奴婢们布置一下,后天同袁妃陪侍皇上去赏花如何?"

---

① 太医院使——太医院的主管官,也是御医。

123

崇祯不好辜负周后的好意,点头同意。

周后送走崇祯以后,正要休息,忽然看见钟粹宫的掌事太监王明礼在院中同刘安私语。她命宫女将王明礼叫到面前,问他有何事启奏。王明礼来坤宁宫本来是要向皇后启奏那个被罚去昌平守陵的小太监昨天出了北安门①后,奋身投入御河,打捞不及,已经死了。但是刘安对他说:"娘娘陛下这两日正在心烦,这是什么芝麻子儿大的事,也值得前来启奏!"所以他跪在皇后面前堆着笑容奏道:

"今早奴婢听乾清宫的御前牌子说,昨晚皇爷于万几之暇,看了长哥的十天仿书,圣心喜悦,龙颜含有笑容。奴婢不敢隐瞒,特来启奏娘娘陛下。"

周后信以为真,微微一笑,随即吩咐吴婉容拿出一些绸缎匹头和各种糖果,派四个宫女拿去赏赐钟粹宫的宫女和太监,另外也赏赐太子一些东西。

两天以后,周后用过早膳,在宫女们的服侍下换好衣服。明代历朝宫眷的暑衣遵照"祖制",从来没有用纯素的,素葛也只有皇帝用,其余的人,包括皇后在内,都不敢用。两年前周后偶然用白纱做了一件长衫,不加任何彩饰,穿了以后请崇祯看。崇祯不但没有责备,反而十分喜欢,笑着说:"真像是白衣大士!"从此,不但周后喜欢在夏天穿纯素的纱衫和裙子,而且所有的宫眷们都仿效起来,把将近三百年的宫中夏衣的祖宗制度稍稍改变。

夜间微雨已晴,宫槐格外浓绿。皇后穿着纯素衫裙,不戴凤冠,只用茉莉花扎成一个花球,插在云鬓上;襟上也戴了一个小花球,用珍珠围绕一圈。宫女们打扮得花枝招展,擎着做简单仪仗用的羽扇、团扇和黄罗伞,捧着食盒,簇拥着皇后的凤辇来到乾清宫。袁妃已经在日精门外恭候。走进乾清宫同崇祯见了面,一同乘辇往永和门。在永和门下辇之后,崇祯走在前边,后边跟着周后、袁

———

① 北安门——清代改称地安门。

124

妃,一大群太监和宫女,缓步踱入花园。这儿不但有很多奇花异草,争芬斗妍,还有许多盆金鱼,都是些难得的名品。在花园的一角有一个茶豆架,下边放着一张藤桌,四把藤椅。藤桌上放着一把时壶①和四个宜兴瓷杯。按照封建贵族和士大夫的趣味说,这布置也算得古朴风雅,颇得幽野之趣。一道疏篱将茶豆架同花园隔开,柴门半掩。柴门上绕着缠松。竹篱上爬着牵牛。那些门、竹篱和茶豆架,都是周后依照自己幼年时候在老家宜兴一带所得的印象,吩咐永和宫的养花太监们在春天用心布置的。今天按周后的预先吩咐,在小花园一角的古松下,太湖石边,放了一张檀木琴桌,上边摆着一张古琴,一个宣德铜香炉,另外放一个青花瓷绣墩。

崇祯在宫中生活,到处是繁缛的礼节,单调而庄严的黄瓦红墙,案上又是看不完的各种不愉快的文书,忽然来到这样别致的一个地方,连说"新鲜,新鲜"。周后趁着他有些高兴,含笑说:

"皇上,难得今日赏花,可惜三宫②中独少东宫田妃。她在启祥宫省愆多日,颇知悔过,也很思念陛下。我叫都人去把她召来,一同赏花如何?"

崇祯不说不行,也不说行。周后同袁妃交换了一个微笑的眼色,立刻派宫女用袁妃的辇去接田妃。

田妃很快地乘辇来了。衣裙素净,没有特别打扮,仅仅在鬓边插了一朵相生粉红玫瑰。她向皇帝和皇后行了礼,同袁妃互相福了福,拉着袁妃的手立在皇后背后。崇祯望望她,登时为她的美丽心中一动,但表面上仍然保持着冷淡神情,只是不自觉地从嘴角泄露出一丝若有若无的笑意。田妃回避开他的眼光,低下头去,努力不让眼泪滚出。周后满心想使崇祯的心中愉快,说:

"田贵妃,今日难得皇上来永和门赏花消遣,你给皇上弹奏一曲何如?"

---

① 时壶——明朝中叶,宜兴人时大彬以制造茶壶著名,其所制茶壶被人们称为时壶,明末为收藏家所珍视,每一壶值百两银子以上。

② 三宫——明代承乾宫为东宫娘娘所居,翊坤宫为西宫娘娘所居,合坤宁宫(中宫)为三宫。

　　田妃躬身回答:"谨遵懿旨。"随即她对随侍的一个宫女吩咐:
"快去启祥宫将我的琵琶取来。"

　　周后说:"不用取琵琶。坤宁宫有旧藏古琴一张,原是北宋内
廷珍物,上有宋徽宗御笔题字。我已命都人摆在那株松树下边,你
去试弹一曲。这张古琴留在我那里也没有用,就赐给你吧。"

　　"谢皇后陛下赏赐!"田妃跪下哽咽说,趁机会滚出来两串
热泪。

　　田妃走到太湖石边坐下,定了弦,略微凝神静坐片刻,使自己
心清气平,杂念消退,然后开始弹了起来。她对于七弦琴的造诣虽
不如对琵琶那样精深,但在六宫妃嫔和宫女中没有第二个人可以
及得上她。她为着使崇祯高兴,先弹了一曲《烂柯游》。这支琴曲
是崇祯在前几年自己谱写的,听起来枯燥、沉闷、单调、呆板,令人
昏昏欲睡,但是等田妃弹毕,所有随侍左右的太监和宫女都向崇祯
跪下齐呼:"万岁! 万岁!"稍停一下,田妃重调丝弦,接着弹了一曲
《昭君怨》。人们听着听着,屏息无声,只偶尔交换一下眼色。从皇
帝、皇后,下至宫女,没有人动一动,茶豆叶也似乎停止了摆动,只
有田妃面前的宣德铜香炉中袅袅地升着一缕青烟。弹毕这支古曲
以后,田妃站起来,向崇祯和周后躬身说:

　　"臣妾琴艺,本来甚浅,自省愆以来,久未练习,指法生疏,更难
得心应手。勉强恭奏一曲,定然难称圣心,乞皇上与皇后两陛下
恕罪。"

　　周后向崇祯笑着问:"皇上,你觉得她弹的如何?"

　　"还好,还好。"崇祯点头说,心中混合着高兴与怅惘情绪。

　　周后明白田妃故意弹这一支古宫怨曲来感动皇上,她担心皇
上会因此心中不快,赶快转向田妃说:

　　"我记得皇上平日喜欢听你弹《平沙落雁》,你何不弹一曲请皇
上听听?"

　　田妃跪下说:"皇后陛下懿旨,臣妾岂敢不遵。只是因为五皇
子的病,臣妾今日心绪不宁,实在不适宜弹《平沙落雁》这样琴曲。

万一弹得不好,乞两位陛下鉴谅为幸。"

崇祯忙问:"慈焕的病还不见轻么?"

田妃哽咽说:"这孩子的病忽轻忽重,服药总不见效。这几天,臣妾天天都在为他斋戒祷告。"

崇祯决定立刻去看五皇子的病,便不再看花听琴,带着皇后、袁妃同田妃往启祥宫去。

五皇子慈焕刚刚退了高烧,从昏迷中醒了过来。崇祯和周后都用手摸了摸病儿的前额,又向乳母和宫女们问了些话。他在启祥宫坐了一阵,十分愁闷,命太监传谕在南宫建醮的一百多名僧道和在大高玄殿的女道士们都替五皇子诵经禳灾。

这天晚上,崇祯又来到启祥宫一趟。看见五皇子病情好转,只有微烧,开始吃了一点白糖稀粥,并能在奶母怀中用微弱的声音向他叫一声"父皇",他的心中略觉宽慰,立刻命太监到太医院去,对太医院使和参加治疗的四位御医分别赏赐了很多东西。他本来想留在启祥宫中,但因为田妃正在斋戒,他只好仍回乾清宫去。

田妃在五皇子住的屋子里坐到二更时候,看着他的病情确实大轻,睡得安静,才回寝宫休息。又过了许久,玄武门正打三更。启祥宫中,除几个值夜的宫女和太监之外,所有的人都睡熟了,十分寂静。明朝宫中的规矩极严。宫眷有病,太医不能进入宫中向病人"望,闻,问,切",只能在宫院的二门外听太监传说病情,然后处方。五皇子是男孩,可以由太医们直接切脉诊病。为着太医们不能进入启祥宫的二门,田妃从他患病开始就将他安置在二门外的西庑中,叫奶子和四个贴身服侍的宫女陪着他住在里边。其余服侍五皇子的宫女们都住在内院。东庑作为每日太医们商议处方和休息的地方,并在东庑中间的墙上悬挂着一张从太医院取来的画轴,上画着一位药王,腰挂药囊,坐在老虎背上,手执银针,斜望空中,而一条求医的巨龙从云端飞来,后半身隐藏在云朵里边。每日由奶子和宫女们向神像虔诚烧香。太监们多数留在承乾宫,少数白天来到启祥宫侍候,晚上仍回承乾宫去。如今半夜子时,在这二门外的院落中,只有奶子和两个在病儿床边守夜的宫女未睡。奶子命一个宫女蹑脚蹑手地走到院中,听听田妃所住的内院中没有一点声音,全宫中的宫女都睡得十分踏实,于是奶子变得神色紧张,使了一个眼色,同两个脸色灰白、心头乱跳的宫女向暗淡的灯影中消失了。

院中月光皎洁,黑黢黢的树影在窗上摇晃。屋中,黑影中有衣服的窸窣声,紧张的悄语声。一丝北风吹过,窗外树叶发出飒飒微响,使悄语声和衣服的窸窣声登时惊得停止。屋中出奇的寂静,静得瘆人。过了片刻,她们重新出现在慈烺的床边,但已经不是奶子和宫女,而变成了一位身穿袈裟模样的女菩萨和两个打扮奇怪的仙女。她们将慈烺摇醒,使他完全清醒地睁开眼睛。在一盏明角宫灯①的淡黄色的光亮下,病儿看清楚这三个陌生可怕的面孔和奇异的装束,大为惊恐,正要大哭,一个仙女怒目威吓说:"不许哭!你哭一声我就咬你一口!"病儿不敢哭了,只用恐怖的眼睛望着她们。装扮菩萨的奶子注视着病儿的眼睛,用严厉的口气说:"我是九莲菩萨。我是九莲菩萨。皇上待外家刻薄,我要叫他的皇子们个个死去,个个死去。"她说得很慢,很重,希望每个字都深印在小孩的心上。说过三遍之后,她问:"你记住了么?"这声音是那么冷酷瘆人,使病儿不觉打哆嗦,用哭声回答:"记……记住了。"旁边一个宫女严厉地问:"你记了什么?学一遍试试!"病儿颤抖地学了一遍。另一个宫女威吓说:"记清!九莲菩萨要叫你死,也叫个个皇子都死!"病儿再也忍耐不住,哇一声大哭起来。一个宫女将他身上的红罗被子一拉,蒙住了他的头。病儿不敢探出头来,在被中怕得要死,大声哭叫。过了一阵,蒙在他头上的被子拉开了。他重新看见床边站着最疼爱他的奶母和两个最会服侍他的都人。他哭着说:"怕呀!怕呀!"浑身出汗,却又不住哆嗦。奶子将他抱起来,搂在怀中,问他看见了什么。病儿一边哭一边断断续续地说他看见了九莲菩萨,并将九莲菩萨的话反反复复地述说出来。奶子和两

---

① 明角宫灯——用白色羊角薄片粘接起来做的灯笼。

个值班的宫女都装做十分害怕,一再叫病儿说清楚。病儿看见他的奶母和宫女们也都害怕,越发恐怖,又连着重复几次。奶子赶快将另外几个年长的宫女都叫起来,大家都认为五皇子确实看见了孝定太后显灵,围着他没有主意。田妃被哭声惊醒,命一个宫女跑来询问。奶子慌忙跟着这个宫女进入田妃寝宫,奏明情况。田妃大惊,随着奶子和宫女奔了出来。

不管田妃和奶子如何哄,如何向神灵祈祷许愿,病儿一直不停地哭,不断地重复着九莲菩萨的话,但愈来声音愈嘶哑,逐渐地变得衰弱,模糊,并且开始打颤地手脚悸动,随后又开始浑身抽搐。大家慌忙将解救小儿惊风的丸药给他灌下去,也不见效。折腾到天色黎明,病儿的情况愈不济事了。田妃坐在椅子上绝望地痛哭起来,趁着皇上上朝之前,命一个宫女往乾清宫向崇祯奏明。

崇祯刚在乾清宫院中拜过天,吃了一碗燕窝汤,准备上朝,一眼扫到御案上放的一个由司礼监秉笔太监昨夜替他拟好的上谕稿子,内容叫在京的各家皇亲、勋旧为国借助。他因为还要在上边改动几个字,口气要严厉一点,以防皇亲们妄图顽抗,所以他暂时不叫文书房的太监拿去誊缮。他心中想道:

"我看再不会有哪家皇亲敢违抗朕的严旨!"

当他步下丹墀,正要上辇时候,忽见启祥宫的一个宫女惊慌跑来,跪在他的面前说五皇子的病情十分严重,已经转成惊风。崇祯大惊失色,问道:

"你说什么?昨晚不是已经大好了么?为什么突然转成惊风?"

跪在地上的宫女回答说:"五皇子殿下昨晚确实大好了,不料三更以后,突然大变。起初惊恐不安,乱说胡话,见神见鬼,随即发起烧来。如今已经转成惊风,十分不好。"

崇祯骂道:"混蛋!五岁的小孩,知道什么见神见鬼!"

他来不及叫太监备辇,起身就走。一群太监和宫女跟在背后。有一个太监赶快走到前边,向启祥宫跑去。出月华门向北走了一

箭多远,崇祯才回头来对一个太监吩咐:

"快去午门传谕,今日早朝免了。"

田妃跪在启祥宫的二门外边接驾。因为前半夜睡得迟,又从半夜到现在她受着惊恐、绝望和痛苦的折磨,脸色憔悴苍白,眼皮红肿,头发蓬乱。崇祯没有同她说话,一直往五皇子住的地方走去。

五皇子躺在床上,正在抽风,神志昏迷,不会说话。因为皇上进来,奶子和几个宫女都跪在地上,不敢抬头。崇祯俯下身子看一看奄奄一息的病儿,又望望哭得像泪人儿一样的奶子,询问病情为什么竟变得如此突然。奶子和宫女们都伏地不敢回话。田妃在一旁躬身哽咽说:

"陛下!太医们昨日黄昏曾说,再有一两剂药,慈焕就可痊愈。为何三更后突然变化,臣妾也很奇怪。臣妾到二更时候,见慈焕病情确实大轻,睡得安静,才回寝宫休息。刚刚睡熟,忽被哭声惊醒,随即听都人们说慈焕半夜醒来,十分惊惧不安,如何说些怪话。臣妾赶快跑来,将慈焕抱在怀中,感到他头上身上发烧火烫,四肢梢发凉,神情十分异常,不断说些怪话。臣妾害怕他转成惊风,赶快命奶子将婴儿镇惊安神回春丹调了一匙,灌了下去,又用针扎他的人中。谁知到四更天气,看着看着转成了惊风……"

"为什么不早一点奏朕知道?"

"臣妾素知皇上每夜为国事操心,睡眠很晚,所以不敢惊驾,希望等到天明……"

崇祯不等田妃说完,立刻命一个太监去传太医院使和医官们火速进宫,然后又责问田妃:

"你难道就看不出来慈焕为什么突然变化?真是糊涂!"

田妃赶快跪下,颤栗地哽咽说:"臣妾死罪!依臣妾看来,这孩子久病虚弱,半夜里突然看见了鬼神,受惊不过,所以病情忽变,四肢发冷,口说怪话。"

"他说的什么怪话?"

"臣妾不敢奏闻。"

"快说出来!"

"他连说:'我是九莲菩萨,我是九莲菩萨。皇上待外家刻薄,我要叫他的皇子们个个死去。'"田妃说完,伏地痛哭。

崇祯的脸色如土,又恐怖又悲伤地问:"你可听清了这几句话?"

田妃哭着说:"孩子说话不清,断断续续。臣妾听了几遍,听出来就是重复这两句话。"

崇祯转向跪在地上的奶子和几个宫女们:"你们都听见了么?"

奶子和宫女们以头触地,颤栗地回答说"是"。崇祯明白这是为着李国瑞的事,孝定太后"显灵",不禁捶胸顿足,哭着说:"我对不起九莲菩萨,对不起孝定太后!"他猛转身向外走去。当他出了启祥宫门时,又命一个太监去催促太医们火速入宫,并说:

"你传我口谕:倘若救不活五皇子,朕决不宽恕他们!"

他回到乾清宫,抓起秉笔太监昨夜替他拟的那个上谕稿子撕毁,另外在御案上摊了一张高约一尺、长约二尺、墨印龙边黄纸,提起朱笔,默思片刻,下了决心,写了一道上谕:

> 朕以薄德,入承大统。敬天法祖,陨越是惧。黾勉苦撑,十有三载。天变迭见,灾荒洊臻。内有流寇之患,外有胡虏之忧。百姓死亡流离,千里为墟。朕中夜彷徨,五内如焚;避殿省愆,未回天心。近以帑藏枯竭,罗掘术穷,不得已俯从阁臣之议,而有借助之举。原期将伯助我,稍纾时艰;孰意苦薄皇亲,弥增朕过。忆慈圣①之音容,宁不悲痛? 闻表叔之薨逝,震悼何极! 其武清侯世爵,即着由国瑞之子存善承袭,传之万代,与国同休。前所没官之家产,全数发还。于戏②,国家不幸,事多乖张;皇天后土,实鉴朕衷!

---

① 慈圣——指孝定太后。
② 于戏——即"呜呼"的另一写法。

他在慌乱中只求挽救慈焕性命，竟不管外戚封爵只有一代，传两三代已是"特恩"，他却写成了"传之万代"的糊涂话。他将亲手写成的上谕重看一遍，命太监送往尚宝司，在上边正中间盖一颗"皇帝之宝"，立刻发出。太监捧着他的手诏离开乾清宫后，崇祯掩面痛哭。他不仅仅是为爱子的恐将夭折而哭，更重要的是他被迫在皇亲们的顽抗下败阵，还得对孝定太后的神灵低头认错，而借助的事情化为泡影。

哭了一阵，崇祯乘辇去奉先殿祈祷，又哭了一次。他特别在孝定太后的神主前跪着祈祷和哭了很久。离开奉先殿以后，他匆匆乘辇往启祥宫，但是刚过螽斯门①，就听见从启祥宫传出来一阵哭声。他知道五皇子已经死了，悲叹一声，立刻回辇往乾清宫去。

已经是仲秋天气，紫禁城中的槐树和梧桐树开始落叶，好似深秋情景。一天午后，崇祯在文华殿先召见了户部尚书李待问，询问借用京城民间房租一年的事，进行情况如何。关于这事，京城中早已议论纷纷，民怨沸腾。从崇祯八年开始，就在全国大城市征收间架税（即近代所谓房捐），虽然别的城市没有行通，北京城里有房产的一般平民却每年都得按房屋的多寡和大小出钱。如今要强借房租一年，所以百姓们都把"崇祯"读做"重征"。那些靠房租生活的小户人家更是心中暗恨。但是李待问不敢将实情奏明，只说还算顺利。随即崇祯又召见了兵部尚书陈新甲，密询了对满洲议和的事，知道尚无眉目，而川、鄂交界一带的军情也没有多大进展。他回到乾清宫，对着从全国各地来的军情和报灾文书，不禁长叹。他暂时不看堆在案上的这些文书，将王承恩叫到面前，吩咐去找礼部尚书传他的口谕，要将五皇子追封为王，命礼部速议谥号和追封仪注回奏。王承恩刚走，已经迁回承乾宫一个月的田妃跟着皇后来了。田妃对他叩了头，跪在地上没有起来。皇后说：

"皇上，承乾宫今日又出了两桩意外的事，贵妃特来向陛下奏

---

① 螽斯门——紫禁城内西二长街的南门，启祥宫在它的紧西边。

明,请旨发落。"

崇祯突然一急,瞪着田妃问:"什么意外的事?"

田妃哽咽说:"臣妾罪孽深重,上天降罚,一些不祥之事都出在臣妾宫中。自从慈焕死后,他的奶母神志失常,经常哭泣,近日回家治病,没想到竟然会在今日五更自缢而死。她的家人将她自缢身死的事报入臣妾宫中不到半日,有两个原来服侍慈焕的都人也自缢死了。"

崇祯感到吃惊,也很纳罕。他明白这件事很不平常,宫中像这样半日内三个人接连自尽的事从来没有,必然有特别文章。打量田妃片刻,觉得不像与她有什么关系。他忘叫田妃起来,只顾猜想,却百思不得其解。他根本没有想到,李国瑞的家人和另外一家皇亲暗中买通了五皇子的奶母,又经过奶母买通了两个宫女,玩了这一诡计。奶子原以为现拿到一万多两银子与两个宫女分用,对五皇子也无大碍,等五皇子十岁封了王位,她就以亲王奶母的身份享不尽荣华富贵。不意久病虚弱的五皇子竟然惊悸而死,更不意曹化淳前天晚上派人到她的家里去敲诈五千两银子,声言要向皇上告密,所以她就上吊死了。消息传进承乾宫,那两个宫女认为事情已经败露,也跟着自尽。曹化淳虽然侦查出一点眉目,但因为这案子牵涉几家皇亲,包括田妃的娘家在内,还牵涉到承乾宫的一个太监,此人出于他的门下,所以就对崇祯隐瞒住了。

崇祯从椅子上跳起来,急躁地来回走动。他害怕这事倘若在臣民中传扬开去,不管人们如何猜测,都将成为"圣德之累"。这么一想,他恨恨地跺跺脚,叹口长气。于是命田妃起来,然后对皇后说:

"奶子抚育慈焕五载,义属君臣,情犹母子。一旦慈焕夭殇,她悲痛绝望,为此而死,也应予优恤表彰。可由你降一道懿旨,厚恤奶子家人,并命奶子府①中供其神主,以资奖励。那两个自尽的都

---

① 奶子府——明代供应宫中奶母的机关,经常准备有四十名奶母住在里边。地址在东安门北边,今灯市西大街即其所在地。

人,对五皇子志诚可嘉。她们的遗体不必交净乐堂焚化,可按照天顺前宫人殉葬故事①,好生装殓,埋在慈焕的坟墓旁边,就这样发落吧。"

周后和田妃领旨退出乾清宫,尽管都称颂皇上的处置十分妥当,却没有消除她们各自心中的迷雾疑云。

黄昏时候,锦衣卫使吴孟明来到乾清宫,向崇祯禀报薛国观已经于今天下午逮到北京,暂时住在宣武门外一处僧舍中。崇祯的脸色阴沉,说:

"知道了。你暂回锦衣卫候旨。"

两个月前,薛国观被削籍为民,回陕西韩城原籍。崇祯心中明白关于薛国观贪贿的罪案,都难坐实,所以仅罚他赃银九千两。在当时贪污成风,一个大臣即令确实贪贿九千两,也是比较小的数目,没有处死的道理。只是由于五皇子一死,崇祯决定杀他以谢孝定太后"在天之灵",命锦衣飞骑追往他的原籍,将他逮进京来。

晚上,浓云密布,起了北风,淅淅沥沥地下起雨来。约摸二更时候,崇祯下一手诏将薛国观"赐死"。将近三更时候,奉命监视薛国观自尽的御史郝晋先到僧舍。薛国观仓皇出迎,问道:

"君半夜冒雨前来,皇上对仆有处分么?"

郝晋说:"王陛彦已有旨处决了。"

薛猛一惊:"仆与王陛彦同时处决么?"

郝晋说:"不至如此。马上就有诏来。……"

郝晋的话还未说完,一位锦衣卫官带着几名旗校到了。那锦衣卫官手捧皇帝手诏,高声叫道:

"薛国观听旨!"

薛国观浑身颤栗,立即跪下,听锦衣官宣读圣旨。圣旨写不出将他处死的重大罪款,只笼统地说他"贪污有据"。手诏的最后写

---

① 宫人殉葬故事——故事即旧例。明朝前期,每一皇帝死后都有许多宫眷(妃子和宫女)殉葬。到英宗临死时,谕令不要宫眷殉葬,从此终止了这一野蛮制度。天顺为明英宗第二个年号。

道:"着即赐死,家产籍没。钦此!"薛国观听到这里,强装镇定,再拜谢恩,随即从嘴角流露出一丝冷酷的微笑,说:"幸甚!幸甚!倘若不籍没臣的家产,不会知道臣的家底多大!"他直到现在还不知道自己被处死的真正原因,于是从地上站起来,叫仆人拿出一张纸摊在几上,坐在椅子上提笔写了一行大字:

　　　　谋杀臣者,吴昌时也!

　　锦衣旗校已经在屋梁上绑好一根丝绳,下边放着三块砖头。郝晋因见丝绳很细,说道:

　　"相公①身子胖大,恐怕会断。"

　　薛国观起初对于死十分恐怖,现在好像看透了一切,也预料崇祯未必有好的下场,心情忽然镇定了。他从椅子上站起来,亲自站在砖头上将丝绳用力拉了三下,说:"行了。"郝晋和锦衣旗校们没有人能理解他在临死的片刻有些什么想法,只见他似乎并无戚容,嘴角又一次流露出隐约的冷笑。他将脖子伸进丝绳套里,将脚下的砖头踢倒。

　　崇祯登极十三年来杀戮的大臣很多,但杀首辅还是第一次,所以他坐在乾清宫的御案前批阅文书,等候锦衣卫复命。三更过后不久,两个值班的司礼监秉笔太监走到他跟前,启奏锦衣卫官刚才到东华门复命,说薛国观已经死了,并将薛国观临死时写的一句话摊在御案上。崇祯看了看,问道:"这吴昌时好不好?"虽然两位秉笔太监和侍立身边的两个太监都知道吴昌时在朝中被看成是阴险卑鄙的小人,但他们深知皇上最忌内臣与外廷有来往,处处多疑,所以都说不知道,不曾听人谈过。

　　因为薛国观已经"赐死",崇祯认为他已经替五皇子报了仇,已经对得起孝定太后的在天之灵,心中稍觉安慰。但立刻他又想到军饷无法筹措,纵然抄没薛国观的家产也不会弄到多少钱,心头又转而沉重起来,怅惘地暗暗感慨:如果薛国观像严嵩等那样贪污得

---

　　① 相公——古人对宰相的称呼。

多,能抄没几百万两黄金和几千万两银子也好了！思索片刻,他将一大堆吁请减免征赋的奏本向旁边一推,不再去看,提起朱笔给户部写了一道手谕,命该衙门立即向全国各地严催欠赋,不得姑息败事。

他又想应该在宫中撙节一切可以撙节的钱,用在剿灭张献忠和李自成的军费上。从哪儿撙节呢？想来想去,他想到膳食费上。不久前他看见光禄寺的奏报:他自己每月膳费一千零四十六两,厨料在外,制造御酒灵露饮的粳米、老米、黍米都不算在内;皇后每月膳费三百三十五两,厨料二十五两八钱;懿安皇后相同;各妃和太子、皇子们的膳费也很可观。但是他不能削减皇后的膳费,那样会影响懿安皇后。皇后不减,各妃和太子、皇子等自然也不能减少。他只能在自己的膳费上打主意。他想到神宗朝御膳丰盛,为列朝所未有,却不支光禄寺一两银子。那时候内臣十分有钱,御膳由司礼监掌印太监、秉笔太监、东厂提督太监轮流备办,互相比赛奢侈。每个太监轮到自己备办御膳,还收买一些十分名贵的书画、玉器、古玩,进给万历皇帝"侑馔",名为孝顺。天启时也是如此。他登极以后,为着节省对办膳太监的不断赏赐,同时也因为他深知这班大太监们的银子都来路不正,才把这个旧例禁止。可是现在他怀念这一旧例。他想着这班大太监都明白目前国家有多么困难,命他们轮流备办御膳,可以不必花费赏赐。想好以后,他决定明天就告诉王德化,仍遵祖制由几个地位高的内臣轮月备办御膳,免得辜负内臣们对他的孝顺之心。

他带着未看完的一叠文书回到养德斋。该到睡觉的时候了。但是他的心情极坏,又想起来向戚畹借助这件事,感到懊悔,沉重地叹息一声,恨恨地说:

"薛国观死有余辜！"停一停,又说:"要不是有张献忠、李自成这班流贼,朕何以会有今日艰难处境！"

不知什么时候,崇祯在苦恼中矇眬入睡。值夜的宫女小心地把他手中的和被子上的一些文书收拾一下,放在檀木几上,又替他把身上的黄缎盘龙绣被盖好。因为门窗关闭很严,屋里的空气很不新鲜,令人感到窒息。她不声不响地走到窗前,看看御案上宣德炉中的龙涎香已经熄灭,随即点了一盘内府所制黑色龙盘香。一股细细的青烟袅袅升起,屋里登时散满了沁人心脾的幽香。她正要走出,忽听崇祯愤怒地大声说道:"剿抚两败,贻误封疆,将他从严惩处!"她吓了一跳,慌张回顾,看见皇上睡得正熟,才端着冰凉的宣德炉,踮着脚尖儿走了出去。

窗外,雨声淅沥,雷声不断。雨点打在白玉阶上,梧桐叶上,分外地响。风声缓一阵,紧一阵,时常把雨点吹过画廊,敲在窗上,又把殿角的铁马吹得丁丁冬冬。崇祯因为睡眠不安,这些声音时常带进梦中,扰乱心魂。四更以后,一阵雷声在乾清宫的上边响过。他从梦中一乍醒来,在风声、雨声、闷雷声和铁马丁冬声中,听到一个凄惨的颤栗哭声,以为听见鬼哭,惊了一身冷汗。定神细听,不是鬼哭,而是从乾清宫院外传来的断续悲凄的女子叫声:

"天下～～～太平!……天下～～～太平!……天下～～～太平!……"

他明白了。宫中为使用需要,为宫女设一内书堂,由司礼监选择年高有学问的太监教宫女读书,读书成绩好的宫女可以升为女秀才,再升女史;犯了错误的就得受罚,轻则用戒方打掌,重则罚跪孔子神主前。还有一种处罚办法是命受罚的宫女夜间提着铜铃打更,从乾清宫外的日精门经过乾清门到月华门,来回巡逻,一边走一边摇铃,高唱"天下太平"。今夜风雨昏黑,悲惨的叫声伴着丁当丁当的铜铃声断续地传进养德斋。崇祯静听一阵,叹口气说:

"天下哪里还有太平!"

他望着几上堆的一叠紧急文书,心思转到国事上去,于是风声、雨声、雷声、铃声,混合着凄惨叫声,全在他的耳旁模糊了。他起初想着遍地荒乱局面,不知如何收拾;过了一阵,思想集中在对张献忠和李自成的军事上,心情沉重万分。正在想着剿贼毫无胜利把握,忽然又听见那个小宫女在乾清宫院外的风、雨、闷雷声中

摇铃高唱:

"天下～～～太平! ……天下～～～太平! ……"

十三年来他天天盼望着天下太平,可是今夜他害怕听见这句颂词,不觉狠狠地朝床上捶了一拳,随即吩咐帘外的太监说:

"传旨叫她睡觉去吧,莫再摇铃喊'天下太平'了!"

第七章

十一月的一个深夜，上弦月已经落去，山影昏黑，树色如墨。在郧阳西南大约两百里远的万山丛中，有一座山寨雄踞在小山头上，三面是悬崖峭壁，只一面有曲折的小径通往山下，而山下有一座大庙已经荒废，如今驻扎着一队李自成的义军，控制着三岔路口。显然，在若干年前，这座大庙的前边原有一条山街，几十户居民，三四家饭铺，是南来北往客商行人的打尖歇脚地方，并且隔日逢集，买卖油盐杂货。因为连年战乱，如今这山街完全成了废墟，瓦砾成堆，荒草满地。大庙的房屋有的被烧毁了，有的倒塌了，剩下很少。三四百义军有的住在破烂的大雄宝殿中，有的住在山门下边，有的住在帐篷中。此刻，十几个帐篷已经拆掉，打成捆子，准备驮走。将士们一堆一堆地聚集在背风的地方烤火。战马正在啃着半枯的荒草，有的在吃着豆料。鞍鞯放在马的旁边，随时可以上鞍。火头军分在几处做饭。地灶中的木柴在熊熊燃烧，大锅上冒着烟雾。

山寨中的一个大厅中，燃着柴火，点着桐油灯，一次极其重要的军事会议已经开过很长一阵了。将领们因为闯王已经决定在五更动身，拉出郧阳境，重新大干一番，心情十分振奋，发言特别热烈。五个多月来，他们遵照闯王的严令，分散潜伏在郧阳以南的大山中，主要靠射猎为生，生活很苦，又不能找官军打仗，也不能去攻破城池，有时为打粮去攻破山寨也不能打闯王旗号，所以早已在郧阳山中住得又闷又急，简直不能再忍受下去。如今，这天天盼望的日子终于到了。

经过会议开始时闯王的扼要介绍，大家对郧阳大山以外的军事形势已经清楚。当时,张献忠和罗汝才已经在川东巫溪和大昌之间杀死了四川名将张令,杀败了著名女将秦良玉①和别的川军,冲破了包围,深入四川内地,有消息说他们正在往成都奔去。杨嗣昌现在四川,有人说已经到了重庆。原来云集在川东的几万官军,有的溃散,有的跟在张献忠和罗汝才的屁股后边团团转,疲惫不堪,士气低落。贺人龙等人所率领的陕西官军都集结在汉中以南和广元以北的川、陕交界地方,防备张献忠和罗汝才从广元突入陕西。总之,杨嗣昌所指挥的数省官军几乎全到了四川内地和川、陕交界地方,湖广和河南两省官军十分空虚。革、左四营自从崇祯十一年到了皖西和鄂东一带,没有大的作为,每年夏天进入大别山中休息士马,秋天出来打粮。后来老回回也去了,合为五营,所以又称为回、革五营。湖广官军没有被杨嗣昌调入四川的都随着巡抚宋一鹤驻在鄂东,对付回、革五营。在河南和山东两省和皖北各地,到处有农民起义。单说河南境内沿着黄河南岸上下千里,较大的股头就有一百多个,有的几百人、几千人,也有上万人或数万人的。河北农民,纷纷起事,在太行山占据山寨,已经使从真定到黄河岸道路不通。而且这一年,两京②、山东、河南、山西、陕西、浙江,到处大旱,又有蝗灾,饥荒十分严重,许多地方的老百姓都在吃草根树皮,人吃人的事不断发生。

这些情况,使将领们确实明白如今是拉出郧阳山中的大好时机,也明白闯王要将人马拉往河南是英明决策。但是有些将领急于一出郧阳山中就赶快打几个胜仗,攻破几座城池,痛快地大干起来。尤其马世耀新从郧阳城附近哨探回来,深知郧阳城中的官军不多,新任郧阳巡抚袁继咸将一部分官军派往房县,留在郧阳城内的不足千人。另外,如今郧阳城内住了许多降将眷属和跟随眷属

---

① 秦良玉——四川忠州人,石砫土司宣抚使马千乘之妻。千乘死,代其职,挂总兵官印,所率土司兵俗称白杆兵,在当时颇著名。关于张、罗入川之战,见第四卷第十、十一章。

② 两京——明朝的两京,指北京和南京,也泛指北京附近的畿辅和南京附近的应天府和松江府一带地方。此处即指后者。

的亲兵,全是陕西老乡。他建议暗中联络一些降将眷属和亲兵,里应外合,一举攻破郧阳府城,活捉巡抚和知府,夺取郧阳城内的粮饷、辎重,来一个石破天惊,然后杀往河南。许多人听了这个主意都激动起来,表示赞成,并且纷纷地补充一些破城办法。还有人进一步提出在破了郧阳之后,直趋襄阳。能袭破襄阳更好,即使不成功,也会使杨嗣昌惊慌失措,东西不能兼顾,他的全部军事部署都要打乱。

李自成一直静静地坐在屋子中间的一堆火边,同刘宗敏坐在一条板凳上,听着大家说话,想着许多问题。他明白将士们目前因为要拉出郧阳山中,士气空前高涨;他也明白,郧阳城内的守军力量很弱,马世耀的建议并不是没有道理。然而他用的心思比众人深得多。在大家的热烈发言中,他的心情很不平静,有时像大海中波涛汹涌。坐在他身旁的刘宗敏用肘弯碰他一下,小声说:"李哥,大家说的不少啦,你现在就说几句吧。"闯王点点头,随着轻咳一下,清清喉咙,准备说话。宗敏赶快转向大家说:

"大家静一静,别再说话,听闯王说吧!"

全场登时没有人再做声了。松木柴吐着旺盛的火苗,照得闯王的脸孔通红,眼睛分外明亮。几乎所有的将领都望着他的脸孔,等他说话。

闯王坐直了魁梧身子,面带微笑,向全体将领们环顾一下,按捺住心中的激动,然后开始用平静的声音说:

"这几个月,大家跟着我受苦了! 咱们老八队的将士如今剩下的不多,一个个都是铁汉子,再苦能撑下去,再困难能顶得住。五月初,我对大家说,能在这郧阳大山中撑下去就有胜利,撑不下去就还要受挫折,说不定连老本儿也会丢光。我起义了十几年,在战场上经过多次风险,又被围困过几次,懂得了一个'撑'字诀。有时两军鏖战,杀得难分难解,血流成河,死伤遍地,就看谁能够多苦撑一个或半个时辰。有时,能够多苦撑片刻就有胜利。人们都称赞咱们老八队能攻能战,其实多半是依靠大家都有一把硬骨头,肯跟着我在困难的时候咬紧牙关苦撑。"

闯王说得很慢,一个字一个字都打在将领们的心上,唤起了不少历历如在眼前的苦战回忆,大家频频点头。袁宗第不由地说了句:

"只有咱们跟随闯王多年的这班铁汉子,才懂得越是艰险困难越要硬着头皮顶住!"

闯王接着说:"从五月初以来,我们偃旗息鼓,销声匿迹,隐藏在这郧阳山中。我们隐藏起来,尽量藏得越机密越好,使杨嗣昌不知道我们的踪影,为着何来?正是为着今日跳出去,轰轰烈烈地大干一番。这几个月,好多将士急得心慌,闷得要死,抱怨我不率领大家乘官军不备杀出去,老是隐藏在这人烟稀少的穷山野林里。如今都明白了吧?要做出一番惊天动地的大事,有时就要善于等待,就要耐得寂寞。真正的英雄事业不在于一时热热闹闹,要想着如何才能够旋乾转坤,使山河改色。这几个月,朝廷认为我们已经完了,再也不足为虑;杨嗣昌认为我们完了,一心只想着追赶围堵敬轩;就是敬轩他们,因为听不到咱们的音信,恐怕也认为咱们再也翻不起身了。好,好得很!"

许多将领都笑了起来,有人心领神会地点头,有人忍不住快活地说:"好,好,这才是神出鬼没!"李自成也笑了笑,又接着说:

"如今咱们突然出去,只要奔入河南,号召饥民,就会立刻扭转大局,使朝廷惊慌失措。兵法上说:'不动如阴①,动如雷震。'又说:'善守者藏于九地之下,善攻者动于九天之上。'咱们隐藏在这郧阳山中,就是守;如今去进兵河南,纵横中原,就是攻。只有隐藏得好,才能够乘时进攻,使敌人觉得我们好像是自天而降,又像是迅雷闪电。俗话说'迅雷不及掩耳'。咱们就是要像迅雷一样奔入河南,使敌人措手不及。"

田见秀插言说:"古人说:'静若处子,动若脱兔。'也是不动的

---

① 不动如阴——意思是当部队须要隐蔽不动的时候,好像处在幽暗的阴影中,使敌人不易觉察。也可以解释为像阴云蔽天,连星辰也看不见。见《孙子·军争篇》。

时候要像大姑娘深藏闺中,动起来像脱网的兔子那么快。说脱网的兔子虽不大好,只是个比方吧。"

许多人笑了起来。有一个声音说:"咱们是猛虎下山!"

高一功也笑着插言说:"起初,许多将士不明白闯王为什么选择在这郧阳以南的大山中隐藏起来,如今该明白了吧!那时候,张敬轩和曹操都想入川,惠登相们许多股也都在川东,杨嗣昌驻在夷陵,他亲自指挥的官军和四川巡抚邵捷春指挥的官军都在川东,真正是大军如云。咱们何必去凑热闹?咱们的人马很少,力量很弱,既不愿给敬轩吃掉,也不愿给杨嗣昌吃掉,像夔州府一带热闹地方是千万不能去的。至于……"

有人插言:"曹操、惠登相们九营,一则都不是走的真正起义光明大道,三四年来,看见官军势大,时时怀着个受招抚的心,果然到川东以后,吃了败仗,风势不利,都纷纷投降了杨嗣昌。听说要不是张敬轩及时赶到,紧紧拉住,连曹操这个琉璃蛋儿也滚到杨嗣昌的脚下啦。咱们跟这些货不是一条路上的人,平日也尿不到一个壶里,干吗要跟他们混到一起?闯王率领咱们来到这方圆几百里的郧阳山中,静观大局,息马养锐,真是一着妙棋!"

高一功又说:"当时有些将士们不很懂闯王的高明主见,一则不相信好时机果然不久就到,二则不明白为什么一定要选择这个地方潜伏。虽然闯王同大家讲过,可是咱们有些人因为站得不高,看得不远,还是不能真懂。那时杨嗣昌在军事上正在得势,闯王一眼就看准那局势不会长久,所以下决心潜踪隐迹,在这郧阳以南的山中息马。这地方选得真好。咱们既不到夔东一带去凑热闹,也不到郧、襄以东去将宋一鹤的湖广官军引到咱自己身边。至于像陕西的安康、平利一带,紧靠四川的竹溪、竹山一带,当时都有左良玉等人的官军驻扎。只有这个地方是一块空地,谁也不来。看是空地,却离郧阳只有两天路程。郧阳是陕西、湖广和河南三省的来往要道。时机一到,从郧阳出去,愿去哪儿都行。所以闯王选定这儿屯兵待机,十分妥当。如今大家再不会抱怨了吧!"说毕,哈哈一笑。大家都会心地笑了起来。

闯王接着说:"你们各位刚才提到攻郧阳府城的事,倘若在两三年前,我一定采纳,会称赞这是个很好的主意。目前不但是郧阳守军力量薄,像附近的郧西、白河两县,守军更其空虚。破郧阳还不敢说十分容易,破那两个县城确实是唾手可得。可是咱们眼下决不攻城,大小城池都不要进。他们下帖子来请,咱也不去!"

许多将领不明白闯王的意思,用奇怪的眼神望着他,也有人互相看一看,立刻又注视着闯王的脸孔。从另一个火堆边有谁轻轻地向旁人问:"为什么不破城池?"另一个悄声说:"别吭!听闯王说出道理。"自成笑一笑,继续用平静的声音说:

"这几年,我吃过不少亏,也长了一些见识,懂得如何在最艰苦困难的日子里要鼓起勇气,准备胜利,在一帆风顺的时候要多想想会遇到挫折和困难,千万不要样样事都只朝着顺利方面看。凡事,要向前看也要向后看,要看正面也要看反面。拿目前说,咱们赶快神不知鬼不觉地奔到河南是上策,先攻破郧阳、郧西等城池再去河南是下策。咱们目前只有一千挂零人马,其中还有一些眷属。倘若急着破城池,像你们说的来一个石破天惊,下步就不会顺利了。那样,势必引起杨嗣昌的重视,分兵来对付咱们,像往年一样惹动官军追赶咱们不能立脚。那样,咱们纵然有翻天覆地的打算,也会落空啦。何况,郧阳在目前是军事重镇,有巡抚驻守,袁继咸这个人不是草包,万一攻不破,损伤了一些将士,岂不是偷鸡不着蚀把米?咱们一旦到了河南,如今跟着我的每一个弟兄都有很大用处,一个人要顶十个人用,顶一百个人用,所以我要尽量避免打仗,连一个弟兄也不损失!"

刘宗敏向大家笑着说:"这几个月,咱们闯王除打猎读书之外,想了些翻天覆地的军国大计,可不是只图赶快破几座城池,杀几个官儿,痛快一时!"

闯王兴奋地接着说:"对,对,打仗并不是只图痛快!打仗,要争大利不争小利。该争的必争,该舍的必舍,万不要因小失大。兵法上说:'途有所不由,军有所不击,城有所不攻,地有所不争。'我们如今志在奔往河南,纵横中原,所以一路上决不攻城,不走郧阳和均州之间的大道,也不打算吃掉小股官军;能够又迅速又机密地奔入河南,就是打了一个大的胜仗,跟着就能够做出来一番轰轰烈烈的大事。刘二虎已经在夏天从商洛山进入豫西内乡一带,明远在上个月也去了。我已经派人告诉二虎,叫他在淅川境内等候迎接我们。我们要走哪条路奔往河南,沿路如何避开官军耳目,请大家商量商量。至于到河南后如何大干,今晚暂且不议。大家必须略睡一睡,准定四更起床,五更动身。还有几条军纪,马上捷轩要告诉各位,在起程前向各哨弟兄宣谕,一体遵守。"

闯王因为有一些重要事情要办,留下刘宗敏和田见秀主持会议,带着高一功出去了。

将近五更,李闯王的部队出发了。虽然全营人数只有一千多一点儿,却分成几队,以便必要时可以立刻化整为零,分散进军,避开官军耳目。袁宗第率领头队。田见秀率领二队。高一功率领三队,保护老营。李过率领二百精兵作为四队,走在老营后边。孩儿兵只剩下二十多人,跟随老营。闯王和刘宗敏率领亲兵亲将约五十人,暂时跟着老营出发。老营卷旗息鼓,不许泄露出是闯王人马,更不许泄露出开往何处。在出发前,由刘宗敏向老营宣布了闯王的严令:沿路不许攻城破寨;除非官军和乡勇拦路,不许同他们作战;遇百姓平买平卖,不许强拿百姓一针一线。出发后大约走了二十里路,太阳出来了,照着路两旁山上的枫树林,一片鲜红,不见边际。

部队出发后故意往西北走,好像是要从白河县附近进入陕西。两天之后,从将军河附近夜渡汉水,继续往北,在白河和郧西两县之间停下来休息一天,故意派出一小队骑兵到夹河附近哨探。白河和郧西两县的知县都得到了消息,认为这是一股溃散的"流贼",有意奔入陕西,一面加紧守城,一面飞报郧阳巡抚。但是当郧阳巡抚得到报告后,这一支人马已经神出鬼没地消失了。

　　李自成探明从白河县到河南淅川边境三百里的路上都没有明朝官军。他同刘宗敏率领五十名亲将亲兵,携带干粮、麸、豆,离开大队,向东急进,而命令田见秀和高一功等从荒僻小路随后赶来。第三天黎明,李闯王率领的小队骑兵来到了荆紫关附近。没有料到,昨天黄昏后荆紫关寨中突然来了四百名陕西、三边总督郑崇俭的标营骑兵。他们是从襄阳押运十万两饷银回西安去的,由一位游击将军率领。李自成到了荆紫关西边五里远的一个小村庄休息打尖时,从老百姓口中得到了这一股官军的消息,但这里只有荆紫关一条路可走,要么就退回去,绕道一天的路程进入淅川,要么等大队人马来到后赶走官军。李自成急于进入淅川,既不愿等候大队,也不愿绕道太远。后来找到一个向导,带领他的小部队从荆紫关近处一条十分难走的山谷中穿过,然后在关东边几里远的地方交上正路。驻在寨内的官军很快发觉了这件事,并且知道这潜往河南的只有五十个骑兵,闯王的大队人马距此地尚有一天多路程。他们认为这是李自成的前哨,为着想夺取这五十匹战马,又想立功受奖,立刻派出去三百名骑兵追赶,留下一百名骑兵协同练勇和百姓守寨。他们已经从村民那里得到禀报,说李自成的这五十个骑兵两天来日夜行军,十分疲乏,所以将平日害怕义军的心理暂时抛到了九霄云外。

　　晨雾愈来愈浓,十丈外就看不见人影。高山、深谷、村落、树林,完全被白茫茫的浓雾遮住。李自成率领着一小队人马上了正路以后,重重地赏了向导,然后缓辔前进。约摸走了四五里路,遇到一处岔股路口,孤零零地只有一家茅草饭铺,只见一个男人。闯王决定在这里稍作休息,让那个男人赶快烧了半锅开水,大家拿出干粮打尖,同时拿出豆料喂马。大家打尖之后,重新上马赶路。但李自成因为正在向那个饭铺男人询问淅川一带的灾荒情况,多停片刻,只留四名亲兵在他的身边。询问毕,正要动身时,一个亲兵所骑的战马洒了一泡尿,拉了一泡屎,又不免耽搁片刻。突然他听见从西边传来了一队马蹄声，十分紧急。很显然，郑崇俭的骑兵从荆紫关追赶来了。尽管望不见人马的影子，但凭着多年经验，他根据马蹄声判断出这一支骑兵大约在三百左右。亲兵们因为敌我人数如此悬殊，一面拔出宝剑，一面催促闯王动身，越快越好。闯王十分镇静，赏了那个男人一把碎银子，叫他赶快逃走，免得官军捉到他杀良冒功。那男人不知道他是闯王，见他如此仁义，又赏了银子，趴在地上磕了一个头，连说了几句感恩的话，向浓雾弥漫的深山密林中逃去。

官军的骑兵更近了。李自成正要动身，忽然看见地上的马屎在霜风中冒着轻烟，他吩咐一个亲兵下马去茅屋中赶快将灶中的余火弄灭，在锅中添了一瓢冷水，再拿半瓢水浇在马屎上。当这个亲兵以十分迅速的动作做这些事情时，他吩咐另外三名亲兵同他一起勒马茅屋一旁，每人抽出三支羽箭，以一支搭在弦上，对着从荆紫关来的小路，拉弦注矢，引满待发。等那个亲兵将水瓢送回茅屋走出来时，闯王吩咐一个亲兵将携带的半袋子豆料倒在狭路口，然后轻声说："跟我走！"虽然他明白那三百名左右官军离他只有半里多路，转眼就会追到，但是他率领四个亲兵缓辔徐行，转过一个山脚，听见两边山上松涛澎湃，才抽了一鞭，奔驰起来。

奔在最前面的官军骑兵快到小饭铺时，战马突然停下来，争吃地上的豆料。这些战马，平日被主人克扣麸料，在冬天主要靠干草充饥，所以一遇见豌豆瓣和大麦麸料，停下来死不肯走。前头的马一停住，整个山路被堵塞起来。前边骑兵用鞭子猛抽，勉强使他们的战马奔出路口，而跟上来的战马又照样要贪馋地吃几口，挨了鞭子，才肯前进。经过一阵混乱，全队官军来到了饭铺前的岔路口。他们清楚：右边的山路通往上集①和县城，左边的山路通往别处，他们已经听说，几天前从内乡来了一支流贼，占据上集，所以他们断定这一小股流贼是奔往上集去的。许多官军将士还认为义军不会走多远，又加上马匹长途困乏，容易追上。有些人催促带队的将军

---

① 上集——淅川县的一个市镇，解放后改为县城。

赶快向前猛追,有的人已经勒马冲往右边的小路,开始要追。但带队的游击将军是有经验的老行伍出身,十分机警细心,所以郑崇俭才派他去襄阳押运饷银。他想立刻继续追赶,又担心自己远离荆紫关,倘有流贼的大股后续部队从西边来到,失去饷银就丢掉脑袋。略微犹豫一下,他对手下的将士们说:"你们莫急,等我的命令行事!"于是他迅速下马,大踏步走进茅屋。一个军官抢先将他的一百名骑兵全拉到右边路上,打算一得将军命令就奔在前边,抢头功,发横财。人们怀着极其紧张的心情等待将军从茅屋出来。

将军走进茅屋,揭开锅盖,用手一摸,剩下的开水仅仅有点热意;弯腰看看灶膛,火已熄了,只剩微温。走出茅屋,忽然发现地上有马的屎尿,赶快俯下身子去看。他知道,如果马屎上冒着热气,一定是才走不远。然而他没有看见马屎上有一丝热气,显然是早已冷了。他断定这股流贼大约已走了十里以外,骂了一句"他妈的!"发出命令:

"赶快回关!"

李自成追上了刘宗敏,继续加速前进,在淇河岸上遇到刘体纯派去荆紫关附近哨探的一小队骑兵。

今年春天,闯王率领着一千多精锐部队和部分眷属从商洛山中突围时候,刘体纯和谷英叔侄被留下来,负责照料和保护留在商洛山中的伤病将士和不能带走的老弱妇女。不久,体纯风闻闯王从白河县附近抢渡汉水,同贺人龙打了一仗,刘宗敏因拼命独抗官军,不幸断了退路,只得投水自尽,郝摇旗被俘;后来又传说张献忠要吞并闯王,闯王逃了。此后有很长一段时间,关于闯王一起人的行踪,杳无消息。他原是在八年前跟随哥哥刘体仁一道投闯王起义的,哥哥在四年前阵亡了,他把李自成既看成是首领,也看做是兄长。长久得不到闯王的音信,不知吉凶,他在商洛山中过一天如同一年。到了七月中旬,忽然闯王派人回商洛山中,他才知道闯王率领全营平安地潜伏在郧阳山中,休养士马,只等杨嗣昌追张献忠进入四川或官军在川东一带被拖得精疲力竭,闯王就立刻从郧阳山中出来大干。他还知道,刘宗敏并没有死,也未受伤,重要将领中只郝摇旗没有渡过汉水,下落不明。他依照闯王指示,迅速进入豫西。虽然他当时不明白闯王的真正打算,但是他毫不迟疑地潜出武关,驰入内乡境内。以手下仅有的三百骑兵奔入人地生疏的河南,在众多山寨和乡勇之间打出一个局面,这不但需要他有用兵机智的本领,更需要他有极大的勇气,以及对李闯王革命事业的极大的忠心。

八月间,由于刘体纯的部队纪律严明,只打富户,不扰平民,有时还想办法赈济穷人,所以尽管内乡境内有几座盘踞着乡宦大户的山寨势力较强,却不能妨碍他站住脚步,人马日益增多。两个月前,以赤眉城为首的几座山寨,纠合了两千多乡勇同刘体纯在湍河岸上打了一仗,被义军杀败,从此就不敢再向义军进攻,而刘二虎的威名就在内乡、邓州和淅川三县的交界地方传扬开了。十月初,他攻占了内乡东北的重要集镇马山口。那儿紧靠伏牛山脚,地势冲要,且是伏牛山脚下土产货物的一个重要出口。两次乡勇来争,都被杀败。他又分兵往东,攻破了镇平县境内的两个重要集镇贾宋和石佛寺,有了粮饷,迅速地又招来两三千饥民入营。到了十月中旬,谷英率领留在商洛山中的另外几百人马出来,同刘体纯会师马山口,告诉他闯王的秘密指示,要他在十一月中旬到淅川县的上集附近迎接闯王,并立即派人去卢氏县访实牛金星是否出狱。这个关于闯王即将来河南的消息给他和将士们带来了无限鼓舞。他马上与谷英一起北上,以神速的行动,配合饥民内应,攻破了通向卢氏的重镇夏馆,又继续北进,攻破了卢氏境内的重镇栾川,同出狱后蛰居山中的牛金星通了声气,然后回师马山口。五天以后,他从马山口来到淅川境内,占领上集,等候着闯王来到。

巳时刚过,一个骑兵奔进上集。强壮的战马喘着粗气,头和身上的短毛全湿了。刘体纯正在操练人马,一得到闯王已经绕过荆紫关前来上集的禀报,高兴得几乎要跳起来。他日夜等待,望眼欲穿,现在闯王终于来到了。

刘体纯立刻集合了五百名骑兵和二百名步兵,开到寨外迎接闯王,其余的都留在寨内外执行各种勤务。自从他到了上集以后,有一班民间鼓乐手前来投营,被他收留下来。这时将士们出于对闯王的热情爱戴,纷纷向体纯建议将这一班鼓乐摆在欢迎人马的最前边,等看见闯王来到淅水西岸时就开始奏乐。这在当时许多股农民军中本是常事,像曹操的老营里平时不但养有两班吹鼓手,还有一班女乐。但刘体纯深知闯王不喜欢这样派头,只命旗鼓官带着四个鼓手、四个吹军喇叭和两个打锣的弟兄出寨,站在淅水东岸。当队伍在淅水东岸到上集西门夹道排定以后,闯王的人马影子仍未在对面的小山脚下出现。体纯率领着一百名骑兵和他的亲兵,过了淅水桥,顺着通往荆紫关的大路驰去。

这里的老百姓在过去只是风闻有李闯王这么个人,知道他曾经被围困在商洛山中,但也只是风闻而已,没有引起重视。自从刘体纯来到内乡境内,人们开始流传着闯王的一些故事。刘体纯来到这儿以后,众百姓一则因为亲眼看见这一支人马如何纪律严明,平买平卖,打富济贫,又因为将士们对老百姓拉起闲话时常谈闯王的许多令人敬佩的行事和杰出战绩,这一带老百姓开始知道李闯王是非凡人物。所以一听说刘二虎将马步将士摆列在淅水西岸上迎接闯王,老百姓登时沸腾起来,纷纷出寨去迎接闯王。他们急于要亲眼看看闯王是什么样子,看看闯王的军容,而小孩子是要看热闹。住在附近村庄的百姓们听到消息,也成群结队地往淅水岸上赶来。上集寨内和附近村庄的老百姓本来十分之七八都早已逃进山中,自从刘体纯来到以后,他们知道这一支闯王人马不但不像官军和土寇一样奸掳烧杀,还放赈粮,所以三停人回来了两停。现在在淅水岸上和夹道的步骑将士行列外边,挤满了男男女女。有些年纪大和见闻多的人们,携带了线香或香炉。大家在等候时,纷纷猜想和小声议论,认为闯王必是率领上万人马,至少几千人马,前边有几百盔甲整齐的骑兵开路,各色旌旗鲜明。

　　过了一顿饭时候,迎接的人们看见对面山脚下一带树林那边,腾起一阵尘土。立时群情激动,众目凝望,人群中有纷纷细语:"来了!来了!"片刻过后,从树林背后转出一队不足二百人的骑兵,不但没有闯王的大旗前导,连义军中普通的旗帜也很少。大家心中明白,这只是闯王大军的前哨,而闯王随后就会来到。

　　这一队骑兵渐渐近了,离开那片树林已经有二里多远了。人们仍在期待着树林那边会腾起新的、更大的尘头,也会传过来马嘶声和乱纷纷踏在石路上的马蹄声。然而奇怪,这一小队骑兵越来越近,树林背后却一切寂然。人们随即又看清楚这一小队骑兵中有刘体纯带去迎接闯王的一百多名将士,还有他派往荆紫关附近哨探回来的二三十名骑兵。许多人开始明白,李闯王尚未到来,距此处相离尚远,只是一队探路的哨马来到,所以刘体纯只好带着闯王的哨马暂回。人们正在怀疑和猜测,忽然有一个骑兵离开队伍,飞驰而来。河这边有一位带队头目赶快向前,立马岸上问道:

　　"闯王接到了么?"

　　"来了!来了!赶快奏乐!"奔来的骑者扬鞭回答,没有过桥,又勒转马头飞驰而去。

　　旗鼓官一声令下,四面战鼓、四个军用喇叭和两面铜锣立刻奏起来雄壮的音乐,特别是那四面战鼓的有节奏的响声震天动地。凡是带有香的百姓,赶快用火镰打着火,将香点燃,双手拿在手中,跪到地上。夹道站立的步骑兵肃静无声,微微向西岸侧过头去,注目河岸,谁都想赶快看见闯王。那些曾经随闯王身经百战的老将士和在商洛山中随闯王经历过艰难风险的半老将士,因为盼到了闯王回来,都不禁眼睛潮湿,心头感情奔涌。

　　那一小队人马走到桥上了。尽管刘宗敏块头很大,神气威武,但多数百姓还是一眼看出来宗敏后边的那位戴着旧毡帽的大汉是闯王。也有少数百姓起初误把刘宗敏当做李自成,但是再看看宗敏后边那位骑着深灰旋毛战马的人物,立刻纠正了自己的误会。他们看出来,李闯王不仅十分威武和英俊,还有他们说不明白的一

些特点,也许是那种深沉的神气,也许是那种很不一般的炯炯目
光,也许是别的什么特点,使跪着迎接他的百姓们一看见他就觉得
他与所有他们看见过的武将们迥然不同。

李自成上了河岸,通过夹道迎接的将士和百姓向上集寨门走
去。他一边缓辔徐行,一边微笑着向将士们点头,又不时向百姓们
说:"不用跪,不用跪。"那些原来眼睛潮湿的陕西将士,有很多人当
闯王从面前骑马走过时忽然忍耐不住,鼻子一酸,热泪奔流,还有
少数人竟然抽咽起来。闯王尽力回避开那些望着他流泪的眼睛,
催马快行。百姓们不像往日跪迎明朝的文官武将,吓得两腿发抖,
提心吊胆,不敢抬头,而是好奇地打量着闯王和他的一小队随身将
士。有几个凡事留心的中年人默数着闯王的随身将士只有五十
骑,不免在心中疑问:"莫非又是在什么地方吃了败仗,只剩下这五
十骑奔来河南?"还有人注意到这随着闯王来的战马,虽然由于长
途奔波,一个个显得消瘦,骨架高耸,腿和镫子上带着征尘,但是马
上的将士们都是精神抖擞,喜气洋洋,丝毫不像是吃过败仗。

由于老百姓当时看见同闯王来到河南的只有五十个随身将
士,后边没跟随大队人马,印象极深,到处纷纷议论。不过一个月
光景,李闯王的人马发展到十万以上,于是人们就把李闯王率领五
十骑奔入河南这件事哄传开了。

李自成和刘宗敏在刘体纯驻扎的大庙中休息。他向体纯询问
了军中和豫西地方的一些情况。特别使他高兴的是,尚神仙跟随
谷英从商洛山中出来,如今随着进入伏牛山的部队驻在栾川,正在
设法同牛金星暗中会面,将牛举人的全家人接进军中。当问过了
一些重要情况之后,李自成同将士们匆匆地吃了一顿热饭,叫大家
都去睡觉休息,也催促宗敏去睡,但是他自己却不肯躺下,叫体纯
陪着他,走出大庙。

一出山门,李自成就看见一小队骑兵从上集飞驰出寨。他向
体纯问:

"有什么紧急事儿?"

体纯回答说:"我同子杰约定,你来到上集以后,立刻派飞骑向他报信。他们就是往马山口给子杰报信去的。我吩咐他们在路上不许耽搁,必须在明天上午赶到。"

闯王没有再问,更没有想到这一小队骑兵的出发会引出一连串与他的想法完全不同的军事行动,几乎破坏了他在郧阳山中所深思熟虑过的作战方略。他遇见许多从商洛山中出来的旧弟兄,亲切地同他们招呼。有许多将士谁在商洛山中挂过彩,害过重病,他都记得,特别询问他们治愈以后的情况。见到有些家在商洛山中的将士,他询问他们的父母和家人情况,还问他们临出商洛山来河南时是否给家中留了点钱。他是那样平易近人,熟悉和关怀将士,所以有许多将士在回答他的询问时也禁不住滚下热泪。

正在一片帐篷前边同一群围拢来的将士谈话时,他看见有一个衣服十分破烂,面黄肌瘦的农民来找体纯,于是体纯带这个庄稼汉站在附近没有别人的地方小声讲话。他还看见,他们密谈的分明是一件十分重大的事,那庄稼汉的神情激动,用心听着体纯的嘱咐,不断点头,态度诚恳。闯王在心里笑着说:"二虎准定是要破什么山寨了。"当那个农民走后,刘体纯又回到闯王身边,眼睛里闪着得意的光辉。闯王没有问他,就同他离开这一片帐篷,去看向饥民施粥的情况。

在上集寨外分三个地方施粥,每日中午一次。李自成只去看一处施粥。这时,领粥的饥民都聚集在粥厂前边,秩序很好。三名弟兄正在拿着大木勺子发放,每个饥民一勺子很稠的用小米、高粱和包谷掺加野菜混合煮的粥,恰好装满一大碗。李自成亲自走到锅台边看了看,又同饥民们说了几句话。在饥民群里有几个身穿破烂长袍的中年和老年人,引起了闯王的注意。他走到那几位穿长袍的饥民前边,和气地问他们家里有多少土地,为什么也吃舍饭。那几个饥民知道他就是李闯王,起初有一点心中害怕,不敢随便说话,随后看见他神色和蔼,分明问他们也是出于对他们的关心,才大胆地说出了他们的可怜情况。他们原来都是比较小的地主,由于官府科敛繁重,加上豪绅大户欺凌,连年战乱和天灾严重,种种原因,使他们家产荡尽,骨肉离散,成了饥民,眼看就会同别人一样饿死。闯王叹口气,告诉他们说,他这次来河南就是要尽他的力量拯救百姓,只要再苦过三年五载,天下势定,老百姓的日子就会好起来。

离开粥厂,他叫刘体纯带他到东寨墙上,放眼瞩望,丘丘岭岭,一齐奔涌到他的眼前。在崇祯九年以前,他随着高迎祥率领起义大军曾经进出河南,也曾经经过淅川,但今天他来到河南,意义完全不同。他现在是怀着极大的雄心壮志和崭新的军事方略,重来河南,所以他举目东望,就不禁心情振奋地想着如何寸阴必争地从此东进,驰骋中原,如何解民倒悬,收拾人心,以及如何号召饥民随他起义,迅速编练成一支能够作战的大军。

刘体纯看见闯王凝目远望,出神不语,又见他长途奔波,相当消瘦,必须请他赶快回营去睡觉休息。他向自成笑着催促说:

"闯王,你该睡一睡啦。你这几天日夜骑马奔波,只能在马上打盹。得好生睡一大觉,睡上两天!"

自成回头来对他笑一笑,说:"我马上就去睡觉,不过用不着睡一两天,只睡半天就行啦。今天夜间,我打算动身走。"

"今夜就走?!"

"对,今夜就走。你也得走。我们既然乘官军空虚来到河南,不应该逗留在这边境地方,耽误良机。兵贵神速,一刻也不要耽误。"

"可是我已经……"

"已经什么?"

刘体纯挥退左右亲兵,兴奋地望着闯王小声说:"我已经决定明天五更破淅川县城。城内有饥民内应,已经准备好了。刚才在军营中跟我说话的那个庄稼人就是替咱们在淅川城内做底线的,特意跑来问我个确实时间。我刚才嘱咐他无论如何今日黄昏前要赶回城内,同饥民们约定:明日五鼓,一听见城外炮声和呐喊,就在城内放火接应。破城之后,杀掉知县和一批乡宦劣绅,为一方百姓除害。"

闯王笑着问:"你急着破淅川县城,是同子杰商量定的?"

体纯回答说:"是商量定的。我来上集之前同他在一起商定:我们都在事前准备好,只等你进入河南,我就立刻破开淅川县城,他破开内乡县城,紧跟着往东去破开镇平县城。黑虎星从商洛山中出来,破开卢氏县城,杀掉知县白楹和几家豪绅大户替牛举人报一年牢狱之仇。邓州城不像以上四座县城好破,我们暂时放在旁边。等子杰破了镇平之后,迅速东进,去攻南阳府城。镇平距南阳只有七十里,骑兵半日可到。我破淅川之后,越过邓州,去攻新野。如果我破了新野之后,南阳尚未攻破,我就同子杰会师南阳城下,协力猛攻。"

闯王又笑着问:"你们还准备攻破南阳?"

"是的,我们要趁热打铁,一举攻破南阳。"

"杀死唐王和南阳知府?"

"当然,这两个家伙非杀不可。自从起义以来,我们还没有杀过明朝的藩王哩。唐王封在南阳已经十几代,作恶万端,早已恶贯满盈。"

李自成遥望东方,沉默片刻。他明白刘体纯和谷英商定的连破数县和南阳府城的主意,在目前做起来都不困难;即令暂时攻不破南阳,而裕州①、南召等许多州县却都是城小池浅,容易攻破。但是他必须衡量轻重缓急,想一想应不应该改变他原来想定的用兵方略。刘体纯见他在思虑,估计他想了后必然会心中高兴,称赞他同谷英的这一策划。他怀着向胜利进军的振奋情绪,又向闯王说:

"李哥,我同子杰在你来到河南之前这么商定,做好准备,为的是你一来河南就马上连破淅川、内乡、镇平等县,进攻南阳,使你李闯王的声威大震。近三四年来,由于原先跟着高闯王一起的各家

---

① 裕州——今方城县治。

义军散开的散开,投降的投降,咱们不得已从川北奔往陇东,奔往西番地,奔出长城,又从长城外边回来,闯过阶、成①到汉中一带,前年冬天奔到潼关南原,打个败仗,全军覆没。去年五月,刚刚在商洛山中重新树旗,就被围困。总之,差不多四个年头,咱们不是被官军追赶,便是吃败仗,被围困,人马大减,别人连你闯王的名字都忘记了。将士们如今只盼望着你来到河南大干一番,横扫中原,杀得朝廷惊慌失措……"

闯王截住说:"也使咱们全军将士扬眉吐气,是不是?"

体纯说:"只要能够使几年来的局势改变,将士们自然就扬眉吐气,穷百姓也得了救星。"

闯王问:"你同子杰约定哪一天破内乡?"

体纯回答:"我们因为不知道你哪一天进入河南,所以把破内乡的日子定成活的。就是,他在马山口一接到你已来到淅川境内的确实消息,就连夜将人马开到内乡城外,趁着黎明时候破城。我派去向他报信儿的那一小队骑兵,眼下大约已跑了二十多里路,估计后天早晨一准可以攻破内乡,三天后可以攻破镇平。我在出上集寨去迎接你的时候,也派出飞骑从捷径奔往商洛山中,告诉黑虎星你已来到淅川,请他赶快向卢氏进兵。"

闯王突然神色严峻地说:"二虎,将士们的心情我很明白,但目前任何县城都不许去破,更不许去攻南阳。日后什么时候可以攻破城池,我自然会下令去攻。此刻……"

"闯王!闯王!目前杨嗣昌率大军深入四川,河南十分空虚。这是千载良机,不可……"

自成挥手阻止体纯的话,接下去说:"此刻事不宜迟,你火速派出几名骑兵往去马山口的路上追赶。看来,大概很难追上那一队塘马啦。如追赶不上,就马不停蹄地奔往马山口,向子杰传我的严令,只可多破山寨,不许攻破一城!另外,你再派人去追赶淅川城内的那位好百姓,告他说淅川城暂不攻了。再派出几名飞骑,追赶

---

① 阶、成——阶州、成县,在今甘肃省东南部。

往商洛山中去的塘马,也向黑虎星传我的严令,进入卢氏县境以后,只许攻破山寨,不许破城。二虎,莫耽误,你赶快派飞骑分头出发,越快越好!"

刘体纯瞪大眼睛叫道:"李哥!闯王!……"

闯王的脸色更加严峻,命令说:"你火速派人出发!那去马山口传令的弟兄们一定要骑最快的马。去吧!"

刘体纯的眼睛里充满着疑问和委屈情绪,又向闯王的脸孔上看了一眼,只好匆匆下寨,奔回营中去执行闯王的命令。蓝天上正有一只苍鹰自由地盘旋飞翔,用锐利的眼睛俯瞰地上,发出来高亢雄壮的叫声。李闯王抬头望了一眼,带着亲兵们下寨去了。

闯王回到营中,倒头便睡,直到吃晚饭的时候才被叫醒。这半天他睡得非常踏实,过分疲劳的精神又恢复了。吃过晚饭,他吩咐从郧阳山中来的将士们赶快备马,准备起程往马山口去,并叫刘体纯派一名骑兵带路。刘体纯对他说,已经派了一百名骑兵护送。闯王点点头,笑着问:

"我禁止你们攻破城池,浇了冷水,你心里还有点委屈么?"

刘体纯也笑了,回答说:"已经不感到委屈了。总哨刘爷先醒来,我将我同子杰计议好的主意禀报了他,也将你的严令只许破寨不许攻城的话告诉了他。他将你的用兵方略对我一说,我登时心中亮了。李哥,你是从大处着眼,子杰和我看事太浅,到底只能打仗,不是帅才!"

闯王说:"在寨墙上我来不及将道理对你讲明。等我随后回到营中,没有看见你,也实在困乏得很,一躺下去就睡熟了。既然你已问过捷轩,我就不再说了。荆紫关是一条要道,昨晚到荆紫关的那四百西安骑兵,因押运饷银,不敢逗留,今日午前必然动身继续赶路。今天夜里,你去攻占荆紫关。要用智取,轻易不要损伤一兵一卒。你是个会用计的人,我想你一定会想出个好的主意。"

体纯说:"郑崇俭的那四百骑兵确实在上午走了,如今荆紫关只有乡勇守寨。我昨天下午已经派一些跟咱们一心的百姓混进荆紫关寨内,今日下午又混进去一些,嘱咐他们准备好,一看见寨外火光就从寨内举火响应。荆紫关攻破不难。"

"好,好。破了荆紫关以后,只留下两百骑兵守关,等候迎接从郧阳来的大队和老营,然后你率领其余的马步将士,再号召一批情愿投军的饥民,连破几座山寨。开仓放赈,征集军粮。不论新老弟兄,务要严守军纪,对平民秋毫无犯,擅杀良民者抵命,奸淫妇女者斩首,抄出的金银财物一律归公。任何将士不得私藏金银。"

"是,是。一定严守军纪。"

闯王叫刘体纯在七天以后,离开淅川境内赶到镇平境内见他。倘若那时他已经不在镇平境内,就赶往南召境内见他。他又嘱咐体纯关于如何扩大人马,如何在不行军、打仗时加紧练兵的话,然后同宗敏出发了。刘体纯把他们送出寨外,看着闯王和一百五十名骑兵的影子消失在苍茫的夜色中,惟有马蹄声渐渐远去。

第八章

李闯王来到河南,已经十几天了。今日阳光明媚,气候显得温暖。在南召县白土岗寨中,一家大乡绅的宅子前的五丈高旗杆上飘扬着"闯"字大旗。在白土岗的寨内和寨外,到处有李闯王的义军驻扎,到处有新的和旧的军帐,到处有大小不同的各色旗帜。在方圆十里以内,骑兵和步兵加紧操练;往往隔着丘陵,可以听见到处有正在操练的人声和马蹄声,较近处还可以听见兵器的碰击声。而白土岗的寨门外或寨中的大街上,有人从各处川流不息地前来投军,前来诉冤,又从城里和四乡来了很多小商小贩,像赶会一般热闹。

自从李自成经淅川进入河南以后,南阳一带的局面突然大变。他在马山口住了五天,等到了从郧阳山中出来的后续部队和商洛山中前来的最后一批人马。这最后一批人马中多是非战斗人员,包括做军帐、号衣、盔甲、弓箭和各种兵器的工匠。黑虎星率领的一支人马遵照闯王的指示仍留在卢氏境内,继续攻破山寨,征集粮食、金银和骡马。李过和袁宗第各率领一支人马由方城以北的独树和保安附近东进,已到了叶县和舞阳之间。刘体纯于几天前也来到白土岗。他破了荆紫关之后,迅速南下,攻破了淅川县城东边不远的重要集镇马蹬,又往南攻破李官桥、贾家寨,转而向东,破了邓州境内的九重堰、文渠,转入镇平县境,走南阳县境内的石桥镇到达白土岗。各县百姓看见李闯王的人马纪律严明,秋毫不犯,并且到处打富济贫,一破了富裕寨子就向饥民们散放赈粮,所以闯王的仁义之名到处传播,每天饥民投军的像潮水一般。大小将领如今再也不是感到兵少,而是感到新兵一时来得太多,忙于如何编入部伍,如何挑选头目,如何统带,如何训练,如何筹措粮饷和马匹,等等。将领们如今才完全明白,闯王事先选定首先进入南阳府境,确是高见。从郧阳山中来南阳府境内路途较近,固是一个原因,但是更重要的是因为当时南阳府的穷百姓生活最苦,响应闯王义军的形势最为成熟,正如俗话所说的"万事俱备,但欠东风"。闯王的义旗入豫便是浩荡的东风吹来。

南阳府,这个古代的战略要冲,连结豫、秦、楚三省的枢纽地带,在当时同其他七府比较,首先一点是兵祸最为深重。远在崇祯九年冬天,王家桢以兵部左侍郎受命为"剿贼总理",到了南阳,向崇祯上了一封报告南阳灾荒的奏疏。关于官兵为祸,这位明朝的统兵大臣写道:"若夫兵之害民,尤甚于盗。"又说:"以法言之,今之天下在在无法,而行间为甚。官则既怕死而又要钱,兵则既毒民而又和贼[1]。"对于过境官兵的供应,是地方上十分沉重的负担。奏疏中说:"至于官兵所至,寇或暂避,而兵复流连,又经旬日旬月[2]不去。其刍糗之给,米则官价每斗七分,而本县以五百钱籴而给之;豆则官价每斗六分,而本县以三百钱籴而给之。"这是王家桢引用一位知县的呈文中的话。假定当时南阳银价是八百钱一两,可见军中所规定的米、豆官价和地方官府的实购价相差八九倍。这差价都出在百姓身上,都是在田赋和各种田赋附加之外的临时杂派。豪绅大户有权有势,田赋和各种杂派照例多由农民和中小地主负担,促使地主阶级内部激烈分化;而农民尤其受双重剥削,没法存活。再加上蝗、旱天灾和官兵奸掠烧杀,使农村生产破坏惨重,人口锐减。奏疏中引用一个知县的呈报说:"以故民甘攘夺,田皆荒芜。职每出郭,见有扫草子者、剥树皮者。婴儿弃于道旁,甫听呱呱,旋为人割而食者。其村镇,则有一街房屋烧毁强半者;有屋徒四壁,无人居住者。间有数人从破屋而出,则菜色鸠面,竟似鬼形

---

[1] 和贼——又称和仗。明末官军纪律败坏,有时遇到兵力较少的农民军,贪贿放走,名叫打和仗。

[2] 旬月——整一月或十个月都可以叫做旬月。此处指前者。

者。其道路,则蒿莱翁塞,行数十里无一人烟者。"又过四年,到了李自成从郧阳山中驰入南阳府境内时候,这种社会惨象更有发展,给他提供了更加有利的条件。

当时响应李自成号召而纷纷参加起义的饥民,以受压迫和剥削最深、生活处境最惨的农民为主体,也包括一部分无权无势的、许多年来在天灾人祸(所谓人祸,包括官府敲剥、豪强大户的兼并和欺凌以及兵荒战乱)交相煎迫下破了产的小地主之家的青壮年男子,还包括失了业的、没法活下去的小商小贩、小手工业主、各种工匠和矿工等等。中等地主,一部分也破了产,大部分濒于破产,只有少数在城市和山寨中依附官府和土豪大户作恶而处境较好。这一个阶层由于闯王的来到,更加激烈地动荡和分化,一部分在山寨和城池中成为抵抗义军的中坚力量,一部分开始心向闯王。这后一部分在当时还人数很少,只是开端,不久以后随着李自成所领导的革命事业迅猛发展,人数很快增多。现在拥护李自成的群众比过去有了较广阔的社会阶层。

在闯王进入河南之前,南阳各县的饥民到处结为杆子,大杆子几千人,小杆子几百人。如今闯王来到,纷纷闻风来投。李自成将那些诚心投顺和甘愿遵守军纪的杆子收容,裁汰了老弱,编在各营之内。不过十天光景,已经发展为五万人以上的大军,声势大振。由于兵力骤然强大,将士们渴望攻破城池,连袁宗第等几位重要将领也忍耐不住。下边将士们一方面推动几位大将向闯王建议攻这座那座城池,一方面也在看见闯王时直接提出请求。李闯王的军纪虽然森严,但在当时上下级的关系并不森严,连小头目也敢同闯王谈话。那些新投顺的大小头目,原是本地穷苦百姓,世世代代对于盘踞在府、州、县城中的官、绅、大户、书吏、衙役等等人物,看成了骑在百姓头上的凶神恶煞,恨之刺骨,如今看见城墙照旧,衙门照旧,监狱照旧,官、吏、衙役照旧,一部分没有迁往山寨中躲避的绅衿、大户照旧,他们要攻破城池的心情特别强烈。刘宗敏看见几万将士如此破城心切,也不禁心动起来。老营刚驻扎白土岗时,有几起从裕州和南召来的百姓,控诉州县官如何酷虐,豪绅如何凶暴,如何官绅合起来鱼肉平民,要求义军前去破城,解救小民。这些百姓,都由刘宗敏代闯王接见。随后,他向闯王说:

"闯王,老弟兄和新弟兄都想攻破几座城池,杀了城中官绅,放火烧了衙门、监狱,以泄心头之恨。群情难违,再压下去将士们的这股劲头也不好。况且百姓们也纷纷请求,望我们除暴安民。闯王,你看,咱们放手干一下,下令攻破几座州、县城池如何?"

李自成不觉一笑,说:"好家伙,连你也忍耐不住啦!"

宗敏说:"南召县就在手边。咱们的将士背后议论:这个南召知县民愤大极啦,为啥闯王不下令破城,杀了他为民除害?"

闯王说:"你早就知道了我的想法,如今还得按原来的主意行事。你告诉将士们说:城是要破的,官是要杀的,只是眼下不许破城。"

"如今咱们已经有五六万人啦,还不到时候?"

闯王沉着地微笑说:"是的,还不到时候。权衡利弊,暂时不破城池有利。"

刘宗敏默然片刻,然后把巨大的右手一挥,笑着说:"好,咱们从大处着眼!"

李自成担心分散在远处的将士们因看见自己人马强大和百姓恳求迫切,忍耐不住去攻破了什么城池,再一次严申禁令:不得他的将令擅自破城的,以违反军律论处。刚刚传下了这道严令之后,忽然中军吴汝义来禀:牛举人快到寨外了。李自成大为高兴,立即吩咐:

"传下令去,老营中将领凡没有要紧事的,快随我出寨迎接。"

牛金星带着妻、妾、儿子牛佺、儿媳和丫头、仆人,还有同村、同族的一些贫穷后生,共约五十余人,由黑虎星派了一队骑兵于三天前接到栾川。尚炯在栾川迎候,一同往白土岗来。昨晚到马市坪宿了一夜。今天上午,绕过南召城外,来到白土岗。闯王率领刘宗敏、高一功等老营将领,出白土岗北门迎接二里以外。中午,李自成在老营设宴为牛金星父子洗尘,而高夫人也在老营后宅为牛举人娘子设宴接风。午宴以后,闯王见他已经多吃了几杯烧酒,又加连日在崎岖的山路上鞍马劳顿,要他稍睡一阵,然后深谈。但金星今日来到闯王面前,精神振奋,那瞌睡与疲劳早飞往爪哇国了。他豪迈地说:

"金星本是一介书生,谬蒙不弃,纵然鞠躬尽瘁,无以为报。今日得能脱死入生,再到麾下,恨不能竭尽绵薄,佐麾下早定大业。稍有鞍马劳顿,何足挂齿! 还是赶快商议军国大事要紧。目前中州百姓,望救心切,而官军空虚,无处不乱。将军布尧舜之德,建汤武之功,此正其时。不知麾下有何深谋远虑? 今后用兵方略如何?"

闯王谦逊地说:"我是草莽出身,读书不多,说不上有何深谋远虑。所以我在郧阳山中时候,即暗中嘱咐刘体纯先入豫西,打探先生是否出狱。倘已出狱,在家平安与否。我切盼一来到河南就赶快同先生见面,今日果然将先生接到军中,如获良师。今后大计,要多向先生请教。我的一些想法,自然都要说出来,听一听先生的高见。依足下看来,我们目前如何利用这大好时机,赶快打出个新的局面? 只要很快能打出个新局面,朝廷就再也不能奈何我们,不要几年,我们就能够拥百万之众,长驱北进,夺取明朝江山。请先生多多帮助!"

金星欠身说:"我到栾川,与子明和子杰将军见面之后,对麾下入豫后的宏谋伟略,已略知一二。但此刻我不想先谈如何号召百姓,如何用兵,倒想先向麾下举荐一个朋友,请闯王火速差人去迎接他前来军中相助,聘为军师。此人精通兵法战阵,深富韬略,对九流百家无不通晓。闯王既欲早建大业,非得此人前来相助不可。"

自成忙问:"你的这位朋友是谁?"

金星笑着回答:"此人的名字早已为闯王所知。去年秋天,闯王为营救金星,曾派德洁将军打扮成江湖上打拳卖膏药的到开封找过他。承他多方奔走,使我得减为流刑,保释回家。"

"你说的可是宋献策么?"

"正是此人。麾下欲建大业,不可少了此人。"

闯王十分高兴,说:"好,只要宋先生愿意前来共事,当然竭诚欢迎。请你今天就写一密书,派人到开封接他。目前到处路途不靖,只要他能够平安到达叶县,我们就可以派骑兵到叶县城外迎来军中。"

"献策如今不在开封,倒是距此地只有二百多里。"

闯王大为惊喜,忙问:"献策现在何处?"

"就在汝州城内。"

"怎么他会在汝州城内?"

牛金星大笑起来,说:"献策怀王佐之才,待时而动。江湖寄迹,四海萍踪,实非本愿。开封虽然繁华,也不是他留恋之地。如今他在汝州,正为着待麾下入豫耳。"

自成更觉纳罕,笑着问:"他事前怎么知道我要到河南来。"

金星说:"且不说献策会观星望气,奇门遁甲,就是以常理推断,他也知道闯王必然要乘虚东来。所以他明的是来汝州访友,暗中却是在等候麾下入豫。自古君臣际会,都非偶然。麾下之得献策,正是天以军师赐将军,犹如汉高祖之得子房①。"

自成问:"果然可做军师?"

金星说:"倘若献策非军师之才,金星何敢在闯王前冒昧推荐!"

李自成自从牛金星第一次说到将宋献策聘为军师之话,就在心中考虑了这个问题,所以听了金星的这句回答,含笑点头,不说二话,只是接着问如何派人去汝州迎接献策。牛金星告他说,宋献策在十月间因见张献忠和罗汝才已经深入四川,杨嗣昌也离开夷陵溯江西上,中原空虚,料定闯王必乘虚来到河南,所以借访友为

---

① 子房——张良的字。

名,到了汝州。他到了汝州之后,就派人到卢氏山中去见金星,说明他的看法。当时刘体纯在内乡境内,势力渐大,官府只认为是李自成旧部溃散的零股小盗,而献策已经判定这必是李闯王入豫的前哨。他劝金星,一旦闯王到了豫西,立刻携家眷到闯王军中,切勿犹豫,而且说他自己也有意与闯王一晤。随后不久,牛金星同刘体纯和谷英派来找他的人见了面,证实了宋献策的料想不差,就赶紧派他的一个忠实仆人去汝州见宋献策,告诉他闯王即将出郧阳山中东来,嘱他在汝州城中等候。牛金星将以上经过说了以后,接着说:

"献策同汝州白云寺高僧圆英系方外之交,起初在白云寺住了些日子,近来住在汝州城内悦来客栈看相卖卜,等候我这里消息。如今派我的一个仆人到汝州城内见他,将我已携眷来到闯王军中以及闯王对他十分欢迎之意,暗中向他说明,请他托故去叶县探友,离开客栈,雇一头毛驴顺着去叶县大道走去。请刘德洁将军率领两百骑兵埋伏在离汝州二十里地方,接他前来。纵然汝州城门盘查甚严,也将万无一失。"

闯王问:"你不写一封书子交贵价带给他么?"

金星说:"贱仆与献策见过面,他进汝州城不用带书信,免得被城门兵勇查出。我替闯王写封书子,交德洁将军带去。德洁为我的官司曾去开封找过献策,已经相识,所以由他去迎接最为合适。"

"好,就这么办。请你立刻写封书子,我就叫二虎马上动身。"

李自成命亲兵到寨外西南二里外的一个练兵场告诉刘体纯:立刻将他所管的一部分练兵事务交付马世耀,点二百精锐骑兵来老营听令。在闯王军中,将士们对闯王都是奉命惟谨,行动迅速,所以不过半个时辰,刘体纯已经率领着一队轻骑,带着牛金星的仆人和闯王的书信,也带着必备的银钱、粮食和豆料,从白土岗出发了。

刘体纯一出发,李自成正要继续同牛金星商量大事,恰巧李双喜进来,问他有没有工夫接见那个从南阳来的百姓。这个急于求见的南阳百姓，是在上午闯王正要出寨去迎接牛金星时来到的。闯王问：

"你没有同他谈谈？"

双喜回答说："我同他谈啦。他也是暗中来求我们派义军去破南阳的，还说他情愿约好城中的饥民内应。我告他说，咱们的义军暂时还没有工夫去破南阳，以后是准定要破的。他说他还有别的重要话要向父帅当面说出，高低要求见见你。我问他是什么重要话，他吞吞吐吐，不肯对我明说。"

近来，南阳府城内城外，不断有受苦百姓暗中来找闯王，控诉唐王府和这一家族一代代骑在人民头上的滔天罪恶，也控诉贪官豪绅的种种凶横残暴，请求破城，但不一定都要求由闯王亲自接见。现在这个从南阳来的人一定要求见他，使他觉得奇怪，便叫双喜去将这人带来。

那人姓孙，名叫本孝，约摸四十出头年纪，不像是下力吃苦的人。论起此人出身，在十年前原是有几十亩土地的小康之家，正如闯王曾看见很多这一类人家一样，在官府勒索，大户欺凌、兼并，官兵淫掠，各种天灾与人祸交织的遭遇中，很快衰落，终至家破人亡。他去年已经将城内仅剩的三间祖居房子卖去，移居卧龙岗下边靠大路北不远的一个小村里，每天在官道旁摆个小摊子，向那些去诸葛庵抽签、还愿的各色人等卖香、表、蜡烛，纸扎的马、牛、猪、羊，勉强使自己和七十多岁的老母亲没有饿死。他在南阳的熟人多，冒着极大风险，来见闯王。

孙本孝在面见闯王之前，已经将南阳城的防守情形，扼要地告诉双喜，希望闯王派人马前去攻城。见了闯王之后，他将南阳的守城情形和地势说得更加详细，还用右手食指在地上画着地图。他还说，南阳府、县衙门的监狱都关满了人，十之七八都是交纳不出田赋的老百姓，也有的是因为拖欠王府和大户的地租和各种形式的高利贷被送进班房。他说南阳城中贫民，人人都在盼望着闯王的义军破城;班房中他有亲戚,知道坐班房的人们也愿意做闯王内应。他还说,如今四乡百姓进城讨饭的很多,那些饥民因唐王府和大户们不肯赈济,背后咬牙切齿,只要事前派人去暗中串连,接上头儿,一旦义军攻城,穷百姓在城内准定会呐喊放火,打开城门相迎。闯王听了这些话,心中很高兴,笑着问:

"南阳城内百姓不怕我的人马杀进城去,玉石俱焚么?"

孙本孝笑一笑,说:"倘若是前十天,闯王才来到河南境内,穷百姓还害怕破城后不分青红皂白,见人就杀,大家不但不肯做内应,相反地还要帮助官府大户守城。如今大家都知道闯王的义军纪律严明,惜老怜贫,只杀富人,不扰平民,果然是仁义之师。凡是真正穷苦小民,谁还愿意替官府大户守城?"

闯王望一眼牛金星,哈哈地大笑起来,随即对孙本孝说:"南阳城我迟早是要破的,只是目前没有工夫去破,只好让众百姓多苦几天。你这次来的好意,我很领情。至于南阳一带父老兄弟们说我的军纪如何严明,倒叫我心中不安。常言道:人上一百,形形色色。何况是新集的几万大军,训练的时间很短,难免会有些人暗中不守纪律,骚扰百姓,只是没有查出来罢了。你还有什么要紧话要对我说?"

孙本孝见闯王说话是这样平和谦逊,打破了他的心中顾虑,说:"闯王爷,倘若我说错了,请你不要怪罪,我就大胆直说了吧。你这次来到河南,老百姓都看得清楚,的确是一番打天下的气派。你提出的宗旨是剿兵安民,打富济贫,开仓放赈,又叫百姓们都不向官府纳粮。南阳一带的贫苦百姓都把你看成了现世救星,打心眼里拥戴你。可是,闯王,你的这些济世活人的救急药方,都只能,只能……"

自成见孙本孝想说又不好出口,便鼓励他说:"你大胆直说,不必忌讳。"

"好,我说,我说。我说的是,你闯王爷的这些好药方只能治表面上的病,不能治五脏里边的病。如今这世道,病根太深啦。"

自成忙问："如何能治除病根？"

孙笑一笑，说："请闯王想个法儿，叫穷百姓如何有谋生之路，能够早见太平；太平后能够使士、农、工、商各安其位，各乐其业。"

闯王说："我起义宗旨就是要顺应天心民意，诛除无道，使天下早见太平。一俟天下太平之后，兵戈停止，士、农、工、商就能够各安其业，共享太平之福。"

孙本孝不再说话，摇摇头，叹一口气，心思显得沉重。闯王感到奇怪，笑着问：

"你以为战乱不会停止，天下不会太平么？"

孙摇摇头，说："小的担心的是，日后战乱停了，天下太平了，小百姓未必能享到太平之福。小百姓享不到太平之福，战乱还会重起。小的盼望闯王爷想出一条根本的治国大计，使小百姓在义军所占地方能够喘喘气儿，在闯王爷坐了天下之后确能享到太平之福，各安生业。"

闯王说："目今战乱不止，我决不再征钱粮。日后战乱停止，我将使国家轻徭薄赋，吏治清明，兴学校，奖农桑，通商惠工。这样，百姓们难道不可以各安生业，共享太平之福？"

孙本孝又摇摇头，说："纵然天下太平，小民也不免有失业之苦。"

闯王的心中一惊，觉得这个人的话很有道理，比他平日所想的要深。他同牛金星交换了一个眼色，又对孙本孝看了看，说道：

"确实在太平年头小民也常常有失业的，男不能耕，女不能织，稍遇灾荒便妻离子散，饿死道路。你看，有什么办法可以使将来天下太平之后，小民不再有失业之苦？"

孙本孝回答说："小的自己读书很少，想不出一个好主意。只是我祖居府城，亲身经历和耳闻目睹的事情很多，也听过不少老年人谈论古今，深知小民的痛苦不完全是因为世道乱，灾荒大；病根多种在太平治世。小的知道闯王爷是真正居心救民，重建太平，所以小的特意跑来求见闯王，除禀明南阳城的防守情况，也说出来这几句心里话,请闯王爷做个思虑。"

闯王想了想,说:"啊,你的意思我明白啦。纵然在太平治世,小民也有官府聚敛敲剥之苦,大户欺凌兼并之苦。有一种苦,小民就不能享太平之福;倘若这两种苦一齐落在身上,纵然不遇天灾战乱,也常会走投无路,陷入绝境。我深知百姓如同在水深火热中过日子,所以才兴起义师,来到河南。等日后我有了天下,一定从根本上想想办法。"

孙本孝说:"倘若使小民不受官府聚敛敲剥之苦,不受大户欺凌兼并之苦,就能使小民有求生之乐,长保闯王爷的铁打江山。"

闯王又说:"我家十世务农,所以深知小民之苦。我幼年替村中富户放过羊,挨过鞭打;二十一岁的时候因为在家乡不能糊口,托亲戚说情,去当银川驿卒①。当驿卒没有好吃的果,送公文风雪奔波,迎送和侍候过往官员常常要遭受打骂。后来朝廷裁减驿卒,砸了饭碗,我只好去吃粮当兵。当兵之后,朝廷欠饷;偶然关饷,长官又侵吞饷银。当兵也是没办法,逼得我只好聚众鼓噪,杀官起义。可是在起义的开头几年,到底将来应该怎么办,我的心中是一盆糨子。近几年,我走的地方多了,见的世面多了,遇到的各色人等多了。每到一个地方,我喜欢留心看一看,问一问,想一想。一来二去,我懂得了一些道理。拿田赋说吧,这是关乎国计民生的大事,却自来积弊很深,使百姓受苦不浅。第一,各地田赋,轻重不一,十分不公。拿你们河南全省说,杞县、太康两县比别处都重。拿全国说,听说有的府、州、县就比别处重。……"

牛金星插言说:"苏、松两府②就比别处重。"

闯王接着说:"拿一个县来说,往往近乡比远乡重。第二是每

---

① 驿卒——明代有的府、州、县设有驿,主管的官儿称为驿丞,专管传送公文,派舟、车、夫、马接送过往官员。如官员在驿中住宿,还负责按照官员的品级高低和随从多寡而供应酒饭、被帐等等。每个驿中有驿卒若干,以供驱使。

② 苏、松两府——苏州府、松江府。

两银子额外加三分,名叫'火耗①',叫地方官吏们下到腰包里,实无道理。岂不是额外搜刮百姓?"

金星说:"杞县、太康本是穷地方,只因田赋较重,地方官吏吃的'火耗'多,做官人就称之为'金杞县、银太康'。"

闯王又接着说:"第三是不顾百姓死活,动不动加征田赋。看看从万历以来,加征了多少银子!第四是只要有一点战乱,官军过境,军前杂派按田赋增收,常比正赋多几倍。第五是有钱有势的乡绅大户之家,勾结官府胥吏,将自己应缴田赋和随粮增加的额外杂派转嫁到小民身上。这一层,最为不公,使富者愈富,贫者愈贫,小民受苦最深。"

孙本孝赶快说:"着,着,都叫闯王爷说着了。闯王爷,小的真没想到,你在戎马奔波之中竟然有工夫看透了几百年田赋积弊!怪道闯王爷来到河南以后就叫百姓们不再向官府纳粮!"

自成点点头,接着说:"还有,小民另一桩最苦的是大户盘剥,欺凌,兼并土地。凡是大户,钱多势大,以强凌弱,毫无例外。俗话说,大鱼吃小鱼。大户不吃小户就不能成为大户,富人不杀穷人不富。所以我每攻破一个地方,对乡绅土豪从不轻饶。不严惩乡绅土豪,就不能保护善良小民。至于日后得了江山,如何定出法律,限制大户,那是必要办的。目前忙于打仗,一时还顾不到。你今天来,将南阳守城情况和乡绅大户底细告我知道,又提醒我立国救民的一桩大事,都十分叫我感谢。眼下我初来河南,诸事草创,正是用人时候,你能不能留下来同我共事?"

孙本孝说:"老母为小的二十七岁守寡,今年七十二岁。只因老母尚在,无人奉养,所以小的虽有一片忠心,实不能跟随闯王。一旦老母下世,小的一定一心相随。"

自成说:"可惜你不能留在军中!什么时候回去?"

"我马上就回。在此不敢耽搁太久,惹动邻居生疑。"

---

① 火耗——明代法定,田赋每两银子额外加三分,理由是县衙门将征收的零碎银子熔铸成大锭上运,会有消耗,所以名曰火耗。实际上火耗绝不会这样多,而且也不应由百姓负担。

闯王随即叫双喜取出十两银子交给孙本孝,嘱咐他回去做个小生意,奉养老母。又担心他身带银子会在路上出事,吩咐派几名骑兵在夜间送他到卧龙岗附近。孙本孝走后,闯王对牛金星微微一笑,说:

"这个人虽然读书不多,却能提醒我去思虑日后的立国大计,倒是一个很有心思的人。"

牛金星说:"刚才闯王所讲的田赋积弊和大户兼并,确实是深中时弊,应当为百姓解此疾苦。"他停了一下,突然问:"麾下下一步已经决定东进?"

闯王说:"我正要同你商量,这事须要马上决定。"

在屋里和门口侍候的亲兵们见闯王使个眼色,都立即回避了。

牛金星在来白土岗的路上,已经知道闯王打算率大军从此向东,纵横豫东和豫中,或者只派李过和袁宗第东向豫中,他自己暂驻此间练兵。他也知道,闯王进入河南以来,严禁部下攻破大小城池,只攻山寨,用意甚妙。尽管李自成还没有来得及同他深谈,他已经明白了自成的卓识远见。现在屋子里只剩他同闯王,他说:

"闯王,我在卢氏山中,得到你从淅川进入河南消息,以为必迅速攻破几个县城,以壮声威。随后并未听说你攻破一个城池。就以这南召县城来说,近在咫尺,四面都有义军,完全成了一座孤城,也不去攻破。我正在不解,听子杰将军一说,恍然大悟,更信闯王用兵,全从大处着眼,远非他人可及!"

自成笑着说:"原来将士们也都在等着我一来到河南就连破几座县城,替我壮壮声威。像淅川、内乡、镇平三县,都已经约好饥民内应,定好破城时间。我下了一道严令,不许攻破一个城池,都一时莫名其妙,傻眼了。我没有别的远见,只是跟明朝打了多年仗,摸清一些道理。咱们眼下最要紧的是收揽人心,号召饥民起义,赶快练出来一支十万精兵,立于不败之地,倒不是攻破几座城池。如今富豪大户都知道'小乱住城,大乱住乡'①的道理,多住在险要山寨中,不住城里。攻破一座城池,反不如攻破一座富裕山寨得到的粮饷多。从惩治乡绅大户、除暴救民着眼,也应该多想法攻破山寨。明朝的封疆大吏,我们还不清楚? 他们为保持禄位,遇事上下欺蒙,互相推诿,都怕担责。你只要不攻破城池,杀戮朝廷命官,纵然你到处攻破山寨,声势日大,百姓归顺如流,那班封疆大吏也还会装聋卖哑,不肯上报朝廷。倘若他们上报朝廷,崇祯就要发急,动了脾气,一道一道上谕飞来,限期他们'剿灭',也不管兵在哪里,饷在哪里。到期不能'剿灭',反而如火燎原,他们有些做封疆大吏的,轻则降级、削职,重则下狱、砍头。所以这班封疆大吏如今都学能了,抱着一个宗旨:多一事不如少一事,当天和尚撞天钟,能够保一天禄位就保一天。"

牛金星赶快接着说:"兵法上说,'知己知彼,百战百胜。'麾下真正是看事入骨,玩敌人于股掌之上!"随即哈哈地大笑起来,然后又说:"况且这班封疆大吏也很明白,倘若朝廷能派兵前来,地方上就得饱受官兵骚扰之苦,使他们无法应付。所以他们另外也抱定一个主意:能够不向朝廷请兵就决不请兵,拖一天是两晌②。"

"可是等他们不得已向朝廷请兵时候,不仅朝廷未必有兵可派,而且也为时已晚。我在郧阳山中时就打算好,进到河南后不管河南各地如何空虚,府、州、县城如何好破,也不管将士们当面如何向我恳求,背后如何说出怨言,我死抱住一个主意:人马不到十万以上,决不攻破城池!"闯王笑一笑,又说:"我进入河南以来,依靠饥民响应,不过十天光景,已经有了五六万人马。转眼之间,就会有十万之众。我敢断定,如今河南巡抚和布、按二司仍然坐在鼓中;再过一个月,我们已经有了十万以上人马,大部分经过一些训

---

① 小乱住城,大乱住乡——小乱指仅有小股民变,无力攻城,也害怕引起官府派大军剿办,所以富户住在城中保险。大乱指有大股民变,志欲破城,而官军来剿也以城池为依靠,百般骚扰。大户住在城中反而极不保险,不如迁居山寨。
② 晌——豫西南一带方言将半天叫做一晌,所以有"拖一天是两晌"的俗话。晌,音shǎng。

练,他们纵然明白我们已成了朝廷的心腹大患,也未必将实情上奏朝廷,崇祯和杨嗣昌还是对中原高枕无忧,如同做梦一般,说我李自成杳无下落,已经完了。"

他们相对大笑。牛金星用火筷子将三块黑炭放在红炭下边,然后将火筷子插进盆边的深灰中,抬起头来说:

"麾下当时不经商洛山由卢氏和永宁境内进入河洛一带,而由郧阳走武关南边,由淅川进入南阳一带,在南阳各县号召饥民起义,实为上策。朝廷在成化年间为着围剿郧阳山中流民①,而郧阳是三省军事要冲,控扼荆、襄上游,特设郧阳巡抚。南阳府在军事上既归河南巡抚管辖,又归郧阳巡抚管辖。如今官军空虚,地方疆吏以推诿责任为能事,这地方就成了两不管了。"

闯王说:"我当时只想着从郧阳到淅川路途较近,并且南阳一带的灾情最大,百姓最苦,倒没有更想别的。一进入河南,果然十分顺利。"

牛金星轻拈长须,问道:"麾下下一步旌旗所向,是往东乎?"

闯王说:"目前还没有做最后决定。先生之意如何?"

牛金星决意一到闯王军中就献出重要谋划,奠定自己在闯王面前和全军中的立脚地,如张良在刘邦面前的借箸划策。他确实怀着一个想好的用兵方略,但故意不立刻说出,拈须微笑说:

"目前麾下已有将近六万之众,饥民从者如云。旌旗所指,关乎中原大局,想闯王必有一番斟酌。愿先闻明教,金星再试为借箸一筹。"

闯王说:"豫中、豫东,不像南阳各县残破,军粮来得较易,所以东去也是一个办法。不过目前我派两支人马向东,只是虚张声势,便于号召饥民从军,征集粮食、骡马。我的老营,倒是要沿着这伏牛山逐步北进。从此往北,虽然地方残破,但各处富裕山寨很多,

---

① 流民——自正统二年(公元1437年)起,大批农民因不堪剥削压迫,流入郧阳山中,耕垦自给。到成化元年(公元1465年),在刘通、石和尚率领下举行大规模起义。经过十二年,起义才被镇压下去。明朝为加强对陕、豫、楚三省边区的控制,于成化十二年(公元1476年)在郧阳设一巡抚。

各山寨都积存粮食不少。专破山寨,有粮食养兵与赈济饥民,并能征收骡马,一步步壮大骑兵。况且近来土豪恶霸,多住山寨,豢养练勇,私设法堂,残害小民。所以破山寨也是为的解救小民的真正痛苦。至于南阳,老百姓和将士们都想早破,破起来也不困难。我是抱定主意在目下不破城池,所以把南阳撂在一边。再过一个多月,我们的羽毛开始丰满,单说可以作战之兵,大约会有十万左右,到那时方说攻破城池的话。我想,咱们不打则已,要打就猛出一拳,打在崇祯的要害地方,打得他闪腰岔气,眼冒金星,打得杨嗣昌晕头转向,说不定他的全盘棋势都要打乱,连着丢车折炮。"

牛金星点头说:"此所谓'不鸣则已,一鸣惊人;不飞则已,一飞冲天'。闯王如此用兵,真正是从大处着眼,非他人可及也!"

闯王问:"目前究竟是东进好还是沿伏牛山北进好,启东,你的看法如何?"

金星问:"众位将领之意如何?"

自成说:"多数将领因见豫中、豫东不甚残破,人烟较多,都想挥师东进,驰骋中原。"

牛金星点点头,表示他明白了众将主张东进的心思,然后说:"目前趁中原空虚,挥师东进,大军驰骋于千里平原,未尝不是一个大好时机。既然补之与汉举二将军已率两万人马进驻叶县与裕州之间,大军继续东进,如箭在弦。虽然按麾下目前之意,东进只是偏师,北进才是正师。然军旅之事,因势变化,如同转圆石于千仞之岗,常常心欲止而势不可止。若偏师东进,处处得手,就会变偏师为正师,北进为虚了。"

闯王点头说:"你说得对。在用兵上,奇正虚实,常常因势变化,不是死板板的。"

金星说:"以金星愚昧之见,不如全师沿伏牛山北进为佳。目前杨嗣昌追赶张敬轩、罗汝才深入四川,川中战局断无持久之理。不是张、罗兵败被歼,便是他们突围而出,都要在一两个月内看出分晓。以今日情势来看,大概罗汝才会中途离开敬轩投降,致敬轩孤军奔命,而官军四面围堵,穷追不止。倘若如此,敬轩就不好办了。倘不幸敬轩败亡,杨嗣昌就会立刻率其得胜之师出川,与江北、陕西官军会师中原,全力对我。豫中、豫东,纵横千里平原,虽利于骑兵作战,但今日我军系重振旗鼓,饥民都是徒步来投,骑兵尚不很多。且因时日仓猝,未能充分训练。麾下新到豫中、豫东,民心未服,纵有二十万新集之众,对付数省官军也不能稳操胜算。至于回、革等人,实系凡庸之辈,胸无大志,三年来观望风色,动摇不前,时时与朝廷议降,以为缓兵之计。这等人物,缓急时很难得力。因此,目前应竭力避免大军向东。过早引起朝廷重视,弊多于利。"

自成连连点头说:"对,对。你说得很有道理。"

金星接着说:"至于沿伏牛山往北,既可以不引起朝廷注意,又可以依山为势,能战能守,进出在我。此策较为稳妥。等到羽翼丰满之后,可一举而破洛阳,用福王的财富养兵赈饥,争衡中原。"

自成的心中一动。他曾经有此想法,尚未决定,不料金星的建议正是不谋而合。他笑着问:

"破洛阳,活捉福王?"

"是,破洛阳,活捉福王。洛阳古称居天下之中,依山带河,为九朝建都之地①。攻破洛阳,先占地利,然后东出成皋,或南出汝州,争夺中原,攻守自如。况且福王朱常洵是神宗爱子,他母亲郑贵妃专宠后宫,几乎夺嫡②。万历皇帝搜刮了几十年,据说宫中有一半财富运来洛阳。万历将福王封到洛阳,命河南、山东、湖广三省为福藩搜刮良田四万顷。户部与三省疆吏实在搜不到这么多土地,一再力争,才勉强减了一半。这两万顷良田,每一寸土地都是夺自民间。当时王府的官员们和太监们带着校尉兵丁,扈养厮役,

---

① 九朝建都之地——曾在洛阳建都的有九个朝代:东周、东汉、魏、晋,北魏、隋、唐(北魏、隋、唐三朝只是部分时期移都洛阳)、后梁、后唐。
② 夺嫡——封建宗法制度,由嫡子立为太子。神宗的嫡子是朱常洛,但迟迟不肯立为太子,而有意按照郑贵妃的愿望将常洵立为太子。"夺嫡"是古代政治术语,即庶子夺取太子地位。

共有一万多人,到处看见好地就丈量,丈量后就成了王庄田产,按亩征租。有钱有势的官绅人家可以向王府的执事官员和太监们纳贿说情,保住自己的土地。地方无赖,投靠王府,为虎作伥。苦的是小户人家和平素无官绅依靠的中产之家,顷刻间倾家破产;稍敢抗拒,就加以违抗圣旨的罪名。驾帖①捕人,奸淫妇女,抢掠财物,格杀平民佃户,弄得三省骚然,人心惶恐,怨声载道。"

李自成忍不住骂了一句:"他妈的,什么皇帝、亲王,尽是强盗、吃人魔王!"

金星接着说:"福王除平白地夺占了百姓的两万顷良田之外,万历皇帝还赐给他自江都至太平沿江荻州杂税,四川盐井和茶叶税银。又给他淮盐三千引②,在洛阳开设盐店。王府太监们到淮扬支取食盐,成几倍勒索,中饱私囊。中州人民原来吃河东盐③,不吃淮盐。福王为强迫士民改吃淮盐,非王店中的盐不得贩卖。河东盐原为边兵饷银的一个来源,因中州改吃淮盐,河东盐销不出去,影响边饷。倘若我军攻破洛阳,单只福藩财产就可以供数十万兵马一年之需,何况还有王府掌事太监与乡宦豪绅之家,按户抄没,其数目亦甚可观。福王府中粮食山积,腐烂仓中,眼看着洛阳百姓纷纷饿死,不肯稍施赈济。洛阳饥民卖儿鬻女,大姑娘论斤称,而福王出京前一次婚费用去了国库银三十多万两,修建洛阳宫殿和购置陈设花去国库银六十多万两,地方所负担的费用不在其内。为着他一家从北京来洛阳,号用了民间大小船一千二百多只,许多船户为此生计断绝。破洛阳,杀福王,正所谓'吊民伐罪',使中州百姓,尤其是河洛④百姓拍手称快,益信闯王义军真乃汤武之师。义旗所指,必然望风响应,箪食壶浆相迎。"

自成频频点头,说:"好,好,破洛阳,杀福王!"

---

① 驾帖——由刑部发出的逮捕人和捉审犯人的一种公文。
② 引——即"盐引",古代商人运销官盐的执照,每引二百斤。
③ 河东盐——山西池盐产于解县、安邑一带。古代曾将今山西省西部黄河以东的地方置河东郡,治安邑,故山西池盐称做河东盐。
④ 河洛——黄河以南,洛河流域,古称河洛,相当于目前的洛阳地区。

　　金星又说："福王朱常洵非一般藩封亲王可比。他是崇祯的嫡亲叔父。自从天启末年各地英雄起义,十余年来尚无一处亲藩被戮。今日我们要杀,就从崇祯的亲叔父开刀。杀了福王,将使全国震动,也使崇祯惊慌失措,乱了手脚。此事不论就军事言,就人心言,或就朝廷之震动言,其影响之深远重大,都可想而知。至于南阳,虽然也是府城,有唐王在彼,但比之洛阳,十不比一。第一代唐王是朱洪武的第二十三个庶子,并非嫡生;传至目前,已有九代十一王,同崇祯这一家在一百多年前已经出了五服。这一代唐王本是聿键,只因崇祯九年七月间满洲兵自喜峰口进入长城,骚扰畿辅一带,八月间退出长城。这位唐王就在北京周围军情吃紧的时候,上表请求率领他的王府卫士勤王,招了崇祯的疑忌,贬为庶人,押送凤阳高墙①幽禁,由他的弟弟聿镆继承王位。倘若如今破南阳,杀唐王,所获粮饷不多,也不会使崇祯伤筋动骨,惊慌失措,反而促使崇祯赶快调兵遣将去防守洛阳。故衡量轻重缓急,目前只能先筹划破洛阳,而破南阳非当务之急。"

　　李自成说："先生所论极是。我也有攻破洛阳之意,所以才率领老营和大军暗向北移,也派了细作到洛阳去察探守城情形,大约十几天后就可回来。今听先生一谈,正合我心,这件事就算定了。倘若能一举破了洛阳,杀了福王,正如你刚才说的,可以为中原百姓除害,符合我军吊民伐罪的起义宗旨,可以用福王的财富养军赈饥,可以使朝廷大为震动,惊慌失措,可以打乱朝廷的军事部署,为我们自己在中原打开个极好的军事局面。真是一举数得!另外……你认为杨嗣昌这人如何?"

　　"杨嗣昌嘛……"牛金星不明白闯王为何忽然问到杨嗣昌,略微沉吟一下,接着说:"因为朝廷上门户之见甚深,加上他暗主对东虏议款,所以颇受攻击。然平心而论,他在大臣中还算得一个精明练达的人,又深得崇祯倚信,现任的兵部尚书也出自他的引荐。崇

---

① 凤阳高墙——明朝在凤阳皇陵附近设一特别拘留所,专门幽禁犯罪的宗室。因四面围有高墙,故称为凤阳高墙,或简称高墙。

祯将他放出京来,实是万不得已。此人如败,崇祯再也挑不出一个像样的督师了。纵然有那样的人,也不像杨嗣昌深受皇帝倚信,挑得起担子,也比较能经得起朝廷上众口攻击。"

自成说:"我在郧阳山中时候,一直在想主意如何打伤崇祯的这个膀臂。如今看来,只要我们能够破洛阳,杀福王,杨嗣昌就完了。"

金星说:"杨嗣昌正在全力追剿张敬轩和罗汝才,远在四川。崇祯只会杀掉河南巡抚,对杨嗣昌降旨严责,还不会就治他重罪。"

闯王笑一笑说:"倘若我们破了洛阳,杀掉当今皇帝的亲叔父,这可是明朝三百年间从来没有的大事。杨嗣昌现任督师辅臣,怎么能卸掉担子?纵然崇祯暂时不加他重罪,也必怀恨在心。再遇挫折,便会两笔账一起清算。何况朝廷上门户之争很烈,那些平日攻击杨嗣昌的朝臣们岂能不借洛阳的事大做文章?崇祯这个人,一向功则归己,说他如何英明,过则归于臣下,喜怒不测。你看吧,或迟或早,或死或贬或下狱,杨嗣昌必定完蛋。杨嗣昌不管本领如何,各路官军有他在总还是有个统帅,有一杆中心大旗。他一倒,纵然崇祯派别人督师,从各方面说都差得远,实际上等于没有统帅,没一杆中心大旗。到那时,官军的败局就会急转直下。"

牛金星不觉连说"妙,妙",赞叹闯王智虑深远,然后哈哈大笑。

李自成谦逊地说:"这破洛之策原是先生帮我定的,说不上我有什么智虑深远。倘若足下不是洛阳人①,恐怕也不会将破洛阳杀福王的道理讲得那么透辟。真是十分难得!先生今日初到,就拿出这一重要建议,果然不负全军对先生期待之殷!"

金星说:"日内宋献策来到军中,将更有极为重要的意见奉陈。"

自成忙问:"献策有什么极为重要的话?"

金星笑着说:"我只知关系十分重大,但也不知其详。不面见麾下,他是不肯随便说出口的。"

---

① 洛阳人——卢氏县属于河南府,府治在洛阳,所以李自成说牛是洛阳人。

李自成立刻命亲兵叫进来两个小校,命他们各带一小队骑兵分头传令:袁宗第火速从叶县和北舞渡之间退兵,向西破鲁山境内的张良店,再从摩天岭的北边进入伏牛山脉,在二郎庙附近等待后命;李过从方城境内的独树镇退兵,沿途遇到比较富裕的山寨就破,由摩天岭的南边进入伏牛山,到栾川附近待命。打发走两个飞马传令的小校以后,李闯王因见牛金星旅途疲劳,要他休息休息,便自己往寨外看操去了。

第九章

闯王出寨不远,看见刘宗敏、高一功和田见秀三个人站在一起商量什么事,亲兵们都离开几丈以外。他叫自己的亲兵在路边等候,下马走去,向他们问道:

"有什么重要事儿?"

高一功回答说:"各营粮饷上的事儿,我找他们两位商量一下,已经商量好了。"

闯王说:"我也正要找你们。很好,就站在这里说说吧。"

他将如何同牛金星商定下一步破洛阳杀福王的事和牛金星推荐宋献策为军师的事对他们都说了。他们知道闯王在前几天就有攻破洛阳的设想,所以听了这个决定并不奇怪,倒是十分高兴,只是对请宋献策做军师一事不曾料到。高一功问:

"你已经答应了么?"

闯王说:"我笑着点点头,没有明白说决断的话。既然启东在商洛山中已经同我谈过此人,现在又竭力推荐,想来此人必是有些本领。我已经命二虎前往汝州城外迎接去了。等宋献策来到军中,同咱们见面之后,如是大体不差,就可以拜为军师。你们说,行么?"

高一功说:"军师,这职位可是重要得很啊。像徐以显那样的人,只会帮张敬轩出歪点子,咱们万不能拜为军师。"

闯王望着刘宗敏问:"捷轩,你说?"

刘宗敏笑着说:"咱们听闯王决定,准没错儿。军师嘛,像诸葛亮那样的人自古以来也只有一个。如今的军师,只是帮助谋划谋划,既不指挥打仗,也不手握兵权,有什么大不了的?名义很高,实际是主帅身边的一个幕僚。他为人正派，出了好主意，咱们大家尊敬他；倘若是个饭桶，又出歪点子，就送点银子请他走路，或者不让他再居军师高位，在军中吃碗闲饭得啦。我想，既然是牛启东推荐的，准定不会太差。"

闯王又问田见秀："玉峰哥怎么说？"

田见秀回答说："咱们才到河南，事业方在草创，正是网罗人才的时候，不可求之过严。求之过严，人才就不来了。"

刘宗敏见闯王微笑，忽然想起来一个故事，哈哈大笑，说："对。玉峰哥说得对。闯王，等宋矮子来到军中，你看着办，只要他还有点真本事，对你有帮助，就拜他为军师吧。这也是对三教九流中有本事人物的一个号召嘛！"

李自成感到满意，离开他们，上马往一个大的校场奔去。高一功向刘宗敏问：

"捷轩，你为什么忽然大笑？"

"我想起来在快来河南之前，闯王同咱们谈过到河南后要如何网罗人才的话，真是站得高，看得远！他讲了个千金买马骨①的故事，你们忘了？很有意思，不知他是不是从《新列国志》那几本小说上看来的。刚才听了玉峰的话，我又想起来这个故事，所以忍不住大笑起来。不过，故事是故事，咱们可不能把宋献策比做马骨。此人必有些真本领，能够助闯王一臂之力。"

大家都曾经听闯王讲过这个千金买马骨的故事，于是都笑了。高一功说：

"这位宋献策一定有些真本事。牛启东很有学问，他不会随便推荐人来做军师。"

牛金星本来想在床铺上矇眬一阵，但是靠在枕上以后，因想着

---

① 千金买马骨——古代有一位国君想用一千两黄金买一匹千里马，三年没有买到。办事人员用五百两黄金替他买一具千里马的骨头回来。从此四方都知道这位国君确实想买千里马，一年之内就送来了三匹。这是春秋时代郭隗对燕昭公讲的故事。昭公躬厚礼招聘贤者，使燕国由弱变强。所谓"千金买马骨"，在原故事中实际是五百金。

刚才同闯王的谈话,心情兴奋,瞌睡跑了。他正在仰视屋梁,思绪飞腾,尚炯满脸堆笑地进来。金星赶快下床,拉着医生在火边坐下。医生说:

"我刚才遇见闯王,他对你帮助他决定下一步用兵方略,十分高兴。我的事情很忙,顺便来看你一眼。"

牛金星谦虚地说:"愚弟碌碌书生,谬承老兄推荐,竟蒙闯王青眼相待,虚心下问,愚弟自当竭智尽忠,以报万一。"

医生说:"我跟随闯王数年,深知闯王深谋远虑,有过人之智,更善于采纳嘉言,从不自以为是。有时他自觉思虑未周,总是召集众将,叫大家各抒己见。他虚怀而听,择善而从。别人如有好的主意,纵然出自马夫小卒,他也听从。我曾说他:'闯王,你惟其不自是,所以常是。'可是在大关节上,他也坚持自己主张,不稍让步。像闯王这样人物,尽管过去几年中屡经挫败,但确实有过人之处,确实了不起。遍观当今起义群雄,没有一个人能及得上他的。张敬轩比他矮了一头,像革、左之流的人物连他的十分之一也不如!"

牛金星说:"自古成大事的英雄,必是如闯王这样有雄才伟略,虚怀若谷,从谏如流。汉高祖和唐太宗都是如此。"

医生说:"牡丹虽好,还须绿叶扶持。自古创业英雄都必有谋臣辅佐。张良、陈平都能在要紧时候为刘邦出谋划策,决定大计。朱洪武创建大明,刘伯温实是不可少的谋臣,人们称他是诸葛孔明一流人物。但望启翁从此扬眉吐气,展舒长才,为闯王身边的良、平、伯温。"

这几句话正说在牛金星的心坎里,使他不觉哈哈大笑,但笑后就在谦逊中含着自负地说:

"愚弟何能与古人相提并论!"

第二天中午过后,李自成的老营离开白土岗,穿越伏牛山的东部,向北进发。在离开白土岗之前,他已经同牛金星、刘宗敏、高一功、田见秀等一群重要将领商议,决定将"随闯王,不纳粮"和"义军所至，三年免征"两句话写成揭帖，在大军所到之处普遍张贴。前一句话是李闯王一进入河南境内就提出的一个口号，后一句话是现在新添的口号。前者是号召百姓不再向明朝的官府纳粮，后者是说闯王自己免征钱粮，流传之后就简化为半句"三年免征"了。闯王早在三年前就提出过"剿兵安民"的口号，因目前中原官兵空虚，不再着重去提。另外还有"割富济贫"和"平买平卖"等话，都是李自成义军的一般口号，已经行之多年，不像入豫后新提出的两个口号在百姓中震动之大，传播之广。

这两个新口号的提出，标志着李自成的革命事业开始了新的阶段，也标志着明末农民革命战争进入了新的阶段。这不是像"均贫富、等贵贱"那样空想的、在封建社会中根本不可能实现的口号，只有理想的光辉，没有实践的意义。李自成的这两个新口号反映了深受钱粮杂派之苦的农民和有少量土地的中小地主的切身利益，又反过来争取他们转向革命，立刻产生了巨大影响。李自成入豫后还有均田的设想，但由于没有建立稳固的根据地和政权，没法实行，所以没有制定具体办法，也没有认真宣传。由于两个新口号的提出，加上破山寨开仓放赈，军纪严明，秋毫不犯，对李自成的声誉立刻产生了巨大影响。过了摩天岭往北，凡遇集镇村落，在路边欢迎的人群更为踊跃，其中就包括濒于破产的中小地主。

李自成向北进军，绕过摩天岭，在二郎庙停下来等候同宋献策会面。在第五天中午，宋献策来到了。李自成、牛金星、刘宗敏率一大群将领出寨相迎。虽然宋献策只到闯王的肩膀高，比一般中等身材的人矮半头，但是气宇轩昂，谈笑风生，立刻获得了众将领的好感。闯王的老营扎在一家大乡绅的宅子里。午宴以后，闯王请他和牛金星到书房中谈话。恰好刘宗敏没有重要事，也来了。闯王笑着说：

"献策兄足迹半天下，见闻极广，又胸富韬略，精通兵法战阵，今日承蒙不弃，前来共事，不惟是自成一人之幸，也是全军之幸。依足下高见，我们应如何练成一支精兵？如何早日夺取明朝江山?"

宋献策回答说:"献策生逢乱世,书剑飘零,寄食江湖,碌碌半生,一事无成。今日来到将军帐下,得能常在左右,自当竭忠尽智,佐将军早定天下。但军旅之事,容当陆续奉献刍荛之见,供将军斟酌可否。今日初次晋谒,愿先谈一事,权当芹献①。在未谈此事之前,请将军受献策两拜。"说毕,离开座位,跪下便拜。

李自成慌忙离座还礼。牛金星和刘宗敏也赶快起立。金星最近尚未同献策见面,通过献策到临汝后与他信使往还,他已知道献策认为李自成上膺天命,将有天下之分,但献策的依据他不知道。现在见献策如此行礼,明白就要说出极其重大的事。宗敏也心中有些明白,当献策拜毕起立时,他一把抓紧献策的臂膊往椅子上一按,大声说:

"老兄赶快说出来吧,咱们李闯王日后会有天下么?"

"有,有。闯王名应图谶,吉兆显明,实系应运而兴,必有天下无疑。"

宗敏又说:"献策老哥,你别绕圈子,明白说出吧。咱们闯王是怎样名应图谶?什么图谶?什么吉兆?怎见得是应运而兴的?请快点儿说个明白,可不要有半句奉承!"

献策哈哈大笑,说:"此系何事,岂敢虚为奉承之语?且献策今日到此,岂是为打秋风而来?倘若捷轩将军以江湖之士看献策,则弟即惶愧不安矣!"

闯王忙说:"捷轩喜欢说爽快话,请献策兄不要见怪。"

宋献策又哈哈大笑,然后向地上吐口痰,清一下喉咙,肃然坐正身子,又向闯王拱拱手,从容不迫地说:

"今日献策所要言者,原是天机。不遇其人,不遇其时,不敢轻易泄露。随便泄露,不仅败坏大事,且有杀身之祸。今日献策来至义军,面谒麾下,说出天机,正其时矣。献策因见明朝气数已尽,必有真命天子应运而兴,故十年来浪迹江湖,萍踪南北,暗中察访究

---

① 芹献——不像样子的馈赠品、献礼品。

竟谁是真正的济世英雄。后来得到古本袁天纲、李淳风《谶记》一书,也就是世人所知的《推背图》。然目今所见的《推背图》全系后人伪托,与袁天纲、李淳风二人原本出入甚大。我所得到的是古抄本,题为《谶记》,也是有图有诗,但次序与今日所见诸本不同,所记图谶也大有出入。有一极为重要图谶,为今日诸本所无,正是闯王必得天下之谶。"

宗敏问:"那上边画的什么？怎么写的?"

献策说:"上面如何写的画的,不用我空口说明,现有实物为证。请将我的贱仆唤来。"

宗敏立刻叫亲兵将宋献策的仆人叫来。献策向仆人吩咐一句,不过片刻,那仆人捧了一部青布函的大书进来,递给他以后赶快退出。刘宗敏看到书函的黄纸题签,笑着说:

"这不是一部《金刚经》么？我们田玉峰大哥喜欢这样书,难道这里边也有《谶记》?"

宋献策不慌不忙,打开青布书函,取出大字刻版的四本《金刚般若波罗蜜经》,抽出第三本,撕破背面书皮,拿出半页纸色很古的手写图谶,从椅子上站起来,双手捧呈闯王,同时解释说:

"因怕路上被官府查出,故将全书留在开封,只带来这有用的半页图谶献于麾下。"

闯王站起来接过图谶,与金星、宗敏同看。宋献策还怕闯王和宗敏不能够完全明白,站在一旁解释说:

"这画上被射死的大猪即指朱姓朝廷。四句谶语中所说的'红颜'就是'朱颜',即朱姓美人。所谓'红颜死,大乱止',即是说朱姓亡国,天下大乱方止。所谓'十八子,主神器',即是说姓李的当主神器。神器者,天子之位也。闯王当有天子之位,岂不甚明?"

刘宗敏大叫说:"我的天,果然这《谶记》上写得明白!"

献策又指着后边的四句七言颂诗说:"请看这第三句是'十八孩儿兑上坐',十八孩儿即俗话说的'十八子',是个'李'字,明明指的是闯王。兑为北方,闯王起自延安府米脂县,正是兑方。再看这第四句'九州离乱李继朱',话就说得更明白了。"

金星说:"《谶记》如此明白,则闯王上膺天命,数已前定,复何疑哉!"

宗敏又叫着说:"献策兄,你,嗨!你献来的这一《谶记》,胜添十万人马。我刘宗敏拼死也要保闯王早定天下。"

宋献策点头微笑,接着说:"这卦是'既济①',坎上离下,水火交相为用,事无不济。且水在上,火在下,水能灭火。明朝为火德王。闯王起自西北,北方壬癸水,故为水德王②。水灭火,即水德王代火德王之明证。"

李闯王一直在听,在看,在想,默不做声,竭力使自己保持镇静。这时他不再忍耐,望着宋献策和牛金星说:

"我原是出身农家,曾为驿卒,为生计所迫,不得已而聚众起义,立志救百姓于水深火热之中。不意名应图谶,当得天下。不过自古得天下的,虽有天命,更要依赖人事。今后望两位仁兄多多帮助,见我有不是之处,随时指出,使我改正。倘果然能得天下,不敢忘兄等辅佐之功。"

宋献策又对闯王说:"崇祯元年十月间,紫禁城中御花园有一棵李树开花,朝臣都向崇祯上表祝贺,说是祥瑞。其实,花开不时,何曾有什么祥瑞?按五行说,此系'木眚',出在紫禁城内,对崇祯颇不吉利。然李为麾下姓氏,实预兆麾下将开花于紫禁城内。可怜崇祯满朝文武,莫解李树十月开花之故!"

刘宗敏说:"那时候咱们李闯王还没起义,崇祯的满朝文武当然不懂!"

经过了十二年的武装斗争,千辛万苦,艰险备尝,尤其是在近两三年连遭重大挫折之后,如今初来河南,开始走上顺利道路,长

---

① 既济——《易经》上的一个卦名。

② 水德王——战国时齐人邹衍利用五行循环思想创立"五德终始"的学说,认为每一朝代各据有五行中的一德,朝代兴亡都符合五行生克的道理。这一宿命论学说,与皇权天授的思想互为表里,从秦朝开始就在有关皇朝兴替的政治斗争中起重大作用。李自成建立大顺帝国时自称是水德王,服色尚蓝。

久来梦想中的宏图大略看来并非空想,正在此时,宋献策来到军中,献上"十八子主神器"的《谶记》,对李自成和全军上下都起了十分巨大的振奋、鼓舞作用。闯王暗想:过去只是有人说我李自成日后能得天下,不意果然是上膺天命,见于图谶!刘宗敏等众将领想道:只要闯王上膺天命,纵然肝脑涂地也是值得的。同时从上到下,都想着今后应如何齐心戮力,整饬军旅,除暴救民,佐闯王早定天下。高夫人知道了宋献策献的《谶记》,同左右的女兵们都激动得滚出热泪,立刻在院中摆上香案,焚香拜天。明朝人由于朝廷提倡,最为崇奉关羽,称为关帝。高夫人拜过天以后,又对着关帝牌位,燃烛焚香,虔诚礼拜,默求神佑,使闯王早建大业。老营将士自动地敲锣打鼓,燃放鞭炮,高呼万岁。

宋献策来到闯王老营献《谶记》的消息很快地传知了各处将士,到处一片欢腾,鸣放鞭炮,呼喊万岁。这一振奋人心的新闻也在民间迅速流传,到处议论。虽然那些据守山寨的土豪乡绅们不肯相信,有些人半信半疑,但是广大饥民,特别是年轻人,都相信这《谶记》句句皆真,认为"李继朱"是天命注定。从此,来投义军的百姓更加踊跃,成群结队,川流不息。

经过几次深谈之后,李自成明白宋献策对于天下形势比较熟悉,对于兵法、战阵以及近代名将如戚继光等人的练兵情况,知道得也较多。他虽然心中不喜欢宋献策免不掉流露的江湖习气,但满意他是个难得的有用之才。

宋献策到军中的第三天,在二郎庙的闯王老营中召开军事会议,除讨论各项紧要的军事问题外,闯王当着大小将领拜宋献策为军师。闯王还趁机向将领们说明:目前各种官制尚未建立,没有适当职位给牛举人,但实际上是居于宾师地位。将领们都明白,牛金星将来必定是文臣之首。在这次大会上,闯王又一次对众将领重申军律和注意事项,亲自解说了入豫以来陆续宣告的各种政策,包括如何对待读书人和明朝官吏。对读书人,愿意归顺的给予优遇,量才任用;不愿归顺的也一概不杀,除非有较大民愤或甘作义军死敌。破城之后,抓到明朝现任官吏,除非民愤较大,也都不杀;如肯投降,照旧任职。当时地主阶级内部正在动荡和分化,举人、秀才之类的读书人和地方官吏的政治态度受到新形势的巨大冲击。李自成的各项政策有利于促使明朝政权的社会基础加速分化瓦解。一两年之后,明朝的君臣们更加明白和震惊:在众多起义将领中确实只有李自成最为可怕。

闯王的大军一边继续在伏牛山中攻破富裕山寨,一边扩充人马和抓紧时间练兵,一边逐步北移。到了十二月初,闯王来到了伏牛山脉的北麓,攻破了一座大的山寨。这寨中居住着戴、盛二姓,名叫戴盛寨。闯王将它改名得胜寨,驻扎他的老营。这时他已经有十几万人马,声名远扬,但是还不曾派兵去攻破附近的任何县城。河南巡抚李仙风因无力对付,只好佯装不知。

一些原来散在别处的零星将士都找来了。郝摇旗也率领几百人马回来了。他在白河县同刘宗敏失散,宗敏渡过汉水,而他没有机会过去,率领幸存的不到十名弟兄突围出来,辗转到了山阳和镇安两县之间,害了一场重病。在害病期间,他让手下人跟当地土寇合伙,以便不被乡勇消灭,但也做了些扰害百姓的事。病好以后,他不愿到商洛山中听刘体纯和谷英指挥,所以继续留在山阳一带,等候闯王消息。由于他屡犯错误,又不肯及时回到商洛山中,所以在闯王的老营中说他坏话的人多,替他说好话的少,甚至有人主张不要收留他。闯王严厉地责备了他,也没有派他职务。不久,李自成到得胜寨扎下老营,一面大练兵,一面准备攻破洛阳。郝摇旗见大家忙得要死而他自己闲得要死,心情越发痛苦。他的祖宗几代都是替大户人家喂马的,他在少年时候也随着父亲给人家喂马,所以掌握了许多在养马方面的好经验和医治骡、马病症的秘方。他因见李闯王的士兵迅速增加,战马的来路较难,驮运辎重的骡子也日见不足,就向闯王提出要求:让他专掌繁殖骡、马的事。闯王同意,给他调拨了几十匹口嫩的良种公马和关中大叫驴,以便事先养好,到春天开始繁殖。摇旗从山阳和镇安两县带来的新弟兄中有不少会烧炭的农民,起初为自己的营中人、畜需要,用花栎树和槲树的枝子烧了许多炭,敲着当当响,点着火旺,耐烧,灰少。李闯王路过牧马营中,看了这些木炭,称赞了他们。于是郝摇旗又自动请求,将得胜寨老营各部门所用的木炭都承担起来。

到了十二月中旬,李自成开始准备进攻洛阳及其附近的几座县城。一日,正在同牛金星、宋献策、刘宗敏、高一功和李过等众将领商议军事,忽然有探事人从开封回来,除禀报了开封的一些情况外,还报告说杞县李公子被仇人陷害入狱,可能会定成死罪。自从宋献策来到军中以后,李自成和他的几位大将常听他谈到杞县李公子如何如何,大家自然对李信颇有好感,希望他日后也能前来共事。宋献策还把李信在今年春天所作的《劝赈歌》抄给自成,深为自成赞赏。现在听说李信入狱,将要判为死罪,大家都很关心。刘宗敏将桌子一拍,跳起来说:

"他妈的,他们要将李公子置于死地,咱们就杀了他们! 破洛阳用不了多少人马。我们总是要到豫东去,不妨现在就派出两万人马,到豫东连破几个州县,顺便破开杞县,救出李公子。如他愿意共事,一起随闯王打天下,咱们欢迎!"

几个将领觉得刘宗敏的话也有道理,但又怕打乱闯王目前的用兵方略,都望着闯王,等待闯王说话。李自成沉默片刻,望望宋献策,问:

"军师的主张如何?"

献策说:"即令将李公子判成死罪,也不会很快处决。我们目前只可专心破洛阳,杀福王,然后再派大军东进,扫荡中原,乘机破开杞县,救出李公子。不知闯王以为如何?"

李自成点点头,同意军师的主张。他吩咐高一功,多派出几个人,去杞县和开封打探李信的情况,随时回来禀报。从此,在闯王老营中,除关心破洛阳的问题外,也常常议论从杞县来的消息……

第十章

刚刚一更过后,监狱的院子里就显得十分寂静,只有两个值更的禁卒提着小小的白纸灯笼,每隔一阵在院中各处走走,用木梆打更。但是今晚的寂静同往日大不一样。黄昏前监狱中就来了十几名捕快,有的挂着腰刀,有的拿着木棍,坐在监狱大门里边的小耳房里,有时也有人在前后院中走走,向各地察看察看。这些人不断地交头接耳,小声地咕哝几句,神态异常。平日,有些常来送晚饭的犯人家属因为同禁卒熟了,都可以放进来站在院中,有的还可以直走到监号的铁窗外边。但是今晚,送饭的人,不论大人小孩,一律被挡在大门外边,对他们递进来的食物还都要检查一下。所有这些情况,已经引起犯人们的奇怪,何况从街道上时常传来催促各家丁壮赶快上城的呼喊声,还有不断地从城墙上传过来守城军民的吆呼声。乱世年头,老百姓本来是夜夜被里甲督催守城,但今晚不是像平日一样叫居民轮番上城,而是敲锣呼喊说:"县尊太爷传谕,无论绅衿之家,庶民百姓,凡是丁壮男子,一律携带灯笼武器,即速上城,不许迟误。倘敢故违,定行严究不贷!"这略带嘶哑的传谕声自远而近,又自近而远,一遍一遍地越过监狱的高墙,穿透糊着麻纸的铁窗,字字敲在囚犯们的心上,都听出来定然出现了紧急情况。昏暗的号子里十分拥挤,犯人们多得连翻转身也不方便。平日在这时候,人们被虱子和跳蚤咬,被尿桶的臊气熏,被鞭笞的疮痛所苦,被痒得钻心的疥疮折磨,因不同的遭遇和前途绞心,各有各的忧愁。现在虽然这一切情况都依然如故,但是大家不约而同地暂时顾不得这些痛苦,倾听着监狱高墙内外的各种动静。他们不时地用肘弯你碰碰我,我碰碰你,也不管对方能否看见,忍不住交换眼色。有少数人的家境略好,事情不大,出狱有望,不希望天下大乱,担心破城后玉石俱焚。但是多数人积愤满怀,深感到这世道暗无天日,在紧张的沉默中谛听、猜想、盼望,巴不得赶快听到攻城的炮声和呐喊声。

在后院一个单独的号子里,小油灯因灯草结了彩,十分昏暗,借助铁窗棂糊的麻纸上透过的月光,可以看出来屋中有一张小床、一张小桌、一只凳子,还有一个放在地上的木炭火盆。床上和衣靠着一个人,毫无声音,好像是睡着了。过了一阵,只听沉重的脚镣哗啦一声,这个人从床上忽然坐起,愤慨地叹口气,从牙齿缝中迸出来一句话:"真没想到,我李信竟有今日!"这突然迸出来的话声很低,只能使他自己听见。他跳下床沿,用拨灯棍儿拨掉灯花,把灯草拨长。小屋中亮得多了。他又拿铁筷子把盆中的灰堆拨一拨,露出红的木炭,然后加上几块黑炭在红炭下边,重新堆好。火盆中露出红火,囚室里也有点暖意了。他在斗室中踱了几步。每动一步,那脚镣就哗啦地响一下。他不愿听见自己的脚镣声,于是在小椅上坐下去,向监狱的高墙外侧耳倾听片刻,又重新陷入纷乱的思想狂潮之中。

将近半个月来,李信就一个人住在这个安装有铁窗棂的斗室中,由于他是宦门公子、举人,又加上家中不惜在衙门中使用银子,才给他特别优待,单独关押,还有火盆、床铺、一桌、一凳。可是他是个煽动"民变"和私通"反贼"红娘子的重要案犯,所以脚拖重镣,手戴铁铐。在他下狱之后,他的弟弟李侔曾来过两次,对他说已派人去省城托亲朋在抚台衙门和布、按①两大人面前说话。弟弟劝他在狱中宽心等候,并说宁拼上把家产花光也要将官司打赢,弄个清清白白。自从七八天以前,李侔就不再来监狱了。据每天来送饭的家人对他说,大奶奶叫二公子亲自往省城去了,不日就可回来。李信想着,开封虽然有几家颇有门第的亲戚、世交和朋友,也有商号中会办事的伙计,但是这次案情十分严重,几个仇家也有钱有

---

① 布、按——布政使,按察使。前者地位略等于省长,后者是一省的司法长官。

势,在省城神通广大,必欲将他置之死地而后快,而知县又站在仇
家一边,大奶奶叫二弟亲自去开封托人也是应该的。只是他不放
心的是,李侔毕竟年轻,性情倔强,又不惯俯首下人,万一托人不顺
利,急躁起来,也许会把事情弄得更糟。他非常想知道李侔在开封
奔走的结果,可是今晚家人来送饭竟然也被挡在监狱大门外边。
不准他的家人进监狱,还是破题儿第一遭。这时他想着下午李老
九背着人对他说的那些话,心中十分焦躁,愈焦躁愈奇怪李侔的没
有消息。

今天下午,看监的头目李玉亭趁着放风之后,来屋中同他聊
天。这个五十岁的瘦老头子是杞县的老衙蠹①,三教九流,人缘很
熟。他在叔伯弟兄中排行第九,所以生疏的人们多称他李老板或
九老板,这老板是人们对衙役头目的尊称,并非他开过什么店铺。
市井年轻人和那些小偷小摸、青皮无赖,捕、快、皂三班后进,都亲
热地尊称他九爷。那些有点身份的人,例如青衿士子、地主富商,
都叫他老九,既不失自己身份,也使他感到亲切。他一向认识李信
兄弟,同李府管家也熟。平素他找李信兄弟打秋风,总是满意而
回。李老九今天悄悄地对李信说出了两个消息,都使他感到吃惊。
第一个消息是,知县原来不想把他置于死地,在给抚台、藩台、臬
台②和开封府上的呈文中都用的活口气,可是前天与李信为仇的两
家乡绅富豪对知县又是压又是买,许给他万把两银子,非要将李信
打成死罪不可。知县这才黑了心,第二次给开封各"上宪"③送上详
文④,诬称"现经多方查明,李信的系⑤存心谋逆,操纵饥民滋事,意
欲煽起民变,一哄破城"。又说绳妓红娘子造反是李信唆使的,上
月红娘子意图进袭开封,也是他的主谋。第二个消息是,李信的仇
家想着李府并非一般庶民百姓之家,在省城中也有一些有名望的

---

① 衙蠹——明末老百姓对于衙门书吏和衙役的称呼,含有痛恨他们的意思。
② 藩台、臬台——藩台是对布政使的俗称,臬台是对按察使的俗称。
③ 上宪——指上级衙门,上级长官。
④ 详文——简称详,呈文的一种。
⑤ 的系——同"确系",明、清人习用词。

亲戚、世交,所以抚院和藩、臬两衙门未必会一致同意将李信定为死罪;即令拿银子将三大衙门上下买通,将李信定为死罪,像这样案子按照《大明律》也只能定为秋决①,不会定为立决。因为李信是宦门公子,又是举人,抚、按各衙门在表面上还必须按律办事,以遮饰他们受贿枉法之罪。抚、按衙门既要做得能够遮人耳目,也要考虑李府必然上诉刑部和都察院,他们在给李信定罪之后还必须上呈刑部。即令刑部批复,定为秋决,也要到明年冬至行刑,还有一年光景。何况,刑部和都察院也有将案子发回复审的可能。总之,李信的仇家担心夜长梦多,万一李信出狱,好像猛虎出笼,后患可虑,所以他们近两三天曾打算多花千把两银子,在狱中将李信暗害,报成暴病身亡。只是李信不是泛泛小民,知县和典史都不敢点头,至于下边看监的人们,一则没有这个天胆,二则也因为李老九和几个管事的禁卒头儿决不做这样谋害李公子的事,仇家这一条毒计才没有行通。

听了李老九说出这两个机密消息,李信觉得心头一凉,直透脊背。原来他对知县还抱有幻想,总想着知县虽是受那几家有钱有势的乡绅利用,但不会将他置于死地。当他见到知县前一次给“上宪”报的呈文底子时,看见其中最吃紧地方用字都很活,留着回旋余地,就证实了他的想法。他完全没料到,事到如今,这个狗官完全倒向他的仇家那边。今天,他真是度日如年。平常一日三次前来送饭的仆人,今晚竟然不能进来,更增加他的无穷疑虑。

李信被囚禁的单人房间是在监狱的后院,接连着的两间房子住着看监的人。他不像住在前院大班房中的囚犯们消息灵通,因而今晚所有给犯人送饭的人都被挡在大门外,他不知道;监狱中增添了十几个挂刀执杖的捕快,他不知道;街巷中和城墙上有传呼守城的声音,他虽然听到了,但不很重视,只认为是常有的一般匪警,所以他的心思都用在他自己赶快向“上宪”辩诬伸冤的问题上。

突然,从高墙外的街巷中传来紧急锣声,跟着传呼知县严谕:

---

① 秋决——冬至处决犯人叫做秋决。立即处决叫做立决。

"贼人离西门只有五里,守城十万火急。各家丁男,立刻全数上城,不得迟误!各家门前悬挂灯笼,严防奸细!街上不许闲人走动,不许开门张望!有胆敢纵火抢劫,扰乱治安者,格杀勿论!有留住生人,隐瞒不报者,立即拿问!"这一次敲锣传谕的声音开始引起李信的注意,暂时把自身的大事放在一边。他心中纳闷:"什么人前来攻城,竟来得这么突然?"他知道临颍有个一条龙①,手下有几千人,一个月前曾经来攻过一次城,受挫而去,大概不会是他再来攻城。亳州一带有个袁老山,手下有一两万人,但这人一向不往西来,也不会来攻杞县。算来算去,他想不出究竟是谁,心中暗自问道:

"难道是李自成已到豫东,要攻杞县?"

在他入狱之前,杞县一带就听到不少传言,说李闯王在陕西什么地方打了败仗,突围出来,只剩下五十个骑兵跟随他从淅川县境内来到河南,在南阳府一带打富济贫,号召饥民,不到半个月光景就有了好几万人,声势大震。又传说李闯王的人马不骚扰百姓,平买平卖,对读书人不许无故杀害。李信是一个留心时务的人,对李自成的名字早就知道,并且知道他在崇祯九年高迎祥死之前原称闯将,后来才被推为闯王,在相传十三家七十二营中数他的一支部队最为精强,纪律最为严整。去年九月,宋献策为营救牛金星,曾对他谈过李闯王。听过宋献策的谈话和牛金星曾投闯王一事,从去年冬天起,他对李自成就十分重视。可是这一年多来,他只听说牛金星已经减为流刑,"靠保养病"在家,却没有再听到李自成的确实消息,甚至还一度传闻他已经害病死了。直到他入狱的前几天,关于李闯王在南阳一带声势大震的种种传言才突然哄动起来。

他在心中自言自语:"为什么近几天来没有听说他来到豫东的消息?这岂不是'自天而降'?"随即摇摇头,又说:"尽管他的人马一贯是行踪飘忽,但既然事前毫无消息,忽然来到杞县城外,决无此理!"

他一转念,想着这必是什么土寇前来骚扰,意欲攻城。他想,

---

① 一条龙——姓韦,崇祯十三年九月率饥民造反,次年麦熟后众散,被灭。

杞县城虽然无山河之险,但是因为它自古是从东南方防守开封的重要门户,所以城墙高厚,城上箭楼和雉堞完整,滚木礌石齐全,抵御土寇可以万无一失。过去一年就曾有两次土寇来攻,都是徒然损兵折将而去。李信认为既然不会是李自成来到豫东,其他也就不须多想了。

他把心思掉转过来,重新盘算他将如何赶快设法替自己辩冤,忽然听见门上的铁锁响了。随即李老九推门进来,神色有点慌张。李信忙问:

"老九,弄到手了么?"

老九低声说:"弄到手了。"他一面从袖子里掏出一张公文稿子,递给李信,一面接着说:"刑房的几位师爷真是狠,起初硬不肯卖出这张底子,一口咬定说县尊大老爷已有口谕,不许外抄。后来我找到刑房掌案谢师爷,说了许多好话,他才答应帮忙。这张底子可真贵,非要二两银子不可。后来勉强减到一两八钱,才把底子给我。"他又从怀里取出一些散碎银子,递给李信说:"大公子,你老下午给我的是一锭二两,这是找回的二钱碎银子,还给你。"

李信只顾看知县给河南巡抚和布、按二司的详文底子,没有抬头,随便说:"别给我,你留在身边用吧。"老九停着手,望着李信,嘻嘻笑着说:"那,那,这可沾光啦。"便将碎银子放回怀中。李信看着详文中尽是颠倒黑白、捏词栽诬的话,怒不可遏。当时官府的呈文和判牍喜欢用骈散兼行的文体,以显示才学。在这份呈文中有这样令人肉麻的对仗句子:"李信暗以红娘为爱妾,权将戎幕作金屋;红娘明戴李信为魁首,已从鞍马订山盟。"看到这里,李信将底子投到地上,不禁叫道:

"哼!他们竟如此无中生有,血口喷人,必欲置我李信于死地。苍天在上,我李信死不瞑目!"

老九俯身拾起公文底子,还给李信,小声说:"大公子,请你老把这件事暂且放下。现在出了一件天大的事,可不得了!"

李信一惊:"什么大事?你说的可是有土寇前来攻城的事?"

195

"唉,要是一般土寇倒没啥不得了。"

"难道是李闯王的人马来到豫东?"

"李闯王现在豫西,远隔千里。大公子,你老再猜。"

"我猜不出,也不想操这号闲心。反正与我无干,用不着我杞人忧天!"

"不,大公子,今晚有人来攻杞县城,声言是为你而来。"

李信大惊失色,瞪大眼睛直望着老九的脸孔,"啊"了一声,问道:"真的? 真的? 如何会有此事? 这不是硬将我推入绝路,促我快死么? ……老九,到底是哪个前来攻城? 谁? 谁呀?"

老九嘘了声,探头向门外听听,低声说:"莫高声。是红娘子来攻打县城!"

"啊! 红娘子?"

"是红娘子! 黄昏以前,她的人马突然到了韩岗①附近打尖。城里听说,赶快关城门,查户口,兵勇上城。城外人纷纷往城里逃。刚才听说,红娘子的大队人马已经到了五里铺,前哨骑兵到了西关。百姓哄传着她是因为你的事情而来的。城中人心浮动,谣言很多。"

"奇怪! 红娘子不是在砀山以东,离咱这儿有几百里么?"

"刚才据出城的探子回来说:红娘子听说公子下狱,率领人马杀奔杞县,一路马不停蹄,人不歇脚,遇城不攻,过镇不留,所以来得十分神速,出人意料。眼下城中谣言很盛,说红娘子今晚要攻破县城,打开监狱,救出李公子,只杀官,不杀百姓。大公子,你老如今可是,可是,可是祸上加祸! 咱杞县城内,光兵勇就有一两千,加上家家丁壮上城,周围城头上站满了人,火药矢石全不缺乏。听说红娘子只有一千多人,这城池能够是吹口气就吹开的? 她攻不开城,你大公子可是罪上加罪;万一攻破了城,杀了朝廷命官,你大公子也脱不了灭门之罪。说得再坏一点,别人趁着城上城下交战,兵荒马乱,先把你杀害,也是会的。这红娘子虽然很讲义气,诚心前

---

① 韩岗——在杞县和陈留之间,通往开封的大道上。

来救你,可是她到底是个女流之辈,心眼儿窄,虑事不周,又无多谋善断的军师替她出好主意,她万不会想到,她来救你反而是坑害了你!"

李信连做梦也没有想到会出现红娘子来攻打杞县的事,正在发愣,忽听院中一连声地传呼:"大老爷请李公子去衙门说话!请李公子!请李公子!"老九脸色一寒,赶快将那张公文底子从李信的手中抢过来,塞进自己袖中,悄声说:"我替你藏起来,明天给你。"随即扭头向院中大声回答:"李公子马上就到!"他的话刚刚落音,一个衙役推门进来,望着李信说:

"大公子,大老爷有请!"

李信回答了一声"走吧",同老九交换了一个眼色,提着绑在脚镣中间的细麻绳,抱着豁出去的想法,态度镇静地走出囚室。老九将跟在李信背后的衙役的袖子拉了一下,附耳叮嘱:

"大公子为劝赈救灾,身受不白之冤,你也清楚。今晚叫进衙门,吉凶莫卜。如有好歹,务必多多关照。"

院中响着脚镣声、打更声,已经是二更以后了。

李信走出监狱大门,首先看见两边耳房中坐满了手执兵器的衙役,随后看见有一乘青布小轿放在地上,也有十几个手执刀剑的衙役站在轿的周围。刚才进到监狱里边的那个衙役掀开轿帘,说声"请!"李信弯身坐进轿里。轿子飞快地往县衙门抬去,衙役们紧紧地围随着轿子的前后左右。李信虽然因轿帘落下,看不见街上情形,但是分明地感觉到街上出奇的寂静,只有一小队巡逻的士兵迎面走过,另外有十几个人抬着东西往西门走去,脚步急促而沉重。率领巡逻兵的头目小声问:"抬的是火药么?"一个喘着气的声音回答:"几大篓火药,一篓铁子儿跟铁钉子。"片刻工夫,轿子已经抬进县衙,直抬进二门,在大堂前边的阶下落地。等衙役将轿帘打开,李信才不慌不忙地弯身出轿,看见大堂上空无一人,不像是对他审讯。他正在打量周围动静,那个他平日认识的知县的贴身仆

人陶诚提着一盏有红字官衔的纱灯笼,在他的旁边出现,像往日一样有礼貌,躬身低声说:

"大老爷在签押房等候,请公子进去叙话。"

李信随着陶诚走进幽暗的大堂,绕过黑漆屏风,来到第三进院子,向西一转,便到了签押房门外的台阶下边。陶诚向前快走几步,掀开半旧的镶黑边紫绸绵帘,躬身说:"禀老爷,李公子请到。"只听里边轻声说了个"请"字,陶诚立即转过身子,对站在阶下的李信躬身说:"请!"李信哗啦哗啦走上三层石阶,看见知县已经走出签押房,在门口笑脸相迎。李信躬身说:

"犯人镣铐在身,不便行礼,请老父台海涵!"

知县故作大出意外的神气,望着李信抱歉地说:"嗨,嗨,下边人真是混蛋!学生一再吩咐,对老先生务从优待,不料竟然连手铐也用上了。真是胡闹!"他转向陶诚:"来人,快把李公子的手铐取去!"陶诚向外一声传呼,立即有一个事先准备好在大堂屏风后黑影中侍候的衙役答应一声,快步进来,先向县官下一跪,然后将李信的手铐打开拿走。按照一般规矩,犯人这时应该跪下磕头,感谢县官的"格外恩典",但是李信没有做声,更不下跪,面带冷静的微笑,看着这一场小戏演完,下一步还有什么上演。知县见他并无感谢之意,又赔笑说:

"因学生一时疏忽,致老先生在狱中多受委屈,十分抱歉。请,请!"他拱一拱手,将李信向签押房让。

李信拱手还礼,提着脚镣上的麻绳,迈过门槛,哗啦哗啦地进了签押房。知县让他在客位坐下,自己也在平日批阅文书的太师椅上落座。等陶诚献茶以后,知县满脸堆笑,轻拈胡须,谦逊地说:

"在这签押房中,学生历年来聆教多矣。目今老先生身系囹圄,实非学生本意。学生已详禀上宪,百计为老先生开脱。耿耿之心,惟有天知。今夜特请大驾光临,有重要急事相商。望老先生一如平日,不吝赐教。"

李信笑道:"信昔为座上客,今为阶下囚。铁窗待罪,前途莫卜,岂敢像平日一样,在老父台面前不顾利害,妄陈管见。不知道老父台叫犯人前来,垂询何事?"

"伯言兄,眼下贼情紧急,学生就开门见山地说出来吧。"知县离开太师椅,顺手拉一把轻便靠椅在李信的对面坐下,接着说:"红娘子今晚前来攻城,适才已抵城外,西、北两门已被包围,声言要救足下出狱。城中蜚语流言,也是如此。学生为兄台着想,窃以为此事对兄台极为不利。杞县城高池深,官绅军民齐心,火药器械充足,岂红娘子区区千余人所能攻破?攻不破城,红娘子要救足下者适足以害足下。即令退一万步说,"知县冷笑一下,"县城可以攻破,你李公子可以救出,朝廷岂能宽容?恐老先生灭门之祸,即旋踵而至。红娘子不过一绳妓贱妇耳,纵然凌迟处死,何足挂齿!老先生世受国恩,门第炳耀,原非草木小民。况且老先生弱冠中举,如今才三十出头年纪,风华正茂,鹏程万里,受此污名,连累伏诛,上贻祖宗之羞,下负戚友之望,更永为儒林之耻,清流之玷。无论识与不识,均将为老先生扼腕痛惜,抚几长叹。老先生今日对此事可曾三思?"

知县的这几句含着露骨威胁和恐吓的言语不惟不能使李信害怕,反而激起他满腔怒火。他用一种不屑申辩的高傲神气望着这位老官僚的奸诈面孔,淡然一笑,回答说:

"天下事出李信意料者十常八九,确实值得抚几长叹。不但今日红娘子扬言为救李信来攻杞县出犯人意料,即李信出粮出钱,赈济饥民,别人必欲置李信于死地而后快,同样出犯人意料。至于红娘子究竟为何来攻杞县,犯人一概不知,纵然李信害怕连累,害怕灭门之祸,然而身在囹圄,有何办法可想?三思何益?"

"你有办法,有办法。"

"办法从何而来?"

"办法现成,并不费事。如肯采纳,学生倒愿为老先生借箸一筹。"

"请老父台明教。"

"今夜此时,既是老先生身家祸福关头,也是老先生立功赎罪良机。倘足下能亲笔与红娘子写封书子,内言兄台虽在狱中,实受优待,经各方疏解,案子日内即可顺利了结。要透彻言明红娘子贸然前来,意在救你,而实则害你。要言明县城防守严固,决无攻破之理,且陈副将永福驻军省城,朝发可以夕至;杞县城中已连夜派人飞报上宪,请兵前来,明日大军即可到达。你要劝她千万替你着想,火速撤离杞县,即使为她本人着想,也以速走为佳。不然,不惟害了你,并且她红娘子屯兵于坚城之下,明天大军一到,内外夹击,必将覆没无疑。总之,老先生要在手书中责之以大义,动之以利害,务必使其立即撤离杞县,勿贻后悔。以学生看来,红娘子一见兄台手札,定然遵命离去。只要此事成功,学生即当飞禀上宪,并上奏朝廷,陈明老先生手书退贼之功,老先生岂不转祸为福?即令杞县绅民中有欲置老先生于死地者,因见老先生作书谕贼,拯救桑梓,亦将心感激而口无言矣。这,这,这,学生这几句话,完全是为老先生生死祸福代筹。碌碌之见,尊意以为如何?"

李信报以微笑,欠一欠身子说:"承蒙老父台如此关怀,代谋良策,实在感铭五内。只是这写书子的事,犯人万难从命。"

"何故?"

"道理甚明。红娘子前来攻城,声言救我,她必有一番打算,岂能看见犯人一纸书札即便退兵?况且,鄙人因赈济饥民而招忌恨,人们竟然颠倒黑白,捏造罪款,必欲置李信于死地而后快。倘我写出这样书信,人们岂不更要坐以'勾贼攻城'之罪?"

"不然,不然!足下几次于红娘子困厄之中仗义相助,故红娘子视足下为恩人。只要见到足下手书一封,红娘子必然退兵无疑。至于说他人再想借此陷害,学生愿以身担保,务请放心。"

李信断然回答:"不论如何,犯人连一字也不能写。"

"兄台平日急公好义,难道眼下就不肯为拯救一城百姓着想?"

"犯人是泥菩萨过河,自身尚且不保,安论拯救一城百姓!"

知县已经面露愠色,但仍勉强含笑,摇晃着脑袋说:"老先生虽不像学生有守土之责,但亦非事外之人,岂能作壁上观乎?"

李信笑了一下,回答说:"犯人铁窗待罪,欲作壁上观而不可得。况且只要今夜城池万无一失,明日陈副将大军一到,红娘子即可剿灭,老父台命李信写书谕贼,实无必要。"

"虽杞县万无一失,但学生不能不替兄台着想。"

"老父台如此眷爱,使犯人感愧良深。但李信违命之处,亦请老父台鉴而谅之。"

知县拈着胡须,沉吟片刻,冷笑说:"伯言公子,机不可失。你既然不听学生一言,将来后悔无及。请问你,德齐二公子现在何处?"

"舍弟李侔因一则恐仇家陷害,二则替鄙人伸冤,已于数日前往开封去了。"

知县冷冷一笑:"可是他如今不在开封。"

李信心中一惊,回答说:"如其不在省城,定系往别处托亲戚朋友去了。"

知县又沉吟片刻,忽然喷了一声,露出温和颜色,低声说:"伯言兄,自从我承乏贵县,得接风采,对足下的学问人品,甚为景仰。今日足下一时受到委屈,身入囹圄,学生在暗中也想尽一切办法为足下开脱。区区此心,敢指天日。不管别人如何说法,弟深信足下不会勾引红娘子前来攻城。这是我的一句私语,只可秘密相告,不足为外人道也。"

李信在乍然间弄不清知县的葫芦里卖的什么药,只好敷衍说:"听到老父台如此坦率相告,犯人实在五衷铭感,不知所云。"

知县又说:"伯言兄,我虽然深信红娘子来攻城的事你事前毫无所知,但不能不担心令弟德齐公子脱不了这个勾贼攻城的……"

李信不等知县说完,立刻叫道:"决无此事!决无此事!"

知县拈须一笑,说:"你我密谈,请小声说话,不要使别人听见。你怎么知道令弟与此事无干?"

李信反问:"此系灭门之罪,老父台如此说话,有何凭据?何人敢作见证?"

知县声音平和地笑着说："足下误矣！学生提到此事，完全是
为令昆仲及贵府良贱百口着想。倘有一丝相害之意，何必说出
口来？"

李信犹豫一下，低声说："既然老父台出自一片好心，实不知何
以竟疑心舍弟与红娘子来攻城一事会有牵涉。"

"学生倒不是凭空生疑。德齐因系名门公子，在省城每日一举
一动，都瞒不住杞县人的耳目，何况杞县几家乡绅在省城耳目十分
灵通！"

"舍弟在省城有何不可告人的行事？难道只许他们诬陷李信，
就不许舍弟在省城为李信上诉申辩？"

"话不是这么说。只因前几天令弟忽然离开开封，不知去向，
而今日红娘子来攻杞县，声言救你李大公子。请足下想一想，蛛丝
马迹，岂不显然？"

李信忍着心中怒气，冷笑说："我明白了！这是仇家欲借红娘
子来攻杞县的事，凭空栽诬，好将我兄弟一网打尽！"

"伯言兄，这话可未必是凭空栽诬。数日来二公子不知去向，
而红娘子突然来到杞县，即令学生不生疑心，如何能使众人不纷纷
议论？况且，足下身在狱中，二公子的事你如何能够尽知？"

"不然！老父台倘无铁证，请勿轻信谣言。舍弟虽然年轻不懂
事，但究竟是宦门公子，读书明理，决不会出此下策，陷我于万死之
罪，使全家遭灭门之祸！请老父台明镜高悬，洞察是非，不使舍弟
受此诬枉之冤！"

"伯言兄，今日事已至此，足下实在百口莫辩。依我看，只要足
下能使红娘子立刻退兵，杞县城平安无事，则一天云雾自散。我的
话只能说到这里，请足下三思。"

李信斩钉截铁地说："方今世界，直道湮没；欲加之罪，何患无
辞！李信已将生死置之度外，其他概不愿想！"

知县的脸色一沉，手摸茶杯①，轻声说："请！"

---

① 手摸茶杯——明、清官场习气，主人端茶杯说声"请"，是送客的意思。

李信起身告辞,提着脚镣上系的细麻绳,哗啦哗啦地走出签押房。当即有两个衙役带着他穿过大堂,上了小轿,在戒备森严中被送回监狱。老九立刻来到他的号子里,打听知县叫他去谈些什么话。当李信把大体经过对他说了之后,这老头子想了片刻,说:

"以后的事情且不去管,只是今夜,要小心他们会在兵荒马乱中下你毒手,事后说你是乘乱越狱,当场格杀毙命。"

李信说:"红娘子做这件事确实十分冒失,但是事已至此,我已经将生死置之度外,故刚才见了知县,任其威胁劝诱,我都不为所动。如今不知舍弟德齐身在何处,是否仍在开封。只要德齐活着,我料他们即便把我杀害,也不会高枕无忧。"

"是的,如今二公子在外边倒好。前几天二公子常来监狱看你,我心里老是嘀咕,二公子跟红娘子也认识,万一被他们捏个罪名,下到狱里,那他们就会毫无顾忌,为所欲为啦。"

监狱里和街巷中正打三更。李信很需要冷静地把眼前的事情通盘想想,为可能出现的危险作个打算。他打个哈欠,说:"老九,已经夜深啦。管他天塌下来,我要睡觉了,你也去休息吧。万一有紧急动静,快来说一声。"老九退出,回头悄声嘱咐一句:"大公子,你老可千万警醒一点啊!"随即关上门,把门锁上。李信现在最担心的是,黄昏时那些派驻监狱的衙役可能受了知县的密谕或受了仇家的收买,趁着红娘子攻城之际将他杀害,事后宣称他"乘机越狱,当场格杀毙命"。他环顾斗室,苦于连一根可以做武器使用的棍棒也没有,而火筷子又轻又小,完全无用。他后悔刚才没有暗中托老九给他送一件什么武器,他不惜多给银子。他在心中叹口气,埋怨自己说:

"唉,我竟然如此临事思虑不周!"

然而他感到幸运的是,他的手铐已经取掉了,这使他在危急时有施展武艺自卫的可能,也增添了他的胆量。他的目光落到那只惟一的木凳子上,仿佛看见了一件十分重要的武器。他立刻打定主意:如果那些衙役们前来杀他,他就用这只木凳子首先打倒第一个冲进来的家伙,趁跟在后边的衙役们惊骇迟疑的刹那之间,夺过来一件兵器。他相信只要他夺到一把刀或剑,纵然他脚拖重镣,有十个八个衙役一齐扑上来也不会将他奈何。当然,他也想到,倘若城池不能迅速被攻破(他不敢作此希望!),知县和仇家必然使众多的衙役向他围攻,直到将他杀死。但是,他深信在他死之前,他会看见衙役们在他的狱室门口纷纷倒地,死伤一片。想到一场凶猛厮杀和战死,他没有任何恐惧,心中反而充满了慷慨激昂的情绪。

忽然,从西门外传来了一声炮响,震得窗纸索索做声。紧接着,一片呐喊攻城的声音和连续的大炮声、小铳声,震天动地。李信几乎忘记了脚上铁镣,从床上一跃而下,抓起木凳,隔着门缝倾听,屏息等待着那些准备杀害他的衙役们向他的囚室奔来。他怀着十分紧张的心情谛听着城上和城外的铳炮声和呐喊声,也谛听着院中的脚步声。过了片刻,他忽见门缝一亮,随即又看见火光照亮了囚室的窗纸。火光起后,他听见从城中几个地方传过来成群人的喊叫:

"红娘子破城啦!破城啦……"

他猛然感到欣慰,但同时也想到衙役们可能在这混乱的时候前来杀他。他紧握木凳,摆好迎战架势,由于县城已破而使他的勇气增添十倍,不自觉地吐出来一句话:

"好,来吧,来吧!"

城中突然显得奇怪的紧张和寂静。城头上没有厮杀,街巷中没有战斗,因而听不见喊杀声和哭叫声,也不再听见铳炮声。只是听见监狱附近的街巷中有纷乱奔跑的脚步声、马蹄声,夹杂着紧张而短促的说话声:"出东门!出东门!快跑!"这一阵人马刚刚过去,随即有一阵马蹄声自西奔来,同时有人在马上高声传呼:

"全城父老兄弟姐妹听知!我们是红娘子的人马,进城来只杀官,只杀兵,不杀百姓。全城百姓不要惊慌!要紧闭大门,不许乱跑,不许窝藏官兵!"

这传呼声到十字街口分开,有的向南,有的向北,有的继续向东,于是城中几处街道上都有这内容相同的传呼。李信不觉高兴地说:

"好,全城都占了!"

他的这句话刚出口,一阵脚步声奔进了监狱后院。李信听见有许多人从他的囚室前边奔过,爬上房坡,用绳子缒着跳进监狱后的僻静小巷中逃走。正在这纷乱当儿,忽然听见有人在开他的囚室的铁锁。他大声喝问:

"谁?!"

一个颤抖的、熟悉的声音回答一个"我"字,随即将囚室的门打开了。李信看见老九将囚室门推开后来不及说话,回头就跑;跑了十来步,从地上拾起一把大刀,跑过来向李信的面前一扔,转身又跑。李信赶快丢掉木凳,握刀在手,当门而立,等待着红娘子的人马进来。他的心中奇怪:怎么城破得这样容易?

前院大牢里的铁镣响动声,砸铁镣和砸铁锁声,响成一片。李信突然听见有一群人冲进监狱大门,进入前院,同时有几个声音喊着:"快往后院,救大公子! 救大公子!"随即有一群人来到后院,直向他的囚室奔来。他猛地看清,那跑在最前边的是李侔,身穿箭袖短袄,腰束战带,手握宝剑,背有劲弓,腰有箭囊,头缠红绫,代替了文人方巾。跟在李侔背后的是四五十个家丁、仆人,他们的后边还有一大群人。李侔到了他的面前,大声说:

"哥! 大家来救你出狱!"

李信没料到李侔果然参与此事,而且是同红娘子一起来了。兄弟活着重见,使他的心中蓦然一喜,但同时一种世家公子的本能使他又惊又急,带着责备的口气说:

"你,你,你……"

李侔向左右人吩咐说:"快把大爷的脚镣砸开!"

李信终于从口里冲出一句话:"德齐,我做梦也没有想到你跟红娘子一起破城!"

"不破城救不了哥,只好走这一着棋。"

"唉唉,你年轻,做事太鲁莽了!"

家丁中有人带着锤子,请李信坐在地上,很快将脚镣砸开,又扶着他站起来。李信望着李侔问:

"红娘子现在何处?"

"她正在寻找狗官。"

"二弟!事已至此,我不再抱怨你们。你快去告诉红娘子,听我三句话:一,不要杀朝廷命官!二,不要伤害百姓!三,要赶快打开仓库赈济饥民!"

"红娘子全都明白。她马上就来见你。"李侔转向一个家人说:"快扶着大爷到外边上马!"

李信挥手说:"我的腿脚很好,不用扶我。"他向一个在身旁侍候的家丁问:"有好的宝剑没有?"

另外一个仆人立刻抢前一步,双手捧上一柄宝剑,说:"这是大爷常用的那柄鱼肠剑①,我们替大爷带来啦。"李信将刀交给仆人,将剑鞘系在束腰的丝绦上,然后拔出闪着寒光的鱼肠剑,说声"走吧",就在一大群年轻强悍的仆人、家奴和家丁的簇拥中向前院走去。这时监狱的后院和前院中乱纷纷的到处是人,还有人陆续走进监狱大门,不断地有声音问:"李公子在哪里?出来了么?"一群百姓挡住了通往前院的路,争着要看看李信。李侔仗剑在前开路,一边推开众人,一边大声说:

"乡亲们,多谢大家相助,破了县城,救出了家兄。请乡亲们让开路,让家兄到外边赶快上马!"

人们一听到李侔的说话,明白那被簇拥在中间的就是李信,立刻从四面八方拥了过来,把李信兄弟和他们的随从团团围住,纷纷叫着:"李公子!李公子!"李信早已心中奇怪:这些人并不是红娘子的人,而全是庄稼人和市井贫民小贩打扮,拿的武器形形色色,

---

① 鱼肠剑——古名剑的一种,又名蟠钢剑、松文剑。古人制剑,不用纯钢。大概由于钢铁化学成分的作用,制成的这种宝剑上现出来自然的黯色花纹,类似鱼肠,故名鱼肠剑。

有棍子,有扁担,有粪叉,有菜刀和杀猪刀,只有少数人拿着真正的刀、枪、剑、戟和钢鞭。现在这些人如此热情,围得他水泄不通,不能前进一步,使他深受感动,问李侔:

"这些乡亲们是从哪里来的?"

李侔回答说:"这都是城里城外的饥民。他们一听说红娘子要破城救你,都暗中串连,里应外合,所以不用吹灰之力就把城破了。"

挤在近处的人群中有一个人大声说:"李公子! 你为赈济我们饥民坐牢,被害得好苦。不是你的赈济,我们早饿死了!"

另一个声音说:"李公子,造反吧! 事到如今,你老①不造反也不行啦。"

第三个声音说:"我们大伙儿既然替红帅的义军做了内应,开了城门,又打开班房救出你老,就不打算再做朝廷百姓。我们都要跟着红帅造反了。你老造反吧,造反吧! 不造反,你老在杞县休想活命。反吧! 反吧! 直反到北京城去!"

周围拥挤的百姓越来越多,一片声地劝他造反。他明白众人都是出自好心,怕他再落入官府之手,与李侔白送性命。平日李信连做梦也没有梦到这样场面,心中十分激动,满眶热泪,两颊上的肌肉阵阵痉挛,一时不知说什么好。他虽然明白,目前由于李侔和红娘子一起破城劫狱,已经使他处于骑虎难下的局面,非反不可,但是他马上下不了这个决心。他的父亲虽然曾经犯了向魏忠贤称颂功德的罪,但毕竟是明朝大臣,祖父也做过朝廷官吏,祖母和母亲都受过朝廷诰封,他自己又是举人,不管朝廷如何无道,他的家庭都是"世受国恩",只能尽忠朝廷,不能做朝廷叛臣。几千年顽固统治着士大夫思想的忠孝二字,直到此刻,还在继续像无形的枷和绳索一样套在他身上。纵然他可以抛掉祖宗家产,但是他不愿做父母和祖宗的不孝逆子,不愿做朝廷的"反贼"。他虽然口里不说出来,实际上在心中没有放弃一个幻想,想着只要红娘子不杀死知

---

① 你老——河南人对第二人称不用"您"字表示尊敬,而用"你老"。

县等朝廷命官,并且在破城之后不伤害百姓,他还可以不走上完全造反的道路,想各种办法使事情逐渐平息。他怀着又感动又矛盾的心情,环顾周围百姓,向群众拱拱手,大声说:

"各位父老兄弟,李信无德无才,错蒙大家爱戴,实在惭愧万分。目今朝廷无道,百姓陷于水深火热之中,到处纷纷起义。我李信无辜受诬,几乎丧生。承各位相救,才能重见天日。我李信本应徇各位所请,仗剑起义,无须犹豫,但李信世受国恩,非一般庶民百姓可比。上不忍抛弃祖宗坟墓,下不忍连累宗族亲友。这是一件大事,请让我出城休息休息,再作商议。"

群众中有一个人带着焦急和不满的口气说:"嗨,到底是宦门公子,又是举人老爷!人家一心想要你的命,你还说'世受国恩'。眼看会遭到抄家灭门之祸,你还死死地留恋你的祖宗坟墓,想着宗族呀,亲戚呀,朋友呀,挂牵这,挂牵那,难割难舍!"

另一个声音接着说:"还是咱们穷光蛋无牵无挂,说反就反!"

李信向百姓劝说:"目前虽是朝廷无道,可是各位多有父母妻子牵累,也都有祖宗坟墓,造反并非一个好办法。"

一个嗓门洪亮的人在他的背后说:"大公子!如今百姓们走投无路,只有起来造反才是办法!反到究底,就会反出个清平世界!"

另一个声音从左边的人群中说:"假如没有红娘子造反,二公子接引红帅前来,城中百姓造反内应,你大公子此刻怎能出狱?岂不要白死在贪官劣绅手中?"

右边一个半哑的声音说:"我们不造反是死路一条,只有造反才有活路。反!反!大爷,你老虽是宦门公子,事到如今,不想反能行么?"

李信听在心中,无话可说,在仆人、家奴和家丁的簇拥中出了监狱大门。那里也有许多百姓在等着看他,但被红娘子的一百多骑兵阻止在街道一旁,不准他们拥进监狱。一个仆人立刻牵过来一匹李信平日心爱的枣骝战马,把鞭子递到他的手里。李信先上马,紧跟着,李侔、仆人、家奴和家丁也都纷纷上马。他们正要向城外出发,忽见一支队伍大约有两三百人,步骑都有,打着灯笼火把,向监狱这边急急走来,前边的一个骑马的农民大汉打着一面白绸大旗,上边用朱笔写成一个斗大的"李"字。李信大惊,忙向李侔询问:

"这是哪里来的人马?"

李侔也正在惊疑,一个家奴回答说:"禀大爷,这是咱们寨里来的!"

这一队人马到了李信和李侔面前,黑压压站了一片,把监狱前的小巷子挤满了。这个叫一声"大公子",那个叫一声"大爷",也有叫"大叔"、"大哥"的,声音十分亲切,好像很久都不曾看见他了。李信看清楚这支队伍中全是李家寨寨内寨外的贫苦农民,也有一部分是本族的破落寒门子弟,为首的人是他的远房兄弟,名叫李俊。李信向李侔问道:

"是你叫他们来的?"

李侔转向李俊问:"子英,是谁叫你们来的?"

李俊在马上回答说:"大哥,二哥,不是什么人叫大家来的,是大家自己来的。黄昏前有人听说二哥同红娘子到了城外,要攻破城池救出大哥,也知道二哥派人秘密地叫走了一部分学过武艺的家丁、奴仆,全寨子弟都暗中轰动起来了。大家纷纷议论,说着说着都齐集到祠堂门前啦。大家找不到领头的,看见我也带着一群子弟到了祠堂前边,就推举我领着大家前来攻城。没想到等我们赶到城外,城已经破了。我们惦念着大哥,一进城就往监狱跑来。"

李信脸色严厉地问:"老七!你带着大家来攻城,大奶奶可知道么?"他指的是他的妻子汤夫人。"你对她说了么?"

"大奶奶听说大家要跟着我来攻城,命仆人把我叫去,对我说:'子英兄弟,这可是灭族的事情呀,你不能这么办!'我说:'救出大哥要紧。乱世年头,无理无法,宁为凶手,不为苦主。不救出大哥,大哥就活不成。救出大哥,我们一族未必就受灭门之祸。目前只能走一步说一步,救出来大哥要紧!'大奶奶没有话说,大哭起来。"

李信又严厉地望着大旗，责问李俊："是谁叫你搞这面大旗？谁叫你没有我的吩咐就独断专行？难道你存心想叫咱们李家寨招来灭族之祸么？快快替我卷起！"

一个中年农民抢前一步代李俊回答说："大公子，这事情不能怪七爷。常言道：旗往哪指，兵往哪杀。凡是兴师动众，行军打仗，怎能没有旗帜？没有一杆大旗，你叫人们跟着啥子进退？望着啥子集合？这面大旗是俺们大伙儿要求做的，与七爷无关。请大公子不要生七爷的气！"

李俊接着说："大哥，请你不要害怕。这大旗上只写了一个'李'字，并没写大哥的名字。只要大哥能平安出狱，小弟愿承担树旗造反的罪名，天塌啦有我李俊一人顶着！我不是举人，也不是簧门秀才，虽是李氏一族，却是三代清贫。又加之我父母双亡，身无牵挂。小弟一不做，二不休，不仅来救大哥，还要杀死狗官，以泄万民之愤。反是我造的，祸是我闯的。官兵如要来打，我就同官兵对打，不一定谁胜谁败。万一打败，天大罪名，小弟一身承担，决不连累大哥一家，说不上灭绝咱们李氏一族。小弟今晚来攻城救大哥，早已将生死置之度外。砍头不过是碗大疤痈，凌迟也只挨三千六百刀。这大旗决不能收！"

李信听李俊慷慨陈词，心中自觉不如，所以明知道话中带刺，也不生气。他又望一眼那写着斗大"李"字的白绸大旗，却不好再叫把大旗卷起。他对眼前的事情只好抱着听其自然，走一步说一步的想法，挥一下手，策马向大街走去。一到十字街口，他就看见县衙门已经是一片大火，监狱方面也冒起了一股浓烟和红色火光。两处火光照着他面前的大旗闪亮，那朱红色的"李"字特别鲜明。街上秩序很好，到处有红娘子的小队人马巡逻。家家关门闭户，并没有乱民和红娘子的部下砸门抢劫事情。他驻马十字路口，观看全城情景，心中盘算着一个问题：反还是不反？

忽然，一队骑兵从东门奔来，奔在前头的一个高大骑兵的手里举着一面上有银枪白缨的红绸大旗，旗心绣着一个金黄大字"红"。

因为马跑得快,又有轻微的西北风,这大旗随风展开,"红"字十分清楚。转眼之间,这一队人马来到跟前停住,从大旗后闪出一员青年女将,骑在高大的白马上,用清脆而慷慨的声音向李信说道:

"大公子,知县我已经杀啦,衙门也放火烧啦,刚才又追出东门去把那个防守杞县的守备老爷跟他的官兵都送上西天啦。县太爷的尊头,我已经命人挂在县衙门前的旗杆上啦。事已至此,咱们快去城外商议大事要紧。我以为他们已经护送你出城了呢,没想到你现在还站在这十字街口!"

李信带着无可奈何的口气说:"唉,你们大家硬要把我逼上梁山了。"

红娘子冷笑说:"难道梁山不是人上的?并不是我们大伙儿逼你上梁山,是朝廷逼咱们大家上梁山,官府逼咱们大家上梁山,还有这暗无天日的世道逼咱们大家上梁山!大公子要是在半月前听从我的劝告,树起大旗起义,何至于锒铛①入狱,险些儿丢了性命。如今公子不上梁山,还有哪里可去?走吧,赶快去商议大事要紧!"

红娘子的话刚说完,又一起人马赶来,将十来颗人头扔在李信的马蹄前边。李信看见这一队人马中也有自己的奴仆和家丁在内。不等他问,一个手执大刀的家奴跪下禀道:

"这都是陷害大爷的仇人,我们去把他们杀了。遵照二爷的吩咐,只杀他们本人,没杀他们家里的人。可惜那些豪绅巨宦,真正的大仇人,有的住在开封,有的住在寨子里,都没住在城里,都没除掉,留下后患无穷。"

李信望望红娘子和李侔问:"城内外饥民甚众,开仓放赈的事你们如何安排?"

李侔回答说:"在破城之前,我已同红娘子商议妥帖,一进城就分兵看守县仓和各富户粮仓,不许乱动。只等天明,就可分一半赈济饥民,运走一半供应军粮。今夜四门都有队伍把守,饥民不许进城,免得城中秩序大乱。城中骡马咱们十分需要,也等天明收集。

---

① 锒铛——铁链子。被铁链子锁着下入监狱,古人常说成"锒铛入狱"。

城中住户,今夜任何人不得出城,更不许将骡马藏匿。"

李信点点头,对李侔和红娘子的周到措施感到满意。他还想看一看城中动静,红娘子催促说:

"大公子,咱们赶快出城去商议大事吧。你还要站在这儿迟疑什么?"

李信叹口气说:"事已至此,只好听从你们!走,到城外商议去!"

他吩咐李俊留在城内,协助红娘子的人马维持城内秩序,又派两个得力家奴飞马回家,告诉汤夫人他已经平安出狱,请汤夫人赶快做好跟随起义部队离开李家寨的准备,不可迟误。当他同红娘子和李侔策马出城的时候,他想着很难捉摸的前途,又想着汤夫人未必肯随他起义,在心中暗暗思考着一连串难题,不禁自问:

"下一步将往何处?……"

第十一章

　　在攻城开始之前，红娘子就将她的老营从五里铺移到城西门外二里远的一个小村庄里。虽然红娘子和李侔知道河南巡抚李仙风和副将陈永福带着两三千人马正在黄河以北"征剿"小股起义部队，开封的兵力只够守城，顶多只能够抽调一两千人马来救杞县，但是他们还是小心谨慎，一方面派出几批探马沿着通往开封的大道打探是否有官兵前来，一直到陈留城外。另一方面在韩岗与杞县之间留下三百多名精锐骑兵，以备万一。倘若开封有官兵来救杞县，这一支骑兵就一面抵御，一面在高处放火告警，同时派飞骑禀报老营。

　　李信一走进红娘子所在的小村庄，看见军容整肃，戒备严密，不觉心中称赞。在老营堂屋里的一堆木柴火旁边坐下以后，李信听了红娘子告诉他开封官军空虚情形和自家方面的防备部署，更佩服红娘子这次来攻杞县真正可以称得上是胆大心细，考虑周全，不禁心中赞道："多么难得的一员女将！"他看见红娘子比二十天前同他见面时消瘦多了，只是眉宇间仍然英气勃勃；两只大眼睛的眼白上虽然有不少血丝，但仍然神采奕奕，顾盼间光彩照人。近来在杞县纷纷传说他曾经被红娘子掳去，强嫁给他，全是谣言。实际上他对红娘子是十分尊敬的。今天夜间，他第一感激红娘子救他出狱；第二明白红娘子的消瘦是为他的下狱担忧操心，更加上为救他而日夜行军；第三看见红娘子虽是女子，在做事上却十分有才干，使他不能不在心中又增加许多敬意。李信肚里有许多对红娘子赞扬和感激的话，此刻却都说不出来，仅仅笑着说：

　　"这几天你很辛苦啦。"

红娘子笑着回答说："只要把公子从监狱救出来,这点辛苦算得什么!"

"你同德齐是怎么遇到一起的?"

李侔代替红娘子回答说："我在开封拜托了亲戚、世交、同窗好友,向各衙门说情,同时也递上申诉状词,但几家同我们为仇的乡宦巨室必欲将哥置于死地而后快。我们愿意在衙门里花五千两银子,他们就愿意花一万两;我们愿意花一万两,他们就愿意花二万两。各衙门看人家钱多势大,在北京也有靠山,自然就听了人家的一面之词,硬说哥假借赈灾之名,煽动饥民叛乱,又说哥同红娘子怎么怎么……"

红娘子的脸颊一红,吐了一句:"尽是放屁!"

李侔接着说："我们的亲戚、世交、同窗好友,有的想帮助没有大的力量,有的一听说这案子与红娘子有关,也不敢仗义执言。我正在走投无路,恰好红娘子差的一个人夜里到菜根香铺子里见我……"

红娘子接着说："我在砀山一带听到大公子入狱的消息,大吃一惊,立刻差人分头来杞县和开封打听实情。那去开封的人是个老江湖,很会办事,能随机应变,眨眼就是见识。他到了开封城内,打听出大公子确实在杞县入狱,罪名不小,又打听到二公子在开封奔走营救,已经花了几千两银子,仍是苦无办法,十分着急……"

李侔接着说："这个人,哥也见过,是红娘子那里打锣的老王。他在二更后跑去见我,劝我去同红娘子一起商议办法,不要再指望官府,误了哥的性命。他还告我说,红娘子为着要就近打探消息,准备随时救哥出狱,在打发他动身来开封时,也跟着偃旗息鼓,暗暗将人马开到商丘西北。我听他这么一说,喜出望外,真有点儿像'山重水复疑无路,柳暗花明又一村'。第二天五更,我就带着几个仆人、家奴,出了宋门。我一出宋门,忍不住在马上落了几点泪,在心中发誓说:我李侔从今天起,就同姓朱的昏暗朝廷割断情义,宁肯从此造反,抛弃祖宗坟墓,也要攻城劫狱,不让哥无辜屈死于贪官污吏、乡宦豪绅之手!"

红娘子接着说："打锣的老王带着二公子在商丘西北乡找到了我。俺俩的看法完全一样，都认为只有破开杞县才能够救出公子。可是我只有一千多人马，真正能打仗的不过一千挂零。硬攻城，怕不容易。万一攻城不克，公子死得更快。我同二公子一合计，决定不用硬攻，先暗中联络城中饥民，里应外合。恰好我派往杞县打探消息的人也回来了。他说，自从大公子下到监里，城中和四乡百姓人人不平，有很多人摩拳擦掌，恨不得杀掉狗知县和那些陷害公子的乡宦豪绅，打开监狱，把公子救出。穷人一提起公子就说：'人家李公子救活过咱们。人家如今落难，死活难说，咱们不能够坐视不理！'穷百姓中的事儿我清楚：大家痛恨朝廷，痛恨官绅大户，生计无着，正想造反，搭救你李公子就成了一个好因由。穷百姓们的积愤好像大堆干柴，只要暗中一点，火就会大烧起来。二公子说：'民心可用，机不可失。'我说：'二公子，串通城中饥民内应的事儿，你派个妥当人儿去办吧。'二公子派人一办，果然办成，神速之极，真像是干柴点火。县太爷的耳目虽多，竟一直坐在鼓里！"

李侔说："我叫一个机灵得力的仆人回到杞县城，找他自己的穷亲戚、朋友，神不知鬼不觉，暗中串连，十分顺利。"

红娘子说："城中串连顺利，果然不出所料。尊府的那个仆人去了两天，我同二公子约摸城里已经串通好了，就率领人马暗中出动。直待到了韩岗，才打出我的旗号，向百姓声言要破城救李公子，还说要杀贪官恶吏，打开监狱放犯人，打开粮仓救饥民。我的天！你不会想到，穷百姓个个欢喜，老弱妇孺争着送茶水，送草料，年轻人都想跟着攻城。我怕人太多了，乌合之众，没有军纪，好坏不齐，倘若有人进了城随意放火打劫，奸淫妇女，乱杀良民，可不是糟了？我红娘子原是个踩绳卖解的，吃的江湖闯荡饭，做的东西南北人，到处受人欺侮，如今造了反，人家怎么看我，我自己心中有数：说得文雅一点儿是巾帼绿林，说得不好听一点儿是女响马、女贼。攻破杞县，有人不遵军纪，扰害了城中百姓，就是违背我红娘子的起义宗旨。再说，"她笑了一下，"大家骂我红娘子还不要紧，叫大家骂你们两位公子,何苦呢?所以我坚决不叫穷百姓都随我攻城,只在城外挑选了不到五百人,夹在我的人马中间。我还向他们一再言明,有人敢拿百姓一针一线的,只杀勿赦。在五里铺停留了一个时辰,一则重新向全军严申号令,二则分派人马,三则等待二公子派人回李家寨去叫尊府上的奴仆和家丁来到。五里铺左近百姓,纷纷替我们绑好云梯,又把十来架云梯抬到城河边。我知道这些云梯用不上,也不在意。看看,你李大公子一人有难,万人出力。谢天谢地,你出狱了,我的这出戏也唱完了。下一步怎么走,听你的将令。"

李信正待说话,饭端上来了。每人满满的一大碗芝麻叶糊汤杂面条,另外一碗生调葱花青萝卜丝,一小碟辣椒汁儿。尽管冬天夜长,天也大亮了。在吃着糊汤杂面条时,本来还要商议下一步怎么办的重大决策,但是城里连来两趟人,向红娘子禀报说城里开始放赈,四郊饥民拥挤在城门口,都要进城领赈粮,已经发生了踏伤妇女老弱的事,又禀报说也有人趁火打劫,已经在十字街口斩首示众。另外,从陈留附近回来的探马禀报,说开封到陈留一段路上尚无官军影儿,但谣言很多,说陈永福在开封南门外校场点兵,很快就会带人马前来杞县。红娘子一面听各方禀报,一面连二赶三地吃糊汤面。她吃完两大碗,又添半碗,饱餐一顿,然后站起来说:

"两位公子好生休息,我到城里瞧瞧去。等把事情安排停当,我就马上回来。"

李侔说:"你连日辛苦,很少睡眠。你休息,让我进城照料。"

"你难道不是同我一样?你们都抓紧这个时机休息一下,哪怕是只合合眼皮儿也好!"

红娘子说过以后,头也不回,提起马鞭子走了出去。只听见大门外一匹战马短促激昂地叫了一声,喷几下鼻子,跟着是一小队骑兵的马蹄声向县城西门响去。

"德齐,你看下一步如何办?"吃毕糊汤面条,李信向他的兄弟问。

"只有毁家起义一条路,别无他途。"

李信点点头,语气沉重地说:"只好如此。事既无可挽回,我们只好忍痛抛弃祖宗坟墓,甘做不肖子孙。"停一停,他又苦笑一下,自我解脱说:"好在我只是名中乙榜①,并未一日为官,食君之禄。你同红娘子可曾谈下一步如何走?"

"我们只想着如何救哥出狱,别的没有多想。有些重大题目,等红娘子从城里回来,自然要赶快商定。听红娘子口气,似有拥戴哥做主帅之意。"

李信在心中暗吃一惊,半天没有做声。李侔同红娘子破城劫狱,使他只得随着大家造反,已经是他始料所不及,在思想上很被动,更没有料到红娘子要拥戴他来做主帅。作为一个大家公子,平日过着奴仆成群、一呼百诺的生活,又加上在文武两方面都自视不凡,也被朋辈所称道,他自然不能随便地屈居人下,要造反他当然自做首领,不能听红娘子的将令行事。然而目前有种种原因使他不愿做主帅:第一,是红娘子救他出狱,他不能一出狱就接替了红娘子的主帅地位。第二,红娘子的手下已经有一千多可以随她出生入死的部下,尤其那做头目的都是原来卖解班子中的旧人,而他兄弟俩来到红娘子军中毕竟是居于客位,并无根基。第三,目前群雄并起,长江以北,直至畿辅,烽火遍地。他现在同红娘子孤军新起,人马很少,又在豫东平原,很难站稳脚跟。第四,长期以来,他虽然对朝廷的各方面行事都很不满,但是仅限于在思想中,偶尔也在口头上评议朝政,从没有起过反对朱姓皇统的念头。近一两年他细察时势,也看出明朝有不少亡国迹象,但是他从没有想到推倒大明的江山会有他插手。现在他刚刚被迫走上背叛朝廷的道路,忽听李侔说要拥戴他做这一支起义队伍的主帅,使他的思想和感情又一次猛然震动……在片刻间,他陷入一种极其复杂、矛盾的心理状态,低头不语,双眉紧皱。

李侔催问:"哥,你如何决定?"

------

① 乙榜——中举俗称中乙榜。

李信又沉默片刻,忽然说:"此事万万不行!德齐,红娘子是巾帼英雄,你大概也看得明白。在目前,我们只能拥戴她做主帅才是道理。"

李侔说:"经过破杞县这件事儿,我更加看出来红娘子确实有勇有谋,不愧是巾帼英雄。就拿这次来搭救哥出狱说,她不是从砀山把人马直然向西南拉到睢州境内,而是拉到商丘西北,靠近黄河①,为的是不引起杞县城内注意;纵然官府知道这是她红娘子的人马,也只以为她打算往河北去,回她的家乡长垣。从商丘境出发来攻杞县,本来是从东方来,攻东门、北门最便。可是她故意兜个圈子,先到韩岗附近,截断通往开封的大道,然后进攻西门。我起初不明白,她为什么向我提出要兜圈子从韩岗附近转来攻杞县城。她说:'要是咱们从东面或北面去攻杞县,万一知县这狗官在我们攻开杞县之前,命人把大公子捆在马上,押解开封,咱们就抓瞎了。即令咱们兵临城下,狗官还是会想办法悄悄地把大公子解往开封。咱们的人马不多,万不能把杞县的四面团团围住!咱们先到韩岗和杞县之间,就使他不敢起这个念头。'像这样思虑周到,胆大心细,确实令我敬佩。"

"所以……"

李信一言未了,那个派去李家寨给汤夫人报信的仆人恰好回来,递给他一封书子。李信拆开一看,脸色阴沉,将书信交给李侔,心情沉重地背着手走出大门。

李信走到村边,看见红娘子的人马从城里押运粮食、财物回来。骡、马、驴子、牛车、马车、手推的洪车和平头车,一齐使用,在大路上络绎不绝。男女老少百姓在村边站了一大堆,向大路和城边观望,纷纷地小声议论。他们一认出走到村边来的就是李信,便将他围了起来,十分亲热,问长问短。李信刚才走近众人的背后时,仿佛听见有人在谈论李闯王的什么事,现在便趁机向他们

---

① 黄河——当时的黄河是从开封的北边向东偏南流,经过商丘城北三十里处的丁家道口。

询问：

"你们听说李闯王现在何处？有些什么消息？"

老百姓立刻告诉他许多传闻，说李闯王从上月中旬来到河南，先到南阳府境内，一路向北，眼下已到了河南府境内，到处攻破山寨，打富济贫，救活百姓，十分仁义；又说饥民争着投顺闯王，连举人秀才也都跑去投顺。李信问举人中谁人投了闯王。大家却说不清姓名，只说确实谣传有举人投了闯王，很被重用。李信问李闯王眼下有多少人马，百姓们有人回答说有十几万，有人回答说有七八万，虽无准确消息，却是异口同声，都说李闯王的行事与从前所知道的众多农民起义首领大不相同，比官军强似百倍，显然是一派夺取天下的气象。百姓们的这些谈话深深地震动了李信的心。他没有料到自从他下狱以后短短的半个月中，豫西局面发生了如此重大变化。同百姓们又谈了几句话，他怀着很不平静的心情走进村里。

从城里运来的粮食和各种财物都堆放在村庄中的打麦场上，有一个小头目带着十几个弟兄负责看守。李信看了一阵，想着这些粮食和各种财物都堆在这里很不妥当，万一陈永福真的已回开封，很快带兵前来，或者有别方面风吹草动，红娘子既要迎敌作战，又要把堆积如山的粮食和财物运走，仓猝之间很不好办。于是他回老营去找李侔商量。

李侔坐在白柳木靠背小椅上，后脑和脊背靠着土墙，呼呼地打着鼾声，手中还拿着那封字体虽然潦草但十分娟秀的书信。李信没有惊动他，把书信从他的手中抽取出来，坐在火边的小椅上，重读一遍。他的妻子在书信中写道：

> 自遭家难，日夜忧苦。洗面之泪难干，刺骨之恨何深。纵然百般奔走，营救无门；坐看群凶鸱张，杀人有路。覆盆之下，呼天不应。妾真不知尚有与夫君再见之日，惟思死为厉鬼，以报此仇。
>
> 数日前有仆自汴奔回，云二公子在省城彷徨无策，愤而出

走,不知何往。妾痛哭竟夕,疑虑满怀。差人四出打探,而德齐弟行踪杳然。阖宅上下,几已心碎望绝。宗亲扼腕,莫知为计。不意红娘子义旗西来,如从天降;饥民内应,坚城自开。还我夫君,实为大幸。然杀官劫狱,国法难容;从贼谋逆,纲常全悖。历世忠孝,千秋名节,毁于一旦。妾虽无知,亦读诗书;反复思惟,心胆俱碎。百年清华,覆在眉睫;抄家灭门,来不旋踵。昨夕之前,妾尚望能拼此祖宗家产,救夫君早出牢狱,从此随夫君避世隐居,不问外事,安贫乐道,终老蓬荜。天乎,天乎,而今已矣!

事已至此,难求善策。区区之意,仍望垂察。夫君应念世受国恩,身非同于细民;偶遭家难,势不比于戍徒。雍丘非大泽之乡①,公子岂揭竿之辈?莫谓骑虎难下,欲罢不能;当思脱身有术,端赖勇决。望夫君与德齐弟临悬崖而勒马,值歧路而回车。冥冥苍天,或能鉴佑!

妾一妇人,少更世事。遭此大故,几欲轻生。挥笔洒泪,五内如焚。千言万语,书难尽宣。伫候归来,重睹一面!

李信将这封书子看了两遍,叹了口气,将书信叠好装好,揣进怀中。没有惊动李侔,他走出老营大门,正要带着家丁们骑马进城去帮助红娘子料理放赈的事,恰好一个小头目奉红娘子之命驰回村中。

小头目一看见李公子就跳下马来,走到他的面前躬身说:"大公子,红帅命小的回来看看你老跟二公子都睡了没有。她请两位公子赶快好生休息,等她回来好商量大事,吃过午饭就要离开这里了。"

"红帅什么时候回来?"李信问。

"她说她在城里把事情安排一下,马上就回。"

"分粮放赈的事做得怎样?"

---

① 雍丘非大泽之乡——杞县在五代以前称为雍丘。大泽乡(在今安徽宿县境内)是陈涉、吴广起义的地方。

"原来因为饥民太多,至少有几万人,乱糟糟的,挤呀,推呀,踩伤了不少人。你家那位七爷挺能干,他急了,说是他要用军法部署饥民。俺们也不懂,怎么用军法部署饥民?还以为他要杀人哩。俺赶快走到他的身边,小声对他说:'七爷,破城时红帅严申军令,不准擅杀平民。你老可不能动肝火呀!'七爷没理我,只见他这里一指划,那里一吆喝,不用半个时辰,把几万饥民分成一群一群,排列成队,满城大街小巷都一行一行地坐满了。每一队举出两个人做正副头儿,照料自己的一队饥民不许乱动。粮食分十个地方发放。一队一队地前去领粮,不叫去不许乱动。凡领了粮食的,立刻由正副头儿带领出城。在城里住的,都回到自己家里。凡已经领粮出城的不许再进城,回到家里的不许再出来。满城不许有闲人走动。我们红帅起初勒马跟在七爷背后,看他指划,不住地笑着点头,后来就抽调三百名弟兄,帮助大街小巷的饥民们维护秩序。我们红帅十分高兴,对我们伸着大拇指头称赞说:'李府上的人才真是多!'要不是七爷这一手按军法部署,事情很要乱哩。快啦,快啦,我们红帅快回来啦。"

听了这个头目的禀报,李信喜形于色,不觉说道:"这后生,果然不错!"

他放心地走回老营,在一张床上躺下去,思索着要同红娘子商议的一些重大而吃紧的问题。但是十多天的监狱生活使他的肉体和精神都受到折磨,非常疲倦,很快地就睡熟了。

约摸中午时候,赈济饥民的粮食已经发放完了。红娘子下令部队撤出城外,集中在西关和南关待命。四门仍旧派兵把守,城内也仍旧派少数骑兵巡逻,为的是防止城内发生放火和抢劫事件。还在巳时左右,红娘子一面监督放粮,一面召来四门里甲,叫他们分派城厢所有大户和一般殷实之家,合理分摊,赶快为一千五百将士做饭,并下令大户拿出草料,使骑兵赶快喂饱马匹。杞县城关住户,一则震于红娘子的军令森严,二则感激破城后竟然意外地没有受到多的骚扰,都乐于尽力量替红娘子的部队做饭,所以不到正午,都陆续地把成色不齐的午饭送到了南关和西关。东门和北门的守军,城中的巡逻骑兵,也有住户送了午饭。红娘子先到南关,看看蹲在地上吃饭的将士们,又策马来到西关看看。现在还有离城较远的饥民扶老携幼,成群不断地向城门赶来,被守城门的部队挡住,不许进城,对他们说粮食已经发放完了。这些饥民是那么失望,有的哭起来,有的卧在地上,有的跪在红娘子的马蹄前边求她救命。红娘子望望马前和周围的脸黄似蜡、枯瘦如柴的男女老少,鼻子一酸,再也忍不住,热泪刷刷地滚落下来。饥民们看见红娘子为他们大家落泪,哭的人更多了。

怎么办呢?红娘子在马上盘算,不能让这些奄奄待毙的饥民们空手回去!新老弟兄们谁不是受苦出身?看见红娘子在马上流泪,饥民们在地上哀哭,大家都感动得不愿再继续吃午饭了。许多弟兄说要把他们碗里的饭让给百姓吃,自己饿一顿不要紧。红娘子忽然斩钉截铁地说:

"你们马上要行路,说不定还要打仗,午饭怎么可以不吃?快吃吧。这些受苦的父老兄弟姐妹们既然来了,我另外有办法,决不让他们空手回去!"

饥民们听见红娘子说出来这后边一句话,有的感激流泪,有的念"阿弥陀佛"。有一个老婆婆哽咽着赞叹说:"唉!她的心地多好,跟李公子一个样儿!"红娘子把一个得力头目叫到马前,对他说:

"你晓得,破城之前,我原是同李府二公子商定,除那几家仇家和几户民愤较大的、十顷地以上的大户之外,一人不杀,一家不抄。今日我们弄到的军粮和散发给饥民的粮食都是从官仓中和李府的那几家仇家、民愤较大的大财主家中抄出的,其余众多殷实富户和张皇亲①的家族,一概没动。现在我们不应该放过他们这些财主,眼巴巴地看着上千的穷苦百姓饿死。我不用去同两位李公子商量,就做了主吧。现在你领一百骑兵、三十匹骡子进城,凡是殷实

---

① 张皇亲——懿安皇后(天启的妻子)的父亲名张国纪,原籍杞县,所以杞县仍有他的家族。

富户,粗细粮食一概交出,散发饥民,只给他们留下些许口粮,甚至不留一粒口粮也可以。这班富户狡兔三窟,富裕亲戚朋友众多,你就是把他们的粮食搜光,也饿不掉他们一颗大牙。事情很紧迫,你不能在城里留得太久,手腕子要硬一点,火速把事情办妥。我的话你听清楚了么?"

"听清楚啦。"

红娘子又望着李俊说:"七爷,你跟我到老营去一趟,说不定大公子会有事吩咐。"

当红娘子和李俊来到老营的时候,李信兄弟早已醒来,正在等候红娘子回来一同吃饭并商议大事。老营弟兄们有的已经吃完了饭,有的正在吃。从昨天早晨到现在,红娘子不曾得到片刻休息,更没有工夫洗脸。现在她要来一盆温水,洗去了脸上和手上的风尘和污垢,跟他们开始吃饭。李俊坐在一边烤火。红娘子对李信和李侔把李俊处理放粮的事情夸赞一番。李信笑着说:

"我已经都知道了。"他转望着李俊说:"子英,你今日初出茅庐,事情办得不错啊!"

李俊笑着说:"大哥,你忘了?我是跟你学的。今年春天你两次主持放赈,都是用这种办法防止了灾民们互相拥挤践踏,也防止了有人冒领或者多领。还是你告诉我们说,这是用军法部署饥民。要不是春天我跟着大哥办过放粮的事,今日才真要束手无策哩。"

李俊的话提醒了李信和李侔,使他们不觉大笑起来。红娘子也笑了起来,说:

"噢,原来如此呀!不过,你跟着大公子学得这么出色,也真难得!"

大家连二赶三地吃毕了饭,围坐火边。红娘子首先开腔,把刚才在西关临时决定的事情对李信兄弟说了一遍,然后说眼下有三件大事需要李大公子和二公子拿定主意:一是部队和军粮、辎重不应该在杞县城外久留,要决定暂时把人马、军需拉到什么地方;二是李公子兄弟已经起义,应决定谁做全军主帅为宜;三是杞县一带一马平川,离省城又十分近,不是长久驻扎之地,今后往什么地方去,要早作打算。她还说前两件事必须马上决定,后一件在一二日内决定不迟。李信说:

"前两件事,我已经想好啦。第一件,人马立刻开往李家寨和圉镇①休息整顿。请红帅眼下就去下令。第二件,关于谁做主帅,我认为还是红帅……"

红娘子把手一挥,阻止李信继续说下去,霍地站起,快步走到院中,吩咐两个亲兵分头去向她的几个大头目传下以下命令:一、全军开往李家寨和圉镇休息,步兵先行,骑兵在后,立即出发。二、城内巡逻骑兵和四门守兵暂时不撤,等到第二次向饥民发放粮食完毕以后,同那一百名在城中征收粮食的骑兵一起赶往李家寨。三、老营人马除运送粮食和辎重的驮运大队和炊事人员、杂务人员,以及少数随营眷属等立即出发外,护卫老营的亲兵和战兵暂时不动。四、在韩岗附近的三百名骑兵立即撤回老营西边的五里铺街上等候,老营出发后再跟着出发。五、在通往开封大道上的几批塘拨骑兵,继续巡逻侦察,到黄昏时集合一起,赶到圉镇休息。——红娘子清清楚楚地下完了以上命令之后,回到屋中,重新在火边坐下,向李信笑着问:

"七爷带来的人马也出发吧?"

李信说:"当然出发。他们还得走在大军前边,先一步赶回去,好替大军安排好驻扎地方,准备茶水晚饭。"

"请大公子下令吧。"

李信感到很奇怪,问道:"刚才不都是你亲自下令么?"

红娘子在火上搓着手,笑着说:"七爷不是我的部将,我怎么敢那样僭妄?"

李信忽然笑了,叫着说:"嗨,没想到你这个江湖出身的巾帼英雄竟有这么多的心眼儿!你是全军之主,你不敢下令,这是怎么说的?难道从我们李家寨来的人马就不是在你红帅的麾下?"

---

① 圉镇——在杞县城南五十里的地方。圉,音 yǔ。

"不管你怎么说,我决不下令。你李公子不下令,这几百人停在这儿不能出发,贻误军机,可追究不到我的头上。"

李信无可奈何,只好自己吩咐李俊率领从李家寨来的人马火速动身。他另外又派了两个家丁,飞马回府,告诉汤夫人,他同二公子马上随同红帅的人马一起回李家寨,请汤夫人吩咐家人赶快准备人马驻地、酒肉供应、骡马草料等事。

"那第二件事嘛,"红娘子站起来,接着刚才的话题说,"我看,既然大公子起义了,就应该请大公子做主帅,我做副帅。今后人马增多,有原来跟我起义的,有现在杞县起义的,有从李家寨来的,以后来投军的不知会有多少。我是大名府长垣县人,在本地百姓眼中终是个外省人。你做主帅,一则利于号召豫东百姓,二则利于全军上下和、和……"

李侔帮她说:"和衷共济。"

红娘子笑着说:"噢,就是这个意思!"

李信苦笑说:"我这个人你还不知? 我不幸生逢末造①,原想'苟全性命于乱世,不求闻达于诸侯'②。为担心桑梓糜烂,才向富家大户们劝赈救荒,不意竟惹出大祸。官府豪绅必欲置我于死地,硬将我逼上梁山。刚上梁山,你们还嫌不够,又要来一个'黄袍加身'③,推我为主帅。这头把交椅我是决不坐的。"

红娘子又笑着说:"其实,像你这样的宦门公子,又是举人老爷,单有官府豪绅陷害也不能将你逼上梁山,多亏大伙儿造反的穷百姓狠狠地推你一把。上边有人逼,下边有人推,你才造了反。大伙儿看得对:你不反便只有死路一条。你现在不肯坐第一把交椅,怕什么? 难道你还能造个半截儿反?"

李信摇摇头,说:"笑话,笑话。说实在的,我诚心愿意做你的军师,替你出谋划策,报答你的厚意。可是提到做主帅,我决不

---

① 末造——行将衰亡的朝代。
② 苟全……诸侯——诸葛亮的话。
③ 黄袍加身——赵匡胤为夺取后周江山,在陈桥驿制造兵变,将士们将黄袍加在他的身上,拥他为帝。

敢当。"

"真的？……我明白你的心思！哈哈,说穿了,不过两点:第一点,你的名望大,不愿意做这个贼首,树大招风,恶名远扬。第二点,虽然你如今被大势所迫,万不得已,只好造反,可是你总是忘不下你李府上什么'世受国恩'呀,忘不下你是大明朝的举人呀,等等。俗话说,秀才造反,三年不成。像你这样的宦门公子,堂堂举人,读了一肚子圣贤书,喝了几大桶墨汁儿,造起反来,自然不会像我们穷百姓干脆利索。你又要造他明朝的反,又一时不能将旧情一刀斩断。大公子,你说实话,我猜透了你的心思么？我可是个喜欢说直话的人!"

李信又苦笑说:"不管你怎么说,说几句挖苦话也不要紧,反正我不做主帅是真。军中原有主帅,威信素著,何必换个主帅?"

红娘子收了笑容,默思片刻,又说:"大公子,我把话再说清楚一点,成不成你一言而定。我拥戴你做主帅,我自己做副帅,并不是我自己不能够统兵打仗,非找个靠山不可。我是想,这豫东是你的家乡,由你做主帅就利于咱们号召饥民起义,比单靠我这个外省来的踩绳女子强得多。再说,大公子,今后你们李家寨的子弟,围镇一带的子弟,杞县本土和邻县的子弟,来投军的一定很多,还由我做主帅,他们未必就心中服气。他们平日眼中只有你李公子,哪会对我这个江湖卖解的女流之辈真心拥戴!若是你大公子做主帅,我的手下人没有谁会有二心。我是从眼下在杞县一带号召饥民着想,从今后全军上下和衷共济着想,推你坐主帅这把交椅。另外,我也得将话儿说在头里:我红娘子是苦里生,苦里长,和你们完全不同。我既敢造反,就一反到底,宁可死在战场上,决不中途后退。我要替天下穷百姓舒口气,也要为天下女流之辈争口气。你们兄弟倘若半路上想洗手不干或有别的打算,咱们就随时分开,各行各路。"

李信听了这些又明快又果决的话,深受感动,同时对红娘子愈加敬佩。他向他的弟弟望一眼,见李侔也很动容,随即站起来,口气决断地说：

"好，我听你的，不再推辞！我们一定和衷共济，一反到底，义无反顾。我李信兄弟倘若中途变卦，背众求荣，犹如此柱！"他刷一声拔出鱼肠剑，砍在柱上，有一指那么深，震得屋梁上积尘飞落。

红娘子拔出一支箭，激昂慷慨地说："我同两位李公子同走一条路，一心向前闯，纵有千难万险，誓死永不变。倘有三心二意，天诛地灭，鬼神不容，犹如此箭！"随即将箭杆一撅两断，投到地上，接着说："今日准备不及。从明日一早起，打你的'李'字大旗。"

李信又说："你的'红'字大旗早先打出，已经为东西三四百里内百姓所熟知，也为官兵练勇所畏惧。我看不妨仍打着你的'红'字大旗，下边再分打前、后、左、右、中等各队小旗，旗色各别。"

红娘子想了一下，把眼睛一瞪，笑着说："你说的什么话？自古以来，哪有一军不打主帅大旗之理？军有主帅，不打主帅大旗便是旗号不正。大公子，你还想留个退路么？"

李信只好说："好，听你的话，明日换'李'字大旗！"

她立刻叫来一名亲兵，命他将刚才决定的事儿传知全军。随后听见老营大门外一片欢腾，又听见马蹄声分头奔出村庄。红娘子的精神非常振奋，再也坐不下去，对李信兄弟说她要去城内看看，出老营上马而去。

李信的心中当然也很不平静，在火边来回踱了几步，忽然停住，对他的兄弟说：

"德齐，你马上回家去吧。事到如今，祖宗坟墓不必管了，至于土地房舍，全部家产，原都是身外之物，叫大奶、二奶都不要留恋。你将不能不毁家起义的道理，好生劝解她们。你回去速做准备，必须全家随军，不可迟误，坐待灭门之祸。家中财产如何分散给族中穷人和附近佃户，如何召集乡里子弟从军，你自己做主去办，必要时问你嫂子。刚才提到的各色队旗，也要快办。大奶的书子你看了没有？"

李侔点点头，面露苦笑。

李信说:"唉,她平时深明事理,如今却糊涂得可怜! 我们兄弟俩已经被逼至此,只有毁家起义,一反到底,别无他途。她,她却劝我们悬崖勒马,歧路回车!"

李侔说:"嫂子本是明朝开国功臣之后,出身于世代簪缨之族,遇到这样毁家造反的大事,心中糊涂起来,不足为奇。"

"你千万要劝说嫂子,要她下狠心舍家随军,莫生短见。你快走吧。我现在到城里看看,然后同红娘子率领老营出发。下一步兵往何处,今晚商议。"

他同李侔一起走出老营。那些尚未动身的将士,看见李信出来,又是一阵欢呼。李信向大家点头致意,然后腾身上马,带领二十几个家丁和奴仆向城门奔去,而李侔也同时带着一群家丁和奴仆向李家寨的方向奔去。

李家寨和围镇情况大变:人喊马嘶,篝火军帐,露天地埋锅造饭,年轻人围着宿营地要求投军,小孩子又胆怯又好奇地跑着看热闹,老年人忧心忡忡地这里凑一起,那里站一群,互相谈论和打听消息,还有不少人在忙着照料部队所需要的柴火,井水,喂牲口的草料等事。围镇有一座大庙,另外还有一些空房子,加上红娘子部队原有不少军帐,所以大部分人马都驻在围镇。围镇是杞县境内的一个较大的集镇,有四五百户人家,一条南北大街,隔日一集。围镇的人们因为事先知道红娘子和李侔破杞县救了李信的事,又加上李俊先来一步向镇上的士民打招呼,说明大军在围镇只驻扎一两天,平买平卖,秋毫不犯,所以红娘子的人马一到,老百姓就大开寨门相迎。人们原以为尽管有李信、李侔兄弟在红娘子的部队中,但小的骚扰总是难免的,可完全没有料到,这一支部队的纪律竟是出奇的好,一不擅自走进民宅,二不强买东西,更不打人骂人。这种情形,使人们更加对红娘子破城救李信的英雄行事增添了很大的敬意,对李府两公子的被逼造反增加了同情。

李信和红娘子的老营带着二百名担任护卫的骑兵和一支负责

守卫和运输军粮辎重的驮运队,还有李俊率领的几百人马,驻扎在李家寨内,那从韩岗附近撤回的三百骑兵指定驻扎在李家寨的北门外,但是这支小部队直到二更时候才到。李信想着李家寨是自己的村寨,除自己的家庭之外,还有几家门头很近的宗族都是大户人家,所以凡是驻扎在李家寨的人马,今晚统由他自己家族中几家大户供给晚饭和茶水。另外,李氏家族连夜杀猪宰羊,准备明天犒劳全军。但是李家寨的人心比较紧张,特别是与李信门头近的几家,担心李信兄弟走后,官府派兵前来,被弄得倾家荡产。那些早已出了五服的远房族人,年纪大一点的,想着这李家寨百年兴旺,忽然天上掉祸,出了李信被仇家陷害的事,从今后李家寨走上败亡之运。他们都熟知官兵纪律败坏情形,一旦来到,必是奸掳烧杀,无恶不作,并不管你同李信家的门头远近,玉石俱焚。上年纪的人们如此这般想来想去,越想越忧愁害怕,暗中叹气。因此,尽管李家寨的人们都在忙着照料这一支起义人马,但真正心中欢迎的只是那班平日受苦深的、没有较多牵挂的、想跟着李信造反的穷人和一些看到了天下大乱已成定局,平日对现实很不满的破落地主家后生子弟,就像李俊那样的人。自从这一支起义部队来到李家寨的时候起,那些大户人家和稍稍殷实的人家,外表上好似平静无惊,实际上家家户户的二门里边都十分紧张忙乱,连夜收拾细软、银钱、珠宝、首饰。这些人家已经做好打算:一等李信和红娘子的人马离寨,或者一得到官军从开封前来的确信,就赶快用牛车和骡、马轿车把妇女老弱和值钱的东西送往远乡或邻县的亲友家躲藏起来。

李信和红娘子在黄昏时到了李家寨。李侔和一大群人在北门外迎接。这一大群人中有一些是李家寨的头面人物,包括李信的几个长辈,主要是对如今人们称做红帅的女豪杰表示礼节;另外一部分是李姓穷人,他们是真正对李信和红娘子的起义心中拥护;还有一部分人是少年儿童在人群后面看热闹的。李信和红娘子看见出寨迎接的人,赶快下马。大家互相施礼,照例说几句寒暄的话,然后李信重新向几位长辈和平辈中比他年长的人们作了一揖，说道：

"李信不肖，被迫起义，致使李氏阖族受我连累，不得安居乐业，心中十分难过。区区苦衷，万恳鉴谅，不加深责为幸！"

有一个长辈老人拈着长须说道："这是官逼民反，实不怨你。事到如今，只好听之任之，决不抱怨你。"别的人们也纷纷说些表示同情和勉励的话，有些是真实的，有些是言不由衷。李侔赶快将部队分布驻扎情形，晚饭准备情形，向李信和红娘子说了，然后一同向寨里走去。李信的宅子就在北门内西边不远的地方。走到李府大门外边，李侔向紧靠西边的一座插着红娘子大旗的过车大门指一指，说老营就扎在那里，但是他紧接着满脸笑容说道：

"家嫂在内宅恭候大驾，就请马上光临。"

红娘子的脸颊刷地红了。幸好是黄昏时候，没有被别人看清。虽然一路上她就不断地在心中盘算，她到了李家寨后如何去拜见李信的妻子汤夫人，见面后应该如何谈话，但是此刻到了李府的大门外，经李侔这么一请，她的心反而慌了。虽然她从小闯荡江湖，且又率领着一支起义人马，但毕竟是一个封建时代的尚未出嫁的女子。想着社会上流传关于她和李公子之间的谣言，汤夫人必已熟闻，她很自然地对她同汤的见面感觉着不好意思。迟疑一下，她勉强笑着说：

"嗨！俺正要进府去拜见大奶奶哩，没想到大奶奶先让你来请俺啦。可是我得先到老营去一趟，随后就进府拜见大奶奶，还有府上的二奶奶。"

李侔和李信都请她马上进去，不必前去老营。李侔还说所有部队宿营、晚饭、骡马草料诸事都已经安排就绪，用不着她去操心。红娘子笑着说：

"看你们！难道我能空手儿去拜见大奶奶么？你们也该让我取几样礼物带着去呀！"她的话使大家都笑了，也觉得很有道理。红娘子又说："大公子，请你先回府去。我到老营打个转，马上就来。你坐了半月监,险些儿送了性命。大奶奶和阖府上下不知操了多大心,担了多大惊。你快去同阖府上下见见面。我随后就来。"

红娘子除有一大群男亲兵外,还有十几个女亲兵,称做健妇。她们在宿营时同她睡在一个房子或军帐里,打仗时随她打仗(像男亲兵一样奋勇),还负责照料她的生活和私人东西。她走进老营之后,要来一盆热水洗了手脸,然后坐下来,让一个健妇打开她的浓密的长发,替她好生梳梳,篦篦,绾成云鬟。四五天来,这是她第一次有心情和工夫坐下来梳头。她对身后的健妇小声说:"咱们不是打仗,便是行军,一时驻下来也没有闲工夫认真篦头,头上可生了不少虮子、虱子。我那件铁甲近来没有用,连那缝里边也生了许多虱子!"随即从一个健妇手里接过铜镜照一照,一股快意的微笑悄悄地浮上心头,又从她的浅浅的酒窝中泄露出来。自从起义以来,她为着在将士们面前树立威严,并且一心练兵、打仗,筹划粮草和骡马,完全不近脂粉。但现在她忽然叫一个健妇替她拿出最好的脂粉,轻轻地施一点,重新仔细地照照镜子。但是当更换衣服时候她迟疑一下,不把绵甲脱掉。一个健妇问:"来到李家寨还不卸掉绵甲么?"她摇摇头,没有做声。尽管近处没有官军,但是她担心万一开封的官军正在路上,李家寨说不定会遭到夜袭,而李信兄弟并没有实战阅历,她必须时时准备在慌忙中立即迎战。

换好衣服,她找出两份礼物,每份四色,无非起义后从大户人家抄来的名贵首饰和锦缎之类,命四名曾在大户人家做过奴婢、懂得礼节的健妇捧送李府,并指明一份是送大奶奶的,另一份是送二奶奶的。

汤夫人连派了两次仆人前来催请。红娘子又拿起铜镜照一照,对随身的健妇们轻声说:

"咱们走吧。"

第十二章

　　李信在客厅中同一批等候他的近房长辈们略作周旋，便进了二门，向总管家和几个管事的仆人询问些话，做了些吩咐，然后往后宅同大奶奶见面。李侔的妻子正在陪嫂子落泪，忽听女仆们说大爷进来了，赶快起身回避。

　　汤夫人为着李信兄弟被逼造反，已经一整天食不下咽。但她是一个秉性刚强的人，一向在李府中当家理事，所以不管她如何忧心如焚，甚至怀着绝望和轻生的念头，有许多事还得她强挣扎着做出决定，对管家和男女奴仆们发号施令。听说李信进来，她站起来走到帘子里边迎接，按照一向规矩，让他在正中八仙桌左边铺有红坐毡的太师椅上坐下，自己坐在右边，伤心地哽咽起来。李信见妻子眼泡红肿，云鬟不整，脸色憔悴，心中也觉凄酸，但是他勉强笑着说：

　　"我不是回来了么？还难过什么？你们妇道人家的眼泪真多！"

　　汤夫人又抽咽几声，深深地嘘口闷气，揩揩眼泪，哽咽说："多谢皇天保佑，我们夫妻俩还能够重见一面！"

　　汤夫人的贴身大丫环叫做彩云的，向站在屋中的丫头和仆妇们使个眼色，大家赶快静悄悄地退了出去。她自己也退了出去。李信望着妻子说：

　　"我知道你为我操碎了心。仇家和赃官并没有将我害死，咱夫妻幸而又团圆了，你应该高兴才是。眼下戎马倥偬，我更需要你帮助我料理一些事儿。你要是想不开，哭哭啼啼，反而扰乱我的方寸。你向来深明事理，应该心中明白，我同德齐除造反之外，别无路走。你在书子中劝我们悬崖勒马,歧路回车,全是空话。事到如今,已经是骑虎难下了。"

汤夫人说:"虽说红娘子为救你破了城,劫了狱,杀了朝廷命官,你同老二都有大罪,可是我看还没有陷入绝境。你兄弟只要死不造反,亡命远方,就不算背叛朝廷,罪犹可恕。你们逃走吧,逃走吧!你兄弟二人远走高飞,由我拼着一条命在家顶着。抄家,坐监,我都不怕。拼着向各家亲戚张罗,在京城和省里花去十万八万银子,打通关节,把大事买个没事。你兄弟在外,隐名埋姓,或是找一个地方藏身,或是到处飘泊,望门投止①。天宽地广,五湖四海……"

李信趁她哽咽得说不下去,轻轻叹息说:"你真糊涂!"

"我想,"汤夫人接着说,"你兄弟没有做亏心事,自有神灵保佑。茫茫天涯,到处可以藏身。等过了三年五载,是非水落石出,沉冤昭雪,到那时你们平安回家,纵然已经倾家荡产,倒可以做安分守己的清白良民,了此一生,强似跟着红娘子失身做贼,陷于大逆,不忠不孝。要知道你们是李府公子,又是举人、秀才,非同细民百姓!"

李信愤然说:"你不看今日事逼势迫,只能同红娘子一道率领饥民起义,破釜沉舟,有进无退,方可死中求生。倘若害怕造反,瞻前顾后,囿于书本上的'忠孝'二字,必将束手就擒。这道理至浅至明,旁观者个个清楚,你却糊涂如此!如今朝政昏暗,官绅横行;民间有天无日,是非颠倒。如此世界,我们负屈衔冤,实在无路昭雪。要想等到是非水落石出,你就等吧,等到黄河清,日头从西边出来!你也没有想想,既然破了杞县城,杀了朝廷命官,朝廷必然发海捕文书,画貌图形,悬赏缉拿我和二弟。我兄弟逃出之后,难免不露形迹,很容易落入毒手。你望我兄弟俩出外逃生,实是劝我们早日送死。唉,真真糊涂!"

下午李侔回来时,也劝说过汤夫人如今只有跟红娘子一起造反才有生路,但她不听。由于她居于长嫂地位,李侔不敢多批评她

---

① 望门投止——到处逃命,看见人家就要求投宿。这句话原出于《后汉书·张俭传》。

的糊涂思想。她知道李侔从来很听哥哥的话，所以她一直盼望同丈夫见面，劝说他迅速决断，偕同李侔外逃。如今听丈夫说出不能外逃的道理，又连着说她糊涂，她才如梦乍醒，觉得李信兄弟反对外逃是有道理的，同时也感到十分绝望。沉默片刻，她叹了口气，说：

"可是忠孝大节……"

李信截断说："倘若都按照书生愚见，死讲一个'忠'字，则自古至今就不会改朝换代，今日仍旧是夏桀王的子孙坐江山，不会有商汤、周武，也不会有从汉刘邦到朱洪武一流创业之主，天下永远是一姓的天下。吊民伐罪正是顶天立地事业，何得谓大节有亏！倘若老百姓的心中不是另有一个是非，杞县百姓断不会一呼百应，帮助红娘子破城杀官，救我出狱。倘若老百姓的心中不是另有一个是非，也不会纷纷投军，愿意随我起义。你千万不要再存糊涂念头，乱我方寸。我已决意造反，你别的话不用再说。红娘子将我从狱中救出，她又是一军之主，望你好生款待她，礼节上要隆重一点，千万不可怠慢。"

汤夫人无可奈何地说："我既然做你的妻室，祸福一体，生死都无二话。事到如今，我不再乱你的方寸就是。至于红娘子，她救你出狱，我感激不尽。可是这一两年倘若你不同她来往过多，被别人看在眼中，也不至于诬你与红娘子同谋造反，还有种种难听的话。我常听你说红娘子如何不是泛泛的女流之辈，早知今日，悔不当初……"

"当初怎样？"

"我悔不该没有早劝你纳她为妾，也省却别人乱说。大家公子，谁没有三妻四妾？何况我自己素来多病，并没有替你生儿养女！"

李信按捺着一股不舒服的感情，苦笑说："我知道你的心神已乱，说出些不应该说的话。今晚我有许多要紧事等着料理，有些话咱们以后细谈。此刻我望你隆重款待红娘子，千万不可因为她出身微贱，对她稍有轻视之意。"

汤夫人回答说:"我自从嫁到你家,身是冢妇①,不曾对亲戚女眷有过失礼之处。何况我今日是李府内主,红娘子是李府的救命恩人,更非一般女客相比,纵然我心乱如麻,也不会怠慢了她。你放心好了。"因丈夫起身要走,她向他深情地望了一眼,柔声说:"你也该梳梳头了,在班房中一定生了虱子。我叫一个丫头来替你箆箆头吧?"

"此刻哪有闲工夫!"

李信走后,汤夫人即将男女管家唤到面前,吩咐他们准备以迎接贵客的礼节迎接红帅。但是她在心中暗自说道:

"想不到家门不幸,使我这个名门大家的主妇屈身迎接一个江湖卖艺的绳妓!"

李府的两个仆妇走在前边带路,打着两盏旧的白纱灯笼,上有宋体朱书四字:"大司马第"②。红娘子的四名戏装打扮的青年健妇跟在后边,打着没有字的白纱灯笼。一走近李府大门外边,那站在两旁石狮子跟前等候的仆人们按照迎接贵宾的老规矩,向院里高声传呼:"红帅驾到!"等候在二门口的仆人们又向里边高声传呼。里边是几个妇女的声音接着高声传呼。红娘子抬头向里看,只见大开仪门,两行灯火辉煌,气象森森。在两军阵上,红娘子骑着战马,挥剑冲杀,血染衣袖,连眼也不眨一下,现在却不由自主地感到呼吸有点短促,心头怦怦乱跳,连她自己也不明白为什么会这样紧张。李信和李侔在二门迎候,陪着她走进内宅。一到第三进院门,李信兄弟向红娘子一拱手,退了出去。红娘子继续由李府中较有头面的丫头彩云和女管家引路前进。

大奶奶汤夫人和二奶奶刘氏已经在堂屋的阶下迎候,背后簇拥着一大群丫环、仆妇。汤夫人怀着很深的阶级成见,离很远就暗

---

① 冢妇——长媳。按封建礼教,冢妇可以管理家务、主持祭祀、接待女客。
② 大司马第——意思是兵部尚书府。大司马是上古中央政府中主管军事的官名。明代士大夫喜欢拟古,称兵部尚书为大司马。

暗打量着这个"江湖女侠"(这是从昨夜起她心中对红娘子的称呼)是否有轻浮举止和习以为常的风骚神情。几十个丫环、仆妇静悄悄地站在东西两厢的阶上阶下,都想看清楚这个能够统兵打仗的女豪杰到底是什么样儿。在她们中间,有的想着这个敢挥剑杀人的女豪杰必定是一个膀宽腰圆、黑不楞敦①的母夜叉,有的风闻红娘子生得不丑,但想着必是戏台上的山大王那种装束,头上插着一双雉鸡翎。在灯烛辉煌中,汤夫人和大家的眼睛猛然一亮,所有猜想中的影像全跑光了。

她们看见这位巾帼英雄是高挑身材,上身穿一件藕荷色紧身短袄(没人想到她内穿绵甲),束一条鹅黄丝绦,腰系宝剑,外披紫羔皮猩红斗篷,头戴紫红贡缎出风风帽,前缀一块碧玉,脚穿黑绒双梁云头粉底马靴,面貌端庄,眉眼英气照人,神态大方,步履矫健,与汤夫人和丫环、仆妇们原来所想象的人物大不相同。跟随红娘子前来的四名健妇都换了新绸箭袖短袄,紧束战带,腰插短剑,背插宝刀,一律红绸包头,雄赳赳,精神饱满,犹如英武的男兵一般。汤夫人和所有的内眷、仆婢们都感到十分新鲜,吃惊,两厢有人不觉发出来轻悄的啧啧声,而没人不暗暗在心中肃然起敬。

按照当时社会上一般规矩,一个江湖绳妓见到像汤夫人这样宦门公子的奶奶,应该跪下磕头,才算够礼。然而红娘子在来时已经想过,她今日不再是卑贱的人,而是一个义军首领,不能再那样行礼,自损身份。出于对李信的一向尊敬,和初次同汤夫人相见,她以对等身份对汤夫人深深一"福"。

汤夫人赶快还礼,说:"红帅是我家的救命恩人。只是因为我的身子有病,未能远迎,务望恕罪。"她不再轻视对方是一个出身卑贱的江湖绳妓,怀着真诚的感情接着说:"倘你不嫌弃我这个无用之人,咱们就以姊妹相待。来,请贤妹受我一拜,以谢贤妹的救命之恩。"

红娘子连说"不敢当",慌忙还礼。汤夫人又介绍说:

---

① 黑不楞敦——河南土话,指黑而粗壮的面孔。

"这是我家二奶奶,你们也对拜一拜。"

当红娘子同李侔的妻子对拜时候,汤夫人又将她通身上下打量一眼,不禁心中赞道:"长得这么俊俏的女子并不少,可是从来没见过女流中有这样英俊的人!"她拉着红娘子的一只手走进上房,忽然想着自己和几个贴身使唤的丫环们的手都是小巧、柔嫩、手指纤细,而红娘子的手虽不特别大,却使她感到十分健壮有力,似乎还有茧皮,又不禁心中说:"到底是一员在马上拉弓舞剑的女将,手就不同!"

她将红娘子让进上房,重新互相一拜,分宾主坐下。李侔的妻子紧挨着她的旁边坐下。她吩咐把跟随红娘子来的四个妇女叫进来让她看看。她们向汤夫人和二奶奶磕了头,并排垂手肃立,等候问话。她们全是高挑身材,肩宽腰细,十分结实爽利,神态英俊,丝毫没有年轻妇女们站在生人面前的忸怩态度。汤夫人随即问了几句话,知道她们都出身贫贱,有的是大户人家的粗使奴婢,有的是农家女儿,自幼就饱受折磨。她望一望她们的戎装打扮向红娘子笑着问:

"她们可精通武艺?"

红娘子回答说:"她们都是跟随我起义以后才学会了一点武艺,如今不行军的时候还继续每日练功。"

汤夫人赞叹不止,叫丫环彩云赶快取出来四匹上等汴绸和四两银子赏赐她们,又吩咐拿出二十两银子赏赐那没有跟着来的男女亲兵。四个健妇叩头谢赏,退出上房。汤夫人又拉着红娘子的手,将贵客请进左首房间,也就是她平日休息、睡觉、读书和做点针线活儿的闺房。二奶奶也一起进来。彩云献上三杯茶,站在一旁侍候。

在同红娘子见面之前,她曾经希望劝说她的丈夫离开红娘子的义军,偕李侔逃往远方,过了几年后事情缓和,平安归来。连李信兄弟出外应该带哪两个忠实可靠奴仆,她都想好了。不意李信不听她的"忠劝",反说她糊涂。随后她将最后一线希望寄托在红娘子身上，并且在红娘子来到前做了准备。她望着红娘子叹息一声，噙着泪说：

"贤妹，虽说是初次见面，可是我同你就像是亲姊妹一般。何况，我们李府上下都感激你搭救大公子出狱，我当然比别人更要感激。刚才承贤妹送给我同二奶奶几样重礼，我们却之不恭，只好拜收。我也同二奶奶准备了一些薄礼，奉送贤妹，一则是回报贤妹厚赐，二则对贤妹的救命大恩借表感谢之意。另外，也临时准备几杯淡酒为贤妹解乏，明日再治酒宴洗尘。至于有一些心腹之言，酒后再与贤妹一谈。彩云，去将准备好的礼物取来。"

彩云刚出去，转眼间又轻脚轻手地退了回来，手中却是空的。大奶奶和二奶奶都用疑问的眼光望她。她走到红娘子面前低声说：

"从老营来了一位姐姐，说她有要紧军情禀报。"

红娘子问道："大公子、二公子都知道了么？"

彩云说："大爷、二爷已经知道。二爷往寨外察看去了。大爷正在同阖族爷们商议事情，叫她进来禀报红帅知道。"

红娘子准备起身出去。汤夫人用手势阻住了她，对彩云说："请那位禀事的姐姐进来说吧。"

彩云马上把一个身上背着大刀的青年健妇带了进来。那健妇向汤夫人和刘夫人拜了一拜，对红娘子禀报说："刚才探马回来，得到确实消息：巡抚李仙凤和副将陈永福已经从封丘回到开封，准备率大军前来杞县；另外商丘有一支官军大约有一千五百人，也准备前来杞县。这两支官兵共有五千多人，大约明天可以来到。"汤夫人和刘夫人脸色大变，止不住心头狂跳。但红娘子听了后并不怎么重视，只说一句"知道了"，挥手使禀事的健妇出去。汤夫人担心地问：

"官兵两路前来会剿，这，这，怎么好呀？"

红娘子笑着说："请大奶奶放心。不碍事，不碍事。"

彩云将禀事的健妇送出，随即带着两个丫环抬进来一口皮箱，她自己捧着一个螺钿黑漆小盒，背后还有两个丫环，每人用托盘端着两封银子。汤夫人轻声吩咐：

"先打开箱子，请红帅过目。"

丫头们先将皮箱打开，把里边的东西取出，让红娘子看看，随即又整整齐齐地装好。这里边装的是各色上等绸缎，还有一件貂皮女袄筒子，一件猞猁皮绣花蓝缎崭新女袄。那个螺钿黑漆小盒中装的全是贵重首饰。彩云拿出一样，汤夫人说出一样名字。有些是红娘子听说过的，有些竟是没有听说过的。像猫儿眼、祖母绿这些古怪名称，她从来没有听说过。看过以后，大丫环将东西一样一样装好，将小盒锁好。汤夫人说：

"这些首饰，有的是我陪嫁来的，有的是我母亲临死时特意留给我的，有的是李府祖上传下来的。汤、李两府都是世代官宦人家，所以有些平常人家不易见到的东西。如今这些首饰我全都不用了，都送给妹妹做念物吧。那四百两银子是我们二奶奶的体己，略表微意。"她使个眼色，彩云立刻从床头的墙壁上取下一柄古剑，捧到红娘子面前。汤夫人接着说："听我们大爷说，他去年在开封买到这柄古剑，原是要送给你的。你当时怕留在身边惹祸，退了回来。如今贤妹已经是一军之主，大非昔比，就请你带走吧。像这样的好剑，原是宋朝安国夫人梁红玉的心爱之物，也只有像贤妹这样的巾帼英雄才配使用。"

红娘子正要说话，忽然从房帘外探进一个大丫环的头来，望着汤夫人说："大爷在书房中传出话来，问里边的酒饭摆上了没有。还说，请红帅早一点到书房商议紧急大事。"

汤夫人说"知道了"，回头又望着红娘子，等待她收下礼物和银子。

红娘子干脆爽利地说："多谢大奶奶、二奶奶的厚情，实不敢当。这么多礼物，我完全不收不好，可是也不全收。衣料、首饰我一概不要。戎马之中，我要这些东西不惟无用，反而成了累赘……"

汤夫人截住说："你眼前这戎马生活终有个尽日。一旦脱掉战袍,安享富贵,像贤妹这般年纪,这般人品,仍然须打扮得花朵儿似的。好衣裳、好首饰终究是少不了的。像祖母绿、猫儿眼这些东西,你临时想要,拿银子也很难买到。"

红娘子笑着说:"大奶奶替我想得太远啦!我既然造了朱家朝廷的反,不反出一个名堂来决不罢休。也许我会战死沙场,也许等我脱掉战袍时已经双鬓苍苍了。嗨,大奶奶,说什么安享富贵!宝剑我拜收。银子我拜收。别的贵重东西,一样不要,请大奶奶切莫见怪。倘若大奶奶一定要我收下那些首饰、衣料,我就连宝剑和银子一概敬谢。我是个爽快性子,没有半点儿虚心假意。"

汤夫人见红娘子态度坚决,出乎意料,无可奈何地同李侔的妻子互相望望,然后带着怅惘的神情望着红娘子微微一笑说:

"眼下有许多军戎大事,他们在书房中等候贤妹商量。那几样首饰、衣料,既然贤妹坚不肯赏光收下,我也不便勉强,耽搁时光。彩云,你们把皮箱和首饰盒拿去吧,顺便看一看酒饭好了没有。"

红娘子对彩云说:"随我来的健妇中有一个名叫红霞的,请妹妹带她进来。"

片刻工夫,彩云将红霞带了进来。红娘子向红霞吩咐:

"这一柄宝剑和四百两银子你同一个健妇送回老营。那银子要交给管粮饷的老陈,进入公账。"

红霞走后,彩云向汤夫人轻声问道:"酒菜已经摆上了,现在就请红帅用饭吧?"

汤夫人站起来向红娘子说:"请用饭去吧。本来说明天正经治宴席替贤妹洗尘,今晚随便吃顿便饭。如今看来,明天这宴席能不能吃成,很难说了。"

红娘子一向滴酒不饮,加上军情紧急,很快就吃毕了饭。汤夫人叫李侔的妻子去指挥仆婢们收拾东西,却拉着红娘子回到她的卧房坐下。她叹口气说:

"大公子劝说本县大户放赈,原是为着怕饥民群起作乱,家乡不保。不意仇家反诬他煽惑饥民,图谋不轨。真是天大冤枉! 李府原是官宦门第,大公子是举人,二公子是秀才,谁想到竟然被逼得做了叛逆之人!"她热泪奔流,哽咽得说不下去。

红娘子劝道:"大奶奶不必难过。官逼民反,自古皆有。没人造反,谁替小百姓伸冤雪恨?哪一代无道朝廷不是靠造反的人们推倒的? 没有人推,纵然是破烂江山也不会自己倒。多少英雄豪杰都是敢做叛逆的人,靠三尺剑杀出来清平世界。"

汤夫人揩揩眼泪说:"贤妹说的是。可恨我在这样大事上是一个软弱之人,不像你那样无牵无挂,敢作敢为,纵横一匹马,来去三尺剑,确是女中豪杰!"

"我是被逼得这样啊,什么女中豪杰!"

汤夫人接着说:"从今往后,知道内情的,都说是官逼民反;不知道内情的,谁不骂他们是乱臣贼子,我是贼妇? 我这个一向只懂得描龙绣凤、不出三门四户的妇人也跟着蒙受不白之名,无面目再见娘家亲人……"

红娘子劝道:"大奶奶千万要往宽心处想。你们李府当然不同细民,按道理这'造反'二字轮不到你们头上。可是事到如今,不造反也不行了。像我这样人,毕竟是女流之辈,原来连杀鸡子也不敢看,如今在两军阵上,我不杀人人就会杀我,我只好硬了手脖子,杀起敌人来像割草一样,一点儿也不觉害怕。大奶奶,你随着大军,用不着你临阵杀敌,我们也不会让敌人冲近你的轿子跟前。你读书识字,帮大公子管一管粮草账目也很好呀。经过几次阵仗,你的胆子就会大了起来。大奶奶年纪这样轻,一旦离开闺房,常在露天野地,骑骑马,坐坐轿,风吹日晒,不要多久,不用吃药也会身体好起来。前头路子千百条,何必把心思只往牛角尖儿里引?"

汤夫人并没有因红娘子的劝说而心中稍稍开朗,改变了她的主意,反而她认为红娘子是一个通情达理的人,增添了她直然提出请求的信心。她说:

"如今屋中只有咱们姐妹二人,我有一言相求,望贤妹心中斟酌。"

"大奶奶有何吩咐,不妨直说。"

"唉!这话叫我怎么说呢?"汤夫人犹豫一下,接着说:"李府的家世,贤妹是清楚的。我娘家是大明开国功臣信国公①之后,也算得是世代簪缨之族。虽然近百年来家道中落,但与一般寒门素族毕竟不同。刚才贤妹劝我的话,出自肺腑,我何尝不知感激。可是像我这样出身名门,幼读诗书,对圣人三纲五常之教,不敢稍忘。不论朝廷如何无道,仇家如何陷害,官府如何逼迫,我都不甘心大公子背叛朝廷,身陷不义。大公子做了反贼,我成了贼妇,有何面目见祖宗于地下?真是生不如死!"

她小声痛哭起来,不得不停了话头。红娘子听她的话很不顺耳,心中生气,默不做声,只想着如何赶快往书房去商议军情。过了一阵,汤夫人揩揩眼泪,又望着红娘子说:

"我是对贤妹倾吐心腹之言,倘有冒昧之处,望贤妹多多原谅,不要在意。"

红娘子勉强一笑,说:"既然你愿意对我说出真心话,不管说什么我都不会介意。快说吧,外边还在等着我商量军情大事哩。"

汤夫人叹口气说:"俗话说,嫁鸡随鸡,嫁狗随狗。可是事关忠孝大节,让我随夫做贼,忍耻含羞,苟且偷生,实实不能……"

红娘子插了一句:"这就不好办了。"

汤夫人接着说:"何况,我是蒲柳弱质,不会骑马,不会打仗,更加身体多病,药不离口,只能做大公子的太平妻室,不能从他于金戈铁马之间。纵然大公子一定叫我随军,我不久也会死在路上。眼看着家破人散,生离死别,我只能求贤妹相救!"

红娘子问:"要我如何相救,请大奶奶吩咐。"

汤夫人恳求说:"我有心劝大公子与二弟德齐逃往外省,隐名埋姓,度过几年,等到案情缓和,再回家乡。贤妹是他的救命恩人,

---

① 信国公——汤和佐朱元璋定天下,立了大功,封为信国公。汤夫人因遵守儒家礼教,不说出祖先名字。

一言九鼎。倘蒙贤妹劝说几句,使他悬崖勒马,潜逃异乡,避此厄运,我将世世生生永感贤妹之德。"

红娘子说:"大奶奶不愿大公子兄弟造朱家朝廷的反,这心情我明白。不过眼下大公子不造反只有死路一条。纵然他们可以逃避异乡,可是难保永远不败露行迹。大家公子和细民不同,生活上得有奴仆照料,举止言谈都叫人看出来是有身份的人。官府必然会发下海捕文书,悬出赏格。任他们走到天涯海角,人们一听豫东口音,一看年龄相貌、举止言谈,能不疑心? 能不盘查? 一旦捕获归案,再劫狱搭救就没有指望了。我起义原来就只靠自己和一班穷哥儿们、穷姐妹们,现在还是。我并不指望大公子和二公子造反,帮助我渡过难关。我只知道做事儿不忘记穷百姓,下狠心勇往直前,敢杀敢闯,就会闯出路子,并不怕什么难关。大不了也不过战死沙场,死得磊落。敢造反不怕头落地。我们穷人造反的心,大奶奶富里生,富里长,自然是不会明白的。若是大奶奶怕他们同我红娘子一起'做贼',名声难听,越陷越深,那好办,我明日就将自己的人马拉走,同他们弟兄俩各奔前程。海阔随鱼跃,天高任鸟飞。你想,我怕什么? 可是大奶奶要我劝他们不要造反,逃祸异乡,待日后回来做安分守己的老百姓,这是要我劝他们束手就擒。请大奶奶莫见怪,我不能拿这样糊涂主意劝说他们。"

汤夫人对她的这个要求没有坚持,随即又说:"贤妹所言,也有道理。如今木已成舟,悔之不及。倘不见怪,我还有一句忠言,望贤妹记在心中。"

"直说不妨。"

"大明三百年江山,虽有弊政,然深仁厚泽,犹在人心,未必就会亡国。贤妹与大公子、二公子如此下去,终非善策。日后倘蒙朝廷宽宥,派官招安,万望莫失时机。受了招安……"

红娘子不等汤夫人将话说完,脸色一变,迅速回答:"请大奶奶千万莫提'招安'二字。大奶奶因为出身于高门大户,所以总难忘朝廷的什么'深仁厚泽'。我们生活在十八层地狱里的小百姓断不会有这样想法。我们记得的只是饥寒、贫困、血汗、眼泪,如何被官府欺压鱼肉,为富人做牛做马。我自从起心造反,就不曾想到日后受朝廷招安。倘若不幸战败,我只会在马上战死,断不会跪地投降。常言道:宁为玉碎,不为瓦全。受朝廷招安,连瓦全也说不上,是忘了先人累世的仇,忘了普天下小民的苦,反而做无道朝廷的鹰犬。大奶奶,至于朱家朝廷会不会很快亡国,我不是算命先生,只能说这事儿走着瞧。"

汤夫人被红娘子的这番话顶到南墙上,半天转不过弯儿来。不过她今天在红娘子面前已经不是自居于官宦世家的女主人地位,所以并不感到生气。她爱她的丈夫,结婚十年来从未有反目的事。一天来尽管她不同意李信造反,但是又对他的被逼造反深怀着不平和同情。经红娘子痛快一说,她不能不从心中承认李信不造反,离开队伍,确实是等着就擒,而她指望日后受招安也只是望梅止渴。眼前摆着的要紧问题是如何能够使得丈夫在军中平安无恙。在一阵沉默中,她的思绪纷乱,很希望红娘子能够在战场上保护李信。这时,李信派仆人来催请红帅去书房议事。红娘子起身告辞。汤夫人赶忙站起来,紧紧地握住她的一只手,说:

"贤妹救了他的性命,叫我至死难忘。但愿今后在兵荒马乱之中,刀光剑影之场,生死存亡决于呼吸之间,贤妹能够常在他的左右,我就是死在九泉也会放心。"说到这里,她不禁又哽咽起来。

红娘子虽然听出来她的话里含有不祥的兆头,却没有时间认真去想,只说句"请大奶奶放心好啦",便匆匆走了。

第十三章

已经是三更以后了。

李府中,上自管家、账房先生,下至粗使佣人,都在忙碌。在内宅,汤夫人和刘夫人的心腹丫环和仆妇们,按照她们的指示,连夜收拾各种值钱的东西,凡能够随军带走的就准备好随军带走,不便带走的就准备好分送丫环、仆人、亲戚、邻居。至于名贵细木家具,实在太多,一时处置不了,尽管很值钱,都作为遗舍之物。二门以外,大管家指挥着一大群男仆和家奴,把一些该周济穷人的东西都搬运到大门外的广场上;二管家带领着一群长工、男仆、家奴把东偏院仓中的一部分粗细粮食运出来,堆在大门外,准备天明时交给驮运队随军带走,其余的一部分留下来周济穷人。那些没有分配差使的小丫环和年老的男女奴仆,也都在收拾自己的东西,等候主人发落。李信已经传下话来,说在天明以前,所有府中使唤的人,不管是奴才不是奴才,奴才中也不管是家生的不是家生的,都要发落。这是关乎每个人一辈子和子孙几代的大事,所以大家不管有执事没有执事,都在等待着如何发落。

汤夫人住的上房是内宅的神经中枢,丫环、仆妇们出出进进,十分忙乱。李信和李侔见内宅很乱,不便商议大事,邀请红娘子到了书房"三余斋",围着火盆坐下。一个老年仆人带着两个书童来到书斋门外,那老仆人独自进入书房,恭敬地向李信请示:这书房中的一些珍贵古玩、字画和珍本书籍,是否要收拾带走。李信一挥手,那老仆人明白了主人的意思,噙着眼泪退出。

红娘子十分疲倦,眼皮好像有几斤重,一坐下去就想闭着眼睛睡一觉。她听见老仆人向李信请示的话,睁开眼睛,环顾了这三间精致的书房,靠着墙壁全是书架,摆满了有蓝布套的和没有布套的书,另外还放着一个紫檀木雕花古玩架,上边摆着铜的和瓷的瓶儿、罐儿、碟儿、碗儿,还有生绿锈的三条腿带盖的和不带盖的铜锅儿,最使红娘子感兴趣的是一匹泥烧的赭黄色战马,配着红鞍子,白蹄,白鬃,白尾,昂首翘尾飞奔,神态异常生动。她的瞌睡消退了,对李家兄弟笑着说:

"像你们这样的宦门公子,要造反真不容易。看看,我的天,得有多少宝贝东西带不走啊!我们穷人家造反很简单,一下狠心,一咬牙,一跺脚,掂起一件武器就走,扔掉的不过是一间破茅屋,一个冷锅台。有的人,连一间破茅屋也没有!"

李信和李侔都笑了起来。李侔说:"红娘子,咱们赶快决定下一步把人马开到何处去。你这几天很少合眼,商量定,你就去睡一阵吧。"

红娘子用手背揉揉干涩的大眼角,望着李信。她虽然已经有投奔李闯王的想法,但不愿马上说出,等待李公子拿出主意。李信沉吟一阵,慢慢地说:

"这事情我已经反复想过,尚无定见。杞县这个地方离开封太近,又无山河之险,万难立足。我们的人马不多,远离豫东,人地生疏,既要同官军作战,又要防各地土寇攻袭。你带着人马在砀山一带混过三个多月,那里怕也不是咱们立足之地吧?"

红娘子摇摇头说:"那里不行!往南去有袁老山,人马众多,几次想吃掉我,我都躲开了。往东,往北,山东地界,徐州境内,直到运河两岸,遍地都是土寇,没有我插足地方。"

李信说:"从这里往西去有李际遇占据登封一带;往西南去有刘偏头占据郾城、西平、遂平一带;一条龙占据临颍一带;往南去,几千人的大股土寇不多,可是只能局促于陈州到息县一带,四面受敌,平原无险。大别山有险可守,可是革里眼等数万陕西流贼……"

红娘子嘲讽说:"什么'流贼'!今后难道别人不是一样说你们兄弟是'流贼'?"

李信抱歉地说:"这是平日跟着别人说习惯了,不觉失口。对,从今晚就改。——革、左四营如今又叫回、革五营,在那里盘踞了两三年。我们一去,必然会受他们吞并。茫茫中原,如今竟不能随意驰骋,更莫说割据一方,逐鹿中原了!"

红娘子说:"我倒有一个主张,不知你们二位意下如何?"

"什么好主张?"李信兄弟同时问。

"去投李闯王!"

李信惊问:"投李闯王?"

"是的,投李闯王!自从上月李闯王从郧阳来到河南,先到南阳一带,现在已经到了河南府境内,到处开仓放赈,救济饥民,平买平卖,只杀贪官土豪,对百姓秋毫不犯。如今不到两个月光景,人马已经有了十几万。道路哄传,都说李闯王多么仁义,多么深得人心。豫西百姓到处迎闯王,把闯王当成救星。咱们既然在豫东难以立足,又没合适地方可去,倒不如干脆去投闯王,辅佐闯王打天下。听说李闯王谦恭下士,对读书人十分尊重。大公子前去投他,他必推诚相待。"

李俦用手拍一下膝盖说:"好!红娘子,你说的话很有道理!我们如其不能够独树一帜,与群雄逐鹿中原,真不如去投闯王!近来,确实到处都传说李闯王一进入河南就号召饥民不纳粮,不缴税,开仓放赈,除暴安民,确实像一个得天下人的气派。又听说宋献策、牛金星都到了闯王那里,很受重用。"

李信又吃一惊,问:"他们二位都去了?可是真的?"

"是真的。我在开封,为着救你出狱,苦无办法。想着老宋这个人足智多谋,在各衙门熟人又多,就托人打听他现在何处。一打听,才知道他于上月底托名去汝州访友,暗中投了闯王。原来他同牛金星早就约好,一旦李自成来到河南,牛金星先到闯王那里,代为吹嘘,请闯王以礼相迎。还听说他一到闯王那里,就做了军师,言听计从。他们两人,一天到晚与李闯王在一起,成了闯王的左右手。相国寺中有一些吃江湖饭的人们暗中羡慕,说他们将来会是李闯王的左辅右弼①。"

李信叹息说："我入狱之前，也偶尔听说李闯王到了南阳境内，如何军纪严明，如何仁义，饥民如何闻风响应。在狱中也听到看监的李老九对我谈过李自成的种种传闻。但是都说得不很确切，我也没十分注意。竟没料到，如今豫西局面变化如此之快，连牛、宋二人也已经投入闯王麾下！你们可听说，这一个半月来，李闯王在豫西攻破了几座城池？"

李侔和红娘子互相望望，都答不上来。

"连一座城池也没有攻破么？"李信带着疑惑不解的神气问："既然李自成的行事深得民心，到处饥民响应，人马众多，如何连一座县城也未曾攻破？"

红娘子经李信一问，也觉奇怪，慢吞吞地回答："也许是离得太远，他破了几座城池，我们没有听到。"

李信登时摇摇头，说："不在情理。同在一省之内，哪个州、县城池失守，朝廷命官被杀，立刻会哄传起来。何况杞县离省城很近，向来消息灵通。全省有一处城池失守，朝廷命官被杀，马上就会报到省城，巡抚和布政使等封疆大吏都有责任，不敢隐瞒，也要飞奏朝廷。国有常典，纵然失守一个弹丸小邑，不往上报，也要犯隐瞒朝廷之罪。我们离豫西虽有数百里远，但离省城近在咫尺。既然在开封没有哄传何处城池失陷，足见李闯王并未攻破一座城池。传闻他在豫西如何到处受百姓欢迎，人马如何众多，是否仅是传闻之词，并不十分可信？"

李侔沉吟片刻，回答说："哥的话也有道理。看来李自成进入河南以来，确实尚未攻破一座城池。然而，关于闯王如何仁义，如何饥民从之如流，如何人马众多，却真是到处哄传，几乎众口一词。"

李信说："常言道，耳听是虚，眼见是实。看来关于李自成行事仁义，饥民到处响应的话，确有其事，不过都不免传言过甚。这好

---

① 左辅右弼——左右丞相。

比饥者易为食,寒者易为衣。历年来百姓处在水深火热之中,痛恨官府,仇视官军。所以李闯王一来河南,略施仁义,穷百姓便觉着来了救星,绝处逢生,于是就道路哄传,远近讴歌,替他锦上添花。"

李侔说:"虽说传闻李闯王如何如何,未必完全可信,但是宋献策投了闯王是千真万确的,牛金星投了李闯王也是真的。他们二位都是有见识的人,如李闯王无出众过人之处,他们决不会贸然去投。"

红娘子接着说:"我也是这么想。倘若李闯王是泛泛之辈,宋献策和牛金星决不会前去投他。既然他们二人前去投他,又到处哄传闯王如何仁义,我敢说,李闯王的行事就是好。为什么众多黎民百姓不对别人锦上添花,偏对他锦上添花?再说,前年冬天,我在永宁县境内无意中遇到了高夫人,这件事你们二位都是知道的。高夫人确实十分仁义,军纪严明,这是我亲眼看见的。我在江湖上混了这些年,还从来没有看见过那样仁义的人,那样好的人马。只看看高夫人,也就知道李闯王本人如何。"

李侔又接着说:"至于李闯王如何在豫西尚未攻破一座城池,必有另外原因,尚不为我们所知。善用兵者,神出鬼没,机变无穷。我们只看他如何行仁义,收人心,众百姓如何对他倾心,这就够了。"

红娘子见李信仍在犹豫不决,又说:"晚饭时两起探马回来禀报,说李仙风和陈永福将从开封前来,另一支官军也要从商丘前来,两支官军合起来有五千上下。另外,公子在杞县的几家仇人,哪一家的寨中也可出动几百练勇。这圉镇和李家寨决不是我们久留之地,非赶快离开不可。豫东一带,一马平川,四面受敌,也不是我们立脚的地方。究竟何去何从,请大公子赶快决断,我们好明天拔营。"

李侔也说:"哥,你就决断了吧!"

李信站起来,紧皱眉头,在书房中徘徊走动,准备下最后决心。他明白在杞县境内停留着耽误时间对他十分不利,也相信李闯王大概不是泛泛之人，但是他更明白，去投闯王，这是他兄弟和红娘子的一生大事，不能不特别慎重。过了一阵，他重新坐下，叹口气说：

"我不是不想去投奔李闯王，也明白今日茫茫中原，除投闯王之外，别无更好的道路可行。可是，咱们投了闯王，就同他有君臣之分，只能始终相从，竭诚尽忠而事之，不能再有二心，更不能中途背叛。万一传闻与实际大不相符，我们就悔之晚矣。因为有此顾虑，所以我彷徨筹思，不能够立刻就下定决心。"

红娘子问："大公子，你怎么知道传闻同实际情形大不相符？"

"我不是说完全不符，只是担心出入较大。常言道，忠臣不事二主，烈女不嫁二夫。我们一去，必须永做闯王忠臣，至死不渝，故此行关系重大，不能不十分慎重。我们此地距豫西七八百里，远至千里。远路没真信。倘若我们离闯王较近，闻见较切，那我就不会多此顾虑了。"

李侔说："可是事不宜迟，必须赶快决定才好。"

李信仍在考虑，没有做声。红娘子和李侔都心中认为他的顾虑是有道理的，一个望着他，一个低着头，在沉默中等待他做出决断。忽然，他的眼睛一亮，望着李侔问：

"我好像看见范宝臣已经回来，何不将他叫来一问？"

李侔被他猛然提醒，立即说："对，对。范宝臣已经回来，必然知道不少消息，应该叫他来一问便知。"

红娘子问："范宝臣是谁？"

李信说："他是敝宅中的伙计，家在汝州西南乡格料镇附近。一个月前他母亲病故，回家奔丧。今晚我看见他已经回来了。格料镇离伏牛山只有一百多里，见闻较近，必定多知道一些实情。"

李侔说："不过他平日深恨土寇，也常骂流贼，也许会囿于成见，说不出真是真非。"

李信说："我也知道他平日常跟着旁人恨骂流贼，倒不妨叫来问问。纵然他抱有成见，从他的话里也能透露出一些实情。"

不过片刻,范宝臣进来了。这人约摸五十岁上下,三绺短须,面貌朴实,戴着重孝:帽子上和衣服上沿着白边,一双棉鞋也用白麻布包了鞋面。他原是在格料镇帮东家做生意,五年前因逃荒到省城投亲靠友,被介绍到菜根香酱菜园做伙计。李信因听说他为人诚实,不肯说半句假话,前年将他叫到李家寨来,分管一处庄田。他平日确实常骂"流贼"杀人放火,乱了大明江山,但是昨天从格料镇回来,看法变了。范宝臣告诉主人,李自成确实军纪严明,平买平卖,打开大户们的山寨后开仓放赈,救活饥民,饥民前去投顺的争先恐后,连他的村庄中也有几个人去投闯王。他又说:

"大爷,二爷,李闯王的行事,真是古来少有,我活了大半辈子,从来没听说有过这样行事的'贼'!"

红娘子笑着问:"你说怎么个古来少有?"

范宝臣回答说:"红帅不知,李闯王人马所到之处,贴出告示、揭帖,号召四乡百姓,不再向官府缴粮纳税,他自己也在三年内不要粮,不征税,所以除那些豪绅大户之家,没人不说闯王好,把他看成救星。"

李信露出了欣然笑容,又问了几句话,叫范退出,然后对红娘子和李侔说:

"好,吾意决矣!"

"决定去投闯王?"红娘子问。

李信说:"不投闯王还投哪个? 决不迟疑!"但是他又带着没有把握的神情看一看李侔和红娘子,接着说:"你们看,我们去投闯王,他会以诚相待么?"

李侔说:"他那里正是用人的时候,我们千里去投,断无不受重用之理。"

红娘子也说:"大公子可以完全放心。宋孩儿既是公子好友,去年秋天他在开封为牛举人的官司奔走,公子曾慷慨拿出几百两银子相助,我想这牛、宋二人必然是欢迎公子兄弟的。何况我早听说李闯王胸怀大志,气度不凡,对读书人很是尊重。以公子这样大

名,又兼文武全才,他岂能不以诚相待?何况我同闯王的夫人已有
一面之缘,她是我的恩人。咱们去投闯王,高夫人见了我,必定十
分欢喜。咱们一心一意帮助闯王打江山,还怕人家把咱们当外人
看待?"

忽听门帘一响,汤夫人像影子似的闪了进来,在灯光中显得特
别憔悴和虚弱,分明她的病体再也担不动心中的忧愁。李侔和红
娘子赶快起身让座。她在李信的对面坐下,抬起哭得红肿的眼睛
望着丈夫说:

"你们决定投李闯王的事,我已经站在窗外听见了。"

李侔问:"嫂子觉得如何?"

汤夫人叹口气,先向李侔看一眼,对着丈夫说:"我原来指望你
听从劝说,同二弟逃往远方。我留在家中,不管抄家坐牢,由我独
自顶住。我们汤、李两家还有不少亲戚、世交,迟早会将案情化大
为小。到那时,你们兄弟回来,纵然家产已经完了,还可以做朝廷
的安分良民,守着祖宗坟墓,终老蓬荜……"

李信插言:"梦话!"

汤夫人接着说:"我又想,你们虽然被逼造反,但要存一个招安
之念,所以我劝告红帅贤妹……"

红娘子插言:"我要你休提'招安'二字。"

李侔说:"嫂子所想的都非善策。如今只能破釜沉舟,一反到
底,才是上策,所以才商定去投闯王。"

汤夫人对李信兄弟说:"你们落个从贼的下场,令我死不瞑目。
我既然是你们李家的人,即令我死,也还要为你们操心。你们兄弟
俩跟红帅贤妹率领几千子弟兵往伏牛山千里相投,料想李闯王必
会倒屣相迎①。况且我也听人传说,相国寺的宋孩儿在闯王那里做
军师,卢氏县的牛举人也去了。宋孩儿是你们的朋友,牛是大爷的
丁卯同年,他们定能在闯王面前竭力保你们兄弟。在闯王麾下,望

---

① 倒屣相迎——意思是极其热情欢迎。隋、唐以前,不用椅子,人们脱鞋席地而坐。有时
为着急忙欢迎宾客,倒头穿了鞋子。

你们凡事小心谨慎，不可大意。"略微停顿片刻，她又心事沉重地专对李信说："唉，有句话，请你牢记心上。自古树大招风，名高招忌。你同二弟到了闯王军中，纵然得到闯王十分信任，功成之后，也要及早引退，不可贪恋富贵。"

李侔见哥哥点头不语，便从旁说："是，是。嫂子说的很是。以后倘能佐闯王得了天下，我们兄弟俩定不会贪恋功名富贵。何况有嫂子在一起，也可以随时提醒我们。"

汤夫人在心中说："唉，不要指望我能再提醒你们！"她觉得心痛如割，肚里有千言万语，不能向他们兄弟说出。默然片刻，她揩揩眼泪，望着丈夫说：

"府中的伙计、奴仆，你什么时候发落？"

"既然现在大计已定，我马上就同你一道发落他们。"李信转向红娘子说："你回老营去睡一会儿吧。我马上把家务事料理一下，准备好明天早饭后率领人马启程。"

红娘子已经有三天三夜不曾合眼，实在疲倦，从椅子上站起来，连打了两个哈欠。李信兄弟和汤夫人送她走出书房。汤夫人拉着她的手，想说什么但没有说出口，眼泪簌簌地滚落下来。红娘子见汤夫人如此悲愁，不禁在心里说："像她这样官宦世家的奶奶，一提到造反就像要天塌地陷似的！"她随即劝汤夫人放宽心怀，说她明天一早就过来，挑选几名健妇骑马跟随在汤夫人的轿子前后。汤夫人没有说话，放开红娘子的手，望着她在四名健妇的护卫中走了。

李信一声吩咐，两个老仆人向前后院和左右偏院传呼几声，那等候着主人发落的男女佣人和奴婢，都来到书房外边，黑压压地站满了天井院子。

明末士大夫家庭蓄奴的风气很盛。豫东一带虽然不能和江南相比，但是名门大家有两三百以上家奴也不罕见。李信府中，大大小小，家生的和非家生的，卖身的和自己投靠的，加上雇用的伙计，合计也有三百多口。凡是雇用的,他已经告诉管家,给资遣散,现在就只是处理这些家奴了。

李信向大家宣布:所有家奴,不管是家生的和非家生的,一律将卖身契发还,永作自由之身。丫环们,有父母的交父母领回,没有父母或亲人不在近处的,也作出妥当安置。所有遣散的奴仆,都赏给衣物银钱。凡是身强力壮,年纪轻,家中没有牵挂,愿意随军造反的,女的随着大奶奶和二奶奶,男的改做亲兵,一律发给马匹。李信宣布一毕,就把关于发落奴仆的一应琐碎事,都交给管家去办,然后回到书房,命李侔到围镇去连夜召集大户,征借骡马,三匹抽一。至于本村族中大户,二更时候他已经同父老兄弟们谈过,大家答应在天明以前将骡马送到。

汤夫人对管家吩咐了几句话,重新走进书房,在李信的对面坐下。眼看着家破人散,都有许多话不知道从何说起。过了一阵,李信想安慰她几句,但不知如何安慰,只好说:

"你现在可以坐轿子跟随大军,等你病好以后,慢慢练习骑马。要不然,你带着几个心腹下人,暗中去到开封,暂在汤府住下,不使外人知道。等我成功之后,就可以夫妻团圆。不过,到开封住想不露风声也不容易。"

汤夫人已经决意走自己的路,心情反而平静起来,说:"你不要以我为念。我虽不能做到'夫唱妇随',可是我既嫁到李府,生是李家人,死是李家鬼,生前不能相随,死后仍愿相依。"

李信心中一惊,说:"你何故出此不吉之言?在这样时候,你不要扰乱我的心吧。"

李俊闯了进来,急急忙忙地说:"大哥,你快出去,四方百姓从半夜里就往这里来,如今都聚集在南门外边,人山人海……"

李信问:"是来请求放赈的?"

"不是,是来要求投军的。大哥,你只吩咐一声,我去挑选,选出一两万人很容易。"

"你去找红帅来商量一下。"

红娘子掀帘进来,笑着说:"不用请,我来了。大公子,咱们快出寨去挑兵吧。咱们要是带着两三万人马去投闯王,闯王才高兴哩!"

李信站起来在书房中踱来踱去,过了片刻,停住脚步对李俊说:"子英,你去催各队弟兄快吃早饭,驻扎在围镇的吃过早饭来李家寨北门外边集合待命。"李俊走后,他转向红娘子说:"我已经想过啦,人马不能多要。我们现有两千多人马,再从李家寨附近的年轻小伙子中挑选一些,战兵大体有三千人就够,加上别的人员,不要超过四千人。"

"为什么你怕人马众多?"

"我们不是要独树一帜,自打江山,而是要去投奔闯王。人多势强,反而不美。大奶奶昨夜一再嘱咐的话,深合我意。叫寨外的百姓都回家去吧。"

红娘子说:"你的意思我明白了。可是叫百姓散去不是容易的,怎么好?"

"我自己去劝说百姓。以诚相劝,他们会回家去的。"

汤夫人说:"仆人们已经把早饭预备好了。你同红妹妹都到后宅去吃早饭,天大的事情,吃过早饭再办不迟。"

到后宅上房里吃过早饭,李信匆匆出寨去劝说百姓。红娘子也匆匆走了。

汤夫人走进卧室,挥手使丫环、仆妇们都出去,独把彩云留下。她取出几件衣服、一包首饰和二十两银子交给彩云,说:

"你十年来一直在我的身边,如今就要分手了。你心里难过,我也是有点难过。我知道你的衣服不少,这几年也多少有点积蓄,今夜又发了遣散钱,可是我另外给你这些东西和银子,只是我的一点心意。今后,你打算往哪里存身?"

彩云哭着说:"我虽是蒙主人恩典,有了自由之身,可是我已经死了父母,哥嫂都不是正派人,我没有地方可去。倘若大奶回到汤府去住,我情愿跟随大奶,仍然服侍大奶。"

汤夫人感到心中疼痛,竭力忍着眼泪,苦笑一下,叹口气说:

"事到如今,我怎能回到汤府?虽然自古以来,胜者王侯败者贼,可是在眼下你大爷就是反叛朝廷的逆贼,我就是逆贼之妻。既是逆贼之妻,一旦被官府抓到,律应坐斩,轻则充军或籍没为奴。汤府岂是我安居之地?况且,我自幼也读了诗书,从来没想到会落到这步田地。如今既然成了贼妇,更有何面目再回汤府?此话休提!"

彩云又哭着说:"倘若大奶随着起义大军西去,我愿意追随左右,至死不离。"

汤夫人沉默片刻,说:"你快将自家的东西收拾收拾,等大军起身时再说吧。我本来应该早一点替你挑一个有出息的后生,将你打发,只因我身边没有第二个像你一样粗通文墨、做事细心的人,所以舍不得让你离开我,多留在我的身边二年,如今后悔无及!"

彩云哭得更痛心,发誓要跟随汤夫人一道随营西去。汤夫人终于忍不住落下热泪,挥挥手说:

"你替我掩上门,出去吧,让我躺下去休息休息。等大军快启程时,你来叫我。"

彩云退出,将门轻轻关严,赶快去收拾汤夫人必须随身带走的东西,并亲自将男仆们为汤夫人和二奶奶准备的两乘青布小轿察看一遍。

寨外和圩镇方面,战鼓雷鸣,同时混合着喇叭声和马蹄声。人马分头在两处集合,大小旗帜招展,长短刀枪耀眼。新来参加起义的农民正在编队,对那些没有兵器的在分发兵器。但是前来投军的农民被收留下来的只占一小部分,绝大部分的人都不免踊跃而来,失望而回。李信在南门外好不容易才将百姓们劝说得开始有人散去,但是多数人还不肯听从,继续要求收留。有的青少年因为造反心切,没有被收留而大哭起来。李信正在继续劝说,忽然一个家丁神情慌张地跑到他的身边,小声说:

"大爷,不好啦,大奶奶自尽啦!"

李信骇得面色如土,眼神发直,好像并未听清,连声问道:"你说什么？什么？谁自尽了？"

"请大爷赶快回府,大奶奶自尽啦!"

李信慌忙奔回家中,一到大门外就被一群仆人迎着。他没有工夫询问,直往里跑,听见内宅传出来一片哭声。他奔进内宅,看见李侔的妻子和一群丫环、仆妇在上房内外号啕大哭。他两步并作一步,走进卧室,看见汤夫人的尸体躺在床上,盖着一条被子,面色蜡黄,双目微闭。李信见此情形,心肝痛裂,伏在尸体上放声大哭。他这一哭,引得满上房和院中的男女亲族们哭得更凶。哭了一阵,李信站起来向服侍汤夫人的仆妇和丫头询问大奶奶是怎么死的,才知道汤夫人送走红娘子以后,将丫环、仆妇们支使出去,吩咐让她躺下休息一阵,不许惊动。后来彩云因寻找东西推门进来,才看见大奶奶已经上吊,惊喊起来。立刻跑进来几个仆妇将大奶奶从绳上卸下,浑身已经冰冷,救不活了。李信听了,在当窗的红木抽屉桌边颓然坐下,又哭了一阵。但寨外和圈镇两处人马正在站队,他必须马上处置汤夫人的后事,同时请红娘子和李侔来商议一下,将人马启程的时间推迟半日,并做好同官军作战的准备。他刚吩咐仆人去请红娘子和李侔二人,忽然看见在汤夫人的镜奁下边压着一张水印梅花诗笺,抽出一看,原是汤夫人的绝命诗二首:

> 三千勇士刀枪明,
> 金鼓喧天起远征。
> 控鹤玉京遵别路,
> 仍将后约订来生。
>
> 万语千言余血泪,
> 难将珍重苦叮咛。
> 幽魂夜夜随君往,
> 化作清风绕旆旌。

李信读罢,又不禁放声痛哭……

第十四章

　　因为汤夫人的丧事，使李信不得不将部队出发的时间推迟。幸好上午又有两路探马回来禀报：一路报告说，开封谣言说李信一天之内号召了两三万饥民，兵力强大，又说李信和红娘子准备来攻开封，已串通开封城中饥民内应。巡抚李仙风和副将陈永福虽然匆匆忙忙从封丘回到开封，但因为杞县情况不明，开封谣言很盛，他们只怕省城有失，小心守城，不敢出开封一步。从睢州方面回来的一路探马报告说，从商丘开来的一支官军原只想虚张声势，做个样儿看看，所以到了睢州境内因知巡抚并没有率大军出开封来杞县"征剿"，就赶快缩回去了。李信得到这两路探马禀报，就同红娘子商定，索性在李家寨和围镇多停两天，一则办理汤夫人的丧事，二则让人马休息，并且趁此机会将部队重新整编。

　　李信的家中存有一副柏木棺材，漆过两道，就用这副棺材装殓了汤夫人。棺材抬到祠堂的空屋中暂时存放，等日后李信兄弟事成之后回家来正式发丧埋殡。随着汤夫人陪嫁来的奴仆和几个丫环，都已经退还了卖身契，恢复了自由之身。他们虽然都有积蓄，李信仍然吩咐管家多分给他们一些财物，叫他们或回开封依靠汤府，或到别处落户，听其自便。有一个丫环有父母住在陈留，管家派人将她送回父母家中。彩云十岁的时候陪嫁前来，今年正满二十。汤夫人一向对她特别喜欢，把她当成身边的心腹人。她早已父母双亡，哥哥是赌博无赖，嫂嫂不是正派女人，所以她哭得死去活来，坚决不回哥嫂家中，要求替汤夫人守灵百日，百日之后削发为尼。不管大家如何劝解，她都不听，还说如果不让她做尼姑，她就马上自尽。为着表示她的决心，趁人们一不留神，她拿起剪刀把自己的头发剪掉。李信没有办法，就把李氏宗祠旁边妙通庵的老尼姑静修找来，将彩云带去庵中，收作徒弟，嘱咐她好生照顾，并交给她三十两银子，作为修缮斋堂、禅房之用。这妙通庵本来是李府所造，静修老尼又一向受到汤夫人很多好处，平日把彩云看得像活的救世观音一般，有什么需求都是先找彩云，小事由彩云做主办了，大事由彩云禀求汤夫人，没有不准。现在大公子将彩云交她领去，又给她三十两白花花的纹银，加上她深知彩云积蓄很多，真是喜出望外，对着李信双手合十，连说"阿弥陀佛"，答应说决不会亏待彩云姑娘。把彩云的事处理以后，李信又到汤夫人的棺材前看看，再一次洒了热泪。

经过挑选，有一千多贫苦的青年农民参加了起义队伍。现在李信和红娘子率领的这支队伍已经有三千多人，加上各种非战斗人员，约有四千出头，超过他原来打算限制的兵员人数。战马有一千多匹，驮运东西的骡子和大驴子有四百多匹。李信参考当时官军的镇兵①制度，同时也根据他所有的马匹、驮运、武器等实际情况，将会使用火器的编为火器营，会使用长枪的编为冲锋营，另外有步兵左、右、前、后营，骑兵左、右营。他还将他自己平日训练有素的家丁、李氏子弟和恢复自由身份的青年奴仆，同红娘子的一部分精兵混合一起，编成一个中军营。各营都设有正副首领。中军营特别精强，是全军的作战骨干，由红娘子自己率领。老营和辎重队随着中军营前进。李侔掌管老营；全军的军粮、财物、甲仗等项，以及军纪、军令、行军计划，都交给李侔负责。他的职掌，类似当时总兵官下边的中军和参谋两种职务兼于一身。

利用在李家寨和圉镇停留的这两天，李信有时间同红娘子、李侔一起对全军进行了新的编制，建立了必要的制度，发布了几条重要纪律，选拔了偏裨将领和大小头目。命人赶制了各营的大小旗帜。全军上下，焕然一新，人人喜悦，士气十分旺盛。红娘子大为高兴，叹息说：

---

① 镇兵——明朝的军事防区称为镇，设一总兵官，称为镇将。他所管辖的部队称为镇兵。

"我原担心新弟兄一乍来了这么多,乱糟糟的,猝然打起仗来不好指挥,像人们常说的'乌合之众'。经大公子这么一摆弄,就成了一支真正能够顶事儿的人马!"

第三天黎明时候,全军饱餐一毕,都到李家寨北门外的大路上整队待命。李信率领李侔、李俊到李氏宗祠去叩辞了祖宗和父母神主,还到汤夫人的棺材前拜了几拜。刘夫人也向汤夫人的棺材洒泪拜别,焚化了阡纸。然后他们率领着全军向通许、尉氏方面出发。部队整齐,旗帜鲜明,平买平卖,对百姓秋毫无犯。沿途百姓不但不逃避,反而站在村边看大军过境,准备好茶水、草料迎接。几十年间,老年人从没有看见过这样队伍整齐和纪律严明、臂缠红布的人马,都说这是"李公子仁义之师"。沿途村中饥民,纷纷要求投军,都被婉言拒绝,一个不收。李信因见陈永福不敢来追,叫大军每日只行六十里,免得步兵过于疲倦。这时李闯王究竟在什么地方,他并不清楚,所以他一面行军,一面派人打探。

一天中午刚过,大军走到尉氏附近,北边大路上一溜尘土腾起,隐约中看见六个人骑马飞奔而来。李信今日在路上听到一些谣传:有的谣传说陈永福就要率数千官兵追来,有的谣传说巡抚要派人赶来招降。他命令大军继续前进,自己同李侔和红娘子立马等候。红娘子怒气冲冲地说:

"要是官府派人前来招降,我就杀他一颗人头,叫他们带回去,永绝此念!"

李信没有做声,凝视马尘,看着看着近了⋯⋯

所有来的六个人都遵照李侔吩咐,下马停留在三十丈外的坟园旁边,不许随便走动。由李侔问明来意,将那个为头的武官带到李信面前。那人向李信拱手施礼,说:

"鄙人是抚台衙门武巡捕张子勇,今奉抚台大人之命,携带抚台大人手谕,前来面交公子,并候公子回话。"

李信脸色严厉地说:"把李仙风的手谕给我!"

　　张巡捕从怀中掏出一个很大的文书封套,交给李信的一个亲兵,转给李信。李信从文书封套中抽出李仙风的手谕一看,冷冷一笑,正要说话,忽听红娘子说道:"请你念出来,让我见识见识李仙风是怎样嚼蛆的。"李信含着一股冷笑,把李仙风的手谕念了一遍,让红娘子句句听清:

　　　　都察院右佥都御史、巡抚河南地方事李,为严谕李信兄弟火速悔罪来归,投诚免死事。昨据睢州、陈留等州县官及杞县逃出士绅禀报,李信兄弟勾串女贼红娘子,破城杀官,劫狱焚衙,号召饥民作乱,谋为大逆。本抚院当即派员查探属实,不胜震怒。本拟即派大军痛剿,不使一人漏网,然念李信兄弟二人,或中乙榜,或为庠生,忠孝之心或未全泯;又系宦门公子,世受国恩,作逆之志应非初衷。破城杀官等事,当系红娘子等人所为,李信兄弟事前或不知情,临时或受胁迫,事有曲折,情尚可原。本抚院整师待发,如箭在弦;暂缓征剿,以期自拔。兹特传示手谕,深望李信兄弟,临悬崖而勒马,步迷途而知返,翻然悔悟,转祸为福,速将女贼红娘子缚送辕门,立功赎罪。如欲缚送该女贼而力有未能,可速逃出贼营,只身归诚。本抚院定以宽大为怀,减等拟罪。杞县密迩省会,情节极为严重,论之国法,万难轻宥。然本抚院犹体上天好生之德,愿开汤网①三面之恩,特此剀切晓谕,幸勿自绝朝廷,甘受重诛。

　　　　此谕!

　　红娘子听完后,十分气愤,冷笑说:"李仙风这老狗,武的不行来文的,这一手真够毒辣! 大公子,你打算怎么回答?"

　　李信将巡抚的招降手谕撕得粉碎,猛力向张巡捕的脸上甩去,喝道:"你赶快滚回去,告诉李仙风这个老狗,休在我面前耍此花招! 我同红娘子今率数千精兵,往豫西投奔闯王,不日将随李闯王

①　汤网——古书上有一个故事颂扬商汤王的仁慈,说他看见有人张网捕雀,吩咐将网打开三面,任雀自由逃去。

261

陈兵开封城下,与老狗相见。滚开!"

张巡捕吓得面无人色,连声"是,是",躬身作揖,退后两步,转过身子,正要走掉,忽听红娘子大喝一声:"站住!"他两腿打颤,转回身来,低头待命,心里说:"完了!"红娘子望着一个亲兵吩咐:

"他辛苦来了一趟,让他挂点红回去,也好多领几个奖赏。快把他的两只耳朵割掉!"

张子勇一听说要割掉他的两只耳朵,跪下磕头求饶。红娘子轻蔑地嘲笑说:

"瞧瞧你这个大明朝巡抚衙门的武官儿,块头不小,平日在小百姓面前耀武扬威,一听说要割你的耳朵就软得像泥捏的,跪到地下磕头如捣蒜,平日的威风到哪儿去了?其实,你的狗耳朵值不了仨皮钱,我是为了叫李仙风休要自作聪明,再在李公子面前玩弄离间招降花招,才要割下你的狗耳朵。既然你这样害怕,暂且割下一只,留下一只记在账上也可。"见张巡捕仍在磕头求饶,红娘子又喝道:"放老实点儿,不然我就要割掉你的脑袋!"

红娘子注视着张巡捕捂着血流半脸的右耳伤口,踉跄走到坟园旁带着四名兵丁上马飞奔而逃,随即转望着李信兄弟畅快一笑。李信叫将另一个下书人带来,自己下马等候。红娘子和李侔也下了马,站在他的左右。这个来的下书人是陈留县陈举人的家人,当他走到面前时,李信忙问:

"啊,赵忠!你是从陈留来的?"

赵忠赶忙跪下磕头,站起来说:"小的是从开封来的。家主老爷在开封听说老爷在杞县起事,十分焦急,连日在抚台衙门和藩、臬等衙门奔走,为公子说项。如今蒙各宪台大人见谅,只要老爷遣散人众,不再谋反,就可以既往不咎。各宪台大人都明白口谕:倘若老爷能剿贼自效,定当将功赎罪,立刻题奏。现有家主书子一封,请老爷赐阅。"

李信拆开赵忠呈上的书子一看,内容与赵忠口述略同,不过措词更为恳切,并劝他以千秋名节为重,万不可玷辱祖宗,遗臭青史。

李信将书子转给李侔去看，叫赵忠暂去一旁休息，在心中盘算着如何回书。红娘子知道陈举人是李信的同窗好友。她看见李信沉吟不语，笑着说：

"大公子，陈举人劝你的话，也是一番好意。眼前现放着剿贼良机，不必费公子一枪一刀，就可以为朝廷立一大功，不但前罪俱赎，还可以获得重赏，不愁总兵印不拿到手里。"

李信的心中一惊，说："我们已同心起义，前去投奔闯王，你怎么说出来这样的话？"

红娘子说："我为公子打算，现在回头并不算迟。我甘愿将自己五花大绑，凭公子押送开封，岂不是不费公子一枪一刀就做到了剿贼自效了么？"

李信发急说："事到如今，你难道还怕我不造反到底？"他随即从箭箙中拔出一支箭就要去折，说："我现在再对你折箭为誓，以表区区之诚。"

红娘子夺过箭去，大笑起来，瞟一眼李侔，又向李信说："嗨，你当真的！我看你有点迟疑，才故意激你两句。倘若我有一丝不信任公子，也不会……"

李信不等红娘子把话说完，对她笑了一下，命亲兵去把赵忠叫来，对他说："我本来应该详细写封回书，向你家老爷说明我起义宗旨与不得不起义的苦衷，可是大军正在赶路……"刚说到这里，忽然瞥见一骑自朱仙镇方向飞奔而来，随后看清楚是个和尚，使他心中十分纳罕：这是谁派遣来的？因已有两个亲兵策马迎去，所以他继续对赵忠说："戎马倥偬，实在没有工夫写一封详细书子，把一肚子话都对老朋友倾吐出来。简单地写几句，又说不清楚，索性不写了。你替我回禀你家老爷，就说我同舍弟二公子谢谢他的好意。我在狱中时候，承蒙他在开封奔走营救，虽未成功，却使我没齿难忘。我如今既然起义，断无中途罢手之理。你家老爷平日惟知读书吟诗，书生气十足，不明白人家对他说只要我李信遣散人众，自己投案，就会蒙受法外施仁，不咎既往，这些全是骗人的鬼话。我今日离开军中,明日就系颈巡抚辕门,跟着就凌迟处死。况且自古无不亡之国,朱家朝廷的气数已尽,我只恨起义不早耳。今日我只知起义救民,至于青史如何留名,是流芳还是遗臭,留给后人评论,我早已置之度外……"

红娘子忍不住插嘴说:"死跟着朱家朝廷的人,一定要遗臭万年;造反起义的,未必不流芳百代。"

李信继续说:"你回去,将我的话回禀你家老爷。"他又笑着说:"你再回禀陈老爷,等我事成之后,归隐田园,还要同他起个诗社,在一起限韵赋诗哩。你快走吧,路上小心在意。"

赵忠连答应几个"是"字,又躬身说:"老爷的话,小的一定句句带回。只是恳求老爷略写数行,以为凭信,免得人们疑惑小的怕路途风险,未曾追上公子。家老爷自己倒不会疑心小的。有公子写的几行字,家老爷向各宪台面前回禀此事,就好为凭。"

李信笑了起来说:"啊,我明白了,原来是抚、按各衙门的大人们嘱咐你家老爷向我劝降!"

"既是各宪台大人嘱咐,也是出于家主老爷自己的一片对朋友的忠诚之心。请老爷随便略写数行给小的带回复命!"

"好吧。上次诗社会上,你家老爷是东道,限韵做诗,大家都做了,只有我一个人因有俗务在身,中途离席,未得缴卷。不久我就回到杞县,坐了班房。今日仍用四支韵补做一首,你带回作为凭据吧。"

李信命亲兵取出笺纸、笔、砚。他将笺纸摊在马鞍上,随他起义的书童(现已改作亲兵)磨好墨,捧砚立在身旁。北风刺骨,砚墨刚研好就开始结冻。李信略一沉思,膏膏笔,又沉思片刻,将笔尖插进口中呵一呵,写成七律一首:

> 猎猎黄风吹大旗,
> 扬鞭西去壮心悲。
> 百年朝政滋昏暴,

一纪①干戈靡止期。
群虎纵横血满口，
遗黎辗转命悬丝。
千秋功罪君休问，
只为苍生不为私。

刚把赵忠打发走，李信命人去把那和尚带来相见。红娘子看着又得耽搁一阵，索性下令全军就地休息。她对李信兄弟笑着说：

"咱们又不请和尚、道士念经，和尚倒自己来了。这和尚有什么事儿要见公子？"

李信也笑着说："我也有点奇怪。反正一见便知，大概既不是来念经的，也不是来化缘的。"

和尚被带到了李信面前，双手合十行礼，说了句"阿弥陀佛"，随即从怀中取出一封书子呈上。李信一看是圆通法师写来的书子，内情已猜到八九。他暂不拆看书子，却深感兴趣地打量这位前来下书的和尚。这和尚大约二十出头年纪，身材魁梧，浓眉大眼，秤锤鼻子，穿一身补缀的黑色直裰，腰挂戒刀，背着一张劲弓，箭箙中插着二三十支羽箭。李信笑着问：

"小师父大概原来不是相国寺的和尚吧，我怎么没有见过呢？"

和尚回答说："小僧原在嵩山少林寺出家，上月因周王殿下两次派人请圆通老法师来开封相国寺主持护国佑民弭灾祈雨时轮法会，小僧与几个师兄弟跟随老法师来到开封，所以不曾见过公子。"

李信说："圆通长老重来开封，我已听说，只是未得参谒，恭聆禅理，十分抱憾。"他又笑着说："小师父既是从少林寺来的，又是这么装束，想必武艺精通。如果小师父脱掉缁衣，换上一身盔甲或箭衣战裙，那就俨然是一员武将了。"

和尚笑着说："长老差小僧前来追赶公子，是从周王府中借的

---

① 一纪——十二年为一纪。

一匹快马。如今不管遇着官兵土寇，谁看见这样马匹不眼红？因此小僧就随身带着戒刀、弓、箭，防备有人抢劫马匹。"

"你一个人走路，倘遇多人拦劫，如何是好？"

"不怕公子见笑。小僧如是徒步行走，遇到二三十个强人并不放在眼中。有了这一张弓，一匹马，就是一百人也休想占到便宜。"

李信听他声如洪钟，吐语豪迈，连连点头称赞："好，好。不愧是少林寺的和尚，果不虚传！"随即拆开书子，果然不出他的所料：圆通老和尚劝他立刻回头，遣散人马。书中有一段写道："老衲已面启周王殿下，只要公子翻然悔悟，释兵归来，周王殿下与各宪台大人定将法外施仁，力加保护。公子世受国恩，纵不能为皇上尽忠效力，亦当洁身自好，勿贻祖宗之羞。如公子对国事有所陈诉，为民请命，此是大好事，尽可上书朝廷，披沥陈词；周王殿下及各宪台大人亦愿代为上奏。再者，老衲曾言公子夙有慧根①，倘肯解甲释兵，随老衲云游普陀、罗浮，不惟今生可跳出尘劫苦海，徜徉乎世外桃源，而将来西方净土少不得又添一位阿罗汉。何去何从，愿公子驻马三思！"李信看罢，微微一笑，向青年和尚说道：

"拜托小师父，回禀圆通长老，就说弟子李信势逼至此，惟有造反一途。一旦解甲释兵，即被斩首西市，望普陀而路远，去罗浮以何及！长老还有什么嘱咐没有？"

青年和尚又从怀中取出一张叠起来的素笺，递给李信说："这是长老写的四句偈言②。长老说，如公子执意不肯回头，也不好勉强。望公子不要忘记这四句偈言，随时回头，都可立地成佛。"

李信打开素笺，看那四句偈言是：

　　一苇慈航渡迷魂，
　　劝君早进般若③门。

---

① 慧根——佛教术语，可以成佛的根子。
② 偈言——即偈，音 jì，梵语"偈陀"一词音译之略。通常是四句打油诗，宣传佛教思想。
③ 般若——梵语音译，意思是佛教所说的"慧"或"智慧"。

鸡虫得失①何须管，

莫忘前生有慧根。

李信把偈言看了两遍，笑着说："拜托你回禀老法师，就说赐偈拜领，永不敢忘。"

和尚说："请公子写几行字，以便小僧复命。"

李信回答说："也好，我也写一首诗回报长老如何？"

"阿弥陀佛，善哉，善哉！"

李信又向随侍亲兵要来笺纸，摊在鞍上，凝思一阵，呵开冻笔，写成七律一首：

日月不明似覆盆，

声嘶难叩九天阍。

小民饮恨诛求急，

大地残伤杀戮繁。

佛国空闻存净土，

人间何处有桃源？

弯弓赴救红尘劫，

即证前生有慧根。

和尚怀了诗稿，合十拜辞，转身走至马前，攀鞍认镫，腾身而上，动作极其爽利。那马前蹄腾空，打个转身，即欲奔驰。李信实在喜欢这个和尚，连忙将他唤住，笑着说：

"我看小师父实在是天生一员武将，不应该老死空门。愿小师父不要做普救寺的惠明②，要做五台山的鲁智深，随我起义如何？"

和尚在马上双手合十说："阿弥陀佛！罪过，罪过。小僧不敢从命，回开封去也。"

李信看和尚掉转马头，将镫子一磕，那马顺着朱仙镇大道飞奔而去，转眼间不见踪影，只剩下很远处一溜黄尘在旷野上渐渐散

---

① 鸡虫得失——言鸡吃虫，人缚鸡，都是人间小事，得失不足关心。

② 惠明——王实甫在《西厢记》中塑造的一个人物。

去。他赞叹说：

"好骑手！这样后生有为，竟是出家之人，空对着黄卷青灯！"

李侔说："哥，我们快赶路吧。这里离开封较近，这一阵子就接连来了三处劝降书信。咱家的世谊、年谊、戚谊众多，倘若大家知道我们去投李闯王，说不定还会有人差人追来，下书劝阻。虽说我们义无反顾，但这些事情多了，会使将士疑虑。咱们加速赶路，以后倘若再有谁差人下书，一律不见。"

红娘子也笑着说："别人造反，都没有这么多的麻烦事儿。俺在打算造反时候，没有一个人拉俺后腿，倒是个个拍手赞成。那些同乡亲友和江湖相识，都对俺说：'红娘子，你反吧，反吧。这样混账世道，像你这样人儿，不造反净受欺负。你还等什么呢？'谁想公子造反，竟比修仙得道还要困难！去豫西投奔闯王就像是唐僧取经。起初，我劝公子造反，公子不肯听劝，回到府上，白受半个月牢狱之灾。出狱后，反呀不反，又要冲破不少难关；好容易下了狠心，舍了家产，抛了祖宗坟墓，路上还有九妖十八洞，处处有磨难。如今才走到这儿，就有巡抚招降，陈举人下书苦劝，连出家的圆通老和尚也下书苦劝。可笑这位老和尚，你自己念经修行好啦，红尘上的事儿你管那么多干啥呢？他偏偏就要劝你回头是岸，巴不得你死后成个罗汉。好像相国寺里东西廊房泥塑的五百罗汉还不够多，一定得塑成五百零一个他才满意！"

李信笑着说："你不知道，这圆通长老深通禅理，宏扬佛法，是目今十分有名的高僧法师。他与我平日颇有往来，所以来书相劝。"

红娘子用鼻孔冷笑一下，说："什么高僧，什么法师，其实不过是身在佛门，心在红尘，专洑上水，攀高枝儿，巴结王府，结交达官贵人，也结交名士和像你这样有钱有名的宦门公子，抬高他自己身价。倘若你是个叫化子或无名小百姓，他也同你往来么？断断不会！我看他这个高僧，同朝廷一鼻孔出气儿，只会替官府朝廷着想，从来不站在老百姓方面想想。他说你生有慧根，可以成佛，哼！

别听他的骗人鬼话!"

李信兄弟听了红娘子这一派议论,不禁哈哈地大笑起来。特别是李信,虽然他觉得她对圆通和尚的批评有点儿过于尖刻,但是有些看法却使他不能不心中佩服,也使他的心中为之一亮。他又一次看出来,红娘子这个识字不多的女子常常有些见识远远超过读书人和自命不凡的须眉丈夫。大笑一阵之后,李信说道:

"我几次在相国寺听圆通讲经,觉得他妙谛禅机,出口如泉,确实难得。听你一番宏论,倒是语语道破玄机。是的,你说得很对。如果他下书劝我不是为着明朝着想,周王也不会借给他一匹好马。"

"对啊,公子这才说到点子上啦。别听他平日嘴里讲的是什么佛法禅机,他现在劝你的句句话里都藏着杀机。倘若他自己是受了周王和巡抚等人的愚弄,不清楚他的劝你会把你置于死地,那倒也情有可原。其实,他奔走官府,深通世故,明知照他的主意办会将你置于死地,却偏要下书劝诱,这就是口蜜腹剑,佛面兽心。要是真有地狱,哼,他死后就该打入十八层地狱!事情是明摆着的:李巡抚倘若手下兵多将广,十拿九稳能把咱们打败,消灭,他就用不着招降了。如今他硬的不行,才来软的,连老和尚也用上啦。算啦,既然大公子不上巡抚的圈套,也不上法师的圈套,咱们快点儿赶路是正事。说不定你在省城的那些亲戚、世交、同窗、同年、老师、社友,吃不郎当一大串这瓜葛,那牵连,用你们读书人的话说也就是这谊,那谊,都会差人来下书劝你离开起义大军,自投罗网。有那些用心特别阴险的,还要劝你'剿贼自效',在我红娘子身上立功赎罪。咱们快走吧,离开封越远越好。"

李侔深为同意,说:"红娘子说得对,咱们离开封越远越好。"

红娘子又说:"还有,自从两位公子在杞县起义之后,李仙风这老狗何尝不想立刻将咱们剿灭?只是他手中兵少,才不敢轻举妄动。连着用离间劝降的计策收拾咱们。这两天,他可能已经拼凑了几千人马,且不管他敢不敢打硬仗,他总得追一追做个样儿,好向朝廷交代。现在,你率领大军快点赶路,我带领一支人马断后。倘若真的有官军追来,我就给他一点儿颜色看看;若是再有什么人拿着书信来追你,我一律挡回,不许他们见你,免得扰乱咱们的军心。你看,就这样办好吧?"

李信连连点头,说:"好,立即传令,大军加速前进。倘若真有官兵追来,我们决不轻饶。"

红娘子催促李信兄弟率领大军启程,等最后一队人马已经走了两三里远,她才从容上马,率领一支精锐骑兵缓缓出发。

李信和红娘子的义军从新郑和长葛的中间穿过。虽然携带的军粮相当充足,但李信想着从新郑往西,灾荒特别严重,打粮困难,所以同李侔和红娘子商议决定,人马在新郑境内暂停三日,派出几支部队向一些乡寨富户征用粮食、骡、马。这一带富户因见李信和红娘子的人马纪律严明,部伍整齐,且本地饥民纷纷起义响应,十分害怕,都希望尽量不惹动李信攻寨,送上一点粮食和几匹骡、马了事。李信依靠本地饥民,对每个乡寨的殷实情况知道得相当清楚。他对每个乡寨都不多要,避免因要得过多而发生富户们反复请求减少,拖延时间,甚至逼得他们凭寨顽抗。李信利用红娘子破杞县的声威,也利用本地饥民的力量,处置十分得当,果然在两天之内征到了上千石粗细粮食,两百多匹骡、马和几十匹大驴。他用一半粮食分赈饥民,一半当做军用。

每天都有饥民要求投军,李信严令手下头目一概婉言拒绝。这些饥民有的只好散去,有的自己结合成小股活动,因此,自杞县往西,凡李信和红娘子义军所过之地,风声所及,小股起义一时纷起,十分旺盛。

李信与红娘子率领人马离开新郑境内,继续往西走,第三天黄昏前来到禹州西南六十里的神垕镇,决定在此地休息兵马,派人打探李自成本人确实驻扎何处,以便前去相投。这神垕往北去几十里远就是登封地界,是割据一方的所谓"土寨"首领李际遇的势力范围。李信为避免同李际遇发生误会,到神垕镇扎营方定,就写了一封书子,派镇上一个尚未逃走的乡约带着他自己的会办事的一个小头目连夜去李际遇那里,说明他与红娘子只是路过此地,驻兵休息,一二日内即继续西行。趁着部队埋锅造饭的时候,他带着一群亲兵在镇上巡视一遍。

从新郑、长葛往西,灾情特别严重。沿途市镇,都是满目荒凉,处处是烧焦的墙壁,拆掉的门窗,成堆的瓦砾,行人稀少,炊烟断绝,死的人没有人埋,村中和路边的枯草中白骨纵横。打听原因,才知道十之七八是官军烧的,十之二三是"土寇"烧的。有的市镇甚至街道上荒草塞路,狐兔乱窜。李信原以为神垕的残破情况应该好些,但是竟然强不了多少。他素日只知道这个市镇是全国有名的瓷器产地,曾经十分繁荣。北宋时候,禹州名叫均州,所以这地方所产的瓷器就叫做均窑瓷。那些胭脂釉色,带着兔丝细纹,现出小小朱砂斑点的各种瓷器,至今为收藏家十分珍视。经过金、元两代,均窑名瓷衰落,但是直到不久以前,这神垕一带仍然出产各种碗、碟、茶壶、杯、瓶之类的日用粗细瓷器,行销中原,远及邻省。不料像神垕这么一个有六七百年出产瓷器历史的著名市镇,如今竟然不到百户人家,原有的二十几座瓷窑仅存三个,还不能经常开工。李信找到一两个老人,询问为什么这神垕镇竟残破到如此地步。据老人们回答说,由于年年旱灾、蝗灾、疫灾,苛捐杂派多如牛毛,加上土匪骚扰,官军残害,弄得瓷业萧条,瓷窑荒废,烧瓷工人流亡他乡。特别是去年官军同土寇在这里打仗,土寇绕过神垕镇往西退走,官军攻破了寨,杀死七八十个善良百姓,割下首级向巡抚报功,同时奸淫妇女,抢劫财物,烧毁了几百间房屋。从此以后,这十年前上千户的大市镇,居民死的死,逃的逃,日趋荒凉,如今残破得不像样了。

李信上到寨墙上走了一段,一则察看他的士兵们是否认真在寨上巡逻和放哨,二则想多看看寨内外的地势,以备万一李际遇来攻时自己对地形心中有数。他看见寨西南角有很大一片空地,满眼荒草、乱坟，还有一座被烧毁的古庙，仅剩墙基和庙门外的三四座石碑，一株半被烧死的古柏。他凝望一阵，看见那庙宇一带渐渐被黄昏的暗影笼罩，出现几处磷火，忽聚忽散，飘飘荡荡，气氛阴森。他心中感到凄然，缓步走回老营。

晚饭以后，他同李侔、红娘子在老营围着火堆，商量明日派人继续打探闯王的确实驻地，以便先给宋献策送去一封书信，说明他们来投闯王的诚意。大家都很疲倦，商量一毕，各自睡觉去了。李信因为担心李际遇会趁着黑夜前来偷营劫寨，夺取骡、马、辎重，所以仍像往常一样和衣而睡。他的身上开始生了虱子。今晚睡下以后，总感觉有虱子在身上和腿上乱爬。虱子越爬，他的心情越乱，越发不能入睡。

李信是在不得已的情况下背叛了朝廷，却没有背叛他的阶级。在他身上的深刻变化是对朱明皇统和政权由伤心，绝望，直至决裂，却没有改变他的本阶级的立场以及这一阶级必有的思想和感情。在投奔闯王的路上，他虽然对起义不曾有过丝毫后悔的念头，但是对于抛弃祖宗坟墓，以及汤夫人的自尽，他时时暗暗痛心。他对于能不能得到李自成的信任，能不能同李自成的左右将领们融洽相处，都觉得没有准儿。再者，李自成是不是真像传说的那样仁义，他也无从知道。诸如此类问题，平常也在心中盘算，而此刻纷至沓来，一齐涌上心头。他还想起来汤夫人一再叮咛他"功成身退"的话，更使他的心中出现了种种疑虑，扰乱得他不能入睡。

几天来他没事时候，常在马上盘算不再用李信旧名，按照"以字行"的办法只使用"伯言"二字。今晚因为睡不着觉，翻来覆去思索，忽然想到不如将"伯言"改作"伯岩"，字面改了而音不改，这个"岩"字，就含有日后归隐深山的意思。他在心中又推敲一阵，觉得满意，认为这"伯岩"可作为正名，又替自己起一个新的表字叫做林泉。确定了新的名和字之后，他的心中好似了却了一件麻烦的事儿，觉得轻松。不一会儿，他便蒙眬入睡。

李信恍恍惚惚正在行军。汤夫人并没有死，坐着一乘青布小轿,有时也骑着一匹驯服的骟马,随同老营前进。不过她总是愁眉不展,念念不忘杞县的家和汤府的老父老母,也不习惯天天过行军生活,有时不免暗中流泪。李信因为事情太多,不能同她常在一起。今天黄昏,人马宿营以后,李信回到老营,同汤夫人闲谈旅途所见。汤夫人写出来今日在马上吟成的一首七律给他,请他润色,并请他和诗一首。虽系戎马倥偬,风尘仆仆,但往日夫妻唱和的乐趣尚未全失。只是他看了汤夫人的诗以后,觉得过于凄婉,使他的心头沉重。他正要劝慰,有人前来禀报,说有一大群饥民来到老营门外,哀求放赈。果然他听见很多老幼男女在营门外啼饥号寒,声音凄惨。他走出老营,百姓们围着他跪在地上哭,求他救命。他的军粮有限,不敢拿军粮散给饥民,但一时又想不出好的办法。恰在这时,一个老仆人跑到他的跟前,气急败坏地说:

"大爷不好了!大奶奶自尽了!"

李信猛一惊,出了一身冷汗,睁开眼睛,天尚未明。汤夫人给他诗看,众百姓啼饥号寒,种种情形,历历犹在目前。地上的火堆尚未熄灭,发出暗暗的红光,偶尔还发出木柴的爆烈声,迸散几点火星。自从汤夫人死后,他一直怀着极大的悲痛,所以在行军途中,今夜是第三次梦见了她。他想着想着,不禁在枕上热泪奔涌。为着免得天明忘记,他下了床,点上牛油蜡烛,将梦中汤夫人吟的诗写在纸上,然后又默诵一遍:

> 惨淡斜阳落浅岗,
> 乡关回望更微茫。
> 朔风瑟瑟催征马,
> 寒雁声声断客肠。
> 绣户珠帘留噩梦,
> 银枪鼍鼓赴沙场。
> 不堪瘦影临明镜,
> 尘满蛾眉鬓带霜。

他披好斗篷,走到院中,仰视天空,东方尚未发白,下弦月斜挂

273

屋角,繁星满天。大庙外,荒鸡断续啼叫,战马偶尔长嘶。他不肯惊动老营将士,走回屋去,坐在火边,等候天明,而心思不得不又萦绕在投奔李闯王这件事上。他因为很快就会见到闯王,越发担心闯王是否会以诚相待,是否真正胸怀大志,可以共图大事,是否果然是定天下的"命世之主"。万一传闻不实,他将怎么是好? 越想他越疑虑重重,没法解脱。在极端愁闷中,他拿起来梦中汤夫人的诗重读一遍,思索一阵,也用"七阳韵"写出七律一首:

> 落日昏昏下乱岗,
> 伏牛西望路茫茫。
> 揭竿未早输陈涉,
> 垂钓已迟愧严光①。
> 燐绕荒村人似鬼,
> 狐鸣空市草如墙。
> 神州陷溺凭谁救,
> 我欲狂呼问彼苍。

李信放下笔,心潮汹涌,没法平静,便站起来在屋中踱来踱去。忽然他想着自己毕竟是个文人,平素惯于同一般知己朋友结诗社,饮酒赋诗,虽然近几年多涉猎些诸子百家、经世致用的书,和一班朋友不同,但他从不曾料到自己会有今日。想着往日饮酒赋诗的文人生涯一去难返,他感到留恋,也感到怅惘。

他刚刚重新和衣上床,打算再闭眼休息一阵,忽然李侔匆匆进来,使他感到诧异。一个出他意外的情况出现了。

---

① 严光——东汉人,本姓庄,因避汉明帝讳,被改姓严,是刘秀的少年同学好友。刘秀做了皇帝,他不肯做官,隐居富春江边。

274

第十五章

　　刚才探马回营向李侔禀报:在神垕以西大约二十里的大路上,有一支骑兵,正向东来。夜间看不清究竟有多少人马,单听马蹄声,约摸有七八百人。是否另有步兵,尚不清楚。李侔得到禀报以后,一面立即命人去叫醒红娘子,将这突然出现的紧急军情告诉她,一面亲自来禀报李信。李信听了,心中有点吃惊:难道是李际遇前来劫寨?

　　老营的将士们都起来了。大家情绪激动,只等候主帅一声令下,奔往寨外迎敌。李信向一个亲兵说:"快去请红帅过来!"这句话刚落地,红娘子穿着绵甲,外罩斗篷,弓箭齐全,提着马鞭子走进来了。她自从起义以来,已经打过几次恶仗,有了些实战经验,所以神情十分镇静,不等李信开口,笑着问:

　　"大公子夜间睡得可好?"

　　"还好。有几百骑兵正在向我们这里来,你已经知道啦?"

　　"知道啦。我已经替你传令,叫全军立即起床,赶快做饭吃饭,准备打仗。这寨内寨外,请你同二公子部署一下。这是咱们离开杞县以后第一仗,趁着士气很高,叫敌人有来无回!"

　　李侔说:"这一支骑兵来得很奇怪。据我们的探子禀报,汝州方面只有少数官军,更不会派出这么多的骑兵。李闯王的人马如今都在伏牛山和熊耳山一带,离此地最近的也有两三天路程,不会无缘无故派一支骑兵离开大营来这么远。我怕是李际遇这个地头蛇劫营,想抢夺我们的骡马辎重,吃掉我们。莫非他率领大股队伍从北边过来,另派一支骑兵从西边包抄我们,截断我们西去之路?"

　　李信还在沉吟、思索,不很相信李际遇竟然前来劫营,看见一

个亲兵替他端来一盆温水,他随便用湿手巾在脸上揩一把,望着李
侔问:

"北边有什么动静没有?"

"北边一点动静也没有。"

"这很奇怪。登封县在我们的北边。倘若是李际遇前来劫营,
他应该从北边来才是。据本地百姓说,这北边不到二十里地方就
驻有他的一支人马,何必绕到西边,而且绕了那么远?"

李侔问:"会不会他派出一支骑兵埋伏在西边,截断我们西去
之路,然后从北边和东边两路来攻? 如今北边尚无动静,说不定是
因为有一条荒僻山路,咱们的探马尚不知道。"

李信觉得他弟弟的话也有几分道理,便立刻下令,将人马做了
迎敌部署,并派出几路侦骑,向西边和北边继续侦探。他又召集一
部分将领,来到老营,向他们面授机宜。等这些将领走后,他对红
娘子和李侔说:

"倘若果真打起仗来,对我们利与不利各半。对我们有利的,
第一是士气甚高,人人都愿意打仗;第二是此地离豫东很远,将士
们都明白非打胜没有活路。对我们不利的,第一是我们在这儿人
地两生,势如孤悬,毫无救兵;第二是将士连日奔波,不免疲惫,特
别是步兵最为疲劳。既然情形如此,不管是李际遇来也罢,或是汝
州新到的官军前来也罢,我们只宜速战取胜,万不宜困守孤寨。一
旦拖延时日,我军粮尽援绝,而敌人却会人马愈战愈多。"

李侔说:"哥的意见很是,我们只宜速战取胜。"

"走,我们同往寨外去察看察看。"

李信和红娘子、李侔刚出老营,正待上马,那个派去给李际遇
下书的小头目骑马奔回,并带来了李际遇的一封回书。李信感觉
意外,来不及拆看书信,忙问:

"你怎么这么快就回来了?"

小头目回答说:"我们在路上过了一个山口,离这里不到二十
里远,有李际遇的几百人把守。我们向他们的头目说明了来意,才

知道李际遇昨天已经离开玉寨,来到近处,离这里只有三十多里。这个头目派人带我去见李际遇,当面呈上老爷的书子。李际遇看了老爷的书子十分高兴,赏小的吃了酒饭,带着他的回书连夜赶回。他对小的说,他前天就知道老爷和红帅率领数千人马去投李闯王,估计会路经神垕,所以他准备了牛、羊、烧酒、粮食劳军。他说这些劳军的什物,等天明就启运,午前可以运到。"

李信问:"你看见一路上他的人马多不多?他驻扎的寨子里像不像准备打仗的样子?"

"一路上没有看见多的人马。他住的那座寨子里平平静静,不像要打仗的样子。小的到的时候,他已经睡啦,是他的手下人进去把他叫醒的。他一听说是老爷差人下书,就赶快起来,将小的叫到面前问话。"

李信叫小头目出去休息,随即拆开书子,看过之后,交给李侔去看。红娘子见李信的脸色略有笑容,赶快问:

"李际遇的书信上说的什么?"

"无非是说些客套话,说他如何久仰大名,如何知道我们将去投李闯王。他说他因为俗务在身,不能来神垕恭迎,预备了若干劳军之物,明日一早送来。他还说,他对李闯王也是极其景仰,请我见闯王时务必代致仰慕之意。"

红娘子说:"这样看来,那从西边来的一支骑兵未必与他相干了。虽说兵不厌诈,我们还得小心,但也不可大事部署人马,引起他的疑心,反而不美。"

李信点点头,正要说话,忽然又有探马回来,向他和红娘子禀报:从西边来的那支骑兵在距此十里地方扎营,正在埋锅做饭。李信问:

"到底是谁的骑兵?"

"刚才天色不亮,又有树林遮掩,看不清旗帜,不知道是谁家骑兵,只看见部伍很整齐,并不进入村庄,只在山脚下扎营休息。"

李信又问:"到底有多少人马?另外有步兵没有?"

"约摸有五六百骑兵,并没有看见步兵。"

"像不像是从汝州来的官军?"

"不像官军。要是官军,他们会到村庄里宰老百姓的耕牛、鸡、羊,闹得老百姓四散奔逃。"

红娘子骂道:"没用的东西,连是谁家的人马也探不明白!大公子,你同二公子留在寨中,我自己带几十名骑兵亲自前去瞅瞅。"

李信说:"倘若是前来劫营,他们会趁半夜或五更前来。既然是停下来埋锅造饭,等待天明,足见并无意前来劫营。况且看不见有后续兵马,正北边也没有一点动静,这一支骑兵来得确实十分奇怪。德齐,你留在寨中照料,督促各营整好人马,以备万一。我和红帅一起前去瞧瞧,大概用不了一个时辰就回。"

他同红娘子带领各自的亲兵和中军营的一百名精锐骑兵,奔出神垕西门。这时,天已经大亮了。

李信和红娘子驰出神垕西门,转眼间已跑了七八里路,在一座小山丘上立马瞭望。这儿,离那支来路不明的骑兵的临时扎营地不过二三里远,看得相当清楚。只见那支骑兵虽在休息,有人喂马,有人做饭,却仍然部伍整齐,在扎营地的周围路口都戒备森严。附近的村庄虽然十分残破,居民稀少,但仍有少数老百姓送茶水,送柴草,绝不像看见官军那样惊慌逃命,尽量向荒山野谷中躲藏。树林中有一面红旗,由于树枝掩映和薄薄的晨雾笼罩,确实看不清楚。李信和红娘子都开始疑心这会是李闯王的一支骑兵,但都不肯说出口来,因为这事情使他们觉得太玄虚了。平白无故,李闯王怎么会派出几百名骑兵,远离大军三日路程,到此何干?他们正要派几个人前去侦察、询问,忽见一小队骑兵奔驰而来,数了数,共是十人。但因为一团乳白色的雾气掠过面前,使他们看不清这十名骑兵的裲裆①上有一个什么字儿,只能断定他们决不是前来挑战。李信和红娘子在亲兵们的簇拥中走下小山头,立马山脚等候。

───────

① 裲裆——背心古称裲裆,但作为战士号衣(军装)的裲裆则较长,胸背有字。

那一小队骑兵弓在弢,剑在鞘,很快临近。李信等蓦然看清楚每个人的心口上都缝着一块碗大的白布,上有一个朱红色的"闯"字。他们一惊,一喜,同时又不禁感到奇怪:闯王的骑兵为何来到此地。眨眼之间,小队骑兵已经奔到面前,在相距十丈远的地方停住。为首的小校缓辔前进几步,拱手询问:

"请问,你们是杞县李公子和红将军的人马不是?"

李信反问:"你们是李闯王的人马,到此何事?"

小校回答:"我们奉闯王之命,前来迎接李公子和红将军。"

李信喜出望外,赶快说:"鄙人就是李信。这位就是红娘子将军。"

那十个骑兵立刻跳下战马,来到面前。为首的小校抢前两步,跪下行礼。李信和红娘子也赶快下马,将小校搀起。小校笑着说:

"果然接到了!我们宋军师估计说,公子和红将军的人马既然从新郑、长葛之间往西来,一定会走神垕这条大路。闯王派我们双喜小将爷率领五百骑兵前来神垕迎接公子和红娘子将军,果然接到了!"随即向红娘子笑着问:"你还记得我么?"

红娘子万没料到李闯王会派来五百骑兵远道迎接,心中正在十分激动,眼睛湿润,不知如何说话,经小校这么一问,她一乍有点茫然,但是仔细一看,似乎曾经见过,笑着说:

"好像有点儿面熟,不记得在什么地方见过。"

小校说:"前年十一月间,红将军同高夫人见面时,我站在夫人背后。"

红娘子叫道:"啊!怪道好像在哪儿见过!如今夫人可好?可跟着闯王一道来到河南?"

"夫人很好,现同闯王在一起。她叫小的看见红将军时道她问候,并说她巴不得快一点同红将军见面。"

"多谢夫人眷念。我同李公子这次率领义兵西来,就是专诚投靠闯王和夫人麾下,愿作偏裨,誓忠相随。"

李信问:"闯王麾下诸位将领,我都不熟。这来的双喜小将军是谁？现在哪里？"

小校回答说："他是闯王的义子。我们方才看见这里有一堆人马，双喜小将爷命我前来看看，问明公子同红将军的老营扎在何处，他好趋谒。"

李信越发大喜过望，对红娘子说："闯王如此相待，实在令人感愧。咱们不用在此耽搁，快去迎接双喜将军！"

小校向背后一个骑兵吩咐："快去禀报小将爷，就说李公子和红将军都在这里，请他快来。"他又转过头来说："请你们二位不要劳动大驾，就在此地稍候。他马上就来了。"

李信和红娘子哪里肯依，坚持要去迎接双喜。他们留下一百名骑兵在原地不动，只带着三四十名亲兵和十来名健妇上马前去。刚刚转过一个小山包，他们就看见一位约摸十八九岁的英武小将带着十来名亲兵迎面驰来。小校介绍说："这前边的一位骑着红马的就是我们的双喜小将爷。"一语刚了，双方相离已经只有十来丈远，同时勒住马缰，纷纷下马，向一起快步走拢，互相趋迎。相见施礼之后，双喜满面堆笑说：

"前几天，家父帅闯王因探知公子和红将军离开杞县西来，不胜欣喜，巴不得早日相见。他恐怕这一带土寨很多，你们在路上会遇到一些麻烦，特派末将率领五百骑兵，前来神垕一带迎接。昨日下午据哨马禀报，得知你们已经过了禹州，估计黄昏时可到神垕镇上。末将一面派人飞禀闯王，一面催军前来。黎明时赶到这里，因知大军在神垕镇上宿营，一夜平安无事，末将才令人马停在这儿稍作休息，埋锅造饭。末将本要动身去神垕镇上晋谒，因望见小山头上出现一堆人马，遂差人前去问询，不料竟是公子和红将军从神垕来到这儿。家父帅和总哨刘爷久闻公子和红将军大名，十分仰慕。我们那里听说红将军破杞县城救出李公子，不惟为李公子庆幸，也对红将军的见义勇为、胆智双全，交口称赞，更愿早日相见。末将动身时候，宋军师和牛举人写有书子一封，交末将带来面呈。"双喜说毕，就从怀中取出书信，递给李信。

李信说了几句如何仰慕闯王和前来相投的话,又对闯王派双喜小将军远道相迎,表示万分感激,然后拆开书信。牛、宋二人在信中先说些问候和不胜想念的话,接着说他们听到他同红娘子率领义军西来,如何欣喜欲狂。再往下,写出闯王如何英明,如何仁义,如何礼贤下士,知人善任,又如何素仰李信大名,想望风采,如饥似渴。这书信不长,十分诚恳,在末尾用这样几句结束:

> 足下资兼文武,胸富韬略。文叔①北巡,获邓禹之英才;懋功②西来,佐李氏之鸿业。扬眉吐气,幸值风云之会;附凤攀龙,定建不世之功。来日凌烟③,兄其首位。伫候征旆,梦想为劳!

李信看出来这封书信不是宋献策的笔迹,也不像宋献策平日写书信的质而不华的笔调,而必是出自牛金星的手笔。虽然这封书子表露了李自成和牛、宋二人对他的热诚欢迎,使他解除了内心疑虑,满怀感激,但同时他也看见他们并不了解他的起义宗旨,不明白他的对富贵视若浮云的胸怀,倒把他误看成了热衷于建立功名、攀龙附凤的人。他把书子装进怀中,向双喜再一次道谢了李闯王和牛、宋二人。双喜随即说:

“闯王命末将带来战马十四、绵甲二百袭、军帐五十顶、神枪火器二十件。区区薄礼,聊表微忱,敬乞笑纳。另备纹银千两,牛、羊肉十担,白酒二十坛,作为犒师之用。”双喜又转向红娘子说:“自从前年家母与红将军相遇之后,时常对我们提起,十分称赞。不久前听说李公子在杞县坐监,多亏将军打破县城,杀了狗官,救出公子,同公子一起西来,家母更是赞不绝口。家母特备四色礼物,命末将带来,略微是个意思,也望笑纳。这些礼物,无非是绸缎衣料,珠宝

---

① 文叔——东汉光武帝刘秀字文叔。公元22年,刘秀出巡河北。邓禹追至邺城投效,后成为东汉开国功臣。
② 懋功——隋末徐世勣(后改名李勣)字懋功,投李世民,成为唐朝开国功臣。
③ 凌烟——即凌烟阁。唐太宗建凌烟阁于长安,命大画家阎立本将开国功臣二十四人的相貌画在上边。

首饰,无甚稀罕,只是有一副七宝镂金雕鞍,原是崇祯八年高闯王攻破凤阳所得,赏赐家母。几年来家母一直舍不得使用,是一件心爱之物,特意叫末将带来奉赠。"

李信和红娘子越发感动,又说了一些感激难忘的话。双喜手下的弟兄们已经将各种礼物和犒军的什物、白银运到,请李信和红娘子收下。

红娘子把那副七宝镂金雕鞍看了又看,确实从未见过。她无限感激高夫人对她的深情厚谊,含着眼泪,叹口气说:

"高夫人是俺的救命恩人,我还没有丝毫报恩之处,如今又蒙她如此错爱,叫俺说什么好呢? 俺这一辈子,粉身碎骨,也要追随左右。你不要再称我红娘子将军啦。如不嫌弃,咱们就以姐弟相称吧。我是个苦命女子,自幼儿死了爹娘,学艺卖解。但愿高夫人肯收我做个义女,就是我三生有幸。"说毕,鼻子一酸,热泪簌簌地滚落下来。

李双喜见红娘子这样真诚,赶忙笑着说:"你既然如此自谦,我也不敢代家母说什么话。我想,家母如有你这个义女常在身边,如像添了一只膀臂,出入于百万军中,也不会把敌人放在眼里。从今后我就叫你姐姐好啦。"说毕,躬身一拜。红娘子赶快笑着还礼。

李信一则因为红娘子同李双喜认作姐弟,二则见双喜不但是一个英武小将,而且举止稳重,出口成章,非一般粗犷武将可比,心中十分高兴,哈哈地大笑起来,说:

"好啊,你们如今已经是一家人啦! 我们今日要痛饮几杯,一则为双喜少将军洗尘,二则为你们成为姐弟贺喜。请少将军上马,并请将麾下骑兵,开赴神垕寨内休息。"

李双喜吩咐他的骑兵在早餐后开赴神垕寨内,他自己随着李信和红娘子先走。李信等刚刚上马动身,忽然看见一个骑兵飞驰而来,使他们都觉得有点诧异。那骑兵是奉李侔之命来的,向李信和红娘子禀报:据百姓传言,李际遇五更时在调动人马,已经断绝了从神垕通往登封县境的几条山路,不知是何用意。李信半信半

疑,望望红娘子。红娘子对前来禀事的骑兵说:

"你回禀二公子,要做好打仗准备,只是表面上还要安静,要像平常一样。赶快派人再探!"

那骑兵勒转马头,猛抽一鞭,飞奔而去。

尽管得到李际遇在调动人马的消息,李信等却并不把这事放在心上,向神垕缓辔徐行。他们认为,李际遇占据登封一带,成为割据局面,号称有几万人马,但多是胁迫的乡下百姓,有事召集起来,无事各回家去,是缺乏认真训练的乌合之众,常备不散的不过两三千人,因此他既然在夜间没有趁义军在神垕扎营未稳,前来偷袭,如今已经是大白天,义军又增加了闯王派来的五百精锐骑兵,他就未必肯出登封境惹是生非。他们也想着,李际遇一定是忽然知道闯王派骑兵往神垕来,起了疑心,所以才暗中调动人马,封锁山路。李信对红娘子和双喜说:

"听说李际遇原来被官府逼迫,无路可走,只好造反。只是这样人胸无大志,只能在一县、两县境内割据,成为一条地头蛇,既抗官军,也抗义军,既不敢与朝廷断然决绝,也不敢与我们死命为敌。尤其目前闯王来到豫西,声势日大,他更是不敢得罪。这种人,可以利用一时,留待日后再说。我们既要暗中防他,也要请闯王对他施以羁縻之策,不使他倒向朝廷。将来中原大局底定,倘不听命,即予剿灭不迟。"

双喜说:"闯王同军师也谈过李际遇的事,打算派人同他联络,暂时各不相犯。"

李侔在神垕已经知道李双喜来到,特出寨外迎接。双喜赶快下马,相见施礼,彼此说了些客气话,然后一同进寨。双喜看见李信和红娘子的人马有的驻在寨外,有的驻在寨内,处处秩序井然,防守严密,百姓安居不惊,绝无喧哗纷扰。寨外西北角有一个地势高爽地方,可以控扼从北面和西面来的大道。有几百步兵驻扎在这个地方,有的住在帐篷中,有的住在几座废窑中。周围用树枝做

成两三层"鹿角",再向外边,荒草全被烧去,一则防敌人潜入偷袭
或用火攻,二则准备一旦有事,自家的火器和强弓劲弩容易向大路
上发挥威力。双喜在心中暗暗称赞,敬佩李信和红娘子果然不凡。

早饭以后,李际遇送来了粗细粮食二十担,骏马一匹,骡子二
匹,可供缝制绵甲用的鲁山绸二十匹,松江上等棉布三十匹,银耳
二斤,伏牛山特产的"猴头"①二斤。另外还送来牛、羊、猪肉千斤,
白酒十坛。随着这些礼物,李际遇还送来三张请柬,邀请李信、李
侔、红娘子三人于明日中午去登封县玉寨赴宴。李信心中明白,李
际遇差人送来这些犒军礼物,用意无非是希望他看面子早一点离
开神垕,何尝有真心请他兄弟和红娘子去玉寨赴宴。他对李际遇
差来的人们好生酒饭款待,重重赏赐,又写了一封道谢的书信,并
说他同李侔、红娘子军务倥偬,明日一早就将率师西去,关于赴宴
的事,婉言谢绝。

他同红娘子、李侔和李双喜商量决定:李侔于午后率领一百名
骑兵出发,日夜赶路,先去谒见闯王,答谢闯王派双喜远道相迎,并
面陈誓忠投效诚意,而大军在此地休息一天,明日清早出发。双喜
不顾鞍马劳累,留下四百五十名骑兵护送李信和红娘子,自己带着
五十名骑兵陪送李侔去见闯王。这事决定之后,李信就坐下去写
了两封书子,一封给牛金星和宋献策,一封给闯王。他给闯王的书
信全文如下:

　　信以缧绁死囚,幸获更生;揭竿起事,原非得已。茫茫天
地,立足无所;哀哀烝黎,痛心何极!遥闻将军躬率汤、武之
师,吊民伐罪,自秦入豫,所到之处,百姓扶老携幼,夹道相迎,
而丁壮云合,豪杰风起,争趋麾下,如水之激荡澎湃、奔流而归
海。将军扬鞭宛、洛,诛除强暴,布德施仁;恩泽所及,如冬日
照人,春风被野。凡在水深火热之中,莫不鼓舞振奋,引领而
待救,企足而怨迟,盖数百年来未之有也。是以信与红娘子偕

---

① 猴头——菌类植物,生长树上,状如猴头,是伏牛山中有名的特产山珍,供上等酒席使用。

舍弟李侔率豫东子弟数千,西来相投,愿效驰驱,誓忠不二。然徒有葵心,尚无纤功,惟望得蒙收入帐下,备员偏裨足矣。何意将军不弃草芥,命少将军远道相迎;骤蒙雨露,不觉涕零!

慨自正、嘉①以来,君昏臣奸,官贪吏猾,乡绅肆凶横之毒,小民恨诛求之繁。况富室膏腴万顷,田跨郡邑,而攘夺侵占不止;百姓贫无立锥,饥寒流离,而陷溺苦痛日深。虽值丰岁,尚有卖妻鬻女之悲;稍逢凶年,更多易子而食之惨。官民两立,势如宿仇;贫富悬绝,情逾冰炭。如此天下,安得不乱?纵施严刑,求治愈难。夫民不畏死,欲其不为陈胜、吴广、赤眉、铜马之纷纷发难,不可得也。迨万历季年,矿税②起而天下城乡骚然,虏事③急而举国赋敛骤增,识者已知明祚之不永矣。爰及启、祯,每下愈况。天灾人祸,交互为虐。国家元气,斫丧殆尽。徐鸿儒④发难鲁西,事虽未成而朝廷为之震动。其余波所及,影响殊深。不久秦、晋之民,接踵起义,此仆彼兴,风起云涌。南逾江淮,北连畿辅,处处如火之燎原,而朝廷无一片宁土矣。盖小民生计日迫,不得不然也。然十余年间,大小拥众豪杰,无虑数百,其真能躬行天讨,解民倒悬,恢宏尧、舜之德,发扬汤、武之迹,实惟将军一人耳。

将军奉天倡义,转战数省;今来中州,与昔不同。盖朝廷足累卵之危,百姓极来苏之情,值官军之疲弊,乘腹地之空虚,此正开拓鸿业于千载一时之机也。望将军广收人心,悉力经营,建为根本,以图天下。夫中州西有宛、洛之重镇,地居冲要,山河险固,而东则沃野千里,兵与食咸足资焉。诚能以宛、洛为后距,据形胜而驰骋中原,夺汴梁而囊括徐、砀,下襄阳而虎踞上游,则立

---

① 正、嘉——明武宗年号正德,世宗年号嘉靖。
② 矿税——明神宗大肆搜刮聚敛,从万历二十四年起,历年向全国派出很多矿使,借开矿为名,向百姓敲诈勒索。又派出许多税监,向各行各业征税,名目繁多,激起许多地方城市民变。
③ 虏事——明朝人所说的对满洲军事。
④ 徐鸿儒——巨野人,于天启二年以白莲教起义,不久失败。

国之基可定,而天下莫能与争锋矣。迨中原根基稍固,农桑渐有
恢复,兵食备足,然后命偏师东出临清,截漕运而明廷之咽喉绝,
收山东而北京之左肱割;西入潼关,据关中而中原无西顾之忧,
入山西而燕都之右臂折。然后将军亲率大军,渡河北伐,则孤悬
坐困之京师可不烦巨战而得。京师一克,畿辅底定,饮马长江而
江南震栗,金陵可降,吴、越可下;陈兵荆、襄而楚、蜀可收,云、贵
与岭表可次第归服。盖席卷之势成也。

祖宗开疆拓土,规模远矣。洪、永①之间,奴儿干都司领卫三
百八十四,所二十四,而建州卫在其内。一俟江南粗定,可命一
上将率师北征,先复辽、沈,再复豆满江与海西等卫之地;声威所
及,奴儿干之旧境仍归版图。此一统之伟业,非将军孰能成之!

信碌碌书生,谬蒙青睐;竭忠尽虑,莫答万一。叩谒非遥,
先肃芜笺,借申感激之忱,并陈刍荛之议。搁笔惶悚,恐有未
当,幸将军垂察焉。

虽然李信写这封书信几乎是手不停笔,一气呵成,但是信中的
意见都是近几天在马上思考成熟的,可说是已经有了腹稿。可惜
由于各种原因,李自成不曾采用,使后人读到这封书信时总要为之
不胜惋惜。

午饭后,李侔同双喜动身了。李信兄弟献给闯王几样礼物,其
中有去年买到的蒙古种骏马一匹,鞍镫俱全,特别难得的是家中数
世珍藏的冷锻瘊子甲②一袭,雌雄鱼肠剑二口。红娘子也献给高夫
人几色礼物,不必细述。

红娘子和李信将李双喜送了五六里路,分别以后,又继续立马
高岗,目送着那一队渐渐远去的人马消失在一道浅山那边。他们
仍不肯离开,又向西凝望片刻。但见万山重叠,地势雄壮,许多山
头上照射着冬日的灿烂阳光。

---

① 洪、永——洪武和永乐两朝。
② 冷锻瘊子甲——甲的铁片上有向外突出的圆钉,类似人的皮肤上长的瘊子,故名瘊子
甲。铁片是用冷锻方法打成。这种甲在古代也极其稀少。

第十六章

三天以后,崇祯十三年的除日到了。

黎明时候,得胜寨一带已经醒来。处处炊烟缭绕,鸡声互应,号角不断,战马嘶鸣。山坳中凡是稍微平坦的地方,都有练兵的队伍,常有指挥进止的旗帜挥动和锣鼓之声。有时还传过来一阵阵齐声呼喊:"杀!杀!杀!"天色大亮以后,站在寨墙的高处,可以望见几乎方圆十里内外的村落都驻有部队。村落外,凡是背风向阳的山坡上和山坳里都点缀着成片的灰白色帐篷,各色旌旗在淡淡的晨光中飘扬。在得胜寨东边几里外的一座小山头上,密密的树林掩蔽着很多帐篷。很长的一条晓雾将那一大片树林拦腰束住,使树林边的溶溶白雾与军帐的颜色混在一起,而树林梢上飘扬着的几面红旗和鳞片似的朝霞相映。哪是红旗,哪是朝霞,使你有时候分不清楚。有一支队伍正在向洛阳的方向移动。步兵、骑兵、运送粮秣辎重的骡、马、驴子,扯成一条长线,从得胜寨外经过,随着山势而曲曲折折,时隐时现,直到天和山相接的地方,望不见这条线的头尾。牲口的铁掌踏在石头山路上,纷乱而有力,在山谷中发出震响。

李自成在橙红色和玫瑰色交相辉映的霞光中,带着张鼐和一群亲兵,骑马出寨,观看部队操练。鲜红的太阳从东边的小山头上慢慢地露出来一个弧形边儿,随后露出半圆,照得马辔头上的银饰和铜饰闪着亮光。李自成出寨不远,牛金星就带着几个亲兵骑马赶来。自成勒马等候,问道:

"你怎么不多睡一睡?"

牛金星回答说:"我听说闯王出来观操,也想跟来看看。"

闯王说:"我这是习惯啦,每天总是一到五更就醒,不愿多睡。你没事,昨夜咱们谈话,又睡得很迟,用不着起这么早,多睡一阵不妨。"

金星笑道:"闯王治事勤恳,奋发图强。全军上下也都起早贪黑,练兵的练兵,办事的办事。我怎么能睡得着?那一通杀万安王为民除害的文告,我已经写出草稿,只待看操回来以后请闯王过目。"

"你昨晚回去时已经大半夜了,怎么可将那通文告写出来啦?"

"我想今日大概吃过早饭李伯言和红娘子就会来到,我就抽不出时间去写啦,所以连夜赶着写成。"

"你这样可是太辛苦啦。好,咱们现在看操练去,吃过早饭后一起去迎接李公子和红娘子。"

李自成和牛金星先去看骑兵操练。这是一队新兵,一些老八队的老弟兄都提拔成这支骑兵的大小头目。自成立马看了一阵,觉得他们的操练都十分认真,就策马转往另一个地方。那儿也是一队新兵,全是步兵,衣服破烂,农民装束,带着兵器,练习爬山,敏捷异常。金星笑着问:

"这就是前两日从嵩县来的新弟兄么?"

闯王回答说:"这就是从嵩县一带新来的毛葫芦兵。我早就听说嵩县老百姓的毛葫芦兵善于爬山作战,名闻天下,果然不错。"

牛金星点头说:"是的,嵩县的毛葫芦兵,登封的少林僧兵,伏牛山的矿兵,一向齐名。如今毛葫芦兵和矿兵纷纷慕义来投,足见人心归顺。"

闯王问:"启东,你是这一带的人,请问你,为什么这嵩县善于爬山的民兵叫做毛葫芦兵?这'毛葫芦'三个字什么意思?"

金星回答说:"据史书上说,金人入主中原时,邓州一带有毛葫芦兵,曾与金兵作战,颇为著名。时至近代,邓州的毛葫芦兵不再听说了,嵩县却出了毛葫芦兵。想来金时嵩县也有毛葫芦兵,不过尚未十分出名罢了。至于这'毛葫芦'三个字,却也费解。有人说,这种民兵初起之时,每人腰间挂一葫芦,里面装水,以备爬山解渴之用。另有一说,指他们并无盔甲战裙,只是农民短装打扮,衣服破烂,远远望之,形似葫芦。"

闯王笑着说:"这名儿倒很有趣。"又看了一阵,对张鼐说:"你看完操回去时,告诉总管,要赶快发给毛葫芦弟兄们每人一套棉衣。这些弟兄们都是嵩县的穷苦百姓,穿得这样薄,这样破,如何御寒?"

他们转到标营骑兵的练兵地方,立马观看。那位几天前新来的王教师正在教新弟兄们驰马射箭,先教给大家几句口诀,然后逐句解释,做出样子给大家看,要大家照样儿做。闯王听见那几句口诀是:"势如追风,目如流电。满开弓,急放箭。目勿瞬视,身勿倨坐。出弓如怀中吐月,平箭如弦上垂衡。"虽然像这类骑射口诀李自成也听过不少,但这位王教师却将死口诀教得很活,确实是一个有经验的好教师。他看这位王教师教射得法,又看了一阵弟兄们练习射箭,不禁技痒,从亲兵手中要来一张劲弓,一支羽箭,帮助王教师教大家射箭架势。这些新弟兄都听说闯王的箭法如神,有几个胆大的人,趁他兴致正浓,请求他射一箭让大家看看,其余的弟兄也都笑眯眯地用含着期待的眼神望着他。张鼐知道闯王平日最喜欢练习骑射,也喜欢亲自向老营弟兄们传授射法,现在看见大家都想看闯王射箭,就在闯王的背后小声帮大家请求说:"闯王,大家在等着看哩。"李自成含笑点头,又从亲兵手里要来两支箭,把三支箭都拿在手中,然后把缰绳轻轻一提,那乌龙驹极通人意,跳了一下,缓跑两三步,跟着四蹄腾空奔驰。闯王骑着马在校场中兜了一圈,当重新转来,快奔到靶子前边时,略微放慢速度,若不在意地把缰绳丢在鞍轿上,左手举弓,右手搭箭扣弦,动作十分安闲而迅速。当乌龙驹转瞬间就要奔过靶子的正前方,距离大约百步开外,人们几乎来不及看他怎么将箭射出,但闻弓弦嘣的一响,一箭正中靶心。乌龙驹继续身子平稳地腾空奔驰,到了校场尽头,不待闯王提缰示意,它就自己放慢速度,转回头来,小跑几步,重新腾空而驰。

如此跑过靶子三趟,靶子中心射中三箭,簇集一处,紧紧相靠。虽然闯王平日令严,校场中不准随便说话,却仍然有不少人不自禁地小声喝彩。人在欢喜,马在踏蹄,校场上一片激动。

王教师,那个四十岁开外的红脸大汉,勒马来到闯王跟前,满脸堆笑,拱手称赞说:"闯王箭法如神,天下少有,逢蒙①、养由基②不过如此!"

自成平素最讨厌有人对他当面称颂,但这个王教师是新来投顺的人,他不好板起面孔责备,便笑着回答说:"王教师,你太过奖了。话不能这么说,像我这样三发三中,不要说在天下多不胜数,就以咱们老营将士说,也不稀罕。连孩儿兵中,像罗虎、王四那样的娃儿,也能够箭箭中的。你在咱们军中住久了,自然都会看见。如今咱们正在艰苦创业,兢兢业业,还怕不能上合天心,下顺民意。以后请你看见我哪件事做得不对,或者应该做的事没有想到去做,随时赐教,我一定衷心感激。"他对着王教师爽朗地哈哈一笑,随后转向士兵,接着说:"王教师教得很好。刚才他念的那几句口诀很重要,你们要牢牢记熟,按照口诀勤学苦练。本事都是苦练成的。别看你们现在常常射不准,只要下力苦练,就能练得百发百中。十八般武艺都不是娘胎里带来的,没有人不经过苦练能学会一手好武艺。铁杵磨成绣花针,功到自然成。除刚才王教师讲解的那几句口诀之外,我也教给你们一个口诀,只有两个字,就叫做'二字真言'。你们要不要听一听这学武艺的'二字真言'?"

全体弟兄们齐声回答:"要听!"

闯王用斩钉截铁的声音说出两个字:"苦——练!"

射场上十分肃静,注目闯王,倾听闯王说出这"二字真言",记在心中,但是李自成也从一些新弟兄的眼神里看出来隐藏的笑。他又对弟兄们亲切地说:"你们莫以为这两个字谁都会说,没啥稀

---

① 逢蒙——传说中上古善射的人,学射于羿。
② 养由基——春秋时楚国人,距杨树叶百步射之,百发百中。"百步穿杨"的典故就是从他的故事来的。

罕。可是做起来并不容易,天天做更不容易!"说毕,向王教师拱拱手,勒转马头,走出校场。牛金星一直立马校场外边观看,等闯王来到跟前,低声问道:

"这位新来的王教师的武艺如何?"

闯王回答说:"他是嵩山一带有名的教师,十八般武艺都懂得一点,惟独在箭法上较为出色,所以我把他派在标营中专教新兵。这人别无毛病,只是半辈子当武教师糊口,串过些衙门,看上官脸色行事惯了,不免世故一些,见人喜欢说奉承话。我等他把这队新兵教好,派他做一点重要事情。若说教教武艺,咱们军中的人才多着哩。"

因为估计李信和红娘子今天早饭以后可能来到,李自成和牛金星没有再往别处看操,径直策马回寨,以便赶快吃过早饭,出寨迎接。

李自成平日自奉甚俭,吃饭不过是粗粮野菜,与老营士兵几乎完全一样,但是对牛金星和宋献策特别供给优厚,所以他并不约牛金星到老营同吃早饭,一进寨就同金星拱手相别。金星从怀中取出那个诛万安王的文告草稿,递给闯王,自回家去。闯王一进老营,便传令提前开饭。趁着亲兵们端饭时候,他把文告的草稿看了一遍,觉得很合他的意思,便交给高夫人暂时收起。早饭是红薯加小米煮的稀饭,柿饼掺包谷面蒸的窝窝头。菜是一碟生调萝卜丝和一碟辣椒汁儿。当时红薯才传进中国东南沿海地方几十年,传到河南更晚,很不普遍,这点红薯是几十里外村庄的老百姓特意给闯王送来的,表示他们爱戴闯王的一番心意。

刚刚吃毕早饭,高一功差人回来禀报,说李公子和红娘子已经来到,离得胜寨只有三四里了。闯王虎地站起,走出上房,对等候在院中的亲兵们说:"去传知老营全体将领,凡是没有要紧事的,都跟我到寨外迎接!另外去一个人禀告牛先生,我先去寨外等他。"高夫人也走出上房,对一个亲兵说:"告诉老营司务,快替李公子、红娘子一行人马安排早饭,菜要丰盛一点!"李自成出了老营大门,稍候片刻,老营将领们都从不同的方向赶来,于是他带着一大群大小将领和亲兵步出寨门,往山下路上迎接。

牛金星正坐在家中吃早饭,得到通知说闯王已出寨去迎接李信和红娘子,赶快把桌上的一碗鸡汤和烤得又香又焦的半个白面蒸馍连二赶三吃完,从仆人手中接过来半盏温水漱了口,一边略整幞头,一边连声吩咐:"牵马!快牵马!"左右告他说闯王是步行出寨,没骑马。他不再要马,习惯地甩一下袍袖,然后大踏步走出院子,在亲兵们的簇拥中向寨外追去。

李自成对李信的来到,非常重视。他经过三年的艰难困厄,颠沛转战,新近进入河南,虽然很快扩充了十来万人马,但是人地生疏,诸事草创,局面尚未打开,脚步尚未站稳,十分渴望中州地方上有本领和有声望的人前来合作。当昨天上午双喜陪着李侔来到时候,他正在驻扎十里以外的几个新兵营中巡视,遂立即策马奔回,同李侔相见,促膝谈心,如对故人。按照常理,他应该留李侔在他的老营中好生休息,但是在午宴之后,他仅仅让李侔在老营中睡了一个时辰,大约在申牌出头,就命高一功、宋献策随着李侔动身,往半路上迎接李信和红娘子。他请李信和红娘子将部队交给李侔率领,他们两人随高一功和宋献策星夜赶来,以便在他动身往永宁之前,能够见面畅谈。他将要在一二日内前往永宁,亲自处决万安王,然后还要从永宁转往宜阳,大概十来天不能回来。

在伏牛山、熊耳山和嵩山三个山脉的交接地方,万山丛中的得胜寨是当时河南西部农民战争的神经中枢。他的老营驻扎在一家姓盛的乡宦宅中。主宅三进院落,左右各有一座偏院,最后还有为部分家丁和奴仆们住的群房。东偏院有三间精致的花厅,是被闯王处死的本宅主人种花、念佛和玩弄妇女的地方。据本寨百姓说,曾有一个十七八岁的丫头因被叫来花厅中强奸不从,以头碰柱而死。但是这位因贪墨被弹劾归里的乡宦,却为这座花厅题了一个"看云草堂"匾额,表示自己的风雅和胸怀淡泊。其实,这花厅并非草堂,而是牢固的砖瓦建筑。院中有假山、鱼池、花坛、各种花盆。那些奇花异木,都在破寨以后被寨中贫苦百姓同农民军一起打毁和砍掉了,如今只剩下几株腊梅开着黄花。院中另外有三间偏房,原是供丫头、仆妇们住的,如今连同这三间精致的花厅都空着。有些将领来老营议事或有所禀报,晚上来不及回去,就在这里下榻。因为要款待李信,看云草堂和那三间偏房都打扫得十分干净。

闯王携着李信的手,把他和红娘子引进看云草堂。随同闯王出寨迎接的众位将领一到老营大门外就拱手别了客人,各自做事去了,只有牛金星、宋献策和高一功跟着进来。因为李信等五更时路经驻扎在离得胜寨十八里的郝摇旗营盘,稍事休息,吃过早饭,所以老营伙房特为他们准备的早饭就不用了。高夫人听说红娘子已经来到,赶快带着慧英等三四个女兵来到看云草堂与李信和红娘子相见,将红娘子接进后宅休息。高一功掌管全军的军需给养兼统中军营,事情十分繁忙,在看云草堂稍坐片刻,就起身向李信告辞,忙自己的事情去了。

李信对闯王欠身说:"久钦帐下宏猷伟略,实恨谒见之晚。承蒙不以碌碌见弃,命双喜少将军远迎于两百里外,兼赐厚贶,昨夜又蒙一功将军与宋军师相迎于五十里外。信以缧绁余生,慕义来投,受此殊遇,五衷感激,非言可宣。"

自成谦逊地说:"我是草莽无知,无德无能。承足下不弃,不远千里而来,愿意同鄙人携手同心,共举义旗,救民水火,这太好啦。今后军国大事,望足下多多赐教。"

李信说:"将军恩德在人,声威远著;义旗所指,莫不欣然鼓舞。信与红娘子、舍弟李侔,引领西望,不胜葵倾之情。今率数千健儿,前来投靠,愿效驰驱,虽赴汤蹈火,亦所甘心。"

自成又说:"我兄在杞县因见灾情惨重,劝县官出谕停征,又劝富家大户出粮赈饥,这本来是个义举,却竟然招惹有势力的仇家陷害,诬你是煽惑百姓闹事,密谋作乱。你那《劝赈歌》中说:'官府征粮纵虎差,豪家索债如狼豺!'这话全是实情,说得多好! 自从我进入河南以来,抱定宗旨:所到之处,不许官府再向百姓征粮,不许豪家向穷人索债,严惩富豪大户,保护良善小民。咱们虽是初次见面,在除暴安良这一点上却是久有同心。"

李信赶快欠身说:"说起那《劝赈歌》,使信自觉惭愧。将军所行的是汤、武革命之事,而信在家乡劝赈原来不仅为饥民呼救,也替官府和富家着想。这一片委曲苦心,献策兄知之甚悉。不意反遭疑忌,横加诬陷,必欲置信于死地而后快。"

宋献策笑着说:"如今看来,伯言兄当时向富家劝赈,确实也为着富家着想。我记得你那《劝赈歌》的末尾几句是:'奉劝富家同赈济,太仓一粒恩无既①。枯骨重教得再生,好生一念感天地。天地无私佑善人,善人德厚福常臻。助贫救乏功勋大,德厚流光裕子孙。'当时你的用心不过如此。倘不因劝赈横祸飞身,也不会破家起义。然伯言被逼起义,来投闯王麾下,亦非偶然,实为气数所定。明朝气数已尽,闯王合当早得天下,故天遣各处英雄豪杰之士,纷来相投,共佐王业。"

牛金星说:"目今天下扰攘,正风云际会之时,闯王崛起西北,兴兵除暴,已应'十八孩儿兑上坐'之谶。年兄具王佐之才,文武兼资,愚弟素所钦仰,即闯王亦慕名久矣。自愚弟与献策兄来至闯王帐下,无日不与闯王谈及足下,恨不能早日相见。如今年兄举义前来,此实天以足下赐闯王。年兄埋没半生,如剑在匣。从此大展长才,一抒伟略,佐闯王开基创业。事成之后,敢信麟阁画像,兄必居于首位。"

李信说:"老年兄太过奖了。弟本是碌碌书生,养晦故里,无意功名富贵。空怀杞人之忧,实无救世之策;'苟全性命于乱世,不求闻达于诸侯。'不意劝赈救荒,竟惹灭门之祸。今日来投闯王帐下,过蒙垂青,只恨才疏学浅,无以为报。在弟来谒之前,谬蒙老年兄与献策兄先为曹丘②,实在感愧莫名。今后望老年兄与献策兄多赐

---

① 无既——既作"尽"字解。无既就是无尽。
② 曹丘——意思是揄扬、引荐、吹嘘。

教诲,俾免陨越①。弟是驽钝之才,被逼造反,得能追随两位仁兄之后,同心拥戴闯王,早成大业,实为万幸。"

献策又说:"大家志同道合,不须互相谦逊。闯王延揽英雄,思贤若渴。伯言此来,如鱼得水。大家和衷共济,同甘共苦,奋发图强,只需数年,天下事定可打出眉目。"

闯王接着说:"对,对。这'和衷共济'四个字说得很好。我看,大家以诚相待,什么客气话都不用再说啦。伯言兄,我们这里的一群将领,虽说都是粗人,出身草莽,可是没有一个私心眼儿的。我不能说十个指头都是一般齐,可是大家有一点是共同的:都是以除暴安民为心,以推倒朱家江山为志。他们这些草莽英雄,平日谈起话来,都是巴不得多来几个有学问、有本事的人,在一起成就大事。他们决不会外待你,也请你看见他们谁有不是之处,随时指点出来,不要有客气想法。若有那个想法,就互相见外,难做到亲如一体,同心协力。虽说俺们这些老八队的将领造反早些,在打仗上多些磨练,略微知道些山高水深,可是有的没有进过学屋门儿,有的斗大的字儿认识不到半牛车。所以大家近来都心里明白,要打天下,救百姓,开基创业,真正做出一番大事,非要有一些有学问、有智谋、懂经济②的人共事不可。你们三位来到军中,众将领看你们既是同事,也是先生。我这个人是不喜欢说客套话的。从今以后,咱们这些人不管先来后到,都是志同道合,亲如手足,祸福与共。有智出智,有力出力;文献文才,武献武功。文武和衷共济,大事岂有不济?别的话,我就不用多说啦。"

李信的心中十分感动,说:"听将军如此一说,愈使信深感知遇之恩,敢不竭诚尽忠,粉身碎骨,以报万一!"

李自成因李信和宋献策都是一夜未睡,特别是李信是连日鞍马劳累,请他同军师暂且休息,并说亲兵们已经在这花厅中替李信预备了床铺。但李信今日初见闯王,又受到如此真诚相待,那瞌睡

---

① 陨越——跌倒,犯大的错误。
② 懂经济——即懂得"经邦济世"的学问。详见第一卷十九章此注。

和疲劳都跑到爪哇国了。他推故说他在马上睡得很足，并不疲劳。宋献策见李信执意不肯去睡，只好相陪。他们围着木炭火盆，继续谈话。牛金星因为他自己和宋献策来到闯王军中，都没有隐姓更名，独独李信在给他和献策的书子中提到要改名李伯岩的事，觉得大可不必，于是笑着问：

"昨日捧读年兄瑶翰，备悉起义苦衷与来投闯王之诚。惟书中云从今后将改名伯岩，字林泉。以愚弟看来，年兄大名久已传播远近，豫东百姓莫不想望风采。何不仍用原名，以便号召？"

李信回答说："弟之所以改名，实有两个缘故。原名乃先父母所赐。今日弟不得已而造反，实非先父母生前所料。每念及此，心痛如割。弟在闯王帐下愿为忠臣，在先父母灵前实为逆子。因此弟决意不用旧名，一则以示过去种种譬如昨日死，二则使祖宗在天之灵不以弟之不肖而伤心蒙羞。再者，弟生逢乱世，原无富贵荣达之想。今日来投闯王麾下，作一偏裨，只为一心佐闯王诛除残暴，拯斯民于水火而登之衽席。事成之后，弟即解甲归隐，以遂初衷，长做岩穴之士，优游林泉之下，得沾升平之乐，于愿足矣。故拟改名伯岩，草字林泉，以示此志甚决，富贵不移。"

金星说："年兄是王佐之才，将建不世之功。事成之后，恐怕闯王决不会放你归山，做严光一流人物。"说毕，拈须哈哈大笑。

自成笑着说："目下只要李公子前来共事就好，且不说将来的话。你既然不想再用原来的名字，那就改用新名字好啦。你是名门公子，不像我们造反容易。再者，你不愿继续使用你中秀才、举人的原来名字，表示同朱家朝廷一刀两断，我看，好嘛。一个人改名字是常事，我自己也没有用我原来的名字。"

宋献策说："足下原来台甫伯言，今将言字换成岩字，字异音同，这样改法倒也不错。"他转向闯王说："我与李公子非一日之交，深知他襟怀高朗，志存匡济，虽出于宦门世家，而敝屣功名，常抱山林之思。所以他趁着初来闯王帐下，改换名字，一则表其素志，二则出于孝心。既蒙闯王谅其苦衷，从今日起，在咱们全军上下，就只用李兄的新名字和新的表字好了。"

闯王连连点头，又对李信说："你既然要改换名字，可是只将伯言改为伯岩，字虽不同，听起来还是一样。你干脆改动大一点儿如何？"

李信赶快欠身说："请麾下明示。"

"我看，你干脆不要那个'伯'字，单名李岩，岂不更好？"

李信不觉把手一拍，说："闯王这一字之删，实在好极！如此方是今日之我告别旧日之我，真正决裂了。"

四个人同时大笑，而宋献策和牛金星都连声称赞闯王改得好。牛金星心中本来不喜欢李信有退隐思想，这时拍手赞好之后，又对李信笑着说：

"八仙中的吕嵓字洞宾。嵓与岩本是一字殊写，可见他当日起名字也是想做个'岩穴之士'，而后来成了神仙。年兄将来功成身退，优游林泉，友麋鹿而餐朝霞，也不啻是神仙中人物。"说毕，又哈哈大笑。

大家笑过后，李自成急于要同李信谈论军国大事，便赶快问道：

"林泉，咱们如今要扫除苛政，救民水火，将来咱们还要开国立业，除旧布新，与民更始。据你看，什么是根本大计？"

李岩有片刻工夫没有回答，低头望着盆中的炭火沉思。他从杞县西来的路上，本来曾想见到李自成时要拿出一些要紧意见，供闯王采纳。但是自从在神垕见到李双喜，他的原来想法起了变化；昨晚在路上同宋献策、高一功晤谈之后，变化就更大了。最早他想向李自成建议的一些话，如重视读书人啦，如何收人心啦，等等，如今都成为多余的了。他有一个十分重要的意见曾经写在那封给闯王的书信中，就是建议闯王占据宛、洛，经营河南为立脚地，然后夺取天下。但现在闯王分明不是要他重复这个建议，而是想听他谈关于国计民生的根本大计。经过片刻的思索之后，他抬起头来说：

"目前四海鼎沸，人不安业，固然是因为朝政昏暗，官贪吏猾，赋敛苛重，处处激起民变，但根本症结在土地不均，赋税不平，所以均田、均赋实为开国立业的根本大计。自古以来……"

李岩正说到这里,忽然听见院中有人问:"李公子正在同闯王谈话么? 我来看看他!"

这人分明是压低声音说话,却仍然洪亮得出奇,配着那沉重的脚步声,令李岩感到惊异,想着这决不是一个平常人物,就把话头停住,等待着那人进来。闯王向牛金星和宋献策高兴地轻声说:

"到底赶回来了,真够辛苦!"

牛、宋二人同闯王满脸堆笑,朝着门口望去,等待着那说话的人进来。

李岩听见一个人的沉重而有力的脚步声登上台阶,随即看见闯王的一个亲兵将风门拉开,一个魁梧大汉,方口,高颧,浓眉毛和络腮胡须上带着尚未融化的冰霜,腰挂双刀,头戴风帽,身披斗篷,挟着门外的一股冷风进来。这人刚一进屋,就望着李岩,笑着拱手,声如洪钟地说:

"哈哈,果然来啦! 欢迎,欢迎!"

在这人踏进风门的一刹那间,牛、宋和李岩都立即起身相迎。等这人走到李岩的面前时,李自成也站起来,介绍说:

"这就是杞县李公子。李兄从今日起改名李岩,宝字林泉。这位是捷轩,大号刘宗敏,全军上下都称他总哨刘爷。"

李岩同刘宗敏互相施礼,同时想起来宋献策在路上对他谈论刘宗敏的话,不禁在心上闪出来一句赞叹:"果然是英姿豪迈,名不虚传!"宗敏好像对待久别重逢的老朋友一样,拉他坐下,自己也拉一把小靠背椅坐在他的旁边。李岩欠身说:

"久闻捷轩将军大名,今日得瞻虎将风采,并得追随左右,幸甚! 幸甚!"

刘宗敏哈哈大笑,说:"李兄,我是打铁的出身,大老粗,不会说客套话。你既然不嫌弃我们,前来共事,咱们就是一见如故,什么客套话都不用说啦! 前些日子,军师听说你在杞县坐监,闯王跟我都很焦急,怕你不清不白地给那班贪官豪绅们弄死。随后又听说红娘子破了县城,砸开监狱,将你救出,我们才放下心来。要不是红娘子将你救出,我们也打算派一支人马到杞县救你。牛先生和宋军师常常说你如何在杞县惜老怜贫,散粮赈饥,又说你文武双全,非一般糊涂读书人可比。俺是个大老粗,识字有限,光凭他们二位那样称赞,我也十分钦佩,巴不得你能够来到咱们军中共事。俗话说,日久见人心。你在这里久了,就会知道上自闯王,下至偏裨小将,都同样实心待你。我因为刚从永宁回来,今早不能亲自迎接你,你莫见怪。怎么样,一路上很辛苦吧?"

李岩连忙说:"不辛苦,不辛苦。"

"红娘子今日来了没有?"

"今早同小弟一道来谒闯王,方才被夫人接进内宅叙话去了。"

刘宗敏伸出大拇指说:"嗨,呱呱叫,难得的女中英雄!一个没有出嫁的大闺女,能够带兵造反,能够破城劫狱,杀官焚衙,救出朋友,对百姓秋毫无犯,这样行事,古今少有!闯王,我今天一定要看看红娘子,看她比别的姑娘到底有多么不同!"说毕,又哈哈大笑一阵。

闯王问:"你啥时候从永宁动身的?"

"昨天吃过午饭动身,一夜马不停蹄。一进老营,听说李公子已经来了,我就赶快跑来。"

"永宁那边的事情怎样了?"

"事情都按照你的意思办了。捉到知县武大烈以后,我对他说,闯王听说你才到任时还压一压万安王府中豪奴们的气焰,多少做过一点好事,不想杀你。你就投降了吧,日后少不了你的官做。现在你先把县印交出来,只要你交出县印,我不会使你吃苦。至于你投降不投降,我不勉强,由你自己想想再说。"

闯王问:"县印他交出了么?"

宗敏笑着说:"起初他不肯交出,说是在破城时候,慌乱之间不知给谁拿去了。我叫弟兄们狠狠地敲他几下子。他很娇嫩,几棍子就吃不消了,赶快叫着:'有县印!有县印!'我说:'武知县,你是敬酒不吃吃罚酒,何苦呢?今日你犯在我手里,想不交出县印能成么?'他到这时,又想交出县印,又怕日后朝廷追究,低着头流眼泪,拖延时光。我吼了一声,又要打他。他赶快向他的仆人使个眼色,仆人就跑去把县印从粪堆里扒出来啦。"刘宗敏怀着对武大烈极度轻蔑的感情哈哈地大笑几声,随后收了笑容,继续说:"我望着这个知县老爷,心中十分生气。可是我忍耐着不发作,对他说:'你也是陕西人,闯王原想看在同乡情分上,不打你,不杀你,只要你投降就行。刚才我叫弟兄们打你几下子,一则因为你硬不肯交出县印,二则也是我有意叫你略微尝一尝挨打的滋味。你到永宁以来,不知将多少无辜小民非刑拷打,有的苦打成招,定成重罪。如今你才挨了几下,也没有皮破肉绽,就有点吃不消了。你想想,难道小百姓的身子就不是父母生的?难道天生就应该受你们任意摧残,如同草木一般?我不信!我不信你们为官为宦的人们身子骨天生的高贵,老百姓天生的下贱!'"

"据你看,武大烈有意投降么?"闯王又问。

"他?他又怕死,又想做大明忠臣。他当着我的面说他吃朝廷俸禄,愿为朝廷尽节。可是他在囚室里向他的仆人嘱咐后事,长吁短叹,泪流满面,后悔他不该在乱世年头出来做官。他要是不怕死,像人们常说的视死如归,还叹的什么气?流的什么泪?后悔个屁?他又想得一个忠臣之名,又贪恋尘世。想使他投降,十分容易。可是我没有再劝他投降。那些从监狱里放出来的穷百姓都跪在我的面前告状,说他如何催粮催捐,如何将欠王府地租和阎王债的百姓们抓进监狱,逼死人命。我看武大烈这狗官的民愤很大,不必劝他投降,坏了闯王你为民除害的宗旨。我同补之商量一下,将他个王八蛋处决啦。"

闯王点头说:"该杀的就杀,为民伸冤嘛。那个万安王呢?"

刘宗敏眉毛上和胡须上凝结的冰霜已经完全融化,湿润冒气。他用大手在脸上抹了一把,又将两手对着搓搓,然后笑着说:

"有趣,叫人好笑。这是咱们起义以来第一次捉到藩王。哼,我原来以为明朝的王爷真是他妈的金枝玉叶,龙子龙孙,多么高贵,其实也没有多长一个鼻子眼睛。他一看见我就两腿打颤,浑身跟一团稀泥一样,往地上扑通一跪,连连磕头,哀求‘大王饶命’。我说:‘老子并不是山大王。老子是李闯王手下的大将刘宗敏,今日奉闯王之命前来审问你的罪状。我问你一件,你回答一件。必须老实招供,免得皮肉受苦。’他只是磕头如捣蒜,哀求饶命。我问他许多民愤很大的罪款,有些他知道,有些他不知道,有些事他要我问他的几个管事太监,有的又要我问他的账房,问他的几个王庄头子。这个家伙糊糊涂涂,懒得出奇,平日在宫中连鞋袜都要宫女们替他往脚上穿,屙了屎叫宫女和小太监替他擦屁股。如今把他单独关起来,他连自己的生活都照顾不了,光闹笑话。可是,像这样百无一用的糊涂东西,就凭着他姓朱,是朱洪武的后代,平日骑在人民头上,作威作福。天下哪有这样的混账道理!"

自成问:"万安王府的其他人等,都处置了么?"

宗敏回答说:"万安王妃早已亡故。没有儿子。他的三个小老婆在破城时有的投井自尽,有的逃出城被人们杀死。王府中几个罪大恶极的官儿、太监头子、豪奴、恶仆、管庄头子,有的给补之捉到杀了,有的在破城时被乱民打死。还有的王庄头子住在乡下,被乡下佃户打死。一般太监、奴仆、奶母等人,都叫他们各回各家,自谋生活。宫女们,家中有亲人的居多数,都交给她们的父母、兄长或叔婶前来领回。补之特意指派老实可靠头目处分这事,严防有坏人冒充宫女的家人前来拐骗。"

李闯王听了刘宗敏的回答,都很满意。他望着李岩说:"咱们实际上并没把万安王看得多重。他比之洛阳的福王,小得不值一提。破洛阳,捉福王,是出大戏。如今破永宁,捉万安王,只算是开场锣鼓。你来得恰是时候,热闹戏快要开始啦。"

他的口气很轻松,说得大家笑了起来。随即他问到在永宁放赈的情形,刘宗敏说:

"永宁是个小县城,有些乡绅大户住在山寨里,不住城内。从万安王府中抄出了五百多担粗细粮食,又从张鼎延等几家乡宦富户家中抄出四五百担。补之正在主持放赈,留下一半作为军粮。王府中和张鼎延家的金银财宝,正在清点,封存起来,将金银和值钱的东西陆续运回老营,其余的家具什物散给百姓。补之正在办这件事。头一批东西今晚可以运到。"

自成点点头,又问:"破城以后没有骚扰百姓吧?还杀了什么人?"

"城是二十七日五更破的。我赶到的时候已经破了半天。听补之说,只杀了几个民愤很大的人,没杀一个平民。也没有抢劫焚烧的事。老百姓见咱们的义军对百姓秋毫不犯,平买平卖,十分喜欢。从二十七日下午起,城门大开,近城四乡百姓有进城看亲戚的,有来领赈的,有来看查抄王宫的,比平日热闹多啦。将来杀万安王,看热闹的百姓一定更多。永宁城里的读书人,不管秀才、童生①,遵照你的严令,一个不杀,听其来去自便。可是咱们这么一放宽,那个该杀的张鼎延第二天就混出城去逃走了一条狗命。事后查明,破城时候,他带着一个心腹家人,躲在一眼枯井里。第二天过午以后,有人放下去一根井绳,他叫家人先出来,看见城门可以随便出进,百姓来往不断,然后他王八蛋才出来,换了一身破衣服,打扮成清寒童生模样,趁黄昏混出城门。有两个把守城门的弟兄看出来他不像清寒平民,正要盘问,另一个弟兄说:'闯王有严令,对读书人不可无礼,让他走吧。'就这样,他没有受到盘查就混出城啦。"

听了刘宗敏说出那个协助知县守城的反动乡宦张鼎延逃走的经过,李自成一笑置之。宗敏自己也没有把这当做是一件大事,所以他的口气中丝毫没有责备那几个守城门弟兄的意思。若干年来他们诛杀的乡宦、土豪之类的人物实在太多,加上部队经常流动,不在一城一地立足,所以对逃掉一个乡宦不大重视。牛金星和宋献策因为知道优待读书人是闯王进入河南以来的一贯主张,所以听了在永宁发生的这个故事并不觉得诧异,也是一笑置之。惟独

---

① 童生——没有考中秀才的读书人。

李岩因为听到张鼎延扮作童生可以混出城门,感到新鲜和惊异。尤其闯王的对读书人不可无礼的话能够在兵荒马乱中被下级如此严格遵守,完全出他意外。

老营司务来问宗敏,早饭是否拿到花厅来。宗敏说他在路上打过尖,不吃了。闯王叫他去休息。他因同李岩初次见面,不肯回家休息,说:"算啦,晚上打总睡吧。"闯王也不勉强,对他说:

"你要是不想去睡一阵,就在这里谈话也好。刚才正谈到重要题目,你进来打断啦。"

宗敏问:"什么重要题目?"

"你听嘛,确实重要。"自成转向李岩说:"好,林泉,你接着说吧!"

李岩刚要开口,看见一个戎装打扮的俊俏姑娘进来,走向闯王,便暂不忙着说话了。

第十七章

慧梅启禀闯王,说红娘子将军听说总哨刘爷已经回到老营,要来花厅参见。夫人叫她来请示闯王:是让红将军此刻就来好呢,还是等刘爷休息以后再来。自成望着宗敏笑一笑,随即对慧梅说:

"你回禀夫人和红将军,就说红将军连日辛苦,昨晚又骑马走了一夜,请快休息吧。都是自家人,不必多礼。刘爷也没休息,等他休息一阵,就到后宅去拜望红将军。"

慧梅刚刚退出,李双喜进来禀报,说从洛阳来的几个老百姓已经到了。闯王很高兴,问:

"他们现在哪儿?"

"他们从五更走到现在,都还没有吃早饭。我叫他们暂在马棚中烤火休息,叫伙房弄一点热汤热窝窝头给他们吃。"

"他们吃过东西,你就把他们带来见我。他们来了几个人?"

"一共来了五个人。三个人是从洛阳来的,一个是从偃师来的,还有一个是从新安来的,在我汉举叔的老营中遇到一起,结伴前来。"

两三天前,袁宗第从宜阳差人来向闯王禀事,顺便禀报说不断有洛阳百姓到宜阳军中,暗地欢迎和恳求义军快破洛阳,他将挑出几个人来得胜寨面谒闯王。闯王这两天就在等候着从洛阳来的百姓,所以尽管李公子才到,正在谈论军国大计,他也要抽出一点时间同洛阳来的百姓见见。他又向双喜问:

"那从偃师和新安来的百姓也是控诉福王的?"

"不是。他们是来控诉官绅大户,恳求咱们前去破城的。"

"啊,这一带穷百姓到处都是一样,巴不得咱们的义军早到!"

闯王轻轻地说了一句,随即告诉双喜,那从新安和偃师来的百姓由
他同他们谈谈,只将洛阳的三个百姓带来。双喜退出以后,闯王笑
着对李岩说:"刚才正要听听足下的均田高论,中间连着有人打断。
你快接着刚才的话谈下去吧。"

李岩欠身说:"麾下起义为的是济世救民,一定洞悉贫富悬殊
为千载祸乱根源。如何革此积弊,想必是成竹在胸。岩只能略陈
浅见,如言之不当,尚乞恕罪。"

自成笑着说:"咱们自家人说话,请林泉兄不必客气。说起均
田、均赋,确实是国计民生大事。起义以来,我走过好几省,看见到
处都是田土不均,富者太富,贫者太贫。穷人饿死,富人撑死。我
们起义首领中有人自号平均王,有人自号铲平王,都是梦想着有朝
一日能够把这个大大不平的世界打烂,重新摆平。可是怎样铲平,
怎样平均,谁都心中无数。这件大事,我同启东也谈过,可是因为
事情忙,没有深谈。今天你来了,很想听听你的高见。"

李岩说:"这土地不均、贫富悬殊的事,自古以来就是个极关重
要的症结。明朝二百八十年积弊至今,田土极其不均,贫富极其悬
殊。全国土地大约有七百零一万三千九百多顷,可是到处都是没
有土地或仅有很少土地的人。土地都到哪里去了? 十之八九的土
地都被皇室、藩王、勋戚、宦官、大臣、乡宦所占。拿皇室来说,虽然
天下的土地都是皇帝的,可是皇室还另外占了许多土地,由宫中太
监经管,称做皇庄。各地分封藩王,又各有许多王庄。公主、郡主,
也有庄田。太监有庄田。勋戚有庄田。都是夺之于民,其数目十
分惊人。所以全国垄断土地最多的是皇室、藩王,其次是勋戚、太
监、大臣、乡宦。素闻启东老年兄熟于本朝掌故,定必能源源本本
指出这垄断土地的实际情况。"

闯王说:"启东,你说说。"

牛金星拈了拈胡须,说:"皇庄之名,始于宪宗朝。但宪宗以前
即有许多宫庄,实际也就是皇庄。孝宗时候,在畿内有五处皇庄,
共地一万二千八百余顷。武宗即位一个月就建立了皇庄七处,后

来增加到三百余处。包括宦官、外戚庄田在内，共二十万零九百余顷，另外还有先年侵占的庄田共二万零二百多顷。武宗以后，皇庄所占土地的情况不详。无论如何，皇帝既然四海之主，普天之下莫非王土，却又强夺民田以为皇庄，使无数小民失去土地，流离失所，这是明朝的最大弊政。"

刘宗敏愤愤地说："可恶！可恶！"

李自成带着深沉的感情说："将来有朝一日，我们会将所有皇庄统统交还百姓，以后永不许皇室再霸占百姓土地。"

牛金星接着说："再以诸王来说，所占民田之多，更为骇人听闻。目今分封在全国诸省的有亲王数十人，郡王更多数倍。以河南一省而论，郡王且不去说，亲王有八：在开封的是周王，有良田一万余顷。在南阳的有唐王，在汝宁的有崇王，在禹州的有徽王，在彰德的有赵王，在怀庆①的有郑王。这几个王，每家有良田大约数千顷到万顷。在卫辉的有潞王，有良田四万顷，大部分土地是在湖广。如今潞王是第二代，他的父亲是万历皇帝的同母弟，在之国②之前，住在北京的潞王邸，王店、王庄遍于畿内。之国以后，散在畿内的王店、王庄都交还皇帝，改称皇店、皇庄。他除在河南、湖广两省占有良田四万顷外，还有皇帝赐的盐引专利。王店之中有许多是当铺，高利盘剥小民。"

宋献策插话说："从万历以来，皇店很多，不惟与商人争利，而且买贱卖贵，盘剥百姓，甚于商人。几年前我去北京一趟，在保定、真定、宛平都看到各种皇店，有绸缎店、百货店、药材店，也有当铺。在通州城内，我还看见有一个皇家开的粮店，五间大门面，三进大院落，旁边还有车马大院。听说这个皇店利用漕运，从江南运米到京畿牟取暴利，还勾通运粮官校，将国家粮食作为店中私粮出售，没人敢吭一声。至于太监、皇亲和勋旧们在北京、天津、畿辅各处

① 怀庆——今河南沁阳。
② 之国——古代的政治术语。亲王去他的封地叫做之国或之藩。"之"字是动词，作"往"字解。

所开设的店铺,那就更多不胜说了。历代以来,皇室与商人争利,莫如明朝为甚。"

刘宗敏骂道:"他妈的,什么皇帝、亲王,尽是喝血鬼,吃人魔王!"

金星接着说:"咱们正准备去攻破洛阳,活捉福王。这福王所占民田情况,各位都清楚,不用说了。朱家一族的亲王、郡王、公主、郡主……凡有封号的,都有禄米。禄米之外,又强占大量土田,百姓安得不穷?"

闯王问:"他们朱姓皇族的每岁禄米,大约多少?"

金星说:"这数目说不清楚,但实在多得怕人。按照定制:亲王除嫡、长子①袭封外,其余皆封郡王。亲王每人每岁禄米一万石,郡王每人禄米二千石。郡王除嫡、长子袭封外,其余皆封镇国将军,禄米一千石。郡王孙封辅国将军,禄米八百石;曾孙封奉国将军,禄米六百石;玄孙封镇国中尉,禄米四百石;五世孙封辅国中尉,禄米三百石;六世孙以下世授奉国中尉,禄米二百石。这是就男子一支说的。还有女的一支,从公主、郡主、县主到乡君,一落地就有禄米。朱家宗室……"

刘宗敏截住说:"乖乖!他们朱家皇族,什么事不做,什么心不操,吃得饱,穿得暖,每个人老婆一大堆,宫女一大群,看看他妈的,一代代会养出多少儿子,每年国家得给他们多少禄米!"

牛金星接着说:"宗室人口日繁,所费禄米日多,使国家难以负担。成化以后,每遇灾荒,只能发一半禄米,但国家仍然发不出来。嘉靖年间,全国每年上运京师米四百万石,而在京宗室禄米就需要八百五十三万石。万历初年张江陵②当国时曾设法减少宗室禄米支出,也没有从根本上革此积弊。"

李闯王点点头,不慌不忙地说:"张居正虽有本领,在这件事情

---

① 嫡、长子——封建宗法制度:正妻所生的儿子称为嫡子,其余姬妾所生的儿子称为庶子。袭封权属于嫡子。倘若没有嫡子,由庶子中年长者袭封。
② 张江陵——张居正(1525—1582)字叔大,号太岳,湖北江陵人,明神宗初年任首辅,是明代有名的政治家和"权相"。

上也感到棘手,找不到根本办法。等咱们有朝一日打翻朱家的江山,这朱姓宗室的禄米自然也就全没有了。我们倘若建立新朝,决不犯朱洪武这样的错误。这办法,有害于国,无利于民,我们将引以为戒!"

牛金星和宋献策异口同声,称赞闯王英明。李岩虽然没有做声,却也深深感到佩服,在心中说:"闯王确实是一位高瞻远瞩的人!"自成望着李岩说:

"林泉,除宗室、勋戚之外,各州县田地被官绅大户侵占的为数很多。我到过许多地方,看见因官绅大户倚势欺人,强取豪夺,不惟小百姓愈过愈穷,连从前小康之家,也多半失去土地,变成穷人,朝不保夕。所以我这次来到你们贵省,就有不少从前的小康之家也见我诉苦,愿意随顺。至于靠手艺吃饭的各色工匠,小商小贩,也有不少人因受官绅大户欺压,高利盘剥,活不下去,巴不得改朝换帝。听说今日来的洛阳百姓,就有一个是小商小贩,世居洛阳城内。等会儿,双喜将他带来,咱们听听洛阳城内的一般平民为什么也要暗地来迎接义军。"

牛金星说:"这就是书上所说的'后其来苏'①。"

李岩对金星点点头,又转向闯王说:"不论耕田之家,小康之家,百工技艺,今日都有水深火热之苦,其根本症结还在贫富悬殊,即田土愈来愈握于少数人之手。俗话说'有钱有势',又说'有土厮豪'。一县中有几个势豪之家,这一县的各色小民就必然遭受剥削蹂躏之苦,何况还有官府的横征暴敛,永无餍足!"

大家正在你一言我一语地谈论着,忽然李双喜走了进来,恭敬地向闯王禀报说从洛阳来的三个百姓已经吃毕东西,问是否此刻带来。李自成点点头。等双喜退出以后,他笑着对李岩说:

"先让他们把那三个洛阳百姓带来,听一听他们说些什么话,也许对我们前去破洛阳很有帮助。关于均田的事,等会儿咱们再谈。"

---

① 后其来苏——见第一卷二十八章此注。

从洛阳来的三个百姓被带到闯王面前,都跪下去给闯王磕头。闯王叫他们在小凳上坐下,问了他们的姓名,家住何处。那个由洛阳城内来的人是一个二十多岁的后生,名叫邵时信,说他特意来迎接闯王义军去破洛阳,从怀中取出两张用白绵纸写的单子,双手呈给闯王。李自成看见第一张单子上开列着福王府在洛阳城内的各种王店、王府掌事太监和官员们在洛阳城内的住宅和店铺,还开列着各处王庄的大约土地数目;另外一张单子上开列着前南京兵部尚书①吕维祺为首的许多大乡宦家产数目以及他们的重大罪款。近一个多月来,李自成通过他派到洛阳侦事的密探和其他消息来源,对洛阳城内的情况大体也都知道,但是却不像这两张清单所开列的具体财产数目和乡宦豪绅们的具体罪恶这样清楚。他对这两张清单十分重视,反复地看了两遍,转向牛金星问:

"据这张清单说,福王的田地大部分不在河南府,在湖广的有四千四百多顷,可是真的?"

牛金星想了想,说:"福王的两万顷田地分散在河南、山东、湖广三省,而在河南府的土地不到两千顷。湖广一省搜刮良田四千四百余顷,加上山东、河南两省,共是两万顷。但此系万历末年的福王府土地数目,后来各处王庄头子不断侵占民田,以及百姓不断向王府投献②,王府田地数目与日俱增,目今详细数目不知。"

听了金星这么一说,同邵时信所呈递的清单相合,闯王又把邵时信打量一眼,看他既不是一个读书人,年纪又不大,心中暗觉奇怪,笑着问:

"你对洛阳的王府、乡宦、豪绅、大户的土地家产如何这么清楚?"

---

① 南京兵部尚书——明成祖永乐十八年(公元 1420 年)迁都北京,以南京为留都。南京仍设中央各衙门,另铸印信,上加"南京"二字。

② 投献——明代后期,有些小地主和自耕农因赋税捐派沉重,没法生活,只好将自己的田地投献王府或其他势豪,虽然他们的土地所有权名义上归于王府或势豪,但只交纳一定数目的租赋,而利在逃避了官府的沉重租赋。这是走投无路的办法,是一般意义上的所谓投献。另外有地痞无赖,将小民田地占为己有,投献王府或势豪,狼狈为恶。

邵时信赶快站起来回答说:"回闯王爷,小的虽然祖居洛阳城内,可是平日对这些也不很知道。从今年秋天起,小的为着誓报三代血仇,才留心打听。上月听说闯王的义军从南阳府一带往北来,小的越发暗中打听。要不是誓报三代血仇,小的一天到晚顾自己谋生还顾不下来,哪有工夫去打听这些!"

闯王跟着问:"如何是三代血仇?"

邵时信说:"万历年间,修建福王府的时候,硬将俺家房子拆毁,把宅地圈在王府花园里边。听老年人说,如今王府养鹿的地方就有一部分是俺家原来的祖业宅地。那时候还没有我。那时候我们一家人流浪街头,寄居别人的房檐底下。我爷爷原是个教蒙学的,又无多的田产,弄得哭天无路,求地无门。我老奶奶年纪大,在别人房檐下露宿几天,受了风寒,加上生气,日夜啼哭,不久就死了。后来靠亲戚朋友帮助,借到了三间破房子,把一家大小五口人塞了进去。俺爷不甘心,气得疯疯癫癫,学也教不成啦。那时候,为修王宫,不光俺一家倒霉,倒霉的人家多着哩!这福王府原是从前的伊王府,原来的王宫和花园已经够大,如今又要尽量加大,将旧宫殿改成新宫殿,修得越壮丽越好,可是至少有三四百户人家被赶出祖业宅子,房屋被拆,宅地被占,有的被弄得倾家荡产。不知谁气愤不过,在王府花园中的假山亭子上题诗一首,监工的官员们疑心是俺爷题的,把俺爷抓去,打个半死,送进洛阳县狱,要将俺爷问成写逆诗诽谤朝廷的死罪。幸赖亲戚朋友们奔走营救,洛阳县也深知俺爷冤枉,对了笔迹,确实不同,不便定案,也不敢交保开释,过了一年零三个月,俺爷死在狱中。刚才小的说要报三代血仇,这就是第一代血仇。第二代血仇是俺爹的。俺爹……"

闯王说:"你说慢一点。你的洛阳口音重,说得太快啦,有的话我听不清楚。"

邵时信继续说:"俺爹起小给一家生意字号当学徒,三年满师后又做了十几年伙计,千辛万苦,挣到一点钱,又向亲戚家借了一些,在洛阳西大街开了个小杂货铺子,使一家老小勉强不致饿死。

王府要扩大西街王店,硬将俺家的小铺子吞并了去,声称价买,却三分不给一分。俺爹到王府求情,不知磕了多少头,哭了多少眼泪,不惟见不到王府的执事官员,还给王店的头子和伴当们饱打一顿;到河南府和洛阳县喊冤告状……"

刘宗敏问:"敢告福王么?"

"不是告福王,是告一个王店头子。官府不敢过问,反而听凭王府人们的一面之词,说俺爹是无赖刁民,打了板子。俺爹气愤不过,哭诉无门,扔下一家老小上吊死了。"

闯王点头说:"嗯,这是第二代血仇。"

邵时信接着说:"俺无本经商,只能做个肩挑小贩。今年夏天,我卖西瓜,遇着王府孙承奉公馆中一个仆人,叫俺把西瓜挑去,说是全要。挑去以后,却只给市价一半的钱,硬叫我亏蚀血本。我说不卖。这杂种仗着王府威势,开口就骂,动手就打,将西瓜倒到地上,把空担子扔到街心。我站在街心讲理,就出来两个仆人像凶神恶煞似的,追到街上来拳打脚踢。我一头骂,一头跑。杂种们追不上,就喝使一群凶猛的狼狗追着咬我,一口将俺的左腿咬掉了一块肉。俺豁出去了,猛一扁担打下去,正中狗头,又连着三扁担将狗打死,其余的狗都吓跑了。这一下惹出了滔天大祸。杂种们将我抓进承奉公馆,吊起来打了半天,打得遍体鳞伤,死去两次都用凉水喷醒转来。众街坊邻居看我实在冤枉可怜,担心我给打死了,一家老小没人养活,都去孙承奉公馆跪下求情。承奉没有露面,由他的伴当们传下话来,要我买一口棺材将死狗装殓,请四个人抬着,前边请四个和尚和四个道士念经,我在后边披麻戴孝,手拄哀杖,哭着送殡,将死狗抬到洛阳荒郊埋,埋……"

后生说到这里,再也控制不住自己,突然蹲下,抱头痛哭。李闯王叹口气,对牛、宋和李岩说:

"王府中的一个承奉太监的公馆中养着成群的伴当、奴仆,如此欺压平民,那福王一家,还有王府的众多官员、太监、护卫旗校,王庄和王店头儿,为害之烈,就可想而知了。哼!"

刘宗敏恨恨地说:"真是他妈的罪恶滔天!"

献策说:"刚才这后生说的福王花园中假山亭子上题诗一事,我也听老年人谈过,哄传一时。有人说是一个过路的游方僧人题的,有人说是被征去的民夫中有粗通文墨的人题的,还有说是洛阳城中好事的人出于义愤,题诗一首。那时盖宫殿的,修花园的,运送砖、瓦、木料、太湖石和奇花异草的,乱纷纷在五千人以上,谁能看得清楚? 所以到底没查个水落石出。那四句诗,我少年时还记得,年久都忘了。"

金星说:"那时我正在学中读书,因赶府考来洛阳,所以常听同学们谈起这件案子,如今那首诗还大体记得。"

闯王见那后生还在抱头抽咽,便向金星问:"那四句诗必定是深合民心,如何写的?"

牛金星略想了想,念出来如下的一首七言绝句:

> 官殿新修役万民,
> 福王未至中州贫。
> 弦歌高处悲声壮,
> 山水玲珑看属人。

宋献策连连点头,说:"对,对,就是这四句诗。还是你博闻强记! 看来粗通文墨的人绝不会写出来这样好诗。你看这'福王未至中州贫'一句多么愤慨有力。若不感之极切,恨之极深,这一句是写不出来的。"

牛金星接着说:"这第三句的'壮'字和第四句的'看'字都用得很好。细品第四句诗意,这'山水玲珑'四字既明指福王的花园,也暗指明朝的整个江山。"

李自成听着他们评论这首诗,却没有做声。他的心情很激动,在思索着福王和许多朱姓藩王的罪恶。等邵时信哭泣稍停,他用沉重的低声催促说:

"你快说下去,兄弟。你给死狗披麻戴孝送殡了么?"

邵时信从地上站起来,一头抽咽一头说:"我起初死也不肯。

可是我不肯他们就打。后来,我想,我不能白白地给他们打死。我要跳出虎口,要报血仇。我答应披麻戴孝给死狗送殡,他们才把我从梁上放下来,不再狠打了。多亏众街坊邻人可怜我,大家兑了些钱,替我买了一口白木棺材,请了四个抬棺材的,还请了四个和尚、四个道士。前边走着和尚、道士,吹着笙,吹着唢呐,后边跟着棺材,再后边跟着我。我被打成重伤,拄着哀杖也走不动路。我弟弟十四岁,搀着我。我同弟弟,从洛阳城内给死狗送殡到西郊,走一路号啕大哭一路。俺弟兄俩不是哭狗,是哭这世道暗无天日;哭我们穷人受糟践,受欺负,连官宦大户人家的狗也不如;哭我们祖孙三代的血泪深仇无路可报。……"

邵时信又一次放声痛哭,说不下去。李闯王没有做声,咬着牙根,脸色铁青,浓眉紧皱。他仿佛看见了在六月毒热的太阳下,洛阳大街上,邵时信被逼着给死狗送殡的场面。他的眼睛里燃烧着怒火,同时也浮动着一层泪花。过了一阵,邵时信勉强止住痛哭,接着往下说:

"我的一家老小,已经有两天没有看见我啦。他们怕我死在路上,都哭着跟在后边。跟得近了要挨打,只能相离十来丈远跟着哭。我的白发苍苍的老娘,我的害病才好的叔叔,我的女人拉着不到五岁的儿子,跟着从洛阳城里哭到荒郊。沿路一街两行的黎民百姓,看着我为打死王府孙承奉家一条狗被逼到这步田地,一家老小哭得这么惨,无不流泪,有的还……"

邵时信第三次放声痛哭。旁边两个农民都抱头哭泣。侍立在闯王背后的李双喜一则被邵时信的控诉深深地打动感情,二则想起来自己的父母也是给财主们逼迫死的,再也忍耐不住,由啜泣变成了小声痛哭。闯王和刘宗敏、李双喜的亲兵们自从邵时信开始控诉起就悄悄地围拢在窗外和门外倾听,这时,有人在咬牙切齿,有人噙着满眶热泪,有人哭泣。李闯王,他十二年来转战数省,常常在十万大军喊杀震野、炮火连天、矢石如雨的鏖战中身先士卒,冲锋陷阵,从没有眨过眼睛;在全军最危急的关头,他立马督阵,沉着异常,稳如泰山。然而在这时,他竟然控制不住,不住地鼻翅搐动,几次用袖头揩泪。他是农民的儿子,对农民的痛苦他深深懂得。自从起义以来,他看见了各地农民的悲惨情景,也听到无数农民在他的面前控诉、哭泣、呻吟,然而今天是他第一次亲自听到一个世居在著名府城中的小商小贩诉说三代痛受蹂躏之苦。他始而胸中郁结,憋得难过,继而心潮澎湃,仿佛看见了他的骑兵已经冲进洛阳城,奔驰在大街上,又仿佛看见了他的将士们捉到了福王,牵到他的面前,在万众围观中他下令将福王斩首。

刘宗敏好像立刻要出去杀人似的,将刀柄一拍,突然站立起来,右脚猛力一跺,恨恨地骂了一声:"他妈的,全都该死! 该杀! 千刀万剐!"于是他离开火盆,在屋里来回走动,沉重的双脚踏得方砖地咚咚响。过了片刻,他重坐在火盆旁边的小椅上,对着依然低头啜泣的邵时信说:

"哭什么? 哭个屁! 朝廷不给民做主,如今有我们李闯王给做主! 你的话还没有说完,别哭,快说下去吧。你又不是姑娘媳妇,哭什么? 你哭七天七夜,也不能把福王这狗杂种的脑袋哭掉!"

牛金星望着邵时信轻声说:"快说下去,说下去。闯王会替你们百姓伸冤报仇的。"

邵时信深深地出口长气,用手背揩揩眼泪,往下说道:"给死狗送殡回来以后,我躺在家里一个多月才把伤养好。我气得几次想寻无常,可是我想着家有妻儿老小,死不得;我要等着报三代血仇,不能死。后来听说闯王爷的大军从南阳地方往北来,人们哄传着闯王如何向着百姓,如何诛杀那些欺压小民的乡宦豪绅。我想着,我报仇伸冤的日子该到了。虽说俺的家世居在洛阳城内,可是福王到底有多少家产,住在洛阳城内的大乡宦豪绅们到底有多少产业,我也不很清楚,平白无故,谁管那些事做啥? 自从闯王爷的人马往北来,洛阳城内的穷百姓在暗中纷纷议论,都盼望着闯王来攻洛阳,越快越好。我想,我拿啥迎接闯王? 要是把福王跟那些乡宦大户的财产摸个底儿,再把他们的血淋淋罪恶查一查,写个清单,献给闯王爷,不是很好？我把这个想法同几个受苦的知心好友一说,个个说好。就这样,我们几个人都暗中留心查听,不过半月,弄清了一个大概。小的有一个本家哥哥名叫邵时昌,是府衙门的一个书办,对洛阳城内的事情知道的很多。有些大户有多少家财,有些什么大的罪恶,是我从他那里打听到的。"

刘宗敏高兴地说:"你这事办得好哇！心里有几个窟眼儿,好！"

李自成将拿在手中的两张清单扫了一眼,含笑问道:"你认识字么？这都是你自己写的？"

邵时信回答说:"小的不识几个字。有许多字我不会写,就画成记号,自家心中明白。这是到了宜阳袁将军大人营里以后,我撕开破棉袄,把自己写的底子取出来,我说,一个办文墨的先生替我写成的。"

宗敏说:"不日破了洛阳,捉到福王,替你们百姓报仇。你们如要解恨,吃他的肉,喝他血,都行。"

闯王又叫另外从洛阳来的两个百姓诉冤。他们都是农民,有的诉说王府和豪绅们如何霸占土地,抢走了女儿,逼死了亲人。听他们控诉以后,李自成吩咐双喜带他们出去,让他们好生休息,周济他们一点银子,住两三天以后回去。然后他走到门口,掀帘望望太阳,看见还不到吃午饭时候,便回来坐下去,向李岩笑着说:

"咱们接着谈均田的事吧。"

李岩来到看云草堂不到半日,就已经深深明白李闯王多么地关心"民瘼",同受苦的百姓们如何连心,而百姓们是如何把他看成了能够替自己伸冤报仇的救星。看到这般情形,他不能不相信李自成确实是一位非凡的创业英雄。经闯王一提,他赶快接着刚才中断了的话头说:

"关于宗室、勋戚以外的占田情形,我只须略举数事,即可知其严重。目前全国各地大官僚、大乡宦,多则占地数千顷或万顷以上,少则数百顷。江南号称富庶,实际上贫富悬殊。以苏州一府为例,有田的人只占十分之一,替人家做佃户的却占十分之九。再拿河南来说,虽不似苏州府那样严重,却也土地集中于富室的占十之七八。缙绅之家,多者千余顷,少亦不下六七百顷。几年前,曹、褚、苗、范四家乡宦,在河南称为四凶。每一家都有一两千顷土地,各畜健仆千百,上结官府,外连响马,内养刺客,横行府县,平日夺人田宅,掠人妇女,不可胜计,嬉戏之间,白昼杀人于市,无人敢问。有土必有势,有势必有土。无土不豪,无绅不劣。这是一定之理,到处老鸹一样黑。天下土地,百分之九十为皇室、宗藩、皇亲、勋旧、太监、达官、乡宦、土豪所侵占,无数小民整年辛苦耕种,不能一饱,负债累累,卖妻鬻子,稍遇灾荒,成群相偕逃亡,饿死路途。所以天下最大之不公在土地,最大之不平在土地,而小民最大之痛苦根源也在土地不均。乱源在此,症结在此。请闯王于取得天下之后,参稽往古计口授田之制,俯察近代土地侵占之弊,大刀阔斧,施行均田,作根本之图,杜祸乱之源。倘能如此,就真正是救民于水火了。近世士大夫中有识之士,也深知这土地不均之弊是天下大乱的症结所在,常提出均田之议,但都是纸上空谈,无补实际。"

刘宗敏说:"不先来个改朝换帝,那些朝臣吃饱了没事儿干,光在纸上吵嚷均田,均我个屌!刀把子攥在有田有地的人们手里,要割他们自己身上的肉,流他们自己身上的血,不是做梦么?我看,眼下还不必谈均田,头一桩要紧的是把崇祯皇帝从金銮殿上拉下来,夺了他手里的刀把子,把那班大小藩王、皇亲国戚、太监头子、官僚,还有什么乡宦、豪绅,凡是手里掌着印把子、刀把子,屁股下坐着成百顷、千顷、万顷土地的混账王八蛋统统杀掉,才谈得上行均田的事。要不然,权在他们手里,法是他们立的,老百姓踩在他们脚底下,旁人嚷叫均田,全是空炮!"

闯王说:"捷轩,你别急嘛。如今正在打仗,大局未定,自然是没法均田。可是大家在一起议论议论均田的道理很好。咱们大家心中都先画个道道儿,平日多想想,一旦时机到来,说办就办,雷厉

316

风行。这是事关民生的千年大计，也是将来立国的根本要务，很需要多听听他们几位的高见宏议。据你们三位看，将来有何善策方可以消除这贫富悬殊的积弊？"

牛金星说："说到如何杜绝兼并，历代都无善策。北魏和唐初都行过均田制，为史家所称道。但皇室、国戚、勋臣、权贵，享有特权，不受均田限制，而永业田可以买卖，民间兼并之风实未杜绝，故只能救急于一时，不能除弊于百年。今天下未定，即北魏均田之制，亦难施行。将来如何均田，需要从长计议。"

宋献策说："正如闯王所言，这是将来立国的根本要务。至于如何均法，自然要从长计议。去年在开封，曾与林泉偶然谈及此事，林泉还谈到均田与均赋二事互为表里，但不能混为一谈。可惜近世竟有人将均田指为均赋，而不谈计口授田。譬如治病，均赋只能治表，不能治里。然而如不能计口授田，均赋也是救弊之一策。不知闯王的主见如何？"

李自成低头望着炭火说："大家谈，大家谈。"他和当时许多农民起义领袖有许多不同地方，最不同的一点是他从起义的早期起就有着打倒朱家王朝、救民水火的明确目的，同时很留心那些关于国计民生的重大问题，考虑着有朝一日他如何处理这些问题。像土地不均、贫富悬殊这样的问题，他心中十分清楚、十分重视。他不像牛金星和李岩他们那样能够说得源源本本，但是他对于天下田地不均的实际情况，百姓在大户兼并中所受的痛苦，体会得更深，看到的更真切。起义十二年来，他走过的地方，接触到的无地和失业的穷苦百姓，远比牛金星和李岩多，但是他宁愿听听大家议论，不喜欢多说他自己的意见。过了片刻，刘宗敏忍耐不住，问：

"闯王，军师不是问你的主见么？"

自成抬起头来，微微一笑，说："你们大家谈得都好。治国安民，不患寡而患不均。我想，将来有朝一日，这田势必是要均的。既要均田，自然要计口授田。至于一口人授田多少，除口分田之外要不要永业田，永业田准不准买卖，那就要以后去详细计议。我倒

317

是常想,倘若咱们久后一日能够建立新朝,切莫再走明朝的老路。为君的不要忘记百姓的苦,不要把天下作为一人一家的私产,这就要废除那些皇店、皇庄,限制封王,限制拿百姓的土地赏赐藩王、皇亲、勋臣。朝廷对那班确实立了大功的人,可以赏赐金银珠宝,决不要赏赐土地。也要限制他们多占田地,永远悬为厉禁,不许违反,犯必严惩。"

刘宗敏把大腿一拍,说:"好哇,这才是一槌打在点子上!俗话说,上梁不正下梁歪。历代皇帝都是把天下当成自家私产,作威作福。看看他们封了多少王,侵占了多少良田,何尝有一丝一毫想到黎民百姓死活!"

牛金星等对闯王所说的废除皇庄、皇店,限制封王和不拿百姓土地作为赏赐的话,十分敬服,随后话题就转入将来如何限田、如何处理战争以后的大量荒地,又从荒地谈到民垦和军垦,谈到了历代屯政的不同办法和利弊,以及明朝初年屯政的败坏经过。这些历史情况,前人经验,李自成有的清楚,有的不清楚。他虚心静听,时常在听的中间不由地频频点头,也偶尔插一两句话。李岩是初次同李自成见面,在谈话中他发现李闯王很有知识,是他原来所不曾意料到的。昨夜在路上宋献策告他说闯王很好读书,在潜伏商洛山中和郧阳山中的时候,打猎习武之暇也读了不少书。现在他不仅完全相信老宋所说的话毫不虚夸,而且他开始明白闯王和他同牛金星等不同,闯王肚里的学问多半是来自起义后对国计民生大事处处留心,亲身阅历丰富,是真正实际的学问。

当牛金星等对闯王谈今论古的时候,刘宗敏背靠墙壁,听着听着入睡了。有时他扯着鼾声,而且鼾声很响,惹得闯王望望他微微一笑。但有时他又是在半朦胧状态,仿佛能听到身边的谈话。当牛金星对闯王非常熟溜溜地背诵《汉书·食货志》上边论贫民遭受过分剥削的一段文章并略加文字解释时,宗敏的鼾声小了,随即止了。当金星背出来"故贫民常衣牛马之衣,而食犬彘之食"两句,正在继续往下背时,刘宗敏并不睁眼,忽然恨恨地说:"哼,有时连犬龁之食也没有吃的！俺老娘和小妹妹就是在天启七年荒春上活活饿死的！"大家吃了一惊，看见宗敏睁开眼睛看看，又闭起眼睛睡了。闯王因为他十分辛苦，并不去惊动他，直到午宴摆好以后才不得不把他叫醒。

第十八章

　　高夫人将红娘子从看云草堂接到后宅的上房以后，红娘子跪到地下就向高夫人磕头行大礼，高夫人赶快把她搀起，让她在客位就座。开始叙话，免不了谈到前年冬天在永宁县熊耳山下相遇的旧话，红娘子再三说她从那次见面之后如何常常思念，把高夫人看做是她的救命恩人。高夫人也问了她如何起义，如何破杞县救出李公子，以及如何决定来投奔闯王。在亲热的闲谈中间，高夫人注意到红娘子几天来连头发也没有工夫梳洗，满鬓风尘。红娘子不好意思地笑着说她自从向杞县进兵的头一天起，到如今半个多月，没有洗过澡，没有洗换过贴身衣服，身上长了许多虱子，跟随她的健妇们也是一样。但她又淡然一笑，说经常行军打仗，虱多也就不觉痒了。高夫人吩咐女兵们赶快用大锅烧水，笑着对红娘子说：

　　"你说的很对。我这十来年，遇着打仗行军忙起来，十天半月不换洗贴身衣服，长满虱子是常事。有时，连铁甲缝里还长了虮子哩。你家中爹妈还都健在么？"

　　红娘子回答说："都早不在了。"

　　"有兄弟姐妹么？"

　　"一个都没有了。"红娘子低声回答，叹了口气。

　　"家里还有什么亲人？"

　　"一个亲人也没有啦。"

　　高夫人看见红娘子的眼圈儿一红，眼眶里噙着热泪，忍着没有流出来，便不再问下去。但是她对于红娘子的受苦身世十分关心，心里猜问："这姑娘连一个亲人也没有，莫非是都给官军杀光了么？"沉默片刻，高夫人为着岔开红娘子的心中难过，又含笑问道：

320

"你身边的这十几个姑娘、媳妇看来都是身强力壮,不知武艺怎样?"

"她们都是我起义以后招收来的,原来也只有一两个幼年在家中跟着父兄练过武艺,其余一概都是来到我身边后才学武艺。所好的是她们在家中都是受苦下力的人,身材长得好,脚也大,学点儿武艺较快,如今逢到紧急时还都能出生入死地跟我一道,不怯阵,不怕辛苦。"

"啊,能这样,就管用!我好像听见你向她们叫健妇,这名称倒很别致。你是这样叫的么?"

红娘子脸上的悲伤神情消散了,回答说:"我刚刚起义时候,想着我自己是一个女流之辈,不能叫男亲兵睡在我的帐篷里,也有些生活上的琐细事不能让男亲兵们照料,就打算招收几百名年轻力壮的妇女成立一个健妇营,一则使她们常常跟随着我,二则也让妇女们扬眉吐气。后来因为马匹实在困难,只好打消了这个主意,把已经招收的几十名妇女遣散回家,只挑选十几个留在身边。她们都同我一心一腹,我也把她们当姊妹看待。她们都有名字,多半是起义以后才起的,因为我的艺名叫红娘子,所以有几个新起的名字也带个红字。这是我替她们起的,也是我把她们当姊妹看待的意思。可是我有时只叫声健妇们,她们都答应。"

高夫人说:"啊,原来是这样,多有意思!"

红娘子说:"她们都是起义不久,也不懂军中规矩,实在不能同夫人身边这些姑娘们相比。倘若她们有言语举动粗鲁之处,请夫人千万包涵。"

高夫人说:"这话快不要说。咱们是要她们上马杀敌,却不是要她们坐在绣房里描龙刺凤,说起话来轻言细语。你想成立个健妇营,这个主意很好,很合我的心意。我身边现有十几个姑娘,都年纪还小,只有慧英、慧梅这两个姑娘大一些,懂事一些。来到河南以后,人马众多了,我也想过到明年春天,叫慧英、慧梅离开我的身边,每人给她们两三百名年轻力壮的大脚妇女,练成女军。或者叫她俩在一起，一正一副，互相帮助，共同率领一支女军试试。我不信，男人是天生的将才，女人是天生的奴才，女流之中就不会生出将军！你来啦，这就好啦。等破了洛阳以后，我就同闯王说一说，先给你五百匹战马，五百名健妇，成立个健妇营，让慧英、慧梅跟着你，做你的帮手。只要把根基打好，以后再增添人马不难。"

红娘子赶快站起来向高夫人深深一拜，说："能得夫人如此垂爱，拨给五百匹战马成立健妇营，我一定把健妇营练成一支精兵，在冲锋陷阵时不辜负夫人期望，不给夫人丢脸。日后有了多的马匹，就多练一些女兵。"

高夫人转向站在身边的姑娘们说："你看她，论年纪，她比慧英你们大不了几岁，竟能够自己造反，统兵打仗，治军严明，用兵有法，比许多须眉丈夫强上十倍。前天听双喜回来说，那些年轻小伙子，不管是多大头目，在她的面前都是恭恭敬敬，唯唯听命，连一句粗话也不敢出口。她说句话像打雷一样。军令如山，无人敢犯。你们以后要好生跟着她学。"

红娘子说："这些妹妹们能够跟在夫人身边，大场面比我经得多，见得广。我是单身独立，一个人挑担子过独木桥，千艰万难，挣扎着来到夫人身边，才算有了靠山，有了出头之日。在那些艰难的日子里，我倘若不在那一群猴子面前树起威来，别说不能打败官军和乡勇，抵抗土寇火并，单是自己周围的这一群调皮猴子也会把我吃了。"

高夫人和姑娘们听了红娘子这么一说，都忍不住笑了，心里更觉得她的可爱。正闲话间，大锅的热水已经烧好。高夫人叫把大木盆放在西厢房姑娘们住房屋里，把炭火烧旺，叫慧珠引红娘子去洗澡、洗头，亲自取出自己的干净贴身衣服，又叫慧英拿给红娘子更换，叫另一个姑娘把红娘子脱下的脏衣服用开水多烫几遍。又吩咐在东厢房放两个大木盆，烧旺炭火，让健妇们轮流去洗，将慧英等姑娘们的干净内衣借给她们更换。当红娘子在西厢房沐浴时候，高夫人将她的一个贴身健妇名叫红霞的叫到面前，叫她坐下叙

话。红霞坚不肯坐。经高夫人一再命坐,她才拉了一张凳子,欠着身子坐在高夫人的斜对面。高夫人亲切地说:

"我们这里,尽管军令森严,可是平常无事,上下相处就像家人一般。跟随我的这些姑娘们,名义上都是女兵,其实我看她们就如同我的女儿一般,没事时就让她们坐在我的身边说说闲话。闯王对部下也是这样。你们这些跟红娘子来的姊妹们以后在我的面前务必不要拘束,也不要过分讲礼。太讲礼,反而就疏远了。"

红霞恭敬地笑着说:"夫人把手下人当一家人看待,所以人人都爱戴夫人。可是该讲究的礼节还得讲究,才有上下之分。拿我们红帅说,她也是把我们当姊妹看待,可是大家还是在她的面前毕恭毕敬。要是我们稍稍随便一点,叫别人看见,就会不尊敬红帅了。"

高夫人说:"听你的口音,好像同红帅是一个地方人。"

"回禀夫人,俺同红帅是一个村子的。"

"同宗么?"

"不同宗。我姓范,是邢家村的老佃户。"

高夫人又问:"你们红帅家里连一个亲人也没有了?"

"唉,我们红帅真是苦命,家中亲人早死绝啦,自己是从苦水中泡大的。"

"怎么一家人死得不剩一个了?"

"说起来话长。有些事情听村里老年人说过,有些听红帅跟我说过,可是不完全清楚。只知道红帅的爷爷给本村财主德庆堂种地,——我家也给德庆堂种了三辈子地——她自家也有三亩七分薄地。那时候,红帅还没出世,世道也还太平。一家大小七口,拼死拼活,做牛做马,劳累一年,还得忍饥受寒,拖一身偿不清的债。一到冬春两季,一家人就得有一半人出外讨饭。欠德庆堂的债,是旧债未清,新债又来,利上滚利,越背越多,偏又死了耕牛,老天爷要这一家人的命!"

高夫人深深地叹口气说:"庄稼人就怕背阎王债;加上死牛,就是要命的事。"

红霞接着说:"我们红帅一家人哭了几天,万般无奈,一张文约把祖传的三亩地卖了出来。本来这三亩地可以多卖几个钱,可是德庆堂要买这块地,狠狠地煞了地价,拿到卖地的钱买了一头黄牛,那阎王债还是留个尾巴,没有还清。"

高夫人问:"既然德庆堂狠煞地价,同村里就没有买主了么?"

"听说几家有钱人都想买这块地,德庆堂不许别家买。他同红帅家的门头近,还没有出五服。穷人卖地,不知从哪个朝代定下规矩,得先尽同族的买,同族中得先尽门头近的买,外族人和门头较远的人都不能争。"

高夫人说:"普天下到处都是这个规矩,向了富人,坑了穷人。还留下七分地?"

"那七分地上面,宅地占了三分,还有一块坟地,埋着两代祖宗,所以红帅的爷爷说,这七分地是命根子,宁可饿死也不能出手。"

"以后又出了什么事儿?"

"唉,谁也没有想到,德庆堂竟会那样坏良心,跟衙门里管钱粮的师爷勾手,欺压穷人,不曾将那三亩地的钱粮过户。红帅家地已卖出,每年春秋两季仍得交纳钱粮。天下哪有这样不讲道理的事?"

"这叫做产去粮存,天下像这样不讲道理的事多着哩。"

"还有,听老年人说,那三亩地的钱粮特别重,几十年都是实缴三亩八分地的钱粮,不知从啥时候起就将别人的八分地钱粮飞洒①到这三亩地上。万历末年,新增了辽饷,再加上北京城修建宫殿,洛阳修建王宫,黄河上有河工,还有各种名目的苛捐杂派都加到地

---

① 飞洒——或叫飞寄,明代关于田赋问题的流行术语,指大户勾结胥吏,将自己应交纳的钱粮分散在平民小户的钱粮上边。

丁上，随粮征收。人们说这办法叫做'一条鞭'①，可苦了那些薄有田产的小户人家和产去粮存的穷人！我们红帅的爷爷去找买主，指问说文约上明明写着'粮随地转'，为什么不将钱粮过户？德庆堂的主人说已经对衙门里管钱粮的师爷们讲过了，钱粮没有过户与他无干。爷爷往城里空跑了几趟，反被师爷们骂了一顿，说他是个刁民，逋欠钱粮，应该下狱治罪。爷爷气得要命，不敢在衙门讲理，却回来找买主讲理，说道：'天呀，你们还讲良心么？我同你们无仇无冤，种你家几十亩地，做牛做马，到头来将三亩祖业地卖给你家。你们得了地，还要我替你们出钱粮，杀我全家！天呀，你们还有一点儿人心么？'这一句话激怒了东家，对着大吵起来。爷爷想着，同地主虽是东佃关系，但按宗族说，没出五服，论辈分说地主还是侄辈，所以就不肯让步，骂他们盘剥穷人，丧尽天良。没有料到这德庆堂的少东家只知有钱有势就可以欺压穷人，并不讲五服之亲、叔侄之情，破口就骂，动手就打，一脚将爷爷踢倒在地，又唆使一群悍奴恶仆将爷爷按在地上饱打一顿。后来村中邻舍和穷族人不平，跑来劝架，将爷爷搀回家中。爷爷受了重伤，又生气不过，回家后卧床不起。一家人吃这顿没那顿，哪有钱给爷爷抓药？爷爷的病拖了两个多月，又背了新债，想着这苦日子实在没有奔头，一天晚上对奶奶说：'我要先你们走一步啦！'一家人放声大哭，劝他安心养伤治病。半夜里，他趁着一家人睡在梦中，爬出院子，投到坑里自尽了。"

屋里，鸦雀无声。高夫人身边的姑娘们深深地被红霞诉说的事所打动，有的人浮动泪花，有的人咬紧嘴唇，有的人想起来自己的祖父和父亲两代所受的财主欺压，心中愤恨不平。过了片刻，高夫人叹口气，慢慢地说：

"我的伯父就是被人家逼债上吊死的。财主们的治家经是'不

---

① 一条鞭——明代田赋术语。将田赋、丁赋、各种名目繁多的杂派，统一随田赋（粮）征收，以求手续简化，名叫一条鞭。这办法开始自嘉靖朝，到万历九年（公元 1581 年）通行全国，为中国田赋制度的一大变化。

杀穷人不富',讲什么没出五服!这田赋上的弊病我也知道一些。我常见富人有产无粮,穷人产去粮存,极其不公。一到春秋完粮,逼得穷人没法可想,卖儿卖女,逃离家乡。爷爷死时,你家红帅几岁了?"

"听老年人说,这是万历末年的事。爷爷死后三个月,才有我们红帅。"

"啊,她是在苦里生的!"

"也是在苦里长的!爷爷死后不久,德庆堂就把佃给的田地收回,砍断了一家生路,还继续逼讨欠租。那卖出的三亩地也在逼缴钱粮,十分火急。等完粮的限期一到,衙役们带着火签、传票,挂着腰刀,拿着水火棍、铁链、手铐,下乡抓人,如狼似虎。一到红帅家中,不容分说,见人就打,见锅碗就砸,声声要抓红帅的爹爹。爹爹早已闻风躲藏在村外的荒草芜坡里边。叔叔躲藏在宅后不远的芦苇丛中。叔叔起初听见衙役行凶打人,一家妇女小孩齐哭乱叫,还咬紧牙根,竭力忍着,随后听见他们在院中毒打奶奶,就从芦苇丛中蹿了出来,冲进院中,说了声:'老子同你们拼了!'抢起桑木扁担,两下子打倒了两个衙役,其余三个衙役夺路逃出,连他们的水火棍、铁链、手铐,统统扔了。叔叔惹下了滔天大祸……"

红霞的话刚说一半,忽然听见从西厢房里传出来红娘子的柔和而清脆的说话声音,随即一个女兵替她掀开帘子,她带着愉快的笑容走了出来。红霞立刻站起来,小声对高夫人说:"红帅不爱谈她自家的身世,谈起来父母的惨死就哭得跟泪人儿一样。"说毕,赶快退到门后站着,等待她的首领进来。红娘子看见慧英和慧梅走出上房迎接她,一只手拉了一个,笑嘻嘻地来到高夫人面前。高夫人站起来让她在客位上坐。她不肯坐下去,对高夫人说:

"夫人,我今天来到这里就像回到家里一样,这些姑娘们比我的亲妹妹待我还亲。可怜我起小就死了父母,又死了姐姐和弟弟,没有了一个亲人。"她的眼圈儿突然一红,但仍然脸上堆笑,继续说:"夫人要是把我收留在身边,让我平时侍候夫人,打仗时拿着三尺宝剑保夫人的驾,该多快活!"

高夫人问:"你洗得这样快,头发也洗干净了么?"

红娘子说:"姑娘们就不让我的那些健妇插手,争着替我篦头,篦下来不少虱子、虮子,然后又替我用热水洗了两遍,又用干绸子替我把头发揉干。先洗头,后洗澡,浑身上下猛一轻爽,猛一痛快。自从起义到如今,我还是头一遭心中无忧无虑,痛痛快快地沐浴,快活得像神仙一样。夫人,以后你的这个老营就是俺的家。我既然来了,你就别想要我走了。你拿鞭子赶,我也不走!"

她说得那么天真,那么有感情,引得高夫人和满屋子的女兵们、门外的健妇们,一齐笑起来。

红娘子同慧英、慧梅并排儿站在高夫人面前,都是高挑个儿,体格健美。高夫人把她们这个望望,那个望望,在心中一个一个地称赞。她看见红娘子脸上的疲劳神色已经消失,容光焕发,明眸大眼,笑时两颊上现出酒窝,不觉心里想道:"这么可爱的姑娘,竟能在江湖上一身清白,还能造起反来,破城劫狱,在豫东一带吹口气风云变色,真不容易!"她催促红娘子坐下叙话,同时吩咐亲兵们去请各家大将的夫人和牛、宋二人的夫人前来赴宴,为红帅接风。宋献策的妻子是最近几天才从永城家乡接来的。

在宴会上,那些将领们和牛、宋的夫人没有一个不打心眼儿里喜欢红娘子。她们平时只认为慧英和慧梅两个姑娘武艺好,长得俊,是高夫人身边难得的一双玉女,没想到如今来了个红娘子,本领更了不起,而容貌同样的俊。她们看见红娘子同慧英等都是在眉宇间带着一股勃勃英气,这是一般生得好看的姑娘们所缺少的。但是大家也看出来,红娘子毕竟比慧英等大几岁,在江湖上闯荡多年,又率领一支人马造反,比慧英等泼辣、老练。在众位夫人轮番给红娘子敬酒时,红娘子瞟见有几位夫人含着笑,目不转睛地端详着她的脸孔,使她感到不好意思,她的脸不觉红了。

酒过三巡,红娘子将酒壶抢在手中,起身离座,给高夫人满斟一杯,说她有一句心中的话要向高夫人说,但只有高夫人喝干这杯酒她才说出。等高夫人干杯以后,红娘子虽然依旧脸上堆笑,却激动得热泪盈眶,带着哽咽说:

"我是一个孤女,起小从苦水中泡大成人。今天来到夫人身边,就像是见到了自己的母亲。我没有别的恳求,只恳求夫人把我收为义女。倘若我今后对夫人不忠不孝,上有皇天,下有后土,天地不容。"说完以后,双膝跪地,等待高夫人说话。

高夫人赶快俯身去搀红娘子,要她起来说话。但红娘子哪里肯听,一定要高夫人答应之后她才起来。高夫人只是谦逊,不肯答应,可是又搀不起来,十分为难。红娘子继续哽咽说:

"夫人!我生下来不到一年,就抱在母亲怀里讨饭。为着叔叔坐监,原有七分宅地和坟地也卖了,一家人住在村边的破庙里。我的十三岁的小姑姑卖给人家做丫头,受不住折磨,活到十五岁上吊死了。我姐,七岁卖给人家当童养媳,挨打受骂,十冬腊月只穿一条单裤片,也给折磨死了。俺妈抱着俺讨来了吃的,自己饿得眼花头晕,舍不得吃,又要往监狱给叔叔送饭,又要留一点拿回来给奶奶吃。奶奶本来有病,又被衙役用水火棍打伤了,卧床不起。有一天黄昏,下着大雪,我妈抱着我讨饭回来,带着讨来的两块高粱面窝窝头,已经干了几天了,想回到家来烧点开水,泡一泡给奶奶吃。一进门,叫一声,没人答应;往床上一摸,奶奶早饿死了……"

红娘子泪如奔泉,哭得说不下去。满屋寂静,所有的眼睛都红了,含着泪,凝望着她。从屋中到廊下,在寂静中,到处有抽泣声。过了一阵,红娘子又勉强哽咽着说:

"俺三岁上又添了一个弟弟。俺爹在给人家当长工,向东家借了三升高粱,一碗杂面。妈在月子里,不能带着俺和小弟弟到处讨饭,就靠这点儿粮食掺和着野菜度日。妈刚刚坐月子才三天,就下床带着我到地里剜野菜。勉强支持到二十来天,实在山穷水尽,就只好抱着弟弟,牵着我,出外讨饭。我五岁那年,徐鸿儒在山东起事,我们那一带也人心浮动。东家疑心俺爹与白莲教暗中通气,就打发他跟别的长工一起，离开家乡，往大名府贩盐。天气热，一挑盐一百多斤，山路又难走。俺爹在路上病了，发着高烧。押运盐帮的长工头子借口路途不靖，不许休息，一坐下去就拿皮鞭子打。俺爹实在支撑不住，眼一黑，栽倒路边。长工头子说他是装病，竟然又拿皮鞭打起来。他又勉强摇摇晃晃地挑了一里多路，过河时候，正下河堤，身子猛一晃，又一次栽倒下去，再也没有起来。临断气时，他睁开眼睛对红霞的爷爷说：'大叔，你给俺屋里人捎个信儿，叫家里不要等我。只可惜我不能够把两个孩子抚养成人！'同伴们把我爹埋在河岸上的荒野里。直到半个月以后，同伴们从大名回来，才告诉俺妈。妈哭得死去活来，几次想寻无常，都因为我跟弟弟太小，丢不下手，又勉强活了半年……"

红娘子又一次说不下去，掩面痛哭。从屋里到廊下，有啜泣的，有叹息的，也有忍不住低声痛哭的。高夫人扶着红娘子，只顾哽咽流泪，却忘记搀她起来。李过的妻子黄夫人在一片哭声和感叹声中揩揩眼泪，对高夫人说：

"婶子，你不要辜负红娘子妹妹的一片诚心，快答应认她做干女儿吧！前天双喜兄弟从神垕回来，已经说到红妹妹有心认婶子做义母，已经与双喜姐弟相称了，如今婶子还推辞什么呢？快别再推辞啦！"

高一功的妻子王夫人也擤把鼻涕，揩揩眼泪，从邻席来到高夫人身旁劝说："姐，你有红娘子这样有忠有义、武艺出众的姑娘做干女儿，不会辱没你跟闯王的赫赫英名，快答应收下吧！"

高夫人擦了眼泪，叹口气说："双喜前天回来，告诉我他红姐姐有认我做干娘的意思。可是我想，她已经在豫东起义半载，攻破杞县，威名远扬，同李公子率领着几千人马，成为一营之主，我自己无德无能，又只比她大十来岁，怎么好意思做她的义母？所以并没把双喜回来说的话放在心上。刚才看见她那么诚意，我也很作难，答应不好，不答应也不好。现在，我，我答应了吧。你红姐，起来吧，只要你不嫌弃我是无德无能的人，我们从今日起，就以母女相待。"

红娘子还在哽咽，却登时露出笑容，热泪滚在喜悦的脸颊上，连磕了四个头，从地上站起来。高夫人又叫她给舅母王夫人磕头，然后依次儿给各位大将和牛、宋二人的夫人重新见礼，说各位夫人都是长辈，需要磕头。但大家都执意拦住，不叫红娘子跪下磕头，只让她福了三福，大家同样还礼。最后轮到黄氏，高夫人特意介绍说：

"她是你的大嫂，和我同岁，不同别人。你大哥李补之现在永宁。你还有个侄儿名叫来亨，现在孩儿兵营做小头目，今日我差人唤他回来给你磕头。你同大嫂对拜三拜。"

红娘子说："大嫂坐好，礼应受妹妹一拜。"她把黄氏往椅子上一推，跪地下就磕头。黄氏赶快跪下去一条腿，将她搀起，二人对拜了三拜。

高夫人又叫兰芝和众姑娘们来拜见大姐姐。这一群姑娘们早已离席，站在旁边看红娘子向长辈夫人们行礼。她们刚才都痛哭过，抽泣过，已经转悲为喜，脸上泪痕方干，但眼睛仍在红着，正等着向红娘子行礼，听高夫人一声吩咐，一拥而上，拥挤在红娘子的面前。兰芝先跪下磕头，叫声："大姐！"这一声亲热呼喊，又使红娘子激动得泪如雨下。她赶快将兰芝搀起，还了一拜。慧英等每次几个人跪下，拜红娘子，称呼大姐。红娘子知道这些姑娘们名义上是高夫人的亲兵，实际上等于高夫人的义女，所以赶快还礼，噙着眼泪说：

"我是一个孤苦伶仃的人，如今有了这么多妹妹，实在心中高兴。"

高夫人对姑娘们说："你们大姐姐原来姓邢，从今以后，你们叫她大姐也行，叫她邢姐姐、红姐姐都行，总之要在心中把她当亲姐姐看待。大姐比你们阅历的事情多得多，比你们的本领大得多，也比你们年长几岁，遇事要多听她的话。"她又转向红娘子说："你的这些妹妹，有的来到军中日子久，学会一些武艺，经过一些阵仗，缓急时也出过死力，像慧梅这丫头，有一次在十分紧急关头，她拿身子遮蔽我,自己中了毒箭,险些儿送了性命。但不管怎么说,她们到底是一群没有离开窝的小燕子,哪像你一样能够率领一支人马独树一帜,连许多男将也赶不上你。"

红娘子拦住说:"请干娘不要这样夸我,我也是迫不得已。"

高夫人接下去说:"至于有些跟随我日子浅的姑娘,年纪也小,武艺上都是才学,经过的阵仗也少。只有慧珠和慧剑这两个丫头,从小在家中学过武艺,也天生有一把气力,在这班投军日子浅的姑娘中还算出色。所好的是这班黄毛丫头,都出身很苦,跟着闯王造反是死里求生,怀里揣着深仇大恨,不管什么时候从不叫一声苦;在平日,也知道勤学苦练。从今以后,你既是她们的大姐,也是她们的教师,多传授给她们几手本领。"

红娘子笑着说:"在这班姑娘面前,做姐姐我不推辞,做教师我可不敢。"

高夫人叫红娘子和大家都赶快就座,继续酒宴。红娘子原是坐在首席,现在既成了高夫人的义女,当然坚不肯再坐原位,拉一把椅子挨在高夫人的身旁坐下。高夫人也不勉强,只好让首席空着。以兰芝和慧英为首,姑娘们都要轮流给红娘子敬酒,而且声言每人要敬两杯,一杯是拜姐姐,一杯是拜老师。高夫人见红娘子不像会吃酒的样儿,拦住她们,只让她们共同敬了一杯。

牛金星和宋献策两家夫人,各位将领的夫人,所有的姑娘们、健妇们,以及坐在廊檐下的男亲兵们,都要给高夫人敬酒贺喜。高夫人勉强吃了几杯,两颊鲜红。各位夫人和红娘子因为义军连破宜阳、永宁,活捉万安王,又纷纷向高夫人敬酒祝捷。高夫人只得又勉强喝了一杯,笑着说:

"这是我跟着闯王起义以来最快活的一天,也是我吃酒最多的一天。咱们闯王令严,你们大家都莫再敬我酒啦。把我灌醉,那样就是我带头犯军令啦。"

等大家都不向高夫人敬酒时候,高夫人很想赶快知道红娘子的妈妈是什么时候去世的,她的那个弟弟哪里去了。但是看见红娘子刚刚喜笑颜开,她就忍住不问了,只是在心中叹息说:"要是她的弟弟还在,如今也长成一条好汉,找来军中多好!"牛金星的夫人也很想听红娘子把自小出身的故事说完,便忍不住向红娘子问了一句。红娘子突然低下头去,眼眶中又充满热泪,叹口气说:

"我叔后来死在监里。我妈不再操心往监里送饭,就在邻村给财主家做女仆……"

高夫人怕红娘子又伤起心来,赶快笑着说:"这些远年的陈话,酒后谈吧。你红姐,既然你认我做义母,你的礼还没有行完哩。"

红娘子噙着眼泪,改为笑容说:"我正在想到前边去给闯王和舅舅磕头,请干娘带我去吧?"

高夫人没有回答,立即吩咐一个女兵打来一盆热水,让红娘子揩揩脸,然后望望她的仍然显得红润的眼睛,低声说:

"前边大厅里坐满了老营中的大小将领,你去行礼不方便,我请闯王和舅舅到后宅来吧。"她随即往邻席上使个眼色,吩咐说:"慧英,你快去请闯王和高将爷进来,就说你红姐姐已经认我为义母,要给他们磕头。"

慧英迅速地往前院跑去。

在前院的五间抱厦厅里,摆了十席,为李岩洗尘。李岩和红娘子的来到虽然受到十分重视,但今日荤素菜肴的样数不多,只是每样菜的数量很丰富实在。在老营中,不管什么样的喜庆日子,都不许使用烈酒,不许喝醉。这不仅是为了节俭,更重要的是为着保持军纪严整,养成一种随时准备打仗和出发行军的习惯。今日宴会,只用老营自制的干榨酒和水酒,而不用有名的宝丰烧酒。这种由老营自制的酒是将一种俗称酒米的黍子煮熟,加上酒曲,放在缸中发酵,用时将酒糟取出,装在小布口袋里,放在酒榨子(又称糟床)上榨出汁来,便叫干榨酒,或简称干酒;加入清水,酒力较薄,叫做水酒。酒宴上所用器皿,全是粗瓷盘盏和豫西百姓通用的黑泥瓦碗。虽然李自成进入河南以来已经攻破了四十个以上山寨和二十几个重要市镇，得到的名贵细瓷和金银器皿不少，但在今日的酒席上一件也见不到。那些值钱的东西，都由专管人员设法送往别处，辗转卖出，购买马匹和各种军需物资。李岩因是初来乍到，看见闯王宴席上的用具如此俭朴，不禁心中惊奇，也更增加了他对闯王的敬佩心情。

在大厅里，从闯王带头，都向李岩敬酒之后，牛、宋二人和李岩因为闯王的义军接连攻下宜阳和永宁两个县城，活捉了万安王，都向闯王敬酒祝捷，席上的话题围绕着活捉万安王的事谈了起来。刘宗敏听见宋献策对李岩谈出闯王进入河南后，不许攻城的道理以及为什么如今开始连破两座县城，忍不住探着身子对李岩说：

"咱们新近连攻下两座县城，虽是旗开得胜，马到成功，实际上算不上什么大事。咱们李闯王起义以来，攻破的府、州、县城还少？可真不少。从上月进入你们贵省以来，要是打算攻破几个城池，不费吹灰之力。南阳境内，只有邓州城高池深，稍微有点儿扎手。一路上如淅川、内乡、镇平、方城、南召、卢氏、鲁山、郏县，都是弹丸小城，要攻破哪个城都不费事。别说攻打，跺跺脚城门就开啦。可是闯王拿定主意，下严令不许攻城。当时闯王说，有哪个将领敢擅自攻城的，以违令治罪，立即斩首！所以过去一个多月，只攻山寨，不攻城池。看见城池不攻，把将士们急得心痒手痒。别说那些县城，就拿南阳府城说，想攻破也有办法。南阳城内饥民，来见闯王，愿做内应。将士们也向闯王请求，要攻南阳。可是闯王不惟不攻南阳，还下令不许人马走近离南阳城二十里以内。嗨，如今回头想想，越发清楚闯王的这个主意多么英明！你看，咱们如今已经有了十几万人马，号称二十万，豫西百姓到处歌颂闯王仁义，他崇祯和杨嗣昌这杂种还都在鼓里坐着。崇祯，他懂什么叫打仗？他懂个屁。他常常自以为多么聪明，实际上他在宫里是个聋子。我估计，再过十天，咱们破宜阳的消息才能够报到京城；再过半月，咱们破永宁，活捉万安王的事儿，他才会看见奏报。到那时，他会大吃一惊，在金銮殿上急得像热锅台上的蚂蚁，焦急万分，向兵部衙门的官儿们连声问:'这,这,这个李自成是从哪儿来的?是从天上掉下来的么?是地下冒出来的么?你们不是早说他已经消灭了么?你们不是曾说他大概是病死了么?一个李自成有几条性命?为什么几次传说他病死了呢?你们这班大臣,糊糊涂涂,事前连李自成一点儿音信都不知道!唉,混账,混账!'"刘宗敏说到这里,放声大笑,满厅都震响着他的笑声。同席的人们都被他的具有独特风趣的言谈引得大笑,而全厅中的大小将领都转过来看他。

宋献策在笑声中对李岩说:"你记得么?兵法上说:'途有所不由,军有所不击,城有所不攻,地有所不争。'这几句话,自古没有像闯王这样用法的。真是给闯王用活了,变化出神!"

刘宗敏又接着说:"为了活捉万安王,今日倒是值得痛饮一杯。这朱家朝廷,每生出一个儿子都要封王;每封一个王,就有千家万户倾家破产,妻离子散,受不尽的糟践。从崇祯元年各处纷纷起义,如今才第一次捉到姓朱的一个王。来,李公子,军师,咱们干一杯!"

闯王和席上相陪的将领们都一齐端起酒盅,陪着李岩和军师干杯。然后,闯王提着一壶刚送来的热酒起身,替李岩和宋献策斟了杯子,又过邻席去给坐在首席的牛金星斟酒。他一边斟酒,又听见刘宗敏说:

"其实,咱们如今捉到的只是一个二字王①,算不得多大了不起;不久咱们捉到一个一字王,那才叫大快人心哩!来,请酒!要喝干,见底儿!"

闯王刚向牛金星敬过酒,一扫眼看老神仙走进大厅,赶快转身相迎。十个席上的人们纷纷起立,同医生说话。自成把医生拉到自己席上,原来在刘宗敏的对面坐的将领已笑着把座位让给医生,拿着自己的碗筷移到另一席上。医生还想推让,却被闯王打断,赶快介绍他同李岩相见。李岩从去年起就听宋献策说过,卢氏县的外科医生尚炯在李自成军中数年,是牛金星的同乡好友,深得闯王

---

① 二字王——明朝亲王的封号是一个字,郡王的封号是两个字。

信任。昨晚在路上又听高一功谈到尚炯是怎样一位了不起的外科高手,赤心耿耿地在闯王帐下做事,全军上下无不敬爱,被呼为老神仙。如今李岩看见他剑眉高鼻,面如古铜,目光炯炯,三绺长须垂胸,风神轩朗,比他原来所想象的人物更加出色。施礼已毕,他抢着给医生斟酒。医生哪里肯依,互相推让,结果只好由闯王要过来酒壶,将他们的两个杯子斟满,大家同饮一杯。李岩说了几句表示仰慕的话以后,随即问医生从何处回来。尚炯回答说:

"弟奉闯王差遣,数日前赴宜阳军中,不能在老营恭迎大驾,抱歉良深。今后得能常接辉光,时聆教益,殊慰平生'高山仰止'之情。"

闯王急着问:"那三个弟兄救活了没有?"

医生说:"还好,都不要紧啦。那个被老虎咬断胳膊的小头目,骨头对好,涂了药膏,绑上小夹板,百日之内便可以拉弓射箭,一如平日。"

牛金星从邻席问:"怎么会叫猛虎连伤三人?"

"弟兄们正在砍柴,冷不防从枯草中蹿出一只猛虎。因为相距太近,弓箭完全没用。一个弟兄就举起斧头向老虎头上砍去。老虎将身子一纵,未中要害,只被砍掉了一只耳朵,将这个弟兄咬伤在地。幸而另一个弟兄,拼命持斧向老虎身上砍去,砍伤老虎脊骨,扑倒在地。那个负伤在地的弟兄又急忙挣扎坐起,向老虎肚子上连砍两斧,将老虎砍死。没料到另一只老虎蹿了出来,将第二个弟兄咬倒在地,又扑向带队的头目。头目一斧砍去,斧头脱落,只好拔剑刺虎。剑未出鞘,猛虎已扑到身上。他用空拳去打虎头,一只胳膊被虎咬断。正在这要命关头,在十多丈远的一个弟兄一箭射来,正中虎膝。老虎负痛,猛跳起来;又一箭射中虎心,将它射死。多亏大家心齐胆壮,一场混战,虽说伤了咱们三个弟兄,却都没伤性命,硬是杀死了两只猛虎。"

听了医生的叙述,闯王和金星等都不觉大笑起来。献策叫道:"真是有声有色!"随即闯王向李岩说:

"自从进入河南以来,我们竭力招聘医生;不问医术高低,一概厚礼相待。如今军中虽有不少医生,但遇着重伤大病,仍非子明亲自动手不可。有的失血过多,命在垂危,只要子明一到,就会着手回春。全军上下可惜只有一个高手神医,所以也真够他辛苦!"

大家正在说话,忽然慧英笑嘻嘻地走进大厅,到了闯王身边,轻声说:"启禀闯王,夫人命我前来禀报,今日有大喜事儿,请闯王快到后宅受礼。"

"什么大喜事儿?"闯王回头问。

"刚才红娘子姐姐拜夫人为干娘。红姐姐要出来给闯王和舅舅磕头,夫人不让她来,叫我来请闯王同舅爷进去,就在内宅磕头。"

"真的么?"

"怎么不真?我什么时候敢在闯王面前说半句戏言?不但刚才红姐姐在夫人面前磕了头,我们这十几个小姐妹还一齐拜了姐姐哩。"

闯王哈哈大笑,说:"我怎么敢收她做义女?真是一大喜事!"

同席的人们都大笑起来。宋献策用右手指拍着左掌心,点着头说:"妙哉!妙哉!这才是义为君臣,情同骨肉。可贺!可贺!"随即抢过酒壶,站起来接着说:"我要敬闯王三杯酒。一杯贺闯王得李公子贤昆仲前来麾下;一杯贺闯王与夫人收红娘子为义女;一杯贺连破宜阳、永宁,活捉万安王,马到成功。这三杯酒,闯王是定要喝的。"

众人都随着宋献策站立起来,纷纷说:"这三件事确实可贺。军师敬的酒是定要喝的。"

自成说:"我自来酒量不行,但今日确实喜上加喜,我就满饮一杯吧。"说毕,捧起杯子让军师斟满,一饮而尽。牛金星、李岩、尚炯、许多将领,纷纷起立,要向闯王敬酒贺喜。闯王向大家拱拱手,说:"我实在酒量不佳,敬谢各位盛情。慧英,你先走,对夫人说我马上就来。捷轩,你替我向大家敬几杯酒,一定要请林泉兄多饮几杯。一功,咱们进去吧。双喜,小㼈子,你们都跟我往后宅去,拜见姐姐。"

　　他又向李岩拱手,向大家拱手,连说两个"失陪"！在一片欢喜的气氛中,同高一功带着双喜和张㼈往后宅去了。

第十九章

午宴以后,李自成将李岩、牛金星、宋献策和尚神仙请到看云草堂谈话。话题很自然地谈到上午来的三个洛阳百姓,谈到将来破洛阳的事。尚炯新从宜阳来,忽然想起来一件事,很高兴地对闯王和大家说:

"我到了洛阳附近,看见这洛阳一带的穷苦百姓,盼望义师,十分殷切。有人说,闯王一来就不再纳粮了,穷人就有救了。有人说,咱穷人怕啥?咱打开城门迎接闯王,还怕他来得慢哩。还有人编为歌谣,说道是:'吃他娘,穿他娘,开了大门迎闯王。闯王来时不纳粮。'看,这几句民谣就唱出了河洛民心。"

李岩说:"穷百姓既然如此谈论,且有人编为歌谣,可见闯王仁义之声已经深入里巷。我们何不将老百姓的话多编成几个歌谣,令人到处传唱?"

牛金星点头说:"对,对。林泉此意甚佳。赶快多编几首民谣,以便传唱开去。大军未到,歌谣先到,舆论已成,岂不妙哉!"

李自成也十分高兴,说:"林泉在杞县就做过劝赈歌,传诵远近。如今请你费心,编几首歌谣如何?"

献策说:"林泉当然是义不容辞。"

李岩心情振奋,巴不得李自成在河南站稳脚步,为夺取江山打定根基,所以满口答应说:"我今晚就编出两首,明日请闯王看看是否可用,并请两位仁兄斧正。今后我们还要派出一些人,打扮成小商小贩和跑江湖的,出外探事时候,顺便将歌谣四处传播。"

自成说:"这是个好办法,好主意。"

尚炯因为事忙,告辞走了。李自成上午因听李岩谈论均田的

338

事,很为重视,又就这个题目谈了一阵。后来听说高夫人同红娘子都到寨外去看男女亲兵练武,他便对李岩说:

"外边太阳很好,也没有风。咱们出去到寨上走走如何?林泉今日初来,到寨上也可以看看这一带山川形势。走吧,咱们到寨上继续细谈。"

大家随着李闯王走出老营,登上北寨墙,缓步朝西,一边谈话,一边欣赏风景。李自成为谈话方便起见,只叫两名亲兵跟在后边,以备有事情随时呼唤传令,其余的全都不带。

一上寨墙,李岩的眼前就展开了一派非常雄伟的冬日景色。这里,万山重叠,熊耳山雄峙西北;伏牛山脉的千山万岭,绵亘西南。半月前豫西曾下过一场小雪,如今几乎从西北到西南的高峰都依然戴着白帽。李岩转身回顾,李自成向他指点着中岳嵩山,那太室主峰在苍茫的浮云中隐隐约约,全是灰青色,只有在它西边的群山被明媚的斜阳照射,尚能分辨出那些赭色的是童山,而那些灰黑色的有森林覆盖。李自成指着寨外的两条山路,告诉李岩:那条往西北的是去永宁,向正北的是往宜阳和洛阳。

他们不知不觉地来到了西寨墙上。这里的地势最高,可以看到四面许许多多小山和丘陵拱围着老营大寨,而李岩今早从东方来的那条山路也蜿蜒地呈现眼前。大寨周围,凡是地势较平坦的地方都辟为校场,正在练兵。李岩向宋献策问:

"今日大年三十,操练也不停止么?"

献策回答说:"闯王估计到攻破洛阳之后,举国震动,朝廷会舍掉张敬轩而全力对付我们。从明年开春起,两三年内将要有许多大仗要打。今日人马虽有十万多人,然而旧日百战老兵不过一两千人,其余皆新集之众,所以虽是除日,也要苦练,寸阴必争。况且人马拉到校场上,练武也是练心。纵然乌合之众,经过一段苦练,不但学会武艺,学会阵法,也会牢记着如何严守军纪,有令则行,有禁则止,统万心而为一心,使全军如使一人。马上你就可以看见高夫人身边的那些姑娘们也未休息,同男人一样苦练杀敌本领。"

李岩高兴地说:"真的么？这倒要见识见识!"

大家因为李岩想看老营的女兵练武,都不再多谈话,加快脚步向南寨走去。其实,闯王自己除希望看看红娘子的武艺之外,也很想看看那些姑娘们武艺有没有进步,因为平时他的事情太忙,难得有工夫看姑娘们操练武艺。他一边走,一边笑着说:

"可惜红娘子今日才到,一路辛苦,不能够请她也练一手让咱们大家看看!"

牛金星用手一指,说:"你瞧,那不是红娘子同夫人站在一起么?"

大家往西南角的寨墙下边一望,果然是红娘子同高夫人站在一起看女兵练武。闯王笑着说:

"果然是的!"

这个不大的练武场,是从小山包上平整的一块土地。高夫人的十几个女兵和二十个男亲兵每天早晨天色一明就来到这里练功。下午从申时以后到黄昏为止,也要来练。除非刮大风、下雪,或者高夫人有事带他们离开老营大寨,从未停练。如果高夫人离开大寨只带一部分男女亲兵,那余下的一部分仍得来练。因病或紧急事情不能来校场,必须请假。高夫人之所以对他们这样严格,一方面固然是希望他们每人都练出真正本领,缓急时能够顶用,另一方面也是想叫全老营和随着老营的全体标营将士明白,即令是她身边的姑娘们也同样苦苦操练,并不例外。

这时高夫人的男女亲兵分成两处练功。李自成不愿惊动姑娘们,同李岩等站在寨上,停止谈话,含笑下望。下边的人们都在聚精会神地自己练或观看同伴们练,竟没有一个人注意到闯王等来到近处。

姑娘们有的练习射箭,有的练习剑术。有三个新来的姑娘都在十六岁至十八岁之间,虽然都生得体格匀称,肩宽腰细,举臂有力,却往往射不中靶子。有时分明她们用足了力气,把弓拉得如同满月,可是箭还是离靶子几步远就落到地上,引得看的人哧哧地笑。后来一个姑娘走出箭道,来到小校场旁边,向站在高夫人背后的慧梅恳求说:"慧梅姐,你教教我们吧!教教我们吧!"像这样十分普通的问题,如果在平时,慧梅一定赶快用几句话就可以对她讲明了道理,甚至亲自射一次,做个样子让她看看。然而今天她和慧英交换了一个眼色,只是抿着嘴笑,一语不答,一动不动。那姑娘继续请求,另外两个姑娘也走过来,同时恳求慧英和慧珠。慧珠正想去教那三个姑娘,被慧梅用肘弯轻轻一碰,随即心中明白,也来个笑而不答,稳立不动。高夫人见慧梅等今日特别,不像平日那样不等请求就教她们,回头望望大家眼角眉梢的神情,恍然明白,对那三个姑娘笑着说:

"你们真是傻丫头!面前现站着名师不求,偏求教她们这些半瓶子醋!"

这句话提醒了三个姑娘。她们立即转向红娘子拜了拜,齐声说:"请大姐教教我们!"

场上众人,谁不想看一看红娘子的武艺?纷纷地从旁怂恿。红娘子只是不肯,说她对弓箭原没有深功夫,不敢献丑。高夫人素闻她弓马娴熟,也很想趁此刻欣赏欣赏她的高明射艺,就推她一下,说:

"在这里的都是咱们自家人,你何必那样谦虚?快点吧,你又不是没有见过大世面,别再推辞!"

红娘子不得已,脱掉今日为拜谒高夫人而换上的大红宫缎貉绒出风斗篷,露出来半旧茄花紫绣花滚边丝绵紧身袄,束着一根佛头青长穗丝绦,腰挂宝剑。她把丝绦重新紧一紧,从一个姑娘手中接过来一张弓,三支箭,拿在左手,用右手将鬓发向耳后抿一抿,对姑娘们笑着说:

"我今天可是要在鲁班门前弄斧头了。说实在的,我自幼为着卖艺糊口,跟师傅练习弹弓的时候较多,对于射箭一道,功底也浅。现在你们大家逼着我当众献丑,夫人的命我也不敢违抗,倘若射不中靶子,贤妹们不要见笑。"

她脚步沉着地走到射场中间站定,左手举弓,右手扣弦,一支箭搭在弦上,余剩的两支箭留在左手,连弝①把定。她正要拉弓瞄准,高夫人忽然说:

"你莫急着射。现在不是叫你来校场比武,是请你教徒弟哩。这三个姑娘都是才来不久,才学射箭。你先对她们讲讲射法,再做个样子叫她们看看,其余的姑娘们也好跟着领教。"

红娘子笑着说:"夫人,妹妹们在老营中不知听过多少名师讲过射箭的道理,还用着我讲?我能懂得多少?还不是炒别人的剩饭!"

高夫人说:"一个师傅一个传授。你的师傅传授你的射法,她们不一定听见过。纵然大致相同,让她们多听一遍,也记得清楚些。就拿你这三支箭的拿法说,虽是平常道理,可是她们这三个姑娘中就有人不明白这个道理的重要。她们只图左手握着弓弝方便,不愿意练习一次就把三支箭同时取出,拿在左手。也有时候她们一次取出三支箭,可是把剩下的两支不是插在领口后边,便是插在腰间,射出一支再去抽另一支,实际上那同留在箭囊中一个样儿。她们这三个丫头才来不久,大小仗都没有打过一次,不知道在两军阵上,生死决于呼吸,射出去一箭再去腰间或领后抽第二支箭,多耽误事!看起来这同时用左手拿两支箭是个小事儿,可是在战场上吃紧关头,就不是一件小事儿。你能够在眨眼之间连放三箭,射死三个敌人,不但会救了自己,往往会使冲到你面前的敌人惊慌败退。我跟着闯王在战场上滚了多年,历尽艰险,懂得什么叫'千钧一发',好多次亲眼看见过这种情形,懂得了这个道理。你要处处把道理讲给她们,叫她们牢记在心。"

"好吧,我照着夫人的吩咐办。反正今天夫人是存心要考试我了!"

大家听了这话,都忍不住笑了起来。红娘子对学习射箭的姑

---

① 弝——音 bà,在弓的中间部分,即射箭时左手握弓的地方。

娘们说：

"刚才我看见一位妹妹的箭射出去，箭身摇摆，这毛病在于力弱。不是人的力弱，是你的弓未拉满，箭离弦时力弱。平常练习射箭，你要从容安闲，不慌不忙；要把弓拉满，越满越好，正如俗话所说的'开弓如满月'。练习日久，得心应手，在打仗时不管如何紧急，就不会放出去力弱的箭。"

一个姑娘问："大姐，不看着弓我自己不知道拉得满不满，可是打仗时候，又看敌人又看弓，岂不误事？"

"在打仗时候，你的眼睛只看敌人，看活靶子，全心贯注在活靶子上，千万不要看弓。刚才我看见一个妹妹在射箭时先向弓上瞅一眼，这就错了。这样，不惟误时，也分了心。你们要明白，弓的大小和箭的长短都是有一定之规，不是随便造的。你猛拉弓，感觉左手中指碰到箭头，就是弓拉满了；碰不到，就是弓未拉满。其实，只要你练下功夫，养成习惯，得心应手，出于自然，一拉必满，也不必在生死决于呼吸的紧迫时刻，还去注意左手中指有没有碰到箭头。"

一个姑娘问："大姐，我刚才拉满了弓，还是有两支箭离靶子几步远就落了地，是不是弓太软了？或者是我站得离靶子远了一点儿？"

红娘子摇摇头说："都不是。我看毛病是你的弓没有拿平，箭头偏低，所以射不到靶子就落到地上。射箭时候，弓在手中，眼在靶子上，最好是不高不低，恰好合度。倘若你心中自觉没有把握，那就宁可箭头偏高一点儿射过了靶子，万不可偏低一点儿，不到靶子就落下。平时射的是靶子，打仗时射的就是人。两军交锋，相距不过百步左右，你纵然射法平常，一箭射不中敌人，箭从他的头顶飞过，也可以把他吓得一跳，说不定还会射中他背后的人。倘若你的箭是在他的面前几步远落下，他不是认为你胆怯心慌，就会认为你气小力弱，这样反而使他壮了胆量，趁机扑杀过来。另外，刚才妹妹们有几箭没有射中靶子，还有一个原因是看的人多了，你们心慌,不能够平心静气。古话说:'怒气开弓,息气放箭。'怒气开弓是说开弓要用力,才容易把弓拉满;息气放箭是说放箭时不要急,不要慌,要心中从容不迫,好似怒气息了。"

一个姑娘问:"大姐,两军阵前,敌人杀来,相距不到几十步,甚至只有十步八步,生命交关,你死我活只在眨眼之间,也要从容不迫么?"

红娘子笑道:"这时虽然是极险极迫,心中也必须存着'从容'二字。这就是动中有静,乱中有定,急中有稳。只有动、乱、急,没有静、定、稳,那就会手忙脚乱,慌张失措,如何能射死敌人? 在那样万分急迫动乱的时候,心中还要保持安静、镇定、稳重、沉着,这需要平时养成硬功夫,真本领。你怀里装着个不怕死,视死如归,再加上经过几次阵仗,你就能养成在危急时保持镇定,不慌不乱。可是光这还不行,还要有真本领。俗话说,'艺高人胆大'。你要是平日练得箭法纯熟,百发百中,你才能临事从容,只把敌人当做你的活靶子。还有,人们常说的'艺高人胆大',这艺字不光指你的箭法精熟,也指你精通几种兵器,特别是剑法和刀法必须精通。这样,你就不会害怕敌人扑到你的身边,短兵交战,白刃刺杀。"

一个姑娘笑着点头说:"大姐,我就担心,一旦打仗,敌人太近,一箭不中,他就扑到俺的身边。要是把剑法练好,俺就不怕啦。"

"对,对。剑法、刀法是防身护体的根本,要学好才行。你学好了箭法,再学好剑法或刀法,有了这看家本领,再经过几次阵仗,就不怕敌人太近。比如说,你有了一手好箭法,敌人太近,看来危急,实际也有好处。箭法上有八个字,就是老教师们常说的:'胆大、力定、势险、节短。'你打过几次仗,就知道这八个字多么重要。力定就是沉着镇定。势险是指你张弓搭箭,引满不发,看定敌人,自占制敌死命之势。节短是说等到敌人来到近处再发,这样发出的箭既猛又快,又准又狠。因为距离较近,敌人纵然想避也避不及,你纵然箭法不是十分高明也能一发必中。"

"大姐,在射场上靶子是死的,在战场上人、马是活的,情况不一样。敌人倘若是骑着快马，奔如闪电，怎么好百发百中呢？”

“倘若敌人是骑在马上，人和马都是活靶子。要是你害怕射不准，那你就只看大的靶子射，射马不射人。射伤马，人就会摔死摔伤。纵然摔成轻伤，或没有受伤，也不能作战了。何况马一中箭，必然在倒下去之前会惊跳起来，倒下去之后还会挣扎，所以你能够射倒一匹马，它的背后左右的人和马都会受到惊骇，往往引起混乱。在两军交战最激烈时，敌人阵上有片刻惊骇混乱就是我们破敌取胜的良机。古人说：‘射人先射马。’这是古人不知经过多少血战才得出的一句名言，极有道理。当然，打仗的事情没有一定之规，需要随机应变。如果你的箭法高明，有把握一箭射中敌将，那你就不一定先射马啰。”

高夫人向学射的姑娘们笑着说：“大姐讲的这些道理，你们都要记在心上。既要平日苦练武艺，也要经历几次阵仗。同官军厮杀几次，你们就会懂得许多道理，胆子也会大了。现在请你们邢大姐射个样儿你们学学。”

红娘子退到离靶子百步开外，试将弓弦一拉，回头来笑着摇摇头。一个微黑的、满脸稚气的、名叫慧剑的姑娘明白她嫌弓软，赶快从臂上取下自己的硬弓，递了过去，换回来那张软弓交还一个初学射箭的姑娘。红娘子张弓搭箭，四平架势立定，下颌垂直，身子端正，神态从容闲暇，眼睛并不看弓，只看前方，忽然笑容一敛，细细的剑眉一动，前手如推泰山，后手如捋虎尾，两手同时用力，将弓拉如满月，只听弓弦一响，那箭已经嗖地飞出，迅猛异常，正中靶心。看的人们不觉大声喝彩。李闯王在寨上微笑点头，而牛金星和宋献策忍不住连声说：“好！好！”红娘子连发三箭，全中靶心，相距最远的不过半指。在众人的喝彩声中，她将弓交还原主，向高夫人和大家笑着说：

“我在箭法上功夫不深，今天侥幸都中靶心，好歹算缴卷啦。”

那些练剑的姑娘们一窝蜂似的围了上来，向她环拜，要求她传授剑术。在小校场三面围观的将士们陆续多起来，他们已经看过了她的箭法,还想看看她的剑术,不少人帮腔请求。红娘子明白她今天是在闯王老营,非同别处可比,自家到底阅历有限,实在不敢过分露能,万一惹人见笑,倒是不好,尤其是她已经望见闯王在寨上观看,所以她尽力推辞,并且说:

"好妹妹们,你们千万莫再叫我献丑啦。我原是跑马卖解和踩绳子的,在武艺上没有多少硬功夫。等来日闲了,大家想叫我再献一次丑,我就在绳子上给大家玩几样薄技看看。今日请大家包涵,我实在不敢从命。"

高夫人明知红娘子一味推辞是出于谦逊,但也不愿勉强她。她心疼她多天来鞍马劳顿,很少有足够睡眠,就向大家替红娘子解围说:

"你们不要再勉强她了。你们这些丫头,想向大姐领教剑术还不容易?从今后,咱们的老营就是她的家,叫你们领教的时候多着哩,何在乎这一时?谁家来个亲戚客人,有不让客人休息的道理?偏你们这群姑娘们学艺心切,叽里喳啦地围着客人闹,不让你们邢大姐休息一天!快别缠磨她啦,等咱们打开河南府,我叫她把所有看家武艺都耍出来,让你们看个够!"

高夫人的这几句话说得大家都笑起来,登时替红娘子解了围。

闯王在寨上原也想欣赏红娘子的剑术,如今见高夫人替红娘子解了围,同牛金星等互相交换了一个眼色,仿佛不约而同地在心中说了一句话:"可惜,今日看不成了!"这时李岩忽听见东南角大约二三里外响起来战鼓、喇叭,马蹄声像一阵狂风骤雨,震动山谷,而在金鼓声、马蹄声中时时爆发出杀声震天。李闯王看出来李岩的心中感到新鲜和诧异,便说:

"走,咱们到东南角寨上瞧瞧。"

虽然李岩心中明白,在东南二三里远的地方有骑兵正在操练,但是究竟是怎样操练,他确实急于一看。到了东南寨角,果然一种他从未见过的练兵壮观,出现在他的眼前……

在灿烂的夕阳照射下,有一个将领带着一群随从,立马在一座光秃的丘陵上,拿一面小红旗指挥操练,金鼓声都随着小红旗的挥动变化。大约有一千五百左右骑兵分成四路纵队,向东北方面奔腾前进,沿路有许多沟、坎,还有用树枝和干草堆的障碍,有的草堆正在燃烧,烈焰腾腾,烟气弥漫。骑兵在雄壮的喇叭声中飞驰前进,一边奔驰一边作砍杀姿势,越过了一道一道的沟、坎和各种障碍,向着一座山包奔去。那山包上有一座荒废的石寨,寨外有一条用树枝布置的障碍,也就是所谓鹿角。寨墙上有许多小旗,寨中心有一杆大旗。当进攻山寨的骑兵到达小山脚时,喇叭的调子一变,同时响起一下炮声,骑兵迅速地变为横队,分从三个地点向山上进攻,有一部分骑兵停留下来,有一支骑兵向小山的背后奔去,分明是要从后面将山寨包围,防止敌人逃跑。在山脚下的骑兵中有一位将官,用小红旗指挥着各股骑兵前进。这时战鼓齐鸣,震天动地,喊杀不断,刀剑挥舞,白光闪闪,同时寨墙上炮声不绝,硝烟团团飞滚。当三路骑兵进到鹿角前边时,显然遇到了守寨敌人的顽强抵抗,一部分骑兵跳下战马,砍开鹿角,并将一部分大树枝拉向一旁,开辟出前进的缺口。当他们破坏鹿角、开辟缺口时,其余在马上的骑兵一边呐喊,一边不断地猛烈射敌,其中还夹杂着少数铳炮。寨上寨下,杀声震耳,炮声更密,硝烟更浓。在这片刻间,喊杀声、战鼓声、铳炮声,交织一片,使李岩仿佛身临战场,呼吸紧张。转眼之间,三路攻寨将士都冲进缺口,到了寨墙下边,大部分弟兄向寨上猛烈放箭和燃放铳炮,另一部分弟兄在许多地方同时爬寨,每四个人一组,一个接一个站在肩上,捷如猿猴。片刻之间,有人首先登寨,挥刀乱砍,摹拟在杀伤守寨敌人。爬上寨墙的战士迅速地多了起来,一边杀散敌人,一边从寨上抛下粗绳子。留在下边的人们抓着绳子"蚁贯"登寨。又过片刻,寨门大开,所有等候在寨外的骑兵冲进寨内。飘扬在寨内高处的一面官军旗帜被拔掉了,换上了义军的旗帜。进攻的战鼓声停息了,喊杀声消沉了,硝烟也陆续吹散了。指挥操练的将领将红旗挥动,锣声响起。得胜的进攻部队走出山寨,迅速地整好队形。锣声停止,喇叭吹起悠扬的调子。骑兵以二路纵队的队形沿着新修的驰道缓辔驰回。

看到这里,李岩正不知如何赞叹,忽然宋献策向他笑着问:"你在开封演武厅前边看过官军操练,比之此处如何?"

"那倒不用比了。我刚才一面看一面想起来崇祯九年春天在一份邸抄中看到兵科给事中①常自裕的一封奏疏。那时我住在开封,是从一位世交前辈那里看到的。"

金星点头说:"我后来在北京也见到过这份邸抄。"

闯王问:"那上面说的什么事?"

李岩说:"那份邸抄上有常自裕的一封奏疏,在当时十分引人重视,所以我如今还能够记得其中的一段话。他在疏中说:'流贼数十股,最强者无过闯王②。所部多番汉降丁,将卒奋命,其锐不可当也;皆明盔坚甲,铁骑利刃,其锋不可当也;行兵有部伍,纪律肃然不乱,其悍不可当也;对敌冲锋埋伏,奇正合法,其狡不可当也。闯王所部,共有十队,而尤以八队闯将为特劲。'这以下还有许多话,都是弹劾洪承畴和卢象升虚报战功,我现在记不清了。"

金星接着说:"是,是,我记得常自裕弹劾洪承畴畏闯王如虎,总在避战,所谓斩获,不过是闯部之零骑小股。这封奏疏很有名,曾经传诵一时。"

献策说:"这封奏疏我从前还抄了一份,放在开封行箧,不曾带来。"

李岩说:"当时许多人对常自裕的话半信半疑,即岩亦不敢全信,想着常自裕大概不脱言官习气,难免故意夸大其词。今日来到闯王军中,亲眼一看,方知所传不虚。"他向宋献策笑着说:"你我从前在开封都看过官军操练,也看过武乡试③,都如儿戏!"

献策说:"岂止武乡试? 武会试何尝不是儿戏! 崇祯七年武会

---

① 兵科给事中——给事中是一种言官,掌侍从规谏,稽察六部百官缺失,分为吏、户、礼、兵、刑、工六科。
② 闯王——指前闯王高迎祥。
③ 武乡试——武举考试。武进士考试称为武会试。

试,马箭一场,竟然武举人不会骑马,使人牵着马缰奔跑,还有人离靶子只有一尺多远,拿着箭向靶上一插,也算射中。反正应试举子都拿钱买通了监试官员,只瞒着崇祯耳目。他既不亲临考场,也不懂武将们如何打仗,自以为'天纵英明',却实际凡百事如在梦中。崇祯七年他亲笔点的武状元竟然在御街夸官时几乎从马上摔了下来,成为京城百姓的笑谈资料。"

大家哈哈地大笑起来。李岩说:"所以明朝的有名武将,没听说有一个是武状元出身的。像刚才所见的骑兵操练,方有实际用处。"

献策说:"兄今日所见者尚系小的操演。半月前举行过一次大的操演,步骑兵三万余人,附近二十里内俨然是一大战场,殊为壮观。操演之后,休息三天,才分遣将领率人马去攻取宜阳、永宁等县。"

自成说:"以前高闯王很注重练兵,常于打仗行军之暇抓紧操练。我自己的老八队在操练这事上也很在意,但像今日这样不打仗,不东奔西跑,能够安心操练人马的机会却不曾有过。如今你们几位来到军中,究应如何建立军制,如何练兵,都要仰仗诸位的宏猷硕划。自献策来后,我们的步、骑两军才操演过几种阵法,十分需要。方才这骑兵操演,还是我们多年前传下来的一种操演,训练将士们奔袭敌人城寨。往年这个操演还携带轻便云梯,有些弟兄用云梯爬城,今日都省了。"

李岩说:"方才全体骑兵闻鼓则进,闻锣则止,一部分弟兄下马爬城,他们的马匹立即有另外骑兵照管。如此整齐严密,虽极迅猛激烈而丝毫不乱,足见训练有素,名不虚传。"

自成笑了起来,说:"如今咱们这些骑兵、步兵,实在都谈不上训练有素,十分之九都是我到河南后收的新兵。原来的老兵所剩无几。帅标营和中军营分的老兵比较多一点,一千人中也不过几十个人,都提成大小头目。如今在咱们的精兵中,实际上身经百战的弟兄很少。所好的,河南百姓,受苦极深,甘心来投,都不怕死,只要稍加训练,就会成为纪律严整的能战之师。"

金星说:"朱明朝廷及其地方官府视百姓如仇敌,如俎上肉,正如古人所说的'为丛驱雀,为渊驱鱼'。百姓来投闯王,如众水之归海。故百姓一到闯王旗下,稍加训练,即成精兵。"

闯王说:"像刚才操演的骑兵,也只是才像个部伍样儿,还远远说不上精兵。"

由于骑兵的演习停止,于是李岩忽然注意到正南方三里以外,隔着一座小山头和茂密松林,也传过来一阵阵喊杀声。他感到有点奇怪,问道:

"这山那边怎么都是孩子的声音?"

闯王回答说:"孩儿兵驻扎在小山南边,此刻尚未收操。"

李岩问:"孩儿兵?"

"他们的旗上绣的是童子军,不过大家都叫他们孩儿兵,叫惯了。我这次来河南之前,只剩下几十个孩子,近来人丁兴旺,差不多上千了。他们都是穷家小户的孩子,有些给地主放牛放羊,有些是孤儿,有些是小叫化子,有些躺在路边快饿死了,被将士们收容来,还有些是本军将士的子弟。"

李岩称赞说:"闯王如此培养子弟兵,可真是千古创举!"

闯王说:"起初原没有想到搞什么新名堂,只是想把一些可怜的孩子收容一起,特别是有些阵亡将士的子弟,收容起来,编成一队,随军转移,免得他们冻死、饿死,或是被官军乡兵杀死。后来收容的多了,才想到建立一营童子军。几年来他们也打了不少仗,危急时也真得了济。你已经认识了双喜、张鼐,他们原来也都是孩儿兵。现在孩儿兵的总头目是小罗虎,还不到十七岁,不但武艺上过得去,还能够指挥千把孩子,井井有条。我像他那样年纪,只会同村中的孩子们打架玩儿,什么也不懂。"他笑了笑,深有感情地说:"俗话说,'时势造英雄'。在战争里,会把普普通通的放牛娃儿、小叫化子,磨练成有智有勇、能征善战的将军。"

这时李岩又看见一处山坳里露出来许多草棚和军帐的顶子,

并且传过来叮叮当当的打铁声。宋献策看见他正在向那边瞭望，对他说：

"那边很长一条山沟，背风向阳，驻扎着铁匠坊、弓箭坊、盔甲坊、鞍帐坊、被服坊，又隔一条山沟是火药坊。今天没有工夫陪你去看了。日后，铳炮火器也要制造的，只是眼下一则找不到好的工匠，二则诸事草创，来不及样样着手，只能拣顶要紧事儿先办。"

闯王接着说："在商洛山中时候，原有铁匠营、弓箭营，人数都少，十分简单。如今统称匠作营，把原来的营改称为坊。匠作营设有正副管事头领，归老营总管指挥。因目前新兵日增，刀、剑十分缺乏，所以今天铁匠坊的弟兄全不休息。"稍停一下，他望着大家说："目前确实是诸事草创，有许多紧迫的大事都没有想到。据你们三位看，在大的事情上，什么是当务之急？"

经闯王一问，大家有片时沉默。李岩和宋献策都很尊重牛金星，不约而同地请金星"先抒宏论"。金星也确实有一个重要问题已经在心中盘算了几天，现在已经有了向闯王提出来的好机会。而且像这样重大问题，他认为最好是由他首先提出才好。于是他向闯王说：

"寨上非细谈之地，请回到老营坐下谈话如何？"

"好，好。走吧，我们回老营谈去。"

于是闯王带着他们就从东南角下了寨墙，缓步往老营走去。

这时，寨中处处大门上都已经贴好了红纸春联，也有的遵照古风，挂着桃符①。在这战乱频繁和灾荒遍地的年代里，李岩看见在李闯王老营驻扎的得胜寨竟有如此年节点缀，又看到平民小户都受到救济和无人逼债，能够安生过年，好像看见了意外奇迹，既觉新鲜，又感慨万端。

李自成带着李岩和牛、宋二人穿过二门，向西转入一个小小的偏院，来到三间小而精致的书房中。院里有堆垒简单的假山一座，腊梅二株。因为这里特别清静，李自成经常同牛、宋二人来这里商

---

① 桃符——见第一卷二十五章此注。

谈军国大事。有时他自己一个人来这里坐坐，想些问题，读点书，练习写字。今日这书房的门框上也贴出红纸春联。李岩一看是宋献策的手笔，心中明白：在牛、宋二人眼中已经将李闯王比做唐太宗那样的开国皇帝。这副对联用的是杜诗两句：

> 风尘三尺剑
> 社稷一戎衣

因为这是闯王每日常来的地方，所以烧有木炭火盆，温暖如春。大家坐下以后，闯王态度谦逊地望着牛金星说：

"启东有什么见教？"

金星说："承蒙闯王垂询，不敢不敬陈管见，以备斟酌。闯王起义至今，十有二载。自进入河南以来，义旗所指，百姓望风响应，归顺如流。目前已经破了宜阳、永宁，活捉了万安王，而洛阳也指日可下。再看朝廷方面，拮据应付于东北，劳师靡饷于西南；举国凋敝，危急日深；江山破碎，如大厦之将倾，无术可以支撑。况且中原空虚，正麾下建基开业之千载良机。窃意以为闯王应有一个正式名号，以资号召天下，驾驭群雄。"

闯王思索片刻，笑一笑说："我是个草莽之人，无德无能。幸赖各位和众将士之力，诸事还算顺利。目前还没有站稳脚步，建立名号太早，倒是赶快多做几桩更重要的事情才是。"

金星说："不然。眼下固然要赶快做几桩事情出来，但定名号实不容缓。自古以来，凡举大事，没有不早定名号，以正视听，号召远近。陈涉揭竿起义，就定国号为张楚，自称为王。项梁、项羽叔侄起义，找到楚怀王的一个孙子名叫心的，奉之为主，称为义帝，以便号召天下，这也是定名号。义帝死后，项羽自称西楚霸王，刘邦称为汉王，都是正式名号。当时天下诸侯，不归于楚，则归于汉。王莽篡汉，倒行逆施，民不聊生。新市、平林①一带豪杰首先发难，

---

① 新市、平林——新市在今湖北京山县东北。公元17年，新市农民起义，推王匡、王凤为首，屯兵绿林山中。平林在今湖北应山县西南。公元22年，平林人陈牧、廖湛率群众起义，响应赤眉军。

共推刘玄为帝,恢复大汉国号,年号更始,取废除新莽苛政、'与民更始'之意。这也是起义后就赶快建立名号。元末天下大乱,韩山童首举义旗,自称是宋朝赵氏后代。韩山童死后,众首领奉其子韩林儿为帝,国号为宋,年号龙凤,自河北、河南、山东以至江淮之间,到处起兵响应,奉其正朔①。朱元璋原来也是奉林儿为主,到了南京后称为吴王,这吴王就是他称帝前的正式名号。当时群雄并起,或称王,或称帝,或称元帅,或先称元帅而后再进一步称王称帝。总而言之,莫不假借名义,以资号召。愚意以为,'闯王'这称号,虽为百姓所熟知,天下所共闻,然究非正式名号,适宜于今日之前,而不适宜于今日之后。今日情况与昔日不同,应速建立正式名号,以示'奉天承运'②之意,亦以新天下之耳目。"

自成虽然很重视牛金星这个建议,但是他知道将士们习惯于他的闯王称号,老百姓也都耳熟嘴熟,所以不打算立刻就改换称号。他向宋献策和李岩问:

"你们二位的高见如何?"

宋献策在事前听金星谈过这个建议,所以赶快附和金星,说了几句建立名号为当务之急的话。李岩因不知牛金星的真意思是指的什么名号,也不知目前这闯王称号为什么已不适宜,所以不便多言,只是敷衍地说了几句。闯王笑着说:

"林泉,你初来军中,大概还不晓得这闯王称号的来源吧?"

李岩欠身说:"尚不清楚。"

自成接着说:"从天启七年起,陕西、山西两省各处纷纷起义。众多头目为避免自家的真实姓名外露,连累亲戚、族人,就替自己起个诨名,成了一股风气,至今还多是如此。像八大王、左金王、铲平王、扫地王、混世王、争世王等等,都是诨号,不是真正称号。大

---

① 正朔——正月朔日,即正月初一。上古每次改朝换代都要改定岁首,也就是确定新的正朔,凡拥护这一皇权的诸侯王,都得以他的正朔为准,这叫做"奉正朔"。从汉武帝以后,岁首不再改变,但每年颁发一年历书的大权,仍在皇帝手中。

② 奉天承运——奉天的意思是说做皇帝是"受命于天"。承运的意思是说继承或承受了新兴的气运。"奉天承运"四字代表古代皇权天授思想。

小起义的股头有几百,几乎一百个中有九十几个人都是用的诨号。至如今不要说外人弄不清有些起义头目的真实姓名,连我们身在其中的人,有很多也不清楚。如今起义的人,都用诨号代替了真名,这也是几百年来老百姓造反的血泪经验啊!"

宋献策点头说:"是的,一次老百姓造反不成,不知有多少无辜平民受株连,惨遭杀戮,幸而不杀的也要充军远方或将妻子籍没为奴!"

牛金星说:"岂但株连九族,连一村一乡的百姓也连累遭殃。"

闯王接着说:"秦、晋两省老百姓起来造反的时候,离徐鸿儒的起事只有五年。大家听说徐鸿儒起事不成,官军杀戮很惨,把死尸堆成人山,所以都不敢使用真实姓名,叫官府没办法株连杀人。"

宋献策和李岩同时点头说:"啊!原来如此!"

闯王又接着说:"那时候,人们被逼无奈,只想着造反,都没有去想想如何替自己建立个正式名号,如何将来建立新朝。早期十三家大首领中,只有我们高闯王做事不同,立志要建立新朝,从来不用诨号,只用他的本名高迎祥。我是他的部将,也只用本名,不用诨号。高迎祥自称闯王,但这不是诨号,是个临时称号。我也自称闯将。'闯'字的意思是说我们敢造明朝的反,勇往直前,啥也不怕,百折不回,更莫说中途投降。所以这个'闯'字,在我们的手下将士中深入人心,鼓舞志气。高闯王死了以后,各队首领共推我做闯王,继承高闯王的遗志,非把这个反造到底不可。刚才启东说应该另外建立名号,以便号召天下,这意思很好。只是咱们眼下刚入河南不久,洛阳还没有破,要急着做的事情很多,那建立名号的事,可以等攻下洛阳以后再仔细商议。"

金星说:"现下缓议不妨。等攻下洛阳之后,务请闯王俯顺舆情,建立正式名号,以新天下耳目。"

他们又继续闲谈一阵。李岩正想趁机将他心中的重要建议说出,恰好一个亲兵进来禀报说晚饭已经摆在花厅里,总哨刘爷等都在那里等候。大家赶快停止谈话,往看云草堂去了。

第二十章

晚饭以后,闯王同牛金星等回到书房,继续密谈,并且告诉亲兵头目:除非有军情大事,不必前来禀报。因为晚饭前牛金星已经谈了关于建立新名号的重要意见,所以李自成很希望再听听李岩对当前的用兵方略有些什么重要主张。他望着李岩说:

"林泉,我来到河南,到现在还不到两个月,虽然人马日有增加,已经有十多万人,号称二十万,但是还不能算站住脚步。得蒙足下不弃,前来相助,这实是天以足下赐我。对于我们今后用兵作战方略,务请不吝赐教。牛先生、宋军师,都是你的老朋友。大家在一起畅所欲言,共同商量,你用不着客气。"

李岩对李自成的谦逊和诚恳十分感动,正要回答,闯王的亲兵头目进来,告诉闯王说夫人和红帅来了。亲兵头目说毕就退到门口,掀起帘子。高夫人在前,红娘子在后,笑容可掬地走了进来,三四个女亲兵留在门外。牛、宋、李岩赶快起立相迎,闯王也为着红娘子站了起来。高夫人说:

"听说牛先生和军师都在这书房里,红娘子要来拜谒二位,这也是很应该的。我没有事,陪着她一起来了。"

牛金星和宋献策连说"不敢"。红娘子先向闯王施礼,随即分别向牛、宋施礼,举止大方,庄重而又娴雅。坐下以后,她望着牛、宋说:

"我去年冬天同军师有一面之缘,同牛先生虽是初次见面,却是慕名已久。今日我同李公子来到闯王帐下,备员偏裨,自当誓忠誓勇,驰驱沙场,为闯王打江山竭尽汗马之劳。还望牛先生和军师今后多赐教导,末将听从指挥,不敢有误。"

牛金星和宋献策都说了些客气话,还称赞了她破杞县救李公子的事。红娘子知道闯王同他们正在谈论重要题目,打算起身告辞,却不料牛金星问道:

"红娘子将军,上个月军师从开封来到军中,只谈到你数月前在豫东起义的事,至于如何起义,却知道的不甚详细。以将军能这样毅然起义,不避艰险,破城劫狱,实为千载奇闻。到底你是如何起义的?"

红娘子抿嘴一笑,不愿多谈,望望高夫人,眼神里似乎在问:"怎么谈好呢?"高夫人也笑一笑,对金星说:

"你们不是同闯王有重要事情商量么?"

自成说:"我也想听听红娘子是怎样起义的,说说不妨。"

高夫人又望红娘子一眼,见红娘子不肯说话,便对大家说:"这事情很简单,她上午已经对我讲了。只因她年纪轻轻的,又有点儿姿色,不该在江湖上卖艺吃饭。自古踩绳卖艺的是一种贱业,良家妇女谁个肯干?红娘子从她十四五岁起,还是个没有长成的少女,就在江湖上受人欺侮。无奈她人穷志不穷,生就的品性端正,脾气倔强,一身硬骨,不管谁威逼利诱,死不肯从。后来她人长树大,出脱得更加俊俏,在江湖上也有名了。那班有钱有势的浪荡公子、花花太岁,还有平日惯于倚势欺人的官绅富户,想打她坏主意的人越发多了。偏偏她的师傅又亡故了,由她率领着跑马卖解的班子,许多事儿得由她抛头露面,受人欺负的时候更多了。不管她吃不吃,也不管她立身清白,在那班有钱有势人家的眼中,总把她当成卖艺也卖身的贱人看待。因为她经常在豫东卖艺,遇到受人欺负,闹得不可开交时候,多蒙李公子仗义相助,替她排难解围,所以她对李公子感恩不尽。前年冬天,我在永宁县境内遇到她,她就对我谈到李公子兄弟二人。"高夫人转向李岩,微露笑容,说:"就是那次同她偶尔相遇,我才初次听到李公子兄弟大名。"

宋献策望着红娘子说:"这以前的情形,我完全清楚。只是你是如何决定起义的,在开封传说纷纭。自从你起义之后,我也没有同李公子贤昆仲见面细谈,所以有些谣传,我也莫辨真假。请你谈谈你的起义经过如何?"

牛金星也笑着催促:"对,对,颇愿一闻。"

红娘子用含着微笑的明眸大眼望望他们二人,又转望高夫人,并不说话,心中说:"事情已经做过了,何必多谈?"高夫人从眼神里明白了红娘子的心中意思,也使眼色催她说话。她又看见闯王也在望着她,于是她收了笑容,轻轻地感叹一声,说:

"有什么可谈呢? 谈起来只有叫人生气!"她摇摇头,嘘口长气,接着说:"这一年来,好多江湖熟人和我手下的伙计们都看见我的日子不好混,江湖饭不好吃,暗中怂恿我不如造反,大家愿意拥戴我做首领。大家这样甘心拥戴我,并不是我有多大本领,只是因为我平日在江湖上讲义气,别人有急难肯尽心帮助,也因我处事公正无私,大家清楚。可是我不听别人劝说,总是不愿造反,对他们说:'我不是怕死,是怕我这个女流之辈,挑不起领兵打仗的重担!'人们说:'怕什么? 你做首领,我们齐心辅佐,有什么山翻不过去? 樊梨花、穆桂英也都是父母生的!'我说:'那都是唱本儿上的女英雄,不是真的,况且她们不是造朝廷的反啊。'人们说:'永乐年间唐赛儿在山东造反,你难道没有听说过? 难道不是真的? 男子汉也不是天生下来就是造反的材料!'还有人多识得几个字,古事知道的多一些,还告我说了许多古时候妇女造反的名字。他们说王莽坐天下的时候,就有一个没有出嫁的女子名叫迟昭平①,率领了几千人马起义,连打胜仗。可是不管人们怎样劝,我还是没有打算造他朱家朝廷的反。处在这样有天无日的昏暗世界,我上几代积下来说不尽的深仇大恨,我自家又亲尝到百般苦楚,假若我是个须眉丈夫,就不会有一点顾虑,早八百年造反啦!"

金星问:"后来你怎么忽然造反了?"

"唉,不造反不行啊!"停一停,她接着说:"我在商丘地方卖解,受一个恶霸财主欺侮。他将我骗到后花园中,竟图恃强将我留下。

---

①　迟昭平——平原人,公元21年(新莽地皇二年)起义。

我忍着一肚子怒火,好言对他说我是清白良家女子,行的端,立的正,卖艺不卖身,不得向我无礼。他嬉皮笑脸地伸手就要拉我,我打回他的手,后退一步。他又不要脸追着拉我。我啪一耳刮打过去,打得他鼻口开花,鲜血喷流。我破口大骂他是无耻禽兽,青天白日下欺负我卖艺穷人。他大叫着我造反了,喊叫他的一大群悍奴恶仆,要把我捆起来狠打,要打得我跟他成亲。我刷啦一声拔出宝剑,说:'快点放我出去,休得近前!'那群悍奴恶仆小看我是个姑娘,将我团团围住,舞刀弄杖,一齐向我攻打,还不断说一些下流的话。我看我倘若再不使出看家本领,休想逃出祸坑,牙一咬,心一横,说道:'反就反了吧,先杀了这班禽兽再说!'我登时杀死了三个人,伤了几个,趁他们惊慌后退,纵身上了墙头。那群禽兽见我上了墙,又呐喊着扑了过来,还有人用飞砖打我。我将身子一闪,躲开了一块飞砖,从臂上取下弹弓,一弹打倒了那个在背后督阵的混账恶霸,又连着打伤了两个恶仆,然后纵身跳下高墙,冲出深宅大院,同我的一班子伙计会合。伙计们因知我在后院杀起来,已经有一部分人攻进前院。这时看见我决心造反,大家高兴,一阵呐喊,从前院杀到后院,杀了恶霸全家,凡是跑不掉的都杀了,抢了银钱、骡马,收拾了细软,放火烧了宅子,只留下粮仓不烧,将粮食散给饥民。我从此树起了造反大旗,招兵买马,在豫东一带闹了起来。"

金星问:"后来你怎么见到大公子了?"

红娘子说:"造反以后,闯荡了四个多月,下一步应该怎么走,我没有辙了。上月底,我把人马从虞城、砀山一带暗暗地拉到陈留境内,打算派人到开封找伯言大公子问计。恰好打听到大公子从开封回杞县,我就冷不防在半路上截住他,佯装将他劫走,为的是使他日后不受连累。我将他请到军中,问他下一步我该怎么走。他见我已经逼上梁山,只有大干下去,没有别的路走,就嘱咐我四句话,当日黄昏就带着他的仆人们回杞县李家寨了。我压根儿没打算留住他……"

闯王插问:"哪四句话?"

李岩代答："那四句话是：'兵精粮足，不守一地；严整军纪，多行仁义。'"

宋献策叫着说："好！好！这四句话与闯王过去十余年用兵方略不谋而合！"

李岩说："我确实自红娘子起义之后，即时常为她担心，反复寻思十余年来陕西各家起义部队得失之故，以及闯王此次到河南后何以众百姓从之如流，才得出这四句话来。不有闯王行之在前，我李岩何能凭空杜撰。"

高夫人接着说："李公子的仇家得到消息就造起谣来。后来还有谣言说红娘子进攻开封没有成功，顺便把李公子掳到军中，真是捕风捉影的鬼话！开封是一座有一百多万人口的省城，红娘子那时手下只有千把人马，兵少力单，自顾不暇，做梦也不会去攻开封！"

红娘子觉得话已说完，想着闯王同军师等人还有要事商议，便望着高夫人说："不耽误他们商议军国大事，咱们回后院吧？"

高夫人点头说："好，咱们走吧。"

大家把高夫人和红娘子送到书房门外，回来重新坐下。李岩见闯王催他快说出胸中的方略大计，便欠身说：

"麾下问起此事，鄙意以为最重要的莫如乘此时机，经营河南，作为立脚之地。有一个立脚之地，则进可以攻，退可以守。以目前情况言，明朝确实如大厦将倾，无力可支。然而战争之事，变化万端，不能不思及意外变故，预立于不败之地。倘有一个立脚地方，纵然一时战事不利，亦可以应变裕如。兵法上说：'昔之善战者，先为不可胜，以待敌之可胜；不可胜在己，可胜在敌。'鄙意请闯王以河南为根本，建一牢靠立脚地，也就是这个意思。"

自成说："你在神垕写来的书子里也说到此事，那意见很好，我反复读了几遍，也让牛先生和军师看过。只是河南不像陕西，大部分都是平原，无险可守，四面受敌。从前说是'四战之地'。所以河南这块地方,利于作战,不利于固守。足下比我想得仔细,愿听听详细高见。"

李岩说:"河南古称'四战之地',就地理形势而论,险固不如陕西。但是'固国不以山溪之险'。自古作战,天时不如地利,地利不如人和。所以说:'得道者多助,失道者寡助。寡助之至,亲戚叛之;多助之至,天下顺之。以天下之所顺,攻亲戚之所叛,故君子有不战,战必胜矣。'吴起对魏文侯论山川形势,反复说'在德不在险',实是千古名言。今日将军来到河南,又值朝廷失德,百姓离心,国力十分疲敝,官军十分虚弱,倘不乘此大好时机,经营河南,更待何时?《兵法》云:'先至而得天下之众者为衢地。'孙子所说的衢地就是地广人众,四通八达之地。河南对全国来说,就是衢地,所以自古为兵家所必争。今以河南全省而论,豫东豫中尚不十分残破,人口众多,土地肥沃,宜于农桑,这正是天以河南资将军。只要布德施仁,百姓拥戴,兵强粮足,处处制敌,便不怕河南是'四战之地'。正是因为河南居全国腹心,四通八达,控扼南北,所以立足河南就可以致明朝的死命。况河南转输便利,他省莫及。北宋建国,削平群雄,统一江南、楚、蜀,远及岭表,何尝不是以河南为根本?地理是死的,古今不变;人事是活的,时有不同。攻守胜败,重在人事。"

宋献策见闯王心中犹豫不定,也说:"林泉兄所论甚是。兵法上常说的天时、地利、人和,这三者中最重要的还是'人和'二字。百姓拥戴,兵强食足,上下一心,就是人和。得此人和,虽处千里平原,可以兴邦;失此人和,虽有山河之固,可以亡国。上个月,我同启东也在私下里议论过此事,但那时闯王方到河南不久,正忙于号召饥民,编练人马,军中百事草创,全未就绪,所以只在与闯王闲谈时泛泛地提了一下,未曾多去议论。如今人马众多,洛阳指日可下,情况与一月前大有不同,所以今日启东提出来要议定新的名号,以便号召天下,那确实是一件急务。至于林泉所言在河南建立根本,以图天下,这也是一件大事,关系今后用兵方略,不可不早作决策。"

李自成注意听着，但未做声。他总觉得两三年内还有一些恶战要打，而河南是所谓"四战之地"，明朝决不会让他有时间在几个府中安安稳稳地招集流亡，散发耕牛种子，使百姓休养生息。十二年的流动作战，东西驰骋，倏忽千里，破城不守，取粮于敌，在李自成已经形成了一套战斗的经验和习惯。如今虽然形势起了变化，但是这变化来得太快，使他的思想还不能完全适应。他考虑未来的作战时候多，有时也很有兴趣考虑建立新朝以后的重大因革，却不肯多考虑如何在大局未定的时候抢着在中原先占据两三府的地方，设官授职，招集流亡，恢复生产，作为根本。

牛金星也同意李岩的建议。他是河南府人，对洛阳有乡土感情，也特别重视洛阳的有利地势。看见闯王仍在思虑，不肯决断，他故意向李岩问：

"林泉，你看，欲经营河南为根本，当从何处着手？"

李岩回答说："小弟前日书中，曾言，'以宛、洛为后距'，即是以经营洛阳、南阳为先，这是根本中的根本。"

闯王笑着问："'后距'两个字怎么讲法？你那封书子写得实在好，只是这两个字我不大明白，因为忙，也没有来得及向他们二位问问。"

金星代李岩回答说："后距就是公鸡爪子后边的那个脚趾。有这个后边的脚趾，它斗架时候，不管站立、跳跃，都特别得力。"

闯王笑着点头："啊，原来是这样讲法！这字眼儿用得很好，很恰当。林泉，请你详细讲一讲你的高见。"

李岩赶快解释说："洛阳号称居天下之中，西有函谷之险，东有虎牢之固。函谷关就在灵宝西边，以一旅守函谷就可以使陕西官军不能出潼关向东。况且崤函两山对峙，地势险要，处处可以设伏。春秋时孟明视率领秦师伐晋，就在灵宝境内中了埋伏，全军覆没。虎牢关在汜水县境，自古为防守洛阳的东边门户，断崖百丈，中间一路可通，易守难攻。洛阳城北十里是邙山，好像是洛阳的外郭。邙山之外是黄河,只要守住孟津,就隔断了敌军北来之路。所以唐肃宗乾元二年,九节度之师溃于相州,郭子仪断河阳桥以保东都。河阳就是今之孟津,相州就是临漳。洛阳南面有龙门,古称伊阙,也很险要。其实自洛阳往南,处处可守。熊耳山、伏牛山,绵亘数百里,成了洛阳的天然屏障,而汝州是通往东南方面的重要门户。倘若在攻克洛阳之后,分兵南下汝州、叶县,夺取南阳及其附属州县,就可以使宛、洛连成一片,互为犄角。驻一军于南阳,分偏师守邓州,则明朝在湖广的官军不能从襄阳、郧阳进入中原,在陕西的官军也不能自商州、武关东来。宛、洛巩固,就可以由洛阳出成皋,从南阳出叶县,东取郑州、许昌,会师开封,东进商丘,直逼徐、砀,由方城、舞阳,东取郾城、汝南,席卷陈州、颍州①,回翔于江淮之间。到了这时,以河南为根本的作战方略就算成功,立于不败之地,可以进一步与明朝争夺天下。古人把争天下比做'逐鹿中原'。也只有稳据中原,才能定鹿死谁手。"

牛金星拍了一下手掌,说:"说的是,说的是。我平日与献策也曾如此议论。务请闯王俯采此议,作为当前用兵方略。"

闯王含笑点头,说:"等咱们攻下洛阳,看情形再做决定。"

李岩又说:"自古争天下,有无立足地,至关重要。刘邦以关中为根本,遂能北出燕、赵,东略齐、鲁,逐鹿中原,灭项羽而统一天下。李渊父子据有太原、河东为根本,西取长安,然后东出潼关,与王世充争夺东都,收取中原而次第统一全国。朱元璋先据南京为根本,西灭陈友谅,东灭方国珍、张士诚,然后出师北伐,驱逐蒙元。所以自古凡以马上得天下,必先择一立足地,可战可守,财赋兵马有所出。"

宋献策怕有些古地理闯王不知道,帮助解释说:"汉高祖与楚霸王划鸿沟为界,鸿沟在今汜水境内,故虎牢关以西,洛阳一带,都同关中连成一片。林泉兄的意思是建议以洛阳、南阳两府为根本,招集流亡,抚恤百姓,开垦荒地,恢复生产。黄巢善于用兵,纵横中

---

① 陈州、颍州——陈州是今河南淮阳。颍州是今安徽阜阳。

国,驰驱万里,终能攻克长安,建国大齐。然其失败甚速,非其兵不
精,战不勇。其故有二:一为起义十几年中,不知经营一个立足地
方,到了长安,亦未能在关中善为经营,抚恤百姓,使百姓乐为之
用。关中一带生产破坏殆尽,百姓饥饿困苦,而黄巢的军粮亦断了
来源;二为内部背叛,朱温首先降唐。然如黄巢有一巩固立足地,
退有所守,足食足兵,即关中残破,也立于不败之地。即使朱温降
唐,亦未必即亡。故林泉所言,实为上策。"

李自成觉得他们的话很有道理,但是他和老八队的大小将领
都是陕西人,对陕西特别熟悉,也有一种特别的乡土感情,又加上
自古以来有一个历史传统观念,认为长安是最好的建都地方,这观
念也深深地影响着他。他笑着说:

"你们各位所言,很有道理。将来咱们如能以关中为根本,岂
不更好?"

金星说:"古称秦关百二,带砺山河,加上强兵良马多出西北,
故长安为古代建都之地,而关中拱卫京师。然而千余年来,气运消
长,变化甚大,天下形势颇与中古以前不同。唐朝虽然建都长安,
却以洛阳为东都;盛唐之际,颇着力经营东都,高宗与武后且数次
率群臣驾幸洛阳,即在洛阳临朝,治理天下。自唐以后,直至北宋,
建都均在中原,而以开封为主要建都之地。即金朝后期,因受蒙古
所迫,亦迁都开封而不迁都长安。其故何在?盖自近古以还,京师
供应日繁,粮食、布帛、财赋及各种所需之物,多仰给东南数省,不
能依靠关中。自扬州至开封有运河可通,开封至洛阳则黄河堪资
运输。自洛阳而西,有三门、砥柱之险,漕运艰难。故自隋至中唐,
天下上运粮食多集中存储于洛阳。此盛唐之所以大力经营东都的
根本原因。北宋承五代之旧制,建都开封,以中原为根本,而以长
安为外镇。开封无险可守,定为京师,非其所宜。以宋太祖之深谋
远虑,岂不知此?盖因中原人口多于关中数倍,而东南财富为国家
所依赖,此近古形势变化,不得不尔。如今闯王如以宛、洛为根本,
连中原为一体,此实策之上者。以目前言,建此立足地,进可以逐

鹿中原,退可凭险而守;以将来言,全国统一,南北一家,定都洛阳,东南财赋可由运河而开封,溯黄河源源而来。古人云'洛阳居天下之中',实非虚言。有人说河南无险可守,那仅仅是指梁、宋①而言,而忘了宛、洛也都在河南的疆域之内。以宛、洛两地的险阻形胜而言,宛不如洛,所以经营洛阳尤为重要。汉高祖初得天下,与群臣商议建都地,曾有人主张定都洛阳,说洛阳东有成皋②,西有崤、渑,背对黄河,南向伊阙,险固足恃。汉景帝时吴、楚七国反,有人对吴王说:'愿大王所过城池不攻,疾行而西,赶快占据洛阳。洛阳有武库,又有敖仓③。凭洛阳山河之险,号令诸侯,虽然不入潼关,天下也就定了。'可见古人对洛阳如何重视。"

李自成颇为心动,说:"你们的建议确实很好。等破了洛阳之后,同众将领好生商议商议。咱们眼前还有很大困难。经过前年冬天的潼关大战,又经过商洛被围,老弟兄死伤很重,所剩不多。目前虽有十多万人,其中旧日弟兄很少。以这十多万人而言,其中有将士们的随营眷属,有各色工匠、伙夫、马夫等等,还有办各种事务的人,实际上战兵不超过六万,其中勉强算得上精兵的不过一万多人。就拿这一点精兵说,多是新兵啊,非经过几次阵仗,才能磨练成真正管用的精兵。靠目前这点兵力,纵横中原有余,据守一地,四面应敌,就不足了。到底如何办,等咱们攻下洛阳以后才能够看情况决定。另外,咱们军中读书识字的人太少,人马增添得很快,各营办文墨的人十分缺乏。如将来在各州县设官授职,治理地方,没有多的粗通文墨的人,职掌刑狱簿书,事情也不好办。"

李岩说:"闯王既然如此谦恭下士,思贤若渴,看重读书人,我想读书人慢慢都会来到麾下,助成大业。"

牛金星正要接着说话,忽见双喜进来,就把已经到了口边的话咽了下去。双喜向闯王禀报说,从神垕来的人马,已经有两千人到

---

① 梁、宋——开封和商丘地区,商丘为古宋国所在地。
② 成皋——此处指虎牢关。
③ 敖仓——在成皋县西北。为秦朝国家储存粮食地方,西汉因之。

了郝摇旗那里,其余的人马将在今晚三更时候全数赶到。自成十分高兴,向李岩问:

"怎么会来得这样快?"

不等李岩开口,宋献策代他回答说:"豫东将士,思慕闯王心切,自然忘记疲劳,加紧赶路。我们原来以每日行军六七十里计算,想着他们大概明日下午方能到达,实际上他们每日走了百里以上。"

李岩点头说:"正是这个道理。"

闯王说:"你那里步兵居多,这样,弟兄们实在太辛苦了。"他转向双喜问:"给新来将士们预备的住处都停当了么?"

"我摇旗叔从前天起就亲自带着他手下的弟兄们砍树割草,搭盖窝铺,打修地灶。今早从中军营又派二百名最会搭盖窝棚的弟兄前去。人多手快,现在都准备好啦。"

李岩因为自己的人马初到,需要亲自回营照料,请双喜去把人马已到的消息告诉红娘子,问她是不是同回营去。双喜进去片刻,回来说:

"红姐姐说,请李公子略等片刻,她马上就跟公子一起动身。"

说话之间,李岩和红娘子的一大群亲兵和红娘子的十几名随身健妇都将战马备好,牵到老营大门外的空场上,带着老营替他们准备的灯笼火把,站了一大片。闯王将李岩送出老营。随即,红娘子也在慧英等大群姑娘的簇拥中走出老营。高夫人如今是义母身份,只送到二门为止。红娘子和李岩向闯王、牛金星和宋献策等一一告辞,说他们明日一早就来拜年,然后飞身上马。李自成依依不舍地站在李岩的马头旁边说:

"拜年倒不重要,我们还有话需要细谈,务请早来!"

李岩和红娘子的部队驻扎的地方有一道泉水从石缝中流出,春夏两季水旺,冬日不竭,所以地名就叫做清泉坡。在回去的路上,李岩和红娘子因为只顾赶路,没有工夫交谈。到了清泉坡时,已经三更时候,李俊带着二十几个弟兄打着灯笼火把在营外的山路上迎接。他们刚到清泉坡不久,那后续部队赶到了。从闯王老营送来的大批羊肉、猪肉和黄、白二酒①等犒劳物品也送来了。李岩、李侔、红娘子在全营巡视一遍,对头目们嘱咐几句,无非是让弟兄们好生休息,严守纪律一类的话,然后回到李岩的军帐里边,商量一下明天去给闯王和高夫人拜年的事。稍谈片刻,红娘子感到十分疲乏和瞌睡,便离开李岩军帐,回到自己的帐中去了。

红娘子住的军帐离开李岩的军帐大约有三十丈远,背后是一片大松林,静夜里愈显得松涛澎湃。一部分健妇同她住在一个帐篷里,另一部分住在右边相连的一座帐篷里,而男亲兵们又分开住在前后两个帐篷里。她的战马照夜白和所有亲兵们、健妇们的战马都拴在避风的松林里边,都有马夫照料,正在吃着草料。松林里有几个临时搭盖的小窝棚,为马夫们睡觉和守夜的地方。红娘子一进军帐,看见地上铺着很厚的麦秸和干草,她的铺盖已经由随身侍候的健妇替她铺好。她坐下去,感到十分满意。紧挨着她的卧铺旁边摊着范红霞的卧铺。红娘子先将宝剑取下,压在枕头下边,然后将外衣脱下,整齐地摆在卧铺里边,靴子和丝绦都放在衣服旁边。她每夜都是如此,怕的是夜间一旦有事,即令没有灯光,也可以随手摸到。所有健妇们也都按照她的样子办,成了习惯。红娘子和她们在睡觉时照例穿着紧身小袄和长裤,为的是如果一旦敌人前来劫营,她们纵然来不及穿外边衣服,只要蹬上靴子,抓起宝剑就可以迎敌。今夜虽然到了闯王军中,万无敌人来袭,但大家还是按照平日规矩就寝。红娘子心疼大家多天来实在疲劳,催大家赶快睡觉。大家一躺下去,转眼就睡熟了,有些还轻微地打着鼾声。红娘子坐在被窝中,望着大家睡熟得那么快,不觉微笑。她看见只有红霞没有入睡,从枕头上睁着眼睛看她。她小声说:

"红霞,今晚咱们这地铺又柔软,又暖和!"

"红帅……"

———————

① 黄、白二酒——黄酒指榨酒,白酒指蒸馏酒。

"怎么你还要称我红帅？今天到了闯王这里，只有闯王一个人是元帅，别人都不是。你怎么还叫我红帅？"

"唉，叫惯了口，没有办法。再说，我们不叫你红帅叫什么？"

"他们这里，下边人称呼将领们都是叫这将爷，那将爷，听起来怪亲切。你们就叫我红将爷吧。"

"你是女将，怎么好称爷呢？何况，你还是一个姑娘？"

红娘子不觉失笑，说："啊，这话也是，这个爷字被他们男人家占稳了，咱们不必去争它。你们以后怎么叫我，咱们今晚不议论啦。你刚才叫我一声，要对我说什么话？"

"我说，往日也是给你铺厚厚的麦秸或干草，你没有说过我们替你铺得柔软、暖和。我看不是别的，是你的心中感到十分柔软和暖和。"

"啊，瞧你这张嘴多会说，真是说到我的心窝啦。你想，红霞，自从咱们起义以来，虽说还没有吃过败仗，可是我的心呀，你知道，没有一天舒展过，常常像把攥的一样，有时像压着一块石头。咱们在开封以东和徐州以西跑来跑去，是一支孤军，常常害怕给别人吃掉。况且我又是女流之辈，在自家军中常常怕树不起威严，压不住邪气；在军外怕受别人的气，被别人轻视。后来李公子起义了，我才觉得好了些。可是我们还是一支孤军，要闯开一个局面很不容易。今天好啦，我们到了闯王这里，好像是细流归海，孤女还家。"红娘子忽然眼圈儿一红，几乎流出眼泪，轻轻地叹口气说："我起小失去父母，从师学艺，受够了打骂；学艺成名，奔走江湖，受尽了欺侮；如今来到了闯王大军，真像回到了自己家里！虽然高夫人只比我大十来岁，可是我在心中把她看成我自己的母亲，比亲生母亲还亲！"

"红帅，你快睡吧。昨晚整夜行军赶路，今日又忙了一天，明天一早还去给闯王和高夫人拜年哩。"

"高夫人今日同意成立个健妇营，这真是我梦想不到的事儿！以后我只想专管女兵，男兵我一概不管了。要是高夫人叫我招收一千个年轻力壮的大脚妇女,不,先招收五百个也行,好生操练半年就管打仗。打几个胜仗,替普天下妇女们争口气。我会同健妇营的姊妹们同甘共苦,看大家像自己的亲姊妹一样。红霞,将来一成立健妇营,你们如今跟随我的这十几个姊妹就都要提升成头目了。"

自从起义以来,红霞第一次看见红娘子这样快活,这样絮絮叨叨地同她说心里话,这样露出来姑娘家的本来面目。她想着红帅平日那种心思沉重的样儿,那种在全军弟兄面前十分庄重威严、不苟言笑的样儿,那种军令如山、一怒之间就要杀人的样儿,那种在打仗时直冲敌阵、猛刺猛砍的样儿,跟此刻多么不同!她望着她所敬爱的主帅,只是无声地笑着,不知说什么好。不知怎地,她想到了红帅的婚事,想着她已经二十多岁了,女儿家在这事上再耽误下去就不好了。红霞很想提一提这件事儿,但不敢开口,几次话到口边都忍住了。红娘子见红霞不说话,只是望着她笑,便又说道:

"唉,红霞,我今日来到闯王军中,来到高夫人跟前,才算熬出了头,才感到咱们今后的路子越走越宽!"

红霞再也忍不住,从枕上抬起头来,悄声说:"红帅,如今不再愁咱们是一支孤军,不再怕被别人吃掉,诸事顺心,你也该……"

"什么?"

"你也该替自家的终身大事操心了……"

红娘子的脸一红,小声骂道:"放屁!光练兵打仗就操不完的心,还操别的闲心!"

红霞赶快倒下去,钻进被窝,在枕上打个哈欠。过了很长一阵,翻了个身,好像睡熟了。

当红霞已经入了睡乡以后,红娘子仍然没有睡着。今天投到闯王帐下和拜高夫人为义母,这两件大事本来就够她心情异常兴奋,偏偏在躺进被窝前红霞又提起来她的婚事,使她更难入睡。

在红娘子那个时代,女子结婚的年龄一般在十七八岁。别人像她这样年纪,已经出嫁几年,生儿养女了。在一般人家,倘若有谁家的姑娘像她这样年纪不出嫁,别人会笑话的,会说她要扎老女坟哩。她对自己的终身大事,何尝不放在心上?在舅舅死之前,原是将她许配了人家的。她从来没有看见过她的夫婿,也没有看见过那一家的任何人。封建社会的古老风俗和礼教,使任何一个做姑娘的对这样事都不敢打听一句。当大人们谈到这一家人时,她就羞得红着脸,低着头,赶快躲开。但是她风闻这也是一家受苦的人,那孩子也很老实,肯做活,起小就帮助大人种地。她长到十八岁的时候,师傅曾托人捎信儿到家乡去,请媒人找她的公公商量,在跑马卖解的班子中替他们完了终身大事。但后来听说她的婆家全家逃荒在外,不知下落。不久,她的师傅病故,由她领起来这个三十多人的班子。一则事情太忙,她没有工夫操心这件事,二则她害怕出了嫁,一旦生儿育女,就妨碍她继续在绳上马上卖艺,全班人的生活就不好办了。她只好暂时不管自己的婚姻大事,拖着就拖着吧。到了去年冬天,她想着要是将女婿找到,成了亲,一则女婿不再逃荒受饿,二则别人见她已经是有夫之妇,也许不再动不动就在她的身上打坏主意。但是就在这个时候,家乡来人,告诉她一个不幸消息:她的女婿在逃荒中死在济宁境内。她表面上仅是脸色一寒,没有说一句话,却在静夜里蒙着头暗暗地痛哭几次。尽管她从没有看见过这个出外逃荒的农民后生,却因为一则她一直把他当做命中注定的夫婿,在感情上和道德上十分忠实于他,她怎能不哭呢!二则她看到她的一家亲人,包括这位没有同她成亲的可怜夫婿,都是多么不幸,又怎能不哭呢?她不明白为什么所有的不幸都落在她的亲人头上!

自从同李岩率师往豫西来投闯王,她也曾偶然想到过自己的终身大事。但是她自己毕竟是一个姑娘,关于婚姻的种种心事,她只能深深地锁在心里,不能对红霞等手下人吐露出来。上个月,因为听到在杞县有人造谣说她把李公子掳到军中,强迫李公子跟她成亲,她觉得受到很大侮辱,曾经气得在夜间悄悄哭过。如今尽管她救了李岩出狱,而且汤夫人已经死了,她又一向敬佩李公子,但是她想，即令她永远不出嫁，也决不能向李公子吐露心事！

她暗暗叹了口气，想着如果母亲在世，这事情就好办了。倘有母亲在世，这事情何用她自己操心！猛然想起来苦命的母亲，红娘子立刻就将婚姻大事抛在一边了。母亲和弟弟惨死的往事，清清楚楚地浮现在她的心上，使她心痛如割，热泪奔涌。

叔父死后，她母亲就在邻村的一个财主家里做女仆，将她姐弟两个也带了去。那财主家的管庄头子见她妈是年轻寡妇，眉目俊秀，就百生方想娶她做小。母亲死不答应，立志永不改嫁，把他们姐弟俩拉扯成人。后来因被这个管庄头子纠缠不过，母亲离开了那家财主，带着一双儿女仍旧回到破庙里住，有时替人家帮短工，做针线活，有时带着他们讨饭，苦熬日月。那个管庄头子仍不肯放过她妈，常来胡缠。一天黄昏以后，母亲从邻村回到庙里，哭了一夜，把仅有的一碗玉米面烙成一个饼子，放在床头，把她叫醒，搂住她哭着说："你以后要多照顾你弟弟，出去要饭时别叫狗咬着你们。"她看着妈点点头，却不知妈为什么哭得跟泪人儿一样，又在妈的怀里睡着了。等到天明，她一乍醒来，却看不见妈在身边，叫了几句也不应，随后看见母亲在梁上吊死了。她把弟弟摇醒，拉着他大哭着往村里跑，叫人来把妈从梁上卸下来。弟弟不知道妈妈已经死了，趴在妈妈的死尸上大哭，叫着："妈呀，妈呀，我饿呀！"村里人把母亲用破席子卷了，埋在乱葬坟里。好心的大人们对她说："你带着弟弟去找你舅舅吧，要不，你俩没大人照料，都会饿死冻死的。"她没有办法，带着弟弟往舅舅家去。那个小玉米饼子他们已经吃完了。她一手提着讨饭篮子，一手拉着三岁的弟弟，边哭边往舅舅家走。到舅舅家有十五里，中间隔着两座小山头。弟弟走不动，她背着他走。走到一半路，她也饿了，走不动了。她背着弟弟，歇歇，走走，哭哭。弟弟哭着要妈，直要她背着他回庙里。弟弟越在她身上闹着要回去找妈，她越背不动。走了大半天，刚翻过第二个小山头，她的两眼发黑，头一晕，栽倒下去。弟弟从她的背上摔下来，滚下山坡，她自己也不省人事了。后来遇着一个好心的过路人,和她舅舅是同村子的,将她救活,背到舅舅家去。可是弟弟从几丈高的悬崖上滚下去,已经死了。直到她懂事以后,才有人告她说她母亲是那晚从邻村回来,在路上被管庄头子强奸,羞愤不过才上吊的。起义之后,她总在想着回到家乡报仇,但竟然没有机会。因为破杞县搭救李公子,来到豫西,她现在去河北为一家三代人报仇的机会更少了。

红娘子用被子蒙着头,想着,哭着,大半个枕头都被她的热泪湿透了。有时她想,要是弟弟活着,如今也会像双喜那样……

这时候,李岩还没有睡。他把李侔、李俊和刘祥叫到面前,告诉他们,他和李侔、红娘子明天一早要去闯王的老营拜年,嘱咐他们两个留在营中照料,既要让弟兄们好生休息,也要注意军纪整肃,不许酗酒、赌博。然后他把李侔留下,挥退左右亲兵,剪亮蜡烛,低声说道:

"德齐,我这些日子虽然十分疲劳,但今日到了闯王老营,所见所闻,使我的心中到现在还不能平静。我想趁此时候,同你谈谈。今后我们在闯王这里如何立身行事,更要心中清楚。"

"要不要把红娘子请来,一起谈谈?"

"不用。她太累,恐怕早已睡着了。"

"哥认为闯王如何?"李侔首先这样问,因闯王给他的印象极好。

"诚如你昨天告我说的,十分使人敬佩。我看闯王胸怀大志,奋发有为,谦恭下士,待人以诚,自奉俭约,对将士如待家人。他的军纪严明,令行禁止,上下齐一。闯王关心百姓疾苦,同我谈话中间,总是关心如何革除弊政,解救小民困厄。目前闯王不但在军中威德崇隆,深得将士之心,而豫西百姓也莫不视如救星,远近口碑载道,传为歌谣。我原以为闯王身上必有一股草莽气味。今日一见,始知大为不然。闯王出身草莽,而锋芒不露,谦和之光照人。历数前古,在历代起义英雄中很少有此人物。"

李侔笑着说:"起初红娘子建议我们来投闯王,今日看来,这一步走得很是。"

"这一步确实走得很是。但是我今日所见所闻,感想甚多,至今心中尚难平静。"

"哥何故如此?"

"唉,一句话很难说完。"

李侔悄声问:"是不是怕同闯王手下将领们不易相处?"

"不然。今日闯王帐下的亲信大将,已经认识了两个。高一功是闯王内弟,待人诚恳,平易近人,根本不像是草莽英雄。刘捷轩在军中地位甚高,铁匠出身,粗犷豪迈,不失草莽英雄本色,但性情异常爽直,肝胆照人。听说他在战场上勇猛无比,日常处事十分正直,这样人最易相处。"

"既然如此,哥为何心中不宁?"

"唉,这心情确实复杂。今日来到闯王军中,对闯王全军情况,未窥全豹,仅见一斑。我好像身临沧海,而自己渺如一粟。平日朋友间对我谬加称许,说什么有文武全才,其实咱们平日所讲的武,不过是书生们纸上谈兵,毫无实际阅历。可是闯王知兄虚名,推诚相待,献策等又过为吹嘘。古人云:'盛名之下,其实难副。'今日一看闯王骑兵操练极其认真,全从实战着眼。童子军培养少年将才,目光远大,实为千古创举。又听说匠作营所属各种作坊,除火器坊尚未建立外,都很齐全。凡我们所曾想到的,闯王这里全已有了;我们没有想到的,闯王这里也已有了,或已想到了。闯王起义至今,十载以上,驰驱数省,身经百战,在治军与作战上阅历甚深,见闻极广,而又虚怀若谷,博采众议,故进入豫西以来虽然诸事草创,可是已具备了宏伟规模。你我毕竟是书生出身,束发受书,惟知学做八股,醉心举业,闭塞心智,如瞽如聋。近几年虽然抛弃举业,稍稍涉猎经世之学,旁及兵法战阵诸书,然十年来足迹不出杞县、开封,交游多是同窗、社友,言谈不离乎纸面文章。今日到闯王军中,一日见闻,远胜读书十年。我平日自视甚高,今日爽然若失,恨无真才实学,以报闯王知遇之恩。"

"哥说的很是,弟也略有同感。但古人云:'尺有所短,寸有所长。'我们只要尽忠辅佐闯王,总还是有可用之处。献策今日做闯王军师,言听计从,难道他在军事上不也是毫无实际阅历?"

"献策的情况不同。他来投闯王,献出'十八子当主神器'的《谶记》,证明闯王是奉天承运,必得天下。闯王在连年受挫之后,得此《谶记》,其对全军上下的鼓舞,可想而知。何况,有此《谶记》,不仅使全军上下更忠心拥戴闯王,即对其他群雄来说,亦可以借天命为之号召。献策立此大功,当然应受闯王殊遇。另外,你我与献策相识数载,知道他确有非我们所及之处。我说的不是他那一套风角、六壬、奇门遁甲之类。这一套,我们不信,连他自己也未必真信。我常说,献策是隐于星相卜筮的奇人,奔走于公侯之门而不为屈,家无隔宿之粮而能济朋友之急,身不满五尺而心雄万夫,未曾力学而博通三教九流;剖析时事,了如指掌;天下山川形势,罗列胸中。他虽未亲历行伍,但多年留心武事,于兵法阵图涉猎甚多,且能揣摩钻研,深有会心。我去年在开封住时,常同他作竟夜之谈,十七史重大战争他谈起来如数家珍,不惟能详述战事经过,而且能指出双方胜败变化之前因后果,剖析入微,使人信服,听而忘倦。献策常博访老兵退卒,询问戚继光练兵作战事迹,与戚继光的《练兵实纪》、《纪效新书》相印证,故对近代军旅之事,亦深有研究,非一般徒卖弄孙子兵法,泥古不化者可比。所以我方才说,献策虽是一个江湖术士,也确有非你我所及之处。"

"哥,据你看,他献的什么《谶记》……"

李岩立刻做个手势,使李侔不要说下去,微笑一下,悄声说:"陈涉造反,将'陈胜王'三个字写成帛书①塞入鱼腹,然后剖鱼出书,又令吴广假装狐鸣,都是借以煽惑大众。刘邦起义,未必真有

---

① 帛书——陈涉、吴广在帛上写"陈胜王"三个红字塞进鱼腹中,士卒买鱼烹食,发现帛书。又使吴广烧着篝火,潜入戍营地旁边的野庙中,伪装狐鸣,叫道:"大楚兴,陈胜王。"

斩白蛇一事。韩山童想造反,使其党羽埋一独眼石人①于黄河岸上,借以煽动修河饥民起事。献策所献《谶记》,难道不也是鱼腹帛书之类?但我们既自誓效忠闯王,惟恐其不早建大业。如此等《谶记》,宁可信其有,不可疑其无。子英年轻无知,不明利害,你要告诫他在此等事上说话千万小心。一言说错,会惹杀身之祸。切记,切记!"

李侔连忙说:"我明天一早就告诫老七,要他处处说话谨慎。"

李岩又说:"还有,前几天在路上时候,我听见老七对人说,大哥一到闯王军中,准会使闯王的大军气象一新。当时我正有事,没有管他。你明天要对他说,像这样的糊涂话不惟不许再出口,连想也不许想。我们在杞县时候,因听惯了官绅们对义军诽谤之词,不明真相,情有可原。如今来到闯王军中,处处都使我们自愧无知,千万不可再有从前想法,不可再随便胡说。"

李侔点头:"确实不可胡说。我们从豫东来投闯王,实是慕义而来。倘若闯王不是同别人相比气象大不相同,口碑载道,咱们也不会来伏牛山中相投,誓忠拥戴。"

李岩点头说:"正是如此。"

李侔问:"哥,你今日同牛启东见了面,觉得此人如何?"

李岩答道:"很难说。虽然我与启东系丁卯同年,但多年并无来往。今日见面,自然十分亲热,一见如故。"

李侔说:"启东既是哥的乡试同年,又与献策是好朋友,去年献策在省城设法救他,我们也曾勉尽薄力。我想,我们如有见不到的地方,或有什么困难,他定会随时相助。"

"这个自然。不过我们初到闯王这里,总得事事谨慎,不可粗心大意。闯王治军甚严。我们对手下人切不可放纵了,犯了闯王军规。"

"是,是。我很明白。"

---

① 石人——元朝末年,韩山童借白莲教起义,预先在黄河两岸制造童谣:"石人一只眼,挑动黄河天下反。"使其同党在黄陵冈黄河岸上埋一独眼石人,让修河饥民掘出,煽动起事。

停一停，李岩又说："德齐，我刚才有几句话，意犹未尽。许多读书人，一受宋以来理学之害，二受八股科举之害，往往读书一生，毫无实学，问兵、农不知，问钱、谷不知，问经邦济民之策，瞠目不知所答。有少数人能打破科举制艺①藩篱，涉猎一些杂学②，便在朋辈中谈政言兵，旁若无人，自以为管、乐③再世，诸葛复生。其实，陈涉、吴广等首难英雄和刘邦、朱洪武等创业之主，都不是读书人。自古以来有真才实学的读书人，都只能因人成事，做人辅佐。你我是世家公子出身，又涉猎了几部经世致用的书，平日不知天高地厚，自以为多么了不起。如今来到闯王帐下，虽只一日，耳目为之一新，胸襟为之一开。自今往后，我们千万不可再存往日的狂妄习气和想法。切记，切记！"

李侔因哥哥不惜重复，谆谆告诫，明白哥哥一则确实见到闯王后十分敬佩，二则也用心很深。他连连点头称是，并且说：

"哥说的这些话，我一定记在心中。"

关于红娘子拜高夫人为义母的事，红娘子和李岩刚回来时已经作为一件大事对李侔谈过，此刻又提起来谈了一阵。兄弟俩都是满心喜悦。李侔很希望哥哥早日将红娘子娶为续弦夫人，但是封建礼教思想深深地妨害了他们兄弟间的亲密平等关系，使他在兄长面前只能毕恭毕敬，而不好谈及兄长的婚事。他想了想，决定明日见到宋献策时顺便谈谈这事，请献策从中撮合。他离开哥哥的军帐，在全营中巡视一遍，才回到自己的帐中。李岩在李侔离开后根据洛阳一带百姓欢迎闯王的话，拟了两首歌谣，然后才脱去外衣上床。但是他没有马上入睡，心潮澎湃，万感交集，忽然从二里外郝摇旗营中传过来第一阵公鸡啼叫……

---

① 制艺——即八股文。
② 杂学——明代读四书、五经和学做八股文为读书人进身的敲门砖，把别的书籍和学问都看成杂学。
③ 管、乐——管仲，春秋时齐人。乐毅，战国时燕人。

375

第二十一章

自从崇祯八年攻破凤阳，焚毁皇陵之后，李自成的手下将士只有今年这个新年过得心情舒畅，充满着胜利的喜悦和信心，每个人都看见面前展开了无限前程。几年来总在被围困和被追击的局面，开始改变了。由于宋献策来到时献的《谶记》，全军上下都相信李闯王必得天下，精神十分鼓舞。新近连破两座县城，活捉了万安王，使士气更加振奋。恰好除夕这天，李岩和红娘子率领豫东数千将士来到，更是锦上添花，喜上加喜。

李岩等在大厅中向闯王拜过年以后，红娘子自去内宅给高夫人拜年，李岩兄弟又同牛、宋二人和一些重要将领互相拜年。李侔趁机会同宋献策拉个背场，咕哝一阵。宋献策满脸堆笑，频频点头，低声说：

"这事好办，好办。你放心，这个月老我是做定了。"说毕，轻声地哈哈一笑。

李侔因为人马初到，尚未安顿就绪，在大厅中稍坐一阵，就向闯王告辞，自回清泉坡去。李岩被闯王留下，商谈大事，而红娘子也被高夫人留在老营过年。

愉快而俭朴的午宴之后，李自成将李岩和牛、宋二人引到看云草堂，继续倾谈。坐定以后，李自成向李岩说：

"昨日你是初到，已经得闻不少高见，使我受益不浅。后天一早我就要动身去永宁，明天一天有事，不得空儿，所以趁此半日无事，牛先生和军师也没有别的事儿，大家再一起谈谈。关于如何练兵的事，足下有何赐教？"

李岩恭敬地欠身说："岩自昨日来到此地，已经是闯王帐下偏裨。倘有垂询之处，自当尽心竭虑，敬献刍议。万乞自今往后，不要客气。闯王如此客气，反而使岩心中不安。至于如何练兵，如何打仗，麾下阅历宏富，韬略在胸，且有军师赞襄硕画，所以入豫时间虽浅，新兵已练得成绩斐然。岩昨日在寨上看了之后，心中赞叹不止。岩是碌碌书生，对练兵打仗的事，全无实际阅历，知之甚少，实在不敢妄言。"

自成笑着说："你不要这样过谦。你有学问，见闻也多，必然有卓识高见，可以帮助我练好一支精兵。"

牛金星和宋献策也想听一听李岩的意见，都请他不要过于谦虚。李岩想了一下，说：

"我曾看到上海徐相国①几封奏疏，极言火炮的厉害。去年冬天宋军师枉驾寒舍，曾作数日畅谈。论及当代军旅之事，军师也十分重视火器之利。不知义军中火器多少？这种东西，目前虽然不一定用得着，但将来进攻坚城或两军野战，威力很大。"

闯王说："如今我们还只有些小的火器，没有大炮。虽然军师提过军中需要大炮的话，可是一则没人会造，二则将士们也不很重视。等咱们破了洛阳之后，自然要收集一些火器。太大的，携带不便，也不必要。便于携带的火器，倒是对咱们很有用处。"

宋献策明白闯王自己和刘宗敏等大将们对炮火的使用都不十分重视，只偏重将士们的勇敢和弓马娴熟，这是十几年来流动作战的形势使然。他趁李岩提到此事，赶快说：

"目前弓、箭、刀、剑虽然仍为战争利器，然论到攻城与守城，或两军对阵相持，火器最是威力无比。火器的长处在于能及远命中，能摧坚，能一弹杀伤多人。目前因闯王才到河南，诸事纷忙，自然以招兵买马为首要急务。目前已经有了十几万人，所练精兵日多，可以腾出手来编练一支精兵专用火器，如明朝的神机营②那样。至

---

① 徐相国——徐光启。详见第一卷三十二章"徐光启"注。
② 神机营——明成祖得到一批西洋炮铳（火器）和制造方法。后来专门成立一支使用各种火器的部队，定名为神机营，为京军三大营之一。神机是对各种火器的美称。

于火器,我们只要重视,就可以陆续收集;将来找到名匠高手,可以自制。晁错说:'器械不利,以卒予敌也。卒不可用,以将予敌也。'火器就是今日利器,远过前代。"

牛金星笑着说:"前年弟在京师,听说朝中也有一些儒臣不同意多制造大小火器以御满洲。他们说,火器本是夷人所长,非中国所习用。中国自有中国长技,何必多学夷人。自古作战,兵精将勇者胜,未闻一个名将有用夷技取胜于疆场的。"

李自成和宋献策、李岩都笑了起来。牛金星又继续说:"这些儒臣不知道军旅之事也应该与时俱进,不应墨守旧规。如说火器来自西洋夷人,然自元、明两朝即被中国采用,至今已有三百多年。再说,这班在朝中的老先生们忘记,倘若不用夷技,那么,我们如今只好仍旧乘兵车打仗,连马也不要骑了。"说毕,拈须大笑。

宋献策见牛金星和李岩都主张采用火器,就接着发挥他的意见说:"自古迄今,作战之道,其不变者为奇、正、虚、实之理,其他则因时兴革,因地制宜,代有变化。然自春秋以来,最大的变化有两次。春秋末年,赵武灵王学习匈奴人胡服骑射,这是中国有骑兵之始。骑兵与兵车相较,不但便利得多,而且省钱得多。可是尽管骑兵有种种便利,却因古人喜欢墨守旧规,不愿革新,所以大约又过了两百年,到了战国末期,兵车在战场上才被淘汰。这骑兵代替了战车,是中国军事上的第一个大变化。到五代和北宋时,在攻城时已经知道用炮。但那时的炮是以机发石,不用火药,不用铁弹,力量不大,与今日的制法不同。所以前人写炮字只写作石字边,不用火字边。从元朝以来,虽然改用火药发炮,炮弹也改用铅、铁,不再用石头了,但是直到如今,人们写炮字还是用石字边,这是因袭宋朝人的写法。到了元朝……"

由于炭火的熏烤,宋献策忽然咳嗽两三声。在他的话暂时停顿时候,李自成轻轻地点点头,对他说:

"是的,我听说火器的使用从元朝就开始啦。"

宋献策接着说:"元朝的蒙古兵远征西域,得到西域大炮①,用以攻金朝的蔡州②,这是在中国使用火器之始。又过了四十年,蒙古兵攻破宋朝的樊城,并威胁襄阳的守将投降,炮火更为著名。然而元朝的火器尚不发达,制法也不曾广为流传。到了永乐年间,从交趾得西洋铳炮甚多,并用越南大王黎澄为工部官,专司督造,尽得其传。成祖又特置神机营肄习,编入京营之内。铳炮称为神机,足见多么重视。此后火器品类,日益增多,大小不等,大者用车,次者用架、用桩,小者用托。大者利于攻城守城,小者利于野战。说起它的厉害:小者能洞穿铁甲数重,大者能一发而杀伤千百人,能破艨艟战舰。弘治③以后,又传入佛郎机炮④,转运便捷,远远超过旧制铳炮。万历以来,火器益精,佛郎机反而渐被淘汰。有些西洋人寄居澳门,与中国通商;有些人在北京传教,并在钦天监供职,朝廷待以外臣之礼。这些人颇精于格物致知⑤之学,善造火器,称为西儒。徐相国精于天文、历法、水利、火器制造,就是跟这班西儒学的。近代火器大兴,实是中国军事史上的第二次大变。劲弩及远不过百步之外,而今日大炮远者可达十数里至二十里以上⑥,远非劲弩可比。故今日必须详察古今兵器变化,因应时势,多收集一些好的铳炮,令一部分将士认真肄习,将有极大用处。"

闯王点头说:"咱们的老将士也都知道火器的厉害,但大家没

---

① 西域大炮——指欧洲的大炮。从元朝初年到明朝末年,在这三四百年中欧洲的大炮和中国的大炮发展水平大致相等,都停留在后膛发火阶段。元朝的大炮是从欧洲夺得,而明朝后期的大炮是在国内制造。

② 蔡州——今河南省汝南县。公元 1233 年,金哀宗由开封逃至此地。元兵攻破蔡州,金朝亡。

③ 弘治——明孝宗年号,自公元 1488 年至 1505 年止共十七年。

④ 佛郎机炮——明朝人泛称西班牙、葡萄牙人为佛郎机人,即 Franks 的译音。由西班牙、葡萄牙传来的一种大炮,称佛郎机炮,亦简称佛郎机。这种大炮又名大将军炮。大批仿造,开始于嘉靖八年(公元 1529 年)。

⑤ 格物致知——古人对自然科学的说法。

⑥ ……二十里以上——明末所仿制的红衣大炮,射程可达二十里左右,但不是有效射程。由汤若望口授而由焦勗编述的《火攻挈要》中说:"近有鸟枪短器,百发可以百中;远有长大诸铳,直击数十里之远,横击千数丈之阔。"当时制造火器的专家李之藻在一封奏疏中谈到西洋大炮的威力说:"二三十里之内,折巨木,透坚城,攻无不摧。其余铅、铁之力,可及五六十里。"

有用惯,还怕用不好伤了自己人,所以在火器上不是那么很重视。今后如得到好的工匠师傅,咱们也要仿造一些便于马上携带的轻便铳炮,至于攻城大炮,怕不好造,暂时夺官兵的吧。如遇到精通此道的人,大炮也是要造的。"

献策忙说:"闯王所言,实为英明远见。找到精通此道的人才也不难。自万历末年以来,住在北京的西洋人如利西泰①等,传授制造火器秘法,已有很多人通晓其技。将来我们多方物色,重礼相聘,总可以请到一二位懂得的人。即令不是精通,也不要紧。凡事难不倒有心人,经过一段摸索,自然会一旦贯通。"

金星接着说:"军师所说的那些在北京的西洋人,我也知道。他们就住北京宣武门内的天主堂里。听说西洋有所谓欧罗巴国②、红毛国、佛郎机国,均离中国数万里。那红夷大炮就是从红毛国传来的。这红夷大炮又写作红衣大炮,能射二十余里。崇祯十一年冬天,东虏突入北京附近,北京各城上都摆着红夷大炮,遣官祭炮。后因东虏没敢攻城,也未曾用。"

关于劝闯王重视近代西洋火器的建议,已经结束,所以大家在牛金星说完这几句话以后,都没有再说别的话。宋献策想起来李侔在拜年时嘱托他的话,便决定趁此时机,当着李岩的面,同闯王谈一谈李岩和红娘子的亲事。但是他刚要开口,刘宗敏进来了。大家看见宗敏一脸怒气,感到吃惊。闯王笑着问:

"捷轩,大年初一,又发谁的脾气?"

刘宗敏担心各营将士过年节的时候军纪松懈,一吃过午饭就要骑马去各营看看,恰好他听到一个谣言,说张献忠和罗汝才在川西战败,二人生死不明,便来报告闯王知道。不料快走进这花厅院

---

① 利西泰——即利玛窦(Matteo Ricci,1552—1610),意大利耶稣会传教士,明万历八年到广州,后到北京。仿中国士大夫习惯,以西泰为表字。
② 欧罗巴国——明朝人多把欧罗巴当做国名,将荷兰国称为红毛国。

落的角门时,有人向他禀报,说看见几个弟兄躲在老营马棚中玩叶子①,使他火冒三丈。他立刻下令将马棚头领和玩叶子的人全数抓起来,听候处分,然后带着怒气走进看云草堂。他没有立刻回答闯王的话,回头去又朝着门外吩咐:

"统统替我抓起来,每人先打二十鞭子再说!把王长顺那个老家伙叫来,我在闯王这里问他!"说毕气呼呼地坐下去,结实的小靠椅在他的屁股下猛地咯吱一声。

闯王又问:"什么事?大年节出了什么事?"

"出了他娘的蔑视军纪的事!哼,他们竟敢躲在老营马棚里玩叶子,把你的不准赌博的禁令当成耳旁风。老营不正,下边各营弟兄,大多数都是新来的,如何能严守军纪?我先打他们每人二十鞭子,然后问明谁是主犯,砍掉一个脑袋瓜子,杀一儆百,大家就知道违反闯王的禁令不是好玩的!"

大家都心中明白,虽然闯王严禁将士赌博,但在年节中间,弟兄们偶然犯禁,也不至于就处以砍头之罪,所以大家不约而同地都望望闯王,希望他说一句话,对犯了赌禁的弟兄们从轻发落。李自成从眼色中明白了大家的意思,望着宗敏说:

"捷轩,弟兄们违反赌禁,按道理应该严罚。不过全军都在快快活活地过新年,可将为首聚赌的打一顿算了,只要他们以后不再犯禁就行。"

"闯王,我不是怕别的。我是怕一项禁令有人不遵守,以后别的禁令也会慢慢被将士们看得可遵可不遵,再好的军纪都变成了骡子屎,有若无。再说,弟兄们一旦准许赌博,必然要弄钱到手。以后攻破城池,攻破山寨,想禁止他们不抢劫,把缴获和抄没的一切财物交公,成么?将士们随便抢劫财物,咱闯王的部队不是同官军一样了?官军就是到处抢劫,没事时聚众赌博,赌输了就打架行凶,行军时带着大大小小的包袱,打起仗来又顾命又顾包袱,遇机

---

① 叶子——即叶子戏,又称马吊,一种赌博纸牌,起于明末天启年间(1621—1627)。近代的麻雀纸牌和麻将牌,就是从叶子演变来的。

会就来个鞋底上抹油。我何尝不愿意让弟兄们在新年佳节快快活活地玩几天？可是军纪上不能马虎。一处松，百处松。咱们眼看就要破洛阳，军纪不严，能禁止弟兄们在洛阳城内抢劫财物么？只要有少数人在河南府抢劫财物，就给咱们全军背上黑锅，扬个坏名儿，给你李闯王的脸上抹灰。所以今日这事虽小，也非严办不可。"

老神仙进来了。他于十天前派人扮作普通商人去南阳城内收买几种药材，刚才回到老营，告诉他在南阳城内听到谣言说张献忠被官军逼入四川泸州，无处可逃。他特意来将这谣言禀报闯王，因看见刘宗敏正在发怒，便先在火盆旁边坐下，暂不做声。

闯王望着宗敏问："是哪几个马夫赌博？是老弟兄还是新弟兄？"

"我已经命人去叫马棚头儿王长顺，问他就知。他虽然跟着你十来年，功劳苦劳都有，可是这事情他也脱不了干系，也得受罚。"

闯王向侍立门外的亲兵们吩咐：立刻把王长顺叫来问话。王长顺应声进来，站在两三步外躬身说：

"禀闯王和总哨刘爷，王长顺前来请罪。有几个弟兄躲在马棚里玩叶子的事，我已经查明，请刘爷发落。"

宗敏声色严厉地问："是哪几个吃了豹子胆的家伙在马棚里赌博？捆起来了么？"

王长顺不慌不忙地回答说："玩叶子的是一个老弟兄、三个新弟兄，还有两个弟兄坐在旁边看，全都抓了起来，等候处分。我当时不在马棚，对手下人管教不严，也请从严治罪。"

"我看你这个老家伙是自恃在咱们老八队年久，有些功劳苦劳，觉得闯王、高将爷和我平时待你不错，屑来小去不会处分你，你就故意放纵手下人干犯军纪，赌起钱来了。哼！"

"回刘爷的话，刚才几个弟兄在马棚烤火，玩叶子是实，赌钱是虚。他们都知道闯王禁令如山，无人敢犯。况且又在老营马棚，来往人多，岂敢拿着自家的皮肉当钱赌？"

"你敢替他们隐瞒么？"

"我从来不在闯王和刘爷面前说半句假话。他们实未赌钱,我敢拿头担保。"

刘宗敏的脸色缓和了,但声音仍很威严:"老王,你的脖颈上长了几颗脑袋?"

"不多不少,只有一颗。"

"好吧,我要是查出你替他们隐瞒,敢在闯王面前撒谎,我先叫人拔掉你的花白胡须,然后砍掉你的脑袋瓜子!"

"请刘爷放心。我王长顺跟随闯王多年,从不弄虚作假。我现在脖颈上顶着脑袋等候,决不会把脑袋藏在裤裆里。"

刘宗敏的脸上闪出笑容,说:"看你嘴硬!妈的,既然你拿头担保,我就饶了他们。去,好生训他们一顿,以后不许再玩这个玩艺儿!"

"是,以后不许玩这个玩艺儿。"王长顺转过身子,望着尚炯笑着说:"老神仙,大年节,我几乎又得劳你老人家的神,去给弟兄们治伤。"

医生说:"鞭伤棒伤都好治。我刚才就担心刘爷一时性急,为着执法如山,杀一儆百,误砍下一颗脑袋,我可没办法再安上去。"

屋里的空气登时轻松,出现了笑声。李岩深为感动。原来他完全想象不到,在闯王军中,闯王和像刘宗敏这样的大将对下边弟兄们有威有恩,军纪虽严,却上下没有隔阂。刘宗敏望望李岩,想起来今天上午他初次看见了红娘子,不禁在心中赞道:"真是天生的一对儿!"随即向闯王说:

"我本来同一功约定,分头到各处营盘走走,看将士们新年过得怎样。一功已经出寨了。我正要上马动身,忽然一个从南召县境内打粮回来的头目对我说,南召有人新从襄阳回来,听说谣传张敬轩和曹操在四川大败,大部分人马溃散,只带着少数残部逃入泸州,陷入绝地,还说杨嗣昌悬出重赏,限期捉拿敬轩归案。"

大家吃了一惊,尚未说话,尚炯也将他刚才得到的报告说了出来。尚炯和刘宗敏两人所说的消息来源不同,内容却大致不差,这

就使大家不能不重视这个谣言,议论起来。李自成望望宗敏和医生说:

"你们告诉从南阳和南召两处回来的弟兄们,这谣言不要乱讲。显然这是无根之谣。田玉峰派人专门去襄阳打探军情,如有确实消息,自然会立即向老营禀报。在玉峰那里来人之前,咱们不用议论四川的战事吧。"他掩盖着心中的不平静,笑着向宗敏问:"你手下办文墨的那个王秀才,听说回去后不想来了,真的?"

宗敏压抑着心头怒气,苦笑说:"他原说告几天假回家去把老婆孩子搬来,谁知一回去就带着家里人逃往深山,来封书子说他不来啦,还劝说咱们不要攻洛阳。一切逃走的读书人,你都不许派兵去捉回来,他当然不再来啦。"

宋献策望着李岩说:"你瞧瞧,想多延揽一些读书人,在目前尚非时候。王秀才从十二岁开始应考,直到四十岁才进了学;中了秀才之后,仍然在穷山沟中教个蒙学度日,穷困不堪,别无前程。就是这样,他还要死抱住明朝的牌位不放,一心忠于明朝天子,顽而不化。这样人,他口中不言,心中何尝不骂我们是流贼,而称明朝为正统?他何尝明白,朱洪武尚未称吴王时,那班死抱着元朝牌位的读书人也是把朱洪武称做乱贼,而把元顺帝看成是正统天子。许多读书人不明事理,不识时务,就是如此。代代皆然,无足为奇。"

李岩说:"读书人受孔孟之教,被一个囫囵吞枣的'忠'字迷了心窍,也不管其所忠者是桀,是纣,是独夫民贼。"

刘宗敏愤慨地说:"林泉,你把话说对了,可是还只说对一半。眼下闯王才到河南不久,大局还不分明,你们几位能够抛离家乡,抛开祖宗坟墓,前来共事,所以全军上下无不敬佩。可是目前,像你们诸位的人不多啊。有很多读书人还跟着官府一个鼻孔出气,说我们是流贼。明明是官军到处奸掳烧杀,苦害百姓,这班读书人装聋装哑,却硬是昧着良心,血口喷人,硬要造谣说咱们的人马奸掳烧杀。另有一班读书人,在等待,在看大势。我敢打赌,再过他妈的两三年,即令咱们还没有杀进北京,人们也会看清楚明朝的大势已经去了。老鸹野雀旺处飞,连鲤鱼也爱溁上水。到那时,还愁读书人不肯来么?那时候,哼,别说是山沟里的穷秀才,就是举人、进士,在明朝做官为宦的,也会把头削得尖尖地来到咱闯王面前,求他重用。在眼下,谁要是来投闯王,自然会有亲戚朋友大骂他从贼谋反,不忠不孝。再过两三年,顶多三四年,有谁不来投闯王,他的亲戚朋友会怂恿他赶快来,巴不得他变成新朝贵人,自己也跟着沾光。俺是个打铁的粗人,说不清历代兴亡关头读书人是怎样变的,可是我看透了如今的读书人,他们呀,嗨,身穿襕衫,头戴方巾,走着八字步,一开口子曰子曰,之乎者也,其实,有几个人的骨头里不浸透了势利二字?不信?到将来你们瞧着,咱们来个开科取士,凡考中者封官授职,准定会把贡院的大门挤塌!到那时,咱们设一个招贤馆,凡来归顺新朝的,求官做的,都请住在招贤馆中,大酒大肉款待。你们各位等着瞧,设个招贤馆,又该我费事了。"

牛金星说:"你是大将,管统兵打仗。南征北讨,就够你忙了。这招贤馆的事,用不着你操心。"

宗敏说:"我是打铁的出身,我得把招贤馆的几道木门槛换成铁的。"

大家哄堂大笑。宋献策拍手说:"刘爷是痛快人,一语道破玄机!"

宗敏站起来说:"我要去几个营盘看看,失陪啦。"

除闯王外,大家都站起来相送。宗敏望望李岩,忽然想起来一件事,转向牛、宋二人,笑着说:"我今日才看见红娘子,果然名不虚传。你们二位都是李公子的老朋友,何不做个保山,让他们趁此过年时候成亲算啦。日后打起仗来,哪有像这样从容工夫?"

宋献策本来已经同牛金星约好,今天要趁着在看云草堂谈话时候向闯王和李岩提一提这件婚事,没料到刘宗敏先说出口,不禁同时哈哈大笑。金星说:

"捷轩将军与我们所见相同,林泉兄与红娘子的确是天作良缘。这月老我是做定了。"

宗敏说:"我做事喜欢干脆痛快。你们要趁水和泥,趁火打铁,快点玉成他们,赶在这年节里把喜事办了拉倒。"

闯王说:"林泉和红娘子昨日才到,鞍马劳顿,风尘仆仆,尚未休息。捷轩,你急什么? 此事我自有安排,不争这一时半刻。你莫急嘛。"

"好,不争这三天五日。这事由闯王主持,牛先生和军师为媒。我刚才只是想到了顺便提醒媒人一下,到拜堂成亲时不要忘了请我吃杯喜酒就行了。"宗敏说毕,哈哈大笑,拱拱手,大踏步走了出去。

李岩同牛、宋和医生重新坐下,说道:"原来在路上我只听说捷轩将军是一员虎将,在战场上异常慓悍,使官军望见破胆,没有料到他竟是如此一个很有风趣的人物。"

闯王笑着说:"相处日久,你会愈觉得捷轩可爱可敬。这个人识字不多,可是绝不是一个粗野武夫。他真正是大将之才,也是帅才,在咱们军中极有威望。尽管脾气有点暴,可是将士们还是喜欢在他的手下做事,也喜欢跟着他冲锋陷阵。他为人耿直爽快,打起仗来总是身先士卒,做起事来处处顾全大局。别看他刚才说话挖苦读书人,其实他对读书人也是很尊重的。老神仙,你说?"

一直很少说话的医生点头说:"我同捷轩在军中相处数年,深知他大公无私,心口如一,肝胆照人。"

经刘宗敏临离开看云草堂时一提,话题很自然地转到李岩和红娘子的亲事上边。宋献策想着如今既然高夫人成了红娘子的义母,这事非通过高夫人才好办,所以建议将高夫人请出来一起商量。闯王也很赞成,立刻就吩咐亲兵去内宅请高夫人到花厅来。宋献策赶快拦住说:

"最好请子明劳驾去内宅一趟,免得夫人一时莫名其妙,未必马上就来。"

大家都觉得由老神仙去请高夫人最为得体,于是医生就满面春风地往内宅去了。

高夫人正在同红娘子叙家常，问了红娘子的幼年遭遇，又问到她在豫东起义以后的一些事情。后来话题又回到红娘子的幼年时候，高夫人叹口气，轻声问：

"你从母亲和弟弟死了以后就长住在舅舅家里？"

"没有。"红娘子悲声回答，"舅舅也很穷，养不活我。他原是一个武教师，靠传授武艺吃饭，常常吃这顿，没那顿。我到舅舅家才过两年，有徐鸿儒的余党起事不成，牵连了他，官府派兵前来捉拿。他一张弓、一把大刀，杀死了十来个官军，使官军近他不得。后来他身上中了三箭，倒了下去，几十个官军才从四面扑了上来。可是他看到官军走近，又突然坐起来，砍死了一个官军，才被乱刀杀死。我从六岁就跟着舅舅学武艺……"

红娘子的话尚未说完，一个女兵掀起帘子，向高夫人禀报说老神仙来了。随即老神仙走了进来。高夫人和红娘子都起身相迎。高夫人让医生坐。医生不坐，满脸堆笑，拈弄着花白长须说：

"闯王同军师在花厅商量一件事，请夫人也到花厅坐坐。"

高夫人从老神仙的喜悦神气，已经猜到八九。上午军师来内宅向她拜年，也曾对她嘀咕几句，使她一直把这事放在心上。所以她没有问商量什么事，便笑着对医生说：

"既然闯王不差亲兵来叫我，偏请你老神仙来一趟，必有要事相商。你先去吧，我再同红娘子说几句话，马上就去。"

"好，好。只待夫人去一言而定。"老神仙毫无拘束地哈哈大笑，退出上房。

高夫人重新坐下，也让红娘子赶快坐下。她问："你在舅舅死了以后如何过活？跟着舅母？"

"不是。舅舅在死前几个月，就送我去投师学艺。我这位师傅是舅舅的师弟，带领一班人到处跑马卖解，闯江湖。"

"啊，怪道你的武艺这样好，原来是从六岁就开始学的！"高夫

人使个眼色,使身边的两个女兵都出去,停了片刻,然后笑着说:
"你邢大姐,我想问问你,你的终身大事也该办啦。你我非外人可
比,你不妨对我说出心里话:你眼中可有能够配得上的合适人么?"

红娘子的脸孔刷地红到耳后,低头不语。高夫人等了片刻,又
笑着悄悄地问:

"你看,要是李公子……合适么?"

红娘子听到这话,连整个脖颈也变得通红,心头一阵乱跳,而
一种莫名其妙的慌乱情绪使她一时不知如何回答,不自觉地用右
手拧着衣襟。

高夫人等了片刻,见她不回答,也不抬头,便第二次问了一遍。
红娘子的心中略微镇静一点,但呼吸仍然感到紧张,脸颊也感到发
烧。她想回答高夫人,但又羞得不知道怎样启口,只是将下巴轻轻
地点了一下。她的动作是那样轻微,竟不曾被高夫人看得分明。
高夫人又笑着说:

"男大当婚,女大当嫁,这是自古人伦大事。你不要害羞。我
不是外人。你对我说出来,我好替你做主。闯王和军师特意叫老
神仙来请我出去商量,我猜想就是谈这件事儿。你说,要是闯王和
军师的意思是李公子,你的意下如何? 嗯?"

红娘子越发将头低下去,小声喃喃说:"我既无父母,又无兄
长,闯王和夫人就如同我的亲生父母。女儿的终身大事,只能听父
母之命,媒妁之言,何必问我?"

高夫人点头笑了,随即站起来,说:"我到花厅去一趟,免得他
们久候。你没事,让慧英等众姊妹陪着你玩儿去吧。"

高夫人出去以后,红娘子过了片刻才恢复常态。她听见有脚
步声音来近,将头抬起,只见红霞掀帘进来,说:

"红帅,昨晚上你好像睡得很不安,今早又是天不明就起来。
趁此刻没事,到慧英姑娘的床上去躺一阵好不好?"

红娘子突然站起来,说:"吩咐健妇们赶快备马,跟随我下山
射箭!"

红霞十分诧异，说："一路上天天骑马，尚未好生休息，你不觉得困么？"

"我一点儿也不觉得困。"

"今天是大年初一，还要下山去骑马射箭？"

"大年初一才要下山去玩玩哩！"

红霞从主人的异乎寻常的眼神和容光里看出来一些儿秘密心事，悄声问："刚才夫人同你谈了什么事？"

"什么事儿也没谈！我叫你去吩咐备马，你就照我的吩咐做，别多问！"

红霞看出来主人是对她佯装嗔怒，嘴角、眼神和眉梢都没法隐藏住一种平日少有的神情。她猜到了六七分其中原因，不好打听，便笑着问：

"要不要叫男亲兵们都跟着去射箭？"

"不用。叫他们趁年下好生休息吧。"

红霞到院中向健妇们一声传令，大家立刻准备起来，但每个人都对红娘子在大年初一有兴致下山去骑马射箭感到奇怪。高夫人的女兵们一听说红娘子要带领健妇们下山去骑马射箭，高兴万分，都要随同下山。慧英赶快去花厅禀明高夫人，留下四个姑娘以备高夫人随时呼唤，便带着其余十几个姑娘跑去备马。

红娘子下了山坡，勒马进入射场，将脱掉的斗篷扔给背后的一个健妇，立刻使她的战马飞奔起来。靶子是现成的。她要第一个连中三箭。耳边风声呼呼。她取弓在手，猛地拉满，觉得两臂有无穷力量，一箭正中靶心。健妇们和女兵们立马观看，齐声喝彩。红娘子的战马继续绕着射场奔驰，她突然一纵身跳下战马，在马的屁股上抽了一鞭，使照夜白奔跑更快，然后将弓和箭扔到地上。慧英等女兵们还都在觉着奇怪，而健妇们却登时心中明白。健妇们望着红娘子等候战马时的矫健身姿，神态沉着、安闲，不禁个个暗中叫好。但是有的人也不免略微有些担心。她们不是担心红帅自从起义后在这方面的功夫丢生了，是担心这照夜白是一匹性情倔强、体格高大的蒙古战马,不是从前专为卖解训练的那一匹性情温顺的四川小骗马。转眼工夫,照夜白在射场中兜了一圈,奔到红娘子的面前。大家只见红娘子动作像闪电似的举起双臂,没有看清楚她怎样将鞍子一按,身子已经腾空而起,骑在鞍上。不知是因为照夜白吃了一惊还是红娘子将镫子一磕,加快了奔驰。大家看见红娘子忽然扔掉丝缰,身影一晃,滚下马鞍,来一个"镫里藏身"。当照夜白重新奔过她刚才站立的地方以后,忽然她一翻身又稳坐在马鞍上,而大家看见那扔在地上的一张弓和两支箭又都在她的手中。大家还没有来得及喝彩,只见她轻举双臂,嗖的一声,箭如流星,又中靶心。大家又一阵齐声喝彩,特别是慧英等女兵们更是惊奇欢呼。大家同时猜想她的第三支箭将如何射法,想着必定更加奇妙。但是红娘子似乎并没有听见背后的欢呼喝彩声,心中暗想:高夫人大概正在同闯王和军师们商量吧?

"啊,我就猜到你们请我来是商量这事!"高夫人对宋献策等人笑着说,特别打量了沉默不语的李岩一眼。"红娘子已经认成我的义女,她自幼父母双亡,我自然要替她的终身大事操心。她今年二十二岁。若是平常庄户人家,十八岁就出嫁了,如今已经生儿育女。只为她流落江湖,卖艺糊口,绳上去,马上来,一则多年不知道小时定亲的夫婿死活,只好等着,二则一出了嫁,自然要生儿育女,就没法靠绳上马上的武艺卖钱,她那一大班子人如何糊口?这班人拖累着她,也不愿她早日嫁人。就这样,把她的婚事耽搁了。如今她已经起义,又来到咱们这里,再也用不着卖艺糊口,她那一班子人也用不着指靠她养活了。一个女孩儿家,在婚姻大事上比不得须眉丈夫,自然不好再耽搁了。可是你们刚才同李公子提过么?他的意下如何?"

宋献策说:"林泉只是顾虑,当日别人造谣,说红娘子将他掳去,强迫委身于他,如今结为夫妻,众人不知实情,倒真的将那无端栽诬的话信以为真了。其实……"

李双喜匆匆进来，将一封紧急书信呈给闯王。献策将话停住，同大家望着闯王拆看书子。自成看见田见秀的这封书信中所禀报的四川战事消息同刘宗敏和尚神仙所听到的传闻大致相合。他想着这确实是一个重大变化，也是个不利消息，但愿张敬轩本身平安无事，更不要全军覆没。他暂时若无其事地将书信装进怀中，望着双喜问：

"你没有去孩儿兵营中看看？"

"我本来说要去的，可是因为任总管生了病，中军吴大叔出差不在家，今天老营中事情特别多，我还没有腾出工夫，只好明日上午去。张鼐已经去了。"

闯王沉默片刻，又说："老营的事让别人替你办，你现在去吧。老营中有玩杂耍的、变戏法的、吹笛子的、吹唢呐的，你手下亲兵中有会翻跟头的、立竖儿的，统统带去，同孩儿们快快活活地玩半天。你跟小鼐子要留在那里同孩儿们一起吃晚饭，晚上再玩一阵回来。"

"是，我把老营的事情安排一下就去。"

闯王带着责备的神色说："老营的事情你只管放下，交代别人替你半天，天塌不下来。你应该多想想那些孩子，有很多都是孤儿，家破人亡，没有亲人，过年过节能不难过？像罗虎那孩子，父母都饿死了，随哥哥来咱军中，哥哥又在前几年阵亡。往年遇着过年过节都免不了哭一场，有时偷偷流泪。如今大了一些，又掌管孩儿兵全营，表面不哭，心中能够好过？你也是从孩儿兵营中出来的，还不明白那些孩儿们的情况？逢年过节，要特别体贴他们。快去吧。去告诉孩儿们说，明日上午你妈要去看他们。我如若有工夫，也要去的。"

双喜一走，闯王转向宋献策，催促他接下去将话说完。大家因为他谆谆嘱咐双喜去看孩儿兵，也不去想着那封书信中有什么重大的事了。献策接着说：

"其实，林泉也是多虑。如今由闯王与夫人主持，凭媒正娶，缔就良缘,岂不正可以破日前那些谣言的无稽么?那些谰言将不攻自破!红娘子那一边,夫人可问过她的心意如何?"

高夫人笑一笑,说:"红娘子虽不说出一个肯字,可是我看她是愿意了。"

闯王说:"这是她的终身大事,总得她自己说一句明白话才好。"

高夫人笑着将红娘子刚才回答的那句话说给大家听了以后,宋献策哈哈大笑,拍手说道:

"妙哉! 妙哉! 红娘子真算是善于词令! 林泉,你还有何顾虑?"

高夫人说:"李公子倘若有那个顾虑,这倒好办,把婚事办隆重一点儿就好啦。按道理讲,这婚事也应该办得隆重一些,方不负红娘子这样的女中英雄。她为着李公子的事,日夜奔波,马不停蹄,攻城劫狱,受尽辛苦,谁听了这件事也心中感动。拿红娘子来配李公子,按理说,他两个应该是都乐意的。他们原来是惺惺惜惺惺,变成了患难夫妻,可说是天赐良缘。我早已知道他们之间的原委,叫人气愤。这话,你们大概没有听李公子谈过。我听了那经过,就想着他们的婚事一定要成全,一定要隆隆重重地办。"

闯王说:"我们一见林泉就忙着谈论军国大事,私事一概未曾提起。你说的什么原委,什么经过,我们都没有来得及问。"

高夫人愤慨地说:"自从李公子入狱之后,咱们的探事人从豫东回来,不是禀报一些关于他们二人之间的一些话么?人们捏造出不要脸的谣言,胡说八道,说什么红娘子造反以后把李公子掳到军中,强迫成亲。看他们把红娘子说得还值一个钱么?真是血口喷人!世上的事就是这样!一人造谣,万口哄传。人们都不想想,那时李府大奶奶还在世,红娘子杀了人,造了反,手下将士们称她红帅,对她十分尊敬,她怎么会做出那样下贱的事惹部下耻笑?如若她那样下贱,部下还肯拥戴她么?再说,红娘子是一个有心胸,有胆识,才貌和武艺双全的巾帼英雄,难道她起义之后,甘心做李公子的小老婆才能够活下去么?哼,编造谣言的人是故意栽诬,听信的人竟然都喝了迷魂汤,不去想想!"

李岩十分佩服高夫人论事透辟,连连点头说:"确实如此!确实如此!"

高夫人又说:"这种嚼蛆的话,放在男人身上不算屁事,人们不但不以为耻,还当成风流佳话,可是放在一个没有出嫁的女儿家身上,就背上千斤黑锅。女人身上的苦处,你们做男子汉大丈夫的何尝明白!即令表面道理上你们明白,也不会连着你们的心!所以你们这两天见面时只谈论军国大事,我跟红娘子在一起就要叙些家常,问一问她的可怜身世,还想知道她卖艺糊口的辛酸生活,想知道她是怎样被逼无奈才造反的。有时她说着说着就哭了起来,我也忍不住陪着流泪。虽然我跟着闯王起义,在全军中受到尊敬,可是我毕竟是女流之辈,女人家的百般苦处我比你们清楚。何况我是穷家小户出身,父母早亡,靠着叔父高闯王养大,自小受苦,像红娘子肚里的苦水我肚里也有,谈起往事,眼泪会流到一处。"

闯王笑着说:"大家请你出来商量红娘子同李公子的婚事,你却光说些替红娘子抱打不平的话。"

高夫人说:"好,抱打不平的话就到此为止吧。他们的亲事你们大家看怎么办?"

牛金星问:"林泉这边已经同意,红娘子那边未知尚有别的话没有,可否请夫人一问?"

"她那边我虽不能完全做主,也可以九分当家。我看,她别的不会挑剔,就是在礼路上要不马虎才行。"

"如何才算是不马虎?"

"凭媒说合,互换龙凤庚帖,纳彩定亲,然后拜天地祖宗,花烛洞房,样样按礼办事。红娘子虽然自幼流落江湖,人们将她称做绳妓,但是她出身清白,非乐户、官妓可比。自从起义之后,身为一营之主,更非泛泛之人。在礼路上马马虎虎就是轻视了她,那可不行。唉,你们这班男人家,如何能够懂得一个清白女子的心中苦处!"

牛金星说:"如今汤夫人既然去世,红娘子是续弦,这婚姻自然要按照大礼办事。"

高夫人说:"可是我有一点儿担心。"

闯王问:"你担心什么?"

"我担心李公子会想着自己出身名门宦家,红娘子出身微贱,门不当,户不对。倘若李公子仍有门第之见,口中不好说出,心中存有芥蒂,日后夫妻之间很难相敬如宾,这婚事也就不用提了。我有红娘子这样武艺出众、容貌端正的干女儿,不愁嫁不出去。其实,咱们跟随闯王起义,连朝廷老子还要打翻地上,他的门户不比谁家高贵!什么名门大户,不过是世代靠鱼肉小民为生,站在小百姓的头顶上为非作恶,耀武扬威。倘若还怀着旧日看法,把这种臭门第放在心上,那就不合咱们起义的宗旨了。"她望着李岩笑一笑,接着说:"依我看来,如今红娘子是李闯王手下的一员女将,她的身份门第才真正高贵!"

牛金星哈哈大笑说:"何况她还是夫人的义女!"

宋献策笑着点头,说:"夫人用心甚细,为红娘子婚事着想,真是无微不至,但未免过虑耳。红娘子有义气,有肝胆,侠骨芳心,人品才艺,林泉兄久为倾倒。只是他们以道义相待,英雄惜英雄,惺惺惜惺惺,故来往三载,并无不可告人之事。今日红娘子是林泉的救命恩人,且同患难甘苦,相偕来投闯王,志同而道合。我敢信林泉胸中决无旧时门第之见。况且红娘子既是一员女将,又为闯王与夫人义女,这身价何等尊荣!处此革故鼎新之时,岂能再论旧时门第!"

尚炯说:"军师说的很是。红娘子做林泉的续弦正配,他心中决不会有丝毫芥蒂。"

高夫人说:"不是我刚才过虑,是世界从来就不公道,在男女婚姻上也是一样。那班有钱人家,纳妾,玩小老婆,只讲容貌,不论出身。丫头收房,娶娼妓,什么都行。一提正配,非讲门当户对不行……"

大家都笑起来,暗暗佩服高夫人说的话针针见血。李自成一边听大家说话,一边想着张献忠和罗汝才被杨嗣昌包围在川西,如果万一他们被消灭,或者溃不成军,潜伏起来,杨嗣昌很快就会出川,以几省的兵力来向他围攻。为着赶快商议军事,他等大家笑过之后,说:

"现在别的话都不用说了,只看他们二人的喜事如何办吧。我的想法是,趁目下不打大仗,赶快把喜事办了。说不定,开春之后,会有恶仗要打。"

李岩欠身拱手回答:"承蒙闯王与夫人如此关怀,各位老兄如此热心玉成,使我五内感激,无言可宣。往昔门第,已成过眼烟云,不值一提。今日这婚姻我不敢推辞,但实在深有苦衷,各位尚不明白。婚姻之事,请从缓议为佳。"

金星问:"不知年兄有何苦衷?"

李岩叹口气说:"弟与亡妻结缡十年,相敬如宾。内子为我起义而死,至今余痛犹深,实无心思于仓猝间再结新欢。"

自成说:"怕的是以后打起仗来,便没有工夫再议此事,一耽搁,就不知要耽搁到什么时候啦。"

李岩说:"闯王与夫人如此厚爱,敢不从命?但求过百日之后,再议此事。"

高夫人想了一下说:"我看,最好是趁如今军中闲暇,先将你们二人的婚事定了。等到攻破洛阳之后,趁着全军庆祝胜利,拜堂成亲。这样如何?"

大家都说这样很好,劝李岩不要固执百日之后。李岩不好推辞,只得同意。医生说:

"既然两相情愿,现在就该择好定亲吉日,送定礼,换庚帖。"

献策说:"明日就是黄道吉日,利于定亲、嫁、娶。我想,女方主婚人自然是闯王和夫人。男方呢,可惜李府的长辈没有一个人随军前来。二公子德齐是弟弟,不好替哥哥主婚。启东先生是林泉的乡试同年,这关系不比一般,又比他年长十来岁,可以代替李府主婚。至于月老,自然是我与老神仙了。如此安排,不知闯王与夫人意下如何?"

"这样好,这样好!"闯王笑着说。

高夫人说:"军旅之中一切从简,务要避免铺张。男家定礼,由公子自己斟酌。女方礼物,由我这里办,不用红娘子自己操心。从今日起,红娘子要同李公子互相回避,直到拜天地才能见面。过去没提媒,你们只是道义相从,戎马间患难与共,一天到晚见面都没有什么要紧,旁人也不会见笑。今日已经提媒,就不好见面啦。我叫红娘子从今天起就住在老营后宅,马上派人去把她的首饰衣物全都取来,她的那些留在你们清泉坡营里的男女亲兵,一概叫来。你们营中诸事,只好由你同二公子多操心啦。"

献策说:"夫人说的极是。从今天起,红娘子就留在夫人身边。红娘子自幼闯荡江湖,上无父母,下无兄弟姊妹,从来没有享受过家庭之乐。如今得同夫人住在一起,又有慧英这一班姑娘相陪,真是三生有幸,何其快哉!"

"在攻破洛阳之前,"高夫人又说,"她就同我住在一起。可是她和李公子的营中遇有重要事情,必须商议决断的,不可不让她知道就决断。在成亲前这些日子,林泉不好见她商议,应该由德齐二公子来向她禀明,听她指示。在起义前你们是宦门公子,她是江湖卖艺人,那一章不讲啦。如今她同林泉都是一营之主,德齐遇大事来向她禀明请示,这是正理。"

李岩欠身说:"是,是,理应如此。"

高夫人转向闯王说:"近来随营眷属很多,有的是原来就随营的,有的是新来的,有的住在得胜寨内,有的住在附近村中。我有意将年轻的姑娘、媳妇们编成几哨,每日来老营半天,学习武艺。有的原来会点武艺的,可以趁此时学好一点,能够做到弓马娴熟岂不更好?那些新来的,没有练过武艺的,正可以趁此时机,学点武艺,防身护体。红娘子来得正好,总教师非她不可。这事说干就干,明天我就传令:三十岁以内的年轻眷属,除非有病、身上不方便的,过了破五,一个不许不来。先编好队伍,立下营规,三天后就每日分批操练。你说行么?"

闯王笑着点头说:"很好,很好。可是红娘子是新来的,万一有的眷属仗恃自己的根子粗,会叫她不好办。咱们在商洛山中时候,慧英曾经将老营寨中的姑娘、媳妇们编成一个娘子营,很是有用处。可那是在军情十分危急时刻,大家临到生死关头,容易心齐,也肯听话。眼下安然无事,那些根子粗、家事稍忙的眷属们就不会那么听话啦。"

高夫人说:"只要立下营规,向大家讲明利害,你我肯替红娘子认真做主,她就能够执法如山。我叫慧英、慧梅们都在红娘子手下做事,兰芝跟着大家练武,捷轩的侄女儿新从蓝田来,也得去学点儿本事。红娘子先从这些姑娘们头上执法,看谁还敢不听令。拿一两个咱们自家的姑娘做榜样,有错就罚,毫不例外,更不姑息,别家眷属就只好听话啦。"

闯王愉快地望望军师、牛金星和李岩,说:"这个题目出得好,一则趁此时机叫随营眷属们多练练弓马武艺,二则也让我们看一看红娘子的治军本领。操练这一群年轻眷属,可不像操练士兵容易!"

宋献策笑着说:"只要有闯王和夫人做主,不难,不难。孙武子能够使吴王的宫人听令,认真操练①,何况我们的随军眷属同吴王的宫人根本不同,多数出身农家,几年来过惯了戎马生活,经历些大大小小的阵仗,都会情愿学些武艺。红娘子不需要砍两颗人头就能使军令肃然。"

这几句话,说得大家哈哈大笑。

高夫人又望着李岩说:"我看红娘子十分聪明伶俐,年纪不算太大,也可以跟着慧英们一道儿学习读书识字。咱们的姑娘们不比官宦富豪人家的小姐那样,那些大家闺秀有成群的丫环仆女侍

---

① 孙武子……认真操练——孙武子,名孙武,春秋时齐国人,著有《孙子兵法》十三篇,是我国古代杰出的军事学家。吴王阖庐出宫中美人一百八十人让孙武试为指挥。孙武将她们分为二队,以吴王的两个宠姬为队长。先严申号令,要大家听从号令动作。一鼓之后,妇女们大笑。孙武重新严申号令。再鼓,妇女们又大笑。孙武立即斩了吴王的两个宠姬。于是再鼓,妇女们一切动作全按规矩,没有敢再做声的。

候,饭来伸手,茶来张口,吃饱了没事儿干,坐在绣房中学做诗填词消磨时光。咱们的姑娘们于练武做事之暇,读会一些日用杂字就行啦。倘若她们能够多读点儿书,多识几个字,当然更好。可是这班丫头习惯了行军打仗,就是不习惯坐下去读书写字。叫她们拿起弓箭,她们能百步穿杨;舞起宝剑,周身灵动;叫她们拿起笔来,好像拿起来一根百把斤重的木头棍子,沉重得很,笨手笨脚。红娘子在读书识字上也许比那些姑娘们心灵一些。"

李岩说:"红娘子何幸蒙夫人如此垂爱,使她能趁此机会,在老营教别人练武之余,随着那些姑娘们学习读书识字,这是她平日连做梦也想不到的洪福。"

医生对李岩说:"咱们闯王自己喜欢读书,也注重读书的事儿。在孩儿兵营中,只要不行军打仗,除练武之外也读书写字。"

李岩又一次心中暗暗惊奇,同时恍然明白,小将李双喜为什么在神垕同他见面时会那样应答如流,彬彬有礼。他完全没有料到,十几年来一直被官府称为流贼的李自成军中,自从潜伏商洛山中以来,竟有如此注重读书识字的事!

高夫人因为事忙,关于男女庚帖的事儿向宋献策嘱咐一句就起身走了。医生也跟着走了。李自成把田见秀的书信拿出,让大家传看,其中除禀报收编一斗谷、瓦罐子两股人马的情况外,非常值得注意的有下边几句:"顷据探子回报,近日襄阳城内,哄传张、罗在成都受挫,奔往泸州,陷入绝地;在往泸州奔逃途中,不断有官军截击,死伤惨重,敬轩身受重伤。又传官军泸州大捷,张、罗人马溃散,不知逃往何处,或云敬轩已死。"当牛金星等传阅这封重要书信时候,李自成在考虑着万一襄阳的传闻属实,杨嗣昌在一月之内就能回到襄阳,而入川的和防守川、陕交界地方的各省官军也会在一个月后齐集河南。许多问题一齐出现在闯王心头,需要做出个未雨绸缪之计。但同时,他根据自己的亲身经验,对官军在四川大捷和张、罗人马完全溃散的消息不肯全信,在心中问道:

"敬轩用兵诡计多端,怎么会完蛋了呢?……"

第二十二章

大年初二,天刚闪亮,李自成像往常一样,已经起床,匆匆地漱洗毕,便挂着花马剑,提着马鞭,走出老营大门。尽管是新年,他仍然穿着半旧的深蓝色标布①箭衣,紧束丝绦,外罩老羊皮绛红色山丝绸旧斗篷,戴一顶北方农民喜欢戴的白色毡帽,上有红缨,脚穿一双厚底毡马靴。在刺骨的冷风中等候片刻,李双喜和一群亲兵们牵着战马走来。他从一个亲兵手中接过丝缰,腾身骑上乌龙驹,向着寨门走去。

整个上午,他走了不少营盘,包括那些打造兵器和缝制甲、帐、旗帜和号衣的各色工匠营盘。早饭,他是跟伏牛山矿兵们蹲在一起吃的。这一营约有五百人,十之九是挖煤窑的,只有少数是烧木炭的。挖煤窑的人在豫西一带称做煤黑子,原是失业农民,替人挖煤,活路极重,生活极苦,时常有生命危险,所以在明朝二百几十年中,以各地挖煤的矿工为主,还有开铜矿、铁矿、锡矿和银矿的工人,不断起义,官府和地主阶级统称之为"矿盗"。李自成驻扎得胜寨以后,伏牛山中的煤黑子一起一起地前来投军,编为一营,同那一营从嵩县来的毛葫芦兵驻扎在同一个背风向阳的山坳里。

快到中午时候,李自成因为红娘子与李岩定亲的事,驰回老营。但是简单的酒宴一散,他又去巡视诸营,直到太阳落山。这一天,他遇到了很多农民,都向他作揖拜年,有的跪下磕头。他在马上拱手还礼,对老年人还停住马笑着招呼。许多年来,他没有这一个新年过得愉快。

---

① 标布——棉花的纺织技术从元朝开始传入中国南方,到明朝中叶以后,上海附近和松江一带形成了纺织棉布的中心,行销全国,有一种质量较好的棉布称做标布。

原来他打算初三日一早就动身去永宁,但是在今天晚上变了主意。田见秀又派人送来书信,说瓦罐子和一斗谷等一群河南起义大首领共十几个人,要求晋谒闯王,将在破五以前赶来拜年,他自己也将陪他们一起回来。同刘宗敏、高一功和牛、宋等商议之后,闯王决定留在老营等候,赶快派人去永宁告诉李过,处斩万安王的事仍按原议照办。初四日,田见秀同一斗谷等众首领带着三四百亲兵来到。这班人投闯王原是三心二意,所以李自成尽管对他们热烈款待,好言抚慰,却没有改变对他们的羁縻政策。由于他们的投顺闯王,使闯王的人马突然增添了五六万人,声势更大,但是实际上闯王并不把这些人马算在他的可用的兵力之内。一斗谷等在得胜寨住了五天,各自驰回本营驻地。接着,又有不少地方上的小股义军来投。他们是因见闯王杀了万安王,威名更震,慕义前来归顺,和瓦罐子、一斗谷等拥众自雄的人物不同,所以闯王将他们分别情况收编,大小头目们量才使用,不久就自然地泯去了畛域界限。

万安王已经在破五那天午时三刻,五花大绑,插上亡命旗,推出永宁西关,当众斩首。李过遵照闯王的指示,事前命文书们将牛金星起草的告示抄写了几十份,粘贴通衢和官道路口。告示中开列了万安王府虐害平民的滔天罪款,并声明闯王只杀苛剥百姓的王侯、贪官、豪强,为民除害的宗旨。同时处决的还有王府重要爪牙和从四乡捕获的王庄头子二十余人,并当众焚毁了从王府抄出的各种文约账册,宣布王府所占民田由原主收回耕种。自从杀了万安王,永宁一带贫苦百姓更加纷纷起义,随顺闯王,每日结伙投军的人像潮水一般。

李自成为着部署进攻洛阳的军事,召集分散在宜阳、永宁、南召、鲁山、伏牛山和熊耳山中各处的主要将领在元宵节前一天赶回得胜寨老营议事,并听他重申军令,面授机宜。将领们一则巴不得立刻能攻破洛阳,二则想赶在灯节前回到得胜寨给闯王夫妇拜晚年,所以一接到命令就星夜往回赶,最远的也在十四日的下午赶到。只有袁宗第在破了宜阳后担负着进攻洛阳的主要责任,恰遇着明朝在洛阳的守城军事有变化,所以他直到十五日上午才赶到得胜寨。闯王立刻听他禀报洛阳的防守情况。一些原来的情况都是闯王知道的,只有两个新情况是袁宗第临离开宜阳前不久才发生的:一是袁宗第得到确实消息,洛阳警备总兵王绍禹已下令将分守巩县、偃师的两股官军约两千人左右调回洛阳守城,大约在十八日可到洛阳;另一是上月在潼关因欠饷杀了长官哗变的陕西兵,大约有五六百人,逃到陕州境内,被王绍禹叫到洛阳,协助守城,明天就会赶到。闯王问:

"这消息都可靠么?"

宗第回答:"完全确实。"

闯王又问:"你看该如何办?"

宗第笑着说:"我就是为这事耽搁着来迟了。我同几个将领商议,起初想派兵在路上埋伏截杀,把这两支官军剿灭在洛阳城外。后来决定打鬼就鬼,因势利导,使这两支去洛阳的救命菩萨变成送命判官,守城人变成献城人。"

自成笑着问:"这倒很妙。能办到么?"

宗第说:"能,能。在巩县和偃师的官军是由副将罗泰和参将刘有义统带。这两个人都贪生怕死,胆小如鼠,既害怕咱们义军,也害怕他们手下士兵。这两支官军已经欠了六七个月的饷,平日就军心不稳,如今调回洛阳守城,放在刀口上使用,当然更加不稳。我们听说王绍禹命令他们十六日在偃师城内合兵一处,然后开回洛阳。我已经派细作到偃师城内,在罗泰和刘有义的手下将士中安下底线联络。至于从潼关来的几百变兵,都是陕西同乡,我们有人在洛阳城内等候,暗中接头。"

自成点点头,满意地说:"你们的办法不错。倘若来救洛阳的这两路官军都归我用,破洛阳就可以不必损伤将士了。"

宗第转向牛金星和宋献策等人说:"咱们准备破洛阳,原没有打算利用官军做内应。如今既然他们来了,就不妨借他们一臂之力。我于上月二十四日破了宜阳,然后把大部人马撤到宜阳南边,城内只留着我的老营和少数驻兵,对洛阳不加惊动,所为何来?还不是因为宜阳离洛阳只有七十里,便于我们把自己人陆续派进洛阳,串通洛阳城中饥民。还有不少陕西、山西两省同乡在洛阳做小商小贩,有的也可以暗中帮忙。如今好比下棋,咱们的棋是胜局,越下越活,满盘棋子都能出上力气,不像洛阳敌人方面处处受制,动弹不得,好不容易调动两个炮,恰恰又落入咱们的马蹄下边。"

宋献策哈哈大笑,说:"形势既成,运用在我,左右皆可逢源。《兵法》云:'制敌而不制于敌,'就是这个道理。"

闯王又向宗第问:"你还有什么打算?"

宗第说:"等罗泰和刘有义的兵开往洛阳,我就立刻派兵去占领偃师和巩县,截断福王和洛阳官绅们的东逃之路。"

"还有什么打算?"

"我没有什么打算了。其实,派兵去占领偃师和巩县两城,也是你原来谋划好的,不过如今可以不用多费力气攻城了。"

闯王笑着点点头,又说:"汉举,攻洛阳的重担子大部分挑在你肩上,别人去都只算你的助手。你多想一想,想到有什么困难,有什么麻烦,早对我说。"

宗第说:"破洛阳以后会遇到许多麻烦事,以及今后用兵方略,你同军师们早就想到了,计议熟了,用不着我多说。我只想说几句与破洛阳无干的题外话……"他笑一笑,忽然止住,改口说:"现在暂且不提,等你闲的时候说吧。"

闯王说:"你现在就说出来吧。为什么想说出来又把话咽了下去?"

宗第说:"这是我的私事,待一会儿我说出不妨。"

自成笑一笑,说:"既是私事,晚一点告我说也行。走,你跟我去寨外校场看看。近来将士们操演阵法,大有长进。"

"好,我正想出寨去看一看中军营操演阵法,学一点回去贩卖。"

自成哈哈一笑,便留下众人在看云草堂闲谈,独带着宗第出去。

他们骑马出寨，只带着少数亲兵在后，并不往校场去，而是在新修的宽阔驰道上朝着清泉坡的方向并辔徐行。走下得胜寨的山坡以后，闯王侧过头来问道：

"汉举，你快说吧，是什么重要的体己话儿？"

宗第说："闯王，几天之内咱们就要攻下洛阳，转眼之间人马会增到几十万。咱们眼下不是兵少，倒是将寡。攻下洛阳以后，越发会感到能够带兵打仗的将领太少。李哥，这困难你可在心中想过没有？"

自成说："我也常常为此事操心。拿眼下来说，咱们全军人马将近十五万，可是真正能够打硬仗的精兵很少。老实说，除万把人以外，都只能算乌合之众。为什么？你我都明白：第一，新弟兄刚刚训练；第二，有经验的大小将领太少。破了洛阳以后，即令咱们再增加十万人，这十万新弟兄如何带好，练好？汉举，你思虑得很是。你可有什么好的主意？"

"我没有什么好主意。凡是我能想到的，你早都想到了。只有一件事，你一直不提起，也许是你忘了，也许是你认为不到时候。目前咱们最困难的是将才缺少，只好把众多小头目都提拔上来做了偏裨将校。可是你身边现放着一个将才，为什么不把他使用起来？"

"你说的是谁？"

"摇旗！"

"噢，你说的是他呀！提到摇旗，我也常在心中思忖，打算使用。可是他失守智亭山不是一件小事，大家对他还是有不小成见，因此就想着暂时把他摆一摆，没有上紧安排他带兵的事。他自己请求蓄养战马，我想也很需要，就同意了。"闯王忽然笑起来，很有风趣地说："摇旗如今做的事儿好像是在当清泉坡牧马监正①。当

---

① 牧马监正——明代中央设一太仆寺衙门，掌管繁育军马；于华北、华中各地设许多牧马场，由牧马监分管。牧马监主管官称监正，九品；副的称监副，从九品。这是文官最低的品级。

然啦,我不会长久叫摇旗这样的勇猛战将做一个小小的九品文官的闲散职事!汉举,你说,应该怎么办,嗯?"

"李哥,你知道,我跟摇旗既非小同乡,也非拜身兄弟,不沾亲,不带故。高闯王在世的时候,我只是跟他挂面认识,没有谈过话,更无杯酒之缘。自从你当了闯王,他做了你的部将,我才跟他熟了。总而言之,我跟他……"

闯王截住说:"这话你不用说了。你的意思是马上就叫他带兵么?"

袁宗第点点头,直截了当地说:"是的,让他带兵,以观后效。"

闯王微笑,没有回答。他在半月前曾打算让郝摇旗重新带兵,可是刘宗敏、高一功和李过都不同意,就把这件事暂时撂下。今天袁宗第如此真诚地保举摇旗,使他感动,但是他对这事需要认真地思虑一下。宗第见他不马上回答,忍不住又说:

"我很明白,这件事,有许多将领地位不够,一个字也不敢提。地位高的,像捷轩、一功、补之他们几位,至今还对摇旗生气,自然是只吹冷风,不添热火。田副爷心中有数,可是他一向不愿多说话。牛先生、宋军师,人家一则对摇旗原不清楚,二则凡是关于你手下将领的事,不便插言。摇旗想立功赎罪,并无人替他说话……"

"刘芳亮也有意劝我用他。"

"明远这个人比较谨慎。我知道他有意劝你起用摇旗,可是他害怕捷轩,不像我这个人有话存不到心里,非吐不快。李哥,我们看一个人,不能光看人家有多少短处,犯过多大过错,还要看看人家有些什么长处,立过什么功劳。世上有些人喜欢锦上添花或站在高枝上说风凉话,很难在别人犯了错误时多想想人家的长处。还有一等人,巴不得别人栽跟头。别人出了一点事,他们便来个墙倒众人推,落井下石,方称心愿,把如何共建大业的道理全不想了。闯王,李哥,你难道没有吃过这种苦么?我现在在你面前直言不讳,绝不是为着替摇旗打抱不平,想叫摇旗日后感我的情。不,不!今日我不当着牛、宋二位和将领们的面谈摇旗的事,也不让亲兵们听见一句,我的用意你明白:劝你起用摇旗的话,说出我的口,听进你的耳,只有天知,地知,你知,我知。说过就拉倒;采纳不采纳,由你自己做主。"

李自成深为感动,说:"咱俩八九年来同生死,共患难,亲如手足。你的秉性脾气我清楚:对朋友慷慨热情,对事情大公无私,别人不愿管的事你要管,别人不敢说的话你敢说。"

宗第问道:"闯王,摇旗的长处你都记得么?"

"我自然都记得。他作战勇猛,一身是胆,是一员难得的虎将。在商洛山中,有一次他解开衣服,露出前胸,伤痕累累。又一次我们一起在河里洗澡,看见他的脊背上竟没有一个伤疤,只有左肩后边中过箭伤。我记得在真宁杀败曹文诏那次大战中,他在两军胜负难分的时刻,把高闯王的大旗举到手中,说了声:'弟兄们,随我冲呀!'大喊大叫,直往前冲,马到之处,官兵披靡。可是他进得太猛,没去管背后还有许多敌人,所以后肩上中了流矢。当然,在两军混战时,纵然是勇往直前的人,也难免背上受伤,不一定背后有伤就是逃跑的证据。可是摇旗的伤疤都在胸前和两胁,只有一处箭伤在肩后,这就更证明他每次临阵都是奋勇向前,身先士卒,替别人砍杀出一条血路。"

"摇旗的长处不止这些。"

"我知道,我知道。从崇祯十年夏天开始,高闯王的旧部有不少人陆续向明朝投降。蝎子块拓养坤同摇旗原是拜把兄弟。蝎子块投降以后,派人劝摇旗投降。摇旗撕了书信,杀了来人,大骂说:'老子的脊梁骨是硬的,血是热的,决不做不忠不义的降贼。我跟拓养坤再见面只有白刀子进去,红刀子出来,永远不再是兄弟!'汉举,古话说:'疾风知劲草。'在这种节骨眼上,摇旗这个人,真正是光明磊落、顶天立地的铁汉子。他纵然有千条过错,这一条是大节,是大大的好处,我永远不会忘记。"

"对,李哥,你说得完全对。还有一件事,你已经听人谈过不少。咱们奔往鄂西的时候,摇旗在白河县城外同大队失散,辗转逃到山阳和镇安之间，在那里做了'小盗'，扰害百姓，不肯回商洛山中去寻找明远。据我所知，他不得已做了'小盗'，军纪不严是真，但不像人们说的那么坏。有许多事都是捕风捉影的话！当时有人劝他去找老回回。老回回跟他是小同乡。他发誓说要等着你，要一辈子跟着你李闯王，决不跟随别人。咱们来到河南不久，他一听说就来啦。你没有重用他，大将中没有人肯亲近他，朋友们有形无形地都同他疏远了。可是他不管别人怎么对他，他总是认为你闯王一定会使用他，对你始终没有一句怨言。眼看咱们就要攻破洛阳，像摇旗这样虎将，还让他带三四百老弱残兵专管养马、烧炭，不是办法。这是一个小头目都能够担起来的事，杀鸡焉用牛刀！"

李自成点点头，说："是的，我也无意使摇旗这样下去。"停一停，他接着说："汉举，我在摇旗这件事上，想的比你还多。我们老八队，你还记得，起手时有很多边兵、驿卒，所以最能打仗。可是兵油子多，纪律差，只有一两千人，十分难带。经过几年整顿，才上了正路，在高闯王手下各营中，咱们老八队算得上部伍严整。去年咱们在商洛山中收了一些杆子，多是流痞出身，没有笼头的野马，在石门寨几乎坏了大事。摇旗原不是在我手下做事，吊儿郎当的性子没变，所以在要命关头丢失了险要山寨。我念起他还有长处，在高闯王手下做事时立过大功，山寨失陷后还继续同敌人拼死厮杀，拖住敌人不放，所以没有斩他。今天我听你的话，再用他试一试，只是不让他带人马独当一面。那样，我不仅怕他再一次坏了事不好宽容，也怕别人心中不服。"

他们将话题转到破洛阳以后的种种问题上，大约又走了十里远近，登上一座小山头，可以清楚地望见清泉坡小山街和很多军帐草棚就在眼前，还看见一边是李岩和红娘子的将士们正在操练，一边是郝摇旗的弟兄们正在放马。看了一阵，他们勒转马头，返回得胜寨去。

回到看云草堂，李闯王将老营总管任继荣叫到面前问："林泉那里的饷银送去了么?"

老营总管回答说:"今日早饭后我亲自送去了,告诉李公子说:'遵照闯王吩咐,你们这里将士新来,提前两天关饷,以示优待。'李公子兄弟说他们从杞县带来的银子尚未用完,又说他们不知道闯王的大军按月关饷,所以他们带来的银子足够用几个月。他们一再推辞,高低不肯收下,请我把这一笔银子移作别用。我告他们说:我们老八队原来就发饷银,不过以前困难很多,制度不严,有时有,有时没有。如今来到河南,情况好了,将士们每月都发饷银,一个也不例外。经我再三解释,他们才肯收下。"

又谈论了一些别的事情,闯王笑着向大家说:"难得咱们主要将领今日都回来议事,同过元宵节。你们大家说,对摇旗应该如何安排使用才好?"

牛金星和宋献策知道闯王的用意是要征询诸将意见,所以都不做声。所有将领,都因为闯王问得十分突然,不明白他的真意何在,有的低头,有的面面相觑,不肯先说话。闯王又问了一遍。刘宗敏对郝摇旗在商洛山中的两桩事最为恼火,现在看别人都不肯说话,就说道:

"摇旗的事,等破了洛阳以后再说吧。"

闯王转向田见秀和高一功:"你们有什么主张?"

田见秀笑着说:"请闯王决定。"

高一功说:"他在商洛山中犯的过错太大,特别是后来那桩过错,按军律本该斩首。当时你念起他是高闯王的旧将,过去也有战功,没有从严治罪。如今对他很难有妥当安排。叫他重新带兵打仗,一则怕他再误大事,二则也怕将士们心中不服。"

闯王又将眼睛转向其他将领。大家仍不说话。李自成转向宋献策,笑着问:

"军师有何主见?"

宋献策已经明白李自成要起用郝摇旗,说:"古人说过:'君子之过如日月之蚀,其过也人皆见之,其改也人皆仰之。'听说近来老

407

郝带着弟兄们养马、烧炭,与士卒同甘共苦,滴酒不饮,足见他尚能痛悔前非。目前正是我军需要将才的时候,闯王如欲起用他,未尝不好。像一斗谷、瓦罐子尚且收用,何况老郝是高闯王的旧将,过去也出过死力。"

闯王点头说:"军师的话说的很是。我们不能光记着人家犯过错那笔老账,也要看人家如何想改正过错,再看人家从前有过什么功劳,大节如何。至于说目前起用摇旗怕将士心中不服,那也是一面想法。安知目前没有将士们希望我们赶快起用摇旗?不见得吧。摇旗过去做过不少好事,有不少长处,目前又有悔过之心,希望我起用摇旗的一定有人。只是因为我做闯王的不吐口,人家不敢多言罢了。"

李自成面带微笑,口气亲切,好像谈家常话一样,并没有把起用郝摇旗看成一桩多么严重的事儿。刘宗敏虽然不完全同意马上就起用摇旗,但也不好再说别的话,问道:

"闯王,你打算怎样用他?给他多少人马?"

"我马上叫他来谈谈再说。"

"我看,目前暂且给他一千人马;等他立了新功,再重用不迟。"

闯王哈哈大笑,说:"捷轩,亏你说得出口!既用他,就重用;一千人马太少啦。他原是高闯王的旧将,不是从咱们手下提拔起来的,不应拿他同老八队的一般将领看待。只给他一千人马,一则不能施展他的长处,二则他会想着我仍然牢记着他的过错,不肯重用他,三则叫将士们看着也会认为我不再信任摇旗。破了洛阳,咱们的人马会多得带不完。捷轩,你怎么这样小气?"

宗敏也笑了,但又不放心地说:"我是怕你一旦重用了他,他就忘了以前办的错事,跟着还要砸锅。"

闯王说:"我既然叫他重新带一支人马冲锋陷阵,总不能叫他老是低着头走路,自觉在将士们面前灰溜溜的。那样,带不好兵,也打不好仗!倘若他再犯过错,有军律在,怕什么?从今往后,郝摇旗也跟大家一样,有功必赏,有罪必罚。只要赏罚严明,你怕什么?"

其余将领中纵然有对郝摇旗意见大的,因见闯王决意起用摇旗,刘宗敏也不反对,自然都不说二话。午饭后,闯王命双喜派人去通知郝摇旗来老营见他,却不说明有什么紧急事儿。他因为昨夜听各地回来的将领们禀报军情,几乎通宵未眠,实在困乏,吩咐双喜之后,就起身到后宅休息去了。

将近黄昏时候,李自成从床上坐起来,用拳头揉一揉尚有余困的眼睛,向高夫人问:

"摇旗来了没有?"

高夫人说:"听说来了一大阵了。因为你没睡醒,就让他坐在书房等候。"

"还有什么人在书房里?"

"听说牛先生、宋军师、田副爷、老神仙都在那里聊天,等你起来。"

"快把摇旗请到这搭来。"

"听说你要起用他?"

"哎,他是一员猛将,不能光叫他烧炭、养马。"

高夫人深有感情地笑了一下说:"咱们的人马如今添了这么多,你早该想到起用摇旗了!"随即走出外间,吩咐一个女兵去书房请摇旗进来。

片刻工夫,郝摇旗随着女兵走进里院来了。李自成刚穿好衣服,一边扣扣子,一边趿着鞋迎到上房门口,抓着摇旗的一只手,说:"咱们到里边谈。"拉着摇旗走进他同高夫人的卧室。坐下以后,他望着摇旗说:

"来到河南以后,我天天忙着别的事,竟没有跟你在一起谈几句体己话儿。老弟,你心中有点儿闷气吧?"

郝摇旗的心中激动得说不出话,也不知道说什么好。他这两个月,因为看见刘宗敏和李过等许多将领都对他冷冷淡淡,他干脆不常来老营,避免同大家见面。为给李岩洗尘,老营中摆了盛宴,住在得胜寨和周围附近的大小将领都来作陪,他也被请来了。可是他故意坐在最远的、紧靠墙角的桌上,既不同别人互相敬酒,也不随便和同席的将领谈话。尽管他和他们几年来一道打仗,同过患难,十分厮熟,却好像十分生疏。大年初一,他趁着天色黎明,赶到老营来给闯王和高夫人拜年,一拜过年,上马加鞭,飞奔而去,避免同很多将领见面打招呼。今日午饭后,他一直心里边七上八下,猜不透闯王为什么忽然找他。在书房中等候,尽管大家对他的态度很好,问到他那里养马和烧炭的情形,他却如坐针毡,无心闲谈。在封建礼教严重束缚的时代,尽管是下层庶民百姓,平时也只有最亲密的朋友,而且是被作为弟弟看待,才能被请进嫂嫂的卧房叙话。现在郝摇旗被自成拉着手进入高夫人住的房间,又听见闯王开口先责备自己没有找他谈心,不禁一股暖流从心头涌起。他不自然地笑了一下,算是他的回答。闯王又问:

"你的身体很好吧? 遇着阴天刮风下雪怎样?"

郝摇旗回答说:"还好。弟兄们把马棚盖得很好,靠山朝阳,草苫的有半尺厚。再过两个月,到了三月间,马和驴子都开始发情,可以交配,所以这几十匹公马和大叫驴一定得养得膘满体壮。每次发情大约三到七天,隔二十一天左右再发情。只要好草好料悉心喂养,一春一夏,就可以……"

闯王扑哧一声笑起来,说:"我是问你遇着阴天、刮风、下雪,你身上的那些伤疤疼不疼,谁问你马牛羊,鸡犬豕!"

正在这时,高夫人拿着一个包袱进来,放在摇旗身边,说:"这是慧梅她们昨天替闯王缝好的一件丝绵袍、两件内衣。已经打过春了,一天一天暖起来。再过半个月,骑马打仗,再穿老羊皮袍子和斗篷不行啦。你李哥还有一套旧的换季。你临走时把这个包袱带回去,免得我另外差人送了。"

郝摇旗的老婆和孩子还留在陕西,不在身边,衣服上没有人替他料理,所以对高夫人的赠送衣服心中感激,并不推辞。为着要在

闯王夫妇面前遮掩自己的心中难过,他勉强同高夫人开玩笑说:

"嫂子,我还以为你如今兵多将广,事情繁忙,把你老弟忘记了哩!"

高夫人笑着说:"瞎说! 我跟你李哥,纵然日后有雄兵百万,战将千员,如何能把你摇旗忘记? 高闯王生前的得力战将,如今你扳指头数一数,还剩几个? 近来咱们的人马添得很多,我有时想着,要是高闯王生前有这么多的人马,该多高兴! 我记得崇祯九年七月,在周至县境内打那一仗,洪承畴的人马比咱们的多得多,可是咱们的人马把官军一阵一阵杀败,直往前冲,没料到高闯王突然害了重病,烧得昏迷不醒,躺在黑水峪一个窑洞里治病,被人出卖,给官军弄去。得到消息以后,咱们全军多少将士大哭! 那时候,那时候……"

高夫人忽然忍不住哽咽起来,说不下去。郝摇旗再也忍耐不住,热泪泉涌,不住抽咽。李闯王也噙着眼泪,叹息一声,向高夫人抱怨说:

"我急着有几句要紧话同摇旗说,你提过去的事儿做什么!"

高夫人仿佛没有听见闯王的话,揩揩眼泪,接着说:"那时候,咱们大家都抱头大哭。你身上已经挂了两处彩,流血不止。你叫老神仙替你敷了药,裹了伤口,跳上马,只带着二百多人马就杀开一条血路,冲往从周至往西安的大路上,想把咱们的高闯王夺回。你李哥怕你有失,立即派捷轩带领几百人马跟着你去。你们去了半天,不见回来。你李哥又派刘芳亮、袁宗第去将你们找回。你同捷轩都又挂了彩,可是敌人已经从小路绕道把高闯王送往西安,又解往北京。摇旗,别说我跟你李哥今天不会忘记你,纵然日久天长,得了江山,也不会忘记咱们在一起过的那些艰难日子!"

郝摇旗想着自己是一个没有父母的放马孩子跟随高迎祥起义,后来被提拔为亲信部将,又想着高迎祥的牺牲,更加泣不成声。高夫人因为今日元宵节,晚上要大宴众将,事情特别多,把话说完以后,揩干眼泪,自去办事去了。过了片刻,李自成拍拍摇旗的肩

膀,等他抬起头来,说:

"摇旗,你别哭,听我说。"停一停,又接着说:"人,都是吃五谷长大的,谁一生能不办几件错事儿?好比走路,也都有一步踏错了脚的时候。就拿这两三年说,我也做过很大错事儿。过去我不明白自己的过错,在郧阳大山中住了几个月,我把近几年经历的事情反复回想,才明白我犯过许多过错,有的过错很大。比如说……"

郝摇旗抢着说:"不,李哥,自从高闯王死后,你当了闯王,并没有办过错事。你办的事我都看在眼里,记在心上。我不糊涂!"

自成说:"不,你听我说。崇祯十一年夏天,我们在汉中一带山中,化整为零,休养人马,大可以不急着东来。那时我打算错了,一心想同罗汝才、老回回们靠到一起,就把人马一召集,奔向东来,这就使洪承畴和孙传庭能够用全力来对付我们。既向东来,我应该率领全军奔向均、郧、房县一带,不该硬碰硬,直趋潼关。要是我们奔到均、郧、房县一带,洪承畴和孙传庭因为我们已到湖广,是在熊文灿的管辖地区,自然不会下死力追堵咱们,熊文灿想打咱们不能不顾虑驻扎在谷城的张敬轩。况且潼关附近,地势险要,距离洪承畴、孙传庭的老窝子西安又近,对我们十分不利。所以近几个月回想起来,深为后悔我军在潼关南原全军覆没,都是我自己的错。《兵法》上说:'出其所不趋,趋其所不意。行千里而不劳者,行于无人之地也。'又说:'凡先处战地而待敌者逸,后处战地而趋战者劳。'像这些话,我原是读过的,那时偏偏都违背了。洪承畴和孙传庭在潼关南原埋伏重兵,以逸待劳,我偏要带着全军疲于奔命,一头硬往潼关冲。咱们的将士真是勇敢,杀得真好,可以说惊天地,动鬼神,可歌可泣,败就败在我这个主帅身上。摇旗,吃一堑,长一智。一个人办了错事,只要不护短,肯改正,就是了。一日办错事不等于一辈子办错事。我今天叫你来……"

慧英将蜡烛送进屋来,同时高一功也进来,将闯王的话头打断。高一功告诉闯王,前边大厅中的酒席已经摆上,住在得胜寨和附近的将领们都请了来,已经到齐,李公子兄弟也早到了。李自成

点点头说:"我马上就出去,请大家先入席。"高一功走后,他对摇旗接着说:

"因为明天一早就有驻扎在老营寨内和附近的一部分人马开往洛阳,今夜有重要的军事会议,所以一功他们安排在老营中趁今晚过元宵节,请将领们在一起吃杯薄酒,在酒席上重申几条军令。既然大家都来齐了,林泉兄弟和牛先生他们都早已来到,在等着我,让他们等候久了不好,咱俩现在不谈了。你赶快去前边坐席,我随后就出去。"

郝摇旗说:"我现在赶回清泉坡营中吃饭。我不在老营坐席。你今晚很忙,我明天再来一趟。"

自成笑着说:"胡说!为什么不在老营坐席?吃毕酒席,咱们还要商议重要军务。"

郝摇旗默默地站起来往前院走去。李自成送他到上房门口。他对这一刻发生的事情都感到摸不着头脑。首先,闯王为什么把他叫来,他很糊涂。其次,闯王把前年在潼关南原的战败完全说成是他自己的过错,这话他从来没有想到过,也没有听别人说过,使他有点儿感到奇怪。第三,闯王说酒席后要商议重要军务,好像说的也有他,是听错了么?他低头快要走出内宅了,忽然想起那一包袱衣服忘在高夫人的床上,迟疑一下,便往回走。他才回头走了几步,在皎洁的月光下迎面看见慧珠抱着那个包袱快步走来。慧珠笑着问:

"摇旗叔,你回来做什么?"

"我的包袱……"

"你快坐席去吧。我替你把这个包袱送到看云草堂,你开过军事会议以后带走。"

郝摇旗又转身往前院走,心里说:"呵,是说的军事会议!"这话,他感到似乎有点儿陌生,心中不免七上八下,不能平静,同时还是有点儿不相信自己的耳朵。

李自成送走了摇旗以后,向高夫人笑着问:"红娘子在西偏院中？今晚将领们都在前边大厅坐席吃酒，她是重要将领，要不要请她出去坐席？"

高夫人说："我看，算了吧，她明天又不带兵去洛阳。我已经吩咐老营司务，明晚预备几桌酒席，专请各位将领的夫人过节。"

闯王又问："晚饭后，要在花厅中商议重要军务，也请她去么？"

"有没有李公子去？"

"自然林泉和德齐都有。"

高夫人笑了一下，说："自从她同李公子定了亲，就避免见面。可是今晚既是重要军事会议，她去不去，我问问她吧。"

在五间抱厦大厅里，灯烛辉煌，热气腾腾，坐满了大小将领。中间靠近黑漆屏风，空着三张桌子没有人坐。高一功和一部分将领分开围着三个大火盆烤火闲谈，等候入席。李自成同在书房中等候的牛金星、宋献策、刘宗敏、李岩兄弟等一群人走进大厅，全体将领纷纷起立。自成和高一功让没有入席的人们入席。大家谦让一阵，按照闯王的意思坐下。中间一席，李岩因才来不久，坐了首席，老神仙尚炯相陪，然后田见秀、李侔左右相对，还有几个将领论齿就座。闯王自己坐在下首主人位上。左边一席，牛金星坐了首席，高一功坐在主人位上。右边一席，宋献策坐了首席，刘宗敏坐在主人位上。闯王的桌上仍有一个空位，却没有人坐。闯王拿眼睛向全屋中到处寻找，竟看不见郝摇旗在什么地方。因为他不举杯敬酒，全大厅都不举杯，鸦雀无声。他向右边探着身子小声问高一功：

"摇旗走了？"

高一功小声回答："刚才看见他好像还在。"

李闯王抬头望着全场问："摇旗在不在？"

郝摇旗坐在最远的一张桌上，正将他的魁梧的上身伛偻着，低着头，等待同桌的人们举杯他也举杯，根本没有想到闯王在此刻会忽然叫他。他没有听清楚，不敢贸然答应。闯王又大声问：

"摇旗在哪里?"

郝摇旗这才听清,同时坐在他旁边的人用肘弯碰他一下,悄声说:"闯王叫你!"郝摇旗出于他在高迎祥军中养成的习惯,霍地站起,大声回答:

"在!"

闯王看见了他,笑着说:"你坐到那个角落里,我以为你走了哩!来,来。这里有你的座位,快来!"

郝摇旗不肯去,可是闯王继续叫他,而高一功也走来拉他,旁边的将领笑着推他,使他不能不去。闯王等郝摇旗就座以后,随即举杯向李岩和尚炯敬酒,全场都跟着开始动杯。李自成敬过一杯酒之后,笑着对李岩兄弟说:

"林泉、德齐,你们跟摇旗都驻扎在清泉坡,可是你们对摇旗还不大清楚。他,名叫郝大勇,表字英夫,可是全军没有人叫他的表字,只叫他的绰号郝摇旗。他是我们的一员虎将,也是我的好兄弟。来,你们三位对饮一杯!"

李岩和李侔赶快站起来,举起杯子。李岩向局促站起的郝摇旗笑着说:"我虽然来到闯王帐下不久,但已熟闻摇旗兄的英名。今晚能同干此杯,实为平生快事。"说毕,自己先饮干一杯。李侔也跟着把自己的杯子喝干。郝摇旗因闯王刚才叫他来坐在同一个桌上,又听见闯王对李岩兄弟那样介绍,他的鼻子发酸,眼眶中闪着泪光,激动地勉强笑着,举举杯子,却只让杯沿儿挨了一下嘴唇,不肯喝酒。李岩兄弟都听说他在商洛山中吃酒坏事和近来滴酒不饮的事,不便强他。闯王端起杯子望着摇旗,低声说:

"来,摇旗,咱两个对饮一杯。我今天替你开戒。做武将的,只要不喝醉就是了。来,喝干!"

大厅中虽没有猜枚划拳声音,情绪却很热烈,不断地互相敬酒和轮番给李岩兄弟、牛宋二人、老神仙敬酒,也向闯王敬酒。热闹了一阵,李自成端着酒杯起身。全场见他起来,纷纷举杯起立。他向全场大声说:

"来,我向大家敬酒!崇祯八年正月,我们跟着高闯王攻破凤阳,大家热热闹闹地过了一次元宵节。崇祯十年,我们在川北停留,又过了一次元宵节。近三四年,我们总在十分困难中过日子,不能在一起快活地过一个节气。仰仗大家努力,如今咱们的日子大大好起来。今晚略备薄酒,大家欢聚一堂,共庆佳节。咱们眼前还有许多困难,老百姓更是贫苦不堪,所以咱们为着节省灯油、蜡烛,一律不许张灯结彩,不许燃放花炮。老营寨内,不许搞转九曲①。石炭困难,老营院内不许做火塔塔②。咱们要从全军目前困难着想,从老百姓目前饥寒流离、卖儿卖女、饿死冻死着想。几天之内,咱们就要攻破洛阳,活捉福王。破了洛阳,我们可以用福王的财富救济洛阳一带饥民,养兵买马。福王是崇祯的亲叔父,河南又是明朝的心腹重地。明朝虽然快要灭亡,可是正如俗话说的:百足之虫,死而不僵。崇祯必定要集合全国的财力兵力来对付我们。咱们从今年开始,将要打许多大仗、恶仗,决不是一切顺利,高枕无忧。我现在敬各位一杯水酒,祝各位在今年多打几个胜仗,多攻克几座城池,多消灭一些官军。来,请大家一齐干杯!"

闯王先将自己的杯子一饮而尽。全体将领都将杯子喝干,肃穆无声,等候闯王继续说话。自成接着说:

"我现在重申军令:一,不许妄杀一个百姓,违令者斩!二,不许奸淫妇女,违令者斩!三,不许焚烧民房,违令者斩!四,不许抢掠民财,违令者斩!五,要平买平卖,对商铺摊贩秋毫无犯,凡强拿民间一物者斩!——以上五条军令,务须晓谕全军将士凛遵勿违!"

闯王重申军令一毕,刘宗敏向全体将领问:"闯王重申进入河南来的五条军令,大家听清了没有?"

全体将士:"听清了!"

---

① 转九曲——米脂风俗:正月十四、十五、十六日,在城镇中以高粱秆圈作灯市,曲折回环,俗称转九曲。
② 火塔塔——米脂风俗:聚石炭(煤块)堆成幢塔形状,用火点燃,名叫火塔塔。

闯王首先坐下,然后全体将士跟着坐下。虽然各桌上还是不断地有人敬酒,但是更多的是议论破洛阳和今后打仗的事。过了一阵,端上来包谷面窝窝头,大家狼吞虎咽地吃起来,酒自然停止了。宴席一完,大家肃立,等候闯王同牛金星、宋献策、李岩兄弟、刘宗敏等二三十位地位比较高的文武首领先出大厅,转往看云草堂开军事会议,然后纷纷散去。

这是一次重要的军事会议,红娘子顾不得同李岩尚未成亲,也以女将身份参加了。会议开到三更过后才散。由于破洛阳迫在眉睫,晚上又有细作回老营禀报洛阳谣传福王向省城求救,巡抚李仙风在周王的催促下率副将陈永福来救洛阳,所以一部分将领在会议后连夜出发,奔回自己驻地,一部分要在五更动身。

天色黎明时候,张鼐率领两千名骑兵和五百名步兵,开往洛阳。其中从中军营抽调出一千二百名骑兵、五百名步兵,又从李岩和红娘子的部队中抽调了八百名骑兵,编成一支比较精锐的队伍。在昨晚的军事会议上,李闯王本来还想叫李岩和红娘子的部队继续休息,但李岩一再请求早日效力,才决定抽调一部分人马随张鼐前去。其余大部分人马由李侔率领,暂留在清泉坡候命。刘宗敏在巳牌时候偕同牛金星、宋献策作第二批出发。第一批和第二批都是从得胜寨走捷径奔往龙门,不再经过宜阳。李自成因为还要同高一功、田见秀和郝摇旗继续商议要事,同时等候永宁消息,所以到未牌时候才偕同李岩和一群亲兵作第三批出发,先去宜阳。

高一功因为担任着全军总管,留在得胜寨不动。田见秀主持老营军务,保卫老营,督练人马,同时负责对一斗谷、瓦罐子、李际遇等各方面的联络事宜。郝摇旗协助田见秀的练兵工作,每日巡视各营,严加督导。李闯王采纳了牛金星的意见,得胜寨仍暂时称为闯王老营,而今后随作战大军所驻之地称做行辕。

十七日黄昏,李自成率领李岩等一行人马到了宜阳城南的十里铺。白旺奉袁宗第之命在此迎候。据白旺向闯王禀报:袁宗第已经在今日中午到了洛河岸上,驻在望城岗,游骑直抵洛阳城下。李自成一行人在十里铺打了尖,喂了战马,大约在二更时候,从宜阳穿城而过,并不停留,沿着向洛阳去的大道前进。走出宜阳东门时候,看见有几百匹骡、马、驴子站在粮食和货物堆边吃干草,他向白旺问:

"这是往哪搭运的?"

白旺回答说:"昨夜又破了两座山寨,搜抄的粮食和财物直到黄昏才清查完毕,开好清单。遵照袁爷将令,只留下五千两银子补足月饷,五百担粮食供目前军需民赈之用,其余的全部运往得胜寨老营。这是第一批驮运队,准备四更造饭,五更起程。第二批驮运队骡马尚未抽调齐备,准备在天明巳时起程。"

李自成在马上回顾李岩说:"你看,这一个山寨有多么富裕!你来到本军时候,咱们的人马已经在伏牛山中攻破了四十八个富裕山寨,最近这二十天又在熊耳山中攻破了十几个山寨。这都是多亏饥民内应,使我军每攻必克,损伤人马很少。不管什么山寨自吹多么天险,也确实地势险要,滚木、礌石、火炮齐全,可是只要咱们找到本地百姓做底线,串通饥民内应,没有攻不破的。"说毕,策马向延秋镇驰去。

延秋镇离洛阳城四十五里,本来是个大镇,但早已残破不堪。李自成到达延秋镇时,已经四更多天,有袁宗第派来的一个小校迎着。据小校禀报,总哨刘爷和军师等已经到了洛阳城外的望城岗,请闯王暂到关陵行辕休息。

闯王问:"洛阳城里有什么消息?"

小校回答说:"从巩县和偃师来的那一支官军前天夜里到了白马寺,福王下旨不许他们进城,叫他们在洛阳东门外扎营。听说后来经守备洛阳总兵王绍禹一再进宫恳求,福王才准许这支人马进城。他们昨日下午陆续进城,黄昏后忽有一队官军约有一二百人奔到望城岗,求见袁将爷。袁将爷当即接见那为首模样的人。小的因奉命来此等候闯王大驾,以后事情都不清楚。"

闯王吩咐："你回禀袁将爷,我同李公子到关陵稍作休息。若有重要军情,随时飞马禀我。"

从延秋往东是向龙门和关陵的大道。李自成因听到昨晚有一股官军奔到望城岗求见袁宗第,知道投降内应的计策已经成功,便策马向关陵赶路,打算到关陵休息之后,即去望城岗与众将计议如何破城。这关陵因为有众多柏树,又称关林,坐落在龙门北边几里处,从龙门到洛阳的大道旁边,是埋葬关羽头颅①的地方。从南宋以后,民间对于关羽的崇拜和迷信愈来愈甚,特别到了明朝,一方面由于《三国演义》的流行,一方面由于皇帝的提倡,封关羽为协天大帝,又称为武圣人、关圣帝君,在全国各地大修关帝庙。这关羽埋头的地方,冢子越来越大,庙宇的神殿廊庑越盖越雄伟华美,院里院外的石碑越立越多。尤其是那历代种植的柏树虽经战乱砍伐,尚有三四百棵,郁郁苍苍,好不茂盛,同周围的残破村庄恰成鲜明对照。当李自成一行人马绕过龙门北边的大道前进,距关陵还有十来里远时,就在平明的晓色中遥望见东方露出来一大片黑黝黝柏树林,掩护着庙宇、垣墙和高冢,而向东北遥望,隐约可以望见洛阳城头和城中宫殿的屋脊、钟楼和鼓楼。虽然身上感到疲倦,李闯王心中却十分高兴,轻轻把丝缰一提,那乌龙驹很通人意,昂首萧萧嘶鸣,四蹄加快,随即绝尘而去。

转瞬之间,从关林中也驰出一队骑马的人,前来迎接闯王。等相离一两里路时,李自成忽然看清楚那为首的人身个较矮,同时双喜在他的背后快活地对他说:

"是军师! 军师!"

同军师见面以后,二人下马,屏退随从,登上道旁小阜,遥望洛阳的隐约城头,低声说话。自成先向宋献策询问了洛阳城内有什么新的情况,福王是否会在危急时逃出洛阳,又问了李仙风有没有新的消息,是否会来救洛阳。他们虽然对一举攻克洛阳和活捉福王很有把握,但是也考虑了万一会出现意外变化。自成又说:

_____

① 关羽头颅——东吴杀了关羽以后,将头颅送给曹操,遂葬此地。

　　"近两三天,我常常想到开封。倘若开封城防守疏忽,在攻克洛阳之后再将开封攻破,会把崇祯打得两眼发黑,站立不稳,从此直不起腰来。"

　　军师点头说:"闯王此意甚佳,倘能成功,又是一惊天动地之笔。汴梁为河南省会,亦数朝建都之地,目前户口百万,比洛阳繁华十倍,富庶十倍,重要十倍!"

　　自成说:"我已经派人去细探开封防守情形,等细作回来了再做决定。这想法只有你我知道,暂勿泄露。"

　　"自然不能泄露一字。"

　　"要打人就打在他的致命地方,不可轻打,更不可迟疑。"

　　"是的,先洛阳,后开封,一连两拳!"

　　闯王将鞭子一挥,有力地低声说:"上马!"于是他们相视一笑,走下小阜,腾身上马,在娇艳的早春阳光中向东驰去。

第二十三章

崇祯虽然绝对没有料到李自成会突然照准他的腰窝里狠揍一拳,打得他闪腰岔气,但是他由于多年经验,常有些不祥的预感压在心头。他担心杨嗣昌在四川追剿张献忠的军事行动会突然出了坏的变化,担心洪承畴在辽东支撑不住,担心山东的变乱正在如火如荼,扑灭不了,可能截断漕运,尤其使他常常不能放心的是李自成。自从李自成从武关突围之后,只知道他过了汉水,半年多来竟然没有再得到一点消息,不知道他潜伏在什么地方,会不会突然出来,打乱目前朝廷专力追剿张献忠的作战方略。

近来他每天五更照例在乾清宫丹墀上焚香拜天时候,总在替上述担心的事儿虔诚祈祷。他连做梦也没有想到,李自成已经到了河南很久,到处饥民响应,迅速发展了十几万人马,并且已经破了宜阳和永宁,正在向洛阳逼近。他每次在向上天默祷时,都祷告上天使李自成永远不会再起,无声无息地自然消灭。他希望过若干日月以后忽来某处地方奏报,说李自成确实已经病死了。

崇祯十四年正旦早晨,四更多天,北京全城的爆竹声就热闹起来。紫禁城中也燃放爆竹,但为着怕引起火灾,向来不许多放,所以不能同外边的热闹情况相比。等玄武门刚打过五更鼓声,皇城内外,所有的庙宇都钟鼓齐鸣,英华殿因为在紫禁城内,钟、磬、笙、箫、木鱼、云板声配合着诵经、梵呗声,一阵阵传送到乾清宫内。崇祯早已起床,穿着常朝服,到玄极宝殿隆重行了拜天礼,然后回到乾清宫,坐在正殿宝座上受后妃和皇子、皇女朝贺,然后受宫中较有地位的太监朝贺。天色微明,他喝了一碗冰糖燕窝汤,吃一块虎眼窝丝糖,作为早点。太监们按照宫中风习,在他的御案摆了个

"百事大吉盒儿",内装柿饼、荔枝、龙眼、栗子、熟枣。但是他只望一望,并没有吃,却心中叹道:"唉,什么时候能看见百事大吉!"宫女们替他换上了一套正旦受朝贺的古怪衣帽,名叫衮、冕。但见那个叫做冕的古怪帽子用皂纱做成,顶上盖着一个长形板子,有一尺二寸宽,二尺四寸长,薄的铜板做胎,外蒙细绫,黑表红里,前圆后方,前后各有十二串叫做旒的东西,就是用五彩丝绳串的五彩玉珠,每一串十二颗。红丝带儿做冕系,束在下巴底下,带着白玉坠儿。长形板子两边各有一条黑色丝绳挂着一个绵球,一个黄玉坠儿。那叫做衮的古怪衣服是黑色的,上绣八样图案:肩上绣着日、月、龙,背上绣着星辰和山,袖子上绣着火、五色雉鸡、老虎和长尾猿。至于下边穿的十分古怪的裤子、蔽膝、鞋、袜、大带、玉佩,等等,不用写了。这冕和衮的制度都是从西周传下来的,改变不大。做皇帝的是非遵古制不行,不然就不像皇帝了。宫女们替他穿戴好这一套古怪的冠服之后,崇祯便走出乾清宫,坐上步辇,往皇极殿受百官朝贺。

尽管国事如焚,诸事从简,但是今日毕竟是正旦受朝,所以皇家的虚饰派头仍然同往年一样。在昨天,尚宝司就在皇极殿中央设好御座,设宝案于御座东,香案于丹陛南。教坊司设中和韶乐于殿内东西两边,面朝北向。今日黎明,锦衣卫从丹墀、丹陛,直到皇极门外,分两行摆满了各种各样的卤簿、仪仗,一片锦旗绣幡,宝气珠光,金彩耀目。典牧所陈仗马、犀、象于文、武楼南,装饰华美,双双相对,肃穆不动。丹墀内东边靠北首站立司晨郎,掌管报时。两个纠仪御史立在殿外丹墀的北边。四个鸿胪寺的赞礼官:两个立在殿内,两个立在丹墀北边。另外有传制、宣表等官,恭立殿内。所有这些官员,都是成双配对,左右相向;蟒袍玉带,服饰鲜美;仪表堂堂,声音洪亮。

午门上第一通鼓声响过,百官朝服整齐,在午门外排班立定,而崇祯也到了中极殿坐在龙椅上稍候。第二通鼓声响过,百官从左右掖门进来,走上丹墀,文左武右,面向北,分立丹墀东西。第三通鼓声响过,钟声继起。导驾等执事官到了中极殿前叩头。崇祯重新上辇,往皇极殿去。

跟着在皇极殿行大朝贺礼,无非是一套代代沿袭的繁杂礼仪,在时作时止的音乐声中像演戏一样。中间,有一个殿外赞礼官高声唱道:"众官皆跪!"所有文武官员一齐跪下。赞礼官又高声唱道:"致贺词!"随即有一个礼部官员代表百官在丹陛中间跪下,先报名"具臣"某某,接着背诵照例的典雅贺词:

"兹遇正旦,三阳开泰,万物咸新。恭惟皇帝陛下,膺乾纳祜,奉天永昌。寇盗不兴,灾荒永弭,四夷宾服,兵革敉平。圣世清明,国家有万年之安;皇恩浩荡,黎民荷无量之福!"

随着赞礼官的高声唱赞,又是一阵俯伏、拜、兴①之类的花样以及两次乐作、乐止。然后传制官在皇帝前跪奏:"请传制!"照例不必等候皇上说话他便叩头起身,另一传制官由左边门走出大殿,到了丹陛,面向东立,口称"有制!"外赞礼官高声唱道:"跪!"群臣皆跪。赞礼官随即又唱:"宣制!"传制官高声背诵:

"履端②之庆,与卿等共之!"

赞礼官照例又高唱"俯伏","兴","乐止"。接着又唱:"出笏!"文武百官都将象牙的和竹的朝笏取出,双手举在面前。又跟着赞礼官的唱赞,鞠躬三次,舞蹈。有些年老文臣,在拜舞时动作笨拙,蹒跚摇晃,险些儿跌跤。赞礼官又唱:"跪!"又唱:"山呼!"百官抱着朝笏,拱手加额,高呼"万岁!"赞礼官再唱:"山呼!"百官再呼:"万岁!"第三次唱:"再山呼!"百官高呼:"万万岁!"文武百官每次呼喊"万岁",教坊司的乐工、仪仗队、锦衣力士以及所有太监,一齐呼喊,声震午门。一直心思抑郁的崇祯皇帝,只有这片刻才感到一丝欣慰,觉得自己真正是四海共主。

又一套行礼之后,仪礼司官到皇帝前跪奏礼毕,然后奏中和韶乐《定安之曲》。乐止,响了静鞭。按照惯例,这时皇帝应该从宝座

① 兴——封建时代行礼,叩了头起身叫做兴。
② 履端——一年初始,元旦。古人推算历法叫做推步或简称步。"履"即步的意思。

起身,尚宝卿捧宝,导驾官前导,到中极殿中稍作停留,然后回乾清宫去。然而他想好了一个新点子,走下宝座后面向南正立,向一个御前牌子瞟一眼,轻声说:

"召阁臣来!"

听到太监传谕,几个辅臣不知何故,十分惊慌,由首辅范复粹率领,踉跄躬身从左边门进来。崇祯叫他们再往前进。他们走至殿檐,行叩头礼毕,跪着等候皇帝说话,崇祯又说:

"阁臣西边来!"

辅臣慌忙起立,仍然不明白皇上是什么意思,打算分成东西两班走近皇帝面前。崇祯又说一句:"阁臣西边来!"随即有一个太监过来,将辅臣们引到西边立定。勋臣们一则没有听清,二则怕皇上怪罪,一直跟在辅臣们后边趋进,行礼,这时也小心翼翼地立在西边,不敢抬头。崇祯略露不满神色,轻声说:

"勋臣们东边去!"

等勋臣们退往东边,崇祯又叫阁臣们走近一点,然后语气沉重地说:

"自古圣帝明王,皆崇师道。今日讲官称先生,犹存遗意。卿等即朕师也。敬于正月,端冕而求。"于是他转身向西,面向阁臣们一揖,接着说:"《经》言:'修身也,尊贤也,敬大臣也,体群臣也。'朕之此礼,原不为过。自古君臣志同道合,天下未有不平治者。"他的辞色逐渐严峻,狠狠地看了大家一眼,又说:"职掌在部、院,主持在朕躬,调和①在卿等。而今佐朕中兴,奠安宗社②,万惟诸先生是赖!"

诸阁臣跪伏地上,以头触地。范复粹代表大家说:"臣等菲才,罪该万死。今蒙皇上如此礼敬,实在愧不敢当。"

崇祯说:"先生们正是朕该敬的,该敬的。如今张献忠已经被逼到川西,歼灭不难;李自成久无下落,大概已经身死众散。中原

---

① 调和——调整或协调各种问题而加以治理。此词与今日词义稍有不同。
② 宗社——宗庙和社稷,代表皇统。

乃国家腹心之地,多年来各股流贼纵横,糜烂不堪。近据河南抚臣李仙风及按臣高名衡奏报,仅有小股土寇滋扰,已无流贼踪迹。看来国事确实大有转机,中兴确实在望。今日为一年之始,望先生们更加努力,不负朕的敬礼与厚望。先生们起来!"

崇祯看着阁臣们叩头起来以后,自己也在音乐声中离开皇极殿。

当他重新在中极殿稍停时候,他的心情忽然变得十分沉重。虽然他刚才对着阁臣们说大局如何变好,但是他明白历年来他产生过无数希望都像空中缥缈的海市蜃楼,眨眼化为乌有,而眼前仍然横着一个没法处理的破烂与荒乱世界。他又想着自己刚才向辅臣作了一揖,说的那几句"尊师重道"的话,确实像古时的"圣君明王",必会博得臣民们的大大称赞,也将被史官大书一笔。但同时他也暗想,这些辅臣们没有一个能够替他认真办事的,将来惹他恼了,免不了有的被他削职,有的下狱,有的可能受到廷杖,说不定还有人被他赐死!……

他不停地胡思乱想,竟忘从宝座上起身了。一个太监走到他的脚前跪下,用像女人般的声音怯怯地奏道:

"启奏皇爷,该起驾回宫了。"

"啊?"崇祯好像乍然醒来,一面起身一面向一个司礼监秉笔太监轻轻地问:"杨嗣昌和河南巡抚可有什么新的军情奏报?"

司礼太监躬身回答:"请皇爷放心。杨嗣昌在四川剿贼得手,无新的奏报。河南平静无事,所以地方官们也没有军情急奏。"

他自言自语说:"啊啊,没有奏报!河南平静无事!"

被称为东京开封的这座古代名城,当李闯王兵临洛阳城下时候,正在过着梦境一般的早春。杏花正开,大堤①上杨柳的柔条摇曳,而禹王台和繁塔寺前边的桃树枝上都已经结满花苞,只待春风再暖,就要次第开放。这是开封城最后一个繁华的早春。不久,战

———————
① 大堤——即护城堤,距城三里。

火就烧到开封城下。连经三次攻守战役,开封就毁灭了,当年这座城市的面貌就再也看不见了。

自从金朝于公元1161年迁都开封之后,用力经营,虽没有恢复北宋的旧观,但在长江以北,它要算最大最繁华的都市了。又经过七十三年,到金朝被元朝灭亡时候,因为金哀宗事先逃到蔡州(今汝南),所以开封虽然也遭到战争破坏,但尚不十分严重。当然,它从此不再作为一个国家的首都,也不能保持昔日的气象和规模。在元、明两朝交替的当口,徐达兵至陈桥,元朝的守将不战而降,使这座名城未遭受兵火破坏。朱元璋将他的第五子朱橚封在开封,称为周王,将北宋的宫城建为周王府。从明初到此时,又经过将近三百年没有战争,开封城内一直是歌舞升平。它位居中原,黄河离北门只有七八里,从睢州通往南方的运河大体上仍旧可以通船,有水陆交通之便,所以商业繁盛,使西安远远地落在它的后边,洛阳更不能同它相比。近几年来,因为各州、府、县受战乱摧残或严重威胁,有钱的乡绅大户逃来省城的日多,更使开封户口大增,大约有百万人口,而市面也更加繁华。

上自周王府,下至小康之家,今年的新年仍然在欢乐中度过。除夕开始,满城鞭炮不断,到元旦五更时更加稠密。天色刚麻麻亮,周王拜天之后,率领各位郡王、宗人、仪宾①文武官员,在承运门拜万岁牌。礼毕,转到存信殿,坐在王位上受朝贺。贺毕,赐宴。此后,诸王贵戚,逐日轮流治宴,互相邀请,直到灯节,并无虚日。第二代周王名朱有燉,谥号宪王,会度曲填词,编写了许多剧本,府中养了男女戏班,扮演杂剧、传奇,在全国十分有名。如今周王府中的声妓之盛虽然不如前代,但仍为全国各地王府所不及。从破五以后,每日从黄昏直到深夜,王府中轻歌曼舞不歇,丝竹锣鼓之声时时飘散紫禁城外,正如一首大梁人的诗中所说的:"宫中日夜闻箫鼓,记得宪王新乐府。"偏偏从初一到破五,接连下两次大雪,街巷中冻死了不少逃荒的灾民和本地饥民,麇集在繁塔寺(那里设

---

① 仪宾——明制,亲王和郡王的女婿称为仪宾。

有施粥厂)附近的灾民冻死更多。每日讨饭的饥民络绎街巷,啼饥
号寒之声不绝于耳。但是这情况并非今年所独有,大家习以为常,
所以并不妨碍汴梁的繁华,更不妨碍王府、乡宦和有钱人家的新年
欢乐。

虽然李自成来到豫西以后连破几十个山寨,平买平卖,开仓放
赈,饥民从之如流,人马迅速壮大,这一类消息不断地传到开封,但
是开封人并没有特别重视,也不肯信以为真。特别是王府、官府和
乡绅大户,更不相信。他们不相信的理由是:第一,李自成连一座
城池也没有破过,可见他的兵力微不足道;第二,他们说,李自成始
终徘徊于豫西山中,不敢向灾情略轻的豫中平原来,足见其无力
"蹂躏"中原。到了十二月中旬,关于李自成的真实消息逐渐被开
封所知,不仅有地方府、州、县官的火急禀报每日飞进省城,还有士
绅的很多求救书信,尤其是红娘子破了杞县和李信兄弟往豫西去
投李自成,这才引起了巡抚和布、按各衙门的重视。但经封疆大吏
们商议之后,都同意巡抚李仙风和布政使梁炳的主张,暂时不向朝
廷如实奏闻,免得皇上不但不会派来救兵,反而会降一道严旨,限
令他们将李自成火速剿灭。

破五前一天,宜阳和永宁两城失守的消息报到开封,使住在省
城中的封疆大吏们开始感到情况严重。但是他们不相信李自成有
力量攻破洛阳,仍然决定暂时不惊动朝廷,将两城失守和万安王被
杀的事压了几天才向朝廷奏报,却不提洛阳如何危急,不提请兵。
为着洛阳是藩封重地,福王是皇上亲叔父,与万安王的地位大不相
同,李仙风不能不飞檄驻在洛阳的警备总兵王绍禹"加意防守,不
得有失"。至于王绍禹这个老头子是否胜任,手下兵力如何,他就
不问了。

在李自成加紧准备围攻洛阳和活捉福王的时候,开封的上层
社会完全沉溺在灯节的狂欢中。从正月十四日起,全城以周王府
为中心,大大地热闹三天。为着张灯结彩、燃放焰火、大摆酒宴,全
城花费的银子无法计算。周王府的花园中扎有鳌山一座,高结彩

棚,遍张奇巧花灯,约有万盏,与天上星月争辉,如同白昼,使人们看起来眼花缭乱。在鳌山下边,利用原有的苍松翠柏,又栽了许多竹竿,扎成九曲黄河,河两岸尽是柏枝、花灯,曲折回环。当李自成召开军事会议的元宵节晚上,周王朱恭枵在宫中酒宴刚罢,乘坐小辇,以代彩船,游赏"黄河"。辇前细乐、滚灯引驾,并有提炉、香盒,沉香细烟氤氲,与宫女、内监的衣香、脂粉香相混,香风远飘数十丈远。细乐声与环佩丁冬声交织,时时点缀着细语轻笑。周王的小辇在宫女和太监的簇拥中缓缓前行,后边跟随着一群郡王和国戚,再后是一大群宫中臣僚。游毕九曲"黄河",周王沿着铺有红毡和悬灯结彩的石级乘辇登山,在亭子上摆好的王座坐下,然后,由王府承奉和典礼官迎接诸郡王和国戚步行登山,陪他饮宴看戏。先是王府男女戏班和学习歌舞的宫女们轮番登台演奏,领受赏赐,最后由皇帝敕赐的御乐登台,演奏拿手节目,直到鸡叫方歇。他做梦也没有想到,就在这个时候,李自成为进攻洛阳派遣的第一支部队,即张鼐率领的两千骑兵,从得胜寨出发了。

元宵之夜,开封城中和五关①,又冻饿死不少灾民。在大相国寺院中和热闹的州桥、寺桥一带,常有逃荒的父母牵着啼哭打颤的小儿女,立在不会被看焰火的游人踏伤的街旁的灯光之下,在小儿女的头上插着草标。另外在那些鞭炮声音寥落,没有彩棚、游人,不被华灯照耀的穷街僻巷里,居民们为着旧年的债务未清,荒春即将来到而愁眉不展,唉声叹气。就在这一社会层中,关于李闯王在豫西的种种消息,正在迅速传播,甚至猜想着和议论着李闯王会不会攻破洛阳。在一间没有点灯的小屋里,三个孩子已经在啼哭中睡去了,男人对着他的妻子悄声说:

"豫西一带穷百姓的运气倒好,遇到了李闯王这个救星。"

女人推他一下,说:"老天爷,这是要命的话,你活得不耐烦啦!"

男人还想再说话,但是忍一忍不再提这一章,改换口气说:

---

① 五关——开封有五门,故有五关。

"咱们穷人家愁得要死，你听外边有多么热闹！"

城中的乡宦大户们共有梨园七八十班，小吹打二三十班，使全城处处有灯火的地方都飘荡着雅俗唱腔和锣鼓丝管之声。各庙宇都有灯棚。各大户和稍稍殷实之家的庭院中都挂着花灯，门前挂着彩绘门灯，争放火箭、花炮。城中和关厢很多地方焰火很盛，燃放着火盎、火伞、火马、火盆、炮打襄阳、五龙取水、花炮、起火、三起三落、炮打飞鼠、炮打花灯、水兔子入水穿波……争奇斗巧，不惜银钱。最为奇观的是，铁塔上一层层周围遍点灯盏，随风飘动，灿烂突兀，上接浮云，与天上疏星相乱。

十六日晚上，月下游人更多。男女成群结队，络绎街道，或携酒鼓吹，施放花炮，或团聚歌舞，打虎装象，琵琶随唱。约摸到二更时候，巨室大家的女眷出游，童仆提灯，丫环侍婢簇拥相随，一群群花团锦簇，香风扑鼻。这一类轻易不出三门四户的大家女眷，平日出门得放下车帘轿帘，难得每年有个灯节，可以大胆地徘徊星月之下，盘桓灯辉之中，低言悄语，嬉笑嘤嘤。这叫做"游走百病"，还得拥拥挤挤地过一道桥，据说可以一年中不得腰疼病。所谓"开封八景"之一的"州桥明月"，最为吸引游人，桥上拥挤得水泄不通。

这时，周王借共同听戏赏月为名，将几个封疆大吏召进宫中，先在花园中的畅心阁赐宴。宴毕，赐茶，拈着花白胡须问道：

"寡人近日听说，李自成攻破永宁之后，假行仁义，无知愚民受其欺哄，裹胁日众。先生们看，闯贼是否有进攻洛阳之意？"

几位封疆大吏当周王问话时都已经恭敬起立。等周王问毕，巡抚李仙风因自己官职最高，赶快躬身回答：

"卑职等身负封疆重任，只因兵饷两缺，未能早日剿灭流贼，致有永宁、宜阳等城失陷，万安郡王被害，知县武大烈等死节，百姓惨遭屠戮。卑职等已上奏朝廷，听候严加治罪。今蒙王爷殿下垂询，更觉惶恐。但河南府城，万无一失，请王爷不必担忧。目前杨阁部正在四川围剿献、曹二贼，已将二贼逼入川西，甚为得手。一俟献贼歼灭，杨阁部即可挥大军出川，清剿中原流贼。闯贼屡败之余，幸逃诛戮，只剩五十骑奔入河南。目前虽然伪称仁义，煽惑百姓，裹胁日众，似甚嚣张，然皆一时乌合之众，不足为虑。杨阁部大军一到，廓清不难。"

周王微微点头，又说："本藩恪守祖训，一向不过问地方军政大事。然洛阳是亲藩封地，只怕万一有失，亲藩受惊，皇上震怒，对先生们也不甚好。"

李仙风又回答说："河南府城高池深，户口数万，兵勇众多，道、府官员俱在，与永宁大不相同。况福王金钱粮食极多，紧急时不患无守城之资。职抚前已奏请皇上，命王绍禹为洛阳警备总兵，专职镇守，拱卫福藩。前南京兵部尚书吕维祺亦在洛阳城内，颇孚众望，必能倡导绅衿，捍卫桑梓。洛阳城决无可虑，谨请殿下放心。"

周王面露微笑，说："只要能如先生所言，洛阳万无一失，寡人就不为开封担心了。"

话题转到今年的元宵灯火上，谈了一阵，便换了酒菜听戏，没有人再担心李自成会有意攻破洛阳。

在洛阳，从十二月中旬起，人们就天天谈论李自成，真实消息和虚假传说混在一起，飞满全城。虽然有洛阳分巡道、河南府知府和洛阳警备总兵会衔布告，严禁谣言，但谣言越禁越多。文武衙门不敢对百姓压得过火，只好掩耳不管。实际上，一部分关于李自成的消息就是从文武衙门中传出来的。和往年大不同的是，往年飞进洛阳城中的各种谣传十分之九都是对农民起义军的歪曲、中伤、诬蔑和辱骂，而近来的种种新闻和传说十分之九都是说李自成的人马如何纪律严明，秋毫不犯，如何只惩土豪大户，保护善良百姓，如何开仓放赈，救济饥民，以及穷百姓如何焚香欢迎，争着投顺，等等。飞进洛阳城中的传说，每天都有新的，还有许多是动人的小故事，而且故事中有名有姓，生动逼真，叫听的人不能不信。

关于李自成的传说，有不少是混合着穷苦百姓的感情和希望，真实的事情未必尽都被众人知道，而哄传的故事未必不含着虚构的、添枝加叶的地方。在洛阳城内,只有上层统治阶级不愿听到称颂李闯王的各种传说,对那些消息感到恐惧和殷忧。曾做过南京兵部尚书的吕维祺在洛阳的缙绅中名望最大,地位最高。他从南京回到洛阳这几年来,平时多在他自己创立的伊洛书院讲学,但地方上如有什么大事,官绅们便去向他求教,或请他出面说话。所以他虽无官职,却在关系重大的问题上比现任地方官更起作用。明代的大乡宦多是如此。一天下午,他忧心如焚,在伊洛书院中同一群及门弟子闲谈。这一群弟子中有不少是重要绅衿,有的已经做了官,近来罢官家居。吕维祺今日从程朱理学谈起,但是他和弟子们都无心像往日一样"坐而论道",很快就转到当前的世道荒乱,李自成声势日盛等种种情况,同弟子们不胜感慨。有一个弟子恭敬地说道:

"闯贼趁杨武陵追剿献贼入川,中原兵力空虚,封疆大吏都不以流贼为意,突然来到河南,号召饥民,伪行仁义。看来此人确实志不在小,非一般草寇可比。老师望重乡邦,可否想想办法,拯救桑梓糜烂?倘若河洛不保,坐看李自成羽毛丰满,以后的事就不堪设想了。"

吕维祺叹口气说:"今日不仅河洛局势甚危,说不定中原大局也将不可收拾。以老夫看来,自从秦、晋流贼起事,十数年中,大股首领前后不下数十,惟有李自成确实可怕。流贼奸掳烧杀并不可怕,可怕的是他们不奸掳烧杀,同朝廷争夺人心。听说李自成原来就传播过'剿兵安民'的话,借以煽惑愚民。近来又听说闯贼散布谣言,遍张揭帖,说什么随了闯王就可以不向官府纳粮,他自己也在三年内不向百姓征粮。百姓无知,听了这些蛊惑人心的话,自然会甘愿从贼。似此下去,大乱将不知如何了局。老夫虽然忧心如焚,然身不在位,空言无补实际,眼看着河洛瓦解,洛阳日危,束手无策!"

另一个弟子说:"传闻卢氏举人牛金星投了闯贼,颇见信用;他还引荐一个江湖术士叫宋献策的,被闯贼拜为军师。又听说牛金星劝闯贼不杀举人,重用读书人。这些传闻,老师可听说了么?"

吕维祺点点头,说:"宋献策原是江湖术士,无足挂齿。可恨的是举人投贼,前所未闻。牛金星实为衣冠败类,日后拿获,寸斩不蔽其辜!"

头一个弟子说:"洛阳为藩封重地,福王殿下……"

一个老家人匆忙进来,向吕维祺垂手躬身说:"禀老爷,分巡道王大人、镇台王大人、知府冯大人、推官卫老爷、知县张老爷,还有几位地方士绅,一同前来拜见,在二门外边等候。"

吕维祺一惊,立即吩咐:"请!"他随即立起,略整幞头,对弟子们说:"他们约同前来,必有紧急要事。请各位在此稍候,我还有话向各位一谈。"说毕,便走往二门去迎接客人。

以分巡道王胤昌为首的几个文武官吏加上几位士绅,被请进书院的客堂坐下。仆人献茶一毕,王胤昌带头说:

"今日洛阳城中谣言更盛,纷纷传说李自成将来攻城。望城岗的墙壁上早晨撕下了无名揭帖,说李闯王如何仁义,只杀官不扰平民,随了闯王就不交纳钱粮,不再受官府豪绅欺压。据闻南阳各地愚民受此煽惑,信以为真,顿忘我大明三百年雨露之恩,纷纷焚香迎贼,成群结队投贼。宜阳和永宁两县,城外已经到了流贼,城内饥民蠢蠢思动。昨夜两县都差人来府城告急,都说危在旦夕。洛阳城内,也极其不稳。刚才各位地方文武官员与几位士绅都到敝分司衙门,商议如何保洛阳藩封重地。商量一阵,一同来求教先生,只有先生能救洛阳。"

吕维祺说:"学生自从罢官归来,优游林下,惟以讲学为务。没想到流贼猖獗,日甚一日,眼见河洛不保,中原陆沉。洛阳为兵家必争之地,亦学生祖宗坟墓所在地。不论为国为家,学生都愿意追随诸公之后,竭尽绵力,保此一片土地。诸公有何见教?"

知府冯一俊说:"目前欲固守洛阳,必须赶快安定军心民心。民心一去,军心一变,一切都完。闯贼到处声言不杀平民,只杀官绅。一旦洛阳城破,不惟现在地方文武都要杀光,恐怕老先生同样身家难保。更要紧的是福王殿下为神宗皇帝爱子,当今圣上亲叔。倘若洛阳失守,致使福藩陷没,凡为臣子,如何上对君父?况且……"

吕维祺截断知府的话,说:"目前情势十分急迫,请老父台直说吧,其他道理不用提了。"

冯一俊不再绕弯子,接着说:"洛阳存亡,地方文武有守土之责,不能推卸。然值此民心思乱、军心动摇之时,存亡实决于福王殿下。洛阳百姓们说:'福王仓中的粮食堆积如山,朽得不能再吃。可是咱们老百姓流离街头,每日饿死一大批。老子不随闯王才怪!'……"

总兵王绍禹插言:"士兵们已经八个月没有关饷,背地里也是骂不绝口。他们说:'福王的金银多得没有数,钱串儿都朽了。咱们快一年没有关饷,哪王八蛋替他卖命守城!'我是武将,为国家尽忠而死,份所应该。可是我手下的将士不肯用命,叫我如何守城?"

分巡道王胤昌接着说:"目前惟一救洛阳之策,只有请福王殿下打开仓库,拿出数万两银子犒赏将士,拿出数千担粮食赈济饥民。舍此最后一着棋,则洛阳必不可守,福王的江山必不可保,我们大家都同归于尽!"

由于王胤昌的语气沉痛,听的人都很感动,屋子里片刻沉默,只有轻轻的叹息声。吕维祺拈须思量,慢慢地抬起头来问道:

"诸公何不将此意面启福王殿下?"

王胤昌说:"我同王总镇、冯知府两次进宫去求见殿下,殿下都不肯见。今日官绅集议,想不出别的办法,只得来求先生进宫一趟。"

吕维祺说:"诸位是守土文武,福王殿下尚不肯见,我以闲散之身,前去求见,恐怕更不行吧?"

胤昌说:"不然,不然。先生曾为朝廷大臣,且为理学名儒,河洛人望。福王殿下平日对先生十分尊重,断无不肯面见之理。"

知县张正学从旁劝驾:"请大司马务必进宫一趟,救此一方生灵。"

官绅们纷纷怂恿,说福王定会见他,听从他的劝告。吕维祺慨然说:

"既然各位无缘面启福王,痛陈利害,学生只好试试。"

送走官绅客人之后,他对弟子们说了他要去求见福王的事,弟子们都很赞成,都把洛阳存亡指靠他这次进宫。随即他换了衣服,坐轿往王宫去了。

隔了一道高厚的红色宫墙,将福王府同洛阳全城划成了两个天地。在这个小小的圈子里,仍然是酒色荒淫、醉生梦死的无忧世界。将落的斜阳照射在巍峨的黄色琉璃瓦上,阴影在一座座的庭院中渐渐转浓,有些彩绘回廊中阴气森森。正殿前边丹墀上摆的一对铜鼎和鎏金铜狮子也被阴影笼罩。在靠东边的一座宫院中传出来笙、箫、琵琶之声和檀板轻敲,曼声清唱,而在深邃的后宫中也隐约有琵琶之声传出,在宫院的昏暗的暮烟中飘荡。

在福安殿后边的一座寝宫中,福王朱常洵躺在一把蒙着貂皮锦褥的雕花金漆圈椅中,两腿前伸,将穿着黄缎靴子的双脚放在一张铺有红绒厚垫的雕花檀木矮几上。左右跪着两个宫女,正在替他轻捶大腿。另外两个宫女坐在两旁的矮凳上,每个宫女将他的一只粗胳膊放在自己腿上,轻轻捶着。他是那样肥胖,分明右边的那个略微瘦弱的宫女被他的沉重的胳膊压久了,不时偷偷地瞟他一眼,皱皱眉头。他的滚圆的大肚子高高隆起,像一口上百人煮饭用的大锅反扣在他的身上,外罩黄袍。在他的脚前一丈远的地方,拜垫上跪着一群宫女装束的乐妓,拿着诸色乐器,只有一个女子坐在矮凳上弹着琵琶,另一个跪着用洞箫伴奏。福王闭着眼睛,大半时候都在轻轻地扯着鼾声,有时突然鼾声很响,但随即就低落下去。当一曲琵琶弹完之后,福王也跟着停止打鼾,微微地睁开眼睛,用带着睡意的声音问:

"熊掌没熟?"

侍立在背后的一个太监走前两步,躬身回答:"启禀王爷,奴婢刚才去问了问,熊掌快炖熟啦。"

"怎么不早炖?"

"王爷明白,平日炖好熊掌都得两个时辰,如今已经炖一个多时辰了。"

司乐的宫女头儿见福王不再问熊掌的事,又想矇眬睡去,赶忙过来跪下,柔声问道:

"王爷,要奏乐的奴婢们退下么?"

福王又睁开因酒色过度而松弛下垂的暗红眼皮,向她望一眼,说:

"奏一曲《汉宫秋月》,筝跟琵琶。"

抓筝的乐妓调整玉柱,轻试弦音,忽然承奉刘太监掀帘进来,向福王躬身说:

"启禀王爷,吕维祺进宫求见,已经等候多时。"

福王没有做声,重新闭起眼睛。抓筝的和弹琵琶的两个女子因刘承奉使个眼色,停指等候。屋中静了片刻,刘承奉向前再走一步,俯下身子说:

"王爷,吕维祺已经等候多时了。"

福王半睁倦眼,不耐烦地说:"这老头儿见寡人有什么事儿?你告他说,寡人今日身子不舒服,不能见他。不管大事小事,叫他改日再来。"

刘承奉略露焦急神色,说:"王爷,吕维祺说他今日进宫,非见王爷不可,不面见王爷他死不出宫。"

"他有什么事儿非要见到寡人不可?"

"他说王爷江山能否保住,在此一见。他是为王爷的江山安危,为洛阳全城的官绅百姓的死活进宫来求见王爷殿下。"

福王喘口气,说:"洛阳全城的官绅百姓的死活干我屁事!啊,你们捶、捶,继续轻轻捶。寡人的江山是万历皇上封给我的,用不着他这个老头儿操心!"

"不,王爷。近来李闯王声势很大,兵马已到宜阳、永宁城外,声言要破洛阳。吕维祺为此事求见王爷,不可不见。"

朱常洵开始明白了吕维祺的进宫求见有些重要,但仍然不想接见。他近来可能是由于太胖,也可能还有别的什么毛病,总觉得瞌睡很多,头脑发昏,四肢肌肉发胀,所以经常需要躺下去,命四个生得很俊的宫女替他捶胳膊、腿。现在逼着他衣冠整齐地离开寝宫,到前院正殿或偏殿去坐得端端正正地受吕的朝拜,同他说话,多不舒服! 在片刻间他想命世子①由崧替他接见,但是他听见东宫里正在唱戏,想着自从几个月前新从苏州买来了一班女戏子,世子每日更加沉溺酒色,倘若世子在吕维祺的眼前有失检言行,颇为不美。想了一阵,他对承奉说:

"等一等,带吕维祺到福安殿见我!"

他在几个宫女的帮助下艰难地站立起来,换了衣冠,然后由两个太监左右搀扶,到了福安殿,在王位上坐下。两旁和殿外站了许多太监。吕维祺被带进殿内,行了跪拜礼。福王赐座,赐茶,然后问道:

"先生来见寡人何事?"

吕维祺欠身说:"目前流贼云集宜阳、永宁城外,旦夕破城。流贼声言俟破了这两座县城之后,即来攻破洛阳。洛阳城中饥民甚多,兵与民都无固志,怨言沸腾,多思从贼。官绅束手无策,坐待同归于尽。王爷藩封在此,原期立国万年,倘若不设法守城,江山一失,悔之何及! 如何守城保国,时急势迫,望殿下速作决断!"

福王略觉吃惊,喘着气问:"洛阳是亲藩封国重地,流贼敢来破城么?"

"流贼既敢背叛朝廷,岂惧亲藩? 崇祯八年高迎祥、李自成等流贼破凤阳,焚皇陵,殿下岂已忘乎?"

"寡人是今上皇叔,流贼敢害寡人?"

"请恕维祺直言无隐。听说流贼向百姓声言,要攻破洛阳,活捉王爷殿下。"

---

① 世子——法定继承王位的儿子。这个世子朱由崧即后来的南明弘光帝。

福王浑身一颤,赶快问:"此话可真?"

"道路纷传,洛阳城中虽三尺童子亦知。"

福王一阵心跳,喘气更粗,又问:"先生是个忠臣,有何好的主意?"

"王府金钱无数,粮食山积。今日维祺别无善策,只请殿下以社稷为重,散出金钱养兵,散出粮食济民。军心固,民情安,洛阳城就可坚守,殿下的社稷也稳如泰山。否则……大祸不堪设想!"

福王心中恍然明白,原来是逼他出钱的!他厌烦地看了吕维祺一眼,说:"地方文武,守土有责。倘若洛阳失守,本藩死社稷,他们这班食皇家俸禄的大小官儿也活不成。纵令他们有谁能逃出流贼之手,也难逃国法。先生为洛阳守城事来逼寡人,难道守城护藩之责不在地方文武的身上?先生既是忠臣,为何不去督促地方文武尽心守城,保护藩封?"

吕维祺起立说:"殿下差矣!正是因为洛阳文武无钱无粮,一筹莫展,才公推维祺进宫向殿下陈说利害,恳请殿下拿出一部分库中金钱,仓中粮食,以保洛阳,保社稷。殿下如仍像往年那样,不以社稷为念,将何以见二祖列宗于地下?"

朱常洵愤然作色,说:"近年水旱不断,盗贼如毛,本藩收入大减,可是宫中开销仍旧,入不敷出,先生何曾知道!请先生休再帮那班守土文武们说话,替他们开脱罪责。他们失守城池,失陷亲藩,自有大明国法在,用不着你入宫来逼寡人出钱出粮!"说毕,向两个太监示意,将他从王座上挽扶起来,喘着气往后宫去了。

吕维祺又吃惊又失望地望着福王离开福安殿,不禁叹口长气,顿了顿足,洒下眼泪,心中叫道:

"洛阳完矣!"

吕维祺同福王见面的当日晚上,袁宗第率领的一支义军奉闯王之命攻破宜阳,杀了知县唐启泰,对百姓秋毫无犯。这消息迅速传进了洛阳城中,证实了李闯王"只杀官,不杀平民"的传闻不假。

又过几天,永宁失守和万安王被杀的消息传进了洛阳城中,人人都清楚,李闯王下一步就要来洛阳了。

洛阳在年节中同开封完全像两个世界。穷百姓怀着殷切的心情等待李闯王的大军来到,而官绅和大户都怀着惴惴忧惧的心情等待着大祸临头。洛阳城中,自元朝至今将近四百年间,从来没有一个春节过得像今年这样暗淡、萧条、草率。

吕维祺仍然是洛阳官绅的重心,被看做洛阳安危所系的人。正因为他居于如此举足轻重的地位,所以他下决心要与洛阳共存亡,决不逃走。但是他明白新安和洛阳两县百姓对他本人和他的家族积怨甚深,所以他狠心拿出来几百石杂粮在城内放赈,希图在穷人中买一个慈善之名。另外,他以个人名义给巡抚、布政使和按察使写信,请他们火速派兵救援洛阳。

福王虽然不得不相信李闯王要攻洛阳,但是他仍然指望有守土之责的地方文武会慑于国法,也为保自己身家性命,出死力固守城池,等待救兵。正月初十以后,义军的游骑每日出没于洛阳郊外,风声更加紧急。一天下午,他由两个太监搀扶着,巡视仓库。他叫典库官打开一座被叫做东二库的大屋子,看看里边堆满金银和铜钱,心中说:"这都是神宗皇帝辛辛苦苦从全国弄到手的,赐给了寡人,也有些是寡人三十年来自己经营的家产,我连一个钱也不给人!"他希望过此一时,洛阳太平无事,他还要拼命从王庄、王店、茶引和盐引等方面聚敛钱财。他同他的父亲一样,金钱聚敛得越多越感到称心。

过了灯火稀疏的元宵节,李自成的义军已经占领了洛阳附近的延秋、龙门和洛河南岸的许多村镇,准备攻城。福王将分巡道王胤昌、总兵王绍禹、知府冯一俊等叫进宫去,问他们关于守城的事。王胤昌已得到巡抚李仙风的火急书信,内称他已率领大军自黄河北岸星夜西来,嘱洛阳文武官督率全城军民固守待援。他将这些连他自己也半信半疑的话启禀福王。福王的心情为之一宽,点头说:

"李巡抚倒是个大大的忠臣。事定之后,寡人要向皇上题本,重重奖赏他的大功。"

王绍禹趁机起立说:"洛阳守城官兵,欠饷日久,咸有怨言。请王爷殿下速速发出几万饷银,以固军心。"

福王喘着气说:"你们,一提到守城就要银子,要银子！你们不晓得寡人的困难,好像王宫中藏有摇钱树、聚宝盆！"

王胤昌说:"倘无银子,便没人肯替殿下守城。"

福王说:"李仙风不是要星夜赶来么？"

"但恐巡抚兵马未到,洛阳已经破了。"

福王想了想,说:"那,那,那如何是好？……寡人为念将士辛苦,特赐一千两银子犒劳好啦。"

王绍禹说:"数千将士,一千两银子如何敷用？卑职实在没法向将士们说话,鼓起士气守城。"

福王又想一下,说:"我赏三千两如何？再多一两就没有了！"

大家不再恳求,叩头辞出。随即有太监将三千两银子送到镇台衙门,王绍禹自己留一千两,送一千两给分巡道,拿一千两犒赏将士。士兵们骂得更凶,有人公然说不再守城的话。王绍禹只好佯装不知,守城事听天由命。

正月十九晚上,李自成的大军已经将洛阳包围,即将攻城。福王得到禀报,大为惊慌,将几个亲信太监叫到面前,边喘气边声音打颤地说:

"你们要想法儿救寡人逃出洛阳。我不惜金银重赏,快救寡人……"

第二十四章

关陵庙中有一座大的道院,如今腾出来一部分作为李闯王暂时居住的地方。一部分随来的亲将和标营亲军都在大庙的两廊和山门下歇息。门外有一条东西小街,有几家小饭铺,在通往龙门和洛阳的官道旁也有饭铺,如今都驻扎着李闯王的标营亲军。所有战马,在遛过一阵之后,都拴在柏树林中和小街后边喂草料。再往东边,在东西小街的尽头,还有许多帐篷,驻着一队骑兵,是袁宗第派驻此地拱卫闯王行辕的。他们于昨日上午就来了,打扫了庙里庙外,又为闯王的亲军准备好柴草。龙门又名伊阙,自古是军事要道,袁宗第也派有少数人马驻扎。从关陵前边望去,可以望见龙门北头小街上露出来一面红旗,而伊水东岸的香山脚下也有一片帐篷和几面随风招展的红旗。

早饭早就准备好了。闯王等漱洗一毕,就坐下去吃早饭。在吃饭时候,他向军师问:

"那从潼关进来河南的一股变兵可接上头了?"

献策回答:"因为他们提前奔进洛阳,我们来不及派人接头。不过袁将军已暗中嘱咐我军在洛阳城中的细作,散布流言,然后勾引这一支变兵献城投降。"

闯王问:"散布的什么流言?"

"只说河南巡抚与陕西总督都有上奏,奉旨:'着将为首十人捕获归案,枭首示众,不得宽纵!'还说王绍禹已奉巡抚密檄,拟于洛阳解围之后,遵旨拿办,不许一人漏网。"

李岩说:"按道理讲,陕西总督与河南巡抚题奏上去,有圣旨下到开封,再由开封密檄洛阳防守总兵,来往颇费时日。说王绍禹现在已接到巡抚密檄,恐不可信。"

献策笑了起来,说:"足下,你这是书生之见,洛阳百姓和潼关叛兵却不会如此看的。如今兵荒马乱,谣言丛生,任何无根之言都容易被人轻信。何况那几百杀官叛兵,正在疑神疑鬼,听风是雨,无事尚且惊慌自扰,一听这个谣言,岂有不信之理?等他们能够冷静剖析,知是谣言,那已经是破洛阳多日以后的事了。"

听献策这么一说,大家也笑了起来。正吃饭间,袁宗第又派人飞马前来禀报:偃师县已经于昨夜一鼓而破,未损失一兵一卒。活捉了贪官徐日泰,在衙门前边斩首,同时杀了县丞白世禄、训导刘恒等三四个民愤较大的人,对平民秋毫无犯。大家听了,知道一切都遵照闯王将令,马到成功,十分高兴。

吃毕早饭,李自成同宋献策等重新洗手,到大殿中向关公焚香礼拜,然后看了看大殿后边的冢子,又向当家方丈询问了这庙宇的历史和近来的香火情形。他已经知道李过尚未来到洛阳城外,而刘宗敏、袁宗第和牛金星今天上午又率领一支骑兵去洛阳城周围察看,所以他决定趁此机会让随来的将士们在此地休息半天,并吩咐中午这顿饭到未时以后吃,好使大家多睡一睡。他自己十分疲乏,一躺下去便很快睡熟了。

但是他们只睡了一个多时辰,全都醒了。眼看着就要攻破洛阳,大家都怀着兴奋的情绪,考虑着许多问题,不肯多睡。现在离吃午饭的时间还早,李自成带着宋献策和李岩等出庙走走。他们先在关陵的小街上看看,遇到一群小孩子在一辆空牛车上玩耍,有一个十来岁的孩子领头唱道:

> 吃他娘,
> 穿他娘①,
> 开了大门迎闯王。
> 闯王来时不纳粮!

---

① 吃他娘,穿他娘——这是河南群众的口头语,意思是没吃的,没穿的,但用的是谩骂口吻,表现了群众的怨怒感情。

闯王听了，哈哈大笑，对宋献策和李岩们说："林泉到得胜寨以后编的歌谣，传得真快，这里的小孩子都唱起来啦！"

宋献策向孩子们笑着问："你们还会唱别的歌谣么？"

孩子们看见这一群很不一般的义军将士，有点羞怯，不肯再唱，还有的跳下车跑了。闯王和献策等望着孩子们大笑起来，边谈话边继续向前走去。他们走了不过一箭之地，却听见孩子们又唱了一首歌谣：

> 朝求升，
> 暮求合，
> 近来贫汉难存活。
> 早早开门拜闯王，
> 管教大小都欢悦。

李闯王和宋献策等回到行辕门外，骑上战马，去游龙门。这个举国著名的古迹名胜地方，宋献策和尚炯在十年前都游过，昨天宋献策和刘宗敏、牛金星又一起从这里经过，倒是李闯王和李岩是闻名已久而未曾一至，所以特别兴致勃勃。他们到龙门山北头的小街上下了马，率领一部分亲兵步行前进。龙门山崖上石窟中佛像众多，李自成等实在没法仔细观看，只在奉先殿盘桓较久，赞赏那十分巍峨壮观的大佛像和左右天王、力士像。有一个身材高大的亲兵去抱一尊天王像的小腿，仅仅能够两手合拢。从奉先殿回来走不多远，他们到一座临着山崖的佛寺中休息。这座佛寺占地不大，但建筑玲珑，布局紧凑，禅堂清幽。有一道泉水从院中流出，从一只花岗石龙口喷出，泄入伊河。老和尚将李闯王等迎进方丈，一一献茶，十分恭敬。闯王问到龙门古迹的历史和近来香火情况，老和尚诉起苦来，说有些佛像受风雨剥蚀，损坏日多，虽然有檀越布施，但是杯水车薪，总不能将损坏的佛像都修补起来。闯王明白了他的意思，叫吴汝义取出二十两银子布施，嘱他先拣那些吃紧的地方整修一下，等到天下太平以后再大大整修。

闯王准备动身回关陵，却不见尚炯在那里，连尚炯的亲兵们也一个不见。有一个亲兵禀报说:从奉先殿往南去有一个石窟,石壁上刻满了各种药方,老神仙正在那里仔细观看药方。闯王笑一笑,命亲兵去请他快来。随即他同李岩一边闲谈,一边走出方丈。临着路边,以悬崖为屋基,有三间倒座禅堂,陈设雅致,原是接待从洛阳来的官绅和一班有钱人用的,现在亲兵们都在里边休息。宋献策对闯王说:

"昨天我同捷轩、启东从这里经过,也在这寺里休息吃茶。那三间禅堂的墙壁上有不少题字,有的出自名手,题的诗和字都很好。启东一时高兴,也在墙壁上题了几首七绝。何不趁着子明尚未转来,进去一看?"

闯王连声说:"好,好,进去看看。"

他们步入禅堂。满屋亲兵立刻肃然退出,站到院中。自成将整个禅堂打量一眼,看见中间后墙上供着一轴观音像,一副对联,神桌上摆一只蓝花白瓷香炉,两边山墙上挂着条幅和对联,而除此之外,墙壁上确实有许多题字和题诗。他随着宋献策走到牛金星的题诗地方,看见有三首七言绝句,墨迹很新,题目是《随大军过龙门题壁》,下署"辛巳孟春,戎马书生题"一行小字,然后他回过来从第一首依次往后看。宋献策边看边按照平仄调子吟出声来。那三首诗是这样写的:

> 丽日光华明剑戟,春风浩荡入丝缰。
> 云霓企望来汤武,到处壶浆迎闯王。
>
> 踏破群山不觉险,龙门北进接康庄①。
> 三军争指关陵近,隐约城楼即洛阳。
>
> 百代中原竞逐鹿,关河离乱又沧桑。
> 沉沦周鼎②今何在? 自古洛阳是帝乡。

---

① 康庄——即"康庄大道"的略语。从龙门到洛阳,道路平坦宽阔。
② 周鼎——周天子的传国鼎,相传为夏禹所铸,共有九个,象征国统和皇权。

吟诵完了,宋献策连声称赏,说这三首诗写得很好,雍容凝重,颇有宰相气派,非一般诗人之诗。他同牛金星、李岩都是朋友,所以在闯王面前总是对他们美言称赞。尤其因他是被牛金星推荐到闯王帐下,很得信任,拜为军师,不能不私心感激金星。他心中明白,金星的第三首诗是希望闯王在洛阳建都。虽然他从军事着眼不赞成目前就把洛阳作为建都之地,但因为他是河南人,所以从将来说,他巴不得李自成在洛阳建都。自成读完这三首题壁诗,一边仔细咀嚼这后一首的意思,一边听献策称赞,含笑点头,又转头望望李岩。李岩很注意第三首诗中所流露的希望闯王建都洛阳的思想,不好表示意见。他虽然建议李闯王在宛、洛建立一个立脚地,但是他不主张闯王过早地正式称王。他想,如果破了洛阳后,牛金星拿出来这个建议,被闯王采纳,将是很大失策。李自成见他看着墙壁不语,笑着问:

"林泉,你何不也题诗一首?"

李岩赶快说:"我平日文思迟钝,看见启东这三首题诗,更不敢动笔胡诌了。我近来才知道启东写的是苏体①,功底很深。就以这题壁诗的书法说,虽不是他的精心之作,率笔写成,在许多题诗中间也算得是凤毛麟角。"

正谈论间,尚炯回来了。他们走出寺门,别了老和尚,信步向北走,一面欣赏香山风景,一面谈论龙门的军事形势。但是李自成听着宋献策、李岩和医生谈话,心中在想着一些重大问题。在得胜寨过年节的时候,宋献策、李岩和牛金星都向他提出来据宛、洛,收河南以争天下的重要意见,又提出建立名号代替闯王称号,今天看牛金星的题壁诗,这些事必将在攻破洛阳之后,再次向他提出。可是看李岩刚才的意思,又分明对牛金星的希望建都洛阳的主张不置可否。现在已经进兵到洛阳城下,只要没有意外枝节,明天夜间就可以攻破洛阳。像这些十分重大的问题,不能不引起他反复考虑。

---

① 苏体——北宋以后,临摹苏轼书法的人不少,称他的书法为苏体。

他们走到龙门北头的小街上，就遇见刘宗敏派来的亲将李友问闯王下午是否到望城岗去。如果闯王不能前去，他就同牛先生和众将领在晚饭后赶来关陵，计议攻城诸事，并请闯王亲自向众将发布军令。李自成听了以后，说：

"你回去禀报刘爷，我在酉牌时候，同军师和李公子赶到望城岗，还要到洛阳城外看看，然后同众将领会商军事。补之已经到了么？"

"到了。他的骑兵已经有一部分从新安来到洛阳西门外，其余的黄昏可以全到。在永宁的骑兵，今日下午也陆续到了。"

李自成不再询问，立刻上马，赶回关陵。

太阳还有树梢高的时候，李自成带着军师和李岩，从关陵到达洛河附近。这里有一条小街名叫望城岗，离洛阳南门数里。袁宗第的老营驻扎在这条街上。牛金星和刘宗敏也在此地，偕同袁宗第部署进攻洛阳军事。袁宗第的大部分人马和张鼐率领的人马，都已经驻在洛阳城外一二里内，而张鼐本人就驻在洛阳西门外的周公庙。现在实际上留驻在望城岗的部队不到七百人，但是因为它是袁宗第的老营所在地，全营辎重堆放在望城岗关帝庙中，所以部队支领东西，传送命令，禀报事情，来往频繁，使这个小街道顿然热闹。百姓们因为亲眼看见李闯王的部队平买平卖，又是才关了饷银，所以不惟街上的几家小铺都大胆开市，还吸引了附近的肩挑小贩纷纷来赶做买卖。街外边，离河岸不远有一座洛神祠，那小小的天井院落里和庙门外都是从洛阳城附近来的百姓，熙熙攘攘，络绎不断。他们有的是来投军，有的是来控诉他们所受王府、官吏、乡宦和豪绅们的鱼肉之苦。这些前来投军和告状的百姓，将城中的各种情况都清清楚楚地说了出来。袁宗第特意派一个小校同一个办文墨的先生率领二十个弟兄住在洛神祠中，接见前来投军和告状的百姓，免得他们都拥向老营。

李自成在袁宗第的老营中稍坐片刻。听宗第将进攻洛阳城的军事部署简单地禀报一下，便趁着太阳未落，驰往洛阳城下。刘宗敏、袁宗第、牛金星、宋献策、李岩等都跟他一道。他们在二三百骑兵的簇拥中从洛阳的南门走到西门，又走到西北城角。太阳已经落到涧河岸上，天色已暗，北邙山在北边变成了一道黑咕出律的暗影。洛阳已经合围，北郊的不少村落和通往孟津的大道上都有火光。城头上也点了灯笼火把，还有人语、柝声，不断从城上传来。李自成从原路回到望城岗。虽然在天黑以前他没有来得及将洛阳城周围的地势都看一遍，但主攻的地方是在北门，这一带的地势他已经完全清楚。

晚饭以后，李自成在望城岗主持军事会议，将一应有关如何破城，在破城后如何维持城中秩序，以及其他重大事项，都做了详细商议，由闯王做出决定。闯王见将士们连日辛苦，像李过已经三天三夜不曾睡觉，另外还有一部分人马明天才能陆续赶到，所以决定明日一天按兵不动，让将士们好生休息，同时将闯王的几条禁令由各营将领传谕下边的大小头目和士兵，"务必一体凛遵勿违"。袁宗第向闯王问：

"破了洛阳之后，你的行辕安在什么地方？"

没有等闯王回答，几个将领都说闯王应该从关陵移驻福王府中，说那里地方宽大，舒服，又说闯王苦战了十几年，明日破了洛阳，理应搬进福王宫中。闯王望望牛、宋和李岩，又望望刘宗敏和李过等几位大将，但大家都不做声。闯王的脸色严肃，对众将领说：

"破城之后，行辕移驻洛阳城外的周公庙中。如今天下未定，我正要和将士们同甘共苦，岂可贪图舒服！"

宋献策立刻点头说："闯王所言甚是。行辕暂设在周公庙最好。凡不是必须驻扎城内的人马，亦一律不许入城，方好使城内安堵如常，市廛不惊。"

牛金星接着说："闯王行辕暂驻周公庙，实为英明之见。昔汉高祖初到咸阳，不留在秦宫休息，还军霸上，与父老约法三章，为史家所称道。今闯王不住福王宫，暂留城外，也有汉高祖不住咸阳宫的意思。倘若将来据河洛以争中原，建名号以符民望，这现成的福王宫自然是也要用的。"

李自成用满意的眼神看一看牛、宋二人，但没做声。大家接着又商议别的问题。会议一直开到三更以后，才告结束。袁宗第的老营司务命火头军准备了一大锅羊肉熬红白萝卜，每个人喝了两大碗，浑身暖和。喝完羊肉汤，众将领纷纷回营。闯王请牛金星、宋献策和李岩也先回关陵休息。闯王等牛、宋和李岩走后，向院中叫了一声：

"张鼐！"张鼐回身进来，站在他的面前。他面带微笑地看着张鼐，慢慢地说："小鼐子，你跟了我六七年，如今已经长成大人啦。这次攻洛阳，我叫你率领中军营精兵前来，这是第一次给你重要差遣，把你当重要将领使用。你要是砸了锅，我可是不答应的。你知道么？"

张鼐严肃地回答说："知道，闯王！我要是不能遵照闯王的将令把事情办好，从今往后，请闯王再也不要给我重要差遣！"

刘宗敏在一旁笑了一声，骂道："你这小子，说得倒轻松！如今是打仗，闯王交给你的差事就是军令，军令大如山。你出了差错，要按军法治罪哩！"

张鼐说："是，请按军法治罪。"

闯王点点头，说："你明白这一点就行了。我现在再对你说一遍，必须句句照办，不可有误。第一，明天黄昏，你将手下人马分作两支，一支留在西关，一支开往北关，等候破城。第二，不管是北门先开，西门先开，你的骑兵都要立即冲进城内。今晚会议上已经商定：在破城那一刻，冲入城时，其他各营人马都向你的骑兵让路。要迅疾，要像箭出弦上，不可有片刻耽搁。这就需要你事前在西关和北关整队等待。万一城上向外打炮，也不可乱了队伍。"

张鼐心情激动地说："是，是。"

闯王接着说："第三，你的骑兵一冲进城去，要立刻奔到王宫，先占据王宫的午门、东华门、西华门、后门。王宫很大。你一定要不使一个乱兵进入王宫，放火抢劫。不论军民，有敢闯入王宫放火抢劫的，当场斩首。第四，你事先安排好，冲入城门以后，立刻要分出几支骑兵占据通衢要道、十字街口，并有骑兵不断在大街小巷巡逻，严禁烧、杀、奸淫、抢劫。一边巡逻，一边传谕我的禁令。如有违反的，不论是溃散官军，或是我们自己的弟兄，都一律就地正法，枭首示众。第五，福王父子，罪大恶极，一定得捉拿归案。破城之后，他父子必然要逃出王宫。不管他们上天入地，非捉到不可！虽然各营将士都要捉拿福王父子，可是你的骑兵先冲进城，占据王宫，所以倘若没有福王父子，我惟你是问。在兵荒马乱中，如果你不能把他们父子全都捉到，至少得把福王本人捉到。逃走福王本人，我决不答应！"

张鼐回答说："除非他生出两只翅膀，我决不会使他逃掉！"

刘宗敏在一旁说："小鼐子，要是逃走了朱胖子，你小心闯王会砍掉你的脑袋！"

闯王脸色严峻地看了张鼐一眼，接着说："第六，必须将吕维祺给我捉到，不使他逃出城去。"

张鼐说："是，我一定把吕维祺捉到，其余的官绅也决不放走一个。可是我担心四个城门……"

闯王说："刚才会议已经决定，南门、东门由你汉举叔派兵把守，西门、北门由你补之大哥派兵把守。倘若福王父子和吕维祺由城门逃走，罪不在你。"

李过对张鼐说："城中百姓认识吕维祺的人很多，我断定他不敢走出城门。张鼐，只要吕维祺藏在城内，你无论如何也要把他捉到。"

闯王问："我吩咐你的话都记清楚了么？"

张鼐说："都记清了。一共七桩事情：第一，……"

闯王笑笑，挥手使他停住，说："记清就行。快回周公庙休息去吧。"张鼐说声"是！"精神抖擞地转过身子，快步走出。一会儿就听见一阵马蹄声奔驰而去。闯王叫道：

"双喜!"

李双喜应声而来，垂手立在闯王面前。闯王连打几个喷嚏，微露出困乏神色，袁宗第关心地说：

"你怕是伤风了。"

闯王说："有一点儿。不要紧。双喜，刚才我分派你的事情你记清了么?"

双喜回答："明天我从汉举叔营中抽调一千步兵、一支驮运队，从补之大哥营中抽调一百名骑兵，编成一个辎重营。进城之后，先派兵将公私仓库、大官、乡宦、富豪住宅看守起来。天明以后，分头将以上各处粮食、财物查抄、清点、登账，运到一个地方看管。另外派出三百弟兄、十名书办，交给张鼐，专门清点王府财物，归类，登账，封存。"

闯王问："洛阳城内的官吏、乡宦、富豪的姓名住址，你抄好清单没有?"

双喜说："汉举叔的文书先生已经抄好一份交给我了。"

闯王又连打两个喷嚏，擤了清鼻涕，口气沉重地说："双喜，你是第一次学着办这样大的事情，这比你率领几百骑兵冲入敌阵，砍杀一阵，困难得多。洛阳是一个富裕城池，福王是一个最富的王。从前万历皇帝百般搜刮，等福王来洛阳时，几乎把宫中积蓄财富的一半运到了洛阳。这件事，你做得好，我们几十万大军的粮饷和洛阳饥民赈济，都不发愁。你大概在几天之内能够办完?"

双喜说："我想要五天光景。"

闯王说："我给你七天时间。在这七天内，凡是领取赈粮、赈款、军饷、各种用费，都到你那里支领。你要随时登账，不可有错。办事人员不够，我另外给你。这担子比你去冲锋陷阵的担子难挑，吃力得多，懂么?"

双喜回答说："我懂。我一定要把事情做好。"

李自成摆手使双喜退出，随即向刘宗敏、李过和袁宗第问："你们还有什么话要说？今晚所决定的事，有没有不妥当的？"

袁宗第抢着说："闯王，看牛先生的意思，想饶吕维祺一条狗命。这个人是洛阳最大的乡宦，除福王外也是最大的财主。他注《孝经》，讲理学，满口孔孟之道，可是不知多少小百姓的土地被他家巧取硬夺，百方吞占。他家佃户过着牛马不如的日子，被他家庄头豪奴催租逼债，常常卖儿卖女，可是他佯装不知，又是放赈救灾，修盖书院讲学，这不是刽子手披着袈裟念经？像这样人，为什么要饶他狗命？难道李闯王日后坐天下还缺少一个兵部尚书？"

李过接着说："我是才从新安来。新安百姓提到吕维祺一家，恨之入骨。平日百姓们受尽欺压，忍气吞声，连屁也不敢放。我一到新安，把吕家的人都捉了起来。老百姓知道闯王的手下将士都是来除暴安良的，纷纷拦住马头告状。吕维祺的弟弟名叫维祜，做过知县，已经给我斩首示众，为民除害。今晚牛先生的意思是想留下吕维祺，利用他的名望号召中原士大夫前来归顺，这意思何尝不好，只是咱们破开洛阳，光杀福王，不杀一个大乡宦，也不能稍平民愤，不能够狠狠地压下去乡绅土豪的气焰。"

闯王点点头，转望宗敏。刘宗敏没有说话，伸出巨大的右手，轻轻地做一个砍头的动作。虽然他面带微笑，态度轻松，但是闯王完全看出他的意思是坚决要杀，十分干脆。于是李自成轻轻地拍一下膝盖，说：

"杀，决定杀！启东原想留下他以为号召，也是为着咱们早成大事。文武之间有时意见不同，常常难免。你们是老八队的老人，都是我的亲信大将，对新来的读书人要处处尊重。文武们要一心一德，取长补短。我们对启东更应以师礼相待。"

宗敏问："杀吕维祺要出罪状么？"

"不用了。百姓都明白他罪有应得，会拍手称快；为官为宦的、缙绅大户，会觉得兔死狐悲。我已经请林泉明日写一个《九问九劝》的稿子，将来在洛阳城内传唱，把一些道理讲给百姓听。为什么杀吕维祺，这道理也包含在《九问九劝》里，用不着再写罪状啦。"

鸡子已经啼叫了。李自成十分困乏,骑上乌龙驹,带着吴汝义、双喜和大群亲兵,在月光下奔回关陵。

二十日这一天,因为李自成患了感冒,只好留在关陵行辕。他把牛金星、宋献策和李岩都留在行辕,让他们也好生休息休息。在过去,每遇重要战斗,他总是亲临战场,还常常率领将士们冲杀,同敌人白刃交锋。但是攻洛阳和以往的战役不同。这一次虽然是进攻名城,却料到不会有大的战斗,而要紧的是准备进入洛阳后应该采取的重要措施。经过昨夜在望城岗的军事会议,一切攻城的军事部署都做了决定,并且有刘宗敏代他指挥,他作为全军统帅就不必带着病亲临城下。

吃过早饭,他叫李双喜稍微睡一阵,就奔往洛阳城外,按照他的命令准备入城工作。他考虑着进洛阳后有一些重大事情需要同高一功、田见秀一起商议,另外还要为李岩和红娘子举行婚礼,所以立刻派人回得胜寨老营,叫他们和高夫人、红娘子以及几位大将的夫人,都来洛阳。得胜寨老营的事,交给郝摇旗主持几日。他担心郝摇旗万一再出了什么差错,原来对他抱有成见的将领们会不肯原谅,也担心摇旗连经挫折,遇事不敢做主,就给摇旗写了一封信,嘱他既要事事小心谨慎,也要该大胆时就大胆决断,不要大小事样样禀报,往返误事。他的信写得不长,其中有这样几句话:

> 得胜寨老营是全军根本,粮饷辎重为大军命脉所系,今兄将此千斤重担全交老弟身上。我弟只要时时想着全军根本与全军命脉,心心为公,念念为公,即可以百事不误。人不能终身无过,但望我弟能作勇于改过之君子可也。

李自成写完了信,才吃下去尚炯替他准备好的煎药,蒙头出汗,睡到下午申时出头起来。经过发汗,已觉两边太阳穴不再疼痛,身上轻松,不再作冷作热。他同牛金星等继续留在关陵,让李岩坐在一间清静的房屋里草拟《九问九劝》的稿子,而请牛金星为他讲一段《资治通鉴》。

自从两个月前金星来到军中以后,李自成因为佩服他有学问,又感激他是在潼关南原大战后那样最困难的日子到商洛山中同他见面,所以待以宾师之礼,常常呼为先生。恰好当时攻破了一座山寨,牛佺从一家乡绅的宅子里弄到了一些书籍,其中有一部当时流行的汲古阁刊本《资治通鉴》和一部《通鉴纪事本末》。牛金星因知道李自成在商洛山中时喜爱读书,并且留心历代史事,就将这两部书送到闯王面前,劝他于练兵作战之暇留心读读。牛金星正像北宋以后一般有政治抱负的士大夫一样,很重视《通鉴》这部书。他希望李自成能够从《通鉴》一类书中增长学问,做一个合乎他的理想的开国皇帝。李自成原来打算请牛金星每天替他选讲经书一章、《通鉴》一段,但有时实在太忙,时间不能定得太死,就改为大体上每隔三天讲经、史一次。如讲的是重大历史专题,就分两次或三次讲完,而以《通鉴纪事本末》作为讲《通鉴》的重要的辅助“课本”。每次牛金星讲《通鉴》时候,宋献策和李岩都坐在旁边,刘宗敏和高一功偶有工夫,也喜欢来听。讲过之后,互相讨论,往往从一个朝代的史事旁及别的朝代,一直论到当前,贯串古今,引申发挥,议论风生。牛金星对他为李闯王讲经、史这件事十分重视,也心中十分得意。有一次讲毕经、史,宋献策私下同他开玩笑说:

“启东,你如今已经是傅相地位①兼经宴②讲官了。”

金星满意地笑了笑,拈须回答:“这话……弟实不敢当。闯王英明,好学,又睿智天纵。我辈今日只有全心辅佐闯王,早定天下,功迈汤、禹,德比尧、舜,其余非所计也。至于说到朝廷经宴,那只是繁文缛节,徒具空名,实不能与弟在闯王前讲论经、史的情形相比。”

献策点点头,又说:“闯王的确虚心好学,聪明过人,在战争中阅历又多,所以在你讲书之后,他常有极其精辟的议论,或提出极

---

① 傅相地位——兼有皇帝师傅和宰相的身份。
② 经宴——明朝制度:春秋二季,皇帝定期到文华殿,听讲官讲论经、史,往往在讲论完毕,皇帝赐给简单酒食,所以称为经宴。

重要的题目询问我们。就他于军务之暇勤学好问这一点说,他很像朱洪武、唐太宗,而与汉高祖大不相同。"

牛金星因为很重视他为李自成讲书的重大作用和类似傅相的身份地位,所以李岩来到闯王军中以后,尽管他知道李岩很有学问,对《通鉴》的熟悉不亚于他,他却始终不向闯王建议请李岩担任讲书。今天牛金星是接着上一次讲黄巾起义的一段历史,只有宋献策陪坐一旁。闯王面前摊开《通鉴》第五十八卷,面带微笑,静听金星议论这一重大题目。金星自幼年读书以来积习难改,有时稍不留心,仍将黄巾起义军称做"黄巾贼",只是在看见闯王的含笑的眼色时才恍然警醒,赶快改口。他从东汉末年的民不聊生、朝政腐败等几个方面,讲解黄巾起义的势所必然,最后归结到治国经邦的一些教训。虽然他的见解没有超出《资治通鉴》和《后汉书》的范围之外,但是在读书人沉迷于八股考试的时代,这已经算是难能可贵了。李自成有时微微点头,有时同天启年间以来各地农民起义的情况对照,略谈几句。宋献策也有时插言。当牛金星发完了议论之后,这一次讲《通鉴》应该结束了,李闯王突然望着他同宋献策问:

"黄巾起事,声势很大,可是只有几个月就完全败了。以后几年虽然还有陆续起义的,但因张角兄弟已死,不能有大的作为。据你们两位看,黄巾何以失败得如此之快?"

牛金星平日读书很留心历代兴衰治乱以及帝王将相的功业和成败,却从来没有仔细思考过这样问题,乍然间不知道如何回答,只好说:

"黄巾虽有三十六方①,大方万余人,小方六七千,但毕竟是乌合之众,而东汉也还没有到立即亡国时候,皇甫嵩和朱儁都是难得的将才,所以几个月之内便被各个击破。"

宋献策虽然较留心古代战争胜败的历史,但对于黄巾军的迅速失败从来没有作为一个问题用心想过。他同意牛金星的看法,

① 方——黄巾军的军事名词,等于将军。

补充说：

"黄巾在许多地方起事，各自为战，人数虽多，却不能统一指挥，齐心协力，加上张角早死，所以就很快败亡。"想一想，他接着说："因为有人到洛阳告密，张角兄弟不得不仓猝起事。准备不周，自然也是他们失败的一个原因。"

牛金星因见闯王并不点头，若有所思，赶快问道："我同军师所言，都甚泛泛，未必说中要害。敢请闯王明教。"

闯王说："张角的一个徒弟名叫唐周，上书告密，使大方马元义在洛阳被杀，洛阳做内应的人也被捕杀，这确实是个挫折。自古及今，最可恨的就是内里叛变。可是就张角起义说，并没有受到致命损失。这书上写得很清楚，张角起义之后，一时声势很大，'所在焚烧官府，劫略聚邑。州郡失据，长吏多逃亡。旬月之间，天下响应，京师震动'。你们看，这局势多么好啊！可惜，只过半年，竟然败亡！"

金星问："请问，其故安在？"

"我看，失败这么快的主要原因，不在于汉朝有皇甫嵩和朱儁做大将，倒是黄巾的首领们不懂得怎样打仗，十分可惜。"

"啊？"宋献策探着身子说："愿闻其详。"

闯王笑着说："仗要活打，不要死打。历来百姓起义之初，纵然声势浩大，人数众多，终不像官军训练有素。能够打硬仗就打，不能打硬仗就避开。避开就是兵法上说的'以走致敌'，是为的不给消灭，回手来狠打敌人。为将帅的，要时时记着'制敌而不制于敌'。自己力量弱，死守一座城池，最为失策。守得越顽强，越会全军覆灭。兵法上说：'小敌之坚，大敌之擒也。'拿南阳这一支黄巾军说，起初以张曼成为帅；曼成阵亡，众推赵弘为帅，死守个南阳城；赵弘阵亡，又推韩忠为帅；韩忠突围未成，被杀，众推孙夏为帅，还军再守南阳，直到完全战败，被朱儁消灭。这是极大错误。张角和他的兄弟张梁起事后死守一个广宗城①，起初被卢植围困，随后

①　广宗城——旧址在今河北省威县东。

又被皇甫嵩围困,直到覆灭。天宽地广,进退在我,何苦死守孤城?死守一城,等着挨打,又无可靠外援,岂有不败之理!"

宋献策大为惊佩,说:"黄巾的何以忽然败灭,自古迄今,从来没有人从军事着眼,谈得如此精辟。麾下谈黄巾用兵之失,是从实际作战阅历中出,活用了古人兵法,故能发前人未发之秘。献策碌碌,平日自诩尚能留心古今战争胜败之由,谈起来也能够娓娓动听,其实都是老生常谈,炒前人剩饭。今听麾下谈兵,如开茅塞,也感到惭愧得很。"

金星紧接着说:"确实精辟,确实高明。往年读《三国志》,见魏武①谈兵往往出人意表,不想复见于今日!"

闯王说:"你们对我太过誉了。我今天听启东讲书,忽然想到了这一点,说出来也是想同你们讨论讨论。我常有些一隅之见,须要你们随时指出不对的地方,我好改正。——啊,林泉,来了,你进来,稿子写好了么?"

李岩回答说:"写好了,尚须稍作修改,再请闯王过目。"

李岩所草拟的《九问九劝》是一份重要的宣传文件。它是依照闯王的意思,用河南人所熟悉的瞽儿词的调子,向老百姓问了九个问题,劝百姓九件事。这九个问题中包括一问为什么有少数人田土众多,富比王侯,而很多老百姓贫无立锥之地? 二问为什么富豪大户,广有田地,却百方逃避赋税,把赋税和苛捐杂派转嫁到平民百姓身上,朝廷和官府全不过问? 三问老百姓负担沉重,都为朝廷养兵,为什么朝廷纵容官兵到处奸淫妇女,抢掠财物,焚烧房屋,杀良冒功,专意残害百姓? 四问为什么朝廷上奸臣当道,太监用事,而地方上处处贪污横行,贿赂成风,使百姓陷于水深火热之中而皇帝置若罔闻? 五问为什么朝廷用科举考试,而做官为宦的或者是不辨麦黍的昏聩无用之辈,或者是狗彘不如的谄媚小人,而真正人才和正人君子却没有进身之路? ……一连串问了九个问题,包括

---

① 魏武——魏武帝的简称,即曹操。

有一条是指问明朝一代代皇帝大封子侄为王,霸占了全国良田无数,骑在百姓头上,作威作福,再过几代,全国土地还能够剩下多少?这九个问题,问得痛快淋漓,深深地打中了当时的弊政。跟着是九劝:一劝百姓赶快随闯王,不纳粮,不当差,不做官府的鱼肉和富豪大户的牛马;二劝百姓随闯王,剿官兵,打豪强,为民除害;三劝百姓随闯王,杀贪官,除污吏,严惩不法乡宦,伸冤雪恨;……到最后一劝是劝百姓随闯王打进北京,夺取江山,建立个政治清明的太平天下。李岩把稿子写好以后,把宋献策请去,帮他推敲推敲,略作润色,然后呈给闯王。

李自成之所以叫李岩起草,一则因深知李岩很有才学,在杞县曾写过一篇有名的《劝赈歌》,也因为李岩对朝政积弊,百姓疾苦,十分清楚。果然,这一篇《九问九劝》的稿子他看了后大为满意,有许多句子使他反复诵读,频频点头。牛金星看了稿子,也连声称赞,并且说:

"白乐天写的诗,老妪皆懂。林泉写的这《九问九劝》,定能在百姓中到处传唱。"

听了这句话,李闯王立刻对他的亲兵头目李强说:"强,你叫在院里的弟兄们都进来,请李公子念出来大家听听。"

李自成的亲兵都进来了。门槛内外还站着一大堆人,他们是牛、宋和李岩的一部分亲兵。马棚总头目王长顺正从院中经过,见李强向他笑着招手,也赶快挤了进来。大家听李岩将稿子琅琅地念了一遍,纷纷点头。李岩问:"你们都听得懂么?"亲兵们回答说:"句句都听得懂,全是老百姓的家常话,也是心里话。"王长顺趋前一步,说:

"唉,李公子,你写得真好,句句唱词儿都问到老百姓的心窝里,也劝到点子上。咱们李闯王到底是穷百姓出身,在心中念念不忘穷百姓,连出文告也只怕百姓听不懂,写得越浅显越好,哪像官府出文告尽是孔夫子放屁——文气冲天,生怕不识字的小百姓都能明白!"

　　李强因为闯王还要听牛金星继续讲书,挥挥手,使站在屋里和门口的亲兵们都退走了。闯王往厕所去,也暂时离开屋中。王长顺却没有马上跟着别人退出去。他走近大方桌,将桌上堆的书打量一阵,用手摸摸,满意地笑着点点头,向牛金星说:

　　"牛先生,难得你老来到咱们军中,辅佐闯王打天下,还抽空儿为闯王讲书。这么大本子的书,是说的什么道理?"

　　牛金星因他是跟随闯王的旧人,笑着对他说:"这书呀,可是重要!前朝古代的朝廷大事都写在上边,可供圣君贤臣治国理民作借鉴,所以这书就叫做《资治通鉴》。"

　　王长顺摇摇头,笑一笑,说:"可惜就没有替穷百姓说话的书,也没有一本教老百姓如何造反,如何打尽天下不公不平的书。那书应该记下来前朝古代许许多多造反英雄的故事,男的女的都有,读起来很动人,把他们如何成功和如何失败的大事写得明明白白,叫后人知道哪些该学,哪些该戒,哪些该防。要是有那样的好书,你们多给咱们闯王讲讲才好哩!"

　　牛金星和宋献策不觉一怔,随即哈哈地大笑起来,笑王长顺的话说得古怪和无知,又好像有点意思。李自成在笑声中回到屋来,并没有问他们笑什么,赶快吩咐李强将李岩所起的《九问九劝》稿子拿去交给随营文书们用大字连夜抄出几十份,以备明日分贴洛阳城里城外。听牛金星讲完一段《通鉴》,他又派人骑马去洛阳西关,看今晚破洛阳的事是否都准备就绪。

第二十五章

　　黄昏以后,刘宗敏和袁宗第来到洛阳西关,李过和张鼐来到北关。李过和袁宗第的骑兵都改作步兵,携带着云梯,按照白天选好的爬城地点,等候在城壕外的民宅院内。掩护爬城的弓弩手和火铳手都站立在临近城壕的房坡上,只等一声令下,千百弓、弩和火铳对准城头齐射。张鼐的骑兵列队在西关和北关的大街上,肃立不动,而他本人却立马北关,注目城头,观察着守城的官军动静。虽然曾经同城内的官军接上线,官军情愿内应,但是城外义军仍然做好了不得已而强行爬城的准备。

　　大约在一更时候,有人在西门北边的城头上向城外呼唤:"老乡,辛苦啦!想进洛阳城玩玩么?"

　　城壕外的屋脊上立刻有人回答说:"老乡,你们也辛苦啦。我们正在等着进城,你们一开门,我们就进去。老乡,劳劳驾,把城门打开吧。"

　　城上笑着回答说:"你们想得怪美!我们得进宫去问一问福王殿下。他要是说可以开城门,我们就开;他要说不能开,我们就得听他的。他今天拿出来一千两白花花的银子犒赏我们,官长一个人分到一两,少的八钱,当兵的每个人分到了一钱多一丁点儿银子,咋好不替他守城?咋好不替他卖命?"

　　城上城外,一片笑声。有片刻工夫,城头上在纷纷议论,城壕外也在纷纷议论。随即,城外边有人亲热地叫声"老乡",说:

　　"听说福王的钱多得没法数,比皇帝的钱还要多。你们怎么不向他要呀?嫌肉太肥么?怕鱼刺扎手么?"

　　城上回答说:"嗨,老乡,我们要,他能给么?福王爷的银钱虽然堆积如山,可是他还嫌向小百姓搜刮得不够哩! 王府是狗×衙门,只进不出。我们如今还穿着国家号衣,怎么办呢? 等着瞧吧。"

城外问:"老乡,听你的口音是关中口音,贵处哪里?"

城上回答:"不敢,小地名华阴。请问贵处?"

城下答:"呀,咱们还是小同乡哩! 我是临潼人,可不是小同乡么?"

城上快活地说:"果然是小同乡! 乡亲乡亲,一离家乡更觉亲。大哥,你贵姓?"

城下:"贱姓王。你呢?"

城上:"贱姓十八子。"

城下:"啊,你跟我们闯王爷原是本家!"

城上:"不敢高攀。不过一个李字掰不开,五百年前是一家。"

城下:"小同乡,你在外吃粮当兵,日月混得还好吧?"

城上:"当兵的,过的日子还不是神仙、老虎、狗!"

城下:"怎么叫神仙、老虎、狗?"

城上:"不打仗的时候,也不下操,游游逛逛,自由自在,没人敢管,可不是赛如神仙? 看见百姓,愿杀就杀,愿烧就烧,愿抢就抢,见大姑娘小媳妇就搂到怀里,她不肯就白刀子进去,红刀子出来,可不比猛虎还凶? 一旦打了败仗,丢盔抛甲,落荒而逃,谁看见就赶,就打,可不是像夹着尾巴的狗一样?"

城上城下,一阵哄笑。跟着,城上有人低声警告说:"道台大人来了,不要说话!"那个华阴人满不在乎地说:"管他妈的,老子现在才不怕哩! 他不发老子饷,老子骂几句,看他能够把老子的屎咬了!"他的话刚落音,旁边有人显然为表示支持他,故意大声说:

"如今李闯王大军围城,他们做大官儿的身家难保,也应该识点时务,杀杀威风,别他妈的把咱们小兵们得罪苦了。阎王无情,休怪小鬼无义!"

城下故意问:"老乡们,有几个月没关饷了?"

城上那个华阴人调皮地回答说:"唉,城下的老乡们,你听啊！……"

城上正要用一首快板说出官军欠饷的情况，忽然有一群人在月光下大踏步走了过来，其中有一人向士兵们大声喝问是谁在同城外贼人说话，并威胁说，再敢乱说，定要从严追究。那个华阴人大胆地迎上去说：

"道台大人，你来得正好。我们的欠饷到底发呀不发？"

分巡道王胤昌厉声回答说："目前流贼围城，大家只能齐心守御，岂是鼓噪索饷时候？贼退之后，还怕不照发欠饷，另外按功升赏么？"

华阴人高声嚷叫说："从来朝廷和官府的话都算放屁，我们当兵的根本不信。你现在就发饷，不发饷我们就一哄而散，休想我们守城！弟兄们，今夜非要王道台发饷不可，休怕做大官儿的在咱们当兵的面前耍威风，以势压人！"

城头上一片鼓噪索饷，有很多人向吵嚷处奔跑，又有人从人堆中挤出来，向北门跑去。鼓噪的士兵将王胤昌和他的左右随从们裹在中心，一边谩骂着，威胁着，一边往西北城角移动。西门外，袁宗第含着笑看看刘宗敏，说：

"咱们快进城了。"

宗敏笑着回答："快到时候了。你吩咐弟兄们再同城上搭话，准备抬云梯靠城。"

北门外，李过和张鼐立马北关，起初只听见西城头上和城外不断说笑，后来听见士兵鼓噪，吵吵嚷嚷地向北城走来，而北城也有人在奔跑，呼叫，有人喊着："给兵主爷①让路！闪开！闪开！"又一群人匆匆地往西北城角赶去，显然是总兵王绍禹亲自去解决纠纷。张鼐急不可耐，向李过小声问：

"大哥，趁这时叫弟兄们靠云梯爬城怎样？"

李过冷静地回答说："莫急，莫急。很快会让你顺利进城，连一支箭也用不着放。"

———

① 兵主爷——明代下级军官和士兵对总兵的一种尊称。

张鼐说："趁现在城上士兵鼓噪索饷，我们的弟兄蜂拥爬城，城上决不会有人抵抗。快一点儿进城不好么？"

李过倾听着西北城角的吵嚷，注目城上动静，嘴角流露出若有若无的一丝微笑，犹不在意地回答说："快了，快了。你听着城内的二更锣声。大概快到二更了吧？大概快啦。"

总兵官王绍禹在一群亲将亲兵的簇拥中骑着马奔往西北城角。由于他的心情恐慌、紧张，加上年老体虚，呼哧呼哧直喘气。这西城和北城的守军全是他自己的部队，他得到禀报说那胁持王胤昌、大呼索饷的还是他的镇标亲军。他想趁着士卒刚刚鼓噪的千钧一发时机，亲自去解救王胤昌，使事情不至于完全决裂。当他走进鼓噪人群时，看见变兵们紧扭着分巡道的两只胳膊，一把明晃晃的大刀举在他的脖颈上，喝叫他赶快拿出饷银，饶他性命。王胤昌吓得牙齿打颤，说不出话来。王绍禹想说话，但士兵们拥挤着，喧闹着，使他没有机会说话。王绍禹身边的中军参将大声叫道："总兵大人驾到！不要嚷！不要嚷！不得无理！"立刻有一个士兵愤怒地反驳说：

"现在李闯王的人马就在城下。我等出死力守城，有劳有苦不记功，叙功升官没有我们的份儿。我们若要撒手放开，破城陷藩①与我们鸡巴相干！事到如今，哪怕他总爷？兵爷？"

一个军官怕王绍禹吃亏，推他说："此刻不是老总兵说话的时候，赶快离开！"

王绍禹的一部分亲兵随在士兵群中鼓噪，一部分簇拥着他的坐骑从城角小路下城，赶快逃走。有人举刀去杀王胤昌，被王的亲兵挡了一下，砍成重伤。那个亲兵随即被变兵杀死，而王本人却在混乱中被左右救护，逃下城去。这时城内有打二更的锣声飞向城头和城外。二更锣声敲响时，只见几个骑马的变兵从西城向南城奔驰，同时大呼："闯王进城了！闯王进城了！"城头上守军乱跑，有人逃命，有人成群结伙地滚下城去，争先奔往福王府抢劫财宝。

---

① 陷藩——陷没藩王。

看见城头杀人,同时又听见城内传出来二更锣声,袁宗第和李过同时下令将士们立刻用云梯登城。从西城到北城,同时有三十多个云梯转瞬间抬过干涸的城壕,靠上城墙。将士们矫捷地鱼贯登城。在前边的将士们都是将大刀衔在嘴里,以备在刚上城头时倘若需要砍杀,免得临时从腰间抽刀会耽误时间。片刻过后,北城楼开始着火,烈焰冲天而起。在火头起时,一群变兵将北门打开,向外大叫:"快进城!快进城!"张鼐见吊桥尚未放下,而桥两边干城壕中密密麻麻地奔跑着李过的步兵,呐喊着,打着唿哨,蜂拥爬城,他不能使骑兵同步兵争路,便在马上大声喝令开城的变兵:"快放吊桥!快!快!"恰在这时,李自成派几个亲兵飞马来到北门和西门外,传下口谕:破城之后,对城中所有现任大小文武官员,除非继续率众顽抗,一概不加杀害,也不拘捕,只不许随便出城。闯王还传谕入城将士,要将这一条军令在满城晓谕周知。将士们听到之后,都觉诧异,不明白闯王为何如此宽容。张鼐虽也不明白闯王的用意,但他的部队是主要的进城部队,所以马上将闯王的军令传达全营知悉。他听见背后在喊喊喳喳议论,回头说:"不许说话!遵照闯王的军令就是!"北关的吊桥落下来了。张鼐将马镫一磕,同时将宝剑一挥,大声下令:"进城!"他首先率领亲兵们奔过吊桥,冲进瓮城。城楼正在大火燃烧,时有飞瓦和燃烧的木料落下。一个火块恰好从张鼐的面前落下,几乎打着马头。他用剑一挥,将落在空中的火块打到一旁,回头大叫一声:"快!"他自己首先冲进城去,大队骑兵跟在背后,奔腾前进。奔到十字街口,张鼐又将剑一挥,大声说:"分开!"于是骑兵分开,各队由头目率领,执行指定的任务。他自己率领三百名骑兵向福王府飞驰而去。

当将士们开始登上城头的时候,刘宗敏就派人飞马去向闯王禀报。西门因为掌管钥匙的军官逃走,临时寻找铁锤砸锁,所以过了一刻钟才打开城门。张鼐的留在西关等候的一支骑兵首先进城,布满城内的街巷要道。按照事先商定,袁宗第和李过的人马只有一部分占领洛阳四门和登城巡逻,大部分留在城外。刘宗敏和袁宗第等张鼐的骑兵都进城以后,带着一大群亲兵进城。走没多远,在十字街口正遇着李双喜率领一支骑兵和大约有两百步兵,匆匆向右首转去。刘宗敏叫住他,问:

"南门已经打开了?"

双喜回答说:"南门、东门都打开了。城中的穷百姓一看见北门起火,就立刻驱散官兵、衙役,绑了洛阳知县,打开南门。东门是潼关来的叛兵打开的,知府也被他们抓到了。"

宗敏又问:"你的人马进来了多少?"

双喜说:"我先带进来二百骑兵、五百步兵,现在正在分头将全城文武官员、乡宦、富豪们的住宅前后门看守起来,任何人不准出进,到天明后开始抄查。"

刘宗敏一摆手,让双喜的人马过去。随即他同袁宗第来到福王府的西华门外,看见那里已经有张鼐的骑兵守卫,街上杀死了两个进府抢劫的官军。他们下了马,正要进宫去,看见李过从里边出来。袁宗第急着问:

"福王捉到了么?"

李过说:"他妈的,福王父子都跑啦!"

宗敏问:"张鼐在哪里?"

李过说:"他一面继续在宫中各处搜查,一面抓了一些太监审问。"

他们三个人一时相对无言,都默思着福王父子如何能够逃走和会逃往何处。正在这时,一小队骑兵从西华门外经过,走在最后的是小头目,怀抱闯王令箭,最前边的是一个声音洪亮的大汉。那大汉敲着铜锣,高声传呼闯王的安民晓谕。

等这一小队骑兵走过以后,李过急着出北门去部署将士们分头搜索福王父子,赶快上马而去。袁宗第也上马奔出西门。刘宗敏走进西华门,想找张鼐问清情况。可是一到宫城以内,到处是殿宇楼阁,曲槛回廊,也到处有张鼐手下的将士把守宫殿门户,有些人在院中匆匆走动。刘宗敏没有工夫看福王宫中的巍峨建筑和豪华陈设，喝住一个正在搜查的小校，怒气冲冲地问：

"张鼐在哪里？"

这个小校看见总哨刘宗敏如此生气，吓得变颜失色，赶快垂手肃立，回答说小张爷在望京门审问太监。刘宗敏又厉声问道：

"什么望京门？在哪儿？"

"就是宫城后门。"

宗敏骂道："妈的，后门就是后门，什么望京门！远不远？从哪儿走？"

小校说："有一里多路。宫院中道路曲折，门户很多。我派人给总哨刘爷带路，从这西甬路去较近。"

刘宗敏回头对亲兵们说："去西华门外把马匹都牵来！"

小校赶快说："马匹骑着走宫城外边，绕道后门，反而快一些。小张爷有令，不论何人马匹，不得走进宫城。"

刘宗敏看见这个小校竟然敢说出来张鼐的将令阻止他牵马进宫，不觉愣了一下，但刹那间就在心中笑了，暗暗称赞说："小鼐子，这孩子，行啦。"他向背后的亲兵们做个手势，说：

"马匹不要进宫，去几个弟兄牵着绕到后门。"他又对小校说："快叫人给我带路！"

刘宗敏随着引路士兵，带着一群亲兵，穿过一条长巷，转了两个弯，过了两三道门，看见一座高大的房屋，门上用大锁锁着，门外有五六个弟兄守护。他问了一下，知道这里叫做西三库，藏的全是上等绫罗绸缎，各种玛瑙、翡翠、珊瑚、玉器、金、银、铜、漆古玩和各种名贵陈设。有三个穿着官军号衣的尸体躺在附近。他继续匆匆往前走，从后花园的旁边绕过，看见有些弟兄打着灯笼火把在花园假山上下、鹿圈前后、豹房左右，到处寻找。鹿圈的门曾经打开过，有几只梅花鹿已经冲出圈来，在林木中惊慌乱窜。一过花园，又穿过一架白玉牌坊，就到了宫城的后门里边。负责把守宫城后门的李俊听说刘宗敏来到，赶快来见。近来刘宗敏已同他厮熟，神色严峻地问道：

"子英,张鼐在哪里？"

李俊回答说："小张爷率领一支骑兵出城去了。"

宗敏问："查到一点儿踪迹么？"

李俊回答："刚才小张爷审问一群太监,知道破城时候,福王父子和老王妃、小王妃都换了衣服,由亲信太监和一群拿重金收买的卫士护送,从这后宫门分三批出去上了城。只是这留下的太监都不是亲信太监,不许跟随,所以出宫以后的踪迹他们也不清楚。小张爷已经派了十起将士趁着月光在城上城下搜索,又派了一队骑兵去截断去孟津过河的道路,他自己押着几个太监也出城去了。"

宗敏问："福王的老婆、媳妇都逃走了？"

李俊回答："是。趁着混乱,都逃出宫了。"

宗敏大怒,拍着腰刀骂道："混蛋！你们这一群将领是干什么的？你们是想死么？为什么让福王一家人从后门逃走？你说！你不要想着我不会先斩了你！"

李俊见宗敏如此盛怒,十分惊骇,但他竭力保持镇定,回答说："请总哨息怒,这事情罪不在我,也不在小张爷身上。攻城时候,原是没料到西城门打开较晚,所以最初只从北门冲进来一千多骑兵。到了离北门不远的十字街口,兵马分成几股,有的去占据钟楼、鼓楼和重要街口,有的去各重要衙门,有的去打开监狱。小张爷怕宫城的卫士会拼命抵抗,自己率领三百骑兵直奔午门,我也跟他一道去攻午门。另外一百骑兵奔往东华门,一百骑兵奔往西华门,李弥昌率领一百骑兵来夺望京门。没想到这后宫门东西两边的街上有闸子门①不能通过。等费力砍破了西边闸子门,又遇着几百乱兵从城上下来,打算进宫抢劫,有的已经蜂拥进宫。他们在后宫门外阻止道路。喝令他们散开,他们不惟不听,还拿着刀枪对抗。李弥昌没有办法,下令冲杀,当场杀死了十几个乱兵,杀伤了不少,才将乱兵驱散。等小张爷和李弥昌从前后两路进入宫中,福王父子和两

---

① 闸子门——横街栅栏门,河南人叫做闸子门。

个王妃已经找不到了。"

刘宗敏想了想，怒气稍息，说："叫别人留守这里，你立刻多带骑兵去帮同张鼐寻找。你将我的话传给张鼐：别人跑了犹可，福王这老狗必得找到。逃走了福王，我禀明闯王，非砍掉你们的头不可！"等李俊答应一声"遵令！"转身要走，宗敏又叫住他，走近一步放低声音说："子英，我如今不是把你当做从杞县来的客人看待，是把你当做闯王的部将看待。你要明白，这个福王，他是崇祯的亲叔父，民愤极大。咱们破洛阳为着何来？闯王将活捉福王的重担子交给张鼐和你们一群将领挑，倘若逃走了福王，你们如何向闯王交账？如何对河南百姓说话？如何对全军将士说话？子英，尽管张鼐是在闯王和我的眼皮下长大的，他的两个哥哥都是跟着闯王阵亡的，闯王和高夫人把他当儿子看待，你是林泉的叔伯兄弟，李弥昌他们又都是在闯王手下立过战功，在潼关南原出死力保护闯王突围的，可是今晚倘若逃走了福王，这不是一件小事。向来闯王的军法无私，我老刘执法如山，你们不可忘记！"

听了刘宗敏的话，李俊感到事情确实十分严重，而且深为激动，刚才在心中产生的那一缕委屈情绪跑到爪哇国了。他高声回答说："请总哨刘爷放心！不管他福王上天入地，我们一定要将他捉拿归案。总哨的吩咐，末将一字一句都传给小张爷知道。闯王的军令森严，赏罚无私，总哨执法如山，末将等不敢忘记！"

他转身大踏步走出望京门，将守门的事情交给一个头目，留下五十名骑兵，将原来他率领的骑兵和西门打开后又来到的骑兵，足有四五百人，全部带上，飞马出城而去。随即刘宗敏也走出宫门，看见他的几名亲兵已经将马匹都从西华门牵来了。他望望附近地上躺着的一些死尸，还有被砍成重伤的乱兵在墙角呻吟，又看见不远处的北城头上已经有兵士巡逻。他转回头来向簇拥在背后的亲兵们看了一眼，用低沉而威严的声音说：

"上马！"

早晨起来,李自成的伤风大体好了。吃过早饭,他正要动身进城,恰好有三个从一百六十里外的汝州来的百姓到辕门求见,控告知州钱祚征诬民为盗、屠戮良民的罪恶。李自成接见了百姓之后,已经是巳时以后,就带着牛金星、宋献策、李岩等上马出发。

从昨天晚上到今天清晨,刘宗敏曾三次派人飞马向闯王禀报,所以关于义军攻进洛阳后的重要情况,他全都知道。刘宗敏派的最后一个小校是卯牌时候从洛阳出发的,向闯王禀报入城以后的情况,并询问闯王进城的时间,以便众将领和老百姓在南门以外迎接。往日攻破一座城池,李自成常常是率领亲兵亲将,在喊杀声中手挥花马剑,同他的攻城部队一起冲进城门;也有一两次是他随后进城,但也比较随便,在他进城之后,很多城内老百姓还不知道。今天是他起义以来第一次改变了进城方式,要使洛阳人民看看“奉天倡义”的“王者”气概和他的军容。除闯王和牛、宋等原有的随身亲兵之外,特地从拱卫关陵行辕的中军营挑选了三百将士,一律高头骏马,盔甲整齐,每人除宝剑、弓箭之外,还有一根白蜡杆红缨长枪。在进入河南之前,部队常在大山中的崎岖道路上奔走作战,将士携带长武器不便,所以以刀、剑和弓、箭为主要武器,正如人们所常说的“快马轻刀”。自从进入河南以后,作战的地理形势和军事形势都发生了变化,所以在李自成的部队中也出现了大量长枪。现在李自成从关陵往洛阳,队伍的前边是手持长枪的三百骑兵,每四人并辔前进。在他和牛金星等人的背后是一大群亲兵亲将。那长枪的枪杆、枪头的长度一律,将士们左手揽缰,右手持枪,枪尾插在马鞍右边安装的铁环子上,枪杆直立,所以在初春的阳光下看去像一队十分整齐的枪林,随着马的行走而波动。那磨利的枪头和猩红色的枪缨,以及紧随着他的银枪①、白鬃的“闯”字大旗和红伞银浮图②,在阳光中特别耀眼。

早饭时候,里甲敲锣传呼:百姓们在南门外迎接闯王。很多百

---

① 银枪——指旗杆上端安装的银枪尖。
② 银浮图——浮图是梵语音译,即塔。银浮图是伞上边的银制塔形装饰物。

姓一则平日恨透王府和官府，把李闯王看成救命恩人，二则兼有好奇心，巴不得早一点看见闯王究竟是什么样儿，三则南关外拥挤的人太多，简直没有下脚地方，所以很多百姓成群结队，扶老携幼，走到洛河岸等候迎接。约摸到巳时三刻时候，等候在洛河两岸的老百姓中间纷纷地发出小声惊呼："看，来了！来了！"人们看见闯王走近，不约而同地跪到地上，但是他们却不像看见福王和文武大官时候低下头去，伏俯不动。他们都听说闯王十分仁义，怜悯百姓，不威吓人，所以大家抬着头注视着闯王的骑兵来到。就在持枪骑兵到了面前时，却有人在地上小声向身旁询问：

"哪一位是闯王爷？哪一位是？怎么没有看见穿黄龙袍的？"

旁边地上有人小声回答："闯王爷还没有登极，不穿黄龙袍。"

"该不有一把黄伞？前边该不有金瓜、钺斧、朝天镫？"

"别吭声！来了，来了！"

李自成像往常一样，穿一身青布箭衣，披一件羊皮斗篷，戴一顶北方农民喜欢戴的半旧白毡帽，上有红缨。他原来知道洛阳百姓和他的将领们要在洛阳南门外迎接他，却没有料到有成百成千的穷百姓来到洛河北岸上迎他。他又看见，在傍洛河的小街上和直到洛阳南关的大路两旁，都有百姓迎接，每隔不远就为他摆着香案，为他的士兵们准备着热茶桶和稀饭桶。他的人马沿路不停，缓辔前进。闯王不断打量着路两旁的欢迎百姓，为着不使百姓害怕，他特地在脸上挂着温和的微笑。经过多年的奋战、坎坷和挫败，今日胜利地走进曾经是九朝建都的名城洛阳，又加上洛阳百姓如此在路旁欢迎，他没法不感到心中激动。

离洛阳城门大约有两三里远的地方，李双喜和张鼐飞马前来迎接，而刘宗敏、袁宗第、李过和大群将领都在南关外立马迎候。李自成在将领们的簇拥中穿过南关，看见所有店铺都开门营业，门前摆着香案，门头上贴着用黄纸写的一个"顺"字，或写着"顺民"二字，而跪在道路两旁迎接的老百姓的帽子上也大部分贴着一个"顺"字。两三年来，他有时也想着将来会夺得江山，建立新朝，但是他将来用什么国号,却没有想过。就在这刹那之间,他的脑海里闪出来"大顺朝"三个字,同时想到了"应天顺人"这句成语。但是他没有机会多想,已经来到洛阳南门。他抬头望了一眼,看见城墙很高,城楼巍峨,城门洞上边有一块青石匾额,上刻"长夏门"三个大字。刚看清这三个大字,他的乌龙驹已经走进城门洞了。

刘宗敏等将闯王接进道台衙门。这是刘宗敏暂时住的地方,在这里主持全城的军事、政治。李闯王离开关陵之前,已经知道福王和吕维祺都在黎明时候捉到。福王带着两三个心腹太监出城后藏在东郊迎恩寺中,被附近百姓看见,禀报张鼐,将他捉到;吕维祺正要缒城逃走,被张鼐的士兵在北城头上捉到。闯王望着张鼐问:

"福王的世子朱由崧,还有老王妃、小王妃,如何逃走了?"

张鼐很害怕,赶快回答说:"现在已经查明,福王世子没有跟他老子一道,他事先躲在安国寺,出城后由护送的卫士背着他逃到一个小村庄名叫苗家海,被我们的巡逻弟兄看见。弟兄们正要追上去捉拿他,他们从老百姓家里抢了一匹马,上马逃走了。当时弟兄们不晓得他是何人,所以没有继续追赶。天明后在邙山脚下一个乱葬坟园中捉到了一个护送他的人,才知道他就是福王世子。老王妃和小王妃也是在混乱中缒城逃走,现在还没有查出下落。我没有捉到福王世子,请闯王从严治罪。"

闯王沉默片刻,说:"只要捉到福王这个主犯,也就算了。现在既然城中的秩序如常,你将李公子的几百骑兵交还给他。他今天下午做好准备,从明天开始由他主持,分别在三个地方赈济洛阳饥民。"他转向刘宗敏:"大军进洛阳以后杀了多少人?"

宗敏说:"城上杀了几个人,有的是乱兵杀的。福王宫中和宫门外边死了三十几个人。乱兵进去时杀死了一些人,有的乱兵又给我们就地正法了。"

闯王点头,又问:"百姓看见捉到吕维祺有何话说?"

宗敏说:"我询问他家中的一些丫环、仆人,还有一些街坊邻居,知道吕维祺确实纵容悍奴恶仆欺压百姓,洛阳人敢怒不敢言。

将他捉到以后，百姓拍手称快。"

闯王转向牛金星问："你看，吕维祺肯投降么？"

牛金星已经不敢再流露救吕维祺的思想，回答说："吕维祺曾为朝廷大臣，又以理学自命，一定不肯投降。既是小民恨之刺骨，杀了算啦。"

刘宗敏、袁宗第、李过都同时绽开笑颜，说："牛先生说的是，杀了算啦。"宋献策和李岩也一齐点头。李自成见文武意见一致，心中高兴，微笑点头，又问：

"在洛阳的现任文武官员有逃掉的没有？"

宗敏回答："所有大小现任文武官员全未逃脱，都拘留在各自家中，听候处置。"

闯王又向双喜询问了查抄福王府和各大乡宦豪门的进行情况，便将话题转到了如何放赈，如何扩大部队的问题上去。午饭以后，他将李岩留在道台衙门准备放赈的事，然后带着刘宗敏、牛金星、宋献策和袁宗第离开道台衙门。

这时，正有一大堆百姓拥拥挤挤地看照壁上新贴出的《九问九劝》，而大街上凡是贴《九问九劝》的地方，都有成堆的人在拥挤着看。有的人在看的时候不由地咕哝着念出声来，而有的人稍微放大声音，有意念给别人听。每处人堆中都有很多不识字或识字极少的穷百姓，他们挤进人堆的目的不是看，而是听，听了后好回去向街坊邻居和家人转述大意。有一个叫做李三景的老头，人们都叫他李三爷。他原是一个小地主，田地大半被王府占去，生活困难，但又不会干别的营生，每天大半时间坐茶馆，度过了许多年。他识字很少，每当府、县衙门张贴新告示时，他就赶快挤进人堆，装做看告示的模样，实际是听别人念告示，记在心中，然后到茶馆中大谈起来。街坊的年轻人多知道他不大识字，看见他刚挤进人堆中，有时抬头，有时低头，装做眼睛随着告示上一行行的文字上下移动，便故意问他："李三爷，这告示上写的啥呀？"他毫不迟疑地回答说："厉害！厉害！"李三景并未说错，因为官府的文告十之八九不是催粮,要捐,便是宣布戒严和各种禁令,或出斩犯人。在洛阳内城就流行一句歇后语,河南人叫做"嵌子",说道:"李三爷看告示——厉害!"现在李三景的帽子上贴着"顺"字,怀着惴惴不安的心情挤进人堆,目注文告,侧耳细听。一个陌生人从背后问道:"先生,李闯王的告示上说的啥事儿?"李三景随口回答:"厉害!厉害!"过了片刻,他已经将《九问九劝》的全文听了两遍,那些揭露王府占田的问话特别合他心意。又有一个陌生人从背后问他时,他脱口回答:"痛快!痛快!"但是他立刻明白自己失言,害怕闯王的人马离开洛阳后他会因这一句回答惹出祸事,赶快改口说:"说不得,说不得!"怀着兴奋的心情,从人堆中挤了出去。

李闯王一起人步行往福王宫去,亲兵们牵着战马走在后边。当他们走到王宫前边时,看见宫墙上也贴着《九问九劝》,挤着看的人更多,有些人挤不进去,只好站在人堆背后,踮着脚尖,伸着脖子,从人们的头上或头和头的空隙间往前看。有些听的人们不住点头,还有的忍不住小声说:"好!好!说得痛快!"百姓们看见闯王等走近时,都转身迎着他们肃立无声,目送着他们过去。这种情形,在洛阳城中也是破天荒的。往日,倘若是王爷出宫,事先要清道静街,不准闲人窥看;街上的人们如果回避不及,都得在街旁俯伏跪地,不许抬头。如果是巡抚来到洛阳,街上也得静街,跪迎,在巡抚的八抬大轿前走着卫队、仪仗,还抬着香炉,里边烧着檀香,并有人鸣锣喝道。即令是小小的洛阳知县上街,也要坐四人轿,有一群衙役前呼后拥,有一人高擎着青布伞(作为仪仗用的)走在轿前,而跑在最前边的两个衙役擎着虎头牌,一个牌上写着"回避",一个牌上写着"肃静",在虎头牌前边还有一个衙役一边跑一边打锣,一边吆喝,使街上走动的百姓赶快往街边回避。如今百姓们却看见李闯王是另一个样儿:衣饰俭朴,随便步行,既无如狼似虎的兵丁前呼后拥,也不鸣锣喝道,驱散街上百姓,有时还面带微笑地望望百姓,分明是叫大家不要害怕。等闯王一起人走进福王宫后,有一个听人念《九问九劝》的白须老人禁不住叹息说:

"我活了七十多岁,头一次看见有这样的平民王!"

福王宫是将原来的伊王宫扩充改建而成,差不多将一座洛阳城占去了三分之一。李自成在宫中只走了一半地方,看见到处是雕梁画栋,金碧辉煌,向牛金星等叹口气说:

"你们看,这宫城中不知有多少亭台楼阁,单是一座房子盖成,加上里边陈设,花的钱就需要千百家中人之产。建成全部福王府,该花去多少银钱?该浪费多少民力?该使多少人倾家破产?多少工匠民夫被折磨死去?妈的,他们朱家在全国有几十处王府,单只这一项,就会使人心离散,民怨沸腾!"

李自成出了金碧辉煌的福王府,上马往周公庙了。事后,百姓们得知李闯王不肯留在王府,将行辕扎在周公庙,感到意外,也更增加了对闯王的敬佩。

李自成带着刘宗敏、袁宗第和牛、宋二人到了周公庙,立即商议明日杀福王的事,决定明日由闯王亲自在福王宫迎恩殿审问,然后推出洛阳西门斩首,派李过监斩,并决定今晚就由牛金星准备好处决福王的告示,以便明日上午在洛阳城内外到处张贴。商议完这事以后,闯王向宗敏问:

"吕维祺捉到后你问过没有?"

宗敏说:"我今天忙得连放屁的工夫都没有,还没有审问这个老狗。"

闯王又问:"张鼐捉到他以后,他说了什么话没有?"

宗敏说:"听张鼐告我说,天明时候,将他从北城墙根押往周公庙来,在西大街遇见福王,他叫着说:'王!死生有命,纲常至重,反正都是死,不要屈膝于贼!'可是福王这老狗早吓得魂不附体,呼哧呼哧喘气,连路也几乎走不动,只是抬头望望他,根本没有听清他说的啥话!"

闯王望着牛、宋二人问:"你们看,吕维祺何时处决?"

金星因闯王这一问,又动了救吕维祺的念头,说:"吕维祺在海内尚有人望……"

宗敏立刻截住说:"狗屁人望!只不过是他披着一张道学夫子的皮,他的狐群狗党们替他吹捧,有些人不知底细,受了哄骗。试问问洛阳的黎民百姓,哪个人真正打心眼儿里跟他一气?他们吕家,倚势欺人,坑害百姓,谁人不知?别说众百姓没有谁跟他一气的,连他的众多家丁、仆人也没有一个跟他一心的。弟兄们在北城根找到他时,他身边的家丁、仆人们将他扔下,跑散得一个也不留。他跑也跑不动,只好蹲在枯草里等待就擒。冤有头,债有主。砍树,要拣大的砍。他是洛阳一带顶大的乡宦,顶大的土豪劣绅,许多土豪劣绅的总靠山。不杀他,杀谁?"

闯王说:"吕维祺非杀不可。我是问何时处决。"

宗敏说:"现在就杀,免得以后洛阳会有人替他求情。今日杀吕维祺这条狗,明日杀福王那条狗,让洛阳百姓们出出气吧。"

闯王望着牛金星:"谁提审?启东主持好么?"

金星害怕落个杀吕维祺之名,赶快说:"吕维祺是卸任的兵部尚书,又是河洛人望,自然以闯王亲自坐堂审问为宜。"

袁宗第摇头说:"今日闯王声威与往日不同,处决这条老狗,用不着亲自审问。倘若牛先生不愿主持,我看捷轩哥坐堂最好。"

宗敏毫不迟疑,说:"好,这件小事情交我办吧。"

宗第说:"他叫福王不向咱们屈膝,大概他不会向你下跪,还会大骂。你得准备用刑。"

宗敏把眼睛一瞪,说:"他敢?他要敢,老子就有办法叫他老实!"

过了片刻,吕维祺从囚室中提出来,押进周公庙的二门。他第一眼看见的是大殿前的卷棚下摆一张方桌,桌后坐着一个杀气腾腾的人,怒目望他。他猜想这定然是李自成亲自审他,不禁脊背发凉。檐前夹道站着两行武士,一色手执明晃晃的大刀,肃静无声。他更觉害怕,但是他没有忘孔子"杀身成仁"的古训,竭力使自己保持镇定。因为从二门到大殿前有相当距离,使他有不少胡思乱想的机会,忽而想着应如何不屈,如何慷慨尽节,忽而又后悔自己不该留在洛阳守城,致有今日。偶一抬头,他望见大殿正中高悬的朱漆金字匾额"礼乐垂统",忽然想起来一个月前曾与洛阳官绅士大夫议定,二月间将由他主持周公的春祀大典,届时凡参与盛会的每人送给一部他著的《孝经本义》,借以教忠劝孝,挽救世道颓风,不料局势变化得如此迅速,瞬息沧桑! 他刚刚在心中叹息说:"完了! 完了!"已经被押到了大殿卷棚前台阶下站住,跟着有人命他跪下。他不肯跪,仍然牢记着自己是明朝大臣,不可对"贼"屈膝。但左右的武士又连声喝叫,使他心惊肉跳,两腿打颤,不敢看那些晃动的刀光剑影,更不敢正视一下坐在椅子上的人的威严神色。他低着头,只不跪下。士兵们见他不肯跪下,将他的头猛一按,同时照他的腿肚上踢了一脚,喝一声"跪!"吕维祺扑通一声双膝跪地,俯下身子,但还在心中鼓励自己说:

"我是朝廷大臣,理学名儒,纲常名节至重……"

刘宗敏厉声问:"吕维祺! 你一生又做官,又讲学。做官欺压百姓,讲学欺哄士民。今日你被老子捉到,死在顷刻。你在洛阳一带盘剥穷人,欺压小民,罪恶滔天,死有余辜。你的这些罪恶,铁证如山,老子今日不必审问。老子是铁匠出身,是大老粗,偏要问你,你在南京丢掉兵部尚书的乌纱帽,回到洛阳,立社①讲学,到底为着什么? 你是想赚取一个讲学的好名声,掩着你和你们一家人的种种罪恶? 你是想抬高身价,再到朝廷做个大官,帮助崇祯镇压全国百姓么? 赶快从实招供,不许吞吞吐吐! 说出真心实话,老子不会叫你吃苦。要不,看老子会活剥你的皮!"

吕维祺颤声说:"老夫讲学,只为传孔孟之道,以正人心,挽颓风,振纪纲……"

刘宗敏不等他说完,冷冷一笑,嘲笑说:"我活了三十多岁,跑遍数省,还没有看见你们口里常说的'道'是什么样儿,什么颜色,多么轻重,值几个钱一斤。天下老鸹一般黑,尽都是强凌弱,富欺

---

① 社——吕维祺在南京立丰芑大社,回洛阳立伊洛会,都是他的讲学机构。

贫;官绅逞凶,黎民遭殃;口中仁义道德,行事男盗女娼。我压根儿没看见你们的道在哪里!"

吕维祺抬起头来反驳说:"不然,不然。天下万世所以常存而不毁者,只为此道常存。此道之存,人心之所以不死也。近日流贼遍地……"

宗敏将桌子一拍,大喝道:"住口!不许你再说'流贼'!再说出一个'贼'字,老子立刻拔掉你的舌头!"

吕维祺浑身哆嗦,不再做声。当他从囚室中提出来审问之前,曾经反复想过如何在李自成面前不屈膝,不失节,不丧失大臣体统,要在青史上留下个"骂贼而死"的美名。他为着鼓励自己,曾经将文天祥的《正气歌》在心中默诵一遍。几十年来他很喜欢《正气歌》的一些句子,如"为张睢阳齿,为颜常山舌";又如"孔曰成仁,孟曰取义,而今而后,庶几无愧"。到了现在,这一切对他都没有什么帮助。他明白自己不应该跪在地上,而应该跳起来大骂"流贼",宁叫打掉牙齿,割掉舌头,至死骂不绝口,"杀身成仁",树立"天地正气"。然而周围的刀光剑影,威严神色,竟使他浑身软弱,失去跳起来大骂的勇气。刘宗敏对他怒视片刻,恨恨地哼了一声,骂道:

"你王八蛋饱读诗书,啥鸡巴理学名儒,可是在真正大道理上你懂得个屌!无数百姓,被逼无奈,起来跟随闯王造反。活不下去,起来造反,就是天经地义,合情合理。我们闯王的宗旨是打富济贫,开仓赈饥;专杀贪官污吏和土豪劣绅,为百姓伸冤报仇;免征钱粮,剿兵安民;对百姓平买平卖,秋毫无犯;日后打进北京,重建太平治世。这就是上顺天命,下应人心。你说我们是贼么?放你娘的屁!我们的造反就是起义,我们的大军就是义军,就是天兵。我们的李闯王所到之处,老百姓夹道欢迎,说是救星到了。我们的李闯王就是当今圣人,也就是你们读书人最景仰的尧、舜、禹、汤。只是你们这班读书人,死不悔悟,只知道替桀、纣尽忠,硬是不认识当今的汤、武,把当今的大圣人骂为'流贼'。吕维祺,你说,我们闯王的行事,哪一点不比你们崇祯强过万倍?呸!你们上自皇帝、藩王,下至文武官员、乡绅、土豪,也连你这样披着道学皮的乡宦在内,只会吮民脂膏,敲剥百姓,弄得有天无日,世道不像世道,处处哭声,人人怨恨,男不能耕,女不能织,卖儿卖女,死亡流离……你们他妈的是真正民贼,是吃人虎狼。老子问你:你一家人在洛阳、新安两县共霸占多少土地?"

吕维祺平生第一次受到这样的训斥和辱骂,但他不敢回骂,只是倔强地回答说:"我家虽有地二三百顷,然或为祖上所遗,或为近世所买,均有红契①文约,来路清楚,并无强占民田之事。"

刘宗敏问:"你家祖上是种田的? 还是做工匠手艺的?"

吕维祺回答:"老夫祖上十代,均以耕读传家。"

刘宗敏问:"自家耕田?"

吕维祺答:"虽非亲自牵牛掌犁,然而经营农事,亦谓之耕。自古有劳心劳力之分,君子小人之别。故樊迟问稼,夫子称之为小人。牵牛掌犁乃是小人之事,应由庄客佃户去做,非田地主人应做之事。《诗》云:'馌彼南亩,田畯至喜。'这田畯就是经管小人耕种的农官。后世废井田为私田,土地主人亦犹古之农官,教耕课织,使佃农免于饥寒,有何罪乎?"

刘宗敏竭力忍耐,冷笑着问:"你自己下过地么? 手上磨有腻子么?"

吕维祺回答:"老夫幼而读,壮而仕。出仕以尽忠君父,著书讲学以宣扬孔孟之道。一生立身处世,无愧于心。今日不幸落入你们手中,愿杀就杀,请勿多问。"

刘宗敏将桌子一拍,跳了起来,提起右脚踏在桌掌上,用两个指头向吕维祺的脸上一指,吓得吕维祺赶快低下头去。宗敏指着他的头顶大声说:

"老狗! 我现在就要杀你,以平民愤。你知道你的罪恶滔天么?"

---

① 红契——明代各县衙门设税课局,为民间房地文契盖印,抽值百分之三。红契就是盖过印的文契。

吕维祺知道自己马上就要死了，壮着胆子说："我知道。第一，我是朝廷大臣；第二，我是圣人门徒，平生著书讲学，宣扬仁义，教导忠孝。有此二罪，所以该杀。"

宗敏呸了声，将唾沫隔桌子吐在吕维祺头上，骂道："老狗！竖起你的狗耳听着！你们吕家几代以来，有钱有势，一贯鱼肉乡民，祸害地方。你们用重租高利，盘剥小民，霸占民田，逼死人命。因为官官相卫，府县官不敢过问，也不愿过问，使受害小民一家家冤沉海底，无处伸雪。自从李闯王来到河南府地方，百姓们才如见天日，纷纷奔赴义军中控告你们一家罪恶。你说你平生替孔夫子宣扬仁义，教忠劝孝，尽是说人话，做鬼事，饿老虎口念'阿弥陀'。你有几百家佃户，终年辛苦，出的牛马力，吃的猪狗食，一年三百六十天难得一天温饱。一到春荒，许多大人小孩出外讨饭，许多人向你家磕头求情，借钱借粮。你家每年放青麦账照例是小斗出，大斗入，外带高利盘剥。越是青黄不接，要命关头，利钱越高。倘若到麦收后无力偿还，你家管账先儿就将算盘一打，走笔转账，利变成本，本再生利，像驴子打滚一样。穷人家死了人，死了牛，也得到你家求情借阎王债。不知多少穷家小户因为还不清你家的青麦账、阎王债，有的人上吊投崖，有的银铛入狱，有的卖活人妻，卖儿卖女，妻离子散。这，这，这就是你们的圣人之教，仁义之行，忠恕之道！你们家中，在总管之下有账房，有十几个管庄头子，每个庄头之下又有向佃户们催租收租的账先儿，掌斗掌秤的大小伙计，还有跑腿的，尽是无赖。你家豢养的这班爪牙，好似虎、豹、豺、狼，又像催命判官，专会刻苛穷人，敲诈勒索，淫人妻女。你放纵他们经管几百顷田地，虐害穷人，这就是孔夫子传授给你的仁义！佃户们不惟交租五成，逢年过节，照规矩必向你家送礼。遇到你家和管庄头子家有红白喜事，还得送礼。你家随时需要人力，不管叫谁，谁就得来，替你家白做活，不要你家分文。去年春天，你家在新安和洛阳两处修盖高楼大厦五十多间，除请了十个木匠师傅，不是全靠佃户们白替你家做活？从脱坯烧砖，到砌墙上瓦，铁木小工，运送材料,用去了上万个工,车牛不算。你家没有花一个工钱。这就是你吕维祺老杂种口口声声讲烂了的仁义道德!"

吕维祺分辩说:"圣人云:'无君子莫治野人,无野人莫养君子。'天经地义,自古如此。况且……"

刘宗敏截住说:"佃户们是野人?你倒是他妈的吃人生番!放你祖宗八代的屁!"

吕维祺已经知道这审问他的人大概就是刘宗敏,心中想道:"我堂堂朝廷大臣,竟然跪在李自成手下的贼将面前!"他害怕吃苦,不敢不跪,但听了刘宗敏的怒斥,又不甘心。明知自己必死无疑,他鼓起勇气替自己分辩说:

"老夫不幸今日落在你们手中,早将生死置之度外。士可杀,不可辱,请不要对老夫肆口谩骂。况且老夫去年盖房子正值春荒,年馑劫大,叫佃户们出力做活,使他们不至于饥饿而死,也不会出外逃荒,流离失所,为非作歹,触犯国法,亦出自老夫一片仁心。至于叫佃户们做活不付工钱,自古如此,岂是老夫例外?一个月前,老夫出私粮两百余石赈济洛阳饥民,口碑载道,万民感戴,将军可曾闻乎?"

刘宗敏用鼻孔冷笑一声,说:"他妈的!你披着理学名儒的皮,肚子里装满了歪理。盘剥穷人,又叫人家白替你下死力修盖房屋。你家住高楼大厦,画栋雕梁,人家住茅庵草舍,不蔽风雨,还说是你的一片仁心!这话你怎么说得出口?真是该死!老子知道你上个月曾拿出两百多石发了霉的杂粮赈济饥民,你用的什么心,难道老子不明白?你是看见我们义军声势浩大,洛阳十分吃紧,害怕义军来攻城时饥民内应,所以你先请求福王出钱出粮赈饥,见他一毛不拔,你不得已才只好将自家仓中的粮食拿出两百多石放赈,想拿这一点发霉的陈粮一则在大户中作个倡导,二则买住洛阳穷人的心,保住洛阳不破。往日你不放赈,为什么直到情势紧急时你才放赈?你家数代,盘剥小民不知多少万石,到了刀临头上,想拿出两百多石杂粮骗住洛阳城中饥民,当做买命钱,行么?真会打算!"宗敏将桌子一拍，愤怒得胡须支乍，大声喝问："吕维祺！你说是也不是？着实招来！"

吕维祺低头不语，背上冒着冷汗。刘宗敏并无意等待吕维祺招供，正要宣判，忽然从二门口传进来一句撕裂人心的喊冤声：

"将军爷呀……小民冤枉！"

刘宗敏向二门一望，对左右轻声说："带喊冤人！"

片刻之间，一个衣服破烂、面有饥色、鬓发灰白的老妇被带到丹墀上来，跪到地上，叩头悲呼："将爷呀，小民两年来冤沉海底，无处控告。求将爷为民做主，为我这个孤寡无依的苦老婆子伸冤！"

宗敏问："你有什么冤？"

老婆子颤声哭诉："我一家三代种吕府的地，住在北邙山上，离黄河不远。俺村庄的十几家全是吕府佃户，替吕府做牛做马。两年前，冬月天气，吕府去人到俺村里说，吕尚书家的太夫人忽然想吃新鲜的黄河鲤鱼，街上没卖的。尚书叫我们村里人打开黄河冰凌捉几十条鲤鱼送到府上。我的儿子掉进冰凌下边淹死了，他爹冻伤，到吕府哀求赏副棺材，赏点银子埋殡，被吕府管家为积欠旧债骂了一顿，勉强赏了五两银子，还说这是吕府无量恩德。他爹生了闷气，又哭儿子，一病不起，含冤而死。我讨饭进城，控告吕府害死民命。无奈吕府势大，府、县官都不肯管，使小民哭天无路。将爷呀，恳求你明镜高悬，照见百姓苦情，叫吕维祺替我的儿子偿命，替俺孩子他爹偿命。我就是死到阴曹地府，也不忘你的大恩。求将爷为小民伸冤！"

刘宗敏气得咬牙切齿，向吕维祺问："老贼！你说有无此事？"

吕维祺推诿说："此系家人所为，老夫亦有所闻。"

"狗屁！你只是也有所闻？你在冰冻天气想孝敬你妈吃黄河鲤鱼，有这事么？"

"此事属实，原是老夫的一片孝心，没想到有人失足落水……"

宗敏将桌子猛一拍："狗屁！不打开冰凌捉鱼，如何能落进水里？那么冷天，你想行孝，为何不自己去破冰捉鱼？"

"老夫是读书做官的人,不会打开黄河坚冰。"

"你们读书人瞎编的《二十四孝》上不是有王祥卧冰么?你想行孝,为何不去黄河卧冰?"

"……"

二门口又有几个人接连喊冤,声声刺人心肺。刘宗敏传令将喊冤的人们全放进来,霎时间在丹墀上跪了一片。他们一个接一个控诉吕府罪恶,有些事情骇人听闻。刘宗敏没有等控诉完,对百姓们说:

"我也是受苦出身的人,你们受吕维祺一家人的苦我完全明白,全无虚告。我奉闯王之命,今日将吕维祺判处死刑,家产抄没,所有田地归佃户和穷乡亲们自耕自食。"他转向吕维祺宣布说:"吕维祺!你老狗血债累累,罪恶滔天,本该凌迟处死,姑念你在洛阳日子不久,从宽判为斩刑,立即处决!"他向左右一望,大声喝令:"刀斧手!快将这老狗推出斩首!他要是胆敢在临死前骂出一声就多砍十刀,骂十声多砍一百刀。快斩!"

吕维祺立刻被两个士兵从地上拖起,剥去外衣,五花大绑,脖后插上由随营文书刚才准备好的亡命旗。他不敢骂出一句,越发浑身颤栗不止,但竭力保持镇定,鼓励自己不要出丑。当他正要被推着走下台阶时,听见刘宗敏又叫他转来,声音并不像刚才那样的怒如虎吼,心中不禁一闪:"莫非不杀我了?"刘宗敏等他被重新带到面前,用压抑的口吻说:

"吕维祺,你是进士出身,理学大儒,我刘宗敏是打铁的出身,斗大的字儿认识不过两牛车。可是在将你押赴刑场之前,我还有几句话要教训你。我听说你讲学很重《孝经》,还著了一本什么鸡巴书呈给崇祯。天下每年不知有多少做父母的饿死,冻死,被官军杀死,被大户欺压死,被官府残害死,留下孤儿弃女,向谁行孝?千千万万的黎民百姓寒无衣,饥无食,如何行孝?你家奴婢成群,一呼百应。这班大小奴婢们卖身到你家,谁能够孝敬自己的亲生父母?你平日讲孝道,不是满口放屁么?我的老娘也是饿死的。我没法替她行孝。我现在杀你这种乡宦豪绅，就是替我的老娘报仇，也是替她老人家行孝。管你什么理学大儒，兵部尚书，在我刘宗敏面前算不了屌毛灰！"他将下巴一摆："赶快推出斩了，替洛阳一带百姓伸冤！"

吕维祺重新被推走，还在竭力保持镇定，只求不失去朝廷大臣体统。但是他模糊地感到自己在裤子里洒出小便，大腿上有一股湿热向小腿奔流。当走出周公庙大门的刹那间，他在心中问道：

"我不是在做梦吧？难道这就是慷慨成仁么？……"

第二天，即正月二十二日，阳光明媚，天无纤云，显得特别温暖。昨天处决吕维祺的事情使洛阳百姓大为轰动，但人们并不满足，都在等候啥时候处决福王。今天一清早就哄传着将在正当午时出斩福王的消息，所有的大街小巷都沸腾起来。约莫巳时刚到，那处决福王朱常洵的布告，上列着福王的十大罪款，已经在城内大街上和四关张贴出来。人们听说将福王判处死刑的法堂就设在福王宫迎恩殿前，而处决他的地方就是西关外的旧刑场，所以巳时左右，从周公庙到王宫，到刑场，到处挤满了等候观看的男女老少。特别是刑场周围，更是人山人海。

当福王朱常洵从周公庙押往法堂，从西关和西大街走过时候，沿路两旁百姓不断地有人发出恨骂。有一个人咬牙切齿地对着他骂道：

"你妈的作威作福，竟然也有今天！"

李自成提前来到宫中，一面巡视查抄王府财物粮食情况，一面等候审讯福王。当一个将领向他禀报说福王已经提到时，闯王回头轻声说："升堂！"一声传呼，随即从迎恩殿的汉白玉陛阶下边响起来一阵鼓声。李自成率领刘宗敏、牛金星、宋献策等文武大员，缓步走出便殿，从一个叫玉华门的西角门来到迎恩殿。这迎恩殿是王府主殿，十分雄伟，黄琉璃瓦闪耀金光。殿里正中间设一朱红檀木描金镂花王座，上铺黄缎座褥。前檐有七尺深，斗拱，飞檐，彩

绘承尘,四根一人抱不住的朱漆柱子。当年建成王宫时候,一位大
学士奉万历皇帝"圣旨"撰写了一副对联,极尽歌颂之能事。如今
这朱漆描金云龙对联被义军士兵在上边涂了两块马屎,仍然悬挂
在中间的两根柱子上:

> 福祉满河洛普天同庆
> 王业固嵩岳与国并休

迎恩殿的前檐外是三级汉白玉台阶。台阶下是一片平台,俗
称丹墀,磨光的青石铺地,左右摆着鎏金香炉、大鼎、仙鹤。丹墀三
面都围着汉白玉栏板,云龙柱头,雕刻精美。平台前是七级石阶。
下了石阶,正中间是一条宽阔的石铺甬路,把院子平分两半。甬路
两边院中栽着松、柏,两边是厢房,俗称朝房。这个院子的正门叫
做迎恩门,也是五间盖着黄琉璃瓦的楼房,下有并排三座六扇朱漆
大门。出了迎恩门外是一个很大的院子,两边有廊房、钟楼和鼓
楼,正门就是端礼门。在端礼门和迎恩门之间有并排三座白玉雕
栏拱桥。修建福王府时特地从洛阳城西的涧河引来一股水,进城
后流在地下,到迎恩门外的院中时变为明流,改名福水,所以这三
座桥就叫做洪福万年桥,简称洪福桥。今天闯王特谕守卫将士,可
以放百姓进入午门和端礼门,直到迎恩门外。这时,迎恩门六扇巨
大的带钉朱门大开。迎恩门外密密麻麻地拥挤着看审问福王的百
姓。迎恩门内,甬路两边,每边站立着两百士兵,靠近迎恩门那一
端的一律手执长枪,靠近丹墀这端的一律手执宝剑,而迎恩门也有
众多士兵守卫,不许百姓进来。王座抬放在迎恩殿的门外檐下,王
座前摆一长桌,挂着绣缎桌围,也是迎恩殿中的原有陈设。东西两
边各摆三把太师椅,都有猩红坐垫。鼓声停止,李自成在王座上坐
下,然后牛金星、宋献策、李岩在东边坐下;刘宗敏、袁宗第、李过在
西边坐下。

坐定以后,牛金星向背后轻声说:"带犯人!"立刻,站在檐下的
中军吴汝义一声传令,接着丹墀下几个人齐声高呼:"带犯人!"声
音威武洪亮,惊得在迎恩殿脊上晒太阳的一群鹁鸽扑噜而起,盘旋

着向后宫飞去。

福王从西朝房中押出来了。有两个身材魁梧的士兵在左右架着他，一直架上丹墀，双膝跪下，俯伏地上，离闯王的案子大约有一丈远近。闯王厉声喝问：

"朱常洵，你犯下弥天大罪，民怨沸腾，今日有何话说？"

福王不住叩头，声音哆嗦地说："小王有罪，小王实实有罪。哀恳大王饶，饶命！小王……"

闯王又厉声问："狗王！我问你，你老子坐天下四十多年，百般搜刮天下百姓，有一半金银财宝都给了你，运来洛阳，又替你霸占了两万顷膏腴良田，封你为福王，你这福从何而来？"

福王叩头出血，哆嗦说："小王有罪。小王有罪。小王没福，该死。恳大王饶小王狗命。"

闯王又问："你的福是从天上掉下来的？是从地上冒出来的？到底是从哪里来的？说！快说！"

福王哆嗦说："小王该死。这福字是小王封号，小王实实没福。"

闯王见他语无伦次，答非所问，将惊堂木猛一拍，大喝道："混蛋！你不肯照实供认，本帅替你说出！你的福就是作威作福，残害百姓，锦衣玉食，荒淫无耻。你的银钱无数，珠宝如山，单说仓库中的粮食就有几十万石。你这福，既不是从天上掉下来的，也不是从地下冒出来的，完全来自老百姓身上。你的每一件珠宝，每一两银子，每一颗粮食，都浸透了天下百姓的汗水、眼泪、鲜血。你个狗王知呀不知？"

福王叩头说："小王有罪。小王有罪。这都是万历皇爷所赐。小王该死。"

闯王又喝道："你身为亲王，富甲天下，当如此饥荒年景，不肯发分毫库中金银，不肯散一粒粮食，赈济饥民，你该不该死？"

福王哆嗦说："恳大王饶命。恳大王……"

闯王大喝道："拉下去，将这个奴才狠打四十板子，然后再问！"

左右侍卫一声吆喝,将福王拖下丹墀,剥掉衣服,按在甬路中间,扒开裤子,露出来雪白的肥大屁股。迎恩门外千头攒动,一片拥挤。站在丹墀下的小将一声喝令"行刑",那个手执长竹板的士兵开始打起来。他胸中充满仇恨,每一下都打得很重。福王本来早已吓得半死,加上平日荒淫过度,身体虚损,又自幼娇生惯养,所以受不了皮肉之苦,起初还拼命哀呼,等打到二十多下时已经声音渐弱。闯王和行刑士兵都以为他是假装的,继续狠打。打到三十多下,竟然没有声音了。行刑士兵用手摸摸他的鼻子,快要没有气了。一名小校立刻取来半碗冷水,向福王的前额上喷上两口,使他苏醒。犯人重新被带上来,瘫软地伏身跪在闯王面前,浑身哆嗦,低声哀恳饶命。闯王大声说:

"朱常洵!按你罪恶如山,本当千刀万剐,凌迟处死,方能稍泄民愤。本帅姑且从宽,判为斩首,立即处决。"他随即命令:"刀斧手,快将这狗王押赴西关刑场!"

左右侍卫立刻将福王重新五花大绑,并将他的松散的头发挽到头顶,插上亡命旗,推拥着向午门外走去。而在门外不远的大街上,正在将王府的地亩账册、霸买的田契、奴仆卖身文约等等,烧成一堆大火,纸灰飞扬。百姓围观得拥挤不透,个个称快,有不少人激动得流下热泪。

从洛阳西大街到西门外刑场,街道两旁早已站满了百姓,看福王怎样被押赴刑场。刑场上,每隔五步站一步兵,不让群众挤近监斩台和台前的一片空场;刑场外圈,在拥拥挤挤的人群背后,每隔十来步站一个骑兵。监斩台的两边和背后,整整齐齐地站立着一层步兵、一层骑兵,步内骑外,肃静无声。所有这些步兵和骑兵,都穿着绵甲,外罩深蓝裲裆。裲裆的前后心都有一块圆形白布,绣着"闯"字。箭上弦,刀出鞘,威风凛凛。这监斩台是原有的一个土堆,本来很小;昨日下午,李过派一百名弟兄添土,打夯,整平,比原来增大一倍。

监斩台下,刑场周围,旌旗飘扬,刀、枪、剑、戟耀眼。老百姓望着这威武森严场面,情绪振奋,感慨万端。有一个花白胡须的庄稼老头小声叹息说:

"唉,这个杀场,自古以来只杀老百姓,不知屈死了多少性命,从来连一个官儿也没杀过,今日却要杀王了。连福王也可以杀,从前我连想也不敢想!"

旁边一个生着连鬓胡子的中年人用鼻孔哼了一声,接着说:"管他妈的啥金枝玉叶,龙子龙孙,封王封侯,为官为宦,平日作威作福,耀武扬威,骑在老百姓的头上过日月,只要犯到闯王手里,都不值一个皮钱。在永宁,不是已经杀过万安王么?别看福王是'当今'的亲叔父,一刀下去,喀嚓一声,同样脑袋落地,血溅黄沙,尸首扔给狗吃,有鸡巴'福大命大'!"

另一个中年人愤愤地说:"自古是富了王侯,苦了百姓。天下乱了这十几年,也只有李闯王真能替穷百姓伸冤报仇!"

在附近一个地方,也有几个人在小声谈话。一个瘦弱的、手拄拐杖的老人说:

"从前,每年只在冬至杀人。从崇祯七年以后,每年四季都杀人。从前人命关天,把人判了死罪,还得层层上详,等候刑部批下,才能冬至处决。后来杀人像杀鸡狗!……"老人叹口气,接着说:"就在这个地方,有一年就杀过几百人。小百姓遇到灾荒,饿得没办法,偷一点,抢一点,不论罪大罪小,十之八九都判成死罪,也不上呈刑部候批,说杀就杀,据说这是'治乱世用重典'。有一阵天天杀人,我亲眼看见有一批就杀了二十七个,里边有妇人、小孩。"

旁边一个人忍耐不住说:"杀的全是穷百姓!"

一个有瘿脖子的中年人说:"所以大家都说闯王来得好。闯王一来,就把世道翻了个儿:昨日杀吕尚书,今日杀福王。人家只杀官,不杀百姓。"

一个脸孔浮肿的青年饥民从旁插了一句:"这才叫替天行道!"

突然,从城内奔出来一群百姓,同时传过来一阵锣鼓声和军用喇叭声,使刑场周围挤满的百姓登时激动起来,转过身子,万头攒动,齐向城门张望。过了片刻工夫,一阵马蹄声响,一面大旗前导,接着五十名骑兵簇拥着李过出了城门,向杀场奔来。李过到监斩台前下马,登上台去,坐在中间,左右侍立着几位偏将和别的头目。老百姓想看清楚监斩的这位将领,有的知道他是李过,有的误以为他是刘宗敏,都想往前挤,后边的推动前边,可是前边的被步兵挡住,不许向前。你拥我挤,秩序乱了起来。李过下令叫前边的十排人就地坐下,才恢复了刚才的会场秩序。

但是不过片刻工夫,场中的秩序又乱了起来,刚才坐在地上的人们也纷纷起立。所有的人们都向城门张望,个子矮的人们就踮着脚尖,伸长脖颈,仰着下巴。从西门走出一队人马,押着福王来了。

走在前边的是二十名步兵,分成两行,张弓搭箭,虎视左右和前方。接着,又是二十名步兵,一色手执红缨长枪。跟着,两名刀斧手带推带架着福王出来。再后边又是二十名步兵,手执宝剑。最后是一名小将,同亲兵们骑着战马。多数人都没有看见过福王是什么样儿。整年他不一定出宫一次;纵然出宫,人们都得回避;回避不及,也只能俯首跪在街旁,不许抬头望他。如今凡是没有看见过他是什么样子的,都想看个清楚;那些曾经有幸偷看过他的,也想看一看他在临刑以前是什么情形。刑场上拥挤得更凶了。有的体弱的被挤个趴叉。步兵从几十层人堆中分开一条路,将犯人押解到监斩台前,喝令跪下。他往地上一跪,几乎倒下。一个刀斧手踢他一脚,喝道:"跪好!"他猛一惊,似乎有点清醒,勉强用两手按地,保持半跪半伏的样子。人群里有人不自禁地骂道:

"他妈的,孬种!"

原来拥挤在王宫前边的百姓们赶来迟了,得到守城义军允许,从西门内奔上城墙,挤满了西门右手的一段城头,隔城壕俯瞰刑场。当有些百姓还在陆续上城时候,午时已到,从监斩台的后边向空中发出一声炮响,震得全场一惊,有两三匹战马振奋嘶鸣。炮声刚过,李过喝令刀斧手准备行刑。两个刀斧手将福王从地上拖起来,推到离监斩台五丈以外,使他面朝正南,对着百姓跪下。第二声炮响了。站在右边的刀斧手将犯人脖颈后插的亡命旗拔掉,扔到地上,随即走开。犯人已经失去了勉强自持能力,瘫在地上。刑场上万头攒动,屏息无声。第三次炮声一响,站在犯人左边的刀斧手用左手将犯人的发髻一提,同时喝道:"跪好!"说时迟,那时快,人们只看见阳光下一道白光一闪,福王朱常洵的头颅飞落地上,一股鲜血迸出三尺以外。从刑场到城头,看斩的百姓们迸发出震天动地的齐声喝彩:

"好!!!"

担任行刑的这个刀斧手向前两步,弯腰提起来福王的头,走向监斩台去。遵照李过的命令,这头将带进城去,悬挂在宫门前的华表上,即古人所说的"枭首示众"。在刑场中间担任警戒和维持秩序的步兵都撤到监斩台下,听任百姓观看福王的尸体。在前边的百姓们一拥而上,立刻将福王的衣服和裤子剥得精光。有人剖开他的胸膛,挖出心肝拿走。有人从他的身上割走一块肉。顷刻之间,尸首被分割得不成样子,而后边的百姓们继续往前边拥挤。

李过带着几个偏将走下监斩台,上了战马,喇叭一吹,锣鼓开路,率领着步、骑兵回城而去。将走近城门口时,遇见从城内走出一个小校,捧着闯王的一支令箭,后边跟着一个太监模样的中年人,还有一个中年和尚和两个青年和尚,他们的背后跟着一辆牛车,载着一具桐木白棺材。他们避到路边,等候李过带着人马过去。李过驻马向捧令箭的小校问:

"他们是什么人?"

小校回答:"回将爷,这个人是福王宫中的承奉太监,那位师父是迎恩寺的方丈,法名道济,刚才他们到东华门向闯王乞恩,要来收殓福王的尸首,已蒙闯王恩准。不过闯王说,他们可以先将福王的身子收殓,福王的头要悬挂三天以后才能给他们。他们害怕福王的民愤很大,会将他们打死,所以求闯王发下令箭,好来收尸。"

李过点了一下头,策马进城。

第二十六章

　　破洛阳转眼已经过了六天。二十七日下午，高夫人、高一功、田见秀、红娘子和牛、宋等人的夫人，率领着几百名亲兵来到了。本来他们应该二十五日就可以赶到的，但是在他们即将动身时候，从洛阳抄没的大批粮食、金银、各种财物已经日夜不停地源源运到，大批新兵也陆续开来，要在得胜寨附近编练，所以他们多耽搁两日，帮助郝摇旗做一些必要安排，然后才连夜动身。他们于未时整来到关陵，在那里休息打尖。李自成派张鼐到望城岗迎接，将高夫人和红娘子接进周公庙内，另外派人将各家夫人送到她们的丈夫驻处。田见秀和高一功夫妇同住在周公庙附近的一座大宅院里。刘宗敏已经在二十二日就从道台衙门搬出城外住，离周公庙不过半里多路。

　　高一功和田见秀留在周公庙同闯王谈话，将得胜寨老营的重要事情向闯王扼要禀报，也问了一些洛阳情况。高夫人见红娘子不在场，向闯王问道：

　　"李公子和红娘子的喜事，你这里都准备好了？"

　　闯王笑着说："都准备好啦。我只怕你们在路上耽搁，所以派人催你们。今天赶到了，很好。军师择定明天是大好吉日，咱们全军祝捷，洛阳百姓也要唱戏，热闹一天。林泉他们的喜事也在明天办，不另外择日子。"

　　高夫人说："一面全军祝捷，全城军民同欢，一面替他们办喜事，这当然再好不过。在离开得胜寨后我遇到你派去催我们快来的小校，知道了宋军师择的吉日，大家都很高兴。我对红娘子说了，她虽然不好意思做声，可是我看她的心里也是喜欢的。新房在哪里？都收拾妥了么？"

"从进了洛阳以后，林泉就住在洛阳兵备道的衙门中，主持赈济的事。新安和偃师两地放赈的事，也交给他管。另外在附近村子里替他找了一座大户宅子，离这搭不过两里左右。村里驻扎有中军营的两百弟兄。已经按照开封一带人的习惯，找裱糊匠将新房的墙壁和顶棚都用花纸裱糊了。需要用的各种家具陈设，都已布置就绪。反正不是长住，没有过分讲究。"

高夫人说："虽然只是暂住一时，但这是红娘子的终身大事，也不能过于马虎，使她心中不快。歇一阵，我自己去看看吧。"

田见秀向闯王问："如今破了洛阳，有粮有钱，人马大增，闯王的声威大振，下一步的方略定了没有？"

自成说："就等着你们来了以后，一起商议定夺。趁着明天全军祝捷，带给林泉他们办喜事，中午吃过酒席之后，就同大家商议此事。"

见秀又说："我们离得胜寨时才得到一个消息，说敬轩和曹操都没有死，也没有全军覆没，不过人马剩下不多，一共不到两千人，又绕过成都往东来了。"

闯王点头说："我们这里也听说敬轩已经从川西奔往川东，看情况是要出川。又风闻杨嗣昌已经离重庆坐船东下，直赴夔州，同时抽调人马从陆路堵截敬轩。现在还不知道敬轩他们能不能顺利出川。"

高一功说："敬轩用兵，诡计多端。他已经把官军拖到四川内地，川东一带十分空虚，必能从巫山、大昌之间的小路冲出。只是他们出川以后，所剩人马很少，不再成为杨嗣昌的眼中劲敌。如今咱们破了洛阳，杀了福王，声势浩大，威震中原，成了朝廷的心腹大患。杨嗣昌势必舍掉敬轩他们，全力跟咱们周旋。咱们下一步棋如何走，必须早定，好在各方面都有准备，可以立于万全不败之地。牛启东和军师怎么想的？"

闯王说："因为破洛阳后百事繁忙，还没有工夫详细计议。不过,启东和献策也主张采纳林泉的建议,据河洛为根本,争夺中原。还有,河洛一带饥民和咱们的部分将士都盼望我在洛阳建都称王,莫再像往年一样东奔西跑。这事是否可行,也需要大家认真想想,好生计议,不可草率决定。"

高一功说:"关于你要在洛阳建都称王的事,我们在得胜寨也听到谣传了,传得很盛。启东几位有何主张?"

闯王说:"献策和林泉都不多谈此事。启东常替我接见那些来求我在洛阳建都称王的百姓父老,也收到不少表章。他倒是较为热心。"

田见秀和高一功都不明白自成拿的什么主意,对这样重大的事情都不愿贸然说话,所以就将话题转到查抄福王财产的情况上去。自成称赞双喜办事还很细心,也有办法。刚说到这里,双喜来了。双喜先见过了高夫人、高一功和田见秀,然后向闯王禀报了关于查抄乡宦和军粮开支的情况。高一功向双喜笑着问:

"双喜儿,你第一次挑这么重的担子,不感到吃力么?"

双喜笑着回答:"很吃力。今天舅舅一来,我就轻松了。舅舅来扛起大梁,我跟在舅舅身边搬椽子,当小工,事情就做得痛快了。"

高一功很喜欢这个十九岁的后生,拍拍他的肩膀,又笑着说:"我在路上就听说你做事还有办法。破了洛阳城,要查抄的地方多,东西多,光一个福王府就有多少东西抄!事情一乱,就会使许多金银珠宝和各种值钱的东西落入私人手中,粮食也会随意抛撒。除查抄逆产外,你还要将这些堆积如山的东西运往得胜寨,还要分发赈粮和军粮,分发其他什物。你做得还不错。我很高兴,不替你担心啦。也遇到些困难吧,嗯?"

双喜说:"困难是事情的头绪太多,自己没有经验。从进到洛阳第一天起,我就决定:一家一家查抄,凡是没有轮到查抄的,一律将东西和粮食封存,派兵看守,等候启封查抄。凡是封存的房屋、宅院,严禁任何人私自进去,违者斩首。这样就避免了铺的摊子多,头绪太乱,容易出错,也不会感到人手不足。"

一功点点头，又问："你从哪里弄到许多替你抄写、记账的人？"

双喜笑了，说："二十一日早晨刚破城不久，我就设法找到了邵时信……"

一功忙问："就是去得胜寨控告福王府罪恶的那个后生？"

双喜说："就是他。在得胜寨时候我听他说他有个叔伯哥哥名叫邵时昌，在府衙门里当书办。我叫他去找邵时昌来见我，果然邵时昌愿意投顺。邵时昌又替我找了一些能写能算的人，还说出了一些咱们名单上原来没有的殷实富户。我将人员分做三起：一起人专抄粮食，一起人专抄银钱，另一起人专抄贵重东西。每起人由一个总头目率领，称为哨官，出了错惟他是问。每一哨有若干小队，各有正副头目。每一哨配有两名书手、一名监抄头目。这监抄头目要认真督察，要使查抄的银钱和贵重东西点滴归公，不许私藏侵吞，也不许疏忽遗漏。他有事径直向我禀报，不归哨官指挥。粮食也要派人监抄，避免随意抛撒或私自取用。还有……"

高一功忍不住插言说："好，好。每一哨设一监抄头目，这主意想得很好。"

双喜接着说："还有，福王的粮食很多，大都是散装在仓库中，有的是装在芡子里，倘若不准备足够的麻包、布袋就没法运走，打开了仓库干瞪眼。所以二十一日下午就开始在全城收集麻包、布袋等物。还怕不够，又差人去新安、偃师和附近各集镇、山寨去尽量收集。福王的金、银、珠宝堆积如山，还有两间大屋子装满铜钱，因为年久，很多钱串儿都朽啦，一动就断。邵时昌向我建议，找来一百多个木匠，日夜赶工做小木箱子。每个小木箱恰好装四十锭元宝，共两千两银子，折合一百二十五斤，连皮一百三十斤重，便于用骡马驮运，用二人抬着走山路也方便。装散碎银子、珠宝、铜钱，也用这种小木箱子。另做了一种比这小一半的，专装黄金。他们在洛阳听得多，见得广，说每年官府往上边解大批钱粮折色银子①

---

① 折色银子——古代征收田赋，原来只收实物，称为"本色"。但因封建经济发展，以及官府储存和运输方便，将征实物改征银子，称为"折色"。

也是这么办。要不是他们替我出主意,我一时还想不了这么周到。"

高一功听了双喜的这些办法,频频点头,又望着闯王微笑。李自成平日很少当面夸奖过他的养子,这时也含着满意的微笑对高一功说:

"咱们起义以来,从没有破过像洛阳这样富裕的城池。因为我行辕中没有别的做事老练的人,才不得不叫双喜儿在兵荒马乱中挑这么一副重担。我原来也很替他担心,只是试试看。他能够想到找邵时昌一班人替咱们做事,虚心采纳人家的建议,做得很对。"

高夫人问:"双喜儿,据你眼下估计,咱们在洛阳得到的粮食、银钱,可以养多少兵?"

双喜低头想了一下,回答说:"我没有经验,说不准确。昨天我将已经查抄的和封存起来尚未查抄的粮食合计一下,大约够二十万人一年的消耗。金银珠宝和各种财物,没算在内。"

高夫人、高一功和田见秀听了双喜的话,都很高兴。大家认为,如今有粮,有钱,有兵,下一步决定如何走,更须要赶快决定。如今诸事纷繁,闯王的行辕中必须要有一个得力的中军,便同高一功商量一下,吩咐双喜明天上午将所任职事移交给高一功,回到周公庙行辕,在他的身边办事。高一功和田见秀都急于进洛阳城内看看,便叫双喜跟他们一起上马出发。高夫人随后也带着几个男女亲兵,去看一看替李岩准备的临时公馆。

第二天,洛阳城全部大街小巷,到处燃放鞭炮。那些受到闯王义军好处的穷百姓是打心眼儿里庆祝义军的攻破洛阳、杀掉福王和吕维祺,而那些对闯王的义军心怀不满的人们,也表面上表示庆祝,所以整个洛阳城都大为热闹起来。城中有三台大戏,一台是豫西梆子,一台是从南阳来的越调,还有一台是陕西梆子即所谓秦腔,同时开演。此外还有许多杂耍:玩狮子的,玩旱船的,骑毛驴的,踩高跷的,尽是民间世代流传的、每年元宵节在街上扮演的玩

艺儿。今年元宵节洛阳军情紧急,这些玩艺儿都不许扮演,今天都
上街了。往年骑毛驴的是扮演一个知县带着太太骑驴游街,知县
画着白眼窝,倒戴乌纱帽,倒骑毛驴,一个跟班的用一个长竹竿挑
着一把夜壶,不时将夜壶挑送到他的面前,请"老爷"喝酒,引得观
众哈哈大笑。今年,将骑毛驴的知县换成一个大胖子,倒戴王冠,
醉醺醺的,自称福王。那个用夜壶送酒的人改扮成两个太监,一老
一少,不断地插科打诨①,逗得观众大笑。义军在今天停止操练,各
营中杀猪宰羊,一片喜气洋洋。

　　中午,红娘子内穿紧身战袄,腰挂短剑,保持着女将习惯,但外
表却是新娘打扮:凤冠霞帔,百褶大红罗裙,头蒙红绫帕,环佩丁
冬。她由戏装打扮的慧英和慧梅左右搀扶,上了花轿。一队骑兵
分作两行,打着各种锦旗,缓辔前导;后边跟着一班鼓乐,喇叭和唢
呐吹奏着高昂而欢乐的调子,飘向云际。鼓乐后边是红娘子的亲
兵和健妇,一律骑着骏马,都是一样颜色,十分威武齐整。紧挨花
轿前边,是慧英和慧梅,马头上结着红绫绣球。花轿后又是一队女
兵。双喜送亲,带着一队亲兵走在女兵后边。

　　本来李岩的意思,喜事要办得越不铺张越好。闯王也同意他
的主张。但是红娘子像一般姑娘一样,把出嫁看成终身大事,希望
办得郑重其事,热闹一点,高夫人也主张不可马虎,所以昨晚决定,
今天使花轿从周公庙出来后兜个大圈子,从洛阳南门进城,经过城
中心的十字街口,出西门,抬到李岩的临时公馆。

　　在封建社会,新娘在上轿前就得掩面痛哭,一直哭到中途方
止,表示舍不得自己的父母和家人。红娘子早已没有了父母,也没
有一个家中亲人,但是在上轿时也哭了。她哭,是因为不能不想到
她的惨死的父母和一家人,特别是她想着,倘若母亲活着,亲眼看
见她的出嫁,亲手替她照料一切,母亲和她将会是多么幸福! 她
哭,也因为她感激高夫人,替她的终身大事想得周到,安排得妥帖。

────────

① 插科打诨——古代演戏和演杂耍,扮丑角的人插进去一些滑稽动作(科)和说些有噱头
　的话(诨),故意逗观众发笑。

当花轿进入洛阳南门以后,她已经止哭了,隔着轿帘的缝儿偷看街景。她想着两年前来洛阳的情形,那时她率领一班人在此卖艺,受过许多气,被人们看做下贱的绳妓,而如今坐着花轿,鼓乐前导,轿前和轿后走着威武整齐的骑兵和男女亲兵,那受人欺负侮辱的日子一去不返了。她的心中充满了幸福和舒畅。忽然,她想到风闻闯王将在洛阳建都称王的传闻,她的心中越发高兴和振奋。她十分盼望闯王在洛阳扎下根基,夺取明朝江山。她想,倘若闯王以洛阳为根基,然后出兵扫荡中原,高夫人必然要留在洛阳,她情愿为保卫洛阳竭尽全力作战,直到肝脑涂地。她正在心中激动,忽然听见走在最前边的轿夫叫了句:"脚下一枝花!"第二个轿夫跟着说:"看它莫采①它!"背后的轿夫也照样重复这两句。她感到奇怪:什么人把花子扔在路上?现在还是早春,杏花刚刚开过,地上扔的会是什么花子?默想片刻,她恍然想起来从前曾听说过,这句话是轿夫们的切口,最前边的轿夫倘若看见路上有粪便,便用这句吉利话通知后边的伙伴,避免踏在脚上。她想,这一定是刚才别的骑兵或牛车从这里走过,地上留下一泡牛屎或马屎,所以轿夫叫着"脚下一枝花!"她在心中暗暗地笑了。

李岩的临时公馆是一座大户的住宅,今天大门外非常热闹,大批义军将领前来贺喜,战马成群,抬送礼物的亲兵往来如织,两班吹鼓手轮番奏乐。从二门到正厅,路中间铺着红毡。当花轿来到时,鼓乐大作,两处挂在树上的万字头鞭炮一齐点燃,响成一片。李岩戎装齐整,腰挂宝剑,披红戴花,从院中迎出。慧英和慧梅早已下马,将轿门两边缝着的稀稀的红线扯断,掀开轿帘,挽红娘子走进大门,在鼓乐鞭炮和许多人的欢叫声中向二门走去。虽然红娘子在战场上最惊险的时候能够镇静如常,冲锋陷阵的时候不愧是一员勇敢凶猛的女将,但是此刻她却情绪十分紧张,心头怦怦直跳,不敢抬头,不敢看人。

二门的门槛上横放着一个马鞍。这是原始社会掠夺婚姻留下

---

① 采——与"踩"谐音。这一句是双关语。

来的风俗痕迹。在中原民间代代相传,谁也不明白它的来源和意义。今天红娘子也料到她必须在进二门时跨过马鞍,而且她的低垂的眼睛也看见了这个横放的半旧红漆木马鞍,下边还有鞍鞯,可是由于在众人的欢呼和拥挤的情况下她的心情过于紧张,脚步有点慌乱,竟然使她这个惯于马上生活的女英雄有一只脚绊着马鞍;倘若不是慧英和慧梅在左右搀扶,她会打个踉跄,引起众人一阵大笑。过了二门,她就走在红毡上了。

在第二进院子中间,稍靠近上房一边,设有一个天地桌①,罩着大红锦绣桌围,上边摆着一只大香炉,烧着檀香。香炉后边放着一个盛满粮食的木斗,上用红纸封着,红纸上放着一面铜镜,又插着一杆秤。这也是上千年传下的古老风俗,据说那秤和铜镜象征着夫妻俩对天明心,公平相待,而斗中的粮食象征着"米面夫妻",即夫妻要共同生活的意思。红娘子被搀到天地桌前站定。按照男左女右的规矩,李岩站在她的左边。但是她不敢看,首先只是感觉到他在左边,随即又瞄见他的新马靴。在鼓乐声中,有人高声赞礼,她遵循着赞礼的指示同李岩一齐拜天拜地,对面交拜。她觉得自己像一个木头人儿,听人们怎么摆布她怎么动作,而且总觉着自己笨手笨脚,连行跪拜也忽然非常生疏了。有时,鼓乐声、赞礼声、欢呼声,她几乎都不注意,倒是听见自己的短促的呼吸和环佩丁冬。

拜过天地,红娘子被搀扶着绕过天地桌向上房走去,突然一阵什么东西扑面向她的头上和身上撒来。她的心中一怔,随即明白这撒来的东西是麸子和红枣②。一股幸福的情绪充满心头,愿意这两样东西多多撒来。果然,人们不断地撒呀撒呀,一直撒到她走进洞房。幸而一块红绫蒙在头上,使那一把一把的红枣和麸子打不着她的脸孔,也打不着她的凤冠。

各位将领的夫人和牛、宋二人的夫人都在内宅设宴,男客和送亲人都在前院坐席。酒过三巡,李岩来到内宅向各位女宾敬酒。

---

① 天地桌——封建时代婚礼,新郎和新娘要在院中同拜天地,使用的桌子叫做天地桌。
② 麸子和红枣——麸谐音"福",象征夫妻多福。枣谐音"早",象征早生贵子。

趁此机会,大家拉着新郎和新娘喝了交杯酒,算是完毕了古人所说的"合卺"之礼。这是自从在得胜寨定亲以来,红娘子第二次再看见李岩,但是她不好意思细看,羞得满脸通红,低头不语,回避着众人的眼睛。

酒宴虽然在闯王军中算得是丰盛的,但是并不铺张,约摸到未时刚过就起席了。按照一般习俗,后宅起席以后,会有许多女客留下不走,晚上还要闹房。但如今是在军中,一切从简,并且高夫人一再嘱咐,红娘子连日鞍马劳顿,须要让她好生休息,所以起席后不久都陆续走了。高夫人派来护送花轿的女亲兵,以及慧英和慧梅,也同红娘子的健妇们一起吃了酒席,辞别红娘子回周公庙去。红娘子在红霞等照料下卸去凤冠、霞帔,开始用饭。饭后,她坐在洞房休息,忽然想着,按规矩,她明天还要同李岩拜祖宗,拜尊长,还有一天酒宴,俗称"吃面",第三天要带着新女婿回娘家去,叫做"回门"。她没有父母,没有娘家,往哪儿回门?这么一想,在幸福的心头上不免有一点辛酸。但是她立刻决定,到第三天她独自回到高夫人身边去住几天,权当回门,顺便同高夫人商量趁洛阳已破,拨给她五百匹战马、五百名青年大脚妇女,将健妇营马上成立,日后陆续扩充。

想着很快就要成立健妇营,练成一支女兵,为闯王驰驱沙场,为天下女子扬眉吐气,她的心中充满了兴奋和豪迈情绪。她叫身边的一个健妇将安国夫人梁红玉的宝剑拿来给她,她抽出宝剑看了又看,心神好像飞到了练兵校场,飞到了沙场。正在这时,红霞走进屋来,小声对她说:

"禀红帅,在前院吃酒席的各位将军、牛举人和宋军师,还有咱们姑爷,都被闯王叫到周公庙议事去了。听说这会议十分重要,十分重要。"

"是商议打仗的事?"红娘子低声问。

"不是。听说是商议闯王登极的事。"

"啊?登极?!"

"啊，我说错了。是商量把洛阳改为京城，闯王在这儿先称王，等攻占了北京以后登极。称王还不能算是登极，是吧，红帅？"

红娘子点点头，激动地说："在洛阳建都称王也是一件大大的喜事！"随即又问："为什么不传知我去？"

红霞略想一想，笑着说："这还不明白？一定是闯王想着你是新娘子，怕众将领见面后同你开玩笑，所以不请你了。既有姑爷去，还不是同你亲自去差不多一样？"

红娘子用温柔的眼神望了望红霞，微微一笑，但跟着摇摇头，说："可是，我是闯王帐下一员女将，像这样重要的军事会议，不应该……"

一个亲兵禀报："双喜小将爷来见！"

"快请！"红娘子说，同时心中猜想可能闯王有什么重要吩咐。

双喜进来，站在她的面前说："红姐，马上要在行辕开重要会议。父帅本想请姐姐前去，只是怕姐姐身子太累，又怕姐姐不好意思同大家坐在一起议事，命我来问一问，去不去由姐姐自己斟酌。"

红娘子毫不迟疑地说："请贤弟回禀闯王，我立刻前去。红霞，帮我赶快把衣服换了。"

双喜一走，红娘子就脱去了做新娘子穿的便装绣花袄和百褶罗裙，通身换上了朴素的半新戎衣，洗净脂粉，从头上取下了带有小铃的、一步三摇的金丝凤凰钗和插在鬓上的一枝苏制时样相生海棠，随即将漆黑浓密的堆鬓云髻打开，挽成了简单和常见的一窝丝杭州攥，插一根没有雕饰的碧玉簪，然后束一条猩红湖绉首帕；取下腕上的一双翡翠镯，又摘掉两边玲珑嵌珠金耳坠；束紧腰中黄丝绦，挂好鲨鱼鞘雌雄剑；提了马鞭，说声"走！"带着红霞等一群戎装英武的健妇快步走出。砖铺的甬路上响着一阵轻捷的皮马靴声。想着自己这一去准会出许多将领和李岩的意料之外，她不禁在心中笑着说：

"我呀，哼，我毕竟是红将军，可不是那种娇滴滴不敢抬头、坐在绣房中扭扭捏捏当新娘子给人们看的人！"

闯王行辕的议事厅原是庙祝们接待洛阳官绅的客堂,陈设雅
致,今天坐满了前来参加议事的将领。高夫人虽然在全军中地位
崇高,极有威望,对一切重大事情都很清楚,但是多年习惯,不参加
正式的军事会议。

李自成先向大家扼要地说了说破洛阳以后八天来的情况。他
特别说明,赈济饥民方面的事,全由李公子主持,目前已经赈济了
二三十万人,对鳏、寡、孤、独、老、弱、病、残的人,额外多给救济;百
姓前来投军的十分踊跃,经过认真挑选,到目前已经招收了八九万
人,估计可以招收到二十万人。关于张献忠和罗汝才在四川的消
息,他也说了。然后他接着说:

"咱们今后的作战方略,在得胜寨时候,我同牛先生、宋军师,
还有总哨刘爷和高舅爷商议几次,虽然大体有个谱儿,可是没有完
全决定。局势常常在变,所以今天邀集大家在一起商议商议,把大
政方针确定下来。在得胜寨过年的时候,李公子来到军中,他建议
据宛、洛,扫荡中原,据中原以夺取天下。牛先生和宋军师都赞成
这个建议。他们三位有学问,通今博古,说出了很多重要道理。待
一会儿,他们会将那些道理说给各位听听。牛先生建议我破了洛
阳以后建立一个新名号,以便号召天下。他也引了许多古人古事,
说了许多道理。咱们来到洛阳这七八天,有许多饥民父老前来行
辕,差不多每天都有几起,请求我在洛阳建都称王。这些穷百姓见
我们行事和明朝大大不同,所以才这么热诚拥戴。每天都是牛先
生接见他们,还收到不少劝我建都称王的表章。咱们军中将士,也
在纷纷议论,这情形你们都清楚。这都是十分重大的事,到底应该
怎样决定,请大家各抒己见,好生商议。现在先请李公子、牛先生
和军师说说吧。"他转向他们三人,以目示意,含笑等待。

李岩因为明白牛金星在军中是处于"宾师"地位,所以不愿先
说话。宋献策原是牛金星介绍来的,所以也处处避免"僭越"金星
的前边。他和李岩都请牛金星一个人代表三人说话。牛金星并不
推辞,引古论今,侃侃而谈,先从据宛、洛以收中原,据中原以争天

下的道理谈起,接着谈到建立名号,最后谈到请闯王建都洛阳称王的时机已熟,不可错过,特别强调说河洛民心如何拥戴,不可辜负父老百姓的一片殷望。他说得道理充足,十分动听。他的话一说毕,大家立刻就议论开了。

由于大家是在胜利的形势中怀着振奋的心情前来议事,所以发言十分热烈。有不少将领赞成将李岩和牛金星的建议合在一起,即在洛阳建都称王,以宛、洛为根本,扫荡中原,然后进一步夺取天下。但也有一部分将领主张赶快去攻占南阳,将宛、洛两个地区连成一片,准备好同杨嗣昌和其他前来的各路明军在中州会战,等再打几个大胜仗,再商议在洛阳建都称王的事。又有一些将领主张目前应该乘胜西入潼关,攻破西安,以关中为根本,建都西安。当这后一个意见提出以后,很多人立刻赞成,并且七言八语地补充理由。这是因为,今天参加会议的人,除牛、宋和李岩外,全是陕西人,一则他们对故乡有特殊感情,二则他们都知道西安是最古最久的建都地,也熟闻自古以来人们如何称颂关中是形胜之地,最为适宜建都。在闯王军中,一直保持着起义初期的好传统,在议事时大小将领都自由发表意见,甚至互相争辩。现在这三派意见互不相下,发生争论。经过一阵争论,那请闯王赶快在洛阳建都称王的主张,得到了较多的人热情赞成。这有两种人:一种人是跟随闯王年月很久,出生入死,一心保闯王打江山,巴不得闯王早日称王称帝。他们还记得,崇祯八年正月间高迎祥率领他们打开凤阳,那时明朝的力量比义军强大得多,高迎祥就提出要改元为兴武元年①,何况目前明朝如此空虚和衰败,而李闯王的人马是这么众多,百姓是如此拥戴,当然应该赶快在洛阳建国改元,使全国百姓的耳目一新。另一种人是年纪轻的,如双喜和张鼐这班新被提拔起来的将领,只有一颗对闯王的忠心,经过三个月来的节节胜利,把一切事都看得

---

① 兴武元年——崇祯八年正月破凤阳的农民军是一支联合部队,盟主为高迎祥,破凤阳后大书徽号为古元真龙皇帝,改年号为兴武元年,但并未建立政权。吴伟业的《绥寇纪略》叙事不清,冯苏的《见闻随笔》误为张献忠,而朱希祖所藏残抄本《细阳御寇记》将闯王误为"闯天王"。明末农民起义领袖无"闯天王"称号。

十分容易，十分简单，好像夺得天下已经是十拿九稳了。不论是拥护李自成立刻在洛阳建国改元、称王称帝的人，或是赞成李自成立刻西入潼关，在西安建国的人，都或多或少受了"十八子当主神器"这一谶语的影响，认为天意已定，眼前的争论只是洛阳和西安作为国都的选择。

李自成默不做声，倾听大家热烈争论。他注意到，李岩和高一功对大家争议建都洛阳或西安，以及是否在目前称王的问题，都不表示意见，看他们的神气，分明是另有看法；刘宗敏和田见秀似乎都没有一定主见，很有兴致地听大家争论，但是当将领们询问他们的主张时，他们都说还没有想清楚，还说像这样大事最好在大家商议之后由闯王自己斟酌定夺。闯王也注意到袁宗第和李过都赞成打回关中，以关中为根本，但如果大家认为时机已经成熟，不妨请闯王先在洛阳称王。发言最热烈的是居于多数的中级将领，他们怀着很快就能够夺取天下的强烈希望，也不认为今后仍会遇到严重挫折，所以多倾向于赞成李自成现在就正式称王。李自成因为红娘子是第二次参加军事会议，而且是他起义以来的第一员女将，很想听听她发表意见，便用鼓励的笑眼转望着她。众将领明白闯王的心意，赶快停止说话，将眼光集中在她的脸上；像张鼐们一群年纪小的将领还对她嘻嘻笑着，催促她赶快说话。红娘子因为闯王和许多大将以及牛、宋等人在场，不觉脸颊微红，心口怦怦乱跳。她原来也是希望闯王赶快在洛阳建都称王的，但听了许多将领的争论，思想有些改变，于是她清一下喉咙，慷慨说道：

"像这样大事，我不敢多有主张。我想，闯王是带领穷百姓造反的真英雄，救民水火，众心所归，理应称王。别说称王，日后还要推倒无道明朝，受百姓拥戴坐天下，重整乾坤。不过，是眼下就匆匆忙忙称王好还是再打几个大胜仗以后称王好，请闯王自己斟酌。"

闯王频频点头。刘宗敏等许多人哈哈大笑。李岩听她说的话既是拥戴闯王，却留有回旋余地，暗暗敬佩。宋献策心中认为她出

言得体,向李岩瞟了一眼,小声赞道:

"话不多,却甚扼要。果然是难得的巾帼英雄!"

会议进行到黄昏时候,尚未得出一致意见。闯王叫大家暂停争论,吃过晚饭继续再议。晚上的酒席仍然分在周公庙和李岩公馆两个地方,所以李岩必须回公馆去招待客人。他临走时候,闯王拉他到院中一个清静地方,小声问道:

"林泉,今日众人议论纷纷,你却很少说话。你对众人的主张有何看法?"

李岩回答说:"今日意见虽多,都是出于对闯王的一片忠心。我在会上不多说话,是因为忽然想起朱升对朱洪武说的九个字,不免反复思索起来。"

自成问:"朱升是什么人?"

李岩说:"朱升是徽州的一个儒生,很有学问,在元末不肯出仕。朱洪武打下徽州,把他请来,垂询大计。朱升回答了九个字,十分重要。后来朱洪武就按照这九个字去做,果然成了大业。"

"哪九个字?"

"高筑墙。广积粮。缓称王。"

"嗯?"

"这九个字的意思就是:巩固疆土,站稳立脚地;抚慰百姓,奖励农桑以足食足兵;缓称王以避免成为众矢之的。"

李自成边思索边轻轻点头,随即微笑说:"你的意思我完全明白啦。"

李岩刚走,刘宗敏来找闯王。没有等他开口,闯王问他对下午的争论有什么主见。宗敏笑着回答说:

"问我的主见么?说实在的,李哥,像这些重大事情,我自己并没有一定主见。大家商议之后,你怎么决定都好。我心里倒是想着下一步如何打仗,想着眼下洛阳的一些紧要事情。"

自成忙问:"你的意思……?"

宗敏说:"我现在追出来,是有两件事向你请示。第一件,咱们

501

已经招收了新兵七八万人，投军的饥民越来越多，估计再过四五天
会招到二十万人。多亏福王帮忙，粮饷全不发愁。如今补之和汉
举两人手下都只留下二百精兵不动，其余的都拆散了，派去带新弟
兄，小兵升成头目，小头目升成大头目。有的老弟兄，咳，连升三
级！现在洛阳留下的精兵没有拆散的只有张鼐带的中军营两千
人，李公子的七百人，可是他的七百分成几处，每日照料放赈的事，
也不能打仗。倘若最近需要使用兵力，岂不抓瞎？在洛阳新招来
的弟兄，不经过几个月的训练，全是乌合之众，顶个屁用！你想，这
不是十分吃紧的大事么？"

自成说："是的，捷轩，你提醒得很及时，很好，要立刻拿出
办法。"

宗敏接着说："刘明远的一支人马前几天已经破了灵宝，给潼
关方面的官军一点颜色看看。原来你派遣他去灵宝一带，是想迷
惑陕西、河南的封疆大吏，使他们摸不清我军攻破永宁后的行踪，
不注意我军将攻洛阳。他现在已经到了陕州和渑池之间，打算进
攻渑池。既然洛阳已经破了，调明远星夜赶来洛阳怎样？"

自成说："好，调他星夜赶回，越快越好。"他略微思索一下，又
说："明远手下能够管用的战兵也只有两三千人，还得从得胜寨赶
快调人，今晚我们商量。"

晚宴以后，李自成趁着议事尚未开始，往高夫人住的院落走
去。这院落原是一家财主的住宅，如今同周公庙的后院打通，连成
一气。李自成刚走到高夫人所住的院落的二门口，正好老营的马
夫头目王长顺从里出来。王长顺赶快向旁边一闪，叫道："闯王！"
闯王站住了，在老王的脸上打量着，笑着问：

"怎么，喝了不少吧？"

老王感情激动，喃喃地说："今日咱行辕里祝贺大捷，我不能不
喝三杯。刚才夫人差她身边的一个髟髹①——我忘记名字啦，到马
棚把我唤来，让我坐下去，又赏我三杯酒。我是滴酒入唇就变成关

---

① 髟髹——大姑娘，米脂一带方言。

爷脸,不过,请闯王放心,我喝不醉的,喝不醉的。"

闯王亲切地说:"天冷,你年纪大,多吃几杯不打紧,只要不吃醉就行。你在咱们老八队有功劳苦劳,大家多敬你几杯也是当然的。"

王长顺凑近一步,越发激动,小声说:"闯王,有一句话我可以问你么?"看见闯王笑着点点头,他声音哽塞地问:"人们说你要在洛阳建国称王了,真的么?"

闯王笑着问:"你听谁说的?"

"这两三天将士们在下边纷纷议论,刚才又听说今日下午众位将爷就在商议这件大事。"

"你别听别人瞎说,不久咱们还要打大仗哩。"

"哎,我呀,我比别人更盼望你早一天建国改元,称王称帝。今天听到这消息,我心中高兴得真想哭一场!可是你这闯王的称号我已经叫惯啦。起初我叫你闯将,后来叫你闯王,已经叫了四五年啦。我喜欢你这个闯王称号,以后不让我再叫你闯王,我心里可有点儿,有点儿……哎,你叫我怎么说呢?"

闯王明白他的意思,连忙说:"王大哥,即令有朝一日我真的称王称帝,你仍然可以称我闯王。咱们原是同乡里,一起义就在一起共患难,同生死,别说你以后还叫我闯王,就是你叫我的名字,我也不会怪你。从前在一起共患难的老弟兄没有多少啦。"

王长顺的眼眶中滚着热泪说:"闯王,你这几句话说到我的心窝里啦。我跟随你十多年,最知道你待老部下有恩有义。可是我也想啦,一旦你建国改元,称王称帝,我再不会站在你面前称你一声闯王,随便吃哒①。到了那个时节,闯王,即令你还没有忘记我这个老马夫,可是我的官职卑小,进不了宫门,再也见不到你同夫人啦。就说有幸你会想起我,把我召进宫去,我还得离很远三跪九叩,俯身在地,连抬起眼睛看看你都不敢。咳!有什么办法呢?自古来皇家礼教森严,一道宫墙把亲生父子的骨肉恩情都隔断了,何

---

① 吃哒——乱说。米脂一带方言。

况我这个老马夫？可是，闯王，话虽是这般说，我听说你要在洛阳建国称王，我高兴得流出了眼泪！闯王，你登极吧，称王吧，称帝吧。这是天命，军师献的《谶记》说得很清楚，为什么不赶快称王呢？我以后能不能随便见你和夫人，那是小事！"

闯王看见老王有了点醉意，推他一下，说："长顺，你快去躺躺吧。要不要人扶着你？"

王长顺笑着摇摇头："我不醉，我不醉，只有一点酒意儿。"他深情地再望了闯王一眼，闪着泪花，脚步蹒跚地走了出去。

高夫人刚送走几位女客，在上房帮女兵们收拾东西，看见闯王进来，忍不住先向闯王问道："听说你们在商量建都洛阳和称王的事，真的么？"

闯王问："谁进来告你说的？"

"你们刚散席，双喜和小鸮子就兴冲冲地跑来，一五一十地告诉了我。随后一功来问我一件事，我问他，他也说正在商议。"

"一功有什么主见？"

"他说他跟补之都认为早了点，别的没说什么。"

李自成很重视"早了点"三个字，看了一眼高夫人的脸上神气也有点沉重，又问："你的看法呢？"

高夫人淡然一笑，慢慢地说："将士们出生入死地跟着你，苦了多年，到了今日，破洛阳，杀福王，百姓归心，人马众多，自然是一个个兴高采烈，盼望你快一点称王称帝。还有一种人，一方面确实拥戴你，另一方面何尝不是等着你称王称帝啦好封官拜爵。可是我想着过早建国称王，内外都不好办，心中发愁。"

自成问："怎么内外都不好办？"

高夫人叹口气，说："我想，你过早地建国称王，敬轩能服气么？曹操能服气么？老回回能服气么？革、左四营能服气么？时机不到，一称王就立刻四面树敌，明朝也将全力对付我们，这就是外边不好办。咱们军中的老人，都是生死一心，在你面前无话不谈。他们称你闯王，也有时叫你李哥，像玉峰这样年纪稍长的，有时叫你一声自成,都习惯了。你一旦称王称帝,他们就得见面跪在地上说话,口称陛下,谁还能像现在这样同你亲如手足,无话不谈?一旦称王,就好像替自己打一堵高墙围起来,也好像把自己悬在空中!这是说过早称王,内边不好办。我是个妇道人家,见识短,想到这些地方,心里的疙瘩解不开,所以有点儿发愁。"

闯王点点头,没有做声,加了一件衣服,转身走了。刚走到周公庙的前院中,看见高一功匆匆迎着他走来,一到面前,将一封粘着两片鸡毛的书子递给他,同时说:

"李哥,有火急军情塘报!"

李自成接到书信,先看封套正面,认出是辛思忠的笔迹;又看背面,分两行批着四句话,并且加圈。那四句话是:

> 十万火急,遇站换马;
> 日夜飞送,迟误者斩!

这四句话是李闯王自己在一个半月之前规定的,等于他的军令,不是十万火急的文书,任何将领不许在文书的封套上批写这四句话。从南阳地区到洛阳附近,沿着伏牛山脉东部和熊耳山东部,几百里间的重要市镇和山寨都被他的义军踏平,许多地方都驻有他的打粮和保护交通要道的部队,所以这样的传递文书的办法可以确实执行。但是自从他规定了这个办法以来,今天是他第一次接到批有这四句话的"十万火急"文书,因此他感到十分突然。他迅速抽出塘报一看,又觉得这一个重大的军情变化并没有出他意料。他向一功问:

"捷轩他们都看了么?"

一功回答:"都看了,只等你来商议。"

自成笑一笑,说:"瞧,马上就热闹起来了。"随即大踏步向议事厅中走去。

议事厅中,众将领都在纷纷议论,看见闯王进入月门,登时鸦雀无声。牛、宋和李岩看见闯王步登台阶,立刻起身,恭立侍候,而

武将们有的立刻起立,有的却比较随便。闯王进到屋里坐下,然后大家纷纷落座。他向刘宗敏问:

"对于下午所议的事,还有刚才这封塘报,大家有何看法?"

宗敏说:"对下午所议的事,大家刚才又议了一阵,并无另外新的意见,都说请闯王自己裁决。辛思忠从新野境内送来的这封火急塘报,大家才看到,正在议论。其实,这也没有什么可以多议论的。方略大计,闯王和军师早就胸有成竹,如何部署兵力,请闯王下令好啦。"

自成转向牛金星和宋献策:"你们二位的主见如何?"

牛金星欠身说:"我同军师之意,认为张敬轩和曹操虽有开县之捷,出了四川,但也是疲于奔命,人马所剩无几,除非施展什么绝招,未必马上有大的作为。杨嗣昌率大军追出四川,也是师老兵疲,将帅离心。古人云:一鼓作气,再而衰,三而竭。杨嗣昌之气已经十分衰竭,正是所谓不能穿鲁缟的强弩之末。况且他督师一年半,縻饷数百万,剿抚之计两败。洛阳失陷,福王被杀。不要说他今后不能有何作为,恐怕连性命也很难保住。因此,我们当前急务,仍是加紧招兵买马,日夜练兵,早定名号,据河洛,下南阳,扫荡中原,勿失时机。"

李自成转向李岩:"林泉有何高见?"

李岩欠身说:"牛先生与军师的意见甚善。在下愚意,除他们二位所言者外,请闯王速派劲旅南下,攻占南阳、邓州,使宛洛连成一片,并使杨嗣昌不能自襄阳北上。汝州为宛、洛交通孔道,亦为由洛阳东出豫中、豫南必经之路,自古为兵家所必争之地。请闯王另派一支劲旅攻占汝州与叶县,以确保宛、洛通道,并为伏牛山老营一带作屏藩。"

李自成又向全体将领们望了一遍:"你们大家还有什么主张?"

几位大将觉得大家说的意见已经不少了,都默不做声,等候闯王决定。有几个中级将领,年纪最轻的如双喜和张鼐等都不到二十岁,较大的如谷可成和李弥昌等也只有二十三四岁,互相使眼色,抗膀子,碰肘弯,希望有一个人站起来代表大家说话。闯王含着和蔼的微笑望着他们,用眼色催促他们。最后,他们都望着张鼐,并且有人从背后推他一下。张鼐站起来,口齿清利地说:

"启禀闯王!刚才我们有十来个人在一起嘀咕一阵,大家认为,应该趁眼下杨嗣昌尚未出川,官军被张献忠拖得五零四散,疲惫不堪,河南和陕西官军空虚,请闯王在洛阳建国称王,号召天下。以后打到西安,再以西安为京城,改称帝号。只要闯王在洛阳建国称王,据有宛、洛,扫荡中原,日后张献忠和罗汝才来到河南,见大势已定,必得向闯王称臣。天无二日,地无二王。倘若张献忠他们有不愿臣服的,一律剿灭。听说当年朱洪武也是这样:他先在南京称王,随即诛灭群雄,赶走元顺帝,统一天下。请闯王赶快择吉称王,不要耽搁。我们这班小将,誓忠不二,甘愿粉身碎骨,为闯王打天下,保江山!"说毕,坐下,脸上犹保持着激动神色,呼吸急促。

议事厅中寂静下来了。闯王继续面带微笑,默不做声。他满意全体将领对他的一片忠心,也看出来这班年轻小将们因为近来的步步胜利,把事情看得过分容易。过了片刻,他收敛了笑容,说:

"刚才辛思忠从新野境内送来了十万火急塘报,说在襄阳城内盛传,张献忠在四川开县境内一战杀败了总兵猛如虎,毫无阻拦地从夔州境内出川,杨嗣昌率领大军在后边尾追。这消息,我看有九成以上可靠。张献忠出川后能有多大作为,杨嗣昌能有多大作为,我们的心中有数。牛先生和军师的看法很是。我们有自己的用兵方略,按照我们的方略去做。古话说,'因利乘便',确实是不应该坐失良机。"

他说到这里,停了片刻,好像还在认真思索。那班年纪较轻的将领,听到"不应该坐失良机"几个字,都等着他接下去就宣布建国称王,目不转睛地注视着他的面孔。突然,闯王轻轻地咳嗽一声,接着说:

"今日牛先生、宋军师、各位将领,出于对我拥戴之诚,才纷纷提出来建都称王的事。但我仔细想了,目前我的德威不足以服人,称王太早,不惟无益,反而有害。况且宛、洛各州、县也残破不堪,灾民遍地,有些州、县往往人吃人,几十里不见人烟。似此情形,更不宜马上就建都称王。所以这建都称王的事,我决不同意,请大家暂莫议论!"

议事厅中有一阵寂静。许多将领感到失望、吃惊,但也有的将领微微点头。牛金星望望宋献策和几位大将都无意再劝说闯王称王,便站起来说:

"闯王今日建都称王,实为上顺天命,下应民心。但闯王既然如此谦逊,称王事暂缓商议也好。古人在称王称帝之前有称大元帅的,有称大将军的,也都是正式名号。愚意以为,闯王今日可称为大元帅,以便号令群雄,但在元帅上要加几个字作为美称。不知此一刍荛之议,闯王可否采纳?"

闯王微笑着转向众将:"你们大家以为如何?"

大家因闯王坚辞称王,所以一齐拥护闯王正式称大元帅。自成见"众议咸同",便问金星应该在元帅上加什么字样。牛金星早已做了退一步的准备,但他走到桌边,取笔在手,故意凝思片刻,在笺纸上写出一行字,又拉着宋献策斟酌,然后拿着笺纸说道:

"闯王的大元帅称号应加褒美之辞,以示麾下众文武拥戴尊崇之意,犹如群臣向帝王上的徽号。刚才学生与军师共同斟酌,拟出了八字褒美之辞,连同大元帅三个字共是十一个字,就是:'奉天倡义神圣文武大元帅'。各位如觉褒美不足,请再增加几个字不妨。"

有人说:"没听清,请再念一遍。"

金星又念:"奉天倡义神圣文武大元帅。"他怕众将领不很明白,解释说:"这'奉天倡义',大家是都清楚的。'神圣文武'四字出自《大禹谟》①中的两句话:'乃圣乃神,乃武乃文。'这两句话是称颂帝尧具备了神圣文武的美德。我们闯王,奉天承运,效法尧、舜,救民于水深火热之中,文足以经邦治世,武足以戡定天下,所以这'神圣文武'四字加在闯王的称号上十分恰当。"

①《大禹谟》——《尚书》中的一个篇名。

众将领纷纷地称赞牛金星替闯王想出的这几个字的美称极好,还有人在思索再加另外什么字。李自成从金星手中要过来笺纸,提笔勾去了"神圣"二字,抬头望着大家说:

"我无德无能,实在当不起这个美称。不好全辜负大家的诚意,就决定用'奉天倡义文武大元帅'这个称号吧。但目前百事繁忙,不日还要打仗,暂不向全军宣布这个新的称号。等过了一阵子,军情稍暇,再向全军宣布,开始用这个称号,同时也要建立一些新的军制。至于是不是以宛、洛为根本,今日虽大家各抒所见,但没有商议定局。我自己也有一些想法,另作商量,不必今天就匆匆忙忙决定。"他向红娘子望望,接着又对众将说:"有一件事儿,是在得胜寨决定的,现在向大家宣布。我军要成立一个健妇营,由红娘子统带。因为目前战马缺乏,暂时从得胜寨拨给五百匹,另给三十匹骡子驮运东西。日后马匹多时,陆续拨给。我们的童子军屡立战功,已经很驰名。今天又立个健妇营,也是个大大的新鲜事儿,一定会成为一支精兵,在战场上建立大功。有人说应该称做娘子军。可是健妇营这名称是红娘子才起义时就想好的,所以我决定还用这个名称,也算咱们不忘记红娘子在豫东率众起义的功劳。"

关于下一步军事行动,因为事属机密,闯王未作别的指示,只叫大家回去速做准备待命。随即他宣布会议完毕,望着众将领从议事厅肃然退出。

第二十七章

从正月下旬到二月初,李自成一直留驻洛阳未动。洛阳的各色人等,无不在打听和猜测李闯王本人和他的大军动静:他是要留在此地,据河洛之险同朝廷对抗?还是要离开洛阳往别处去?倘若闯王率领他的大军离开洛阳,下一步将往何处?人们看见,离洛阳只有五十里的孟津县城,是洛阳北边的重要门户,却没有派兵占领;往西去,不攻占渑池和陕州,以控制崤、渑的险要地利;往东去不占据虎牢关,以控扼洛阳的东方门户;而这些地方自古以来都是军事上必争之地。人们还看见,每天有一队一队的骡、马和驴子将抄没的粮食和财物向伏牛山中运送,而新兵也一队一队地向伏牛山脉的方向开去。另一方面,也从伏牛山一带开来了几支精兵,从渑池以西也来了一支精兵。这从西边来的,一色都有长枪,为首的将领约摸三十一二年纪,十分英俊,骑着一匹高大的西口白马,哄传着他就是刘芳亮。人们看见这一支部队来到,更要猜测李闯王下一步将向何处用兵。正在这时候,传出风声,都说河南巡抚李仙风同副将陈永福带着几千人马沿黄河北岸往西来,打算收复洛阳,而闯王打算率大军从汝州往东南去,到郾城和汝南一带,那里灾荒较轻,粮食较多。

到了二月初五日早饭后,洛阳居民纷纷传言,说闯王的人马从初三日起就包围了汝州城,四面猛攻。人们到这时恍然明白,闯王确实要攻破汝州,打通从洛阳往许昌、南阳和汝南的"缟毂"要道,证实了李闯王要离开洛阳往东南去的传说。到了中午,洛阳军民得到了关于汝州的最新确实消息:汝州城已经在初四日攻破,实际上并没有经过猛烈战斗。义军趁着刮西北风,用火箭射向城楼,城

510

楼着火,城头上登时一片混乱,而义军靠云梯呐喊攻城。知州钱祚征斩了两个守城的兵勇,无法制止守城人们的混乱和奔逃。义军一登城头就将他抓到,大开城门,将州城占领。

午后不久,张鼐遵照闯王指示,传谕洛阳的穷苦百姓,可以随便到福王宫中和各处王店中拿取东西。这些地方,虽然金银财宝和粮食都已抄空,但是粗细家具和各种有用的、值钱的东西还是很多。经过在街巷中敲锣传谕之后,穷百姓少数胆小的人们怕有后患,不敢前去,而多数胆大的人们蜂拥而去,像赶庙会一般。因为福王宫中的东西太多,一个下午老百姓搬运不完;晚上怕引起火灾,不许百姓进宫;第二天,天明以后,又叫百姓继续搬运。那些比较大件的,不适宜百姓使用的东西,多数都被百姓砸了。到了中午,张鼐下令将王府宫城四门把守,不许百姓再进,然后派兵在宫中几处放火。霎时烈焰腾腾,大火燃烧起来。

李自成看见福王宫中浓烟冲天,同牛金星和宋献策站在周公庙院中看了一阵,点头笑着说:"好,好。"然后他们出了庙门,一边谈着话一边往李岩的公馆走去。亲兵们都牵着战马,跟在后边。

这时候,李岩正在公馆中同李侔小声谈话,屋中没有一个外人。李侔是奉紧急命令率领豫东起义将士于昨天深夜赶到的,人马暂驻望城岗,今天上午来周公庙谒见闯王,被留下吃午饭,一吃过午饭就来看他的哥哥,马上还要回望城岗,准备在黄昏后将人马开赴白马寺,同刘芳亮的人马驻扎一起。他们谈话的地方是李岩的临时公馆的书房,陈设淡雅。墙上挂着李岩自己写的一副正红蜡笺洒金对联:

> 永忆江湖归白发
> 欲回天地入扁舟

对联纸原是从福王府抄出来的,裱工装潢极佳,而李岩的书法是既端庄,又潇洒,雄健中带有流利。红娘子被高夫人请去说话,中午留下吃饭,尚未回来。李侔向哥哥谈了一点自家部队的情况,也问了洛阳一带放赈的事。当李岩简单地谈了上月二十八日重要

511

会议的内容以及后来闯王决定舍洛阳去奔袭开封的计策以后,李侔望着墙上的对联沉默片刻,然后回过头来,带着惘然的神气说:

"这,这据宛、洛以控中原,据中原以争天下,是一个根本大计。不然,万一将来受挫,便要退无所据。哥为何不在闯王面前力争?"

李岩微微苦笑一下,说:"闯王想的也有道理,但是如果决意据守宛、洛,那些困难并非不可战胜。比如说,'修道而保法,固境而安民',以十万人驰骋秦、楚、豫与江北各地,随时回戈中原,而以二十万人马在宛、洛和中原与敌周旋,有事则战,无事则耕种训练。有这三十万人马,兵力不能算少,或趋其所不意,或攻其所必救,或以逸待劳,迎而击之,或以多御寡,围而歼之,足可以巩固宛、洛,扫荡中原。如此则官军无机深入,不敢深入,亦无力深入。只要两三年内宛、洛稍得安定,人民来归,草莱渐开,人怀保家之心,士无饥馁之忧,则中原大局可定,宛、洛一带也就固若金汤了。要知朝廷今日已处于衰亡之运,官军势同于强弩之末,据宛、洛以控中原,此正其时。无奈闯王在目前无意经营一个立足地,尤不愿在宛、洛费力经营,而多数将领又念念不忘他们的陕西故乡。我们是河南人,话就不好多说了。"

李侔问:"你没有跟军师谈谈,请他劝说闯王?"

"谈啦。可惜献策也心中犹豫,不肯认真劝说闯王。"

李侔沉吟说:"既然献策如此,其中必有一番道理。"

李岩说:"献策看出来跟随闯王多年的老将士乡土之念甚重,多认为如其经营宛、洛,不如时机一到,经营关中,所以他起初还认为我的建议可行,随后就犹豫不言了。另外,闯王认为,宛、洛农村残破特甚,百姓死亡流离,十室九空,许多县人烟稀少,倘若据守此地,在两三年内不惟大军粮秣无法供应,而且救荒救死不暇,也没有余力去安辑流亡,恢复农桑。加上战事频繁,敌争我夺,屡进屡退,百姓不得安居。如此情况……"

李侔不觉插言:"水、旱等天灾也要估计在内。"

"是。遇上天灾,百姓又得死亡流离。闯王认为,在目前据守宛、洛为根本,不很合算。"

李侔轻轻点头说:"有道理。"

李岩接着说:"闯王认为不如东出豫东、豫中,准备打几次大战,早定中原大局。等有了一个稍稍安定的局面,然后着手重整地方,设官理民,奖励垦种,恢复农桑。闯王多从当前军事局面着眼,这想法也有道理。我所怕的是倘不早图深根固本之策,日后倘若受挫,退无可据,奈何?"

李侔默然想了一阵,忽然露出笑容,说:"献策不肯同哥一样多劝闯王在眼下经营宛、洛,这道理我明白了。我们在对待这样大事上应该多同他商量行事,不可过持书生之见。"

李岩没有说话,用略微诧异的眼光望着李侔。自从破杞县城起义以来,李岩对李侔已经另眼相看,遇事很重视他的见解,所以此刻在微感吃惊中等待他继续说话。

李侔接着说:"在你入狱之前不久,有一天下雨无事,你忽然将我叫到书房,问我是不是细读了《后汉书·荀彧传》。我说我只读了一遍,尚未读熟。你问我荀彧对曹操最重要的献策是什么?我一时无从回答。你指出一段文字叫我闲时细读,以背熟为好,等我背熟了同你讨论。我后来听你的话背熟了,可是为劝赈惹出祸事,哥竟锒铛入狱,不曾在哥的面前背书。此刻我忽然想起来这件事啦。"

李岩说:"当日兄弟在一起读书讨论之乐,不可再得!德齐,我自从入狱以后,心中事多,这件事我已经忘了。是哪一段文字叫你背熟,还要同你讨论?"

"荀彧谏曹操说:'昔高祖保关中,光武据河内,皆深根固本,以制天下。进可以胜敌,退足以坚守,故虽有困败,而终济大业。将军……'"

李岩笑着说:"算啦,算啦,不用往下背啦。对呀,这段书,不正是我今日的用心么?"

李侔说:"我正是要谈你的用心。你是我的兄长,也是我的良

师。是你教导我鄙弃八股，绝意举业，泛览诸子百家，留心经世致
用之学。要不是打开胸襟，视宋儒理学如粪土，也不会同新嫂子破
城劫狱，造起反来。世上事，往往有经有权，不能死看一面。在如
何既要守经，又要从权，也就是通权达变，我们不如献策，哥不如我
与新嫂子。你读书多，学问大，有时反而被书本框住了。你力劝闯
王建立个立足之地，也就是荀彧所说的深根固本。这是根本大计，
不可忽视的道理，所以谓之经。至于在何时何地建立一个立足地，
则是可以变的，所以谓之权。倘若长此下去，闯王不图深根固本之
策，那是不行的，也许会悔之莫及。但闯王此时无意经营宛、洛，倒
是从实际着眼，有利于大军纵横中原，进退自由。我们论事，难免
不有书生之见，把局势的风云变化看得太简单了。"

李岩心中恍然，高兴地说："德齐，你说的很是！自从起义以
来，你的思路开阔，大不同于往日，真当刮目相看！"

李侔笑着说："我细心思忖，闯王颇多过人之处，到洛阳的一些
行事，也是证明。过此一时，他必会选定一个地方建为根本。"

李岩点头说："是的，是的。闯王确实有许多非凡之处，为当今
群雄所望尘莫及。例如破洛阳之后不肯住在福王府中，不贪图享
受，为诸将树立尝胆卧薪的榜样，这就是古今少有。又如当上月二
十日晚上部队正将攻进洛阳城时，他忽然下令：破城之后，对洛阳
现任大小文武官吏除非继续率众顽抗，一律不加杀害。此举颇为
出人意表，亦为古今未曾有。"

李侔说："是的。我们在得胜寨老营的将领们听到此事，也都
觉得意外，认为闯王未免过于宽大。"

李岩笑了起来，说："那时候，启东、献策和我都跟着闯王住在
关陵。刚吃毕晚饭，闯王忽然想起来如何处置洛阳城内现任文武
官吏的事，来不及同大家商量，立刻派人飞马到城下传令。传令亲
兵出发以后，闯王才向我们讲明道理。他说：第一，十多年来，朝
廷、官府、乡绅大户，无不辱骂他是流寇，是杀人魔王，百姓中也多
有信以为真的。破洛阳，举国瞩目，偏偏对现任大小文武官吏一个

不杀,使人们知道他到底是怎样行事。第二,进了洛阳尽可能不杀明朝的现任官吏,对下一步去攻取大小城池颇有好处。目前要想办法使明朝文武官吏无守土的心,至于以后是否仍旧这样办,那倒不一定。第三,不杀明朝现任大小文武官吏,只杀福王和吕维祺,更证明这二人罪大恶极。尤其是吕维祺这个人,平素披着一张理学名儒的假皮,在全国读书人眼睛里很有声望,有些不是身受其害的老百姓也不知真情。现在只杀他,不杀别的官吏,好叫人们用心想一想其中道理。”

李侔叫着说:“妙!妙!我竟没有想到闯王的思虑是如此周密,其用意如此之深!说到这里,使我想起来他起用郝摇旗的事,也是极为英明。目前不但郝摇旗感激涕零,做事异常勤奋,别的人原来做过错事的,受过罚的,也都受到感召,十分鼓舞,愿意立功自效。这是我在得胜寨一带亲耳所闻,也听摇旗亲口对我讲到他的感奋心情,我也十分感动。”

李岩点点头,又心思沉重地说:“今后,我们必须处处小心谨慎,万万不可因为闯王推诚相待,十分礼遇,就忘记了我们是被逼造反,无处存身,才来投闯王帐下。”

李侔对哥哥的严重表情和口气很为诧异,忙问:“最近出了什么事儿?难道有人说我们不是忠心耿耿地保闯王打江山么?”

“没有人这么说,可是我也有太疏忽大意的地方。幸而闯王豁达大度,又值初来河南,百事草创,可能并没有把这事放在心上。倘若在大业告就时候,只此一事,说不定我们会惹出一场大祸。我已经狠狠责备了子英他们几个在我手下办理赈济事项的人,也责备了我自己,永远引为鉴戒。幸而献策是我们的好朋友,及时暗暗地提醒了我。要不然,继续下去,实在可怕!”

“哥,到底遇到了什么事儿,竟然如此可怕?”

李岩摇摇头,后悔地叹了一声,说:“闯王信任我,命我照料洛阳赈济饥民的事,后来又将新安和偃师两个县城放赈的事也交给我管。我本来应该小心翼翼地把这件事情做好,使河洛百姓更加歌颂闯王的活命之恩,可是我偏偏在这件事情上疏忽大意!如今虽然闯王礼遇如常,但他是否在心中全无芥蒂,不得而知。我们追随闯王日浅,既不似捷轩等众位将领与闯王共生死患难多年,也不似启东与闯王相识于潼关南原溃败之后,更不似献策有献《谶记》之功。我们是立足无地,慕义来投,过蒙倚信,未尝有涓埃之报。第一次闯王畀我以赈济河洛百姓重任,而我就不能小心从事,铸成大错。当然,也不能全怪子英他们眼睛中只看见我,不知天高地厚,不懂道理,更要紧的是怪我自己出身宦门公子,在家中听别人颂扬惯了,习以为常,不真正明白今日事闯王即是事君,断不可使人觉得我有功归己,替自己收揽民心。尽管是事出无心,但自古为人臣者倘不善于自处,断没有好的下场!"

李侔越发吃惊,问:"哥,到底是什么事儿? 这事我新嫂子知道么?"

"她每天陪着高夫人,自然没有告她知道。新婚之后,我暂时也不愿使她知道。事情是这样,如今不论是洛阳、新安、偃师,到处百姓因为见我放赈,都说李公子是他们的救命恩人。有些人竟然说李公子就是李闯王,李闯王就是李公子。听献策告我说,这说法传得很远,已经不限于河洛一带。"

"闯王听到了么?"

"献策说,有人告诉闯王,闯王哈哈大笑,毫无愠色。但是虽然闯王十分豁达大度……"

李侔截着说:"这情形确实可怕。尽管闯王不去计较,别人也会……"

忽然一个亲兵跑进来,慌忙禀报说闯王驾到。李岩兄弟霍地站起,赶快向外迎去。

李岩兄弟将闯王和牛、宋迎进上房,也就是李岩和红娘子居住的正厅。献茶一毕,闯王对李岩说:

"今天听说,李仙风和陈永福在上月中旬,知道洛阳吃紧,托故到豫北'剿贼',不敢来救洛阳。现在洛阳已破,他们不得已率领几千人马于两天前到了温县①，按兵不动。倘若他们再往西来，到了孟县②，我们就立刻起程。如若他们停在温县不动，我们也要动身，不失时机。按军师的意见，初九日是出征的黄道吉日。我想，步兵在初八日下午就先起程，咱们同骑兵到初九日四更起程。倘若咱们奇袭成功，这一拳就会打得崇祯再也直不起腰来。"

李岩说："此系闯王妙计，出敌意料之外。看来李仙风尚在梦中，所以才敢逗留河北。"

闯王笑着说："多亏献策叫我先攻破汝州，使敌人更加以为我们必是去许昌、汝南一带，或由汝州而去叶县、南阳。李仙风如今不仅如在梦中，也确实进退两难。他既要做一个前来洛阳的样子以敷衍朝廷，又不敢过河前来；他既担心省城空虚，却又不能分身回救。我看，他的脑袋咱们不用去砍，不久就会给崇祯砍掉。"

牛金星接着说："还有王绍禹这个身负警备洛阳之责的总兵官，我们虽不杀他，只向他追赃出钱，可是崇祯就不会饶他，按律非杀他不可。"

闯王的心情愉快，带着牛、宋和李岩上马往白马寺去。那里集结了两万多骑兵和步兵，准备好后天一早出发，奔袭开封。但是关于闯王的这一决定，如今还严守机密，只有牛、宋、李岩和闯王左右的亲信将领知道。李侔在闯王等往白马寺去后，也怀着沉重的心情往望城岗去了。

到了初八日上午，李自成已经做好了撤离洛阳的准备工作。在洛阳招收的二十万新兵，由袁宗第和李过率领，已经陆续开往伏牛山中训练。到初八日中午，驻在洛阳城外的新兵已经剩得不足一万人，也将在初九日天明以前走完。高一功是在三天以前就赶回得胜寨了。不但从洛阳运去的银钱、粮食、各种财物和军需，需要他回去分派人重新清点，妥为保管，而且今后人马众多，供应浩

---

① 温县——在黄河北边，怀庆（今沁阳）南五十里处。
② 孟县——在黄河北边。明朝属怀庆府（今沁阳地区），距洛阳八十里。

繁,都必须他坐镇老营处理。田见秀仍在汝州,只等着李自成离开洛阳后,他接到命令就离开汝州回伏牛山去。几位来到洛阳的将领们的妻子,也都陆续在两三天前回得胜寨了。

闯王在早饭后去城内巡视一下。福王宫已经烧了三天,火尚未熄。很多百姓已经进去,用铁耙子和铁棍子在冒烟的残烬中寻找可用的东西。闯王看了福王宫以后,出城去看了几处尚未开拔的新兵驻地,快到中午才回行辕。宋献策正在行辕中等他,要向他禀报委派邵时昌留守洛阳的事。

原来闯王决定大军走后将洛阳完全放弃,但是由于一方面洛阳城中的饥民和曾经替义军做事的人们对放弃洛阳的办法不赞成,也害怕官军来到会横遭屠戮,一再恳求闯王留下一支部队,由他们协助守城,另一方面义军中也有一部分将士不赞成平白无故地放弃洛阳,所以闯王委派邵时昌为总理洛阳留守事务官,简称总理,留给他五百新兵和一些粮饷,允许他自己在洛阳招兵守城,也可以自己委派洛阳知县和其他文武官员。这个办法是昨天同邵时昌商议好的,但夜间得到河南巡抚李仙风和副将陈永福率领四千官军到了孟县的消息,邵时昌害怕起来,恳求李闯王给他留下来两千精兵,并把李双喜留在洛阳。宋献策刚才就是去知府衙门(现在是邵时昌的总理衙门)解决这个问题。他自己在心中也不完全赞成李自成这一决定,但是他和牛金星明白闯王既然没有据守河洛或宛、洛的思想,洛阳势在必抛。所以在这个问题上他们只顺着闯王的意思说话,并不替邵时昌方面着想。天一亮,牛金星就同李岩去白马寺处理几项有关大军出发的事,而宋献策在城内处理邵时昌留守的事。闯王看见宋献策,忙问:

"你同邵时昌谈的结果如何?"

献策笑一笑,说:"妥了。他同意不再向闯王要兵要将,替闯王守住洛阳,等待闯王回来。"

自成问:"他怎么会如此容易就同意不再要兵要将?"

献策说:"我对他说,李仙风和陈永福一听说闯王大军撤离洛阳,必然要星夜奔救开封,决不会从孟津渡河来洛阳。即令万一他来到洛阳城下,只要城中能坚守一二日,他也得赶快离开。他断不会不救开封,滞留在洛阳城下。我这么一说,他就安心了。"

闯王点头,会心地笑了一下,随即又问:"红娘子一吃过午饭就要起程,林泉回来了么?"

"他还没有回来。红娘子遵照你的意思,一早就骑马去白马寺看了看豫东将士,鼓励士气,刚才回来。听说她一回来就哭了一场,不知何故。"

闯王十分诧异,忙问:"真的么? 你看见了?"

"刚才亲兵们从林泉的公馆来,禀告我的。"

"夫人知道么?"

"夫人尚不知道。"

在李自成的眼里,红娘子不仅是李岩的夫人,也是一支起义部队的首领,是一员好的女将,还有救李岩出狱和劝说李岩起义后同来投效的大功,所以对红娘子的事特别关心。尽管他在大军离开洛阳前要处理的事情很多,但是他立刻起身去找高夫人。在他快走出屋门时,回头来告诉军师说,今天晚上,在离开洛阳之前,他要同献策、金星和李岩将攻开封城的事情再认真商量一下,因为在路上将连着日夜不停地赶路,就没有工夫商议了。

高夫人因为午饭后要回得胜寨,今日一起床就十分忙碌。她自己的东西用不着操心,会由身边的女兵们替她收拾。使她繁忙的是,有不少从陕西起义相随的老弟兄,在洛阳尚未动身,他们有一些切身事情,切身困难,不能够随便去找闯王,都来找高夫人说话,恳求她替他们解决困难。还有一些下面情况,并非军国大事,不好直接向闯王禀报,也喜欢向高夫人谈谈。高夫人刚刚把来看她的最后一批人打发走,闯王进来了。她不等闯王坐下,笑着问:

"闯王,我刚才听说,满城谣传,上月杀了福王之后,你下令将福王的肉同花园中梅花鹿的肉混在一起蒸了蒸,同将士们一起吃酒,名叫福禄酒宴。你听说了么?"

闯王也笑起来,坐下去说:"前几天就有这种谣言,如今哄传得更是有鼻子有眼睛了。"

高夫人说:"杀福王的时候不是人山人海地观看么?"

闯王说:"俗话说,十里没真信。那些住在乡下的,住在附近州、县的,听到这样谣言觉得大快人心,所以越传越凶。另外也有些人既恨福王,也恨我们,他们也乐于传播这个谣言,好像我李自成是一个青脸红发一身毛的吃人魔王,只有吃人肉、喝人血才快活。迎恩寺的老和尚道济是郑贵妃①剃度的,代替福王出家。是他来向我请求,将棺材寄存在迎恩寺中。谣言还说,咱们杀了福王以后,称一称有三百六十斤。我看福王不过有两百斤重。咱们的将士谁也没有称过。有三百六十斤重的大胖子我还没有见过哩。你见过么?"

高夫人又笑着说:"我身边的这几个髫髻,一身好武艺,又识得几个字,长得也俊,要是真跟着你们男人家吃福禄酒宴,可不尽变成有青面獠牙的母夜叉了?"

慧英和慧梅等一群姑娘本来正在忙着整理东西,听高夫人这么一说,都忍不住扑哧一声笑出来。闯王看了姑娘们一眼,随即问高夫人知不知道红娘子为什么从白马寺回来后大哭一场。高夫人一点也不知道,觉得十分纳罕。在一刹那间,她想着可能是红娘子同李岩是新婚夫妻,感情正浓,乍然分别,难免不心中难过。但立刻她又转念,红娘子并不像一般人家的年轻妇女,断不会为这事而哭。默思片刻,她抬起头来说:

"破洛阳之前,我原答应她等破了洛阳,有了马匹,给她挑选五百个脚大有力的姑娘,成立一个健妇营。没想到咱们眼下的战马仍是很不够用。虽然从福王宫中和乡宦大户人家挑选三百个粗使宫女和丫头,都是无家可归的,年纪也都在十四五岁,正是学武艺的年龄。红娘子也很喜欢她们,简直把她们当妹妹看待。可是连一匹马也分不到她们,只能答应从得胜寨拨给五百匹战马,今天五

---

① 郑贵妃——万历皇帝的宠妃,福王朱常洵的生母。

更只好叫她们先动身,步行走往得胜寨。红娘子是不是为这件事心中难过?"

闯王摇摇头:"不会吧。目前马匹不够用,她也清楚;在这种困难情况下,将豫东来的步兵全数发了战马,她同林泉等喜出望外,十分感激,断不会为新来的姑娘们暂时没有马骑就哭了起来。"

高夫人说:"走吧,咱们一道去看看。反正你在她临走之前也需要见她一面,说几句勉励的话。现在去看看,倒免了她专意向你辞行。"

他们只带几个男女亲兵骑马向李岩的公馆走去。红娘子得到亲兵禀报,慌忙跑出二门将他们迎进上房坐下。她哭过之后,已经洗过脸,薄施脂粉,光彩照人,但眼睛仍然显得红润。闯王问了一下她去白马寺同将士们见面情形,又说让她回得胜寨老营是因为新兵突然增添了二十万,如何加紧训练,实为当前急务,请她在这方面多出点力,至于健妇营,日后马匹稍多,除已答应要拨给五百匹之外,一定拨给她更多的战马。红娘子恭敬地立着,一一回答个是。随后高夫人拉她坐下,笑着问:

"听说刚才你从白马寺回来哭了一场。你从来心地开朗,不愧是女中英雄,有什么事儿使你伤了心,哭了起来?"

红娘子的眼眶又一红,但是她竭力忍住泪,并且用强笑来遮掩心中的难过,回答说:"我因为偶然想起我的爹妈,忍不住哭了一阵。"

高夫人叹口气说:"做女儿的,想着父母吃苦,受折磨死去,自然难免伤心。不过你如今不再飘泊江湖,嫁了李公子,有个好的归宿,全军将士又对你十分尊重,做父母的在九泉下也可以含笑瞑目了。新婚不久,这么哭泣也不好,快不要再难过了。李公子中午回来么?"

红娘子说:"我离开白马寺时,他说他中午要赶回来,午后好送夫人大驾起程。"

高夫人笑一笑,说:"他回来见见面也好。你们好夫妻,他也应该在你临走时回来照料一下。"

李自成和高夫人又随便说几句闲话就离开李公馆。自成回周公庙内同宋献策和行辕将领们一起吃午饭,而高夫人自回公馆中去了。他刚在行辕坐下,李岩进来,向他简单地禀报了白马寺大军诸事齐备,只等出发,两三千步兵已经在今日黎明前先去偃师,在那里等候骑兵。闯王听毕,笑着说:

"你快回公馆去吃午饭吧,红娘子从白马寺回来后哭了一场。你要安慰她几句话,使她安心回得胜寨等你。"

李岩的心中也觉诧异,赶快骑马往自己的公馆走去。

红娘子正在伤心,看见李岩果然回到家来,略觉高兴,立刻吩咐摆饭,并叫烫壶酒来。她为丈夫斟一杯热酒,祝他此次随闯王前去开封,马到成功。她自己平日滴酒不入唇,也陪着饮了半杯。自从四十天前她来到闯王军中,心情舒畅,又不奔波和打仗,脸孔比平日更加丰满,肌肤也显得特别细嫩红润,现在半杯酒下肚,更添一阵红潮上颊。李岩已经留心看出,在她的含笑的、顾盼有神的大眼中确实含着一股郁郁不平之气,在光彩中藏有泪痕。他不相信这眼中流露的不平常神情是出于"儿女情长",但到底为了什么,颇费猜测。

吃毕午饭,红娘子吩咐亲兵和健妇们赶快备马,赶快将骡驮子准备停当,在大门外列队等候。李岩使眼色叫身边的两个健妇出去,然后向妻子小声问:

"我听说你从白马寺回来后哭了一场,为什么会这样伤心?"

红娘子不觉眼圈儿一红,含笑问:"谁告你说的?"

"我听闯王说的。我听说闯王和夫人为这事都来看了你。你心中难过,为什么不可以告我知道?"

两颗晶莹的泪珠在红娘子的睫毛上闪动一下,沿着脸颊咕噜噜滚落下来。她深深叹口气,说:"这两三天,我心中常在暗暗难过,今日实在忍不住就痛哭一场。其实,我一离开白马寺,在马上

522

就瞒着男亲兵和健妇们掉了眼泪。今天倘若你不问我,我决不愿让你知道我的心中难过。不知谁那么嘴快,竟将我回来大哭的事立刻禀报了闯王和夫人。唉!"

李岩忙问:"你怎么对闯王和夫人回话的?"

红娘子用袖头揩去眼泪,说:"我只说我偶尔想起来受苦亡故的父母,忍不住伤心起来,把真情瞒过去了。"

"到底为着何事伤心?"

红娘子又叹了口气,说:"大公子,你设身处地替我想想,我怎能不伤心? 自从我在豫东起义,同我的那一千多弟兄们不管多么艰难困苦,冒矢石,冲白刃,都在一起。每次打仗,都是我身先士卒,冲在前头。我什么时候在打仗时离开过我的将士?"她忽然忍不住抽咽起来,挥泪如雨;停了一阵,又哽咽着说下去:"记得我刚起义不久,只有几百人马,没有经验,在砀山境内,夜间正睡在梦中,被两三千乡勇和官军四面重重包围。我被敌人的呐喊声惊醒,慌忙跳上战马,率领弟兄们杀开一条血路,突围出去。走了两三里路,我回马杀退追兵。可是一检点人数,还有一百多弟兄没有出来。我叫弟兄们死守住一座小山头等我。我只带几十个亲兵和健妇杀回村中,看见我那一百多弟兄坚守着一座宅子,死不投降,等我来救。乡勇们已经开始点火,要将他们烧死在里边。我一路乱杀乱砍,冲到了那座宅子前边。那宅子已经起火了,一片浓烟,烈焰腾空。被围在宅子里的弟兄们看见我来接应他们,齐声呐喊,开门冲出。那时我已经挂了彩,身边的人又很少,周围乡勇多得像潮水一样,要不是他们及时冲出,我自己也要吃大亏。这一仗,怪我自己没经验,宿营后粗心大意,损伤了五六十人,连我自己也几乎完了。事后我心中十分难过,大哭一场。今天是我起义以来第二次忍不住大哭。我没有想到,如今要进攻开封的时候,我竟然要离开我的将士们,去住在伏牛山中,安闲自在。就是跟着你在杞县起义的那些弟兄,我也早已看成是自己的弟兄,也从没有想到过在打仗时我竟会不在他们中间,有血不流在一处。今日我到白马寺看

523

望大家,这个说:'红帅,你为什么不带领我们一起出征呢?'那个说:'红帅,你千万去吧!有你在我们中间,我们打起仗来更有胆量,也更有劲!'弟兄们都是笑容满面地同我说这样话,可是每个字都像刀子一样刺得我心中疼痛。我,我……"

红娘子说到这里,再也忍耐不住,竟至痛哭失声。李岩理解妻子的心情,一时不知道说什么好,站起来在屋中来回踱着轻步。过了一阵,他听见妻子的哭声稍停,才重新坐了下去,听她再往下说。红娘子揩揩眼泪,带着哽咽继续说:

"在我起义之后,有一次谣传说我要攻开封,其实我哪有去攻开封的兵力?如今闯王率领三万人马去攻开封,我的弟兄们也去了,我自己反而不能去!"

李岩解劝说:"夫人很喜欢你,要留下你统带健妇营,也在老营中帮她做事。闯王也说训练新兵是当务之急,想叫你留在得胜寨协助练兵的事。这次去攻开封,是采用奇袭办法,用不着多的战将。大将中只有刘明远、谷子杰和总哨刘爷前去。捷轩是非去不可的,怕万一闯王有事,他可以代闯王督战,也可以代闯王指挥全军。既然许多重要将领都不用去,所以闯王同夫人都主张把你也留在伏牛山中。我虽知道豫东将士们都想要你去,可是你我已经成了夫妻,我就不好在闯王面前替你说话。"

红娘子想了一想,觉得丈夫的话也有道理,叹口气说:"人不幸托生成一个女人,就不能够在战场上同男人一样一显身手。幸而我还略通武艺,能够上马杀敌。现在不让我在战场上为闯王出力报效,日后生儿育女,岂不是更无机会?唉,女人!女人!"

李岩又劝道:"天下一时难定,正是武将大显身手之时。这次奇袭开封你没有机会同去,日后少不了你冲锋陷阵,还怕不能够为闯王效汗马之劳?"

红娘子深情地望了丈夫一眼,说:"开封防守较严,不似洛阳。周王这个人也决不像福王昏庸。倘然奇袭不成,必然要冒着炮火矢石去进攻坚城。即令奇袭进去,开封城内有百万人口,原是有准备的,又有各大衙门在内,加上周王号召,难免不在城内拼死抵抗。你和二公子虽都是文武双全,但说到究底,你们是书生出身,没有真刀真枪地打过仗。我不跟在你的身边,叫我如何能够放心?"说到这里,她故意用勉强一笑冲淡了自己的忧虑心情。

李岩笑着说:"你只管放心。我同老二虽是书生出身,可是你也不要隔门缝看扁了人。"

红娘子重新揩干眼泪,对着铜镜,匆匆地用水粉匀了脸,使人们看不出刚才的泪痕。她走到门口,向院中的健妇们问马备好了没有。健妇们回答说马已备好了,两百名护卫高夫人的老营骑兵都已经在周公庙门前排好了队。红娘子转身回来,走到丈夫面前,低声说:

"我真不明白,邵时昌是府衙门的书吏出身,闯王将留守洛阳的重任交给他,不留下一员武将,只给邵时昌五百新兵,一旦官军到来,这洛阳如何守住?闯王平日十分英明,为什么对这件事没有远见,如此失策?我真不明白,闯王既是依靠你们几个有学问的人在身边出谋划策,为什么你就不敢向闯王一言相谏?"

李岩苦笑一下,悄声说:"有些军国大事,我不能对你讲,你也最好不要多问。关于洛阳的事,闯王自有主张,我不好多说话。今日在白马寺,我实在忍不住,向牛启东问了一句:'洛阳不留精兵,不留战将,要邵时昌留守何用?'他回答说:'李仙风与陈永福昨日已到孟县,洛阳不留兵将防守,正可以引诱他们前来洛阳,误他们回救开封。'既然启东说出这样的话,我就不能说别的话了。"

红娘子又说:"唉,要是闯王将守洛阳的担子给我挑,我只要从豫东带来的三千人,准可以万无一失。我以一千人驻扎洛阳城内,将城内的明朝文武官吏、乡宦、土豪全部杀掉,有的人可以不杀,但要赶出城去。一面肃清了城内隐患,一面召集穷百姓协助守城。一千人攻占孟津,遮断渡河要道,另外一千人驻扎城外,作为策应。十日之内,还可以招集饥民一两万人。别说李仙风和陈永福只有四千人,不在话下,即令陕西官军从西边同时出来几千人,洛阳也万无一失。闯王的意思大概是不愿为固守洛阳将自己的兵马牵制过多,结果会绑住了自己手脚?我看不会。倘若给我三千人守洛阳,有众多饥民一心,官军没有三四万人别想来攻。以三千义军吸引住三四万官军不能往别处使用,岂不是十分合算?再说,倘若官军群集洛阳城外,闯王援军一来,内外夹击,正好是痛剿官军的大好机会。我不明白,目前河南巡抚李仙风的兵马有限,陕西官军多在川、陕交界一带,一时无力东来,我们不经过血战,不见敌兵影子,为什么要平白无故地将洛阳送给官军!我不懂,实在不懂!宋军师为什么不……"

李岩听见院中有匆促的脚步声,忙使眼色,使红娘子不要再说下去。随即一个亲兵跑来禀报:高夫人已经出来了。李岩立即站起,先骑马往周公庙门前奔去。红娘子同时站起来,心中说:"好吧,我现在趁动身前同夫人说一说,也许还能挽回。"她迅速地系好宝剑,披上斗篷,吩咐一个健妇将镜奁等零星什物收拾一下,然后动身。片刻过后,整座两进院落带着一个偏院的大宅子都空了。健妇头目范红霞怕有应该随红娘子走的人尚未离开,跑进来站在二门口高声喊叫:

"嗨!没有走的快走吧,高夫人和红帅已经上马了!"

晚饭以后,李闯王将牛金星、宋献策请到一起,在奇袭开封的问题上再一次秘密计议。这一重大的军事行动是由闯王想出来和决定的,而牛、宋二人也十分赞成。闯王和他们认为,开封是河南省会,户口百万,商业繁华,其富裕超过洛阳十倍以上,倘若能攻下开封,那好处可想而知。然而开封城并没有内线,没有约好的饥民内应,只能采用突然奇袭。关于从北门奇袭或从西门奇袭,原来并没有商定,留待在路上决定。在几天前的一次秘密会议中,李过主张撇开中牟大道,沿着黄河大堤东进,奇袭开封北门。李过的理由是开封人因洛阳失陷,必然对开封西门防守较严,所以不要去奇袭西门。但宋献策认为西门没有月城,比其他各门易攻,主张直趋西门。当时闯王因两个意见都有道理，所以暂不决定，只说在动身时或在进军路上决定不迟。现在闯王本人的主张倾向于直趋西门，免得在未接近北门之前就被城内发觉。他为着做出最后决断，仔细地向宋献策和李岩询问开封的城池和城门情形。献策说：

"我同林泉，在开封都住的日子不少，但也只能知其大概。开封城外有一道土城，又叫外城，离内城二三里远。据说这土城周围共四十八里二百二十三步，仅剩城基，没有城门，车马行人都是越城而过……"

自成问："为什么不要城门？"

李岩说："为防备河患，所以土城各门都用土填死了。"

献策接着说："这土城好像是开封城外的一道防水堤，自来不设防守，可以不攻而入。但内城却十分坚固。这内城是金朝迁都开封以后重修的，外边是砖，内面是土。相传重修开封时，是从虎牢关运去的土，所以土质甚坚。虽然这传说未必可信，但我曾亲眼看过开封城墙，不但土质极好，而且土中掺有石灰。这内城高有五丈，上建敌楼五座，俱有箭炮眼。大城楼五座、角楼四座、星楼二十四座，俱按二十八宿布置。环城海壕一道，壕口宽五丈，底宽三丈，深二丈。五门外跨壕俱有板桥，俗名活吊桥。开封城如此坚固，只利智取，不利硬攻。如要硬攻，必须多备攻城大炮。"

闯王又问："城壕中四季都有水么？"

"东南两面海壕，整年有水很深。西北两面地势较高，冬季或旱天往往干涸。"

闯王望着李岩问："军师建议从西门进城，你看如何？"

李岩回答说："开封五门，只有西门没有月城，门是直的，只一道门。其余四门都有月城，有门三重或四重，曲折旋绕。相传四门如此建造，怕的是走泄旺气，而开封的地脉是从西北来，所以独西门不修月城，只一道直门。军师选定从西门奇袭入城，比较妥当。"

牛金星说："况且我们是从洛阳直奔开封，只有西门最近。倘若绕过西门去进攻别的城门，就容易被城上发觉。"

闯王问:"听说开封城五门不正,难道这西门也不在西城的正中间么?"

献策笑着说:"是五门不对,不是五门不正。建城时为怕泄露旺气,所以使东门①偏北,宋门偏南,南门偏西,北门偏东,只有西门正直,位居西城正中,以便进来旺气。开封人有句俗话:三山不显,五门不对。"

闯王忙问:"开封哪儿有山?"

李岩笑着回答:"开封原是无山,不过按堪舆家言,西门内爪儿隅头为一山,土街为一山,铁塔寺为一山,称为夷山。因为实际上没有山,仅是地势略高,所以叫做三山不显。"

闯王点头微笑,说:"就这么决定,咱们顺着旺气从西门进入开封!军师,卜个卦问问吉凶如何?"

献策回答:"无须卜卦。古人说:'卜以决疑,不疑何卜?'"

闯王又问:"倘若顺利,大军袭破西门,应当首先占据哪些地方?"

宋献策胸有成竹地说:"河南巡抚、布政使司和臬司各大衙门都在西半城,距离西门较近,必须有一支人马分头攻占,使开封文武官员如同群龙无首。要有一支精兵去攻打宫城,活捉周王。闻周王有八百卫士,经常赏赐,说不定会守住宫城抵抗。大军进城之后,须一面派骑兵占据北门,巡逻北城,以防周王逃走,一面进攻宫城。倘若周王的卫士们果然死守宫城,那就得爬云梯登城了。"

"宫城很坚固么?"

"宫城有两重。在外边的叫做萧墙,两丈多高,攻破甚易。内面靠北为紫禁城,城高五丈,上有花垛口,下有拦马墙。我军只要进入萧墙,周王在紫禁城就成了瓮中之鳖,无路可逃。他大概会不惜重赏,使八百卫士替他卖命守城,等待救兵。紫禁城中有水井数口,平时积存粮食煤炭甚多。倘若周王府的八百卫士拼死顽抗,我军除用云梯爬城之外,也可以利用在开封城中夺得的大炮攻城。"

---

① 东门——俗称曹门。

闯王点点头，笑着说："只要袭破开封，周王如想凭着宫城顽抗，咱们就来个'瓮中捉鳖'。"

因为大军今夜就要出发，闯王没有使会议开得过长。他请牛金星仍赶回白马寺去，以便同刘宗敏一起出发。金星走后，他带着宋献策、李岩和李双喜从洛阳西门进城去了。

洛阳，依然城墙高厚，箭楼巍峨，十分坚固，但是今天夜间就要被闯王放弃了。百姓都不明白李闯王如今人马众多，为什么平白无故地扔掉洛阳，有的在暗中议论，有的准备明天赶快逃出洛阳，免得官军进城来会遭到奸淫和屠戮。把守四门的士兵已经换成了留给邵时昌的新兵。街道上有新兵巡逻，秩序如常。从表面看来，洛阳市面平静，没有任何惊扰，但是实际上大多数居民们并没有睡，正在度着一个忧心忡忡的长夜。

福王宫的火光未熄，许多地方仍然从地上冒出残红的火苗，劈啪做声。

张鼐听说闯王进城，赶快跑到福王府前，向他禀报洛阳守城的事已经交接完毕，并说中军营的将士们刚才知道去攻开封，士气振奋，都请求提前在三更出发，问闯王是否同意。闯王说：

"三更出发，那就得二更做饭，吃饭，然后备马、集合、整队，将士们今夜就没有时间睡觉了。"

张鼐说："各哨将士们一听说要去攻打开封，高兴得跳了起来，谁还想睡觉？大家巴不得马背上长着翅膀，扑噜一阵飞到了开封城上！"

闯王听了，心中十分高兴，微笑着转看献策和李岩，用眼神征询意见。献策说：

"中军营将士们是如此振奋，白马寺一定也是如此。兵贵神速，提前在三更出发也好。"

闯王迟疑片刻，见李岩不说话，忽然望着张鼐说："不，还是按照原定时间起程。除非遇到万不得已情形，我们应当尽可能爱惜将士的体力。你立刻回到营中,传令各哨将士:除有职事者外,一律睡觉,听到喇叭声立即起床!"

张鼐走后,李自成等又在洛阳城内缓辔而行,巡视了几个地方,才转回周公庙去。当他走出洛阳南门时,李岩在马上回头望一眼月光下高耸的城墙,巍峨的城楼,心头突然充满了怅惘之感。但是并辔走在前边的闯王和军师却在低声谈论着今后将凭借数十万大军与官军周旋,在河南战场上狠狠消灭官军。

回到行辕,闯王叫军师和李岩都去休息,他自己因下午已经睡足了觉,坐在灯下看书。三更以后,行辕中和城内都吹响了喇叭,并且从行辕左近传来不断的马蹄声、马嘶声、匆忙的人语声。李自成同宋献策、李岩、尚炯等一起吃了饭,正要动身,邵时昌和几个留守洛阳的执事官员前来送行。闯王勉励了他们几句,就同宋献策等上马出发。吴汝义和李双喜率领着行辕中的大队人马跟在后边。

因为闯王和行辕将士们提前动身,又是快马速行,所以过了白马寺十几里就追上了刘宗敏、谷英和刘芳亮率领的两万多人马的大军。张鼐率领的中军营两千人全是轻骑,在闯王和刘宗敏见面不久也追赶上来。

天色还没有大明。东方刚刚闪亮,随后露出来一缕淡淡的红霞。闯王正策马赶路,忽然从背后赶来了两匹飞骑,呈给他一封粘有三片鸡毛的十万火急塘报。他驻马拆开一看,陡然一惊,不觉脱口而出:

"啊?张敬轩竟然有这么一着妙棋!好,好哇!"

立马旁边的牛金星、宋献策和刘宗敏都立刻问是什么事。他笑着将塘报交给他们看去,把吴汝义叫到面前,吩咐如何立即向全军将士传令。随即人们看见有两个骑马的小校,一个飞驰向前,一个向后。不过一刻工夫,全军各营、各哨、各队的将士们都知道张献忠已经在初四夜间袭破了襄阳,杀了襄王,抄了杨嗣昌的老窝。大家同时听到了闯王传令,要将士们不怕辛苦,不顾疲劳,日夜赶路,限三天到达开封,破了开封休息。偃师城内有刘体纯率领的三千多义军和昨日开到的三千步兵已经整装列队城外,等候大队来到时一起向开封出发。大军匆匆赶路,只见中军吴汝义派往前边的传令小校一直策马前奔,在淡红色的曙光中鞭影一扬,马鞍和辔头上的铜饰在远处闪耀着跳动的金光。

天色大亮,万道鲜艳彩霞从东方山头上喷薄而出,照红了半个天空。

李自成破洛阳进军路线示意图

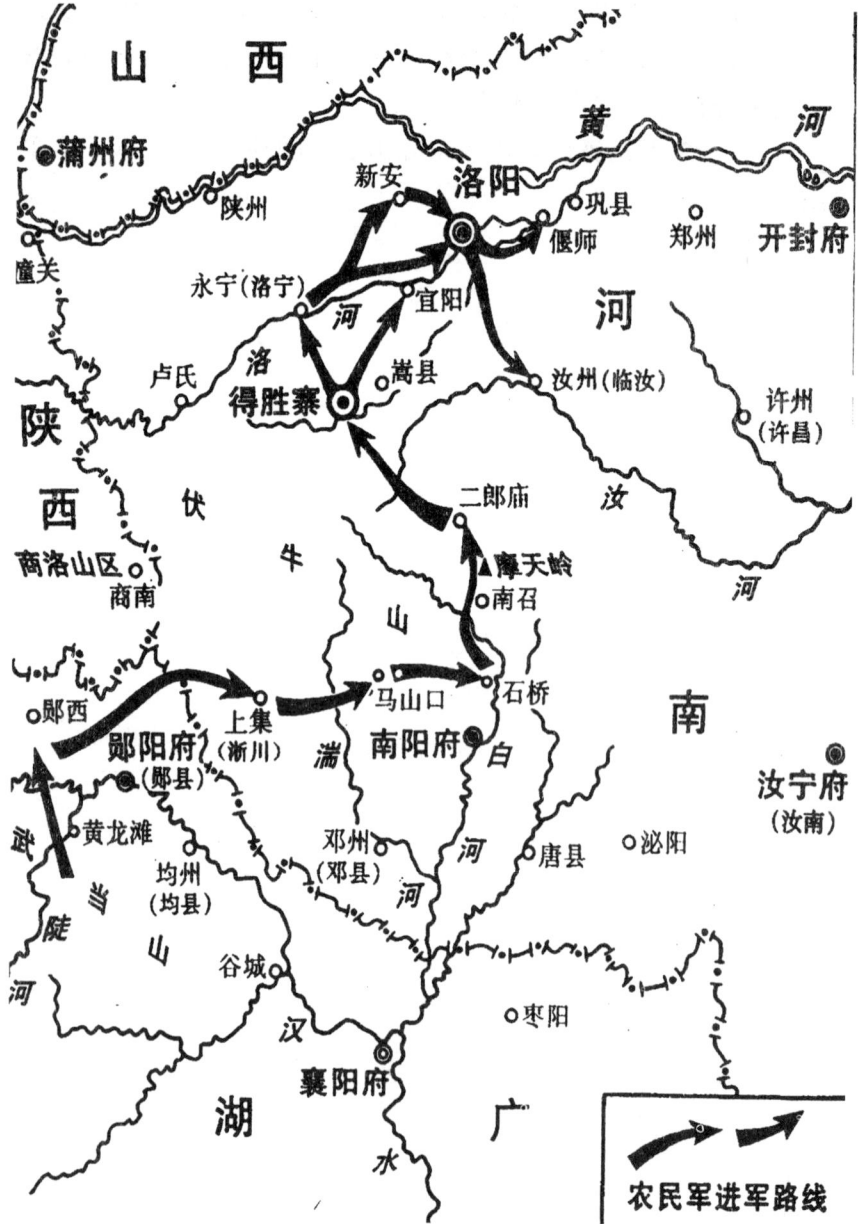

山 西

蒲州府

黄 河

陕州

新安 洛阳

巩县

郑州

开封府

偃师

潼关

永宁(洛宁)

河

宜阳

河

卢氏

洛

得胜寨

嵩县

汝州(临汝)

许州
(许昌)

陕 西

伏

汝

二郎庙

牛

河

商洛山区

摩天岭

山

商南

南召

石桥

南

郧西

上集
(淅川)

马山口

南阳府

汝宁府
(汝南)

郧阳府
(郧县)

湍

白

武

黄龙滩

邓州
(邓县)

河

唐县

泌阳

当

均州
(均县)

河

陂

河

谷城

枣阳

湖

襄阳府

广

汉

水

农民军进军路线

"新中国70年70部长篇小说典藏"书目

书　名	作　者	书　名	作　者
风云初记	孙　犁	白鹿原	陈忠实
铁道游击队	知　侠	长恨歌	王安忆
保卫延安	杜鹏程	马桥词典	韩少功
三里湾	赵树理	抉　择	张　平
红　日	吴　强	草房子	曹文轩
红旗谱	梁　斌	中国制造	周梅森
我们播种爱情	徐怀中	尘埃落定	阿　来
山乡巨变	周立波	突出重围	柳建伟
林海雪原	曲　波	李自成	姚雪垠
青春之歌	杨　沫	历史的天空	徐贵祥
苦菜花	冯德英	亮　剑	都　梁
野火春风斗古城	李英儒	茶人三部曲	王旭烽
上海的早晨	周而复	东藏记	宗　璞
三家巷	欧阳山	雍正皇帝	二月河
创业史	柳　青	日出东方	黄亚洲
红　岩	罗广斌　杨益言	省委书记	陆天明
艳阳天	浩　然	水乳大地	范　稳
大刀记	郭澄清	狼图腾	姜　戎
万山红遍	黎汝清	秦　腔	贾平凹
东　方	魏　巍	额尔古纳河右岸	迟子建
青春万岁	王　蒙	藏　獒	杨志军
许茂和他的女儿们	周克芹	暗　算	麦　家
冬天里的春天	李国文	笨　花	铁　凝
沉重的翅膀	张　洁	我的丁一之旅	史铁生
黄河东流去	李　準	我是我的神	邓一光
蹉跎岁月	叶　辛	三　体	刘慈欣
新　星	柯云路	推　拿	毕飞宇
钟鼓楼	刘心武	湖光山色	周大新
平凡的世界	路　遥	大江东去	阿　耐
第二个太阳	刘白羽	天行者	刘醒龙
红高粱家族	莫　言	焦裕禄	何香久
雪　城	梁晓声	生命册	李佩甫
浴血罗霄	萧　克	繁　花	金宇澄
穆斯林的葬礼	霍　达	黄雀记	苏　童
九月寓言	张　炜	装　台	陈　彦